ÉRAMOS DOIS...

Danilo R. Oliveira

ÉRAMOS DOIS...

MAZZA
edições

Capa:
Túlio Oliveira

Diagramação:
Anderson Luiz Souza

Revisão:
Ana Emília de Carvalho

O48e

Oliveira, Danilo R. de.
Éramos dois... / Danilo R. de Oliveira. - Belo Horizonte : Mazza Edições, 2007.

432p. ; 16 x 23 cm.

ISBN: 978-85-7160-415-5

1. Memórias. I. Título.

CDD:B869.9
CDU: 869.0(81)-94

MAZZA EDIÇÕES LTDA.
Rua Bragança, 101 - Pompéia
30280 410 Belo Horizonte, MG
Telefax: (31) 3481 0591
e-mail: edmazza@uai.com.br
site: www.mazzaedicoes.com.br

Agradecimentos

♣ Adolfo Pereira Neto, *por me ensinar que uma amizade pode ser eterna, livre, desinteressada e sem preconceito.* ♣ Adriano Lopes, Bruno Vidal, Daniele Oliveira, Fernanda Vidal, Gustavo Pereira e Simone Oliveira, *por me ensinarem a amar os afilhados, como filhos do coração.* ♣ Daniel Francisco Vidal de Oliveira, *por me ensinar que minha continuidade pode ser melhor do que eu.* ♣ Fábio Antônio de Oliveira, *por me ensinar a honestidade da alma.* ♣ Flávia, Simone, Renata, Luciana, Sandra, Cibele, Marco, Marcela, Matheus, Tadeu, Michele, Daniele, Érika e Rafael. Meus sobrinhos amados, *por me ensinarem que a nova geração é livre de preconceito.* ♣ Geraldo Roberto de Oliveira, *por me ensinar a ser paciente.* ♣ Janaina Dutra, *por me ensinar a lutar com as armas do coração.* ♣ João Batista de Oliveira, *por me ensinar a diplomacia política.* ♣ José Custódio de Oliveira, *por me ensinar a manter o caráter que trago comigo e do qual me orgulho sempre.* ♣ José Eustáquio de Oliveira, *por me ensinar que podemos mudar para melhor.* ♣ José Guilherme de Oliveira, *por me ensinar o amor às adversidades.* ♣ Karla Maria de Oliveira, *por me ensinar a ter coragem, independentemente da cor das nuvens sob o céu de nossas cabeças.* ♣ Leonardo Mattos, *por me ensinar conviver com as diferenças.* ♣ Márcia Vidal, *por me ensinar a enfrentar minha verdade.* ♣ Marco Antônio Lana Bicalho, *por me ensinar que amizade é sinônimo de solidariedade.* ♣ Maria de Lourdes Otoni Cândido, *por me ensinar o amor pelos livros.* ♣ Maria Emília Mitre Hadad, *por me ensinar como estender a mão ao próximo.* ♣ Maria Ramos de Oliveira, *por me ensinar a amar sempre, indistintamente.* ♣ Mário Sérgio dos Santos Araújo, *por me ensinar que o amor é muito mais duradouro que a paixão.* ♣ Marli, Terezinha, Cristina, Sônia, Marizete e José Raimundo, cunhadas e cunhado, *por me ensinarem a abraçar o próximo com muito amor.* ♣ Narcisio Ernani Lomba, *por me ensinar a ir em frente.* ♣ Oswaldo Braga e Marco Trajano, *por me ensinarem que um ideal é para sempre.* ♣ Reginaldo Fernando do Rosário, *por me ensinar a ser gay assumido.* ♣ Samuel Tibault, *por me ensinar que música não é apenas rock.* ♣ Sebastião Salvador Gamarano, *por me ensinar a guardar lembranças especiais.* ♣ Tarcísio de Oliveira, *por me ensinar a enfrentar desafios.* ♣ Tatiana Vidal de Oliveira, *por me ensinar a ser um pai amigo.*

Um beijo especial no coração, para:

♣ Vânia Cury, *que pacientemente reacendeu todas as letras ausentes de minha mente, provocada pelas faltas nas aulas de Português, ao longo de minha vida.*

♣ Túlio Oliveira, *sintetizar uma vida em uma imagem, necessário é mergulhar com a alma no coração desta vida. Túlio com sensibilidade captou tudo e assim a expressou: "A representação de uma carta de baralho, o jogo da vida. O Rei de Espadas de cabeça para baixo, na cor preta, representa o passado, a obrigação de ser realmente o Rei, a figura masculina. O Valete de Paus, na cor vermelho-escuro, no baralho representa uma figura que está entre o Rei e a Dama, é mais leve, mais livre, está numa cor mais quente, representa alegria, vida, é um personagem mais jovem, livre."*

Preconceito: S.M. Conceito antecipado e sem fundamento razoável; opinião formada sem ponderação; superstição; convencionalismo [De prae+conceptu].

Dicionário Brasileiro Globo, de Francisco Fernandes, Celso Pedro Luft e F. Marques Guimarães.

PREFÁCIO

Alguém já disse que a ficção consegue ser, quando muito, uma pobre imitação das histórias que a vida conta. E *Éramos dois...* é um exemplo disso. Assim como meu encontro com Danilo Oliveira, que foi um momento de grande importância para mim. Minha vida e deles não só se cruzaram como se entrelaçaram de uma maneira irreversível.

No início de 2000 – aproximadamente um ano após Danilo ter-se assumido homossexual –, eu estava desesperada e completamente confusa, por ter sabido que o meu filho caçula é *gay*, e estava decidida a escrever um livro a partir de entrevistas com homossexuais (homens e mulheres), de todas as idades. Já que meu filho era um deles, eu queria conhecer melhor essas pessoas. E, entre os entrevistados, estava Danilo.

Eu não me lembro de em que circunstâncias nós soubemos da existência um do outro. Sempre predominou em mim o sentimento de que foi Deus quem nos aproximou.

Desde que o conheci, Danilo me impressionou muito. Penso que me identifiquei com ele porque, assim como eu, ele tinha travado uma batalha longa e dolorosa contra o preconceito que nos é introjetado desde a infância. Homem de ótimo caráter e grande coragem, Danilo enfrentou a difícil batalha, para a época, de viver abertamente como *gay*, motivado pela ânsia de levar uma vida íntegra e verdadeira.

Outras pessoas se dariam por satisfeitas. Danilo, não. E ele se tornou um militante valoroso. Criou oportunidades de lazer e de socialização para a comunidade *gay* de Minas e desenvolveu um importante trabalho de esclarecimento sobre prevenção de Doenças Sexualmente Transmissíveis (DSTs), divulgado por meio do seu *Jornal Rainbow*. O "Clube *Rainbow*", por exemplo, já atendeu e orientou centenas e centenas de jovens e adultos em conflito com sua orientação sexual, ajudando-os a fortalecer a auto-estima, abalada pelo preconceito.

Mas, para Danilo, ainda não foi suficiente. Ele também incentivou mudanças políticas e legislativas importantes no Estado de Minas e promoveu a integração do movimento mineiro ao movimento homossexual brasileiro.

Sempre motivado a ajudar seus iguais, Danilo esgotou sua reserva de recursos pessoais e chegou a passar por períodos bem difíceis. Mas não esmoreceu nunca, fiel a sua promessa de lutar a vida toda para que as pessoas não tenham que passar pela dor da dualidade que ele viveu por quarenta e seis anos. E não contente em ajudar homossexuais como ele, também apóia suas famílias. E eu sou prova disso.

Danilo é um exemplo que ajuda as pessoas a se tornarem melhores, mais justas, mais solidárias.

Assim como ajudará você, leitor deste livro.

Edith Modesto
www.gph.org.br

NASCI MENINO, ME DESCOBRI DIFERENTE

Nasci sob o signo do arco-íris com ascendente em chuva. Talvez por isto minha vida foi cheia de cores e lágrimas. O arco-íris é o sinal do fim de uma tempestade, ou de uma suave chuva fina que cai ao amanhecer indicando o caminho da felicidade. Aos 7 anos, já me encantava pelo arco-íris, talvez uma premonição do que estava por vir. Após as tempestades de verão, que em minha infância se iniciavam regularmente no mês de outubro, ficava sob as árvores de nosso quintal observando o fim da chuva a buscar no céu azul os sinais do arco-íris, que brilhavam em meus olhos, assim como em minha alma. As intimidades que vou relatar aqui são contas do longo rosário da dor e da delícia de ser humano, do universal desafio de eclodir da bolsa materna, caminhar entre o céu e o inferno até encontrar a serenidade do equilíbrio e seguir em direção ao caminho da paz nos braços misteriosos e não menos desafiadores da última mãe que nos acolhe, a eternidade, levando a certeza de ter cumprido a missão que foi confiada antes dos seus olhos verem a maravilhosa diversidade de nosso lar transitório, o planeta Terra!

Aos 7 anos, levantei-me cedo para buscar o pão e o leite para meus irmãos, meu pai e eu tomarmos o café fresco passado no coador de flanela branca, que minha mãe carinhosamente colocava boca do bule adentro com o pó enquanto a água fervia. Retornando da padaria, um arco-íris apareceu nas alterosas montanhas da minha Belo Horizonte. Algo estava para acontecer. Arrumei minhas coisas e fui para o Grupo Escolar Henrique Diniz, onde "Dona" Ivete era uma professora de uns 30 anos, e dava aulas para o primeiro ano. Já nos havia ensinado a ler e escrever. Estávamos no segundo semestre, e ela se dedicava a nos motivar à leitura de livros. *As Mais Belas Histórias* eram os livros adotados no Primário. E ela encontrou uma maneira de nos tornar interessados pelas histórias que povoavam nossas jovens mentes. Uma vez por mês, realizava uma montagem teatral na sala de aula escolhendo os alunos que representariam os personagens das histórias, para o deleite de toda a turma. Era a vez de Rapunzel, aquela história em que uma bruxa prende a princesa em uma torre sem portas ou escadas; o acesso era pelas tranças da donzela. Um menino e uma menina foram escolhidos para representar os personagens principais que eram Rapunzel e o Príncipe que a salvaria das garras da malvada bruxa. Ficávamos muito excitados com a representação feita por nossos colegas, e dois dos mais bonitos jovenzinhos foram os escolhidos. Vestiam roupas dos personagens improvisadas com as construções criativas de nossa professora, e algo de "diferente" aconteceu comigo. Todos os meus colegas meninos se encantaram com a princesa, e eu me encantei com o príncipe. Um lindo garoto de olhos verdes.

Fiquei intrigado com aquilo, ou todos os meus colegas meninos estavam mentindo ou eu era diferente deles. Mas não ousava comentar, pois a opinião dos meninos era unânime e eu concordava com a opinião das meninas, mas eu definitivamente não era menina. Disso, tinha certeza. Foi minha primeira percepção que algo em mim era diferente dos outros meninos.

Havia outro menino na escola que pensava do mesmo modo que eu, e tinha um certo "jeito" de menina, era delicado e na maior parte do tempo brincava com as meninas. Os colegas da escola o tratavam de forma jocosa, chamando-o de "mariquinhas". Quem se aproximava dele, para amizade, também era criticado. Às vezes, ele ficava no recreio isolado sem poder brincar com os outros, pois era ridicularizado e agredido. Decidi, ainda cedo, como forma de defesa, que não queria aquilo para mim. Reforçava meu jeito de "menino" para ficar mais parecido com os demais, e me afastava desse garoto, embora ele me atraísse de uma forma especial, sem entender o porquê. A natureza, sábia em sua construção pela sobrevivência humana, ensina-nos instintivamente uma forma de defesa. E cedo aprendemos a nos reconhecer como iguais, é o que nos guetos homossexuais nos dias de hoje chamamos "cheiro da mexerica", pois o perfume ácido desta fruta é reconhecido pelo olfato humano de longe, daí dizermos que o cheiro da mexerica bateu, quando reconhecemos um igual.

Este garoto, Emílio, um dia, quando saímos da escola, aproximou-se de mim, começou a conversar comigo e senti que sabia sobre meu gosto por príncipes. Era um moreno claro, de cabelos lisos e pele muito aveludada, e enquanto caminhávamos para casa, sentia uma atração por ele que me excitava. Mas, lembrando-me da forma como ele era tratado na escola, continha-me. Quando estávamos próximos de uma casa em construção, ele me chamou para entrar e ver um esconderijo secreto dele. Resisti a princípio, mas a curiosidade infantil venceu o medo. Entrei com ele. Havia no fundo da construção, onde o terreno era mais acidentado, uma laje sobre uma espécie de grota. Ele me mostrou e disse que era ali que costumava ficar quando os amigos da rua o xingavam de maricas. Puxou-me pela mão e me fez entrar. O espaço era pequeno e podíamos sentir a respiração ofegante um do outro. Esta proximidade de Emílio me excitou muito sem compreender muito bem o porquê e o que estava acontecendo. Ele encostou seu corpo de frente ao meu e, de repente, desceu sua calça da escola mostrando seu pintinho duro; sem explicação, segurou sobre a roupa o meu, que também estava duro, desceu minha calça e colocou o pintinho dele no meu; ficamos assim por alguns segundos, adorava o que estava acontecendo, mas o pavor tomou conta de mim, subi minha calça e saí correndo, deixando Emílio para trás. Cheguei em casa ofegante e suado, minha mãe perguntou o que estava acontecendo, contei que apostara corrida com um colega, não tive coragem de dizer a verdade, o instinto de sobrevivência influenciou minha atitude, talvez prevendo o que estava por vir. Nos dias seguintes na escola, Emílio se manteve distante de mim e eu dele; nunca mais tocamos no assunto. Entretanto, carreguei por toda a minha vida a lembrança e o prazer daquele momento. Um segredo guardado até hoje, assim como tantos. Passara pela primeira vez por baixo do arco-íris. Tinha 7 anos, em 1959.

PERCEBI-ME NO ARCO-ÍRIS

Os dias corriam como um rio manso e doce em direção aos rios maiores e o seu curso em busca do mar. O que tínhamos em casa era o que podíamos ter dentro das possibilidades de meus pais, que amavam seus filhos de forma justa e igual. E, sobretudo, eles se amavam, pois sempre tínhamos a surpresa de um irmão mais novo chegando. Meu pai casara uma vez, antes de minha mãe, e deste casamento nasceram dois filhos: José Guilherme e Tarcísio. José Guilherme era um jovem de 18 anos e morava conosco; minha mãe o considerava muito e, para nós, era o irmão mais velho que cuidava de todos com muito carinho e que se tornou o meu pai mais jovem. Tarcísio fora criado pelos meus tios, Vicente e Olívia, e morava em Dores do Indaiá, uma pequena cidade do centro-oeste de Minas e só vim a conhecê-lo quando tinha 12 anos de idade. Nesta fase de minha vida, já éramos seis filhos de meu pai, os dois mais velhos, eu, Hebe, Fábio, Geraldo, depois vieram Karla e José Eustáquio. Todos, mais tarde, tiveram um grande papel em minha vida. Hebe era portadora de deficiência e epilética, uma criatura doce com quem convivia naturalmente, sem entender por que as pessoas a olhavam de forma diferente. Ela passava o dia colecionando flores e figuras recortadas de revistas, não estudava, pois escola especializada era muito caro e nossos pais não podiam pagar. Era uma época boa, apesar das dificuldades financeiras, éramos uma família feliz. Sempre que voltava da escola, ajudava Hebe a recortar as fotos das revistas que ela colecionava, enfiava em um barbante e amarrava a um grampo de cabelo, distração que minha mãe a ensinara desde pequena para que pudesse cuidar dos afazeres domésticos. Hebe requeria muita atenção de meus pais e todos éramos muito carinhosos com ela. Mas os vizinhos, às vezes, evitavam-nos por causa dela, eu não entendia por que, mas eram os meus primeiros contatos com um sentimento humano mesquinho: o preconceito. À medida que crescia, conheci outras formas de preconceito em minha própria rua com os vizinhos "diferentes": quatro crianças com as quais não podíamos brincar porque a mãe era uma senhora desquitada; um casal de negros cujos filhos eram marginalizados pelos outros filhos de famílias brancas; e uma criança portadora de Síndrome de Down que era trancafiada no quarto pelos pais sempre que recebiam visitas. Atitudes e comportamentos que observava e não compreendia, meus pais sempre nos orientaram a tratar todos de forma igual. Talvez por terem sofrido a segregação pela doença da Hebe e sabendo o quanto era doloroso conviver com a discriminação, sempre reforçavam, em nossa criação, a verdade de que todos são iguais aos olhos de Deus.

Era uma fase austera em termos financeiros para as famílias, havia pouca tecnologia e certos objetos eram muito caros, tínhamos que inventar nossos próprios brinquedos para consumir nossas energias infantis. Não gostava muito dos brinquedos masculinos. Futebol era um tormento para mim, nunca fui bom e sempre era escalado para o gol, só jogava na linha quando a bola era minha e condicionava o seu uso à minha posição no time, porém, se fiz dois gols em minha vida inteira, foi muito. Havia alguns jogos muito usados pelas crianças: o "finca" e o de "apostas para pegar os adversários desprevenidos" eram os meus preferidos. O "jogo de finca" era muito praticado nos períodos de chuva porque exigia um terreno macio. O instrumento principal era um objeto afiado, uma chave de fenda ou uma faca velha usados por pelo menos dois jogadores. Dois triângulos eram desenhados no chão a uma distância de aproximadamente 2 metros entre um e outro e representavam as casas dos jogadores. Era preciso ir atirando o objeto pontudo no chão, e quando ele fincava no chão macio, o jogador fazia um risco ligando o último ponto fincado até o local onde o objeto fizera a nova marca. Se o objeto não fincasse no chão, o jogador cedia sua vez; o objetivo era contornar a casa do adversário e retornar a sua própria casa de onde partira no início do jogo. No "jogo de aposta", tinha que ser esperto: ao ver o adversário longe, você tinha que pedir licença cruzando os dedos, gesto que o isentava da prenda. Os mais comuns eram o de "estátua", cujo castigo era obrigar o adversário a ficar imóvel pelo tempo que você determinasse. E o de "bombinha d'água", cujo castigo era tirar o pintinho para fora e fazer xixi onde quer que estivesse. Este era muito sensual e gostava muito, embora disfarçasse ao pegar meus adversários para não notarem que estava olhando.

Em casa tinha alguns brinquedos que eram só meus, em especial uma caixa de sabonetes de papelão resistente, onde guardava agulha, linha e retalhos de tecidos para costurar alguns vestidos para as bonecas da Hebe. Passava horas fazendo isto, muitas vezes escondido, e Hebe gostava muito quando vestia suas bonecas com meus vestidos de retalhos. Uma vez, quando todos saíram de casa, ousei experimentar algo que sempre sonhara e nunca havia tido coragem. Apanhei emprestado um vestido de domingo de Hebe e mergulhei dentro dele, ajustei com um cinto e usei o batom e pó de arroz de minha mãe para me maquiar, calçando seus sapatos de salto. Olhei-me no espelho e me achei muito bonito, aquilo me deixou excitado e me senti muito feliz em experimentar todos aqueles adornos. Mas foi só uma curiosidade momentânea, nunca mais me vesti assim, era apenas um capricho, passou.

Meu pai trabalhava muito para sustentar as despesas da família, mas sempre, nos fins de semana, proporcionava-nos passeios inesquecíveis pelas Alterosas da minha Belo Horizonte, ensinando-nos as amar a natureza e a respeitá-la. Só, talvez pelo seu pouco conhecimento, deixou de ensinar-nos a natureza humana em sua sexualidade. Meu desconhecimento sobre sexo era total. A escola nada ensinava sobre a sexualidade natural dos seres vivos, à exceção da famosa história das flores e abelhinhas. Aos 11 anos, ainda acreditava na cegonha. Chegava a observar os céus na esperança de ver o grande pássaro carregando pelo bico os bebês que não paravam de chegar em nossa vizinhança. Tudo que aprendíamos era por meio das conversas nas noites de brincadeiras de crianças, uma época em que televisão preto e branco era um artigo raro de absoluto luxo. Sentávamos sob as estrelas e as parcas luzes da rua e trocávamos idéias concebidas em nossos desejos infantis, fundamentalmente construídas com base nas descobertas em sons ouvidos atrás das portas, sob a pressão do peso do pecado imposto pela igreja. Tudo formatado sob a sombra do terror do inferno pintado em quadros de catequistas católicos que incutiam em nossos pequenos corações os medos, as angústias e os preconceitos de sexualidades mal resolvidas e incompreendidas. Assim, se formavam e multiplicavam os clubes de esquina em Belo Horizonte, onde tudo era discutido e amadurecido da forma em que podíamos amadurecer dentro de nosso devaneio. E foi assim que comecei a aprender, na rua, com informações incompletas, mentirosas e preconceituosas sobre tabus e mistérios do mundo dos adultos. A tempestade começava a se armar na sombra da noite, onde o arco-íris não podia brilhar. Descobri que os bebês vinham da relação sexual entre as pessoas, mas ninguém sabia explicar claramente como, ou se eles vinham dos pais ou das mães. Sabia que o pai colocava o pinto na mãe e os bebês chegavam, e este conceito é o que todos os meninos concordavam. Aos 11, 12 anos, nenhum de nós ousava discutir com nossos pais estas questões, pois não era assunto para criança. Ouvia muito, e pouco perguntava, e formava meus próprios conceitos. Numa dessas noites filosóficas de infância, ouvi algo que me deixou gelado.

O SER E O NÃO SER

Ricardinho era um garoto um ou dois anos mais velho que nosso grupo e tinha um jeito muito feminino, falava e agia de forma mais delicada e vivia brincando com as meninas. Todos os garotos se referiam a ele como uma "mulherzinha". O assunto veio à baila nas nossas conversas, e vários dos garotos mencionaram a proibição de brincarem, conversarem ou, mesmo, se aproximarem de Ricardinho feita por seus pais, pois ele era um veadinho, uma ameaça à masculinidade dos demais, quem brincasse com ele também se tornaria um veadinho. Este adjetivo, segundo as explicações dos garotos, era atribuído a um garoto que gostava de garoto, e os pais incentivavam seus filhos a excluírem Ricardinho de forma cruel e absurda, que era incapaz de fazer mal a quem quer que fosse, apenas tinha um jeito especial de ser. Nunca fui muito amigo de Ricardinho, pois tinha medo de que, se me aproximasse dele, fosse excluído do convívio dos demais garotos. Hoje, olho para trás, aqueles dias inocentes, e me lembro de seu jeito. Sempre me tratou com respeito e sempre foi gentil comigo e pouco pude retribuir por causa dos meus medos e minha busca pela sobrevivência. Aqueles comentários e jocosidades que ouvia do grupo na esquina sobre o Ricardinho me deixavam aterrorizado sobre a possibilidade de ser igual a ele. E começava ali a base da minha dualidade: seria igual à maioria, embora desejasse ser como o Ricardinho. Ele foi excluído do grupo em toda pré-adolescência, mas saiu de cena de forma extraordinariamente brilhante.

Sérgio era um belo rapaz, filho de uma família muito respeitada e estimada em nosso bairro, tinha cabelos loiros e cacheados, duas irmãs lindas faziam de sua casa no bairro uma das mais freqüentadas; aqueles três jovens eram muito bonitos e simpáticos, sua família estava sempre aberta a receber todos do grupo e todos se conheciam e se relacionavam muito. Sérgio era extremamente cobiçado pelas meninas do bairro pela sua beleza e porte físico. Apesar de adolescente, tinha um corpo bem definido, e não tão desengonçado como a maioria de nós, sua simetria era grega. Braços e pernas compunham uma figura harmoniosa e bela. Namorador de algumas das meninas do bairro, Sérgio foi a expressão máxima da vitória de Ricardinho. Uma noite, creio que em uma das inúmeras festas dançantes muito comuns àquela época, Ricardinho se aproximou de Sérgio, que, sob a desculpa do álcool, sucumbiu aos seus encantos. Soube que os dois foram pegos pela manhã na cama de Sérgio, nus e abraçados. Nunca soube o que realmente aconteceu sob aqueles lençóis. A versão do grupo foi a de que Sérgio havia sido o "homem" da relação e que Ricardinho teria sido a "mulher". Sérgio, namorador e muito cobiçado pelas meninas do bairro, saiu com a reputação quase ilesa. Ricardinho foi excluído mais ainda da convivência de todos, tanto que, logo que atingiu a maioridade, mudou-se para uma cidade do Nordeste. Hoje, vejo que nos deu uma lição enorme, seduziu um dos maiores "machos" do grupo, mostrando a todos que a masculinidade do grupo era frágil e vulnerável. Pelo que soube, vive com um parceiro no Nordeste e está feliz. Sérgio casou-se com uma garota e também está feliz. Foi um aprendizado perceber que a sexualidade na adolescência é um experimento, não uma definição. Sérgio era hetero, e assim continuou sendo; Ricardinho era homo e também assim continuou sendo. Ah, se naqueles dias verdes de minha vida soubesse disso, talvez...

DEUS CRUEL

Março de 1964, eu estava com 11 anos e começara a trabalhar em meio expediente em uma papelaria na Rua da Bahia, no centro. Estudava pela manhã e trabalhava à tarde. Estourou a Revolução. Ficava sem entender bem o que acontecia, muito conflito de rua, muita gente sendo presa, é o que lia nos jornais. A repressão começara. Os conservadores e tradicionalistas usufruíam da Revolução para reforçar suas hipócritas teorias preconceituosas de ser e viver. Lia sempre nos jornais sobre as prisões absurdas de travestis. Eram homens que se vestiam de mulher e seduziam outros homens. Muitos eram espancados em vias públicas por policiais ou linchados pelos machões de plantão. Usavam gilete sob a língua ou navalhas nas bolsas para cortar todos que os agredissem, é o que diziam nos bastidores da informação popular. Mas isso não era verdade, é óbvio, tinham estes instrumentos para se protegerem, pois cortando os braços e levados aos hospitais, escapavam da cadeia onde eram acusados de vadiagem e prostituição. Estes seres de plumas e lantejoulas me encantavam, não sabia bem o porquê; só mais tarde, quando conheci suas verdadeiras histórias, é que soube. As prisões freqüentes dos travestis e os relatos de violência sobre a vida deles me faziam tremer diante da possibilidade de um dia ser como eles. Como eles, sentia atração por meninos e, se não lutasse contra isto, teria aquele fim, travestido, preso e consumidor de giletes e navalhas. Não, não desejava aquela forma de viver. Mas a natureza seguiria seu curso independentemente de minha vontade.

Meus pais, muito católicos e temerosos a Deus, freqüentavam a missa todos os domingos e levavam sempre os filhos; morávamos nesta época no Bairro Saudade, nome herdado do cemitério que a prefeitura construiu no local. Era um bairro pacato de classe média baixa, e a igreja mais próxima era a de Nossa Senhora do Rosário da Pompéia, uma igreja de franciscanos que agregava, em seu complexo, um seminário, um Colégio e o Cine Pompéia, que freqüentávamos nas matinês de domingo, distração para as crianças das redondezas. Na Pompéia vivi boa parte de minha infância e adolescência. Lá, freqüentava o Catecismo após a missa de domingo. Conheci Deus no catecismo; minha dedicação era tão grande que, com apenas 12 anos, tornei-me catequista para as crianças menores. Ali, por orientação dos frades franciscanos e catequistas mais velhos, aprendi a temer a Deus, um ser supremo, cruel e vingativo, que puniria com sua mão tirânica a todos aqueles que se excedessem em suas paixões humanas, entre elas o sexo não reprodutivo e as formas de amar diferentes da bíblica. Era a cultura judaico-cristã implantada em meu cérebro e meu coração, que por durante anos me fizera sofrer pelo destino que teria que cumprir. O pavor da vingança divina me violentou por anos de minha vida, fez-me sofrer e aos que me amaram por muitos, muitos anos.

A DELÍCIA DO PRAZER E A DOR DO PECADO

Raimundinho estava com 14 anos. Sua casa dava fundos para nossa casa, nossas mães eram muito amigas e convivíamos muito. Tinha olhos castanho-escuros, adornados por um rosto muito moreno e redondo. O peito já era bem definido pelo trabalho pesado que exercia em uma marcenaria em nosso bairro, ajudando na fabricação de objetos de madeira e os braços e pernas, firmes e fortes. Um belo jovem, um pouco rústico, muito atraente. Um dia, ele me chamou à casa dele para ver os brinquedos de retalhos de madeira que fizera. Como brinquedos eram coisas raras em nossa infância, encantei-me com a idéia, e a este pretexto fui. Lá chegando, descobri que estávamos sós na casa, seus familiares haviam saído. Raimundinho foi me mostrando carrinhos, navios, aviões de madeira e fui me distraindo com aqueles objetos. Todos os meninos de minha infância andavam de calções, hoje conhecidos como *shorts*; eram peças costuradas em casa e, como crescíamos muito rápido, ficavam justas e curtas rapidamente, mostrando nossas coxas. As minhas eram muito vermelhas e lisas, queimadas pelo sol. Sentado na cama de Raimundinho, meu calção expôs ainda mais minhas coxas. Distraído pelos brinquedos, assustei-me quando Raimundinho colocou uma de suas mãos fortes e calejadas em uma de minhas coxas, alisando-a com suavidade. Excitei-me tremendamente, mas, com medo, pulei de pé e disse que iria embora. Ele, mais velho e mais experiente, conversou comigo tentando me acalmar, dizendo que gostava de mim e queria que eu aprendesse algumas coisas de sexo com ele. Tremi, e tentei resistir. Ele insistiu dizendo que iria ensinar-me uma coisa muito gostosa e que eu não me iria arrepender. Aproximou-se de mim e senti seu cheiro moreno invadir meu olfato, seu suor e o cheiro de madeira se misturavam deixando-me muito excitado. Tentava resistir a seu assédio, com medo, mas o desejo era incontrolavelmente maior. Ele tirou o calção e vi o tamanho de sua excitação, tinha pêlos sob o pênis, coisa que eu não tinha e aquilo me deixou mais curioso e excitado ainda. Ele me pediu que deixasse colocar seu pênis entre minhas pernas e que só seria aquilo. Tentei resistir, mas louco pelo desejo de sentir o seu corpo, acabei cedendo. Ele pediu que apertasse minhas coxas em torno de seu pênis e, em movimentos de idas e vindas, fazia seu pênis movimentar-se entre elas. Sentia sua respiração e seu suor colar por trás de mim, e carinhosamente ele segurou meu pênis e começou a fazer um movimento de idas e vindas em torno dele com sua mão, ficava louco de prazer com tudo aquilo. Sua respiração ficava ofegante e sua mão mais veloz em torno de meu pênis. Repentinamente vi sair de seu pênis um líquido branco e viscoso que começou a escorrer sobre minhas coxas, enquanto ele segurava com uma das mãos minha cintura puxando-me para si e com a outra velozmente agitava meu pênis. Quase no mesmo instante, senti uma sensação alucinante, louca. Meus olhos viraram, meu coração disparou e recostei-me deliciosamente ao corpo de Raimundinho, que ainda me puxava para si com toda sua força. Tudo aquilo durara poucos minutos e, assustado, perguntei o que era aquilo que saíra de seu pênis e molhara minhas coxas. Ele pegou uma toalha que estava por perto, limpou minhas coxas e disse:

– Porra!

Disse que eu também teria aquilo; talvez em seis meses ou um ano, meu pênis também iria soltar aquele líquido leitoso, e que ele era o líquido que fabricava os bebês. Ouvimos um barulho vindo de fora, subimos nossos calções rapidamente, era a irmã dele que chegava. Saí correndo, com medo de a irmã desconfiar de alguma coisa, com milhões de perguntas na minha cabeça. Cheguei em casa e durante todo o dia fiquei pensando no que acontecera. O prazer era enorme e me excitava tremendamente, mas a culpa me atormentava. Deus, com certeza, via todas as coisas e estava olhando para mim; chorei, pedi perdão e disse que não faria mais aquilo. Se os frades soubessem, com certeza me puniriam. Fui à despensa de minha mãe, apanhei alguns grãos de milho, tranquei-me no banheiro e joguei o milho pelo chão, ajoelhei-me sobre eles e rezei por horas para que Deus me tirasse aquele desejo e o delicioso prazer que ele me trazia. Começara o meu calvário de penitências e mentiras. Crianças e adolescentes nada sabiam sobre sexo, o assunto se restringia a alguns poucos adultos. Em casas de família, o assunto era proibido. Tudo o que descobríamos eram informações difusas e distorcidas em nossas conversas escondidas dos adultos, nossa mente viajava. Contudo aprendera uma coisa que ainda naquela noite pude repetir sozinho: a masturbação. Deitado na minha cama, fiquei me lembrando dos momentos deliciosos daquela manhã com Raimundinho, fechei os olhos, revi toda a cena que me excitou muito. De olhos fechados, pude sentir seu corpo junto ao meu e foi tão forte e real, que a única diferença foi não ter a sua mão, mas a minha a movimentar meu pênis.

Fiquei dois dias sem ver Raimundinho, um misto de vergonha, culpa e medo se apossara de mim. Será que ele iria comentar com a turma o que aconteceu entre nós? Sentia pavor de pensar nisto, evitei encontrar-me também com os amigos por esses dois dias inteiros. De repente, ao final do terceiro dia, ocorreu-me uma coisa terrível: sendo aquele líquido o que fabricava crianças, poderia eu estar grávido? Como iria explicar a todo mundo um neném em minha barriga? Aquilo me apavorou. Fiquei sem dormir direito, com pesadelos e sem comer direito, minha mãe a perguntar por que não comia, pois tinha um apetite adolescente insaciável, e nada podia dizer a ela. Achava que, se não comesse, minha barriga com o neném dentro não iria crescer. Meus joelhos machucados pelo milho ficaram completamente feridos, e a explicação que dei a meus pais foi ter sofrido uma queda na escola e ralado os joelhos.

Ao final do quarto dia, Raimundinho me chamou na cerca de tela de arame que dividia nossas casas, fui ao seu encontro e disse que precisávamos conversar. Antes de lhe dizer qualquer coisa, ele disse que não conseguia esquecer o que acontecera e que queria encontrar-se comigo de novo, puxando minha mão pela cerca e colocando sobre seu pênis, já duro de desejo. Ao lado de nossa casa, começara uma construção de uma nova residência onde antes era um lote vago. Sr. Diolino, um funcionário do Cemitério da Saudade, comprara-o e começara a erguer ali sua casa. Combinamos de nos encontrarmos lá, mais à noitinha. Pulamos a cerca e entramos na construção. O cheiro de cimento e reboco molhado invadia minhas narinas, marcando minha memória para sempre de forma que eu jamais esqueceria o que ali passaria a acontecer por vários dias. Contei ao Raimundinho o meu medo de estar com um bebê na barriga. Ele riu até se dobrar. Foi aí que fiquei sabendo o papel das mulheres, que até então para mim serviam apenas para serem mães e cuidarem dos filhos. Tentou me seduzir de novo. Resisti novamente e só cedi mediante a sua promessa de que não revelaria o que fazíamos para o restante dos meninos de nossa convivência. Claro que prometeu e claro que não cumpriu. No decorrer dos dias, fui assediado por seis ou sete garotos da turma, que tentaram fazer o mesmo comigo. Raimundinho embriagou-me de delícias e prazer por dezenas de princípios de noite na casa em construção. Durante muitos anos, o pôr-do-sol passou a ter o cheiro do reboco, cimento fresco e o aroma do corpo moreno de Raimundinho. A casa ficou pronta e perdemos nossos encontros como o sumiço das estrelas sob o telhado novo. Passamos a nos ver nos campos e montanhas nos arredores do Bairro Saudade. Ele estava com quase 16 anos, quando conheceu uma garota e começou a namorar, abandonando nossos encontros após o fim do entardecer. Quatro décadas se passaram, e ainda hoje, quando entro em uma casa em construção e a fragrância do reboco fresco invade minhas narinas, sinto o perfume do sexo com Raimundinho ressurgir em minha memória.

O PRECONCEITO SE APRESENTA

Aqueles momentos de enorme prazer me traziam dias de tormento e desespero absoluto. Quando não estava acontecendo, a culpa me corroía. O sentimento de que pecara me fazia prometer coisas absurdas, como ficar sem comer por dias, ou andar de joelhos toda a escadaria da Igreja São José até o altar. Não tive coragem de fazer a mesma coisa com nenhum dos garotos da turma, por absoluta culpa e remorso, além do medo de me tornar um homem-mulher como aqueles dos jornais, como se isto fosse possível. O prazer que aprendera a sentir com o sexo seria equivalente ao tormento que passaria até os meus 16 anos, quando aconteceu algo especial. Quatro anos me punindo após cada masturbação, pois de forma diferente dos outros garotos que se masturbavam pensando nas meninas do bairro, eu me masturbava pensando neles. Sonhava que estava deitando com alguns deles e que fazíamos sexo de todas as formas. Nunca tive um sonho erótico com mulheres, ao contrário dos outros garotos que contavam sonhos com artistas de cinema ou com as garotas do bairro. Quando era perguntado com quem sonhara e molhara a cueca ou os lençóis, mentia. Dizia que era com alguma menina e muitas vezes o meu sonho era com ele próprio, o garoto que me fazia a pergunta. Comecei a me punir cada dia mais. Pedia a Deus desesperadamente que me livrasse daqueles desejos, que me fizesse ser como os outros garotos, que me fizesse sonhar com meninas assim como eles sonhavam. Ficava sem me masturbar por dois dias e sonhava com um garoto. Quando me masturbava diariamente, os sonhos paravam. Mas não me excitava com as imagens das mulheres. Fotografias de mulheres nuas circulavam entre nós de mão em mão. Entrava para o banheiro com uma delas e começava a me masturbar olhando para aquele corpo feminino e só conseguia chegar ao orgasmo quando minha mente fluía para as pernas e sexo de um homem. Quase enlouqueci. Comecei a roubar milho das galinhas que minha mãe tinha no quintal, entrava em meu quarto e esparramava-os pelo chão e me ajoelhava sobre eles pedindo a Deus que me tirasse daquele tormento. Muitas vezes fiquei com os joelhos sangrando e nada do desejo desaparecer. Todas as conversas sobre sexualidade que ouvia eram de homens com mulheres. Pessoas como Ricardinho, e outros que conheci em minha escola eram cruelmente apontados na rua, agredidos verbalmente e espancados. Só podia fazer uma coisa: esconder tudo de todos. E assim fiz. Comecei a encontrar uma forma de viver sem aquele tormento todo. Seria igual aos outros na aparência e em minha intimidade deixaria minha natureza seguir seu curso. Esta foi a maior violência que sofri. Violentei-me para seguir uma cultura preconceituosa e cruel. Iria seguir o caminho dos outros garotos, curtir as mesmas coisas que eles, namorar as garotas e mudar meu destino.

Outro fato aconteceu nessa época que reforçou esta minha decisão. Estava estudando no Colégio IMACO, que fica situado dentro do Parque Municipal, fazíamos Educação Física na área do parque, e um dos exercícios era saltar sobre um cavalete. Era permitido aos jovens ginastas ficar sem camisa. Uma fila se formava para aguardar a vez do salto. Havia um garoto em minha frente, na fila, Maurício era seu nome, tinha um corpo maravilhoso, moreno, bem definido e exalava um cheiro muito gostoso, era um pouco mais velho que eu, e este cheiro era uma mistura de hormônio e sabonete de lavanda. Enquanto aguardávamos nossa vez, minha ereção me criou sério problema. Em dado momento, foi-nos pedido que segurássemos a cintura do garoto da frente, e coloquei minhas mãos na cintura de Maurício. Isso me deixou muito excitado, tentava me controlar, mas não conseguia, e não havia como esconder, pois usávamos calções largos e fazia parte do uniforme de Educação Física uma sunga elástica para proteção do órgão sexual, que cobria apenas a parte da frente, atrás eram duas tiras. Eu não tinha esta sunga, ela era muito cara e não podíamos comprar. Ao segurar na cintura de Maurício, minha ereção ficou muito visível e com o empurra-empurra, acabei encostando-me nas nádegas dele, que olhou para trás e viu o que acontecia. Foi um escândalo. Ameaçou me agredir, chamou-me de veado, bichinha e que não me queria mais perto dele. Todos riam e apontavam para mim, repetindo em coro: "Olha a bichinha sentindo tesão por Maurício!" Fiquei envergonhado e chorei muito, por muito tempo; durante alguns dias, fui o objeto de jocosidade do colégio inteiro, e muitas lágrimas derramei pela situação toda.

O AMOR QUE NÃO PUDE TER

AINDA menino, mudou-se para nosso bairro um jovem de 14 anos que passou a ser um personagem muito importante para a construção do processo de representação que fui obrigado a escolher. Era o jovem mais belo e bem delineado pela natureza que conheci, era a representação viva da imagem de Davi, de Michelangelo. Dotado de um caráter excepcional e de uma lealdade ímpar, este jovem, Adolfo, tornou-se o meu melhor e mais querido amigo. Estranhamente, era um dos poucos garotos que não me despertava desejo de ter contatos íntimos. Isto talvez tenha permitido crescer nossa grande amizade que já dura mais de trinta e cinco anos. Ele era muito mulherengo e, pela sua beleza ímpar, era cercado sempre de lindas garotas. O fato de sermos amigos de certa forma facilitaria minha busca atormentada pela minha heterossexualidade inexistente. Nossa amizade sempre foi muito grande e com ele me cercava também de garotas, o que "escondia" o meu outro eu. Nos tornamos confidentes, sabia de tudo da intimidade de Adolfo e sua paixão pelo sexo feminino. Nunca comentei com ele sobre meus desejos "diferentes" e, talvez, ele até desconfiasse, mas eu me aperfeiçoara em meu disfarce, minha dualidade se fortalecia e minha amizade com Adolfo, de certa forma, afastava as suspeitas das pessoas sobre mim. Assim, pude aos 15 anos, fase em que era comum o começo de namoro, me "interessar-me" por meninas. Nesta idade mudou-se para o lado da casa de Adolfo uma família com cinco filhos. Eram jovens de pele morena, cabelos lisos e negros, sendo uma das duas filhas mais velha que eu um ano, mais ou menos. Os outros três eram meninos, um deles tinha exatamente a minha idade. Comecei a conviver muito com essa família. E de repente julguei estar apaixonado por aquela moça. Cortejava-a e tentava de todas as formas ficar mais perto dela, que escorregava de mim sempre que podia. Até o dia em que ela começou a namorar um rapaz da vizinhança, mais maduro. Sofri somente no dia que soube, e estranhamente percebi que me aproximara dela por causa de seu irmão Francisco, que se tornara meu segundo melhor amigo. Todo o sentimento que parecia nutrir por ela passou para o Francisco. Começamos a ficar cada vez mais próximos. Francisco estudava no mesmo colégio que eu. Ele, pela manhã, e eu, à noite, estávamos no mesmo ano escolar e compartilhávamos alguns professores. Não podia estar com ele todo o tempo, mas sempre que tínhamos tempo livre estávamos juntos. Falávamos sobre tudo, sonhos, colégio, garotos e garotas de nosso grupo de convivência, íamos ao cinema e falávamos sobre as músicas dos festivais; o ano era 1968 e já estávamos com 16 anos aproximadamente. Contava a ele sobre o meu dia no trabalho, trabalhava em um banco como contínuo e sempre tinha muitas novidades para contar. Concordávamos sobre tudo, em especial sobre o jovem compositor Chico Buarque, que despontava nos festivais com músicas como "A Banda", "Sabiá", "Pedro Pedreiro"... Ficávamos horas e horas ouvindo Chico nos *long plays* que comprava sempre que podia.

Nos finais de semana, sempre saíamos para saborear a beleza da natureza que nos rodeava. O nosso Bairro Saudade era cercado por pequenos sítios e fazendas, e ficava próximo ao Hospital da Baleia, que tinha um jardim repleto de flores e árvores ciliares frondosas, e um lago povoado de peixes e patos, tendo ao fundo parte das montanhas da Serra do Curral. Era um trajeto obrigatório sempre que escalávamos a serra para observar nossa Belo Horizonte lá do alto. Desfrutar da companhia de Francisco era extremamente prazeroso. Ele tinha uma pele bem morena, era o mais moreno de toda a sua família. Seus cabelos eram negros e, quando caminhávamos, o suor lhe molhava a cabeça, com seus cabelos cortados bem curtos, toda sua cabeça tomava um tom azul-escuro pelo brilho do suor. Tinha um corpo esguio e alto com pernas bem lisas e bem morenas. Quando conversávamos, ficava olhando sua beleza, um rosto meio índio, com olhos meio puxados e bem negros. Ele era muito bonito e muito gentil, disposto a estar comigo sempre que eu o chamasse. Nossas excursões pela Serra do Curral eram deliciosas, fazíamos escaladas, tomávamos banho nos riachos limpos da região que estavam sempre coloridos pelo sol e, às vezes, sonhávamos com o nosso futuro à luz dos arco-íris que se formavam nas gotículas das águas espalhadas pelos nossos pés.

Meu pai e eu trabalhávamos no mesmo Banco e tínhamos direito de passar férias na casa de campo do Banco, em Lagoa Santa. Sempre nos meses de julho, íamos todos da família para lá. Naquele ano, planejei levar Francisco comigo. Lá, dormiríamos no mesmo local e teríamos tempo para estarmos juntos e conversaríamos todos os dias e noites. Desejava ardentemente este sonho. Francisco concordou em ir, mas seus pais não deixaram. Persuadi minha mãe a convencê-los. Como se conheciam e confiavam nos meus pais, acabaram cedendo, desde que os outros dois irmãos de Francisco também fossem. Viajamos juntos e curtimos aqueles dias como nunca, mas nunca estávamos sós, sempre nossos irmãos estavam a nos acompanhar em todas nossas aventuras pela casa de campo, na lagoa ou nos arredores. Sempre o mais perto que podíamos estar um do outro, nós o fazíamos. Sua proximidade me excitava muito. Sentia seu cheiro e seu hálito gostoso de tão próximos que ficávamos, às vezes. Eu o amava muito. Era maravilhoso tudo que estávamos vivendo. Não nos tocávamos, não era preciso, bastava esta proximidade para nos saciarmos. Sonhava com ele à noite e amanhecia todo molhado, pelos sonhos de prazer que ele me proporcionava. Não falávamos sobre o que estava acontecendo conosco, apenas permitíamos e continuávamos tomando todo o cuidado possível para que os outros não percebessem. Chegou o dia de voltarmos. Juntam-se objetos de adolescentes espalhados pela casa e cada um prepara sua bagagem de volta. Voltamos para Belo Horizonte. Meio triste pelo fato de terem terminado os dias tão gostosos em companhia de Francisco, chego em casa e começo a desfazer minha mala. Encontro o *short* de Francisco dentro de minhas coisas. Até hoje não sei como ele foi parar ali. Creio que ele o colocou. Guardei aquela peça de roupa por muito tempo, e sempre dormia com ele entre meu rosto e o travesseiro, sentindo seu cheiro bem perto de mim. Ele nunca procurou pelo *short*.

Os amigos comuns começaram a perceber nossa proximidade. Faziam comentários meio sem graça, com insinuações maldosas e indiretas, mas negávamos todas elas, e sempre que podíamos disfarçávamos. Nessa época, meu irmão mais velho, José Guilherme, já se casara e morava em uma casa no Riacho das Pedras, município de Contagem. Era uma casa linda de frente para a Rodovia Fernão Dias e bem próximo à Sociedade Hípica. Meu irmão decidiu ir passar um fim de semana fora com a família e pediu-me para dormir lá, para a casa não ficar sozinha. Seriam três dias que ficaria lá, de sexta até o domingo, quando voltariam do passeio. Neste mesmo final de semana haveria uma festa na Sociedade Hípica e convidei Francisco para ir à festa e depois dormir comigo na casa do meu irmão. Ele prontamente aceitou. Imaginei milhões de coisas, segurar sua mão, beijar seu rosto, sentir seu corpo e masturbei dezenas de vezes só de pensar neste momento de nós dois juntos sozinhos, sem ninguém por perto.

Chegou o dia. Francisco chegou à casa de meu irmão à hora marcada. Fomos à festa e ficamos pouco tempo. Voltamos para casa. Era uma noite quente e propus a Francisco dormirmos apenas de cueca. Ele aceitou. Propus que nos deitássemos na mesma cama, ele aceitou. Deitamo-nos um ao lado do outro. E o pavor tomou conta de nossas almas, não conversamos absolutamente nada, ficamos a noite toda ali, um ao lado do outro, sentindo o perfume de nossos hormônios adolescentes exalar pelo nosso corpo. A luz da lua entrava pelo quarto e permitia que eu, deitado ao lado de Francisco, pudesse ver todo o seu corpo moreno e maravilhoso tremer e suar assim como o meu. Não tocamos nem a ponta de nossos dedos, talvez pelo receio do que poderia acontecer se soubessem de nossa intimidade. Só pensava o quanto amava e desejava aquele moço maravilhoso. Da mesma forma que observava seu corpo, sentia que o meu estava sendo observado. Via o pênis de Francisco duro e explodindo sob sua cueca branca. Assim como o meu ardia de dor. Sentia que meu coração batia em meu pênis tal a força da pulsação que sentia nele. Ficamos assim, sem nos tocarmos e o tempo passava e nossas respirações ficavam cada vez mais ofegantes e curtas. De repente, senti a lua invadir todo o quarto, as estrelas dançavam sobre nossas cabeças e vi toda a Via Láctea brilhar dentro e em torno de mim e de Francisco, meu pênis explodiu em um orgasmo infinito e alucinante, nunca havia sentido algo tão loucamente prazeroso. Pude observar pela manhã que a cueca de Francisco também estava molhada. Levantamo-nos sem nos tocar e tomamos banho, um de cada vez, vestimos nossas roupas e voltamos à nossa realidade medrosa.

O medo de sermos descobertos pelo que passamos, embora nada houvesse acontecido de comprometedor em nossas "masculinidades", mexeu muito comigo, nem tanto com Francisco, que parecia mais corajoso que eu. Passei a observar que, depois daquela noite, ficara mais terno comigo. Sorria mais e sempre que possível estava mais próximo de mim. Fiquei apavorado com o que sentira naquela noite que se tornou inesquecível em minha vida. Descobri que amava Francisco profundamente. Seu cheiro, sua pele e seus olhos passaram a flutuar em meus sonhos e em minha mente todo o tempo. Isto me trazia felicidade infinita pelo amor que meu coração sentia, e um tormento interminável pela razão que o preconceito me impunha. Novamente meus joelhos ficariam sangrando pelas penitências e promessas a Deus para arrancar de meu peito este desejo e este sentimento que naquele momento me parecia impossível. Em meus devaneios de amor por Francisco, cheguei a sonhar uma mágica que me transformaria em uma mulher para poder me casar com ele, tanto era o desejo de tê-lo em meus braços. Escrevi inúmeras cartas de amor para ele que jamais enviei. Noites sem fim sonhei com seus beijos que jamais tive. Fechava os olhos em minha cama dormindo com ele ao meu lado, sentindo seu cheiro moreno e saboreando aquela imagem que tive ao meu lado em casa de José Guilherme. Em minha mente, conhecia cada pêlo de seu jovem e moreno corpo. Meu amor era tanto que podia sentir o gosto de sua saliva em minha boca. Muitas noites eu ia dormir cedo na esperança de sonhar com ele em meus braços. Foram dias de muita paixão e dor por não tê-lo. Algumas noites conseguia sonhar com ele. Nos sonhos, caminhava com ele pelas ruas de mãos dadas como fazem os jovens enamorados, apreciávamos o sol e nos beijávamos longamente na frente de todos sem nos importarmos com a presença das pessoas. Quando caía a noite, nós nos deitávamos nus sob as estrelas e nos possuíamos entrelaçando nossos corpos sob uma grama macia com o brilho da lua a se refletir nas gotas de suor que nosso corpo produzia. O reflexo da lua em seu corpo moreno banhado de pequenas gotículas o tornava mais lindo e sensual, o sonho era tão real que sentia o seu cheiro a me envolver, podia dizer a ele todo o amor que sentia entre carícias e beijos ternos. Ele me abraçava e correspondia a meu amor, podendo sentir suas mãos macias a me tocar todo o corpo. Viajávamos no espaço da noite em um bailar de corpos adolescentes que se fundiam em um, chegando ao orgasmo noturno, acordava para minha covarde realidade e desesperado pela minha falta de coragem em assumir um sonho tão doce e belo. Chorava o resto da noite, esperando o alvorecer para correr para perto de Francisco e poder sentir sua presença real.

Todos os rapazes de minha idade já estavam namorando, e queria desesperadamente me parecer com eles, agir como eles, ser um deles. Conheci uma moça linda, de 15 anos, da qual procurei me aproximar e aos poucos tentar colocar no lugar do Francisco, inconscientemente claro, movido pela cultura herdada de que todo homem deve unir-se a uma mulher. Grace, uma doce menina que me foi apresentada por Rosângela, namorada de Marco Antônio, um colega de escola e também de trabalho. Fiz o possível para conquistá-la. Consegui. Iniciamos um romance que durou quase três anos. Isto me fez distanciar de Francisco, associado a outro fato que me forçou a crer que o meu desejo estava absurdamente fora da realidade social em que vivíamos nessa época. Já não era mais contínuo no Banco, havia sido promovido a escriturário, mas mantinha contato com os colegas contínuos que compunham o corpo de trabalho da organização. Os hormônios na adolescência explodem por todos os poros, e diante dos mistérios da sexualidade que nos impunham, tudo parecia pecado, criminoso, imperdoável e doente. Dois colegas, um com 14 e outro com 15 anos, foram surpreendidos beijando-se e trocando carícias no banheiro do quinto andar. Isso se espalhou pelo Banco como a luz do sol faz desaparecer todas as sombras da noite. Todos no Banco ficaram sabendo, as críticas e os comentários foram os mais cruéis possíveis, seguidos da demissão sumária dos dois garotos. A sociedade impunha seu preconceito em todas as atitudes e fatos que relatavam o envolvimento de duas pessoas do mesmo sexo. Como poderia eu, então, deixar meu desejo e sentimento por Francisco crescer? Tinha que sufocá-los a qualquer custo. Comecei a tratar Francisco com indiferença e evitar encontros com ele, aumentando meu tempo livre com a Grace. Forçava meu coração a amar Grace e, pela nossa conivência associada à sua beleza jovem e à aprovação dos amigos, comecei a nutrir um sentimento gostoso por ela. Mas a imagem de Francisco sempre povoava meus sonhos e minhas noites.

Quando nos reuníamos na esquina ao final das noites, depois que todos saíamos das casas de namoradas ou festas, os comentários e brincadeiras sempre versavam sobre duas coisas: moças e futebol. No final da década de 1960, ainda perpetuava a crença machista de que havia dois tipos de mulheres, uma para fazer sexo, tida como vadia, e outra para namorar, a virgem que assim se casaria. Nas reuniões da esquina, ouvia mais do que falava, pois eram dois assuntos tão distantes de minha realidade interior que pouco tinha a dizer. Sempre o assunto voltava aos sonhos eróticos dos outros garotos, eram sonhos com as namoradas ou meninas da nossa convivência e eu nunca podia relatar meus sonhos, em sua maioria com Francisco, ou com outros homens belos que via nos filmes ou na tevê. Hoje, olhando para trás após todos estes anos, não me lembro de ter tido um sonho erótico com mulher alguma. Comecei a deixar crescer minha história com Grace e a afastar cada vez mais Francisco de mim. Tinha que eliminar aquele sentimento por ele, pois seríamos trucidados pelo preconceito se aquele amor estranho florescesse. Noites intermináveis de lágrimas no travesseiro povoaram aqueles dias, sofria duplamente: por ter um desejo por um homem e por ter que matar aquele amor dentro de mim. Passei a fugir de Francisco, deixando apenas que sua foto permanecesse em meus guardados e meu coração. Sofri por quase dois anos inteiros com minha decisão, sofrimento que só se dissipou quando parti para São Paulo em 1971, porque vinha muito pouco a Belo Horizonte e a distância me ajudou a apagar aquele amor. Não imaginava que este sentimento teria sido o mais puro e doce de toda a minha vida. Era um amor por inteiro, de corpo e alma. Mas a sociedade não permitiu que ele sobrevivesse. Ainda hoje, trinta e cinco anos depois, fecho os olhos e sinto o cheiro moreno de Francisco a arder em minhas narinas, e uma enorme ternura em meu coração. Vinte e cinco anos mais tarde, eu o vi novamente, tornou-se um homem lindo e bem-sucedido. Encontramos-nos no Country Club, ele com esposa e filhos e eu, também, com esposa e filhos. Tocou no assunto daquela noite de anos atrás, e por medo de ter que revelar meus sentimentos como *gay*, interrompi a conversa. E não o vi mais. Sei que está bem.

FORJANDO A MÁSCARA NA FACE

Grace passou a povoar meus dias. Nosso namoro se firmava com a aprovação de todos. Era um namoro em casa, e acabei ganhando o carinho de toda a família. Passamos a nos envolver de forma íntima dentro dos limites da época, a carícia mais ousada era um toque no seio, nada além disso em namoro com moças de família, mas era algo forçado, antinatural para mim. Mais uma vez, eu me violentava e usava uma pessoa maravilhosa como escudo. Não era intencional.

Naquela época, acreditava firmemente que poderia "curar" o meu desejo pecador por outros meninos. Grace, inconscientemente, parecia saber. Em meu aniversário de 17 anos, ela me presenteou com o livro *A Confissão de Lúcio,* de Mário de Sá-Carneiro. O livro relata o triângulo amoroso entre Lúcio, Ricardo e Marta. Apaixonado por Marta, Lúcio tem em seu amigo Ricardo a amizade única, e sente-se traído pelo amigo quando Marta decide morar com este. Em um momento de devaneio louco e passional, invade a casa de Ricardo na tentativa de ver a amada; Ricardo tenta explicar-lhe a distorção de seu sentimento, empunhando uma arma. Os dois seguem até o aposento onde Marta se encontrava, Ricardo desfecha em Marta um tiro fatal. Para a espantosa realidade de Lúcio, a arma de Ricardo cai-lhe da mão e ao olhar para o corpo de Marta, jazia imóvel o corpo do amigo. A crua e dura realidade é que Marta era apenas uma personagem imaginária para que os dois, ele e Ricardo, pudessem vivenciar seu amor. Lúcio, desesperado e sem compreender que magia acontecia, é julgado e condenado a dez anos de prisão. Só após este tempo, compreende a tragédia que acometera aos dois pelo amor impossível entre dois homens.

No prefácio do livro, um texto de Fernando Pessoa, tirado do poema "Floresta do Alheamento":

> "A Antônio Ponce de Leon...
> [...] assim éramos nós obscuramente dois, nenhum de nós sabendo bem se o outro não era ele-próprio, se o incerto outro viveria..."

Esta frase passou a ser a síntese de minha vida, não sabia quem era eu próprio ou se o meu incerto outro viveria, só descobri quem sobreviveria aos 46 anos de minha dualidade.

Minha história com Grace foi linda, mas seu destino era outro, o papel que Grace representaria em minha vida estava destinado a outra moça: Márcia. Após anos de namoro e noivado, quis o destino que Grace se despedisse de minha vida, pensava em seguir a carreira do claustro e se separou de mim com este objetivo. Foi um capricho do destino, não seria ela quem iria revelar o meu outro eu.

A VIOLÊNCIA DO UNIVERSO MASCULINO

Nos anos 60 e 70, as mulheres davam grande importância à virgindade. Havia uma herança social humana de casas de prostituição feminina. Era parte do ritual masculino pós-puberdade perder sua virgindade nessas casas. E não me foi permitido infringir esta regra. A hipocrisia masculina tinha um tom uníssono: havia mulheres para os homens namorarem, e mulheres para se divertirem. Em ambas as situações, a elas eram negadas todas as formas de prazer, eram feitas para dar prazer aos machos que, nas duas situações, as usavam, era assim há séculos. Todos sonhavam aparentar 18 anos para que pudessem entrar nas casas das "meninas". Meus companheiros da esquina não falavam em outro assunto. A visita à casa das meninas era o que pautava todos os encontros, um ou dois dos mais velhos, já "experientes", contavam as peripécias de suas experiências em provocação da inveja dos demais, que explodiam em desejos de machos. Tudo aquilo me assustava. As provocações para aventurarmos à tão sonhada visita eram constantes. Desejava ardentemente que não acontecesse, mas a necessidade de auto-afirmação dentro do grupo era maior. Se mostrasse desinteresse seria descoberto. A contrapartida de estar em um quarto nu com uma mulher me aterrorizava. Não tinha como fugir. Se não aceitasse o desafio, a suspeita sobre a minha homossexualidade seria aumentada. Aceitando, a obrigatoriedade de fazer sexo com uma mulher me deixava gelado. Optei pela segunda. Marcado o dia, o grupo se reuniu na esquina, e guiados pelos mais experientes, fomos à aventura, para mim um calvário que teria que cumprir. Todo o caminho tremia de pavor e desespero. Tinha 17 anos. A casa era uma bela residência na Avenida Francisco Sales, no Bairro da Floresta. Era conhecida como *Zezé*, apelido de sua proprietária. Todos do grupo estavam empolgados com a possibilidade de terem relação sexual com uma mulher pela primeira vez. Quanto mais nos aproximávamos do local, mais minhas pernas ficavam bambas e minhas mãos frias. O que estavam fazendo comigo? Por que não podia ser diferente, estar com Francisco, deitar-me ao seu lado e me sentir feliz? Por que me sentia assim? Diferente dos demais? Estava convencido, por tudo que doía em mim e sentia em meu coração, de que era doente, que não era normal como os outros garotos, cujos olhos brilhavam e o sexo crescia quando falavam de estar com mulheres. Enquanto caminhávamos, tudo isto passava em minha mente. A cultura masculina de o homem ser da mulher e vice-versa não permitia outra possibilidade. O que sentia por Francisco havia de ser assassinado cruelmente em meu coração. Era anômalo, maluco, impossível. O amor em mim estava destruindo meu equilíbrio adolescente, e tinha que matá-lo. Os anos ajoelhados em grãos de milho de nada adiantaram. As promessas feitas não permitiram que nada em meu desejo mudasse. Por que Deus fazia isto comigo?

Por que Ele era tão cruel com um de seus filhos, fazendo-o sentir coisas estranhas e diferentes dos outros? Verdadeiramente não queria seguir os passos dos outros enquanto caminhávamos, mas se fugisse, como tentara de outras vezes, levantaria suspeitas irreversíveis sobre mim. Seria o veadinho da turma. Não sabia o que mais me aterrorizava: a possibilidade de estar com uma mulher na cama ou ser rotulado pelo grupo da esquina. Repentinamente alguém disse:

– É aqui, chegamos!

A casa era realmente bela e bem cuidada, um segurança ficava no portão e acompanhava com olhares os homens que entravam e saíam. Entramos, subimos uma escada de piso avermelhado e chegamos a uma ampla sala. Lindas moças bem vestidas se espalhavam pelo ambiente, um cheiro forte de perfume mesclado à fumaça de cigarro enchia o ar. Meus joelhos tremiam. E um a um os meus amigos foram se entrosando com as moças, que já os abraçavam e insinuavam convites. Fui despistando de todos, o mais que pude, mas sempre algum ficava comigo. Havia uma sutil cumplicidade masculina para assegurar que o macho era o supremo e manter os outros machos na mesma linha de masculinidade. Imaginava que, se conseguisse ficar sozinho, fugiria dali e os encontraria mais tarde alegando que ficara com alguma das moças e que demoramos e fizemos sexo mais de uma vez. Mas conspiraram contra mim, parecendo que me vigiavam e não me deixaram sozinho um minuto sequer. O primeiro a entrar em um quarto com uma moça já retornara e rendera meu último acompanhante, relatando detalhes do que ocorrera dentro do quarto. O tempo passava e outros foram se agrupando ao retorno, cheios de glórias sexuais. E eu ali sem ter entrado em quarto algum, e todos começaram a me pressionar e cobrar. Repentinamente, uma senhora bem vestida e com maquiagem carregada cheirando *Fleur de Rocaille* se aproximou de nosso grupo.

– Rapazes, o que acontece aqui?

– Zezé – respondeu um deles –, é o Danilo, é a primeira vez dele e ele não está querendo entrar.

A senhora olhou para mim e carinhosamente disse:

– Acalme-se, meu rapaz, vou pedir a Sheila que o acompanhe. Não se preocupe, ela é uma excelente companhia e irá fazer você se sentir à vontade.

– Sheila – chamou –, leve este jovem e cuide dele! Ele é especial! – vi que piscou para a moça que se aproximou de mim e puxou-me pela mão.

– Vamos? – disse ela.

Olhava para a moça, uma bela morena de aproximadamente 25 anos a me arrastar pela mão e olhava para o grupo, que fazia a maior torcida pelo membro do grupo que se tornaria macho como eles.

Entramos no quarto com Sheila a me puxar pela mão e, fechando a porta sob os olhares curiosos de meus companheiros, convidou-me a sentar na cama enquanto iria fazer alguma coisa. Sentei-me na cama e as lágrimas começaram a rolar pelos meus olhos incontrolavelmente. Não queria estar ali. Não queria fazer aquilo, estava sendo violentado brutalmente por uma cultura masculina injusta e irracional. Meu corpo doía, minhas mãos suavam.

Sheila retornou, sentou-se ao meu lado na cama e carinhosamente começou a passar a mão em minha cabeça:

– O que acontece? – indagou. Está assustado?

Balancei a cabeça em sinal positivo, enquanto as lágrimas desciam de meus olhos.

– Você não gosta de mulheres, não é?

Meu coração parou. Fiquei sem respirar. "Fora descoberto", pensei. Aqueles segundos de imobilidade absoluta, milhões de pensamentos povoaram meu cérebro. Ela sairia dali, contaria à turma que não aconteceu nada e que eu não gostava de mulheres. Aquele transe de segundos me pareceram anos. Saí do transe com a voz de Sheila mais terna:

– Não se preocupe! Não vou contar a seus amigos. Há alguns homens que não gostam de mulheres. Você não vai ter que fazer nada aqui que não queira.

– Mas...

– Está preocupado com eles lá fora? Façamos o seguinte: faremos alguns ruídos e conversamos e ficaremos rindo. Pois sei que estão a escutar do lado de fora. Depois você sai e diz o que achar melhor. Eu confirmarei.

– Como você descobriu sobre mim? – perguntei a Sheila.

– Seu nome é Danilo, não é mesmo?

– Sim!

– Danilo, conheci muitos homens de todas as idades, e alguns são como você. Digamos, diferentes. Alguns não gostam de mulheres. Preferem homens e sentem prazer por homens. Não sei o porquê. Mas muitos já vieram aqui e passaram pela mesma situação que você está passando. A primeira vez que isto ocorreu comigo, eu ainda era jovem como você. Ele, um moço filho de um grande político de Minas. E o pai o trouxe aqui. Eu me encantei por ele, de fato cheguei a me apaixonar. O pai queria que eu o transformasse em homem. Levei-o para o quarto e tentei me doar a ele, que insistia em negar meus carinhos. Começamos, então, a conversar e ele se abriu comigo. Disse que era apaixonado por um outro moço colega de escola e que era correspondido, mas não podia assumir este amor por preconceito de todos. E se o pai soubesse, ele o mataria. Ficamos muito amigos, e ele me pediu para que fingisse estar fazendo sexo com ele. Pagava-me muito bem e eu dizia ao pai que ele era um homem fogoso e que faria qualquer mulher feliz com seus dotes de macho. O pai ficava feliz, orgulhoso e agradecido pelo fato de eu ter feito o filho se tornar homem. Este moço se tornou o meu melhor amigo. Sempre me visita até hoje e me fez compreender que existem várias formas de amar. Eu o amo muito, sei que nunca será meu homem, mas está acima de muitos que aqui vêm nos usar. Então, contei esta história para a Zezé, que é uma mulher maravilhosa, e ela viu em mim uma forma de atenuar a agonia de muitos iguais a meu amigo.

– Quem é ele? – Quis saber.

– Não posso revelar seu nome, ele hoje é um político influente em Minas Gerais. Casou-se e leva uma vida dupla, encontrando sempre que pode com seu amado. Sempre me visita e conversamos muito. Ele pensa em abandonar a família e ir para o exterior morar com seu amado, mas seus compromissos aqui o impedem.

– Você, então, não vai contar a meus amigos que sou diferente?

– Fique tranqüilo, vou contar exatamente o que querem ouvir sobre você. De mim nada saberão, contanto que pague o meu trabalho, como cobro de qualquer outro homem para fazer sexo com eles, está bem? É meu ganha-pão, sabe? E preciso do dinheiro.

– Claro – enfiei a mão no bolso e passei a Sheila o dinheiro.

– Vou emitir alguns ruídos, pois, com certeza, alguns deles estão a escutar pela porta. Assim, terão certeza, está bem? Você vai dizer alto que sou gostosa e dar alguns gemidos também. Todos sairão convencidos.

Representamos o ato com as aulas de Sheila. Deus tirara de mim o peso da obrigação daquela violência de fazer algo que realmente não desejara e faria se não tivesse saída. Fomos todos para casa, comentando o corpo e os atos daquelas mulheres. Nunca me esqueci de Zezé e Sheila, e onde estiverem quero que saibam o quanto foram encantadoras com aquele adolescente assustado. Mas não me livraria para sempre de exercer o papel exigido a todos os homens pela sociedade. Teria que passar por esta prova, como mais tarde descobri. No dia seguinte, era sábado, nós nos reunimos na esquina à tardinha para comentarmos nossas aventuras da noite anterior, havia chovido e o céu estava limpo; nas alterosas ainda caía um chuvisco leve e um lindo arco-íris se formou sobre as montanhas.

GANHAR O PÃO E SABOREAR O SUOR

Em 1968, comecei a trabalhar no Banco de Minas Gerais, onde meu pai trabalhava. O Banco ampliou meus horizontes de convivência, agora tinha outro planeta a conhecer, o do trabalho. Meus empregos anteriores sempre foram em pequenas empresas, dessa vez eram centenas de funcionários e o universo humano se ampliou. Conheci muitas pessoas interessantes e cultas que me acrescentaram muito. Havia o Danton, que era especialista em literatura; o Samuel, que conhecia música profundamente; o Lomba, que me ensinou a jogar xadrez; e inúmeros jovens de minha idade que começaram a vida profissional ali, assim como eu, na função de contínuos (mensageiros). Esta convivência com uma diversidade cultural influenciou muito minha vida, aprimorei o gosto pela leitura, cinema, boa música, assuntos de que já gostava, mas que foram melhor orientados pelas experiências e conhecimentos destes homens com quem convivi naquele período de minha vida. No Banco, percebi pela primeira vez que havia outras pessoas como eu, que desejavam homens. Percebi os olhares de alguns colegas que me viam com o mesmo olhar que eu os via, mas o pacto do absoluto silêncio sobre o assunto não nos permitia sequer aventar a possibilidade de o mencionarmos. Havia poucas mulheres trabalhando, elas não tinham funções dadas aos homens, eram telefonistas, faxineiras, secretárias, e outras atividades secundárias. Os trabalhos de maior responsabilidade eram exclusivamente dos homens. O universo masculino ainda dominava o processo produtivo do Brasil.

Havia dois colegas que me olhavam diferente, eu percebia, mas o meu propósito de ficar com mulheres não me permitia deixar que se aproximassem, éramos cúmplices apenas nos olhares. Um deles, Paulo, encontrei mais tarde no meio *gay* de Belo Horizonte, quando vivi minha vida dupla, chegamos a sair juntos, e na conversa que tivemos, ele confessou que sentia por mim o mesmo desejo que sentira por ele na época do Banco. Estava noivo e disse que se casaria para esconder da família e da sociedade o desejo por outros homens. Deve ter casado, nunca mais o vi.

No Banco, havia um gerente que tinha seus 40 anos e diziam que ele gostava de homens jovens; eram conversas tidas como proibidas, e o pavor de descobrirem sobre mim não me permitia tentar descobrir mais sobre a vida deste gerente, e até de certa forma me afastava dele, observando-o de longe e vendo que, de fato, ele recebia em sua sala muitos rapazinhos. Recebi da diretoria a tarefa de entregar a este gerente um documento. Foi quando tive proximidade com ele. Fernando Lisboa tinha uma aparência jovem, um pouco acima do peso pela sua altura de 1,70 metro. Sabia esta medida tirada pela minha própria altura. Ao entrar em sua sala e entregar o documento, ele me olhou da cabeça aos pés. Perguntou meu nome e sugeriu um convite para que fôssemos tomar uma cerveja, queria me conhecer melhor e tentar me ajudar a conhecer todos os trabalhos do Banco. A princípio evitei com medo de sua fama e do que aconteceria, mas Fernando era tido como excelente gerente e a diretoria onde era contínuo sempre trocava documentos com esta gerência e minhas idas e vindas em sua sala se tornavam cada dia mais freqüentes. Era dezembro e as festividades de confraternização de final de ano eram intensas em todas as seções do Banco. A cada dia uma seção marcava a realização de seu tradicional amigo oculto. Pela minha posição como contínuo da diretoria, era convidado para algumas destas festas, o que causava uma certa inveja nos outros meninos que participavam apenas das festas de suas seções. A festa da gerência seria realizada em um restaurante tradicional em Belo Horizonte que ficava na Rua Carijós, ao lado do Banco, chamado Bico-de-Lacre, que tinha uma variedade enorme de tira-gostos e um chope saboroso e supergelado. Muitos bancários da região freqüentavam o Bico-de-Lacre. Fernando Lisboa fez questão de me convidar. Meio desconfiado, fiquei em dúvida, mas insistiu e como iriam todos os gerentes, a secretária e o contínuo, aceitei.

A cobiça de todos os jovens de minha idade era uma calça de tecido *jeans* original americana chamada *Lee*. O *jeans* brasileiro não tinha a qualidade que tem hoje, o que tornou a Calça *Lee* muito popular entre os jovens do Brasil e extremamente cobiçada. A calça *Lee* era o sonho da moçada dos 15 aos 30 anos e era extremamente cara. Entre os contínuos, formamos até um consórcio para realizarmos o sonho de ter aquela preciosidade do vestuário juvenil. Formamos um grupo de dez a doze jovens e, a cada mês, uma calça era sorteada. Em dezembro, o consórcio já estava no quarto mês e eu ainda não fora sorteado, nunca tive muita sorte em sorteios deste tipo. Não sei como Fernando Lisboa soube do meu desejo pela calça. Após as brincadeiras de costume da troca de presentes, ele se levantou da mesa e alegando ter feito uma coleta de fundos entre os gerentes, entregou-me um lindo embrulho em um papel de seda vermelho, enlaçado por uma fita verde, larga, dizendo que era um presente da gerência em agradecimento aos trâmites rápidos que o contínuo da diretoria dava aos documentos da gerência. Em meio aos gritos de: "Abre, abre, abre!", atendi e para minha surpresa, de dentro do embrulho, saiu uma calça *Lee* novinha em folha. Claro, explodi de alegria. Agradeci a todos e continuei na festa. As pessoas começaram a partir, e fomos ficando, ao final, Fernando, a secretária, o contínuo e eu.

A conta foi paga, e ele se ofereceu para levar-nos em casa. A secretária morava no Bairro da Floresta, e o contínuo morava no Bairro do Horto, dessa forma eu seria o último na viagem em seu carro, já que morava na Saudade. Fernando deixou nossos colegas e, no caminho para minha casa, conversou muito comigo sobre o trabalho, a forma de agir no banco para crescer profissionalmente e disse que tinha muita vontade de saber onde era o Hotel Taquaril, que ficava atrás do meu bairro. Contou que tinha vontade de passar um fim de semana no hotel, que já ouvira falar muitas vezes que era um lugar tranqüilo no meio da mata ao pé da serra. Expliquei a ele qual o caminho a seguir. Despretensiosamente me perguntou se eu me importava em levá-lo até lá para conhecer o caminho. Em agradecimento à sua gentileza pelo presente e pela carona, não tive como negar. Continuamos conversando e tomamos o caminho do hotel. Chegando à porta, mostrei a entrada do hotel. Ele agradeceu e retomamos o caminho de volta. Um pouco antes de chegar ao atual Bairro Jonas Veiga, ele parou o carro e disse que queria conversar um pouco comigo. Eram umas 10 horas da noite e não havia movimento na estrada àquela hora. Ele, então, começou a me dizer que gostava de rapazes e que gostaria de demonstrar para mim como era. Fiquei assustado, com medo e preocupado. Ele disse que não faria nada comigo que eu não quisesse. Ele, sendo gerente do Banco tinha muita influência, e isto me segurou com medo de usar esta influência contra mim. Fiquei quieto no banco do passageiro. Fernando começou a beijar meu pescoço e meu rosto, tentou beijar minha boca, mas não permiti, ele continuou abrindo minha camisa e beijando meu peito, com uma das mãos sobre meu ombro e a outra que deslizava por todas as partes do meu corpo. Aquilo tudo fazia minha adrenalina subir, e o suor, misto de pavor e prazer, já corria sobre meu rosto. Ele começou a beijar meu tórax freneticamente, desabotoando meu cinto e baixando o zíper de minha calça. Fez o mesmo com sua roupa, e pude ver o tamanho de seu desejo. Puxou minha mão e a colocou sobre seu pênis, pedindo que eu o masturbasse. Sua boca continuou a me mordiscar descendo pela minha barriga e chegando à região pubiana, meu tesão era enorme. Repentinamente ele começou a beijar meu sexo e lambê-lo de todas as formas, pude sentir o calor de sua boca quente envolvendo meu pênis por inteiro, era a primeira vez que alguém fazia aquilo. O que senti foi indescritível, meus músculos todos enrijeceram e cheguei ao orgasmo em uma velocidade recorde com a boca de Fernando a me engolir. Quase que ao mesmo tempo, com minha mão em seu pênis, ele gozou. Desfaleci de prazer. Fiquei quieto de olhos fechados por alguns segundos, e ele começou a recompor suas vestes. Fiz o mesmo. E retomamos o caminho para minha casa. Chegando à porta, meio apavorado com tudo que acontecera, fiz menção de sair rápido de seu carro. Ele segurou minha mão e pediu-me segredo absoluto no Banco sobre o que acontecera. Ele não imaginava que nem precisaria fazer aquele pedido, eu jamais teria coragem de contar a alguém, pois era o maior segredo de minha vida aquela forma de desejo. Fiz que sim com a cabeça e entrei assustado. Meu pai estava na sala assistindo à televisão, e perguntou o que foi que acontecera. Respondi algo que não me lembro e fui me deitar. Minha mente não fugia da cena acontecida há alguns minutos antes, e meu pênis continuava duro. Para dormir, tive que me masturbar debaixo da coberta. A partir daquele dia, evitava ao máximo ir à sala de Fernando e quando nos encontrávamos, era como se nada houvesse acontecido entre nós. Ficou como nosso segredo. Até hoje...

Durante semanas ajoelhei-me sobre o milho e rezei milhares de Pai-Nossos e Ave-Marias pedindo a Deus que afastasse de mim os pensamentos do que acontecera naquela noite, em meio a lágrimas e lágrimas de desespero, e meus joelhos em carne viva. Deus haveria de me perdoar e me curar desta doença pecadora e horrorosa. A dor e o desejo dilaceravam meus sonhos, corpo e pensamento.

SÓ PORQUE DISSE QUE O AMAVA

AINDA no Banco, presenciei outra história que me marcou muito. José Antônio, um rapaz loiro de olhos muito azuis, tinha 15 anos, era um menino muito bonito e atraente. Cheguei até a sentir uma atração por ele. Começou a trabalhar depois que eu já estava no Banco há algum tempo. José Antônio possuía um jeito muito meigo e doce de ser. Educadíssimo e muito gentil, conquistava a amizade de todos com facilidade. Estudava à noite no Colégio Tito Novais, que ficava perto do Banco. Saía do trabalho e ia para o colégio após um lanche na Lanchonete do Chinês, que ficava na Rua Tamoios. Como lanchava lá também antes de ir para a escola, sempre nos encontrávamos e estes encontros nos aproximaram. Sempre que lá o encontrava, ele estava lanchando com um seu colega de escola, que me apresentou como Miguel. Pouco mais velho que José Antônio, Miguel parecia ter uns 16, quase 17 anos, forte e musculoso, como se trabalhasse em algo que requeria muito exercício. Soube que era entregador de uma loja de móveis de dia e, à noite, fazia o Ginásio no Tito Novais, onde conhecera José Antônio e ficaram amigos. Sempre eu os encontrava no Chinês. Estes encontros já duravam alguns meses, e os dois pareciam muito amigos. Miguel sempre observava as moças que entravam na lanchonete e fazia comentários maldosos sobre suas formas conosco. Eu não respondia aos comentários por motivos óbvios, mas José Antônio concordava com Miguel e os dois riam muito destas conversas. Terminava meu lanche e saía, os dois ficavam mais um pouco, de lá escutavam o sinal de início das aulas do colégio, quando deixavam a lanchonete e seguiam para as aulas. Um dia percebi que José Antônio não fora trabalhar. Achei natural. À noite, fui lanchar e encontrei o Miguel. Perguntei a ele sobre o José Antônio. Ele me respondeu que haviam brigado. E que não sabia dele. Não queria mais amizade com aquele maricas, foi o que me respondeu. No dia seguinte, vi José Antônio no Banco. Seu olho esquerdo estava inchado e roxo, uma pequena cicatriz sobre o supercílio, e o braço esquerdo enfaixado e apoiado em uma tipóia.

– Zé, o que aconteceu com você? – perguntei.

– Foi o Miguel, Danilo, ele me deu uma surra.

– Por quê? O que houve? Vocês pareciam ser tão amigos!

– Vou contar a você, mas peço que não conte a ninguém, está bem?

– Claro, Zé, pode confiar!

– Ao sairmos da escola antes de ontem, fui com Miguel até o ponto do ônibus dele como sempre fazia. Ficamos conversando e revelei a ele que sentia atração por rapazes.

– E só por isto ele bateu em você? – quis saber.

– Não, Danilo, ele me bateu porque eu disse que o amava.

José Antônio, a partir daquele dia, passou a ser uma pessoa triste. Sofria por ser homossexual e por amar um rapaz que o odiara por declarar o seu amor a ele. Por receio de ser descoberto, eu me afastei de meu colega. Mudei de lanchonete. E nos distanciamos.

TROCA DE FAVORES

Minha primeira promoção estava vinculada à minha liberação do serviço militar, o que, somado ao pavor do que teria que passar dentro do Exército, a dureza e aspereza da vida militar que me causavam pesadelos, ficar livre do serviço militar passou a ser uma meta para mim. Procurava conversar com todos para ver a forma que encontraria para não servir o Exército. Meu irmão José Guilherme articulou com um colega seu de trabalho, que conhecia um sargento responsável pela seleção dos recrutas, a ajuda para minha dispensa. Nessa época reencontrei um antigo colega do curso de Admissão, Fábio, que já estava servindo, e conversando com ele sobre a possibilidade da dispensa, ele disse que já havia conseguido dispensa de outros amigos. E se eu quisesse conseguiria a minha. Eu estava disposto a conseguir a dispensa a qualquer custo e aceitei a oferta. Perguntei ao Fábio como ele conseguiria, sua resposta foi surpreendente:

– Tem um sargento que é veado e gosta que eu transe com ele. Eu o como, às vezes, e ele me faz alguns favores, é só eu pedir a ele e ele tira você – disse.

– Fábio, como você faz isto? Não é perigoso?

– Não, ele tem um local, um sítio perto de Nova Lima, e sempre me leva lá! Sempre sou eu quem come, ele é o veado, eu continuo sendo homem – Fábio era homossexual ativo e usava esta fantasia para se considerar homem, mas era homossexual.

– Isto não o incomoda?

– Não, até gosto, e como o salário no Exército é minguado, economizo o dinheiro que meus colegas gastam com as putas da zona.

– Mas, se você fizer isto por mim, o que vai querer em troca?

– Nada, Danilo! Lembra quando, no curso de Admissão, você me ajudou naquele trabalho de Português? É uma retribuição.

– Está bem! Agradeço.

Antes de partir, contou mais detalhes de seus encontros com o sargento e disse nome dele. Para minha surpresa, era o mesmo sargento conhecido do meu irmão. Vivia uma vida dupla, escondida. Consegui ficar no excesso de contingente, até hoje não sei se pelo ato do Fábio ou pela amizade do José Guilherme. Preferi, na ocasião, não descobrir.

SENTENCIADOS PELO AMOR PROIBIDO

A DESCOBERTA de que havia outros homens que sentiam o mesmo que eu me assustava. Todos os que tinham uma certa visibilidade pelo seu gosto profano e proibido eram motivo de escárnio e jocosidade. Eu, criado no contexto do universo masculino, no qual tudo fora deste universo era pecado mortal, sentia um pavor enorme que descobrissem sobre mim e meus desejos. Seria o motivo de desgosto para os meus pais, minha família, meus amigos, colegas de trabalho e seria condenado ao fogo eterno pela Igreja. Era muita pressão sobre um jovem repleto de curiosidades sobre si e o mundo que o cercava, com enxurradas de novas informações trazidas pela convivência com novos amigos que me empurravam para a obscuridade da dualidade. Perdia a conta da quantidade de milho que usei para conseguir a graça de Deus de me livrar daqueles desejos. As perguntas me atormentavam, quem era eu? O que vinha fazer neste lugar onde todos eram de uma forma e eu diferente? Por que Deus não me libertava do meu tormento? Mal sabia que só obteria respostas aos 46 anos, quando realmente me transformei em mim mesmo.

O Banco de Minas Gerais foi minha primeira grande escola de vida. Aprendi o que era uma carreira profissional; a usar os conhecimentos obtidos nas escolas e nos cursos que freqüentei; a conviver com pessoas de diferentes formações e faixas etárias; e, principalmente, a afastar de mim qualquer possibilidade de estar com outro homem, pelo menos de forma explícita. A esta conclusão cheguei, quando presenciei o fato envolvendo Marcelo e Tadeu.

Eram dois jovenzinhos de 14 anos, ambos muito bonitos e cheios de possibilidades de uma carreira futura. Pertenciam ao quadro de contínuos como eu. Os dois andavam e saíam sempre juntos e, assim como eu, não jogavam no time de futebol dos contínuos do Banco. Mas assistiam aos jogos sempre lado a lado, não participando muito dos encontros e brincadeiras habituais após os jogos. Esta proximidade já gerava uma desconfiança entre os outros garotos e funcionários. No quinto andar, havia um banheiro mais reservado para a diretoria do Banco, pouco freqüentado pelos demais funcionários. Uma tarde, logo após o horário de almoço, a faxineira do andar entrou de surpresa no banheiro acompanhada de um garçom da diretoria que precisava com urgência de uma toalha. Depararam com Marcelo e Tadeu dentro do banheiro. Segundo os dois, os garotos estavam abraçados e se beijando. Rechaçados pelos colegas mais velhos, pegos no ato rotulado por eles de "pouca-vergonha", os dois foram levados ao chefe dos contínuos, o Sr. Meira. Encaminhados, logo depois, ao Departamento Pessoal, os dois receberam imediatamente uma carta de demissão por justa causa: atentado ao pudor. E teriam que cumprir o aviso prévio previsto em lei. Os trinta dias em que os garotos viveram no Banco, no cumprimento do aviso, foram algo de mais terrível que pude presenciar. No café, os dois ficavam isolados, pareciam terem adquirido uma doença contagiosa. Quando um deles entrava no elevador de serviço, nenhum outro homem entrava, deixavam-no só. Todos se referiam a eles como as "bichinhas do banheiro". Eles tinham que sair do trabalho correndo, pois, se ficassem nas proximidades do Banco, eram agredidos da forma mais vil. Um deles chegou a levar um soco no olho. Foram humilhados de todas as formas e marcados pelo resto da vida deles nesta comunidade hipócrita em que vivíamos. Seu pecado, um beijo e um abraço, coisa comum entre os jovens heterossexuais. Tamanho martírio presenciado com meus jovens colegas me fez esconder ainda mais os meus desejos. Eles cumpriram seu martírio e partiram do Banco; ambos tinham pais que nenhuma atitude tomaram em sua defesa, foram embora, sós, com a marca do preconceito impregnada em suas jovens almas.

GAY

O ANO era 1969. O Ato Institucional Número 5 (AI-5) entrava em vigor, implantado em 13 de dezembro de 1968 pelo Governo Costa e Silva. A força da ditadura chegara a seu auge. Juízes foram aposentados, mandatos cassados, as garantias do *habeascorpus* foram extintas e aumentou a repressão policial e militar. Funcionários do Serviço Nacional de Informação (SNI), eram plantados dentro das empresas e instituições para descobrir possíveis conspirações contra o regime revolucionário. Alunos eram retirados da sala de aula, sumiam por dias e reapareciam apáticos, silenciosos, vítimas da tortura militar. Tudo era vigiado e observado. Vários colegas foram arrancados de suas mesas de trabalho e desapareceram, apenas por falarem sobre Karl Marx e suas teorias comunistas. Foi um tempo muito triste para os brasileiros, qualquer inimizade por diferenças cotidianas poderia ser taxada como contrárias ao regime; os inimigos da homossexualidade usariam este recurso para violar os direitos civis dos cidadãos, mais um motivo para as pessoas se trancarem dentro do armário. A censura era burra e cruel e todas as notícias eram cerceadas e liberadas apenas após o exame de um censor. Havia um colega, o Danton, que considerava todas aquelas atitudes um absurdo e sempre encontrava uma maneira de trazer notícias de fora do País que relatavam os verdadeiros fatos acontecidos no Brasil e fora dele, aos quais não tínhamos acesso. Faziam umas reuniões festivas em sua casa no São Lucas, onde lia para todos as reportagens de revistas e jornais americanos que eram discutidas entre um gole ou outro de *cuba libre*, uma bebida feita com rum e Coca-cola. Foi em uma destas reuniões que, pela primeira vez, ouvi a palavra "gay".

A notícia, trazida por Danton, era a de que em um Bar chamado *Stonewall*, no Bairro de *Greenwich Village*, em Nova Iorque, no último 28 de junho, nove detetives à paisana entraram, expulsaram cerca de 200 fregueses do bar e prenderam um porteiro e três travestis. Era um fato corriqueiro e habitual da polícia nova-iorquina, que já havia repetido aquela ação por dezenas de vezes tentando reprimir os homossexuais. Mas, naquela vez, ao retirarem-se do bar com os detentos, encontraram uma multidão irritada que começou a atirar-lhes pedras e garrafas. Os policiais entrincheiraram-se dentro do bar até a chegada de reforços. O tumulto envolveu a polícia e cerca de 400 manifestantes, e só acabou 45 minutos depois. A manifestação, entretanto, repetiu-se durante quinze dias, de forma crescente: mais e mais homossexuais se aglomeravam na porta do bar aumentando o conflito. O Prefeito de Nova Iorque foi obrigado a intervir e ceder aos homossexuais o direito ao espaço de *Stonewall*, dando origem ao *Gay Power* (Poder Gay), fato que marcaria o início do protesto público contra a descriminação de homossexuais. Nascia ali o orgulho *gay*.

Esta notícia, chegada a nossas mãos por intermédio do Danton, encheu o meu coração de esperança. Pela primeira vez, eu me vi tratado por uma palavra que não era aviltante como bicha e veado, GAY. Evidentemente que escondi de todos a emoção que sentira, e fui para casa dormir. Só que não consegui, fiquei a noite toda imaginando a cena do bar e o que acontecera, mas era em Nova Iorque, a milhares de quilômetros de Belo Horizonte, e este orgulho nunca chegaria aqui. Tinha que pôr os pés no chão e permanecer com meus dois eus em minha realidade. Vi apenas que não estava sozinho, que em algum lugar dezenas de pessoas como eu se reuniam, se agrupavam, a princípio para se encontrarem, mas, a partir desta data, para lutarem. Um leve fio de esperança encheu minha alma, acalmando um pouco minha culpa e minha dor. Mas *Stonewall* levaria ainda quase uma década para chegar ao alcance dos *gays* do Brasil. E pelo menos três décadas para chegar à minha vida e ao meu coração.

PARTI E ME VIOLENTEI

PROGREDIA profissionalmente no Banco de Minas Gerais, onde já construía uma carreira. Trabalhava no setor de Câmbio, onde fiz um grande amigo, Narcísio Ernani Lomba, que me ensinou a ser um profissional, sendo um orientador para conseguir minha promoção. Para isso, teria que me mudar para São Paulo, possibilidade que me fascinou, mas teria que enfrentar a resistência de meus pais, o que seria muito difícil. Minha mãe não cogitava esta possibilidade e foi, então, que ouvi de Lomba algo muito importante que me fez tomar minha decisão:

– Danilo, você tem uma vida para viver, seu destino lhe pertence, a mais ninguém. O amor de mãe é fundamental, mas é um amor egoísta, pensa muito no conforto de ter o filho sob o seu olhar, mas você deve criar suas próprias asas; voe, busque seu destino, meu amigo, é sua oportunidade.

Tomei minha decisão, arrumei as malas e convenci meus pais de que deveria seguir meu caminho e meu trabalho. As dificuldades financeiras pelas quais minha família passara nos ensinaram a todos o valor do trabalho e do emprego e, embora a idéia de ter um filho longe de seus olhos não agradasse, foram forçados a concordar com minha decisão de partir. O ano era 1971, cheguei a São Paulo e fiquei surpreendido pelo gigantismo da metrópole; na primeira semana, fiquei hospedado em um hotel na Praça da Bandeira, bem próximo do endereço da agência do Banco onde iria trabalhar. Uma semana depois, estava instalado em uma república do Banco, que ficava próximo da Senador Queirós com Prestes Maia, duas grandes avenidas do Centro de São Paulo. Matriculei-me no Colégio Capi, na Avenida São João, onde concluiria meu curso técnico de Administração dois anos depois. Comecei a explorar São Paulo com a curiosidade da descoberta pelos olhos de um jovem com 19 anos de idade. Raul Seixas estourava nas lojas de disco com "Ouro de Tolo", música ouvida em todas as esquinas de São Paulo. Na república, as atitudes masculinas eram as mesmas, e sendo o mais jovem do grupo, todos se interessavam pela minha vida: se tinha namorada, se já fizera sexo, se sentia isto ou aquilo, e minhas respostas eram evasivas. A insistência de todos em me levar à "boca do lixo", um dos pontos da zona boêmia de São Paulo era insuportavelmente irritante e, para me deixarem em paz, tive que acompanhá-los uma noite de sábado. Foi a primeira vez que me violentei pela aparência e tive que fazer sexo com uma prostituta. Senti saudades de Sheila e Zezé. Para esconder meu desejo, tive que entrar em um quarto onde havia uma mulher de roupas íntimas a me esperar. Mal entrei e ela se levantou da cama e fechou a porta. Tremia. Ela me perguntou se era a primeira vez, consenti com a cabeça. Ela tirou minha roupa e me possuiu, literalmente.

De minha parte assim como da parte dela, tudo aconteceu de forma mecânica, não houve prazer de ambas as partes, ela por ser profissional, eu por não sentir o que deveria. Vesti minha roupa, paguei pelo trabalho e saí. Vi que era capaz de sentir ereção por uma mulher, talvez Deus tivesse atendido as minhas preces, talvez me livrasse do estigma da homossexualidade ali. Fui embora refletindo e acreditando que poderia ainda me "curar". Não estava feliz, estava apático, era como se algo dentro de mim se rompesse, como se desrespeitasse a mim próprio. Mas o que fazer, se isto era o correto? Era um homem e ela uma mulher. Estava agindo dentro do papel que me destinaram.

AMOR E SEXO SE TORNAM UM

Meu primeiro beijo na boca de alguém acontecera quando tinha 15 anos. Uma colega do Colégio da Pompéia se dizia apaixonada por mim e tivemos um namorico que propiciou esta experiência tão cobiçada por adolescentes de todas as idades. Claro que não me esqueci deste beijo, assim como os beijos que recebi de outras garotas, mas nada se comparara ao beijo que tive em São Paulo. O ano era 1972. Ouvira falar de um local em que os colegas homens do Banco e da escola evitavam à noite: a Avenida Ipiranga esquina da Avenida São João, onde se reuniam os *gays* de São Paulo. Durante meses sonhei conhecer o lugar, que visitara apenas durante o dia. Empenhado em vivenciar meu papel de heterossexual, evitava me expor num universo execrado pelos heteros. Um mundo que, à noite, era tido como de transgressão e bichas de todas as espécies, de violência e drogas, repudiado por qualquer homem que não quisesse ser confundido com os freqüentadores do lugar. O desejo em mim ardia, os hormônios sexuais explodiam por todas a células do meu corpo e os sonhos eram intensos e constantes com outros homens, múltiplos orgasmos noturnos me incomodavam. Não tinha o menor desejo de repetir a experiência anterior acontecida na "boca do lixo". Fazer sexo novamente com uma mulher estava fora de meus planos, ainda mais sem amor, sem ternura, como acontecera. O estigma da "doença do homossexualismo" me atormentava dia e noite. Pensei em procurar um psiquiatra, mas o receio de me revelar para alguém me queimava por dentro. Definitivamente ninguém deveria saber dos meus desejos. Pensava que teria muito a perder, o risco de ser preso, internado como doente, a descoberta pela família e pelos amigos me poderia marcar pelo resto da vida e todos os meus sonhos de uma vida "normal" cairiam no abismo da segregação. Planejei minha ida à região da Praça da República nas proximidades da Ipiranga com São João inúmeras vezes, mas o pavor de ser visto ou reconhecido sempre me impedia.

Num sábado, saí da república mais cedo, logo após o almoço e avisei meus companheiros de que iria estudar na casa de um amigo. Caminhei pelo Centro entrei no Cine Ouro, o filme era "O poderoso Chefão", com Marlon Brando e Al Pacino. Maravilhoso, por sinal. Era um filme longo, de quatro horas. Saí do cinema às 18 horas. Meu coração batia de forma acelerada, estava decidido a conhecer o universo misterioso que fluía em minha imaginação. Dirigi-me à Avenida São João no sentido da Ipiranga. Faltou coragem como nas outras vezes que tentara. Mas chegara até ali e prosseguiria. A cada passo que dava, a adrenalina subia, minhas pernas tremiam e meus pés pesavam como chumbo, cada passo era uma eternidade. Decidi entrar em um bar. Pedi uma dose dupla de "Fogo Paulista", uma bebida muito forte e muito vendida em São Paulo. Tomei de um gole e pedi outra dose. A noite já acendera todas as luzes da São João. São Paulo iluminava-se em néon e faróis do trânsito intenso na região. Fiquei mais calmo, meio atordoado pelo álcool. A caminhada ficou mais leve. Já podia vislumbrar a esquina da Ipiranga, onde um burburinho de vultos masculinos transitava em todas as direções. A aceleração de meu coração crescia novamente, mas estimulado pelo teor alcoólico em meu sangue, minhas pernas seguiram firmes na direção que minha mente projetava. Cheguei. O que vi foi inesquecível. Milhares de homens de todas as idades, em um imenso desfile de roupas e cores, andavam em todas as direções. Muitos estavam encostados nos carros estacionados próximos das calçadas, com calças extremamente justas, mostrando o corpo e o sexo, camisas semi-abertas, a olharem os carros luxuosos que passavam e, às vezes, paravam próximos a eles, que abaixavam, conversavam com os motoristas pela janela dos passageiros. Alguns entravam dentro dos carros e outros não. Fiquei estático na esquina da São João a observar todo aquele movimento e sua população. Alguns passavam por mim com suas sobrancelhas bem delineadas, afinadas como as das mulheres, com camisas muito estampadas e muitas bijuterias como adornos. Outros estavam vestidos de forma convencional, social esporte, outros de terno e gravata; poucas, muito poucas mulheres eram vistas no local. Consegui me mexer e atravessar para o outro lado da Ipiranga, virei à esquerda no sentido da Praça da República, todos me olhavam nos olhos, era um flerte intenso, homens de todas as idades e raças, belos, atléticos, magros e gordos cruzavam olhares de forma fixa e sensual. Continuei caminhando em direção à Republica, e na porta do cinema que ainda existe ali, estava um jovem parado e encostado na parede. Ele me olhou de forma mais intensa. Minha alma se arrepiou. Deu-me um sorriso e piscou um olho. Quando passei por ele, ouvi um "Oi!" vindo de sua boca. Tremi, e continuei. Entretanto, algo me fez parar mais adiante e olhar para trás, ele estava vindo em minha direção. Gelei inteiro. Meus pés se colaram no chão e não conseguia andar. Ele se aproximou:

– Olá. Como vai? – e estendeu a mão para mim.

Procurando esconder meu nervosismo, tentei agir naturalmente:

– Vou bem e você?

– Meu nome é Alexandre, e o seu? – disse, segurando minha mão.

– Danilo.

– Está tremendo, Danilo. É a primeira vez que vem aqui?

– Sim! – respondi.

– O que está achando?

– Bom, estou meio nervoso, nunca vi algo assim antes.

– Vamos conversar um pouco? – convidou.

Consenti com a cabeça e entramos no primeiro bar. Ele pediu uma cerveja e começamos a tomar.

Alexandre começou a falar sobre si. Era do Mato Grosso e estava em São Paulo desde os 17 anos, viera para trabalhar. Trabalhava nas imediações do mercado em uma empresa atacadista de cereais, e morava em um barracão numa vila no Bairro Santa Cecília ali bem próximo. Enquanto falava, eu o observava. Alexandre tinha 1,80 metro de altura, peito bem definido e braços fortes, seu rosto era amorenado, com dois lindos olhos amendoados como os olhos dos índios brasileiros, o cabelo um pouco crespo, mas bem penteado, havia uma harmonia bela e máscula em seu rosto. Tinha pernas grossas vistas sob o *jeans* novo bem justo. Suas mãos eram grandes e fortes, podia sentir a espessura da palma de sua mão provocada pelo trabalho pesado. Tomamos duas ou três cervejas e eu já me soltara mais, falei sobre mim, o que fazia em São Paulo e minha primeira ida ao lugar. Repentinamente ele perguntou:

– Quer ir até minha casa?

– Não sei... – respondi.

– Vamos!? Lá eu tenho uma cerveja na geladeira e podemos conversar melhor.

– Está bem!

Tomamos a direção da Vieira de Carvalho, atravessamos a praça e seguimos em direção ao viaduto do minhocão, um viaduto de grande extensão de São Paulo no trecho do Bairro Santa Cecília. Entramos em uma ruazinha transversal e paramos diante de uma casa antiga. Durante todo o trajeto, Alexandre procurava falar sobre si e sua vida, tentando me deixar mais à vontade. Tinha 22 anos e conhecia bem São Paulo, disse que me mostraria a cidade e que seríamos bons amigos. Na frente da casa, tirou do bolso as chaves e abriu o portão lateral. Entramos por um corredor estreito e chegamos a um barracão. Era pequeno. Uma sala com móveis simples, uma televisão pequena sobre uma estante de madeira escura, ao lado de um toca-discos pequeno cujas caixas de som eram a tampa. Ele destampou o toca-discos e colocou as caixas ao lado. Apanhou um disco de Tonico e Tinoco e colocou no *pickup*.

– Gosta de música sertaneja? – perguntou.

– Sim! – respondi.

– Fique à vontade, mas antes venha conhecer o resto da casa.

À direita da sala ficava a cozinha, com um fogão, uma mesinha pequena ao lado uma prateleira de madeira improvisada sobre tijolos, fechada com uma cortina de plástico. Uma pequena geladeira branca ao fundo perto da janela. Alexandre abriu a cortina e apanhou dois copos. Abriu a geladeira e retirou uma garrafa de cerveja Antártica, a cerveja mais consumida na época. Serviu e nos conduziu de volta para a sala, onde nós nos sentamos em um sofá de dois lugares, surrado pelo uso. Mas tudo era muito limpo e cheiroso, via-se que ele cuidava com carinho de sua casa.

Retomamos a conversa. Sua vinda para São Paulo foi uma fuga do Mato Grosso. Sua família descobrira que era veado e não o queriam mais em sua convivência. Havia feito sexo com um primo que o delatara para toda a família. Juntou um dinheiro e partiu. Logo que chegou, conheceu um outro veado mais velho que o levou para a casa dele. Viveram juntos por um ano, mas o outro era muito agressivo e batia muito nele, que, cansado, fugiu. Arranjou um emprego no mercado e foi morar em uma pensão barata nos arredores da rodoviária até conseguir alugar aquele barracão.

Em meio ao relato, repentinamente segurou minha mão. Tentei soltar, mas apertou firme e permiti que assim ficasse. Ele se calou, pousou o copo de cerveja no chão da sala e, com a outra mão, acariciou meu rosto. Fiquei sem graça. Mas não tirei sua mão, ele a passou pelos meus cabelos e repentinamente segurou minha nuca. Puxou meu rosto para perto do seu e pude sentir seu hálito de cerveja e hormônio masculino. Meu coração parecia que iria explodir. Tinha os lábios bem desenhados e carnudos, e de repente senti seus lábios tocarem os meus, e o beijo mais longo, firme e adocicado tomou conta de minha boca. Era como se nunca houvesse sido beijado antes. O tesão já explodia em todo meu corpo. E o beijo continuou por vários minutos. O prazer que sentia era imensurável, viajava naquele beijo em todas as formas possíveis, mordiscando meus lábios em pequenos intervalos com seus dentes perfeitos e muito brancos. Enquanto uma de suas mãos prendia minha nuca, a outra mão começava a desabotoar minha camisa e sentia aquela mão grossa e máscula passar sobre meu peito, descendo e subindo, indo até minhas costas. Nós nos levantamos do sofá sem descolar nossos lábios e assim ele me puxou até o quarto. Eu já chegara ao orgasmo, mas o tesão continuava. E ele me puxou para sua cama, só pude ver que era de casal, com uma colcha de xenil vermelha que ele puxou com uma das mãos, sem descolar seus lábios dos meus. Ele soltou meus lábios e me despiu, despindo-se em seguida. Pude ver todo seu corpo bem delineado, amorenado, belo como a escultura de Davi que vira em um livro de artes. Ele me conduziu às nuvens entrelaçando nossos corpos molhados de suor, banhando-me de beijos por todo o corpo, seguido de carícias entorpecentes. Atingimos o orgasmo por inúmeras vezes, entregando-nos um ao outro, de todas as formas possíveis entre dois homens até a madrugada. Adormecemos um nos braços do outro. Acordei com o dia amanhecendo. Assustado, levantei-me e comecei a me vestir, pois o pessoal da república poderia estar preocupado. Alexandre acordou e disse:

– Aonde vai?

– Tenho que ir, não avisei nada onde moro e podem estar preocupados.

– Vou com você até o orelhão, você liga e avisa, fique comigo hoje! – pediu-me carinhosamente.

Assombrado com tudo que acontecera, e com medo de ser descoberto, eu me reprimia.

– Não posso, Alexandre, mas eu volto, prometo. Não sei se poderei hoje, mas volto.

– Está bem – respondeu. – Mas vou fazer um café e você não sai sem tomar.

Levantou-se, e revi sob a luz da manhã aquele corpo maravilhoso com quem tivera tanto prazer e emoção. Era perfeito em todos os sentidos.

– Vá tomar um banho enquanto preparo o café. Se você quiser.

– Posso? – perguntei.

– Claro, fique à vontade – falou, dando-me um beijo na boca.

Dirigi-me ao banheiro, pequeno e limpo. Uma tolha clara estava pendurada ao lado do chuveiro. Tomei o banho e retornei à cozinha. A mesinha pequena estava com uma garrafa de café, duas xícaras e alguns biscoitos industrializados sobre um prato. Sentamos um de frente ao outro e tomamos o café. Já me vestira, mas Alexandre estava só de cuecas. Sob a mesa, entrelaçava suas pernas às minhas. Aflito, levantei-me rápido, o sol já despontava lá fora.

– Preciso ir – disse.

– Tem certeza de que não quer ficar mais?

– Não posso, Alexandre.

– Deixe seu telefone para nos falarmos.

– Não tenho telefone na república. E no Banco é meio problemático atender a telefones particulares – menti com medo que ele descobrisse meu outro eu.

– Vou lhe passar o telefone do meu trabalho, você me liga! – disse, apanhando uma caneta e um papel. Anotou o número e me passou.

Caminhei em direção à porta, onde ele segurou minha mão e minha nuca, puxando-me para si e colando mais uma vez seus lábios grossos aos meus.

Parti, caminhado em direção à Ipiranga para ir para casa. O sol brilhava, e o chão estava molhado pelo chuvisco que acabara de cair. Estava já na Praça da República, as árvores respingavam gotas da chuva, e vi as cores do arco-íris entre elas.

Algumas pessoas ainda perambulavam pela praça, via-se que ainda não tinham dormido, estavam com roupas de passeio, poucas com roupas de trabalho. Minha mente ficou turbilhando de pensamentos. Meio entorpecido por um pouco de sono e pela linda noite que vivera, comecei a pensar: "Meu Deus, algo assim não pode ser pecado, não pode ser errado, não pode ser doença. Algo tão doce, gostoso e belo só pode ser uma dádiva, por que me senti tão leve, amado, desejado? E retribuí da mesma forma a Alexandre. Não poderia ser pecado algo tão maravilhoso e perfeito entre duas criaturas do Deus que diziam que a tudo condenava."

As lágrimas caíam de meus olhos pela emoção e pelo medo do que viria a acontecer. Minha vida dupla pela primeira vez permitira o outro eu aflorar, ser ele próprio, verdadeiro, sem culpas, sem pecado, sem dor. O personagem permitiu ao ator respirar, viver. O cheiro de Alexandre estava em mim, assim como seu corpo, os lençóis alvos de sua cama, o gosto de café de sua boca. Caminhava e sorria para mim mesmo, o dia estava lindo e a sensação de êxtase apossava-se de todo o meu corpo. Pela primeira vez, não procurei o milho para me ajoelhar.

ENTENDIDO QUE SOU

O PESSOAL da república nem sentira minha ausência, percebi que cada um era livre para ir e vir, de maneira diferente de minha casa onde meus pais queriam saber onde havia ido e com quem estava. Isto me encheu de autoconfiança. Durante todo o domingo, fiquei em casa, fechava os olhos e via cada detalhe daquela noite linda repassar em minha mente. Decidi voltar à noite na Ipiranga, queria repetir tudo, reviver tudo. A turma da república, aos domingos, quase não saía de casa, ficavam ligados à televisão para ver o programa de Silvio Santos. Vesti-me para sair e ninguém perguntou aonde iria; melhor, não teria que mentir. À medida que subia a Ipiranga e a população de *gays* ia aumentando, meu coração se acelerava; na esquina da São João, o movimento era enorme. As cenas que presenciei no dia anterior estavam mais ricas, pude observar melhor o cenário, a adrenalina que me dominara na noite anterior já não era tanta, e me permitia ver mais os detalhes. Os homens eram de uma diversidade incrível, tamanhos, formas, cores, roupas, trejeitos mesclavam-se por todos os lados. Os olhares lambiam o corpo e o rosto de todos que se cruzavam. Era um universo novo, real, humano. Vieram à minha mente as primeiras estrofes da música que Caetano Veloso acabara de lançar, que descrevia poeticamente toda aquela cena:

> *"Alguma coisa acontece no meu coração*
> *que só quando cruzo a Ipiranga e a Avenida São João*
> *é que quando eu cheguei por aqui eu nada entendi*
> *da dura poesia concreta de tuas esquinas*
> *da deselegância discreta de tuas meninas*
>
> *Ainda não havia para mim Rita Lee, a tua mais completa tradução*
> *Alguma coisa acontece no meu coração*
> *que só quando cruzo a Ipiranga e a Avenida São João"*

O jovem poeta baiano soubera sintetizar de forma bem harmônica toda aquela cena que se passava diante de meus olhos. Compreendi o motivo de os homossexuais se chamarem de "entendidos", pois eu também, na noite anterior, *"quando cheguei por aqui eu nada entendi"* e, no domingo, já era um entendido, entendido no sentido de viver, compreender meu corpo e entender o corpo de outro igual, do mesmo sexo. Entendido em mim mesmo, em perceber que o ator poderia viver, sobrepor ao personagem e respirar, sentir, amar. Entendido no significado da palavra, *entendido*, que ouviria pelo resto de minha vida dita sempre de forma generosa e sutil por todos os meus iguais quando se referiam a outro *gay* que ainda não assumira seu papel na sociedade visível dos guetos. E pelas dezenas de vezes que cruzei aquelas esquinas, enquanto vivi em São Paulo, e outras dezenas de vezes que lá visitei, sabia o que significava cada frase da canção SAMPA. E sempre, ainda hoje, *"alguma coisa acontece em meu coração, que só quando cruzo a Ipiranga e a Avenida São João"*.

Caminhei pela Ipiranga e segui em direção à casa de Alexandre. Lá chegando, procurei pela campainha, e custei a localizá-la, não queria que os moradores da frente me vissem e pudessem de alguma forma suspeitar, era o personagem agindo sobre o ator. Ele me recebeu com um sorriso lindo no rosto, entrei e sentei-me no mesmo sofá da noite anterior. Ele ria e brincava muito à frente do programa do Silvio Santos na televisão. Ficamos o tempo todo de mãos dadas e ele, muito carinhoso comigo como na noite anterior. Disse-lhe que não podia ficar, que teria que me levantar cedo por causa do trabalho, mas que ligaria para ele. Não vi as horas passarem e saí de sua casa já bem tarde, apesar da insistência dele para que ficasse. Nós nos beijamos longamente, e refiz o caminho de volta ao meu cenário cotidiano. No dia seguinte, os colegas do Banco notaram que havia algo diferente, muitos me perguntaram o que me transformara em uma pessoa mais alegre e mais solta. Nada, respondia, não podia compartilhar minha felicidade com ninguém, mas pensava comigo: "Obrigado, Deus, por me ter permitido viver pela primeira vez." Telefonei para o Alexandre e disse-lhe que só poderia vê-lo no sábado, pois tinha o trabalho e a escola. No segundo dia, já lhe passei o telefone do Banco, e assim nos falávamos todos os dias.

Durante dois meses, passei os fins de semana na casa do Alexandre. Às vezes, nas noites de sábado, saíamos até o Largo do Arouche e sentávamo-nos à mesa de um dos movimentados barzinhos que estavam na moda devido aos coquetéis servidas, feitos com doses de bebidas e frutas frescas misturadas à açúcar e gelo no liquidificador. O ator dominava o personagem, o ator amava, o personagem temia e lutava para sobreviver, a realidade do ator tomava consistência. Alexandre era sempre terno e doce, sempre fazia o possível para agradar e nos fazer rir juntos.

Em um sábado, eu o convidei para ver o filme *Lawrence da Arábia*, que estava em cartaz no cinema Cinerama, que ficava na Av. São João. Era uma tela maior que as convencionais de cinemascope muito em moda na década de 1970. A tela era curva e, dependendo da posição em que você se sentava no cinema, você tinha a impressão de estar dentro do filme. O enredo do filme era baseado na história de um militar inglês, que se infiltrara nos conflitos das tribos árabes para tentar uni-las em uma nação. Com uma trilha sonora maravilhosa, Lawrence, um perfeccionista, tentava se parecer cada dia mais com um árabe, deixou seu uniforme inglês, e passou a usar roupas árabes. Ele acreditava que, se tivesse força de vontade, poderia realizar tudo e resolveu ser um árabe por completo. Homossexual, Lawrence mantém consigo sempre dois jovens árabes e sai em uma missão, e repentinamente um deles cai em um poço de areia movediça. Apesar de todo seu esforço, Lawrence não consegue salvá-lo. Isto o atormenta muito; além de perder um dos jovens amantes, ele percebera que também sua vontade não era suficiente para mudar algo. Entra em depressão e revela a seu amigo chefe de uma tribo que ele se tornara um árabe, mas não conseguira impedir uma tragédia. O amigo, então, diz-lhe que deve aceitar derrotas, e mostra a ele que há algo que não se pode mudar nunca, e abre as vestes de Lawrence e mostra a ele a cor de sua pele branca. Embora com o rosto queimado pelo sol e sua aparência de árabe, Lawrence nascera branco e morreria branco. Apenas muitos anos depois, eu entendi essa mensagem; gostaria de tê-la entendido aos 19 anos, talvez minha vida tomasse outros rumos. Alexandre, discretamente, segurava minha mão durante o filme e sentia seu calor bem perto de mim. Estava ficando sério aquele relacionamento. Os dias da semana se tornavam longos até chegar às sextas, pois saía direto da escola para casa de Alexandre e só voltava para casa na segunda à noite. Os colegas da república começaram a suspeitar e ficavam curiosos, querendo saber com qual mulher eu passava meus finais de semana. Mentia. Dizia que era alguém que não desejava que outros soubessem de nosso caso. Os nomes de várias colegas do Banco foram cogitados como principal suspeita. Nada revelei, nunca, até agora, quando escrevo.

APENAS UM HOMEM QUE AMA OUTRO HOMEM

Dois meses felizes, perfeitos, humanos, não havia culpa em meu coração pelo que acontecia. Meus pais cobravam minha ida a Belo Horizonte, há dois meses que não os via, eles começaram a insistir. Ao mesmo tempo, Alexandre me fez uma proposta:

– Danilo, você poderia deixar a república e se mudar aqui para casa. É a mesma distância do seu trabalho e da escola.

A proposta, que era bem racional, pareceu-me maravilhosa, passaria a ver Alexandre diariamente, e teria uma vida perfeita.

– Em uma semana, eu lhe dou uma resposta.

Foi uma semana de tormento: se fosse viver com Alexandre, teria que revelar e expor meu lado "entendido". Como reagiriam no Banco, na república, na escola? O que eu diria a todos? E meus pais e amigos de Belo Horizonte, se soubessem, como reagiriam? Isto não fica escondido muito tempo, ainda mais conhecendo meus pais; eles, com certeza, viriam a São Paulo me visitar, como explicaria que estava morando com um rapaz? Eles insistiriam em visitar nossa casa, é uma casa pequena com apenas uma cama de casal. Como esconderia deles? Impossível. Todos ficariam sabendo, meus pais sofreriam e meus irmãos seriam marcados como os irmãos do veadinho. Não poderia fazer isto com minha família, meus colegas de escola e de trabalho. Naqueles anos de ditadura e tradição mineira, o preconceito era como um gigantesco martelo que massacraria a cabeça de todos, deixando marcados todos que conviviam comigo, como foram os *gays* e judeus nos campos de concentração. Naquele momento, o meu amor começou a doer. O peso da realidade do personagem caía sobre mim com toda sua força. Foram noites de insônia, trabalhava mal, e as olheiras apareceram. Todos a me perguntar o que acontecia e eu não podia contar. Só a Alexandre, só com ele poderia compartilhar a dor. Tentaria explicar que não me poderia mudar, embora meu coração pedisse insistentemente que atendesse ao seu pedido. Em alguns momentos de devaneios, imaginava-me ali em sua casa, vivendo aquela felicidade por inteiro, sentido seus braços, seus beijos, seu carinho por dias infindáveis. Mas eram devaneios apenas. Deus, por quê? Por que não poderia ser feliz, se estes meses Você me fizera a experimentar toda inteiridade de vida para a qual me criou?

– Não posso me mudar para cá, Alexandre! – expliquei a ele os motivos.

Seus olhos encheram-se de lágrimas. Tentou argumentar comigo de todas as formas e se tornou até um pouco agressivo, dizendo que eu não me importava com ele e que não sentia por ele o mesmo que ele por mim. Nosso final de semana foi péssimo. Minha razão estava maior que meu amor. E decidi me afastar dele. O personagem estava agindo de forma cruelmente real dentro de meu sonho. Naquela semana, evitei atender a seus telefonemas e só na sexta-feira conversei com ele, dizendo que iria para Belo Horizonte a pedido de meus pais.

Fui. Em Belo Horizonte, meus pais perceberam que algo estava acontecendo, tentaram descobrir o que era. Não podia relatar nada, só calar. A dor era enorme e passei o final de semana chorando, com a insistência de meus pais em tentar saber o que estava havendo. No julgamento deles, eram saudades de casa. Repetiam a todo o momento que poderia voltar quando quisesse, que meu pai tentaria no Banco a minha transferência de volta. Insisti para que não fizessem isto, que estava bem em São Paulo, e que era apenas uma decepção que passaria.

Ao voltar para São Paulo, comecei a me distanciar de Alexandre. Evitava ao máximo suas ligações, já não dormia em sua casa. Ele insistia em que não havia necessidade de morar lá, mas que pelo menos ficasse nos fins de semana. Mentia uma desculpa e fugia. Fomos nos distanciando e, três meses depois, deixamos de nos ver. Emagreci, perdi algumas notas escolares. Sofri muito, deixei o personagem assumir minha forma e, embora a partir dali o ator tivesse saído do personagem por muitas e muitas vezes, seria ele quem me dominaria. Mais uma vez, a sociedade preconceituosa me tirara um amor, puro, perfeito, inocente e eterno.

De fato meus pais e irmãos mais novos foram me visitar dois meses depois, com o objetivo também de conhecer Santos. Minha dor começava a cicatrizar. Eles foram visitar a república onde morava. Queriam saber tudo, onde comia, como dormia e com quem. Curiosidades de pais. Fomos a Santos como uma família unida que éramos e somos até hoje. Meus irmãos Fábio e Geraldo se haviam tornado belos adolescentes e meus irmãos caçulas, Karla e José Eustáquio conheceram o mar e se lambuzaram de alegria. Foi um fim de semana lindo com eles, eu me fortaleci, apesar da tristeza que ainda estava em meu coração.

Continuei a visitar as esquinas famosas de São Paulo durante todo o tempo que fiquei lá. Conheci e fiz amor com outros rapazes, mas era só sexo. Nada durou mais que um dia, Alexandre me fazia falta, muita falta. Nunca mais o vi.

NA REALIDADE NUNCA FOMOS DOENTES

Nos Estados Unidos, o organizado *American Gay Power* (Poder *Gay* Americano) estimulara a *American Psychiatry Association* (Associação Americana de Psiquiatria) a realizar estudos sobre a homossexualidade humana. Análises científicas do pesquisador norte-americano Dr. Alfred Kinsey e outros cientistas – concluíram que o *homossexualismo* não era uma doença e não se encaixava nos critérios utilizados para se definir um desvio mental ou sexual. Abolia-se, assim, o termo *homossexualismo* do catálogo de doenças mentais. Por ser uma *orientação e não uma opção*, a palavra adotada para definir esta orientação seria: *homossexualidade*. Pelo menos tive uma certeza: se chegaram a esta conclusão cientificamente, confirmaram o que eu já sentia desde pequeno. Eu não era doente, criminoso e possivelmente muito menos um pecador. Estes adjetivos estavam na cultura social de nossa civilização.

O Governo Médici foi um dos mais duros da ditadura, o instrumento do Ato Institucional Numero 5 (AI-5), conferia a todas as autoridades da mais alta até a mais baixa patente um poder violador dos direitos humanos imensurável. No gueto *gay* paulistano, visualizei na prática a utilização deste poder. Quando lhe davam vontade, os policiais da Rotan, um departamento rígido da polícia paulista, circulavam pela região da Ipiranga, São João, República e adjacências, onde corria solta a boemia da paulicéia. Sempre que via carros de polícia, procurava me abrigar em algum bar e prosear com algum freqüentador, artimanha que, de certa forma me dava alguma imunidade contra a presença no ambiente tido como de "vadiagem" e "atentado ao pudor" de pederastas, boêmios e profissionais do sexo. Querendo extorquir algum dinheiro dos freqüentadores, a polícia sempre abordava e pedia documentos, quem estava sem Carteira de Trabalho era enquadrado como vadio. E as reações eram as mais diversas. Já havia alguns garotos de programa, jovens da periferia que faziam sexo em troca de dinheiro, mas não havia tabela fixa e nem violência constante entre profissionais e clientes. A maioria usava o dinheiro como desculpa para esconder sua homossexualidade e se mostravam aos clientes de forma muito sensual com calças muito justas e camisas desabotoadas, expondo ocasionalmente o contorno do peito nu. Quando abordados pela polícia, estes jovens eram tratados de forma brutal, agredidos e colocados dentro dos camburões com grande violência. Aquilo me doía, mas nada podia fazer, pois se tomasse algum partido, minha visibilidade seria exposta e poderia perder o emprego no Banco. Muitas vezes eu me senti muito culpado por não tomar uma atitude. Mas muitas vezes os travestis o faziam por mim. Se algum travesti era amigo de algum desses garotos, tirava a navalha da bolsa e fazia um escândalo, chamando a atenção de todos, aglutinando a polícia em torno de si. Não entendia bem os travestis, mas os respeitava e admirava pela sua coragem. Eles não se importavam em se expor e quando eram levados aos camburões, magicamente faziam aparecer uma lâmina de barbear de alguma parte do corpo e retaliavam os braços em sangue. Descobri que era a forma que encontravam para não serem presos. Sangrando, eram obrigados a serem levados a um hospital para que fossem medicados. Não entendia bem aquelas criaturas que se vestiam como mulheres, tinham o jeito de mulheres e agrediam quem as atacasse e também a si próprias. Olhava-as com um certo misto de pavor, inveja e respeito. Pavor em me transformar em uma delas, inveja pela coragem delas, e respeito pela forma como lutavam para defenderem a si mesmas. Só as compreenderia muitos anos mais tarde. Vivi em Sampa dois universos: o de jovem bem comportado de classe média e o de entendido não visível. Amava os dois universos, mas me identificava mais com o segundo e nunca consegui ver meus pares do gueto como marginais, como a sociedade os colocava. Via-os sempre como humanos incompreendidos em sua natureza, via-os com ternura e respeito, embora muitas vezes me calava no outro universo quando eram agredidos e desrespeitados; era minha covardia, meu calvário.

MIGRAR É PRECISO

Desde muito jovem, desejei conhecer meu País e o povo que nele habita, o desconhecido sempre foi para mim um desafio. Não herdei recursos para realizar este sonho, assim teria que realizá-lo pelas minhas próprias iniciativas. O novo sempre exercia uma mágica sobre mim, aumentando minha sede de conhecimento e o desejo de me aventurar por caminhos nunca antes trilhados. Impressionante e misteriosa é a força do desejo nos caminhos de nosso destino. O trabalho no Banco não me permitiria realizar meu intento de aventurar-me pelas estradas do País. A liberdade de mobilidade, de certa forma, dependeria sempre da decisão de alguém que não seria eu, e sim, alguém a quem deveria obediência profissional. Esta inquietude e curiosidade ligadas ao meu outro eu e o forte desejo de meu corpo, distante de minha realidade de personagem criado para atender aos preceitos alheios de uma suposta "normalidade" dominante, levariam-me a lugares distantes da realidade do personagem para que o ator pudesse sobreviver, respirar, sentir o sabor dos experimentos para o qual fora forjado antes mesmo de poder abrir os olhos e ver a diversidade do universo no planeta que iria habitar. Assim as forças do destino se articulavam para garantir a sobrevivência do duplo ser que ainda teria que ser. O sentimento de estar prisioneiro a uma cadeira em uma mesa povoada de papéis, máquina de escrever e calculadoras, contrapunha-se à natureza da inquietude de meu espírito, levando-me ao desinteresse provocado pela imposição de uma rotina atordoante e incômoda.

Certo dia, cansei-me de seguir aquela rotina e decidi sair do Banco. Pedi demissão sem que meus pais soubessem. Ouvira falar muito da carreira de vendas e decidi abraçá-la. Meu irmão Tarcísio já havia saído de Belo Horizonte e se mudara para Goiânia com a família, onde possuía uma empresa de equipamentos e produtos para laboratórios. Coincidentemente, quando pedi demissão do Banco, ele me liga e me convida para ir a Goiânia conversar com ele. Estava precisando de alguém que o representasse e também fosse sócio de uma empresa que iria abrir em Brasília, com um amigo chamado Sebastião Lopes. Fiz um estágio em Goiânia de três meses e me mudei para Brasília, onde por um curto período fiquei hospedado em casa de Lopes e sua esposa Norka, dois seres humanos incríveis que me acolheram com carinho, tornando-se quase meus parentes em Brasília. Os dois eram recém-casados e Norka estava grávida de Adriano; nossa amizade foi tão intensa que me convidaram para ser o padrinho de Adriano, logo que nasceu, e nós o batizamos na maravilhosa Igreja de Dom Bosco, na Avenida W3 Sul. Não fazia muito sentido continuar morando em casa de Lopes e Norka, assim procurei um lugar para morar, logo que me estabilizei no novo trabalho.

O País cultivava a ilusão de estar se desenvolvendo economicamente com a vigência do pseudomilagre econômico brasileiro criado pelo Sr. Delfim Neto, Ministro do Governo Médici. Brasília era uma jovem adolescente de 14 anos, cheia de encantos, mistérios e migrantes de todos os cantos do Brasil, compondo o novo cenário do poder que se instalara no cerrado brasileiro. Muitos destes migrantes adquiriram suas residências na nova promissora capital e, por necessidade, alguns transformavam suas casas em pensões para os recém-chegados dos outros Estados. Instalei-me em uma dessas pensões, que ficava próxima da Igreja de Dom Bosco, bem no centro do Plano Piloto, parte projetada da cidade nova. O projeto da capital fora elaborado como uma gigantesca aeronave, cuja envergadura de asas constituía uma larga via de acesso conhecida como eixão, onde em suas laterais se acomodavam simetricamente as superquadras residenciais e, em intervalos, pequenas praças de comércios planejadas para atender às demandas das populações das superquadras. Estas, situadas em duas posições, divididas ao meio pelo eixo monumental que seria o corpo do avião, foram batizadas de Asa Sul e Asa Norte. Na base do eixo monumental encontram-se os prédios dos poderes Executivo, Legislativo e Judiciário, maravilhosamente arquitetados pelo grande Oscar Niemayer. Na ponta do eixo monumental, ficara o projeto do que hoje é a Rodoferroviária da Nova Capital. Ao meio, onde os dois eixos viários se encontram, ficava a Rodoviária de Brasília, cercada por um complexo arquitetônico de viadutos com acesso fácil e rápido a todos os pontos da cidade, que se tornou o ponto de encontro também de todas as tribos que passaram a viver seus sonhos de melhoria na nova aventura colonizadora da capital.

Fui o primeiro hóspede num quarto de dois beliches de uma pensão de uma nordestina aposentada, de nome Adelina, mas fiquei sozinho por pouco tempo. Quinze dias depois de estar acomodado, chegaram três jovens vindos do sul de Minas, Joaquim e Gilmar, da cidade de Itajubá, e Nate, da cidade de Soledade. De forma diferente da república de São Paulo, os três eram do meu Estado e se equiparavam à minha faixa etária, o que nos aproximou muito, nascendo uma grande amizade entre nós. Instalados no mesmo quarto, nós nos entrosamos rapidamente, graças ao jeito comunicativo e alegre de Joaquim, que nos unia em torno de seu espírito brincalhão e repleto de liderança. Nossa amizade, juventude e descompromisso, em face das regras estabelecidas pela austera proprietária da pensão, não demoraram a gerar alguns conflitos. Como nossa amizade se solidificara, decidimos montar uma república. Começamos a procurar um novo local, mas uma forte discussão entre Gilmar e Dona Adelina, forçou-nos a sair mais rapidamente da pensão. Naquela primeira noite, dormimos na sede da empresa em que eu era sócio junto com o Lopes e meu irmão Tarcísio. Joaquim se dedicaria a encontrar, naquele mesmo dia, um local para nos instalarmos. Ao final do dia, nos encontramos com Joaquim, que já fechara um contrato em um pequenino apartamento já mobiliado no Superquadra Comercial Sul, 104, no subsolo de uma loja de sapatos. Era um lugar para apenas duas pessoas, composto de uma sala, com duas camas de alvenaria, devidamente posicionadas para que durante o dia parecessem dois confortáveis sofás. Nessa época, já possuía meu primeiro carro, um Fusquinha dos anos 70, que era o meu meio de locomoção para lazer e trabalho. Saímos à noite da empresa com o Fusquinha carregado de malas e objetos pessoais, passamos no supermercado e compramos dois colchonetes para os quatro moradores da minúscula quitinete que, além da sala-quarto, possuía um pequeno banheiro e uma cozinha menor ainda. Ali viveríamos dois anos maravilhosos de uma amizade profícua, repleta de diversão e novidades.

Estávamos no subsolo de uma loja de sapatos femininos, e a nossa janela, a única do ambiente, dava para um respiradouro no piso bem em frente da vitrine da sapataria. Essa janela virou uma grande atração turística para os amigos, que faziam fila para observar as moças que paravam para ver a vitrine sem suspeitarem que, embaixo das grades onde paravam, um bando de olhos curiosos podiam ver sob suas saias. Aos sábados pela manhã, formavam-se filas de amigos e amigos de amigos para ver a grande atração de nossa república. Muitas personalidades passaram por ali, inclusive um jovem primo de Joaquim, que mais tarde se tornaria Senador da República, hoje Governador de Brasília, o jovem engenheiro que chegara a Brasília recentemente, José Roberto Arruda.

Festas memoráveis aconteceram neste local, freqüentado por muitas moças de olho nos quatro jovens solteiros com amplas possibilidades futuras de possíveis casamentos. Muitas delas, após os finais das festas, acabavam se acomodando junto com os meninos formando grupos de casais em pequenas camas de solteiros. Foi assim que uma jovem negra muito bonita, modelo fotográfico de agências de Brasília, acabou se envolvendo comigo. Fora sorteada para dividir minha cama em uma dessas noites de festas. Não era meu intento me envolver com a bela negra Jacira. Mas seu encanto por mim acabou por nos aproximar, como se namorássemos. Isso, de certa forma, dava-me um escudo contra possíveis suspeitas de meus mulherengos colegas. Jacira acabou me ajudando a tirar uma possível suspeita de minha cunhada Marli sobre mim.

Meu irmão José Guilherme e sua querida esposa Marli sempre foram amigos e muito pacientes comigo. Por seu carinho e afeto à nossa família, tinham-me como um filho, fora escolhido para ser padrinho de sua segunda filha, Simone, já nos meus 14 anos, tamanhos eram os laços que nos unia. Marli era muito observadora e, certa vez, comentou comigo que a forma pela qual nossos pais nos criaram, com o controle e vigilância sobre os filhos, não sabia como um de nós não era veado. Seu comentário me congelou por dentro e, em sua presença, reforçava muito meu personagem. Eles programaram uma viagem para Goiânia, passando por Brasília para me visitar. E chegaram na manhã seguinte de uma de nossas festas republicanas memoráveis; bateram à porta da república, e foi um tal de mulher juntar roupa, vestir-se apressadamente, que não houve tempo de mudarmos o cenário de quarto para sala de visitas. José Guilherme e Marli desceram a escada em meio ao caos que ficou visível. Jacira estava comigo naquela manhã. Embora fosse mais uma amiga que uma namorada, o "flagrante" de Marli apagaria toda e qualquer suspeita que poderia recair sobre meus ombros. Se Marli tinha alguma suspeita sobre mim, isto foi desfeito definitivamente naquele momento e sua opinião seria importante para dissipar qualquer dúvida que outro membro da família pudesse ter sobre minha sexualidade no futuro.

O SEXO ESCONDIDO, O AMOR NÃO VIVIDO

Descobri que em Brasília havia um local de concentração de *gays* assim como em São Paulo, a concentração peculiar da tribo no seu próprio gueto, o que era comum em todas as cidades brasileiras que visitei, desde as menores até as capitais. Em Brasília, o *footing* era em torno da grande laje do lado sul que cobre a rodoviária, construída ao nível do eixo monumental. Nos dois lados, sul e norte, sobre a laje há dois estacionamentos. O do lado norte serve de apoio ao Conjunto Nacional, considerado o primeiro *Shopping Center* da América Latina, mais movimentado. O do lado sul serve aos passageiros em trânsito da rodoviária, permitindo uma circulação de veículos em torno da murada protetora do vão que dá acesso do eixão para a rodoviária. Os *gays* encostavam-se na murada da laje em ritualística cerimônia da caça aos iguais, discretamente, como se apenas observassem o movimento. A caça em veículos era facilitada pela geografia desta parte da grande laje, e os *gays* pedestres tinham boa visibilidade do condutor do veículo e vice-versa. A caça dos pedestres permitia uma coreografia confortável, no qual os envolvidos poderiam atravessar a pista sobre a laje alcançando o passeio que dá acesso ao Conjunto Nacional, há apenas alguns metros dali. O *footing* seguia este sentido, discreto, romântico, sob a sombra do céu central de Brasília, ou sob as luzes do Conjunto Nacional. Possuir um carro contribuía muito para o sucesso do caçador. Muitas vezes, caça e caçador transavam dentro do próprio carro, em um dos grandes espaços ermos da capital, sem necessidade de ir até a um motel. Sempre que podia, fugia da república e me dirigia ao local para encontrar meus iguais. Quase não se ouvia falar em roubo, assalto ou extorsão; era baixo o risco de circular por lá naqueles anos 70. Os freqüentadores buscavam seus iguais com o único intuito de satisfazer seus desejos escondidos, uma satisfação biológica do corpo que arde em desejo. Eram noites sem comprometimento, sem vínculo afetivo, apenas diversão para saciar os instintos sexuais humanos naturais e comuns. O ator deixava o personagem no trabalho ou na república e vivia sua vida. Sob a sombra da noite, o véu cobria o ator que vivia de forma apreensiva pelo risco de ser descoberto, embora feliz por ter oportunidade de participar de seu próprio universo. Mas sempre acometido de culpa, de medo de ser descoberto e da constante preocupação em contrair alguma doença. Até então, as doenças eram todas tratáveis, porém havia o desconforto de ter que ir ao médico e relatar a forma do contágio.

Almoçávamos em um pequeno restaurante descoberto pelo Nate, onde a comida era boa e o pessoal muito gentil. Havia lá um *barman*, um jovem de 20 anos, pele negra, olhos grandes e lábios grossos, muito forte e atraente. Sempre nos olhávamos de forma diferente. A atração crescia a cada dia e enquanto almoçava, observava que ele não tirava os olhos de mim. Também o olhava muito, por isso percebia seu interesse. Edson era seu nome. Em um dia em que estava almoçando sozinho, cheguei até o balcão com desculpa de pegar um refrigerante e comecei uma conversa com Edson. Perguntei a que horas ele saía e se podia apanhá-lo e levá-lo a um bar para conversarmos. Ele abriu um sorriso sensual e malicioso, seu desejo era enorme e disse que me esperava às 18h30. Apressei tudo que tinha que fazer na ansiedade de me encontrar com Edson, e quinze minutos antes da hora marcada, já estava próximo do restaurante, esperando. A adrenalina era uma constante, enquanto esperava, o medo de ser visto apanhando um homem como objeto de desejo era assustador. Éramos dois jovens saindo juntos, fato comum aos olhos alheios. Pura bobagem, pois nada haveria de suspeito nisto, poderia ser um amigo apanhando outro para alguma outra coisa, como ir a um jogo, cinema ou algo assim. Mas a ação de apanhar o outro com fins de desejo parecia denunciar publicamente algo que se queria esconder. Edson saiu no horário e entrou no Fusquinha. Nós nos dirigimos ao Beirute, um barzinho que era o *top* de encontros da diversidade de tribos em Brasília e o é ainda até hoje. Sentamos e tomamos duas cervejas. Palavras sobre nosso desejo fluíram de nossos lábios vindas de dentro do nosso coração. Ficava excitadíssimo, pois Edson era um negro maravilhoso. Forte, alto e de um rosto muito bonito. Tinha um jeito meigo de sorrir e hálito gostoso quando falava perto de meu rosto. Saímos dali e, para a minha surpresa, ele disse que eu era o primeiro com quem teria aquele tipo de encontro. Passamos por algumas quadras e seguimos em direção ao núcleo bandeirantes onde havia motéis de encontros. Não conseguimos chegar ao motel naquela noite. Paramos em uma das últimas quadras, estacionei o carro e nos despimos ali mesmo. Era uma noite fria, e nossas respirações ofegantes umedeceram os vidros do Fusquinha criando uma cortina que não permitia a visão de fora do carro ou de dentro dele para fora. Edson era magnificamente belo, pernas lindas e lisas, negras e suaves, braços fortes, mãos maiores que as minhas. Seu hálito limpo e suave entrava pelo meu olfato deixando-me louco de excitação, tinha um sexo grande e duro como uma pedra pulsante de desejo e ardor, seu cheiro era muito gostoso e sua boca carnuda e quente me beijava todo o corpo. Suas nádegas eram lindas e bem formadas, e no meio desta maravilha, nós nos possuímos um ao outro como a fusão de dois corpos em um. Quando terminamos, os vidros do Fusquinha pareciam que haviam sido banhados por jatos de água que desciam pela gravidade até o assoalho. Abri o vidro do motorista e uma brisa fria lambeu nossos corpos suados. Nós nos vestimos e fui levá-lo em casa. Morava em Taguatinga e, durante a viagem, ele mantinha aquela mão enorme sobre minha perna esquerda, sem tirar os olhos de mim e beijando-me sempre que parava em algum sinal de trânsito. Pedi a ele que não comentasse nada com os amigos da república, pois não sabiam de meu lado *gay*. Ele prometeu que nada contaria. Deixei-o na esquina próxima de sua casa, pois ele também não queria que nos vissem chegando juntos. Beijou-me longamente e desceu do carro. Minha viagem de volta até o Plano Piloto em Brasília foi recheada de estrelas pelo caminho. Fora uma noite mágica e ardente. Mas meu pensamento se distanciava da cena com Edson à medida que me aproximava de casa, o temor de ser descoberto pelos meus companheiros de república já me dominava completamente ao estacionar o carro para entrar em casa. Nunca me havia arriscado tanto; pela primeira vez, o ator permitia que alguém ficasse demasiadamente próximo da vida da personagem. Os dois universos tinham um elo. Edson conhecia meus amigos, isto me assustava. A lembrança da noite encantada e o desejo forte que sentia me impulsionava para Edson. Decidi ir em frente, mas não deixaria que acontecesse com Edson o que acontecera com Alexandre, não me permitiria amá-lo como amei Alexandre, seria apenas sexo.

Passei a almoçar todos os dias no mesmo restaurante e sempre bebia um refrigerante após o almoço só para chegar ao balcão e discretamente tocar a mão de Edson, que me olhava o tempo todo e sorria. Marcamos de nos encontrar novamente e fomos a um motel, conseguimos nos segurar até lá sem parar o carro. Não imaginava que poderia ser melhor do que a primeira vez. Mas foi. Edson estava na horizontal junto de mim, e rolamos em carinhos, beijos e sexo por horas, e o calor de seu corpo não parava de me excitar. E eu correspondi em todos os aspectos. Nosso caso durou meses em Brasília, eu sempre travando meu coração para não me apaixonar. Violentava-me novamente em nome da hipocrisia social que era forçado a viver. Era feliz e sofria por não poder dizer a todos o quanto estava bem com alguém que me completava e me fazia sentir pleno como ser humano. A culpa ainda me atormentava pelo medo do pecado implantado pela igreja em minha memória de catequista. Edson estava a cada dia mais apaixonado, eu havia sido seu primeiro homem e sempre procurava estar próximo de mim. Ligava para o meu trabalho chamando-me para sairmos, até que um dia, seis meses depois, haveria uma reunião na república em que não pude deixar de estar. E no meio da reunião, Nate atendeu à porta e me disse que Edson estava lá na porta me aguardando. Gelei por inteiro, meus dois universos se encontravam pela primeira vez, estava a um passo de ser descoberto. Corri até a porta e procurei levar Edson para o mais longe possível. Ele estava chorando, dizendo que não podia ficar longe de mim, que estava com saudades e decidira ir até minha casa. Descobri que Nate havia dado o endereço para ele, mas ele tivera o cuidado de nada revelar ao Nate. Briguei com ele, disse que, como era do seu conhecimento, as pessoas não podiam saber sobre nós. Ele contou que não podia mais esconder, já contara para sua irmã, que o incentivara a me assumir para todos. Minha alma virou uma pedra e magoei Edson muito. Naquela noite terminei nosso caso. Procurei acalmá-lo e levá-lo até sua casa. No caminho, fui conversando com ele e explicando meus motivos, tinha uma vida que não poderia ser mudada, que me sentia honrado pelos sentimentos dele por mim, mas não podia viver com ele os seus sentimentos. Que teria muito a perder se minha vida *gay* fosse exposta. Edson ouvia calado com as lágrimas a rolar em sua face. Chegamos perto de onde o deixava sempre. Ele se virou, beijou minha boca e me abraçou em soluços profundos. Disse que me amaria para sempre, abriu a porta do carro e partiu. Na volta para casa, meus olhos ficaram vermelhos de tantas lágrimas que derramei. Mais uma vez, magoara alguém que me amava muito, mais uma vez fui covarde e cruel, com Edson e comigo mesmo. Prometi a mim mesmo que nunca mais me aproximaria de alguém dessa forma. E segui meu caminho. Ele ainda me procurou algumas dezenas de vezes, mas fui frio e distante.

MADAME SATÃ

Meu trabalho de vendas técnicas na área médica em Brasília incluía algumas viagens. Em 1975, aconteceu um evento médico no Rio de Janeiro e fui convidado a participar. De alguma forma, o instinto me ensinara a localizar meus iguais, uma pequena pista, uma informação fragmentada aqui e outra ali, uma pequena notícia no jornal, uma passagem acidental em uma determinada rua e já percebia que ali encontraria os meus iguais, os *gays* nativos. Embora ainda não possuísse o conceito de que éramos um grupo social minoritário, a natureza ensinava. Assim como um membro do rebanho perdido na savana busca pelo olfato sua manada, aprendera a buscar meus iguais e isto acontecia naturalmente. Na adaptação natural das espécies ao novo *habitat*, a natureza parecia me ter dotado de um sétimo sentido quase perfeito, um radar que detectava o local de concentração da minha espécie, e este radar funcionaria por toda a vida. Em todas as cidades que visitei a trabalho, o radar *gay* sempre funcionava e me conduzia ao encontro de minha espécie. Locais estes batizados como "Gueto gay" pelos escritores e jornalistas que tratavam do assunto homossexualidade. No Rio de Janeiro não foi diferente. Conheci o Rio e logo descobri que o gueto acontecia na Cinelândia e seus arredores, no centro da cidade maravilhosa. Embora tremesse ainda ao circular pelos locais *gays* de cada cidade com pavor de ser reconhecido por alguém que pudesse associar o ator ao personagem, arriscava uma visita, motivado pela curiosidade e principalmente pelo desejo. Há uma crença de que os nascidos sob o signo de escorpião têm uma sexualidade mais intensa, e nasci em 31 de outubro no primeiro decanato de escorpião; isto, acrescido à força da juventude explosiva de hormônios sexuais, intensificava o desejo da carne. Estranho como somos parecidos com os animais, em algumas espécies o macho sai em busca da caça e a fêmea fica cuidando da prole. Nos humanos não é diferente; só que a caça não se resume ao alimento para a prole, no humano a caça se estende a suprir a necessidade de sexo do macho. Nos homens *gays*, isto não é diferente: há uma busca frenética pela caça para o amor e o sexo, não necessariamente nesta ordem. Talvez daí tenha surgido o mito de que os homossexuais são promíscuos. Este mito, construído nessa atitude natural das espécies em relação à caça, somado ao fato de a cultura judaico-cristã condenar a homossexualidade de forma tão veemente, e mais o desconhecimento de todos em relação a esta forma diferente dos padrões convencionais de desejo, forjou mais este estigma preconceituoso que carregamos até os dias iniciais do século XXI: *Gays* são promíscuos. Uma mentira gigantesca. Toda a espécie humana tem sua parcela de promiscuidade, homens, mulheres e também homossexuais. Mas no caso dos *gays* o preconceito generaliza-se de forma radical e decisiva.

No Rio de Janeiro, já na minha segunda noite, identificara a Cinelândia como ponto de concentração de meus iguais. E fui visitá-la. O burburinho era semelhante ao que vivi na região da república em

São Paulo, homens maravilhosos circulavam pelo local de forma descontraída e leve. Por ser uma cidade banhada pelo mar, a descontração era maior; somada ao calor que fazia no Rio, alguns andavam até sem camisa, fato não usual nas cidades do interior do Brasil, mas muito comum no Rio. Esta visão era ainda mais agradável. Mas em sua maioria todos eram bem trajados, com a evidente acentuação de calças mais justas para mostrar o objeto de caça ao caçador. Segui pelos passeios da Cinelândia em direção aos Arcos da Lapa, embriagado pela beleza de tudo o que via, a geografia do local e a diversidade masculina. Parei diante dos Arcos para admirar e segui em direção à Lapa, que já sabia ser o reduto da boemia antiga do Rio de Janeiro. Distraidamente comecei a percorrer as ruas da Lapa, observando a estrutura das casas centenárias daquele local fascinante. Não percebi que estava sendo seguido por dois homens. Ao atravessar um local mais escuro, percebi os passos atrás de mim. Quando me virei para olhar, um senhor negro de estatura média e voz rouca, pulou entre mim e os dois indivíduos e gritou:

– Vocês não vão fazer isto com ele! Aqui não!

Assustado com a cena, fiquei estático, pensei em correr, mas o senhor me deu segurança. Os dois que me seguiam pararam assustados com aquela figura e um deles disse ao outro:

– Vamos sumir, é a Madame Satã!

O meu defensor se dirigiu a mim e disse:

– Você não é daqui, não é? É perigoso andar por aqui, vou acompanhar você até os Arcos, volte durante o dia para poder conhecer sem maiores riscos.

João Francisco dos Santos, pernambucano, nascido no ano de 1900, um performista noturno, viveu às margens da sociedade por ser negro e homossexual assumido. A Lapa era seu reduto desde 1930, onde fazia bicos como segurança das profissionais do sexo para que não fossem estrupadas ou agredidas pelos homens violentos que freqüentavam o lugar. Exímio lutador e mestre na defesa com o uso da navalha, Madame Satã tornou-se figura mitológica na boemia carioca. Um ser mitológico para a homossexualidade brasileira, diante de sua coragem de enfrentar agressores. Sua coragem se tornou lendária no Rio de Janeiro e já ouvira falar dele em São Paulo.

Fiquei maravilhado de conhecer aquele ser ímpar. Ele, por sua vez, reconheceu-me como um igual; no trajeto até a chegada dos Arcos conversou comigo e mencionou, em sua linguagem carioca e boêmia, que jovens veadinhos como eu eram vítimas constantes de assaltos na Lapa por malandros covardes que agrediam e roubavam os desavisados que por lá circulavam à noite.

– Vi logo quem tu era, quando percebi os malandros a te seguir – disse ele. E não aceito violência contra as meninas da Lapa e as bichas de bem que por aqui andam. Venha de dia se quiser conhecer a Lapa e, à noite, nunca ande fora da rua iluminada.

Ao chegar aos Arcos, agradeci a Madame Satã com um abraço de alívio, respeito, grande emoção e um certo pavor. Alívio pelo que poderia ter acontecido se não houvesse a intervenção dele. Respeito e emoção por ter a oportunidade de encontrar e conhecer uma figura lendária da comunidade homossexual do Brasil. E pavor por descobrir que o personagem ainda não era tão perfeito quanto imaginara, pois fora reconhecido por um homossexual experiente. Seria assim com todos? Alguém mais do meu convívio no papel de personagem saberia? Com essa dúvida e temor, voltei ao hotel, retornaria a Brasília no dia seguinte à tarde.

O ENSAIO DA MENTIRA, A LUZ OU A ESCURIDÃO?

JÁ HÁ ALGUM tempo, Tarcísio vinha se desentendendo com o Lopes na sociedade, e ela teve um fim, o que me levou de volta para Belo Horizonte, onde abriríamos outra empresa, agora eu, ele e José Guilherme como sócios. Minha etapa de experiência de vida em Brasília terminara, embora não quisesse partir de lá, pois era livre, feliz e controlava o equilíbrio de minha dualidade com requinte de perfeição. Teria que seguir meus irmãos apesar do protesto do Lopes, que gostaria de que eu ficasse. Mais um ciclo se encerrava e retornei para Belo Horizonte onde o destino se articulava em direção ao desfecho do que sou hoje. Edson ainda me procurava em Belo Horizonte, cheguei a receber duas cartas dele declarando seu amor por mim e sua vontade de visitar-me. Respondi-lhe que não viesse, pois minha família não sabia de nada e sua vinda colocaria minha vida em sério risco de uma exclusão absoluta por parte de todos. Meu coração e meu corpo desejavam ardentemente abraçá-lo, mas minha razão não permitia deixá-lo fazer parte de minha vida. Hoje, anos depois, faço justiça à sua dedicação e seu amor por mim, eternizando-o em minhas escritas, que espero possa ele ler um dia, revelando-lhe o quanto o amei e o quanto fui mesquinho e covarde em não tê-lo perto de mim.

Minhas discussões com Deus sempre se deram em face da interpretação de seus emissários aqui na Terra, nunca no questionamento da posição d'Ele em relação à raça humana. Penso que as idéia que nos foram impostas ao longo da concretização da cultura judaico-cristã foi o que excluiu sumariamente o amor ao próximo no sentido literal deste termo. Os acontecimentos que se seguiram em meu destino comprovaram essa minha teoria. O céu e o inferno estão aqui, e não na próxima etapa de nossa viagem dimensional. Estou convencido de que a busca do aprimoramento espiritual se dá em experiências de vida terrena e não na expiação efêmera da espiritualidade. Durante toda a minha vida, sempre questionei quem era eu, o que viera fazer aqui e o que tinha para contribuir. Estas questões, junto com minha homossexualidade, povoavam minha mente e minha alma com uma freqüência permanente. As respostas começariam a se construir a partir desse meu retorno a Belo Horizonte, mas os caminhos que escolhi foram os mais terríveis. Tentava seguir o caminho claro, fácil e ele se estreitava à medida que caminhava, nunca escolhia o mais difícil e escuro, sabendo hoje que o escuro é o melhor, pois, a cada passo dado, ele se suaviza e sua luz cresce em nossos corações. Como dizia Lupiscínio Rodrigues em uma de suas canções, sempre "fui ao inferno à procura de luz". A maturidade etária e espiritual é que ensina e levei mais de quarenta anos para aprender, e ainda não sei muito, mas com certeza sei mais hoje. A crença na punição de um Deus cruel e vingativo que me torturou por toda a vida me impediu de andar e evoluir durante décadas, mas felizmente minha mente se tornou mais analítica e menos cordata com o que lia e ouvia. Muitas perguntas feitas começariam a ser respondidas. Por que Deus permitia que os negros, os pobres, os portadores de deficiência, as mulheres, os *gays* fossem inferiorizados? A explicação de estudiosos sobre estas e outras questões sempre me indignavam, me humilhavam e me constrangiam como ser humano. Felizmente Ele está me dando as respostas por intermédio do crescimento de minha mente e do meu amor ao próximo. Mas teria que pagar um preço alto, muito alto para obtê-las, por minha incapacidade de compreender, pensar e agir por mim mesmo, preso a padrões que a cultura humana nos empurra mente adentro, visando manter a conveniência de alguns.

O ator iria aperfeiçoar seu personagem, era doloroso, mas necessário. A cada dia que se passava, conseguia aprimorar minha grande mentira que se somaria a outras pequenas, transformando o ator em seu personagem. Transitava entre os dois em uma velocidade impressionante e de forma tão perfeita que eu mesmo me surpreendia. E quando, ao longo do tempo, representa-se um mesmo personagem, acaba-se vivendo este personagem. Minha dupla face se consolidava quanto mais amadurecia. Era fácil viver o Danilo hetero, desde que não houvesse sexo envolvido, e o Danilo homo, este, sim, autêntico, real, inteiro, embora cheio de culpas e temores. Esta dualidade me permitia sobreviver, ela me permitia existir e conviver entre os dois mundos de forma arriscada, mas instintivamente firme. Às vezes, chegava às raias do desespero. Mentir é como uma droga alucinógena; com o uso constante, acaba prendendo-lhe dentro do imaginário, confundindo ilusão e realidade e você acaba acreditando que esta ilusão é real. Meus instintos me ensinaram muito bem a lidar com esta droga, a mentira, e, às vezes, até brincava com ela, levando a adrenalina sexual ao limite, trafegando no risco de ser descoberto. No fundo, tudo era uma defesa. A mentira me afastou do manicômio, da prisão e da morte, que vitimaram tantos contemporâneos meus por pura incompreensão de sua orientação diferente do poder social dominante, implementado por uma cultura ignorante, cruel e avassaladoramente discriminatória e exclusiva.

DE VOLTA AO PALCO

Diante dos sustos passados em São Paulo com o Alexandre e, em Brasília, com o Edson, tomei uma decisão firme. Seria duplo. Não deixaria nem o ator nem o personagem sobressair. Controlaria os dois saciando as necessidades de cada um. Pois era possível o ator ser o personagem, mas nunca o personagem poderia ser o ator, até que um dia um dominaria o outro de forma definitiva, não sabia como aconteceria, mas sentia. Uma voz dentro de mim sempre me repetia que isto aconteceria. Voltando para Belo Horizonte, ao convívio de meus familiares, passei a buscar meus amigos antigos. Muitos se haviam dispersado e sentia uma falta enorme dos amigos de Brasília. Mais uma vez, José Guilherme, meu irmão mais velho, fez-se amigo, pai, irmão e presente. Quando me queixei com ele sobre a dispersão de meus antigos amigos e a falta que sentia dos companheiros da república de Brasília, disse-me que logo me readaptaria e conseguiria novos amigos e a vida seguiria seu curso. De fato, sua profecia se concretizou. Comecei o trabalho e novos amigos se fizeram presentes em minha vida. Adolfo, meu mais querido e antigo amigo, já se casara com a doce Joana, que estava grávida à espera de Gustavo, a quem eu seria o padrinho, como promessa feita por mim e Adolfo ainda em nossa adolescência. Seríamos amigos eternos. Padrinhos de casamento um do outro e padrinhos dos nossos primeiros filhos, se os tivéssemos. Adolfo se dedicava à sua família e, claro, não podia acompanhar-me nas noites belo-horizontinas boêmias e deliciosas de antigamente. O ano era 1976 quando já me instalara novamente em casa de meus pais e aglutinava novos amigos. Dentre eles, o Jorge, que era funcionário da Fundepe, um órgão da UFMG, que se tornara cliente de nossa empresa. Outro era o Aloísio, marido de Célia, irmã de minha querida cunhada Terezinha, esposa de Tarcísio. Por meio deles fiz novos amigos e núcleos de convivência. Com eles passava minha maior disponibilidade de tempo para lazer, claro, sempre acompanhado de muita festa e cerveja. Junto com Aloísio e Célia, vivi uma experiência que reforçou ainda mais minha dualidade. Célia tinha dois primos gêmeos, Dimas e Fernando. Dimas não saía da casa deles e nos encontrávamos bastante. Fernando, sempre namorador e acompanhado a cada dia de uma bela mulher. Dimas, mais tímido, nunca trazia ninguém aos nossos encontros. Aloísio era muito irreverente e quando bebia, às vezes, ficava até inconveniente, mas sem agredir ninguém, e sempre mexia com Dimas sobre sua forma solitária de viver, sem mulheres. Dimas criou uma certa intimidade com Aloísio e Célia e certo dia contou aos dois que sentia algo estranho. Várias vezes que vira seu irmão gêmeo tomar banho, sentira uma sensação estranha, excitava-se ao vê-lo nu. Dimas não compreendia o que sentia, achava-se diferente e confiou aos dois sua aflição. Não me lembro bem do conselho que eles deram ao Dimas, mas sei bem o que fizeram. Dimas virou assunto dos fuxicos ao pé de ouvido da família. Críticas e condenações se aprofundavam nas conversas paralelas dos encontros familiares. Quando conversavam comigo sobre o assunto, fugia e mudava o rumo da conversa. Imaginava que, se eu me interessasse muito pelo caso do Dimas, poderia levantar suspeita sobre mim. Ele, sem saber, às vezes, era motivo de piadinhas infames entre os homens da família. E definitivamente eu não queria ser alvo de conversas assim. Esconderia de todos minha condição de desejo, não me arriscaria em hipótese alguma. Não me aproximava muito de Dimas para não causar suspeitas sobre mim. Lamentavelmente poderia ter agido diferente, transformando-o em grande amigo, pois tínhamos algo em comum. Até hoje ainda sinto um certo remorso por isso e espero que ele me perdoe pela minha covardia. Não procurei saber o desfecho do caminho que Dimas tomara para não demonstrar para minha família meu interesse por um rapaz que sentia desejo por outro rapaz e que tivera a coragem de confessar a alguém tão próximo. Mas tornei a vê-lo, anos depois, no casamento de minha sobrinha Cibele, filha de Tarcísio e Terezinha, em Goiânia. Foi ao casamento, transformara-se em um homem muito bonito e elegante e levara seu companheiro junto, com quem já vivia há alguns anos no Rio de Janeiro. Ele vencera seus obstáculos. Mas ainda não pude falar com ele. Espero um dia ter a oportunidade de ouvir sua história.

Sempre gostei muito de visitar livrarias e em uma destas visitas tive o primeiro contato com um autor que mais tarde viria a ser meu amigo e companheiro de luta. Olhava as capas dos livros e me deparei com uma capa em que havia dois dorsos masculinos um de frente para o outro. O título do livro era *Testamento de Jônatas deixado a David*, cujo autor era João Silvério Trevisan. Tremi ao comprá-lo. O medo de que o vendedor me identificasse como homossexual me apavorava, este receio de ser identificado é uma constante na vida do homossexual enrustido, o que eu era indubitavelmente. Fui à livraria várias vezes, pensei em me disfarçar para adquiri-lo. Até que um dia, após alguns drinques, comprei a preciosidade que veio compor uma série de outros livros sobre o assunto que guardei em minha estante. Li em uma noite. Felizmente, à exceção de meu pai, quase ninguém de minha família era chegado à leitura e nunca leram o meu precioso Trevisan. Era a primeira literatura homossexual a que tivera acesso. Um livro de crônicas sobre vários personagens, cômicos e dramáticos do universo homossexual. João poderia tê-los descritos com a mesma sensibilidade e valor literário, travestindo-os do sexo feminino e masculino, artimanha usada por alguns escritores *gays*, mas, corajosamente em uma época dominada pelo preconceito, o autor os descreveu com sua realidade homossexual. Dentre as crônicas, a mais sensual e corajosa era a que dava título ao livro, a história de um seminarista que se apaixona por um companheiro e que culmina com um ato de amor entre os dois, quando são descobertos e punidos. Em defesa ao ato, o seminarista cita a história bíblica de Davi e Jônatas que, em profundo amor um pelo outro, chegam a trocar de vestes. O livro me impressionou muito, li-o muitas vezes, até desapareceu "misteriosamente" de minha estante muitos anos mais tarde.

Meu retorno a Belo Horizonte marcaria uma nova fase de minha vida que me levaria, por um longo período, a ficar ausente do convívio de meus iguais. Antes, porém, circulei por todos os lugares onde se aglutinavam essa população mágica e misteriosa de *gays* dos anos 70 e 80 de Belo Horizonte. O local de maior concentração se dava na Rua Espírito Santo, entre Goitacazes e Carijós. Pela facilidade do trânsito de veículos, descendo a Rua Espírito Santo, retornando pela Rua Tupinambás, subindo a Bahia até a Guajajaras, entrando novamente na Espírito Santo, durante muitos anos os *gays* de Belo Horizonte faziam esse percurso nas suas caçadas noturnas. Esta movimentação foi gradativamente migrando no sentido da subida da Bahia até a Timbiras onde ficou até o início de 2005 aproximadamente. Na década de 1970, a caça era mais voltada para o prazer, e à medida que migrava para o alto da Rua da Bahia, migrava também a motivação e crescia a violência. Já em finais de 2004, a concentração acontecia no quarteirão da Rua Tupis, atrás da Igreja São José, subindo pela Rua Espírito Santo até a Timbiras, mais freqüentada por garotos de programa, alguns muito violentos, que vitimaram muitos *gays* enrustidos. Mas, em 1976, o *glamour* da caça era provocado pelo desejo e freqüentei muito a Rua Espírito Santo, sempre de carro, sempre com pavor de ser identificado. Conheci muitos jovens *gays* e um deles me falou de um local que se estava tornando o "point" de todos que podiam pagar suas despesas e se mantinham sem dependência dos pais, como era o caso da maioria que freqüentava as ruas. Muitos dependentes dos pais vinham para o gueto de Belo Horizonte apenas com o dinheiro do ônibus e algum trocado para o lanche. Os encontros íntimos aconteciam nos raros motéis baratos da região da zona boêmia que aceitavam casais do mesmo sexo, já que em sua maioria eles repeliam estes casais. Os encontros eram realizados também em prédios em construção ou abandonados nos arredores do centro de Belo Horizonte. Como eu possuía carro e tinha já um salário razoável, podia levar um parceiro até o Green Park, um motel de luxo que funciona até hoje na saída para Sabará, uma cidade pertencente à Região Metropolitana de Belo Horizonte. Pioneiro no sentido de fechar os olhos aos casais do mesmo sexo, este motel foi um precursor de respeito a estes seres ainda brutalmente incompreendidos pelo seu desejo proibido, diferentemente de outros hotéis e motéis da cidade que se recusavam terminantemente a abrir as portas de seus apartamentos a casais do mesmo sexo.

Já se começava a desenvolver naquela época uma forma de comunicação entre os *gays*, praticada até os dias de hoje: a informação "boca a boca". Este tipo de informação se tornou a melhor forma de divulgar os fatos novos que aconteciam na Região Metropolitana de Belo Horizonte e era uma prática usual em todo o Brasil. Sem um veículo que levasse notícias para a comunidade *gay*, a informação ao pé do ouvido impedia o acesso rápido da polícia ao mesmo tempo em que possibilitava a todos saberem sobre tudo que se passava neste universo paralelo, até então tido como marginal, ilegal e pecaminoso. A atitude do Motel Green Park rapidamente ficou conhecida por todos como a possibilidade de viver um encontro seguro, sem a presença vigilante e agressiva da polícia.

A DUALIDADE TEM SEU CENÁRIO

O SONHO de todos os *gays* do gueto era conhecer e freqüentar a Boate Chez Eux. Um espaço recém-aberto na Savassi destinado exclusivamente ao público homossexual. Ficava na Rua Sergipe, entre a Avenida Getúlio Vargas e a Avenida do Contorno. Decidi conhecer o local. Estacionei o carro na Getúlio Vargas e subi a Sergipe. Vi uma porta de uma loja com um segurança em sua lateral e uma pequena entrada mantida fechada, obviamente para que não se visse o que se passava dentro do ambiente. Como sempre acontecia comigo, talvez pela culpa de estar fazendo algo "errado", ficava trêmulo e nervoso nestas ocasiões de superexposição pública, e estando em minha cidade, onde era mais conhecido, este nervosismo se intensificava. Caminhei pelo passeio e passei pela porta da boate. A presença do segurança na porta me intimidou na primeira tentativa, e subi até a Avenida do Contorno. Respirei fundo e retornei, tomando coragem para entrar. Desci novamente em direção à boate; quando estava quase à porta, subiu um casal de meia-idade, desci direto até a Contorno e parei na esquina. Respirei fundo novamente e subi. Quando estava novamente à porta, outros pedestres caminhavam pelo passeio em direção à Getúlio Vargas. Este bailar de ir e vir durou mais duas ou três vezes. O segurança, que observava a rua, percebeu e quando eu passava mais uma vez em frente, ele subitamente abriu a porta e me puxou para dentro.

Fiquei pasmo diante da primeira visão do local. Tudo muito bem decorado. O espaço mantinha um corredor de circulação à direita; à esquerda ficava a pista de dança, onde muitos homens de diversas idades, mas predominantemente jovens, dançavam ao som de músicas dos Bee Gees, as músicas mais dançantes da época da geração discoteca; o chão todo carpetado, tanto do corredor quanto das laterais da pista, com inúmeros espelhos na parede. Ao final do corredor, uma pequena escada que levava ao segundo piso era interrompida no término do primeiro patamar por uma pequena saletinha, onde havia um balcão com uma jovem mulher atrás dele, onde também funcionava o bar, o caixa e o sistema de som, um toca-discos comandado por um jovem de uns 20 e poucos anos. Passando pelo bar, mais um lance de escada, e chegava-se ao segundo andar decorado com confortáveis sofás, pequenas mesinhas de centro e inúmeros espelhos pela parede. O que vi me deixou encantado e jamais esqueci. Vários rapazes sentados bem próximos uns dos outros formando casais que literalmente namoravam, de mãos dadas, beijavam-se e se abraçavam, era um universo que nunca havia presenciado. Meus encontros com outros homens sempre aconteceram em lugares íntimos, nunca em um lugar público; demonstrar carinho pelo parceiro em um lugar público era impossível pela atitude introjetada nos próprios indivíduos, e ali era possível, as pessoas estavam começando a externar seu afeto, compartilhando com outros esta enorme alegria que todos deveriam ter direito, mas permitida apenas aos heterossexuais. Contudo ali se transgredia, pela primeira vez diante de meus olhos, esta norma social. Era fascinante poder ver, mais fascinante poder usufruir desta transgressão. Naquela mesma noite, usei deste direito. Subi com o primeiro rapaz que me olhou na pista de dança e nos sentamos em um dos sofás e nos beijamos longamente. A Chez Eux me tirou do *footing* da Rua Espírito Santo, passei a ir lá todas as noites disponíveis. Conheci a moça do caixa, era a corajosa proprietária daquele lugar, de nome Norma Sueli, o garçom se chamava Serginho e o discotecário era o Fabinho. Foram noites muito agradáveis e felizes propiciados pela deliciosa Chez Eux. Ainda no mesmo ano, foi aberta uma outra casa em Belo Horizonte, na Avenida do Contorno quase esquina da Teresa Cristina e Barbacena, no Bairro Barro Preto, chamada *Doble Face* (Dupla Face), nome apropriado para os freqüentadores dos guetos de diversão *gay* da época. Mas conheci pouco esta casa, ficava distante de onde morava, e minha paixão era a Chez Eux.

Estes locais eram freqüentemente perseguidos pela polícia mineira. O Governo Geisel conservava o AI-5 como instrumento absoluto de poder, e batidas policiais eram constantes nos guetos e nas boates, reprimindo também qualquer atitude que possibilitasse o conhecimento sobre estes seres humanos absolutamente incompreendidos. Penso que a construção do preconceito contra a homossexualidade foi reforçada em muito por esta repressão. O medo de sermos pegos e expostos nos empurrava para a marginalidade. De forma diferente dos Estados Unidos, ainda éramos tímidos na resistência contra a repressão. E os próprios *gays* contribuíam para que este preconceito se fortalecesse, uma vez que poucos eram capazes de tomar uma atitude visível contra a discriminação. Havia os que preferiam que fosse assim, a adrenalina provocada pelo desejo proibido aumentava a prática do amor enrustido.

Muitos reprimiam a possibilidade de laços afetivos entre si e seus parceiros, tornando o sexo apenas uma fuga para o forte impulso biológico que sentiam. A suspeita que recaía sobre homens e mulheres que optavam pela solteirice como forma de não se violarem, casando-se, também era uma constante. Seguindo uma tradição secular, muitos buscavam no clero a fuga para justificar e muitas vezes anular seus desejos, constituindo outro agente gritante da barreira que impedia a compreensão da homossexualidade. Sufocando seus desejos, eles adentraram na porta do celibato, cheios de culpa e desejo, reprimiam a si e seus semelhantes usando o poder da palavra de Deus para condenar o desejo, transformando-o em um pecado ainda maior. Embora muitos buscassem nesta atitude a possibilidade de conviver com sua sexualidade sobre a proteção das paredes da clausura, acabavam por satisfazer seus desejos com crianças e adolescentes, mais fáceis de silenciar pela pressão do culto religioso. Conheci muitos *gays* em minha vida que foram seduzidos por religiosos, e ainda o são em sua ignorância usual da leitura do sagrado.

A violência policial era intensa e cruel. As maiores vítimas eram os travestis, usados por muitos policiais que saciavam em seus corpos seu desejo e depois os agrediam fisicamente com intuito de silenciá-los. As histórias de agressões, de abandono social e familiar eram freqüentes no gueto *gay* de Belo Horizonte, e cada relato me levava a reprimir ainda mais o meu desejo. A exclusão em meu convívio social e familiar me apavorava, o sentimento de culpa e pecado a cada momento de prazer sufocava ainda mais a possibilidade de me abrir e assumir a minha natureza. Apesar de saber que a homossexualidade não era caso psiquiátrico, ainda não acreditava na minha natureza *gay*, pensava seriamente que poderia mudar, ser absolutamente hetero, pensamento sempre acalentado pela esperança de "cura" e fuga do pecado. A dor de tomar uma decisão era torturante, banhada em lágrimas intermináveis nas inúmeras noites de insônia. Tinha uma vida dupla que crescia à medida que amadurecia em mente e físico. Uma vida diurna como o personagem social que todos imaginavam que eu era, e uma vida noturna em que permitia a fuga do ator, com espaço para o verdadeiro, buscando suprir o prazer biológico, mas sem a permissão do afeto. E nesse bailar entre mim e meu outro eu, vivia cada dia de uma vez, atormentado pelo remorso freqüente e pela culpa de ser diferente.

Aprendi a separar meus dois mundos de forma bem articulada, a prática sempre leva à perfeição. Tornei-me perfeito na arte de representar o que a sociedade e a religião esperavam de mim. Tinha o universo dos amigos heteros a quem dedicava minha atenção, e o outro, que me fazia ter pequenas doses de felicidade e prazer. Desejava ardentemente que os dois se fundissem, mas era impossível. Este modo duplo de viver leva o indivíduo a muitos caminhos, principalmente ao uso de subterfúgios que possibilite um equilíbrio. A busca da saída deste contraditório inferno humano sempre aumentava a possibilidade de se ter uma chave para transitar entre os dois universos; esta chave usada por muitos é o consumo de drogas. Já fazia uso de uma, que é socialmente aceita em todos os mundos: a bebida. O álcool passou a ser o meu remédio, nele encontrava a paz em minhas noites de insônia, a coragem para transitar entre os dois universos e a força em buscar o equilíbrio entre os dois que habitavam meu corpo. Muitos *gays*, em seu sofrimento pela dualidade a que eram forçados, só encontravam o equilíbrio emocional sob fortes doses de diversos tipos de drogas. Aprendi a lidar com o uso do álcool como um atenuante para a migração diária de minha dualidade. Outros, porém, necessitavam de algo mais forte.

A DROGA COMO FUGA

NUMA noite estava em caça pela Rua Espírito Santo, e conheci um rapaz, Rodrigo, que tinha aproximadamente 19 anos, olhos muito verdes e um cabelo liso e loiro mais para o amarelo que o dourado, pele clara e um corpo muito atraente. Vestia-se bem com os recursos da classe média alta a que sua família pertencia. Estudava em um colégio católico na Zona Sul de Belo Horizonte. Sua vida, uma história também marcada pelo conflito da culpa e do terror, deixou-me ainda mais assustado com a marginalidade a que éramos obrigados a conviver. Contou-me Rodrigo que sempre gostou de homens, mas nunca tinha a coragem de satisfazer seus desejos. Um dia, conheceu um professor, religioso, que percebeu sua homossexualidade e que passou a assediá-lo, Apavorado pelo desejo e pelo medo, Rodrigo sempre fugia, embora desejasse ardentemente o professor. Sob a desculpa de dúvidas em uma das matérias da escola, foi ao quarto do professor, que era seminarista. O professor começou a falar sobre sexo com ele, deixando-o excitado, mas sem coragem de uma resposta positiva. Mais experiente, o professor tentava acalmá-lo e lhe ofereceu um cigarro. Rodrigo aceitou o cigarro dando uma primeira tragada. Sentiu um torpor no corpo nunca antes provocado pelos cigarros que fumava escondido com os colegas nos intervalos das aulas. Passou a se sentir bem, feliz com a situação que começava a lhe parecer natural. Repentinamente, o professor colocou a mão em seu sexo, ele respondeu ao toque com paixão e, embriagado pela droga e pelo desejo, deixou-se possuir e possuiu o professor com toda a volúpia de sua adolescência. Isto passou a ser uma freqüência. E Rodrigo só concebia fazer sexo sob o efeito da maconha. Contou-me esta história dentro do carro e tirou do bolso um cigarro de maconha e o acendeu. Segundos depois, já me beijava ardentemente. Ofereceu-me um trago. Aceitei. Estávamos na Avenida Cristiano Machado, a caminho do motel. Repentinamente, perdi o sentido de minhas pernas. Parecia que flutuava e não tocava os pedais do veículo. Parei o carro sob protestos do Rodrigo, que estava excitadíssimo. Ficamos ali no acostamento da avenida, protegidos pelas sombras das folhas das árvores. O medo de não conseguir dirigir, pela ausência de sensibilidade em minhas pernas provocada pela maconha, não me deixava seguir adiante. Entre os *gays*, tínhamos um rótulo para isso: quando não acontecia sexo entre dois *gays* e eles ficavam apenas nas carícias entre si, chamávamos de "perfumaria" e ficamos assim, na perfumaria, até sentir novamente minhas pernas para seguir com Rodrigo ao motel. Ele continuava a tragar seu baseado e me oferecendo. Recusei. Alguns minutos depois, chegamos ao motel. Pedi um drinque, Rodrigo acendeu outro baseado, deu algumas tragadas e fizemos sexo. Ele associava a possibilidade do orgasmo ao uso de maconha. Era a desculpa para sua homossexualidade. Foi a única vez que saí com Rodrigo. Dois anos depois, soube que fora encontrado morto no banheiro de uma residência de seminaristas, vítima de uma *overdose* de cocaína. Tomei duas decisões: nunca mais fumaria maconha e não me destruiria assim como aquele lindo moço de olhos verdes. Superaria a minha homossexualidade e teria a vida que todos esperavam de mim.

CONTRACENAR COM A CURA

Jorge, um amigo que trabalhava na UFMG, tornou-se meu companheiro constante nas saídas pelos restaurantes e bares de Belo Horizonte. Ele morava no Bairro do Cruzeiro, na Zona Sul de Belo Horizonte, com as irmãs Bel e Carmem, que também se tornaram minhas amigas. Era hábito nosso, depois de sairmos dos bares e nos despedirmos, Jorge seguir para sua casa, e eu esticar até o gueto para uma companhia mais quente. Era abril de 1977 e Jorge me convidou para uma festa de aniversário de alguém parente de um seu colega de trabalho, o Edmir. Neste dia abri mão de meu momento como ator e assumi o personagem, acompanhando Jorge à festa. Lá chegando, com grande surpresa, reencontrei muitos amigos antigos do bairro em que morava. Maria José, a aniversariante, apesar de morar com a tia, era de uma família do Vera Cruz, onde meus pais moravam e convidara boa parte de meus amigos.

Foi uma noite de felizes encontros e um deles, especialmente, iria mudar a minha vida por dezoito anos. A alegria em rever tantos amigos queridos mexeu com o personagem, fortalecendo-o. Estava bem definido o "nós dois em mim", personagem e ator. O ser humano ator seria o inteiro com sonhos, decepções, crenças, sexualidade, dor, culpa e solidão. O personagem seria o que todos esperavam de mim: alegria, semelhança, machismo, voz e corpo. Talvez assim a "cura" de meu desejo proibido fosse realizada. Coloquei isto em mente. Passei a buscar freneticamente esta utopia surrealista de ser absolutamente heterossexual. Sempre tivera uma enorme capacidade de amar, e amaria alguém que todos aprovariam e assim faria todos felizes e, quem sabe, eu também o seria.

Em meio a tanta gente, vi uma garota, linda, com a pele puxada para a morena brasileira, cabelos curtos de um castanho coberto de luzes claras, um sorriso cativante e que me olhava com freqüência. Em certo momento, disse ao meu amigo Jorge:

– Ela está me olhando, Jorge. Segure meu copo aí, que a noite é minha!

Aproximei-me e me apresentei. Márcia também morava no Vera Cruz, bem próximo de minha casa, o que me surpreendeu, pois conhecia todos ali e nunca a havia visto. A simpatia mútua nos levou a estarmos juntos, conversando e dançando durante a festa toda. Falamos sobre nossas vidas, nossos amigos comuns e o mistério de nunca nos havermos visto. Ela tinha uma amiga que morava em frente da minha casa, a Luiza, cujo namorado havia sido meu colega de escola. Nosso universo social era único, mas nossos caminhos nunca se haviam cruzado. O destino estava construindo mais um de seus misteriosos trajetos. Quis levar Márcia para sua casa, mais por curiosidade, pois queria me certificar de sua casa no Vera Cruz. Estávamos incrédulos com a coincidência e curiosos com aquele mistério. Ela não aceitou. Disse que fôra com um amigo e deveria retornar com ele, porque seus pais poderiam criar algum problema ao vê-la chegar com um estranho. Em 1977, ainda havia o preceito de que moças deveriam ter um comportamento discreto e reservado, não se expondo nos primeiros encontros. Eram moças preparadas por suas famílias para construir outra família nos moldes que mandava a tradição: namorar na presença de alguém da família, não exceder nos afetos e casar virgem. Márcia era uma moça assim, sonhadora, meiga, gentil, dona de um sorriso lindo, e bela, maravilhosamente bela. Marcamos um encontro para o dia seguinte, um domingo; iria à casa dela conhecer sua família, seus pais e dois irmãos, Fernando e Sérgio. Nós nos despedimos e levei Jorge e Carmem até a sua casa no Cruzeiro. Despi-me do personagem e segui em direção à Rua Espírito Santo, o ator assumia a vida no resto da noite.

O PERSONAGEM E DOIS ATORES

HAVIA um costume entre os enrustidos de camuflar sua identidade. Ao se ter um primeiro encontro com um estranho, mudava-se o nome real por um imaginário. Era uma instintiva forma de se proteger. Dando um nome diferente ao parceiro, o enrustido poderia se defender caso estivesse com amigos ou parentes em algum lugar, e fosse reconhecido pelo outro com quem se deitara para expressar seu desejo homossexual. Assim, era possível responder ao interlocutor que o interpelara junto a amigos ou parentes que ele o confundira com outra pessoa, que seu nome não era aquele. Chegando ao gueto, conheci um rapaz de 18 anos, nós nos apresentamos, ele deu o nome fictício de Sérgio. Poderia ser verdadeiro ou não. Seguimos em direção a Sabará, para o motel. O destino preparava mais um cenário de susto e apreensão. Ao sairmos, ofereci para levá-lo o mais próximo possível de sua casa. Já vencido um pouco do medo do desconhecido, Sérgio aceitou e me disse que morava no Vera Cruz. Meu coração acelerou-se. No mesmo bairro que eu morava e com o mesmo nome de um dos irmãos da Márcia, que também residia no Vera Cruz. Mas mantive minha oferta. Deixei-o em uma rua a poucos quarteirões de minha casa. A preocupação de me expor com vizinhos me atordoou, nunca havia saído com alguém tão vizinho assim. Havia a possibilidade de seu nome não ser mesmo Sérgio como era usual aos *gays* no primeiro encontro. Mas e se ele não houvesse mentido? E se fosse mesmo o Sérgio e irmão da Márcia?

O dia seguinte, marcado para a visita em casa de Márcia, era um domingo. Como de hábito, fui à missa na Capela do Cemitério da Saudade, a mais próxima de nossa casa no Vera Cruz, construída quando ainda estava em São Paulo e administrada pelos Franciscanos da Pompéia. Ao retornar, meu irmão Geraldo veio comigo no carro e passamos por dois rapazes; um deles, Renato, era o irmão de Sônia, namorada do Geraldo, e o outro era o tal Sérgio. Geraldo os cumprimentou e

Sérgio me olhou surpreso, mas o pacto do silêncio provocado pelo medo da visibilidade tomou conta de nós dois e nos cumprimentamos casualmente. Sérgio ainda estava com a mesma roupa da noite anterior, uma calça xadrez e uma malha justa. Gelei por inteiro. Tudo estava próximo demais, nunca o pavor da visibilidade me atordoara tanto. Pela primeira vez, alguém de minha família conhecia alguém com quem o ator vivenciara uma noite de sexo. Tentei me controlar e seguimos. Tinha que tomar mais cuidado. Teria que me lembrar de perguntar antes onde meu parceiro morava. Não quis perguntar ao Geraldo o nome do amigo de Renato. "Bandeira", era outro termo usado pelo gueto para relatar quando alguém vacilava, dando a perceber sua orientação *gay*. Pensei comigo: "Se perguntar ao Geraldo o nome do rapaz, vou dar uma *bandeira* e Geraldo pode suspeitar." Calei-me, mudei de assunto e fomos para casa. Passei o dia preocupado com as coincidências, e se de fato iria à casa de Márcia. À noitinha, a adrenalina tomou conta de mim. Sentia que algo iria acontecer.

A Rua Tebas ficava a três quarteirões de minha casa. Cheguei ao endereço, parei, um muro alto impedia de ver o seu interior e a frente da casa. Um portão de aço dava entrada da casa e também da garagem. Desci do carro e pensei em desistir. Mas, encantado pela beleza de Márcia, persisti e pensei: "Seja o que o destino quiser." Toquei a campainha, Márcia veio abrir o portão, convidou-me a entrar e, lá dentro, conheci sua família: Sr. Ivo, um senhor de uns 40 e poucos anos, e Dona Lígia, uma senhora mais jovem e muito bela. Os dois foram um presente em minha vida. Ajudaram-me muito na construção de nossas vidas. Estava apreensivo pela apresentação e pelos irmãos, em especial o Sérgio. Quando apareceram na sala, respirei aliviado, o Sérgio era outro. Sentamos, Márcia e eu na pequena varanda em frente da sala de estar, em duas cadeirinhas de ferro que ficaram lá por muitos anos e acho que lá estão até hoje. Começamos a nossa conversa de jovem casal. Nascia um namoro.

O ATOR SAI DE CENA, O PERSONAGEM AMA

Minha natureza *gay* estava sendo controlada. Meu sentimento pela Márcia crescia a cada dia. Sua doçura e companheirismo me cativavam. A personagem crescia e tomava conta do ator, que só aparecia de vez em quando. Moças para casar não faziam sexo antes do casamento e Márcia era assim. Eu a respeitava. Mas o desejo sexual aparecia sempre em mim e era comum entre os jovens machos deixarem suas namoradas e procurarem sexo com alguma profissional para acalmar seus desejos. Tradição machista e preconceituosa. Imaginava que poderia ser assim. Apenas uma pequenina diferença comigo, não buscava a visita na Zezé, como meus amigos, buscava o gueto.

Nosso namoro se firmava. Passei a amar Márcia de verdade e acreditei que enfim estava no caminho da "cura". Ela se tornou a pessoa mais importante em minha vida, naqueles anos. E o que acontecia com o ator era apenas satisfação biológica. Quando casássemos, o instinto biológico seria suprido pelo amor integral com minha bela Márcia. Ah! Ironia do destino, como se isto fosse possível! Naquele momento de minha vida, entretanto, acreditava verdadeiramente que seria possível. Meu amor pela Márcia venceria todo o tormento de dualidade em minha vida. Seríamos felizes para sempre. Um ano e seis meses depois, estávamos noivos, marcamos o casamento para janeiro de 1979. Neste período, a empresa em que era sócio com meus irmãos Guilherme e Tarcísio já não ia bem por uma série de dificuldades. Fui convidado por um antigo colega de trabalho para voltar para São Paulo e assumir a supervisão de vendas de uma fábrica de um dos produtos que representávamos em Minas. Aceitei. Fiquei em São Paulo por um mês. Revisitei a Ipiranga e São João, alguma coisa aconteceu no meu coração: a esperança de rever Alexandre. Não o vi. E também não fui em sua casa. Minha vida agora era a Márcia e nosso futuro. A empresa decidira que minha supervisão de trabalho teria sede no Rio de Janeiro. Em um mês, eu me mudei para o Rio. Vinha em quase todos os finais de semana para ver Márcia. À medida que nosso casamento se aproximava, mais me distanciava do gueto e, três meses antes, fiz todos os exames médicos pré-nupciais, até o exame de próstata fiz, meio apavorado com a possibilidade de o médico descobrir minha homossexualidade. Foi discreto. Nada comentou. Estava bem de saúde. Havíamos programado uma inesquecível lua-de-mel. Iríamos a Buenos Aires e retornaríamos pelas Cataratas do Iguaçu, conheceríamos os cassinos de Puerto Stroessner, antigo nome da atual Cidade Del Leste, no Paraguai, e passaríamos uns dois dias em São Paulo, antes de retornarmos ao Rio, onde moraríamos na Ilha do Governador. Seria perfeito. Pensava em Márcia e nos sonhos que arquitetávamos para nosso futuro. Deus me ajudaria. Enfim, os dias ajoelhados nos grãos de milho seriam recompensados.

Seis de janeiro de 1979. O burburinho tomou conta de nossas vidas e da casa de meus pais. Confusões de um dia de casamento. Meus irmãos de ternos novos, minha mãe e Karla no salão de beleza e presentes chegando. Em meio a toda aquela balbúrdia familiar, não havia como pensar muito. A caminho da Igreja, no carro de meu irmão José Guilherme, como diríamos hoje, a "ficha começou a cair".

Um pensamento me aterrorizou: e se não conseguisse? Fiquei calado e mal ouvia o que meu irmão me dizia. O que eu estava fazendo com minha vida e daquela maravilhosa moça? Ela de nada suspeitou em dois anos de convivência, havia representado bem meu papel de homem hetero. Mas e se não conseguisse ser exclusivamente dela? E se tivesse uma recaída? Três meses sem ter relações com um homem não era uma prova de "cura". E se aparecesse outro Alexandre ou outro Edson em minha vida? O trajeto de casa até a Igreja do Colégio Santo Agostinho foi o trecho mais longo de toda a minha vida. E se eu a fizesse sofrer e a magoasse? Ainda havia tempo de desistir. Atormentado por estes pensamentos, sentia uma profunda dor e desespero, não sabia o que fazer e não podia comentar com José Guilherme e nem com ninguém. Meu Deus! O que fazer? E se nossa noite de núpcias fosse um fracasso? Márcia era virgem, e eu nunca havia ficado prazerosamente com uma mulher e ainda mais com uma mulher virgem. E se alguém com quem havia saído em todas aquelas noites no gueto estivesse na Igreja? E resolvesse falar em resposta a pergunta do padre? E se Márcia um dia soubesse? Ela me perdoaria? Mas, se eu me curasse, nunca haveria necessidade de contar-lhe. Talvez nunca ninguém precisaria saber. O desespero e a dor tomaram conta de mim dentro daquele carro. Meu silêncio e minhas lágrimas fizeram José Guilherme brincar comigo o tempo todo tentando me acalmar. Mas só Deus sabia de tudo. E na realidade, só Ele poderia me conduzir. Paramos na porta da Igreja. Tremia, como se o frio ártico me cobrisse a pele nua, tomando todas as minhas veias. Não sentia meu sangue circular. Fui para o altar à espera de Márcia. Ela entrou lindíssima, de noiva, pela nave da igreja. Amigos nossos lotaram a pequena igreja. O padre segurou nossas mãos e sentiu que tremíamos os dois. Tentava nos acalmar, sempre dizendo algo animador. Uma resposta ao padre era nossa vontade de nos unirmos, mas quase hesitei. Quando fez a famosa pergunta, meu coração parou mais uma vez. Ninguém interpelou. Fato consumado. O futuro estava acontecendo.

Tudo correu relativamente bem. Tivemos uma festa linda preparada por Márcia e presente do Sr. Ivo. A noite de núpcias foi no Hotel Othon Palace, onde aconteceu nossa primeira noite de amor. Conto aqui apenas a minha visão das coisas, um relato do que vivi e observei em minha condição de dualidade. O prazer de estar com Márcia e o amor que sentia por ela me faziam parecer que estava "curado". Hoje, entendo que era o grande amor que sentia por ela, construído no patamar de tudo que fora preparado pela cultura heterossexual; o papel que exercia, era o que o mundo havia planejado para as pessoas que nascem com sexo masculino, sem considerar em absoluto o desejo. Esse amor conduzia meus desejos e atitudes no sentido de cumprir este papel integralmente na construção de um relacionamento convencional entre um homem e uma mulher. Nossa viagem foi bela, os cenários românticos arranjados pela agência de turismo que contratei foram fatores que contribuíram para fortalecer nossos sentimentos e o conto de fadas hetero de um casamento perfeito. Márcia demonstrava uma enorme felicidade por tudo que estava acontecendo, tudo se enquadrava dentro dos sonhos das jovens de sua idade. Eu me sentia feliz, mas algo faltava naqueles primeiros dias de nossas vidas, não sabia bem o que era. Retornamos ao Rio para viver em nossa casa na Ilha do Governador onde tivemos a experiência das primeiras rotinas de casado.

Já nesse período começou meu novo martírio. Natural seria que Márcia desejasse sexo, estávamos em lua-de-mel, eu fora o primeiro homem com quem fizera sexo, e o desejo era próprio de sua natureza como deveria ser o da minha, como homem hetero que ela acreditava que eu era. Eu a amava. Gostava de seu perfume, de seu jeito doce e meigo de ser, de seus carinhos e de sua companhia. Mas o sentido da novidade sexual já passara em mim e, logo no segundo mês de nossas vidas, continuava sentindo por ela tudo que sentia antes e este sentimento crescia a cada dia. Cada dia a achava mais bela, porém meu calvário recomeçou. Ir para cama com Márcia era para mim um esforço enorme. Evitava até o limite imaginar que ela poderia suspeitar que havia algo diferente em mim. Mas com ela a cultura heterossexista e machista também havia sido cruel. Não havia para ela uma possibilidade de comparar, ela não tivera oportunidade de estar com outro homem a não ser aquele a quem ela amava. O sexo era um tabu enorme, não aprendíamos na escola e muito menos com nossos pais. Márcia não poderia saber que eu não era um homem absolutamente heterossexual. Nossa cultura de casar moças virgens não permitia a ela ter um parâmetro. E como acontecia com muitos casais fatos semelhantes, aquele certo distanciamento do sexo, as informações que Márcia colhia com amigas e pessoas mais velhas eram de que tudo era assim mesmo. Ou seja, casamento tem seus altos e baixos, um dia o desejo aflora de forma mais intensa, outros dias mais ameno, ou até nenhum desejo. Eu, covardemente, sentia-me protegido de qualquer suspeita. Não que buscasse em Márcia um escudo para esconder minha homossexualidade, como muitos *gays* e lésbicas fizeram e ainda fazem.

Casei-me porque me encantara por aquela criatura maravilhosa que Deus colocara em minha vida; via neste encantamento uma possibilidade de me curar do desejo proibido e acreditava firmemente que seria possível. Mas a natureza humana é mais forte, não há nada que façamos que permita mudar o seu curso e demoraria muito para aprender, pagando um preço muito alto e o pior, envolvendo uma criatura maravilhosa neste processo. Contudo não aconteceu como um plano elaborado por mim, aconteceu apenas. Consenti, por ser confortável socialmente e pela esperança de um milagre que buscara a minha vida inteira. Pode parecer uma mentira o que vou dizer, mas nunca pensei em usar a Márcia intencionalmente como escudo. Sou um ser de sentimentos, movido por eles, e minha covardia e falta de coragem se apoiaram nesses sentimentos para vencer um desafio impossível de ser vencido: mudar minha natureza original.

FILHOS, O PRESENTE DE DEUS AOS DOIS QUE SOU

A BUSCA de uma explicação e justificativa para minha condição homossexual me conduziu a muitos caminhos e um deles foi a doutrina maravilhosa de Alan Kardec, que me fez acreditar na eternidade do espírito e na busca de seu próprio aperfeiçoamento. Esta crença salvaria minha própria vida mais tarde.

Minha vida com Márcia seguia a rotina de um casal jovem que planejava ter filhos e construir uma vida comum a todos os jovens casais de nossa época. Paralelamente, minhas atividades profissionais evoluíam, e fui convidado a trabalhar em uma empresa multinacional na área de saúde. Tivemos a oportunidade de sair do Rio. Foi-me dada a escolha de ir para Belo Horizonte ou Brasília. Sempre gostei muito de Brasília pelos anos maravilhosos que lá vivi e pensei seriamente em retornar para lá. Chegando a nossa casa, contei a Márcia que mudaríamos para Brasília, embora soubesse de seu desejo de retornar à nossa terra natal, Belo Horizonte. Ela aceitou bem a mudança, mas meu amor por ela me fez retroceder e contar a proposta por inteiro, e que deveríamos escolher juntos. Voltar a Belo Horizonte seria o nosso destino. Escolhemos uma casa no Vera Cruz, pois ficaríamos perto de nossas famílias. Neste período, pensei em me abrir com a Márcia, estávamos felizes e nossa vida ia bem, pelo menos, parecia-me, ela assim o demonstrava. Por várias vezes tive o impulso de contar minha vida antes de ela surgir, minha história com Francisco, Alexandre,

Edson e pedir que me compreendesse e me ajudasse. Mas sempre acontecia algum fato que me fazia calar. Nessa época, fiquei sabendo que um antigo namorado de Márcia, que mais tarde começou a namorar uma amiga sua, fora descoberto saindo com outro homem. Ela mesma me contou com certo ar de repulsa, fruto da criação preconceituosa do machismo do pai dela. Os pais de Márcia eram sempre muito afetuosos conosco e nosso entrosamento era tão intenso que cheguei a ser um confidente de seu pai, que me relatava coisas pessoais e íntimas. E sempre que surgia algum assunto nas reuniões familiares sobre um *gay*, o escárnio e a jocosidade eram cruelmente intensos. Isto me amedrontava e me fazia hesitar em me abrir com a Márcia. Acontecia sempre e, após alguns anos, desisti dessa idéia.

Nesse período, por estar sempre à baila a ridicularização dos homossexuais em todas as conversas domésticas, acabava eu mesmo contribuindo para fortalecer o preconceito familiar concordando e até rindo das piadinhas de mau gosto sobre meus iguais. Para me esconder atrás de minha máscara, repetia as piadas entre os familiares e, de forma hipócrita, tornava-me um agressor moral de mim mesmo, sofrendo ainda mais com esta minha atitude cruel e mesquinha. Durante longo período, eu agi assim, fato que me envergonha até hoje.

Logo que retornamos a Belo Horizonte, ficamos grávidos. A esta altura, o sexo para mim já não era tão prazeroso como nos primeiros meses de casado, mas o foi na noite em que ficamos grávidos, sentia que algo estava por acontecer; foi em nossa nova casa no Vera Cruz e tivemos uma noite linda, diferente das outras noites em que para ter ereção já precisava fechar os olhos e me lembrar de Edson. Naquela noite especial não foi necessário, era o milagre do amor fecundo que acontecia. Aquele cenário de sonho só iria acontecer apenas mais uma vez em minha vida com Márcia. Senti que nossos planos de gerar um ser novo aconteciam, o milagre da procriação tornou aquela noite mágica. Sete meses depois, nascia prematuramente uma menininha linda, pequenina, minha filha amada. Márcia sofrera muito com a cirurgia do parto e não podia locomover-se, Tatiana teria que ficar no hospital para ganhar peso e ter acompanhamento médico. Cortou-me o coração ver Márcia sair do hospital sem a nossa filha e, pior, sem se locomover.

Tirei férias no trabalho para acompanhar minha pequena família. Foram dias de muita angústia, Tatiana corria risco e precisava de cuidados; Márcia, em casa, precisava de cuidados. Doía ter que coletar leite no seio de Márcia para alimentar nossa filha, e ela sem poder vê-la. Foram vinte e dois dias de preocupações e angústia. Mas vencemos; na alta de Tatiana do hospital, fiz questão de levar Márcia para que ela trouxesse em seus braços a nossa filhinha amada. Tudo isto nos aproximou muito, era maio de 1980. Senti-me quase "curado" de minha homossexualidade. Outra noite mágica aconteceu e, em novembro do ano seguinte, estávamos eu e Márcia novamente na sala de parto do hospital. Nascia o nosso segundo filho, Daniel.

A geração daqueles dois seres, de certa forma, atemorizava o meu espírito. Segundo a doutrina espírita, a encarnação é preparada no plano superior e os espíritos que retornam à Terra sabem de tudo sobre seus futuros pais. E o meu respeito por aqueles dois pequenos seres era enorme, pois, antes de virem, já sabiam que seu futuro pai era *gay*, e mesmo assim vieram; era mais um milagre de Deus em minha vida, assim como foi milagre Ele me ter enviado para cumprir um destino do qual Ele sabia que eu não poderia fugir. Embora meu amor por Márcia nos levasse ao sexo, nem sempre era bom, faltava alguma coisa. Às vezes, ficávamos dias sem ter sexo, eu fugia nos intermináveis programas noturnos da televisão, ou me embriagava para adormecer rápido. Sempre fui saudável sexualmente e quando ficava sem sexo por mais de três ou quatro dias, os sonhos eróticos me atormentavam. Sempre com homens, nunca com mulheres. No meu cotidiano, cruzava com algum homem atraente e, à noite, ele vinha povoar meus sonhos. Isso me fazia sentir culpado e me provocava um sofrimento enorme e as lágrimas voltaram a povoar minha secreta solidão.

Os primeiros anos da década de 1980 foram marcados por uma tragédia que, de certa forma, iria contribuir em muito para quebrar tabus seculares sobre a sexualidade humana, fazendo cair a máscara da hipocrisia social e religiosa que a cultura judaico-cristã incutira nos corações humanos. A Síndrome da Imunodeficiência Adquirida – AIDS surgia de forma avassaladora e eternamente real sobre a humanidade.

E A PESTE CHEGOU...

MARCOS Vinícius Resende Gonçalves, conhecido pelos amigos e colegas de profissão como Markito, era filho de fazendeiros da região do Triângulo Mineiro, onde havia cursado a Faculdade de Engenharia sem terminá-la, enveredando-se pelo mundo da moda. Tornou-se uma das personalidades mais exuberantes da geração discoteca. Markito nascera em 1952, era da minha idade. Celebridade dos jornais de moda de Minas, do Brasil e do mundo, especializado em roupas de festas e inovador em coleções que abusavam de decotes expondo o corpo feminino, cresceu profissionalmente, tornando-se o estilista de muita gente famosa na política e nas artes. Vivia de forma intensa e um jornal, certa vez, publicou uma declaração sua em que dizia: "Viver tudo o que a vida tem para oferecer". Era o seu lema pessoal. Muito querido e simpático, tinha clientes internacionais e, em uma de suas viagens a Nova Iorque, voltou adoentado. Nenhum médico de Minas ou São Paulo conseguiu diagnosticar sua doença. Voltando a Nova Iorque para exames, descobriu que era portador do vírus HIV. Sua doença teve ampla divulgação na imprensa nacional, e Markito, após muito sofrimento, sucumbiu. A AIDS fazia a primeira vítima brasileira, e se tornou a "peste *gay*", que mataria todos os pecadores do amor proibido segundo os beatos de plantão. Markito morreu na madrugada de 5 de junho de 1983, na UTI, em frente ao Hudson River, em Nova Iorque, onde tentava tratar-se.

Ao ler o relato sobre Markito, senti-me ainda mais culpado pela minha homossexualidade. A tortura de meu desejo proibido covardemente se arrefeceu um pouco diante daquela tragédia que marcou para sempre a comunidade *gay* mundial. De certa forma, senti-me protegido contra o risco da maldita peste *gay*. Sim, pois segundo as informações que nos chegavam pela mídia, aquelas vítimas já contabilizadas pela comunidade científica eram exclusivamente homens homossexuais. Nossa geração raramente usava preservativo, havia um tabu entre os homens de que o uso da camisinha tirava boa parte do prazer e, apesar de ser uma forma de prevenção bastante difundida, poucos homens se sujeitavam a ela. A peste *gay* veio para ficar. O crescimento da discriminação contra homossexuais ganhava um aliado avassalador. Religiosos radicais usavam a descoberta da AIDS para reforçar ainda mais o preconceito contra estes seres especiais que nunca "escolheram" ser assim, apenas são como a natureza os gerou. Os discursos do mito pecaminoso do amor *gay* se tornavam cada vez mais fortes. Não se sabia exatamente quais eram as formas de transmissão do vírus, e como são construídas as mentiras sobre tudo que o ser humano não conhece, a informação chegava por meio de vários conceitos distorcidos criados acerca desta transmissão. No beijo, no aperto de mão, no uso de roupas de doentes, no contato com utensílios domésticos de pessoas contaminadas, no contágio através de insetos, os mais diversos pensamentos criativos eram popularizados pelas conversas, nas esquinas, sacristias e botequins. Pacientes começaram a perder o contato com o calor humano. Vítimas do vírus eram isoladas em áreas restritas em hospitais, médicos e enfermeiros evitavam acompanhar e tratar pacientes portadores tornando estes seres humanos infinitamente mínimos. Muitos morreram à mingua absoluta, solitários e abandonados.

Foi um período em que a raça humana da modernidade demonstrou toda a sua indiferença ao próximo, toda sua falta de solidariedade e todo seu egoísmo. Com todos os milhares de anos de existência, nós, humanos, ainda não havíamos aprendido uma lição que a história dessa raça tão diversa e controvertida ensinara ao longo de suas gerações, que para vencer o mal teríamos que nos unir. Soltar a voz da alma, para gritar contra o que nos atinge e desferir um golpe fatal contra quem nos oprime com a única arma capaz de vencer qualquer barreira criada pelo ser humano: o amor. A natureza, ardilosamente, de forma que só ela sabe fazer, preparava um cenário para, em uma última tentativa, ensinar-nos o amor ao próximo. Ao meu olhar, apesar do sacrifício descomunal das vítimas da AIDS, eles não morreram em vão. Sua dor e sofrimento atuaram sobre o fortalecimento da estruturação e consolidação dos direitos humanos, dos direitos de crianças e adolescentes, dos portadores de deficiência, dos negros, das mulheres, dos índios, dos pobres e ironicamente dos próprios homossexuais. Sob a dor das vítimas da AIDS, os direitos humanos ganharam força, respeito e consideração. Era preciso que a sociedade tomasse uma decisão sobre como tratar os diferentes, criando leis que os protegessem e os tornassem dignos aos olhos dos que, diante de sua própria cultura tortuosa, julgavam-se politicamente corretos e perfeitos. O tratamento desrespeitoso dado às vitimas da AIDS fez os seres humanos mergulharem no seu passado sombrio de crueldade contra o seu próximo, atitudes igualadas aos tratamentos dados nos porões dos campos de concentração e nos julgamentos das fogueiras seculares da Santa Inquisição.

Nos anos 80 e boa parte dos anos 90, os humanos foram obrigados a rever suas posturas de convivência social, de relacionamento político e de sua cultura de solidariedade. A AIDS saía do universo homossexual e atingia os receptores de transfusão de sangue, os usuários de drogas injetáveis, os profissionais do sexo, e muitas famílias começaram a perder entes queridos vítimas desta gigantesca epidemia. As pressões começaram a impingir aos governantes uma atitude, mesmo porque sexo é algo tão vital para o ser humano, como alimentar, respirar, etc. Era preciso tirar a máscara da hipocrisia social e começar a falar do assunto desconstruindo os mitos e esclarecendo as verdades e as mentiras sobre a sexualidade humana. A infelicidade desta irreversível epidemia sem cura até os dias de hoje plantou definitivamente nos corações humanos a necessidade de falar de seus medos, tirando definitivamente a cortina que cobria os interesses escusos da convivência social humana. Temos muito a avançar, mas a natureza nos ensinou, mais uma vez, que só se vence um mal humano com verdade, solidariedade e muito amor.

TESTE DE FIDELIDADE

Os anos foram passando. Minha vida com Márcia foi rica em emoções e aprendizado comuns a muitos casais heteros. Nos anos de vida conjugal em que amei a Márcia, muitas vezes ela suspeitava de uma traição. E sempre repetia a ela que poderia ter certeza absoluta, nunca, mas nunca mesmo, ela me veria ou descobriria que a traí com outra mulher. Esta era a única verdade que poderia contar-lhe de alma limpa. Também não a traí fisicamente com homem durante quinze longos anos, embora não faltassem oportunidades. Com o passar do tempo, nosso sexo se tornava mais distante e meus sonhos eróticos cresciam. Em meu trabalho viajava muito, o que contribuía para não ter que me violar em um sexo que não me fazia sentir bem. Em minhas viagens visitava os guetos, mas não tinha coragem de trair a confiança que Márcia depositava em mim. Rodava pelas ruas e retornava para o hotel, onde me masturbava e depois caía em lágrimas de arrependimento e dor. Foram anos assim. Sabia e sentia que Márcia muitas vezes suspeitava de uma traição, chegava em casa tarde do trabalho e ficava agressivo, pela dor que sofria e muitas vezes lhe respondia com palavras ásperas e tratamento hostil. Ela me seguira muitas vezes e me via em bares bebendo com amigos, raramente havia uma mulher na roda, e nunca com amigos *gays*, pois não tinha amigos *gays*, mas bebia com outros maridos frustrados com seus casamentos, que, como eu, faziam de tudo para chegar tarde em seus lares. Nada justificava minha atitude com ela, porém a frustração, o sentimento de revolta por estar me violentando dia a dia, tendo que suportar tudo em silêncio para que ninguém soubesse de meu imenso segredo, tornava-me hostil, era como uma válvula de escape em busca da sobrevivência.

Em uma dessas fugas noturnas, fui ao Hi-Fi, um bar boêmio que funciona até hoje próximo da Praça Raul Soares. Alguns colegas de trabalho e amigos gostavam de ir lá pelos petiscos, que eram muito saborosos. Não sabia que era um lugar freqüentado por *gays* enrustidos, mesmo porque não freqüentava mais os guetos em Belo Horizonte e não tinha conhecimento de que havia dezenas de outros em situação semelhante à minha. Uma noite em que fui o último a sair, um rapaz se aproximou de minha mesa e perguntou se poderia sentar-se para conversar um pouco; seu nome era Carlos. Muito simpático e gentil, Carlos falava sobre como gostava de ir ao Hi-Fi e fazer novos amigos. Afastado do convívio de homossexuais e reforçando sempre minha máscara de personagem hetero, havia perdido a perspicácia do olhar *gay* ao ver um igual. Deixara o sentimento nato nos *gays* de sentir seu semelhante adormecer em meu íntimo e não percebera as reais intenções de Carlos. Disse que morava na Esplanada, um bairro vizinho ao Vera Cruz. Em minha saída, ofereci-me para levá-lo em casa, já que iria na mesma direção. Aceitou. No caminho, Carlos colocou sua mão sobre minha perna. Senti o que queria. Disse a ele que não seria possível apesar de sentir-me atraído por ele. Não poderia trair alguém com quem estava casado e a quem muito amava, que nada poderia dar a ele na forma de qualquer coisa que se assemelhasse a um sentimento. Carlos afirmou não haver problema, que seria apenas sexo, e passou a mão sobre minha nuca, puxou-me para si e forçou seus lábios contra os meus. Senti um calor invadir todo meu corpo e um tesão enorme no meu sexo. Afastei Carlos de mim e disse que terminantemente não iria deixar acontecer. Ele voltou à sua posição de passageiro no banco e continuamos a viagem. Respeitou-me, apesar de meu enorme desejo por ele. Talvez, se não me houvesse respeitado, levaria mais uma culpa em minha vida, a culpa da traição ao meu amor por Márcia. Cheguei em casa, Márcia já dormia. Fui ao banheiro e me masturbei pensando em Carlos. Deitei-me ao lado de Márcia e comecei a chorar, sufocando minha culpa e minha dor no travesseiro. Felizmente ela não percebeu. Carlos me procurou outras vezes para conversarmos, sua companhia me fazia bem, mas nunca nos permitimos chegar às vias de fato. Até que um dia não tive mais notícias dele.

A PRIMEIRA ESPERANÇA

FINAL de outubro de 1995, os jornais de todo o país estampavam em primeira página manchetes como esta: *"Deputada Marta Suplicy apresenta projeto de casamento gay!"*. O escândalo tomou conta da Nação. Não se falava em outro assunto nos bares, nos lares e nos ambientes de trabalho. O preconceito rechaçava as conversas sobre o tema, a hipocrisia indignava-se diante da coragem da deputada, que antes de ter acesso ao Parlamento tornara-se sexóloga respeitada e renomada em todo o País por discutir tabus sexuais na televisão. Na realidade, o projeto não versava sobre dois homens ou duas mulheres entrarem juntos em uma igreja. Até aquele momento, a idéia de casamento estava concretizada no ritual religioso, diante do altar. Em hipótese alguma, os católicos dominantes concebiam a possibilidade de dois seres do mesmo sexo caminharem pela nave religiosa até o altar diante de um padre ou pastor. O termo "casamento" usado pela mídia conduzia a esta concepção do cerimonial religioso. Casamento sem igreja não era casamento, era pecado legal regulamentado pelo Judiciário, mas visto pela sociedade como um desvio social. Marta Suplicy defendia em seu projeto o direito prático da união civil entre homossexuais, como partilha de bens, direito à herança e Previdência. Não tocava no religioso e muito menos em filhos. Era o prenúncio do ressurgimento de Sodoma e Gomorra no Brasil. Oficiar o ato pecaminoso e doente de seres pervertidos caiu como uma espada sobre a cabeça da Igreja ditatorial e conservadora. Marta foi excomungada em cada canto do País onde se acendia uma vela ao Divino, porém o primeiro e corajoso passo fora dado. A discussão abriu uma luz sobre os direitos humanos dos homossexuais. O Parlamento discutia pela primeira vez uma realidade que teimava em ficar sob o tapete da hipócrita sociedade conservadora de nossa nação.

A MÁSCARA CAI...

Sexo com Márcia se tornava cada vez menos freqüente. A dificuldade do organismo dela em aceitar contraceptivos químicos nos remetia ao sexo por tabela, o que de certa forma para mim era um conforto cômodo. Não precisava me violentar no papel de marido sexual com tanta freqüência como nos anos anteriores. Nossas relações sexuais já se escasseavam pela famosa tabela que liberava dias em que muitas vezes não havia disposição ou desejo mútuo. Usar camisinha era um incômodo; nas poucas tentativas feitas, destruía meu tesão por completo, não consumando o ato. Diante disso, nossa relação sexual ficava a cada dia mais distante uma da outra. Márcia rejeitava toda possibilidade de ficar grávida mais uma vez, e ter mais filhos já não fazia parte de nossos planos há muito tempo. A solução sugerida por ela foi uma vasectomia. A princípio a idéia me soou como uma violência física contra meu corpo, tive medo. Porém a simplicidade da cirurgia popularizou a operação como uma solução prática e fácil a casais que, como nós, não desejavam mais ter filhos. Para proteger meu amor por ela e manter meu segredo, cedi à idéia e me submeti à cirurgia na esperança de melhorar nossa vida sexual. Tempo cirúrgico respeitado e exames feitos, estava livre para ter sexo, independentemente de tabelas ou preservativos. Pouco adiantou, a natureza cobrava à sua criatura o seu destino.

À medida que os anos passavam, sufocava minha natureza ao extremo, tentando desesperadamente fazer de Márcia meu objeto de desejo. Meu amor por ela era muito grande, mas meu desejo por ela era o menor possível. O conflito deste antagonismo me levava à única fuga possível: beber e chorar. Comecei a ler mais sobre homossexualidade para tentar descobrir se havia alguma forma de sair daquele calvário que me atormentava dia e noite; livros científicos e romances, devorava-os na busca frenética de uma solução. Procurar um profissional seria impossível: primeiro pelo pavor de alguém do mundo "normal" descobrir sobre mim; e segundo pelas informações obtidas na leitura de que pessoas como eu eram muitas vezes internadas em manicômios por seus familiares sob a orientação de psiquiatras mal informados e preconceituosos, ou forçados a uma penitência religiosa por párocos hipócritas. Neste momento de minha vida, tinha mais a perder, além de minha respeitabilidade social como hetero; tinha minha família, meus filhos queridos, um bom emprego que nos sustentava a todos. Se alguém descobrisse meu segredo, perderia todo o universo conseguido pelo personagem que o ator criara e tornara tão verdadeiro que quase fazia crer ao próprio ator. Mas de toda a possível perda que pesara para sair desta situação definitivamente, esquecera-me da mais importante, minha própria vida. Caminhava velozmente no sentido de perdê-la, como quase aconteceu.

Minha profissão sempre me conduzia a muitas viagens. Em uma dessas viagens percebi que as revistas estrangeiras destinadas aos *gays* cresciam nas bancas instaladas nos aeroportos das principais cidades. Chegar a estas bancas e olhar as prateleiras de revistas eróticas onde eram colocadas as revistas *gays* em meio à multidão de freqüentadores era para mim uma pressão emocional descomunal, conhecida pelos especialistas como um forte estresse. Sentia a adrenalina disparar em minhas veias e o sangue parecia que sairia pelos meus olhos, minha cabeça doía e meu corpo tremia. Foi preciso muitas idas às bancas até eu ter a coragem de pegar a primeira revista, uma *Mandate*, edição americana muito cara em comparação com edições não *gays*, que acabei pegando para passar pelo caixa da banca. Ficava horas intermináveis esperando diminuir o movimento do caixa para que outros clientes não percebessem que carregava comigo uma revista *gay*. Todo este processo era tão tenso que chegava a sentir tontura provocada pelo estresse. Mas o enorme prazer de chegar ao hotel, sozinho, abrir a revista e visualizar a beleza masculina impressa em cores fotográficas de excelente qualidade e em posições sensualíssimas me excitava até o orgasmo total. Nas muitas viagens que fiz, após saborear as fotos dessas revistas e retornar para casa, sempre as colocava em um envelope e jogava em alguma lixeira pública. Imaginava que, se jogasse na lixeira do hotel, algum funcionário poderia descobri-las e associá-las ao hóspede que tinha desejos homossexuais e identificar esse hóspede por meio do nome e endereço registrados no hotel. Sonhava com aqueles homens maravilhosos que ali eram estampados, mas fugia de ser visto com tal literatura. Por muitos anos, esta cena se repetiu em minha vida, uma fuga comprada em bancas de aeroportos que, de certa forma, servia como um paliativo para vazar minha verdade, que teimava em manter escondida dentro do armário que criara para o ator que meu personagem dominava. Isto durou anos e anos. E quando ficava mais tempo sem viajar, ficava angustiado por não poder comprar estas revistas em Belo Horizonte, pois conhecia muitas pessoas e comprar uma revista em uma banca local poderia acidentalmente acontecer uma identificação por parte de alguém. Esta possibilidade me apavorava. Desenvolvi algumas técnicas para conservá-las mais tempo comigo. Uma pasta de executivo com chave e segredo. Recortava as fotos que mais apreciava e colocava em um envelope pardo usado com algum endereço de recebimento entre os documentos que precisava manter comigo para meu trabalho. Assim fiz muitas vezes. Quando estava sozinho em casa, retirava este envelope da pasta e me distraía com as fotos secretas. No hotel, sempre recortava as fotos da revista e colocava no envelope. Esta operação era sempre feita em uma mesa, onde abria minha pasta, retirava todos os documentos, colocava o envelope com as fotos e sobre ele novamente os documentos.

Márcia e eu já estávamos casados há quinze anos. Nossa vida conjugal já não exigia sexo com tanta freqüência; embora a amasse, sempre usava os artifícios aprendidos para evitá-la. Acredito que minhas atitudes começaram a gerar mais suspeitas de sua parte, associadas ao uso constante e freqüente do álcool e à depressão que sempre me encontrava, procurando ficar sozinho, bebendo e ouvindo músicas que muitas vezes me levavam às lágrimas. Seria natural que começasse a investigar. Em uma das minhas viagens, comprara uma revista nacional recém lançada, a GMAGAZINE. Devorei seu conteúdo, maravilhado pelos artigos que tratavam a homossexualidade com respeito e naturalidade.

Meu casamento já não era o mesmo, Márcia se distanciava, e isto me fazia sentir mais culpa ainda. Estava infeliz, mas ela aparentemente não desistira de mim. Paralelamente, acredito, buscava a causa de nossas diferenças. A mentira é um pecado que sempre é descoberto pela sua própria falta de consistência. O mentiroso acaba se traindo de uma forma ou outra. Trazia a minha vida com uma mentira permanente, e ela estava prestes a ser revelada de forma irreversível. Passei a não desfazer mais das fotos e revistas guardadas em meu envelope secreto. Naturalmente Márcia bisbilhotava minha pasta, que sempre mantinha trancada. Quando precisava usar os documentos da pasta em casa e tinha que mantê-la aberta, corria o risco de que o envelope fosse visto, então o tirei da pasta e o tranquei na gaveta de uma mesa em casa, imaginando só eu ter a chave. Quando viajava, levava comigo o envelope secreto. Nesse período minha dualidade me fazia sofrer terrivelmente; estava infeliz, amargo e sem esperanças. Alguns momentos de prazer tinha, quando via as fotos e, em seguida sentia-me culpado e miserável, buscando na bebida uma fuga para minhas dores. Comecei a me fechar, conversava pouco em casa com todos e nada mais me dava alegria ou emoção. Isso naturalmente deixava Márcia ainda mais intrigada. Ela buscava uma resposta.

Chegando uma tarde em casa, Márcia me chamou para onde estava a mesa e abriu a tal gaveta. Dela, tirou o envelope.

– O que isto significa? – perguntou.

Meu sangue desapareceu de minhas veias, senti todo meu corpo gelar e a palidez tomou conta de meu rosto. Minha voz não saía.

– É o que estou pensando? – insistiu Márcia

Alguns segundos se passaram sob o manto de um silêncio sepulcral. Minha dualidade me doía tanto que o ator, num instinto de sobrevivência, assumiu o personagem. Decidi não mentir mais. Respondi a ela que sim, nutria desejo por outros homens. O pano de cena se erguia por completo no final do ato, ator e personagem se fundiam pela primeira vez diante da mais importante espectadora, a mulher que amara por quinze anos. Expus-me como verdadeiro pela primeira vez a alguém do meu mundo real. A vergonha e a dor foram intensas em mim. Caí sobre a cadeira e as lágrimas de dor minhas e de Márcia rolaram pelas nossas faces. O que se passou a seguir ficou como um branco em minha memória, sabia apenas que minha mentira começava a se desmoronar. Márcia não compreendia, sentia-se traída e muito ferida.

RUPTURA

Decidi me mudar de casa. Mantivemos a descoberta de Márcia em segredo entre nós dois. Explicamos a nossos filhos que nossa separação estava acontecendo por não nos entendermos mais e precisávamos de um tempo separados para refletirmos sobre nossas vidas. Voltei para casa de meus pais. Nossos familiares ficaram curiosos e surpresos, mas como percebiam nitidamente nossas mudanças nos últimos tempos e nos amavam, respeitaram nossas decisões. Ficamos alguns meses separados, porém nosso amor havia sido muito forte; apesar das mágoas, continuamos nos falando e, após três meses, concluímos que nós deveríamos reatar, na esperança de uma tentativa de "cura", pela nossa vida e a vida de nossos amados filhos. Márcia havia consultado um religioso, que disse a ela que havia muitas pessoas como eu e que, com acompanhamento e tratamento, tudo poderia ser diferente. Ela acreditou nesta possibilidade e diante de minha inércia emocional pela revelação da existência de meu personagem ao meu mundo "real", representado naquele momento pela mulher que amava, mergulhei nesta esperança. Talvez, assim falando com pessoas e especialistas, conseguiria me livrar de meu desejo proibido.

Neste primeiro momento de nossa reaproximação, fiquei apático, assexuado, o choque emocional me tirara todo o desejo. Só trabalhava e me permitia sobreviver. Havia um fio de paz em meu coração se formando. Agora, alguém em quem confiava sabia do ator e do personagem. Procuramos realizar uma terapia de casal com uma psicóloga que visitávamos duas a três vezes por semana buscando uma solução para minha homossexualidade. A princípio cheguei a crer nesta possibilidade. Sentávamo-nos na sala da psicóloga e falávamos sobre nós e nossa vida. Nunca consegui confessar para a profissional minha intimidade e muito menos falei sobre o meu desejo. Sentia ainda o pavor da multiplicação da informação de meu desejo "doentio" e pecaminoso, sentia a culpa se apossar de mim a cada sessão e sempre dizia a mim mesmo que naquela sessão me abriria e falaria tudo. Mas lá chegando, diante das duas, eu me travava todo. Falava sobre qualquer assunto, menos o que era o mais importante, o meu desejo por homens. Estes encontros permitiram que nossa vida retomasse uma rotina e tivemos um ano de compreensão, paz e de certa forma uma felicidade temporária. Após um ano, acredito, Márcia caiu na realidade de tudo que acontecera. Começou a agir de forma diferente comigo. Foi se distanciando a cada dia. E consciente ou inconscientemente, foi transmitindo esta indiferença para toda nossa família. Nossos próprios filhos começaram a agir comigo da forma que Márcia agia. Sofri em dois anos tudo que jamais sofrera ou iria sofrer em toda minha vida.

Márcia começou a matar meu amor por ela em doses homeopáticas. Com pequenas atitudes, dia após dia, nos atos silenciosos da indiferença e distância, ela foi desconstruindo minha ilusão e minha máscara. Minhas lágrimas caíam em todos os momentos de dor pela sua indiferença e pelo vazio que se apoderava de mim a cada dia. Sentia a sangria de meus sentimentos fluindo de todos os meus poros, meus filhos já não eram tão afetuosos comigo e Márcia, cada vez menos, dirigia-me a palavra. Limitava-se a dizer apenas o necessário. Fui ficando seco por dentro de tanta dor e desamor, apenas conseguia trabalhar e de forma muito ruim. Meu trabalho se tornou a minha única forma de viver. Já não lia, não via os filmes de que tanto gostava, já não saía com os amigos. Comecei a murchar. E um sentimento de absoluta dor e solidão começou a se apoderar de mim. Sei que Márcia não agiu assim por vingança, seu coração não era vingativo, mas a mágoa da terrível descoberta era tão forte que, imagino, só um ano depois, ela caíra na realidade e sendo inteligente, provavelmente através de conversas com outras pessoas buscando informação sobre homossexualidade, já sabia que não havia cura. Nunca conversamos sobre isto, mas penso hoje que ela já sabia desta impossibilidade. Embora nunca a tivesse traído fisicamente, ela se sentia traída como mulher. Talvez se eu a traísse com outra mulher, teria forças para lutar pelo seu amor, mas seu inimigo era algo que não poderia vencer. Nosso primeiro ano, que havia sido perfeito, com muito carinho, atenção, cumplicidade e respeito, depois do ocorrido foi sendo substituído pela frieza, indiferença e ausência de diálogo. A cada mês que se passava, esta atitude por parte de Márcia se intensificava. Ela liquidava todo sentimento que nutria por ela. Ainda não falara com ninguém sobre tudo, mas minha transformação se tornara visível para todos de nossas famílias. Emagreci, envelheci e o desespero se apoderava de mim. Se o mundo soubesse, o que seria de mim? Seria marginalizado e crucificado como uma bicha covarde e hipócrita, sentença e condenação dada a pessoas como eu. Havia uma saída.

Passei em uma loja de armas na Rua Caetés com São Paulo e me informei sobre o que era preciso para adquirir uma arma. Retirei os formulários para providenciar a compra do meu passaporte para o fim de tudo. Levei os papéis para a empresa em que trabalhava para providenciar o preenchimento e as cópias necessárias. A empresa ficava na Rua Aimorés, quase esquina com Bernardo Monteiro. Interrompi o preenchimento do formulário para sair em visita a um cliente a pedido de meu diretor, na Avenida Brasil. Segui a pé pela Bernardo Monteiro e, no caminho, vinha em minha direção um jovem. Aparentava uns 18 anos, roupa muito justa e uma bolsa a tiracolo; sua pele muito negra acentuou seu sorriso que crescia ao se aproximar de mim, era o sorriso mais lindo que vira nos últimos tempos. Ao cruzar com ele, pude ver seu rosto encantador e seu sorriso iluminou minha alma.

Estava com horário marcado com o cliente da empresa e não parei para conversar. Nós nos olhamos nos olhos e nos distanciamos, olhei para trás e ele continuava olhando para mim. Nunca mais esqueci aquele sorriso. Cumpri meu trabalho e retornei. Guardei os papéis da compra da arma em minha mesa no escritório, pois surgira uma viagem de emergência que teria que fazer. Preparei minha mala e parti. Retornei para casa em um sábado. Estacionei o carro na porta e entrei. Meus filhos dormiam. Márcia estava na cozinha junto com Aparecida, uma moça que trabalhava em nossa casa já há alguns anos. Fui até a cozinha e mencionei um cumprimento às duas, não houve resposta. Minhas malas na sala ainda por desfazer. Sentei-me no sofá e as lágrimas inundaram minha alma. Apanhei minhas malas como se algum ser invisível me conduzisse, retornei ao carro e, com o olhar parado, dirigi-me a um hotel. Fui até minha mesa no escritório e apanhei os papéis de registro de compra da arma. Estava decidido a acabar com tudo. Era sábado. Quando cheguei, a loja já estava fechada. Entrei no primeiro bar que encontrei e mergulhei na bebida, soluçando desesperadamente até me embriagar completamente. Voltei ao hotel e entorpecido pelo álcool, adormeci. Acordei no domingo já tarde, com um vazio enorme e uma ressaca descomunal. Ainda tinha o hábito de ir à igreja aos domingos. Entrei e pedi ajuda a Deus com toda minha fé e alma. Retornei a minha casa e percebi que só sentiram minha ausência no domingo à tarde. Meu amor por Márcia acabou naquele final de semana. Vi que já não seria possível vivermos juntos nunca mais. Sofria muito com sua frieza e distância. Naquele momento escrevi algo que resumia minha dor pelo fim daquele amor pelo qual me anulara durante anos:

Tirastes de Mim

Tirastes de mim a quimera da cheia lua
Tirastes de mim as noites de canções
Tirastes de mim os lindos sonhos que povoam
Apaixonados verdes corações.
Tirastes de mim as sementes de nossos filhos
Tirastes de mim os parentes e amigos
Tirastes de mim o suor do meu rosto
Tirastes de mim a juventude de minha alma
Tirastes de mim a doçura do diálogo
Tirastes de mim os livros que tanto amei
Tirastes de mim as canções que colecionei
Tirastes de mim a casa que habitava
Tirastes de mim os filhos que te dei
Tirastes de mim a esperança no futuro

Tirastes de mim o pão que ganhei
Tirastes de mim o lar que sonhei
Tirastes de mim os beijos que te dei
Tirastes de mim a fé que cultivei
Tirastes de mim o sorriso dos lábios
Tirastes de mim a capacidade de gerar filhos
Destes a mim a tristeza
Destes a mim a solidão
Destes a mim a ausência dos que amo
Destes a mim a imensa solidão
Destes a mim a ausência da mão amiga
Destes a mim a saliva amarga
que na boca espuma
Destes a mim a neblina que
meus olhos cobre
Destes a mim os cabelos
que o branco vive
Destes a mim as rugas
que na face não tive
Destes a mim a imensa dor
que em meu coração aflige
Tirastes e destes a mim
todo o mal que sou
Ficastes de mim
com o outro que fui.

De certa forma, confuso, incapaz de assumir a culpa de minha louca dualidade, neste momento de profunda angústia, também culpei Márcia por sua incapacidade de tolerância, sensibilidade e amizade, cobrando tudo que dera a ela em minha anulação frenética de mim mesmo. Sem ter noção de sua dor, minha dor se tornou maior, agigantou-se em meu peito, atordoada pela insanidade do desespero de meu maior segredo a se revelar. Minha vingança, dela e de todos que me impingiram todo este desespero, estava na concretização de minha obsessão pelo fim imaginado de um projétil em meu cérebro.

TER O AMOR COMPLETO

Alguns dias conversando com Toledo, diretor da empresa em que eu trabalhava, ele comentou, surpreso, que um amigo dele havia investido em um empreendimento que ele e sua esposa Daniela foram conhecer no final de semana. Seu amigo se tornara sócio de uma nova boate *gay* que abrira na Rua Timbiras, descreveu o conforto e o luxo da boate com riqueza de detalhes, chamava-se Erótica. Com receio que percebesse meu interesse, não perguntei em que local da Timbiras ficava a boate. Mas minha curiosidade crescia a cada dia e passei a ocupar minhas noites em tentar localizar a Erótica. Percorri vários quarteirões milimetricamente da Rua Timbiras, até descobrir que ficava entre a Rua São Paulo e Rua Rio de Janeiro. Passei a visitar sua porta por algumas noites sem coragem de estacionar o carro para entrar. Apenas olhava e quando alguém se aproximava, arrancava o carro e foi assim três ou quatro noites. Já havia preparado todos os documentos para a loja de armas. Estivera lá por duas vezes e me pediram mais complementos e autenticações. Meu objetivo de comprar o fatídico objeto fora adiado pelo destino. Mais uma noite saí apático para meu passeio noturno pela porta da boate. Estacionei em frente e tentei sair do carro para entrar. Havia muitas pessoas na porta e me acovardei com o pavor de ser visto e reconhecido. Subi com o carro até a esquina da Rua Rio de Janeiro, quando vi dois rapazes subindo a rua pelo retrovisor do carro. Parei na esquina. Meu coração, após muitos meses acelerara-se de emoção; entorpecido pela adrenalina, meu corpo tremia. Um dos rapazes se parecia com o que encontrara alguns dias antes perto da empresa. Tremia tanto que mal conseguia manter meus pés nos pedais do carro, que mantinha ligado como prevenção. Eles passaram por mim e o negro olhou para trás. Era ele. Deu um sorriso e virou à esquerda para a Rua Rio de Janeiro, em direção à Álvares Cabral. Consegui controlar os pés e acelerei o carro, seguindo-os. Passei por eles e parei. Eles caminharam em minha direção. Depois de dezoito anos, o código de encontro no gueto não mudara. Eles passaram ao meu lado e o rapaz do sorriso lindo parou, olhou para mim e vi seu sorriso novamente. Fiquei estático e ele se aproximou da janela do motorista do carro.

– Oi, como vai? – disse.

Eu tremia tanto, que mal me podia controlar. Disfarcei o máximo que pude, mas meu maxilar não me obedecia. E tentava esconder, na voz trêmula que balbuciava, toda minha emoção, misto de pavor e desejo.

– Tudo bem e você? – respondi, entre os dentes, tentando controlar meu maxilar.

– Tudo! – e com o sorriso maravilhoso que iluminou toda minha visão daquela janela, pois ele se aproximara tanto que sentia seu hálito. E continuou: – Dando uma volta?

– Sim, e você?

– Também!

Minha reação foi quase que instintiva. Estendi minha mão até a porta do passageiro e o convidei a entrar para conversarmos. Ele olhou para o colega que ainda o esperava. E se despediu. Deu a volta pelo carro e entrou.

– Está tremendo! – disse ele, estendendo sua mão para mim.

– É a primeira vez que convido um rapaz para meu carro depois de muitos anos. Estou um pouco nervoso – expliquei, estendendo minha mão para responder ao seu cumprimento.

– Me chamo Reginaldo, qual o seu nome?

– Danilo. Nossas mãos ainda atadas. Senti um calor e uma energia incrível neste aperto de mão.

– Está a fim de que, Danilo?

– Conversar, podemos?

– Claro!

Diante da resposta de Reginaldo, quis sair daquele local onde circulavam muitos *gays* e ninguém poderia me reconhecer. Ofereci-me para levar Reginaldo até sua casa. Ele morava no São Lucas, na entrada do aglomerado da Serra. No trajeto, soube que era *gay* assumido desde os 16 anos. Sua família já sabia. E pela primeira vez ouvi o termo "sair do armário". Os *gays* como eu estavam, segundo a linguagem do gueto, fechados em seus segredos homossexuais como se estivessem dentro do armário. Reginaldo havia "saído do armário" para sua família e seus amigos muito cedo. Todos já sabiam de sua homossexualidade. Nossa conversa foi longa por todo o trajeto, e quanto mais conversava com Reginaldo, mais me encantava por ele. Sua mão ficou pousada em minha perna direita por todo o trajeto, ato que marcaria todas as nossas viagens dali por diante, sempre que saíamos de carro. Paramos em várias esquinas no trajeto, e trocamos muitas carícias e beijos. Sentia uma atração enorme por ele. E em cada parada, quando aparecia algum carro ou alguém, ríamos e saíamos do local. Ele quis saber tudo sobre mim. Nesse primeiro momento, disse apenas que era casado, mas que meu casamento estava no fim. Minha tremura arrefeceu-se com a descontração de Reginaldo. Ele morava na Rua Monte Alegre, e pediu-me para parar duas ruas abaixo da sua. Não gostaria de que os vizinhos o vissem saindo do carro de um homem. Embora sua família já soubesse de sua orientação sexual, Reginaldo evitava se expor muito com os vizinhos.

Paramos na Rua Dante, embaixo de uma árvore que impedia a luz do poste iluminar os passageiros do veículo, a visão só era possível se chegassem bem perto. Reginaldo disse que gostara muito de mim, e que poderíamos nos ver de novo se eu quisesse. Acenei com a cabeça segurando em sua mão forte. Puxei-o para mim e pude sentir o gosto agradável de sua boca, doce como o mel. Sua língua se entrelaçava à minha como um réptil enrola seu parceiro no acasalamento. Uma de minhas mãos segurava sua cabeça, com um corte de cabelo muito rente à pele, puxando-a para mim e a outra abraçava suas costas, enquanto Reginaldo com uma das mãos segurava minhas costas e com a outra tocava meu sexo com um carinho maravilhoso. Ele exalava um perfume hormonal masculino misturado a um cheiro moreno que penetrava em meu nariz me excitando ainda mais. Alucinante prazer masculino de loucura e deliciosa adrenalina do proibido. Depois de alguns minutos, quando conseguimos nos soltar, Reginaldo apertou minha mão dizendo ter que partir. Combinamos de nos ver no dia seguinte:

– Você sabe onde fica o restaurante Pizza na Pedra, ali na Carandaí, perto da Contorno?

– Sim – respondi.

– Vejo você lá amanhã, às 2 da tarde. Está bem pra você?

– Neste horário estou ainda no trabalho, mas dou um jeito.

– Então, nós nos encontramos lá. Quem chegar primeiro espera o outro, está bem?

– Combinado – respondi.

Liguei o carro e saí em direção à Contorno para pegar o caminho para casa. Pelo retrovisor, pude ver Reginaldo virando a esquina de uma rua acima da Dante. Meu sangue fervia, meu coração acelerado pela emoção. Resolvi parar em um bar na Contorno, esquina com Tenente Garro e tomar uma lata de cerveja para me acalmar. Estacionei e pedi a cerveja. Os freqüentadores do bar pareciam ler meus pensamentos, sentia que todo meu ser denunciava minha homossexualidade que extravasara há poucos instantes, logo ali perto. Evitei olhar para as pessoas; imaginava que, se as olhassem, meus olhos denunciariam: *"Olhem, estão vendo? Acabei de beijar calorosamente um homem ali perto, dentro do carro."* Era como se todo meu corpo estivesse gritando isto para o mundo. Tomei a cerveja quase que de um gole só e entrei no carro, dirigindo-me para casa. Quase não dormi naquela noite pensando no Reginaldo e naqueles momentos maravilhosos. Pela primeira vez em muitos anos, conseguia sentir minha própria alma. Sentir que estava vivo, e que poderia ter a mim mesmo novamente.

No dia seguinte, às 13h40, estava parado próximo a um orelhão que fica no passeio do Restaurante Pizza na Pedra. Sentia uma mistura de pavor, angústia, ansiedade, desejo e prazer. Se as pessoas me vissem ali, será que saberiam que estava esperando um homem? Impressionante como a culpa nos atormenta, quando fazemos algo acreditando não ser o certo. Você tem a nítida impressão de que seu corpo, seus gestos e sua postura gritam para o mundo sua ação "marginal". Esperei por dez minutos e pude ver Reginaldo vindo em uma bicicleta ao lado de uma moça. Meu coração disparou mais uma vez. Será que traria a moça até a mim? Tive vontade de arrancar o carro e sumir dali. Se a moça ficasse sabendo de nós? Será que me condenaria? Será que contaria para o mundo? Felizmente ela parou um pouco antes e Reginaldo acabou de chegar até o carro. Desci.

– Olá, você veio mesmo! – exclamou espantado.

– É, estou aqui – respondi, surpreso com sua exclamação.

– É que muitas pessoas marcam com as outras e não aparecem. Pensei que você fosse como um deles.

– Não, Reginaldo. Gostei de você e queria vê-lo novamente, de verdade.

– Vou chamar minha amiga para apresentar a você. Posso?

– Melhor não. Sabe como é, pouca gente sabe de mim e gostaria que continuasse assim.

– Mas ela sabe de mim e confio nela. Não irá falar de você para ninguém.

Sem esperar minha resposta, Reginaldo virou a bicicleta e foi até aonde a moça o esperava. Sua voz, com uma sonoridade levemente rouca e grossa, era reforçada pelo belo sorriso e, às vezes, acompanhada de uma gargalhada longa e farta, que o tornava extremamente simpático. Ele estava com um *short* curto de onde saíam duas coxas negras e lisas, apostas sobre duas pernas fortes e pés firmes. Agora, de dia, pude reparar seus olhos negros e brilhantes emoldurados por um rosto um pouco arredondado, negro, mas não tão negro como os africanos, via-se a mestiçagem impregnada em sua pele. Seu rosto, quase sem pêlo algum, vestia-se de uma sedosa pele negra e macia que era agradável e suave ao toque da mão. Seus lábios grossos e bem delineados eram recheados de um marrom quase ao tom da pele de seu rosto, apenas um leve tom mais claro. Seu pescoço grosso e másculo se acomodava em um tórax forte de onde saíam dois braços proporcionais milimetricamente ao seu tórax. Era um homem muito bonito. Um corpo ainda bem jovem, demonstrando que acabara de sair do casulo da adolescência. Tinha 1 metro 70 e poucos centímetros, mais baixo que eu. Reginaldo retornou com sua amiga. Fabiana era seu nome. Muito simpática, disse que o Reginaldo estava encantado comigo e queria muito que ela me conhecesse. Conversamos um pouco ali e marcamos de nos encontrar de novo à noite, embaixo da árvore da Rua Dante. Durante muitos meses, estes dois locais foram os nossos locais de encontro para sairmos para algum lugar, até o dia que não precisei mais apanhar o Reginaldo, pois decidi que ele seria meu companheiro.

AMAR UM HOMEM É POSSÍVEL!

Márcia já não ocupava mais o meu coração, sentia por ela apenas respeito e receio pelo meu segredo que ela guardava, e podia tornar público. O ir e vir dentro de meu lar já se tornara apenas figurativo. Ninguém se importava com o que eu fazia, a que horas chegava, se comia ou se dormia. A indiferença de Márcia e meus queridos filhos me isolaram completamente. Sofria com esta indiferença, mas ao mesmo tempo a aceitava para viver o amor por Reginaldo, que estava crescendo a cada minuto dentro de meu coração. Abri a gaveta da empresa, tirei os papéis da loja de armas e os rasguei. Tinha um motivo para viver. Reginaldo me arrancara do abismo e me trazia a luz da esperança. Conviver com ele era uma experiência memorável e renovadora. A cada encontro aprendia algo novo. Ele andava pelos guetos já há dois anos e conhecia bem o universo *gay* de Belo Horizonte, com todos os detalhes e nuances. Vindo de uma família numerosa e pobre, seus pais já viviam separados. Reginaldo morava com sua mãe e irmãs, tinha apenas um irmão e cinco irmãs, duas casadas. Fazia o segundo grau na Escola Santos Dumont em Santa Efigênia, e todos sabiam de sua homossexualidade, tanto familiares quanto amigos ou colegas de escola e, segundo ele, assumira para todos aos 16 anos de idade. Fiquei encantado pela sua coragem de fazer isto com tão pouca idade, enfrentando dois preconceitos ao mesmo tempo, *gay* e negro. O início de nosso namoro se deu em princípios de novembro de 1999. E a cada encontro era um derrame de adrenalina em meu organismo que me intoxicava sem que eu percebesse. O meu amor por ele crescendo a cada dia, o desejo de estar com ele e o pavor de "sair do armário", foram acumulando um estresse em meu organismo que culminou com uma dor de cabeça enloquecedora e tão forte que analgésicos não faziam mais efeito.

A cada encontro, que passou a ser quase diário, era um misto de prazer e dor. Prazer pela alegria de estar ao lado do homem que eu estava amando e dor pelo pavor de ser visto com ele e descobrirem minha homossexualidade. Nós nos encontrávamos sempre dentro do carro, até que um dia ele me convenceu a ir ao Bar do Lulu. Era um bar tradicional situado na Rua Congonhas, esquina com Leopoldina, no Bairro Santo Antônio, freqüentando por todas as tribos de nossa cidade: artistas, *darks* e *gays*. Custei a criar coragem, mas com seu jeito especial de conseguir de mim tudo o que queria, Reginaldo acabou sendo mais forte que meu medo. Fomos. Entramos e meu controle sobre minha coordenação motora sumiu, o que sempre acontecia quando estava sob muita pressão emocional. Tremia todo o meu corpo. Reginaldo ria muito desta situação e pedia que me acalmasse. Sentamos em uma mesa próxima de uma janela que dava para a Rua Congonhas e pedimos uma bebida. Começamos a conversar:

– Danilo, você está com medo porque você é um enrustido! – exclamou.

– Enrustido??? O que é isto?

– É quando uma pessoa é *gay* e não assume sua condição. Você precisa se soltar e assumir o que você é.

– Ré – já adotara esta forma carinhosa de o chamá-lo – mas eu não posso! Tenho meu trabalho, e se meus patrões souberem, podem me demitir. Além do mais tem minha família que nada sabe, exceto a Márcia que já descobriu.

– Mas estamos saindo sempre e tenho muitos amigos *gays*. Quero que você conheça Humberto e Leo, que são meus melhores amigos, quero que conheça Mônica e Ana, que moram perto de minha casa e são assumidas. Falo de você para todos eles e estão ansiosos para te conhecer. Não preciso esconder você e não quero que me esconda. Tenho uma vida com vários amigos *gays* e simpatizantes.

– Simpatizantes?

– É, são pessoas que não têm preconceitos. Convivem conosco sem nos discriminar.

– E existem?

Reginaldo soltou sua gargalhada rouca e saborosa. Senti um carinho especial em seu olhar, como se tivesse compaixão por eu estar fora completamente do mundo que vivia. E estava.

– Sim, tenho vários colegas da escola que me aceitam e sou com todos da mesma forma que sou com você. Não preciso me esconder mais.

– Mas Ré, se eu aparecer assim, serei muito machucado, mais do que estou por ser como sou e não poder me abrir. Só com você me sinto inteiro.

– Mas não seria ótimo você se sentir inteiro para o mundo?

Ao dizer isso, percebeu que meus olhos se umedeceram. Minha mão estava sobre a mesa e ele carinhosamente colocou a sua sobre a minha. Gelei. O bar estava cheio de gente e podiam perceber. Não recolhi minha mão, embora meu instinto de proteção me dissesse que era o que deveria fazer. Deixei sua mão sobre a minha e ficamos assim até sair do bar. Aparentemente ninguém estranhou, mas também não tive coragem de olhar ao meu redor para ver se observavam que ali, sentado sob a janela, estava um casal *gay*. Nas outras vezes, e foram muitas as que fomos lá, pude perceber que outros *gays* também agiam assim de forma carinhosa, sem que ninguém se importasse com esta atitude. E muitas vezes quando nos sentávamos ficávamos de mãos dadas quase todo o tempo, porém a cada ação dessa, a tensão em meu corpo aumentava. E minha dor de cabeça se tornava mais freqüente. O estresse daquela situação de uma vida dupla me atormentava, e meu corpo sentia o emocional agir me cobrando.

Sempre que podia estava com Ré. Tive que fazer uma viagem a trabalho em Ouro Preto e o convidei para ir comigo. Muito afoito a todo tipo de novidade, Ré aceitou. Apanhei-o logo cedo sob a árvore da Rua Dante e partimos para nossa primeira viagem juntos. Já estava completamente apaixonado por ele. E na estrada, logo após a saída da BR-040, na entrada do caminho de Ouro Preto, ele me falou de seu fetiche sexual, fazer sexo sobre o capô de um carro em uma estrada. Arrepiei. Ele disse que era seu maior sonho. E que iria fazer comigo. Sob meus protestos iniciais, Ré, com seu jeitinho, acabou me convencendo e entramos poucos metros em uma via secundária que encontramos na estrada. Parei o carro. Olhei ao redor, meio apavorado. Ré desceu do carro. E insistiu para que eu saísse. Ele aprendera a me pedir coisas de um jeito que não eu sabia mais negar. Puxou-me pela mão e fomos para a frente do carro: eu, com certa resistência, e Ré, completamente solto. Embora estivesse ainda muito fechado a novidades, pois trazia todas as marcas do preconceito em mim colocadas, gradativamente eu cedia, diante da naturalidade com que Reginaldo tratava sua vida, seus caprichos e seus desejos. Estar com ele fazendo coisas era tão natural para ele, que em momento algum parecia doença, crime ou pecado e, na verdade, já não acreditava que era assim. Não havia maldade em suas ações, ser assumido para ele era ser natural, pleno, feliz consigo e com o mundo e ele me contagiava com sua atitude.

Estávamos os dois ali no meio da natureza sob um céu azul, muito limpo, em frente do carro, de mãos entrelaçadas. Reginaldo ria de minha ansiedade. Puxou-me para si como sempre fazia e me beijou com aquela doçura que nenhum outro antes o fizera. Tirou minha camisa sem deixar sua boca se descolar da minha e me abraçou. Senti seu peito liso e negro aquecer o meu. Seus braços me abraçavam fortemente e sentia seu corpo todo colado ao meu, freneticamente tiramos nossas roupas e nus, em meio a toda aquela beleza das altas montanhas, nos entregamos ao nosso amor, plenamente belo, puro, cheio de beijos e carícias por todo nosso corpo, usando todos os sentidos que a natureza nos dotou. Meu Deus, era lindo, perfeito! O mundo girava ao nosso redor, éramos os dois nus em meio a um planeta verde e azul a nos entregar de forma completa; nós nos tornamos o centro do planeta, iluminados pelo sol e pela beleza de nossos sentimentos. Não importava se os espíritos nos observavam, ou se alguém pudesse nos ver ou ouvir. Palavras de amor eram sussurradas em meio a gemidos e beijos alucinantes, na volúpia de nossos corpos já umedecidos pelo suor. Nós nos tornamos uma só boca, um só sexo, um só corpo nos fundindo no amor do desejo de nossas almas. Ficamos ali por quase uma hora. E sentamos no banco do carro, completamente saciados pelo prazer de estarmos juntos e nos amando. Recostei-me no banco e as lágrimas tomaram conta de minhas faces. Ali me convenci de que Deus existia plenamente. Um momento tão pleno de perfeição, de afeto físico e espiritual e repleto de felicidade não poderia ter a condenação divina. Sendo perfeito, Ele não criaria duas criaturas e as colocaria naquela situação para puni-las pelo amor que sentiam uma pela outra. Algo estava muito errado em tudo o que aprendera e em que me transformara. E com certeza não era eu ou Reginaldo. Pela primeira vez, em quarenta e seis anos de vida, sentia-me completamente humano e feliz. Ré via minhas lágrimas caindo e me perguntou:

– Está sentindo algo? Está arrependido?

– Não, Ré, muito pelo contrário. Pela primeira vez em minha vida, senti que fiz algo realmente certo.

Dizendo isso, abotoei minha camisa e arranquei com o carro. Ao retomar à rodovia principal, comecei a cantarolar uma música qualquer e Ré com sua mão sobre minha perna direita. Após alguns quilômetros na rodovia, subitamente coloquei a cabeça para fora do carro e gritei com toda a força dos meus pulmões para o mundo:

– Reginaldo Fernando do Rosário, eu te amo, eu te amo, meu Ré! Te aaaaamooooo!

Reginaldo, surpreso com minha atitude, tentava me puxar de volta para dentro do carro e à realidade. Nunca mais ele se esqueceu desta minha atitude. Sempre que tinha oportunidade, contava este acontecimento para as pessoas. Dizia que meu grito de amor calara fundo e ficaria para sempre em seu coração. Seguimos para Ouro Preto, onde iríamos passar a noite. No hotel, não tive coragem de pedir uma cama de casal. À noite, juntamos as duas camas de solteiro para dormirmos juntos e, pela manhã, nós as separamos de novo. Após realizar meu trabalho, retornamos a Belo Horizonte, e à minha contradição enrustida. Ao longe no horizonte, uma chuva caía sobre as montanhas e um enorme arco-íris se formou sobre as montanhas, lindo e completo sobre todo o horizonte.

AGONIA E ÊXTASE DE SER GAY

De volta a Belo Horizonte, a tensão voltou com força total em minha cabeça. As dores se tornavam mais freqüentes e constantes, e a cada dia os momentos sem dor se tornavam mais curtos, até que um dia não parou mais de doer; dúzias de analgésicos não a aliviavam e comecei a sentir vômitos provocados pela dor infernal, acentuada na parte de trás da cabeça. Comecei a visitar hospitais em busca de alívio. A esta altura, já possuía um aparelho de telefone celular. E Ré me ligava todo o tempo, queria estar comigo, mas ninguém de minha família sabia sobre ele. Pedia a ele que tivesse paciência e que o informaria de qualquer fato novo. Fui medicado em três dos melhores hospitais de Belo Horizonte e a dor não cedia. Inúmeros exames em máquinas sofisticadas e não conseguiam chegar a um diagnóstico. Os dias se passavam, já não conseguia dormir, de tanta dor. Subitamente, Márcia, numa dessas noites, resolveu me levar no Hospital Madre Tereza. Lá, fui atendido por uma neurologista que repetiu todos os exames que já havia feito; eu, desesperado de dor, chegava a bater a cabeça na parede tentando atenuá-la. A Dra. Maria Eugênia me pedia calma, que tudo se resolveria; foi quando resolveu me aplicar uma injeção de uma mistura medicamentosa que me tentou explicar o que era, mas não compreendi bem, minha mente não funcionava diante da dor. O alívio foi imediato e senti uma sensação enorme de euforia, eu queria pular e dançar. Ela me manteve no leito do hospital e disse que só me levantaria no dia seguinte. Márcia foi para casa e eu fiquei. No dia seguinte cedo, liguei para o Ré e disse que estava no hospital. Ele fez menção de ir até lá, mas o impedi com receio que encontrasse alguém de minha família, ou mesmo, a própria Márcia. Disse a ele que sairia no mesmo dia e que logo que pudesse o procuraria.

Lá pelas 10 horas da manhã, já conseguira tomar um café, pois estava sem alimentar já há uns dois dias, e logo após o café, a Dra. Maria Eugênia chegou ao leito:

– Está se sentido melhor, Danilo? – perguntou.

– Doutora, a senhora conseguiu um milagre. Estou novo! – ela sorriu.

Depois continuou:

– Você está sob uma forte pressão, pode me dizer o que é? Sua nuca estava tão rígida que pressionava tremendamente a base de seu cérebro, daí a origem da dor contínua. Apliquei um forte analgésico associado a um forte relaxante muscular que descontraiu um pouco sua nuca, fazendo a pressão ceder e lhe dando alívio. O que o tem feito ficar assim tão tenso, provocando este estresse?

Não podia contar toda a verdade. E joguei a culpa no excesso de trabalho e problemas familiares.

– Você precisa mudar um pouco sua rotina; sugiro que tire umas férias, preferencialmente para longe de todos os problemas que o incomodam, senão essa dor pode retornar.

– Certo, doutora, tentarei fazer isto!

– Vou lhe dar uma receita e você deve segui-la criteriosamente, está bem? Dentro de uns trinta dias, quero que vá a meu consultório para um novo exame. Você já pode ir para casa.

– Sim, doutora, muito obrigado. E tentarei seguir seus conselhos.

– Assim espero!

Dra. Maria Eugênia se despediu e fui para casa. Naquele dia não retornei ao trabalho, só o fazendo no dia seguinte e já tentando marcar na empresa minhas férias, que foram agilizadas em face das recomendações médicas. Sairia de férias em quinze dias. Márcia estava trabalhando e não poderia acompanhar-me. O destino conspirava para o meu futuro. Chamei Ré para ir comigo. Alugaríamos um apartamento mobiliado no Rio de Janeiro e passaríamos quinze dias juntos. Insistiu para que eu conhecesse o Leo, seu outro grande amigo; o Humberto já conhecera em uma de nossas noites no Bar do Lulu, e já se tornara meu amigo também. Reginaldo me convidou para irmos até a casa de Leo, que morava com seu companheiro Claudinei, em um barracão simples em Contagem. Claudinei trabalhava como servente de pedreiro, era branco, quase loiro, estatura mediana e apaixonado por Leo, um negro esguio de olhar brilhante e muito sensual. Eles nos receberam em seu lar, onde pude sentir um olhar de desejo do Leo sobre mim. Olhou-me de cima a baixo e disse para Reginaldo:

– Nossa, bicha, você desta vez arrumou um bofe escândalo, hein?

– Tira o olho, tá, veado!? – respondeu Ré.

Fiquei constrangido com a situação, pois estávamos todos na sala e Claudinei olhou para o Leo de forma fuzilante, que não se importou e continuou a conversar. Na conversa pude sentir uma cumplicidade entre Reginaldo e Leo; eles saíram muitas vezes juntos, e havia segredos entre eles que só mais tarde eu soube. Senti ciúmes desta cumplicidade. As atitudes do Leo eram bem vulgares e usava uma linguagem que quase não entendia. A linguagem usual do gueto de então, cheia de gírias e palavras em nagô. Em muitos momentos da conversa entre Leo e Reginaldo, ficava sem entender o que diziam. Soube que viviam juntos, Claudinei e Leo, já há três anos entre brigas e separações. Leo não trabalhava e era sustentado por Claudinei, que insistia que Leo ficasse cuidando da casa. Claudinei era muito trabalhador e saía pouco para a noite do gueto, Reginaldo conhecera Leo em uma dessas noites e se tornaram amigos. Pude sentir que Leo não era fiel a Claudinei. E este demonstrou saber e consentir, embora não concordasse. Reginaldo chamou Leo para ir conosco para o Rio, dizendo que o Humberto iria. Leo se arvorou em ir, sob protesto do Claudinei, que não poderia tirar férias naquele momento para ir também. Leo insistiu tanto, que Claudinei acabou consentindo.

Retornamos em direção ao Centro de Belo Horizonte, onde deixaria Reginaldo em casa. No caminho perguntei ao Ré o que significara aquela conversa que tivera com Leo e que eu não entendera absolutamente nada. Respondeu que era *bajuba*, uma linguagem baseada na língua africana muito usual no candomblé, e praticada primeiramente pelos travestis e que todo o universo do gueto *gay* adotara, para terem liberdade de comunicação em público sem que os *caretas* (heteros) entendessem o que falavam. Citou-me, então, um exemplo, com tradução:

– *"A racha deu a elza no aquê da mona, que chamou os alibãs!"*

Isto se traduz da seguinte forma: *A mulher roubou o dinheiro do homossexual, que chamou a polícia!*

Passei a entender pelos ensinamentos do Reginaldo a linguagem do gueto, que já ouvira, mas nada compreendia. Estas e muitas outras palavras se incorporaram a partir dali ao meu vocabulário convencional. Passei a usar esta linguagem quando estava com amigos e companheiros do gueto; foi uma maneira de estar integrado ao contexto da tribo sem que me considerassem um careta.

Ré sempre me falava de duas amigas de quem gostava muito e a quem sempre contava tudo o que acontecia com ele. Mônica e Ana eram suas vizinhas, moravam em um quarto na casa da avó de Ana; as duas tinham um carrinho de cachorro-quente que estacionavam na rua de Reginaldo, à noite, para terem uma renda extra para ajudar em casa. Ré sempre me falava delas com muito carinho e várias vezes em que o levava para casa, insistia para que descesse para me apresentálas. Meu pavor de que mais pessoas soubessem de mim forçava o adiamento desta apresentação, pois estava me expondo muito e muitos de minha família ainda não sabiam de nada, somente Márcia que nada sabia do Ré. Chegando perto de sua casa, mais uma vez, Ré insistiu para que as conhecesse; mais uma vez tremi, minha dor de cabeça já me incomodava, porém cedi à insistência do Reginaldo. Parei o carro e fui conhecer as meninas. Mônica, uma mulher alta, forte, sem ser gorda, muito clara e cabelos aloirados. Ana, morena, estatura mediana e cabelos cortados muito curtos ao estilo masculino. Ambas, extremamente simpáticas e solícitas. A naturalidade com que me acolheram logo me deixaram à vontade e meus medos desapareceram. Ré, muito sorridente, aproximou-se do carrinho onde as duas se encontravam e:

– Mônica, Ana, este é o Danilo de quem lhes falei, meu namorado!

Fiquei vermelho quando disse isto.

– Muito prazer! – disse, estendendo minha mão primeiro para Ana e depois para Mônica.

– Reginaldo não pára de falar em você! – comentou Ana.

– Espero que bem! – respondi.

– Só fala do quanto você o faz feliz. E o trata com muito carinho – disse Mônica.

– Bom, estamos tentando ser felizes, Mônica, porém ainda não posso estar com ele o tempo todo, embora deseje muito.

Ficamos ali conversando e soube que as duas moravam com a avó de Ana, já algum tempo, em um minúsculo casebre no aglomerado da Serra; que as famílias das duas sabiam de tudo sobre o relacionamento delas, e o trabalho delas ajudava na despesa da família, principalmente na manutenção da avó de Ana. Mônica ainda ajudava financeiramente a mãe e uma irmã que tinha uma filha e moravam no Horto. Fiquei impressionado com o relato do relacionamento das duas e a exposição pública deste relacionamento. As famílias, vizinhos, amigos e clientes delas tinham pleno conhecimento do "casamento" e do amor delas. Fiquei surpreso e maravilhado com o respeito que as duas conquistaram de todos. Ficamos ali mais um pouco diante das pessoas que lá transitavam sem se incomodarem com nossa presença. Despedi-me das meninas para ir para casa e Mônica me disse algo que, naquele primeiro momento, não quis ouvir e compreender bem:

– Danilo, gostei muito de você. Mas cuidado com este menino, ele pode fazer você sofrer!

– Por que está dizendo isto, Mônica?

– Por nada, apenas porque você me pareceu uma boa pessoa e não quero que venha a sofrer. É somente um lembrete!

– O que é isto, *racha*, fazendo a *máfia* contra mim? – interferiu Reginaldo

– Não, Reginaldo, é que conheço você e não quero que perca uma pessoa tão boa!

Todos riram. A noite estava fresca e agradável, o céu tinha uma luz noturna de uma lua que estava por nascer. Entramos no carro para irmos.

– Ré, o que é *racha* e *máfia*? – quis saber do Ré.

– *Racha* são as mulheres, sabe, né? Por terem vagina! E *máfia* é quando alguém fala mal ou faz uma intriga contra o outro!

– Ah! Entendo!

Nós nos beijamos e Reginaldo foi para casa. Fiquei pensando nas palavras de Mônica, mas meu coração não queria ver a verdade das palavras dela e abri minha confiança para Ré; seja o que fosse que Mônica queria dizer, acreditei que Ré seria um grande companheiro, naquele momento não conseguia ver de outra forma.

Consegui alugar um apartamento no início do Leblon, de dois quartos, um de casal e outro com duas camas de solteiro. Marcamos a data para a viagem. Reginaldo já dera a notícia a seus familiares que estava namorando firme, mas ainda não tinha passado a eles detalhes sobre mim. Assim não pude estar com eles e avisá-los de que cuidaria do Ré. Humberto, que já conhecia bem a família de Reginaldo, incumbiu-se de fazê-lo. Evidentemente que o custo da viagem seria por minha conta, e como vinha de uma cultura em que o responsável pelo casal é quem cobre as despesas, não me preocupei em financiar todo o custo de viagem do Reginaldo. Humberto entraria com sua parte nas despesas e Leo, este não tinha dinheiro algum. Então, disse ao Ré que infelizmente não poderia cobrir as despesas de viagem do Leo, uma vez que nós pagaríamos nossa parte e Humberto a parte dele, Leo teria que conseguir cobrir sua parte. Claro que não conseguiu. Claudinei concordara com a ida do Leo, mas não dispunha, ou não quis ajudar na despesa. Reginaldo, com sua astúcia diplomática e usando meus sentimentos por ele, acabou me convencendo a ajudar na despesa do Leo, alegando que ele não poderia pagar apenas parte das despesas, mas que a própria alimentação ele teria como cobrir. Conversei com Humberto, que não se opôs, e acabei cedendo às solicitações de Reginaldo.

Minhas dores de cabeça haviam diminuído muito, com menor intensidade, ficando mais esparsas, mas ainda me incomodavam. Haviam tomado a forma de uma enxaqueca periódica. E no Rio, ainda as senti algumas vezes. Apanhei o Ré no local de costume e pegamos o Humberto e Leo no Centro, tomando os rumos da estrada para o Rio de Janeiro. Meu carro era recém-adquirido, um Ford Ka, vermelho. Nossos convidados foram no banco de trás e Ré, como sempre, ao meu lado com sua mão sobre minha perna. Nas proximidades de Barbacena, o pneu traseiro do Ka furou. Saímos os quatro na intenção de trocá-lo. Humberto e Leo demonstravam em atos e gestos sua homossexualidade; eles tinham uma postura mais afeminada que eu e o Ré. Encostamos o carro e os dois, Leo e Humberto, ambos de *shorts* bem curtos expunham-se aos carros que passavam por nós fazendo gestos e trejeitos que todos percebiam que eram *gays*. Ao cruzarem conosco, vendo a cena, buzinavam e diziam palavras jocosas sobre nós. Nenhum de nós sabia onde estava o pneu do Ka, nunca havia trocado o pneu deste veículo antes. Tive que tirar toda a bagagem para tentar localizar o pneu, o que nos expunha mais ainda. Fiquei de todas as cores, com vergonha de nosso pequeno grupo. Nunca imaginaria que teria tanta visibilidade e exposição. Se não fosse meu pavor de ser identificado, teria sido divertido e hoje, relembrando, acho divertido. Os dois mexiam com os passageiros homens de todos os carros que passavam. Escondia-me o máximo que podia para não ser visto. Reginaldo ria às gargalhadas. Quando consegui localizar o pneu, o macaco não funcionou. Aumentou ainda mais minha apreensão, e minha cabeça já doía. Após várias tentativas sem sucesso, apareceu um carro da Polícia Rodoviária e estacionou à nossa frente. Fiquei rosa de vergonha com meus companheiros. Os dois policiais desceram, olharam para os meninos e olharam para mim, com ar de interrogação. Humberto percebeu a desconfiança dos policiais, que logo me iriam inquirir e se adiantou:

– "Seu" guarda, será que podia nos ajudar? Meu pai – apontou para mim – está com dificuldade no macaco do carro e não conseguimos trocar o pneu.

– Sim, vamos ajudar! – respondeu um dos policiais.

A iniciativa de Humberto me surpreendeu e aliviou minha tensão. Um dos policiais tirou um macaco do veículo da polícia e trouxe até o nosso carro. Ajeitou-o sob o veículo, até que eu e Ré substituíssemos o pneu furado. Ambos olharam para nosso grupo e podia-se sentir a vontade de rir dos policiais. Provavelmente não fizeram nenhum gracejo pela minha presença. A cena estava divertida e engraçada. Pela primeira vez, eu fora visto a céu aberto com mais três bichas, foi uma prova do que passaria no Rio de Janeiro. Durante todo o percurso de ida e volta, o diálogo era em linguagem usada no gueto; eu me formei em "bichês" fluentemente em apenas seis horas de viagem, que foi o tempo gasto na estrada.

Chegamos. Lera na *G* uma notícia sobre novos pontos *gays* do Rio, a Boate Le Boy, que fica na Avenida Nossa Senhora de Copacabana, a melhor do Rio, e também o Quiosque Rainbow, que fica em frente do Copacabana Palace. Nós nos instalamos e começamos a circular pelo Rio. Como conhecia todos os pontos turísticos, pude apresentar a cidade para o meu grupo. Na primeira tarde, ainda no dia da chegada, nós nos aprontamos e fomos para o Quiosque. Era um belo entardecer em Copacabana e muitas pessoas caminhavam pela praia num ir e vir constante. Jovens, idosos, crianças, homens e mulheres de todas as idades, alguns com seus animaizinhos de estimação povoando, num frenético *footing*, o calçadão decorado em ondas de pedras portuguesas. A maior parte do Quiosque Rainbow ficava sobre o calçadão, e uma pequena parte na areia da praia. Ao seu redor dezenas de mesas e cadeiras povoadas de *gays*, conversando e rindo descontraidamente. Ocasionalmente via-se uma demonstração de afeto entre dois homens, arriscando um beijo na boca; muitos permaneciam bem próximos um do outro, e casais que estavam ocupando as mesas ficavam de mãos dadas sobre elas. A população *gay* do Quiosque era constituída de *gays* de todas as idades e raças. Alguns, mais discretos; outros, bem visíveis em trejeitos bem femininos. Gargalhadas e conversas enchiam o ar de forma alegre, bela e livre. Todos agiam de forma bem descontraída e natural. Fiquei impressionado com esta cena que meus olhos viam, entorpecido pelo encanto da naturalidade homossexual convivendo com pessoas heteros, que transitavam pelo calçadão sem se importar com aquele território, para mim ainda novo e surpreendente. Conseguimos uma mesa com quatro cadeiras e nos instalamos naquele espaço demarcado pela natural liberdade de uma minoria desconhecida da população e da qual eu pertencia e quase nada sabia. O encanto daquele território onde todos agiam com naturalidade e liberdade de afeto, em convivência com a população do Rio de Janeiro, fez-me sentir que pertencia àquele universo. As pessoas que ocupavam aquele espaço mágico e colorido faziam parte de mim, de minha alma, sentia-me como eles, e eles estavam em meu sangue, encontrara enfim meu povo, meus iguais. Percebera que minha solidão e dualidade para ser o que nascera para ser, enfim, chegava ao término. Alguma coisa começava a mudar dentro de mim. Os seres corajosos que habitavam o território RAINBOW me deram um fio de esperança, uma expectativa de que era possível viver *gay*, sem mentiras, sem representações e com dignidade, muita dignidade.

Reginaldo sentou-se ao meu lado à mesa, colocando sua cadeira bem próxima da minha, Humberto e Leo ficaram à nossa frente, de frente para o público do passeio, enquanto Re e eu ficamos de frente para o oceano. Ré puxou minha mão, e ainda meio envergonhado, não coloquei nossas mãos sobre a mesa, ficamos de mãos dadas sob ela com nossos ombros colados um ao outro sobre os braços das cadeiras brancas de plástico do Quiosque. Logo veio um garçom, também *gay* e disse:

– E aí, monas, o que vão tomar?

– Cerveja – respondemos eu e Ré.

– Nós também – respondeu Humberto, por ele e Leo.

O garçom rapidamente trouxe uma garrafa e quatro copos, enchendo-os em seguida. Meu nervosismo era visível e tomei o primeiro copo em um gole só. Observava tudo e muitos nos olhavam, pois, como soube mais tarde, éramos "carne nova no pedaço", um termo usado no meio para apontar *gays* recém-saídos do armário para freqüentar o gueto. Particularmente eu e Reginaldo chamávamos um pouco mais de atenção: ele um garoto negro com pouco mais de 18 anos, e eu, um senhor grisalho e branco. Éramos uma curiosidade especial. Mas os olhares não eram de condenação, apenas de quase surpresa. Humberto e Leo ficavam excitadíssimos com a diversidade de opções masculinas que se apresentavam no espaço. Homens de todas as idades, de todas as formas, o que atendia ao gosto de todos. Sentia que Reginaldo também se interessava, mas comigo se continha nos gestos e comentários.

Nas conversas laterais, percebi que todos se tratavam de forma íntima usando termos que estranhava, mas todos se referiam aos seus próprios amigos em sua presença ou não como "bicha". No meio, não era uma ofensa se referir a outro homossexual dessa forma, ou de *biba, mona, sapa, sapatão, racha*. Estes termos, tão agressivos quando ditos por heterossexuais, no meio *gay* era uma forma de carinho, uma cumplicidade quase absoluta de afeto pelo seu igual. Via muitos casais deitados nos ombros de seu parceiro e trocando "beijos-selinho" a todo o momento. Reginaldo tentou me dar um beijo, e evitei, ainda por receio de chamar mais atenção do que estava chamando. Humberto e Leo logo fizeram novas amizades, e dois outros rapazes pousaram em nossa mesa, tornando-a mais descontraída e natural, eram nativos do Rio. Combinaram de mais tarde se encontrarem na Boate Le Boy. Dois outros rapazes chegaram até nossa mesa com uma bolsa de tecido a tiracolo e, de dentro dela, tiraram alguns preservativos e passaram para nós. Entregaram duas unidades para cada um, com um folhetinho onde se lia: "Faça sexo seguro". Abaixo da frase, lia-se: Grupo Arco-Íris – GAI. Surpresos, os meninos do Rio me explicaram que era comum receberem preservativos no gueto, dado pelo governo para conter as DST e a AIDS. Guardamos os preservativos no bolso. Todos estávamos ansiosos para conhecer a boate. Ficamos ali por mais algumas horas e lá pelas oito da noite retornamos ao apartamento para nos aprontarmos para a nossa grande noite.

Chegamos à porta da boate, uma fila enorme, em sua maioria de homens, estendia-se da porta até a esquina. Todos muito bem vestidos, com camisas bem passadas e muitas cores, calças da moda, em sua maioria justas e coladas ao corpo, acentuando o volume do sexo. Leo, meio acanhado, disse que ficaria por ali. Não iria entrar. Humberto chegou a mim e disse que ele não tinha dinheiro para pagar a entrada. Reginaldo insistia com Leo para que entrasse. Saiu da fila e foi conversar com Leo em particular. Retornou e me pediu para pagar a entrada do Leo também. Expliquei ao Ré que já estava cobrindo a parte de hospedagem dele no apartamento e que com o Leo não tinha obrigação alguma. Reginaldo fechou a cara e tivemos nossa primeira discussão. Humberto, percebendo que aquela briga poderia prejudicar a noite, ofereceu-se para pagar a metade da entrada do Leo se eu pagasse a outra metade. Para evitar maiores aborrecimentos, concordei.

Todos ficamos boquiabertos pela cena que vimos. O local era maravilhoso, um salão enorme com um bar em forma de retângulo ao centro, formado por balcões forrados de granito preto, com tamboretes em volta e dentro os *barmens* em uma movimentação frenética a servir os clientes. Sobre os quatro cantos do balcão, homens jovens com corpos muito bem trabalhados, apenas de sungas e botas, dançavam ao som de uma música que passaria a ouvir com freqüência dali para frente, a música *techno*. Periodicamente faziam menção de despir a sunga, mostrando parte das nádegas e dos pêlos pubianos, levando à loucura o público masculino, que se aglomerava em torno dos rapazes com olhares de cobiça e desejo. Centenas de clientes lotavam totalmente o local. As paredes eram cheias de espelho e, ao fundo, uma escada, que não cheguei a subir por causa do excesso de gente que lhe dificultava o acesso, levava a um mezanino. Poucos minutos após chegarmos, uma música começou a tocar: *It's Raining Man*. Percebi que os clientes se agitavam mais que o normal ao som do início da música; a cena mais incrível que pude ver naquela noite nunca mais saiu de minha memória, ao refrão da música:

It's raining men! Hallelujah.
It's raining men! Amen!

Todos cantavam juntos fazendo o som de um coral de mais de mil vozes masculinas, que freneticamente levantavam os braços e moviam mãos e dedos em uma coreografia incrivelmente perfeita. Fiquei extasiado pela emoção. Via milhares de homens iguais a mim unidos em um som e letra de uma música que dizia estar chovendo homem, era um desejo coletivo se externando de forma natural e livre. Realmente sentia que aquele era o meu mundo, era onde deveria e tinha o direito humano de viver, próximo de meus iguais. Todos ali, um dia, pensaram que eram diferentes, sós e que não havia outros iguais a si próprios, e todos percebiam que não eram sozinhos, que havia milhares iguais em sentimento e desejo. Tudo era encantador e mágico. Nós nos divertíamos até que Leo chamou o Ré para ir ao banheiro. Sumiram por mais de meia hora. Ré retornou sozinho, dizendo que o Leo entrara no "*Dark Room*". Quis saber o que era isto, e Humberto me explicou que era um quarto escuro, onde todos que entravam faziam sexo livremente, sem saber quem era o parceiro. Fiquei assustado e perguntei ao Ré:

– Você entrou? – já nervoso com esta possibilidade.

– Não, Danilo, só fui ao banheiro e cheguei apenas à porta. Leo é que ficou lá.

Olhei para Reginaldo muito nervoso e chateado com a possibilidade de ele ter entrado naquele lugar que até hoje me causa repulsa. Quando conheci a Chez Eux, este ambiente não existia. E fiquei assustado com sua descrição e em saber que as pessoas o usavam. Não sei bem por que, mas acreditava que Ré havia mentido para mim. Ele fora ao banheiro e demorara mais de meia hora. O ciúme tomou conta de mim, e a partir daquele momento tudo perdeu a graça. Quis ir embora, e chamei Humberto. Ele disse que concordava em ir, mas iria chamar o Leo. Desapareceu por mais vinte minutos e voltou com o Leo ao lado, todo sorridente.

– Claudinei sabe que você freqüenta este Dark Room? – perguntei ao Leo.

– Sabe, ele não se importa! – respondeu-me surpreso com minha pergunta.

Senti que mentira. Mas não estendi a conversa. A partir daquele momento, perdi a confiança no Leo. Imaginei o Ré sendo seduzido por ele pela atração daquele lugar repulsivo, acreditei que Leo não seria um bom amigo para meu relacionamento com Ré. Retornamos ao carro e ao apartamento.

Nos dias que se seguiram tudo corria bem, visitamos todos os lugares da Cidade Maravilhosa: Pão de Açúcar, Corcovado, todas as praias... Apenas não fomos ao Maracanã, nenhum de nós era simpatizante de jogos de futebol. Passávamos boa parte do tempo nas praias da Barra, Leblon, Leme e Copacabana e sempre víamos a noite cair no Quiosque Rainbow. Humberto arranjou um namoradinho que passou a estar com nosso grupo em quase tudo que fazíamos. Apenas uma noite não saí. Minha cabeça doía muito e estávamos a dois dias de retornar a Belo Horizonte, o excesso de exposição pública do meu grupo ainda me fazia sentir muito observado pelas pessoas e isto me estressava um pouco. Fiquei no apartamento e os três disseram que iriam ao Quiosque. Não voltaram juntos. Humberto chegou primeiro dizendo que deixara Leo e Ré no Quiosque. Duas horas depois, Ré chegou, dizendo que Leo ficara lá. Este chegou só pela manhã, contando que dormira em um hotel com um gringo loiro e maravilhoso. Quando Ré chegou, perguntei-lhe o que estava fazendo, por que sumira. Ele respondeu que o Leo fizera alguns amigos novos e que ficaram juntos até ele vir, e Leo ficara com estes amigos. Não acreditei, mas Ré foi tão convincente, que acabei aceitando. Tentei dizer ao Leo que não era justo o que fazia, pois Claudinei confiara nele e em mim para acompanhá-lo. E que ele estava traindo o Claudinei e a minha confiança. Ele alegou que Claudinei sabia que ele ficava com outros homens e não se importava. Meu sentido de fidelidade à pessoa com quem estava não me permitia consentir com tal atitude. E fiz ver a ele e ao Ré que, se alguém agisse assim comigo, estaria fora de minha vida. Retornamos de nossa aventura louca e livre a Belo Horizonte e às nossas rotinas.

VIDA NOVA, LAR É PRECISO!

Saí com Reginaldo para comemorar seu primeiro aniversário comigo. Disse que fazia aniversário naquela semana, comprei uma linda camisa e o presenteei logo após uma ida nossa ao Bar "A Toca". Ele ficou muito feliz, abraçando-me e beijando-me. Contou-me que comemorava dois aniversários, que havia nascido em janeiro, mas seu pai só o registrara em finais de março, e que comemorava duas vezes por isto. Alguns dias depois, conversando com uma de suas irmãs, descobri que era mentira, que na realidade ele nascera em 28 de março e aquela história do registro era mentira dele, e o desmentiu na minha frente. Ele ria da mentira. Quando perguntei por que fizera aquilo, respondeu-me que era para que eu lhe desse dois presentes. Achei estranho, mas considerei como uma brincadeira. Raramente ganhava algo de aniversário pela condição mais humilde de sua mãe, e estava em companhia de alguém a que um presente a mais não faria falta. Considerei como uma brincadeira, uma molequice de juventude, porém, na realidade, foi a primeira mostra do seu real caráter que iria conhecer.

Quinze dias se passaram e nosso relacionamento se intensificava. A cada dia desejávamos estar mais próximos, unidos pelo amor e pelo desejo corporal. Decidimos ficar noivos. Compramos um par de alianças e gravamos nossos nomes nelas. Marcamos um jantar no Scaramouche, um bar e restaurante que ficava na Avenida Bias Fortes esquina com Praça Raul Soares. Tomamos um vinho com um prato italiano, e trocamos as alianças. Saímos e fomos ao Motel Green Park comemorar. Saímos de lá por volta da 1 hora da madrugada. Deixei Ré em sua casa e fui embora. Já há meses não usava mais minha aliança de casamento com Márcia. No dia seguinte, ela percebeu a aliança em minha mão esquerda.

– Você está noivo? – perguntou Márcia, sarcasticamente.

– É – respondi, sem dar maiores detalhes.

Meu casamento com Márcia já acabara há alguns meses; desde que conhecera o Ré, mal conversávamos. Toda a dor que passara nos últimos meses liquidara qualquer sentimento de amor que nutria por ela. Já não pensava mais em acabar com minha vida, e minha dor de cabeça estava curada. Não havia mais sentido em manter uma aparência com Márcia. Minha convivência com Ré, Humberto, Mônica e Ana me dava mais confiança. Todos sabiam de minha situação e me aconselhavam a tomar uma atitude. Enchi-me de coragem e decidi sair de casa. Márcia pediu apenas que conversasse com nossos filhos. Sentei-me no meu antigo quarto com meus filhos e me enchi de coragem para contar a eles. Em meio a rostos banhados de lágrimas, falei a eles sobre o meu casamento com a mãe deles, que já não éramos mais um casal há muito tempo e que eu já tinha outra vida, que gostava de outra pessoa e que eles teriam que ser muito fortes pelo que veriam e ouviriam dali para frente. Não cheguei a ser muito claro sobre minha homossexualidade, Tatiana já estava na faculdade e Daniel estava a caminho. Senti que eles sabiam do que estava falando. Pedi que tentassem compreender nossos erros e que independentemente do que estivesse por vir, eu e Márcia seríamos sempre os pais deles. Não era nossa culpa e muito menos deles. O destino nos armara aquela situação. E estávamos tentando encontrar uma solução. Tatiana ouvia calada e Daniel, ao término de minha fala, disse:

– Pai, sabemos que você e nossa mãe já não vivem bem há muito tempo. Não se preocupe conosco. Você e ela têm mais é que serem felizes. Seja feliz – e me abraçou.

Tatiana se levantou e se trancou dentro do quarto. Apanhei uma mala, juntei algumas roupas e parti para um hotel. Pedi para me ausentar da empresa para arranjar um lugar para morar, não voltaria para casa de minha mãe. Meu pai havia falecido há nove anos e minha mãe já morava só. Havia comprado um apartamento no Centro e se mudara para lá. Ela ainda não sabia de minha orientação e o que me determinava a viver a chocaria muito, com certeza; preferi não procurá-la para evitar que me culpasse ainda mais por tudo, criando um conflito ainda maior. Precisava ficar sozinho. Consegui um apartamento de primeira locação em uma ruazinha pacata de Santa Tereza, paralela à Rua Hermílio Alves; era recém-construído, com entrada totalmente independente, constituído de sala, quarto, cozinha, banheiro e uma pequena área de serviço. Tudo novinho e cheirando a tinta. O proprietário o liberou para mim no mesmo dia. E à tarde, deixei o hotel e me mudei. Não havia móvel algum. Naquela primeira noite, dormi no chão. Foi a noite de sono mais gostosa que tivera desde a minha infância. Estava em paz comigo mesmo, livre, entendendo minha homossexualidade como nunca havia entendido. Fazia parte de mim. Ator e personagem começavam a se fundir em um único ser, estava me tornando uma verdade. Não teria que mentir nunca mais. Seria quem deveria ser, quem nascera para ser, um homem por inteiro sem representações ou mentiras, um homem que tinha a capacidade de amar outro homem, e que ninguém teria nada mais que ver com isto. Era minha vida. Iria vivê-la de forma plena, sem medos, culpas, remorsos, farsas, dores e sofrimentos causados pelo preconceito e incompreensão alheia. Agradeci a Deus pelo meu renascer, e me comprometi com Ele de que tudo faria dali por diante para evitar que pelo menos um ser humano neste planeta não passasse pelo calvário que fui obrigado a me submeter. Não sabia bem como faria isto, nem de que forma, mas foi minha promessa a Ele, e Ele me indicaria o caminho para cumpri-la.

Saí logo cedo e fui comprar alguns móveis. Comprei uma cama de casal, uma mesa pequena com quatro cadeiras e um pequeno sofá. Fui para a porta da escola do Ré esperá-lo sair. Quando me viu na porta da escola, correu a chamar algumas colegas e me apresentou como seu noivo. Pela primeira vez, não me incomodei de outras pessoas estranhas saberem de nosso relacionamento. Cumprimentei as moças e pedi ao Ré que entrasse no carro, pois tinha muitas novidades a contar-lhe. Entrou no carro e beijou-me a boca ali, de dia, na frente de todos. Ninguém ligou e eu fiquei um pouco vermelho por sua atitude. Contei-lhe o ocorrido no dia anterior, que já estava em uma nova casa e queria que ele conhecesse. Ele avisou à irmã, que estudava no mesmo colégio, que iria sair comigo, e que era para ela avisar em casa. Fomos ao apartamento e pedi-lhe que ficasse com uma chave, precisaria que ele aguardasse a chegada dos móveis, pois à tarde teria que trabalhar. Ele telefenou para a irmã, pedindo a ela que fosse ter com ele, almoçamos juntos e ele e a irmã foram para o apartamento. Saí do trabalho e corri para minha nova casa. Lá chegando, Rosane, irmã do Ré, e ele já haviam deixado os móveis montados e nos lugares. Nós nos abraçamos e nos beijamos ali em frente de sua irmã. Levei-os para casa e convidei o Ré para ir dormir comigo. Ele aceitou. Tivemos uma noite linda e, no dia seguinte levei-o cedo para a escola, indo em seguida para o trabalho. Sentia-me leve. Tirara de minhas costas um peso imensurável. Na empresa, contei apenas que me havia separado e estava morando sozinho.

PARA MEU PAÍS NÃO SOU MAIS DOENTE!

NOSSO AMOR crescia na velocidade e beleza com que a natureza veste a terra de verde e flores depois da chuva. Ré não era apenas Ré, tornara-se meu príncipe, meu Preto, formas carinhosas que passara a tratá-lo em nossa intimidade, e que ele adorava. Nossas visitas à casa de Mônica e Ana se tornaram uma constante. Para mim, as duas representavam toda a possibilidade de romper barreiras, vencer preconceitos. Elas levavam uma vida conjugal harmoniosa e solidária. As duas trabalhavam em prol do casal e de suas famílias. A família de ambas as respeitavam e adoravam. Elas me mostraram que era possível dois seres humanos do mesmo sexo viverem felizes e serem respeitados por todos, se vivessem com dignidade. Os amigos, vizinhos e colegas de trabalho das duas viam com naturalidade absoluta o relacionamento delas. Havia uma cumplicidade entre elas que raramente vira, durante toda minha vida, em casais heteros com quem convivera ou conhecera no período de vida dupla. Todo o fruto do trabalho das duas era para investir na vida delas e apoiar suas famílias muito pobres. Conheci suas famílias junto com Ré e essas pessoas nos trataram com naturalidade e dignidade, tal como tratavam os casais heteros.

O relacionamento com as famílias de nossas queridas amigas me enchia de confiança e esperança de que poderia, um dia, ser uma realidade também em minha vida. O mundo de preconceito e exclusão a que fui submetido começava a sucumbir pela força de luta e amor dos homossexuais que enfrentaram sua verdade, assim como Ana e Mônica, impondo sua condição à sociedade em um grito silencioso de que *você não é obrigado a me aceitar, mas me respeitar você deve.* Conversava muito com Mônica, e ela me disse que o documento da Associação Americana de Psiquiatria, que excluíra a homossexualidade do rol de patologias, havia repercutido em toda a comunidade científica, que passara a analisar esta orientação sexual como uma naturalidade humana. E soubera que o Conselho Federal de Psicologia (CPF), no dia 22 de março de 1999, estabelecera normas aos profissionais de Psicologia de todo o País considerando que a homossexualidade não constituía doença, distúrbio ou perversão. Diante desta informação passada por Mônica, decidi conferir. A Internet já se tornara uma ferramenta de uso diário nas empresas e residências. Localizei no *site* do Conselho a Resolução 001/99. Meus olhos levaram as palavras do documento à minha mente e meu coração de forma tão intensa que me fizeram chorar de emoção. Dizia o documento:

Resolução CFP nº 001/99 de 22 de Março de 1999

"Estabelece normas de atuação para os psicólogos em relação à questão de Orientação Sexual"

O CONSELHO FEDERAL DE PSICOLOGIA, no uso de suas atribuições legais e regimentais, CONSIDERANDO que o psicólogo é um profissional de saúde;

CONSIDERANDO que na prática profissional, independentemente da área em que esteja atuando, o psicólogo é freqüentemente interpelado por questões ligadas à sexualidade;

CONSIDERANDO que a forma como cada um vive sua sexualidade faz parte da **identidade do sujeito**, a qual deve ser compreendida na sua totalidade;

CONSIDERANDO que a homossexualidade não constitui doença, nem distúrbio e nem perversão;

CONSIDERANDO que há, na sociedade, uma inquietação em torno de práticas sexuais desviantes da norma estabelecida sócio-culturalmente;

CONSIDERANDO que a Psicologia pode e deve contribuir com seu conhecimento para o esclarecimento sobre as questões da sexualidade, permitindo a superação de preconceitos e discriminações;

RESOLVE:

Art. 1º – Os psicólogos atuarão segundo os princípios da profissão notadamente aqueles que disciplinam a não discriminação e a promoção e bem-estar das pessoas e da humanidade.

Art. 2º – Os psicólogos deverão contribuir, com seu conhecimento, para uma reflexão sobre o preconceito e estigmatizações contra aqueles que apresentam comportamento e práticas homoeróticas.

Art. 3º – Os psicólogos não exercerão qualquer ação que favoreça a patologização de comportamentos ou práticas homoeróticas, nem adotarão ação coerciva tendente a orientar homossexuais para tratamentos não solicitados.
Parágrafo único – Os psicólogos não colaborarão com eventos e serviços que proponham tratamento e cura das homossexualidades.

Art. 4º – Os psicólogos não se pronunciarão, nem participarão de pronunciamentos públicos, nos meios de comunicação de massa, de modo a reforçar os preconceitos sociais em relação aos homossexuais como portadores de qualquer desordem psíquica.

Art. 5º – Esta resolução entra em vigor na data de sua publicação.

Art. 6º – Revogam-se todas as disposições em contrário.

Brasília, 22 de Março de 1999.

ANA MERCÊS BAHIA BOCK
Conselheira Presidente

Ao terminar de ler este documento, senti como se tivesse encontrado a chave de uma porta que me aprisionara por toda a vida. Prisão esta construída de paredes da ignorância gerada pelo desconhecimento, e porta forjada no aço do preconceito humano, tendo como telhado a gigantesca mão da Igreja, que me fizera sucumbir a um pensamento de ser um doente crônico. Todo o coletivo de estruturas sociais, composto pela sociedade, pela religião e pela medicina, estava errado em seu julgamento sobre minha identidade, aprisionandome na estrutura invisível de sua ignomínia discriminatória. Felizmente a ciência, de todas elas a mais flexível, antecipou-se em reconhecer o seu engano. Finalmente o sentimento que trazia em meu peito de que nada havia de doente em mim estava livre. O erro secular deste complô social silencioso fez e ainda faz muitas vítimas, por não entender o "diferente". Esta chave nova retirou de meu coração a sensação de enfermidade. Felizmente não busquei um tratamento para uma doença que não me acometia. Se buscasse esta cura, além de ser vítima de um enorme engano, estaria com seqüelas de um tratamento imposto por profissionais ambiciosos e inescrupulosos que, mesmo sabendo tratar-se de uma identidade, ainda tentam distorcê-la, criando ferimentos irreversíveis em corações e mentes de muitos de nós.

AMAR É COMPARTILHAR LAR E VIDA!

Era início do ano 2000, um ano que mudaria minha vida para sempre. Convidei o Ré para morarmos juntos. Seus olhos negros brilharam diante desta possibilidade, era algo que já passara por sua cabeça e aguardava apenas o convite oficial. Entusiasmado com a idéia, pediu uns dois dias para poder explicar tudo para a mãe. Foi um pouco difícil para ele, mas quando colocava algo em mente, nada o demovia, e ele queria estar comigo, viver junto. Tempo passado para explicar em casa, combinei que iria apanhá-lo na rua de sua casa à noite. Ainda não conhecia sua mãe, embora já conhecesse quase todas suas irmãs, Rosane, Rosemary e Renata. Rosane viu quando cheguei e se aproximou do carro. Pediu-me para aguardar um pouco que Ré estava apenas juntando suas coisas. De repente, olho pelo retrovisor do Ka, e a cena que vi me deixou enternecido de amor e dó. Ré caminha em direção a nós com duas sacolas de supermercado abarrotadas. Nem uma simples mala lhe emprestaram para carregar suas coisas. Desci e o ajudei a acomodar as coisas dentro do carro. Ele abraçou Rosane com lágrimas nos olhos e disse a ela:

– Cuide da mamãe, ajude-a a entender que vou ser feliz com quem amo!

– Pode deixar Ré, ela vai entender – consolou-o Rosane.

Entramos no carro e partimos para nossa louca aventura conjugal. Enfrentaríamos o mundo juntos. Chegamos em casa e, como já havia comprado um guarda-roupas, ajudei Ré a ajeitar seus pertences com os meus, misturando nossas roupas nos mesmos cabides e gavetas. Tomamos um vinho e trocamos nossas alianças de mão. Casamos. Tivemos uma noite mágica de amor. Ré, muito mais experiente no sexo com outro homem que eu, fez-me subir nas nuvens, tocando em pontos do meu corpo de uma forma que nunca ninguém havia tocado e conduzindo minhas mãos para fazer o mesmo consigo. Nossa intimidade cresceu e quando chegávamos em casa, a primeira coisa que fazíamos era tirar todas nossas roupas. Comíamos, víamos televisão, sempre completamente nus. Nós nos fundíamos em um só, cruzando pela casa entre os afazeres sempre com um beijo na boca, tomávamos banho juntos todos os dias. Éramos um casal, no sentido completo que o amor podia permitir. Estávamos felizes. Sempre o levava para a escola e o apanhava para almoçarmos juntos. À tarde, ele ficava estudando e ajeitando a casa. Cozinhava bem e sempre tinha uma comidinha no fogão à noite. Meu Deus, era um sonho, vivia um sonho. Pela primeira vez em minha vida, conhecia a felicidade plena sem ter que representar ou fingir. Começava a entender que tinha este direito pelos anos infernais de tortura que passei.

Perguntei ao Ré se havia despedido de sua mãe ao sair alguns dias antes quando o apanhei, e ele disse que não. Deixara uma carta para ela e ela iria entender. Questionei com ele sua atitude, ele respondeu que, se tivesse se despedido talvez não pudesse vir, que se sua mãe pedisse, provavelmente não teria tido coragem para contrariála e que queria muito viver comigo. Tirou da carteira um papel e me mostrou. Era a cópia da carta que escrevera a sua mãe:

> "Bom, mãe, primeiramente quero lhe dizer que, apesar de não saber demonstrar, talvez por minha timidez, quero que saiba que a amo muito, mas muito mesmo.
>
> Quero agradecer à senhora pela compreensão, diante da revelação sobre minha homossexualidade. Sei que foi muito difícil e ainda continua sendo para a senhora, espero que tenha conseguido lhe mostrar que ser homossexual não é ser promíscuo como imaginava, não é ser pior que os outros. Antes de sermos homossexuais, somos seres humanos, sentimos, amamos, e temos o dever de não enganar aqueles que tanto amamos e, principalmente, temos o direito de sermos felizes, da forma e maneira que escolhermos, desde que saibamos respeitar sempre os outros.
>
> Escrevo esta carta para dizer à senhora o que não tenho coragem de lhe dizer pessoalmente. Quero que saiba que estou muito feliz por estar com o Danilo, que a senhora saiba que é uma pessoa maravilhosa, que me respeita e me valoriza muito. Quero um dia ter uma condição para ajudarlhe para que não precise trabalhar tanto. E que possa ter em sua vida momentos de mais alegria e menos preocupações.

Quero lhe dizer também que tenho orgulho de ser seu filho. Uma mulher batalhadora, honesta, guerreira e acima de tudo humana e muito especial para mim e todos os seus filhos que a amam muito, com todo amor de nossa alma.

Sei que conversamos pouco pela vergonha que ainda tenho e por minha timidez, mas um dia as perderei e com a maior naturalidade irei me aproximar da senhora e perguntar como foi seu dia e lhe dar um grande beijo.

Quero que saiba que, quando isto acontecer, não estarei esperando nada em troca, mas simplesmente agradecendo com um forte abraço e um beijo seu amor por todos nós. Sei o quanto a faria feliz se eu superasse minha timidez e fosse mais carinhoso consigo.

Com o Danilo, estou aprendendo várias coisas, entre elas a importância de saber valorizar, respeitar e amar com toda a minha alma esta pessoa maravilhosa que é a minha mãe. Uma mulher que, apesar de não concordar com algumas coisas, não nos vira as costas nos momentos que mais precisamos e que se preocupa em saber se estamos felizes ou não.

Sempre tive esta consciência, mas hoje eu entendo perfeitamente a importância de uma mãe na vida de um filho. E quero muito dizer, mesmo que não seja pessoalmente, o quanto a amo e que, daqui para frente, seja através de gestos, olhares e carinhos, farei o possível para que sinta este amor que existe em mim e que tenho pela senhora. Quero que saiba também que o Danilo tem uma enorme admiração pela senhora e que já a ama muito através de mim. Sinta, pelas minhas palavras, todo o meu afeto e o amor de um filho. Um forte abraço e um enorme beijo no seu coração. Do filho que a ama muito,

Reginaldo"

Fiquei mais tranqüilo ao ler a carta de Reginaldo à sua mãe; não gostaria de ser motivo de discórdia entre os dois e tudo faria para que ela nos compreendesse e nos aceitasse, respeitando o sentimento que crescia entre nós dois. Imagino que, para sua mãe, não seria fácil: um filho *gay* com um homem que poderia ser o pai dele. Mas naquele momento, para nós, a diferença de idade nada significava, o que importava era a deliciosa química que o amor exalava em nossas vidas e no nosso convívio.

Humberto foi a nossa primeira visita. Foi à nossa casa numa noite e conversamos muito, ele disse que o Ré precisava de alguém como eu, e que ele mudara muito para melhor. Ana e Mônica foram almoçar conosco num domingo, passamos uma tarde deliciosa, entre conversas amigas de dois casais que eram muito íntimos. Dessa nossa conversa surgiram assuntos sobre a necessidade de casais como nós. Necessidades cotidianas, como onde encontrar soluções para alimentação mais prática para um casal em que ambos trabalhavam fora; como resolver outros problemas domésticos, como lavar, passar, costurar, etc. E o mais importante, onde encontrarmos lazer coletivo em que não fôssemos discriminados. Nossas conversas levariam à idealização de um clube de serviços, onde ofereceríamos aos *gays* e lésbicas diversas opções para solucionar estas questões. Conversaríamos mais para descobrir como.

VIVER EM ROMA COMO OS ROMANOS!

Por morarmos juntos, eu e meu Preto querido, passamos a ter mais mobilidade de sairmos sem nos preocupar com horários para retornar às nossas casas. Ele queria me levar na melhor casa noturna de Belo Horizonte então conhecida, a Boate Excess. Ainda evitava os guetos *gays*, pois tinha meu trabalho e ainda não estava preparado para que soubessem. Trabalhava com equipamentos médicos e em conversas com outros homossexuais que convivíamos, sempre mencionavam o preconceito dos profissionais médicos em relação aos homossexuais, minha visibilidade poderia causar algum dano à minha produção na empresa e perderia meu emprego. Poderia encontrar alguém que associasse minha vida pessoal à profissional, e a homossexualidade ainda era um motivo explosivo para fuxicos e escândalos. Após muita insistência do Ré, resolvi ir.

Ao chegar à Excess, minha tremedeira incontrolável tomou conta de mim. O lugar era maravilhoso, constituído de uma pista ao centro onde pessoas dançavam sob luzes piscantes de várias cores. Ao fundo, um pequeno palco, onde aconteciam os *shows*, e nas laterais, um mezanino estreito, onde em toda sua extensão rapazes ficavam namorando e observando os dançarinos na pista. Tudo isto em um ambiente agradável com ar condicionado muito bem controlado. Não conseguia divertir-me como o Ré se divertia, pois o pavor de ser reconhecido me encolhia nos cantos menos iluminados da casa. Após alguns drinques, consegui me soltar e ir com Ré para a pista. O *show*, uma dublagem executada pela artista da casa, Walkiria La Roche, deixava os *gays* hipnotizados. Seus olhos voltados para o palco ficavam sem piscar, entorpecidos pelo fascínio do trabalho da artista sob o foco de luz, com suas vestes arrojadas e cheias de brilho. Ré me explicou que era um travesti e também diretora da casa. Seu *show* era o momento mais esperado pelos clientes que lotavam a Excess. Fiquei encantado com a magia e o envolvimento de tudo que via, e todos se tratavam com muito respeito e naturalidade; mais uma vez percebia que pertencia a este mundo novo e mágico que começava a encantar-me como já encantara todos os *gays* e lésbicas impregnados da rica cultura do gueto, própria e bela. Quando saímos da boate o sol já nascera, fomos para nossa casa cansados pela noite maravilhosamente agitada de novidades, pelo menos para mim.

Meu preto querido, aos poucos, transformava-me em um novo homem, nossas incursões ao gueto se tornavam cada vez mais freqüentes. Seu conhecimento da cultura *gay* e dos ambientes do gueto, pelo qual Ré se encantava, aos poucos foi me fascinando cada vez mais. Além do mais, minha "saída do armário" carecia de autoconfiança, e ela iria crescendo à medida que convivia com meus iguais. Nossas noites passaram a ser um *tour* por estes lugares encantados e mágicos por onde povoavam todos os personagens de nossa cultura rica e diversa. Com Ré aprendi a linguagem do universo *gay*, e conheci novos espaços: o Bar A toca, o Zomm, a Boate Eros, o Bar Point, que acabara de abrir, e o Blitz, tido como o mais antigo bar da noite GLS (Gays, Lésbicas e Simpatizantes), sigla usada pelos estabelecimentos que recebiam a diversidade sexual humana da boemia belo-horizontina.

TRANSFORMAR É UMA ARTE!

O Blitz era um espaço especial, um bar que emanava e perpetuava a cultura *gay* difundida por todos os artistas da noite *gay* de BH, as chamadas *drags queens*. As *drags* são artistas *gays* masculinos que se vestem de mulher para fazer *shows*, homens que durante o dia têm o seu papel masculino e usam roupas masculinas, e se adornam como mulheres apenas para fazer *shows*. Esta arte incrível é chamada de *transformismo,* os *gays* se referem a ela como *montagem*. Vou *montar* para fazer um *show* de *drag*, era uma frase que ouvia muito nos guetos por homossexuais jovens que cobiçavam o estrelato. A maioria das falas destes artistas era na linguagem *bajubá*. Esta linguagem praticada pelas travestis foi sugada pelas *drags* e introduzida em toda a comunidade *gay* por meio de *shows* no decorrer dos anos. O Blitz apresentava *shows* em todas as noites, era sua marca. Lá, apresentavam-se artistas consagrados no meio *gay*: Cacá Claridade, Zezé Zero Hora, Brancaleone, Nayla Brizard, Jéssica Teles, Sandra Lee, Rocio Pilar, Marilú Barraginha, Kayete, Katielly Polaminsky, Carlinhos Brasil, Wandera Jones, e muitas outras. Os novos artistas sempre eram apadrinhados por uma *drag* já consagrada. Raramente uma nova *drag* surgia sem seguir o ritual do apadrinhamento. Seu *show* era gratuito a princípio, até que sua carreira decolasse. Dedê Grace, uma jovem transformista que surgia nesse período, definiu muito objetivamente para nós esta arte fascinante. Disse ela:

> *"O transformismo é um conjunto de pó, rímel, talento, coragem, ousadia e acima de tudo dignidade. Quando ouvirem o nome de uma* drag, *podem ter certeza que algo de diferente estará acontecendo. Lamento que em pleno limiar do século vinte e um, as pessoas ainda tenham tal atitude,* [se referindo ao preconceito contra a cultura *gay*], *essas pessoas que têm preconceito não deveriam viver em sociedade."*

O Bar Blitz tinha, no proprietário Wolden Resende, um apreciador dessa arte corajosa e maravilhosa, rica em cultura e figurino, pois cada artista caprichava em sua montagem como se estivesse indo para um desfile de modas. A riqueza de detalhes nos figurinos era impressionante, só vistas em desfiles de luxo de fantasias premiadas em bailes de carnaval. As *drags* fascinavam o universo *gay* que as respeitavam e as tinham como ícones de moda e requinte. O papel das *drags* no universo *gay* sempre foi extremamente aglutinador. Elas, durante décadas, foram as grandes criadoras e difusoras da cultura *gay*, introduzindo na alma do homossexual masculino o fascínio do desafio de ser o que não se pode ser. Satirizando na dublagem e na coreografia o encanto de suas musas, cantoras mundiais, estes artistas mágicos e talentosos, hipnotizam as platéias nos guetos trafegando entre a comédia e a tragédia na velocidade que a luz da ribalta muda de cor. Sua comunicação com o público do gueto permitiu perpetuar a luz da esperança de um dia sairmos do quilombo a que nos confinaram. Nos estreitos palcos das casas noturnas, sua arte transcendeu. Nos dias de hoje continuam a perpetuar nossa cultura nos guetos, porém ganharam os grandes palcos dos teatros, cinemas e televisão, levando com dignidade nossa arte e nossa cultura a platéias até recentemente inatingíveis, encantando e fascinando crianças e adultos de todas as orientações. Na primeira vez que vi um *show* de *drag*, minha alma agigantou-se no sonho de que elas teriam seu papel importante na revolução pacífica de luta contra o preconceito. Dizia Mao que se um tigre nos ameaça pela sua força e imponência, desafiando nossa sobrevivência, a arma para vencê-lo é introduzir um vírus em sua barriga. As *drags* são o vírus na barriga do tigre da discriminação contra homossexuais.

Acabei fazendo amizade com Wolden, que me contava muitas histórias do povo que freqüentava seu bar. Percebi que os garçons, barmens e gerentes dos bares *gays* tornavam-se como que psicólogos da comunidade. O sofrimento de estar dentro do armário, processo que acomete os homossexuais de forma quase unânime, encontra nos profissionais do gueto o acalento. Compreendi a importância da existência dos guetos neste processo. Os trabalhadores das casas *gays* tornavam-se conselheiros e ouvintes pacientes dos clientes que levavam uma vida dupla e mergulhavam no universo *gay* como uma forma de extravasar sua dualidade, pressionada pelo preconceito e discriminação, como até hoje acontece. A ausência de coragem em assumir-se, muitas vezes, empurra o indivíduo a um fio da marginalidade social. O uso de álcool é uma constante e muitos, mais fracos, encontram nas drogas pesadas uma fuga para abrandar sua dor e adquirir coragem para estar sexualmente com seu igual.

Nas conversas com estes profissionais, pude perceber que a discriminação marca muitas vezes de forma irreversível estes seres humanos. Independentemente da classe social, nível cultural, raça ou credo, todos são vítimas desta forma bizarra adotada pelo ser humano de segregar o que não conhece. O preconceito é uma lâmina que está a um milímetro do pescoço de cada um de nós, cuja orientação sexual é diferente do padrão heterossexista. Os que vivem sob uma forte pressão social e não encontram força e apoio acabam sucumbindo a uma fuga louca, muitos pelo uso de drogas, muitos pelo suicídio. Conheci isso nas conversas com os profissionais do gueto em seus relatos impressionantes de casos de seres humanos vítimas desta sociedade discriminatória.

QUANDO A FAMÍLIA EXCLUI!

A Erótica, local onde, na porta, encontrei meu príncipe, meu preto querido, fechara suas portas sem que eu a tivesse conhecido por dentro. Íamos muito ao Bar Blitz e à Toca, às vezes dando uma esticada na Boate Eros, todos ficavam muito próximos do Bairro de Lourdes e possuíam preços mais amenos. A Excess, na Savassi, era mais sofisticada e seletiva, com uma freqüência de bichas mais "finas", ou seja, bichas que tinham uma melhor condição financeira. Preferíamos os outros, por ter mais gente diversificada, e onde o Ré tinha mais amigos. Em uma dessas incursões à Eros, fui apresentado a um travesti, vou chamá-lo aqui de Denise de Paula. Seu nome masculino era Fernando, e morava quando criança em uma favela de Belo Horizonte. Sua história muito me sensibilizou, pois vim a ter conhecimento mais tarde de que era a história de 95% dos travestis do Brasil.

> *"Fiz de mim o que não soube*
> *E o que podia fazer de mim não o fiz*
> *O dominó que vesti era errado*
> *Conheceram-me logo por quem não era*
> *e não desmenti, e perdi-me*
> *Quando quis tirar a máscara,*
> *Estava pegada à cara..."*

Versos do *Poema da Tabacaria*,
de Fernando Pessoa.

Entendi completamente estes versos ao ouvir o relato que conto aqui. Fernando era o terceiro filho de uma família de seis, cuja mãe enviuvara ainda cedo e se amasiara com um homem um pouco mais jovem que ela. A extrema pobreza em que viviam fazia a mãe de Fernando depender financeiramente de seu companheiro, principalmente no sustento de sua prole. Desde cedo, Fernando manifestara sua forma diferente de ser dos outros irmãos; mais sensível e delicado, apresentava o perfil estereotipado de afeminado, rótulo dado aos homossexuais que traziam consigo trejeitos mais femininos. Sua mãe trabalhava como diarista em casas de família, e seu padrasto, em uma fábrica de velas. Seu padrasto chegava em casa quase sempre antes de sua mãe. O barracão em que viviam, muito simples, tinha apenas dois quartos: um deles usado pelo casal e, no outro, dormiam os seis filhos, em apenas três camas.

Fernando estava com 9 anos e sentia os olhares do padrasto para ele de forma estranha. Nesta idade já apresentava um corpo de adolescente, de porte razoável, com rosto muito rosado pelo sol, as coxas fortes pelo exercício de subir o morro todos os dias e a pele muito lisa, de um frescor suave. Seu padrasto passou a tratá-lo com mais atenção que aos outros; sempre que chegava, acariciava seu rosto e, às vezes, tocava suas coxas de forma estranha. Fernando, com medo, nada comentava com a mãe. O padrasto procurava chegar sempre mais cedo e sempre embriagado, e Fernando tentava ir para fora do casebre para instintivamente se proteger sob os olhares dos vizinhos. Mas sempre o padrasto o obrigava a entrar em casa, e ele se encolhia no canto. O padrasto se aproximava e abraçava-o dizendo que gostava muito dele, que o achava muito bonito e queria que ele o aceitasse como pai. Fernando sentia que havia mais que amor paterno nestes carinhos, o padrasto não agia assim com os outros irmãos.

Um início de noite em que Fernando estava só, assistindo à tevê na sala, seu padrasto chegou e sentou-se perto dele. Ele se encolheu no canto do velho sofá como se pressentisse o que iria acontecer. O padrasto, então, abraçou-o e repentinamente tapou sua boca. Fernando sentiu o hálito de álcool junto de seu rosto, tentou fugir, mas o padrasto o ameaçou. Disse que, se gritasse, ele o sufocaria. Na ânsia do desejo insano, o padrasto o carregou para o quarto do casal, trancou a porta e jogou Fernando sobre a cama. Tremendo de pavor, Fernando se encolheu em um canto, enquanto o padrasto se despia. Caiu sobre Fernando como uma fera incontrolável, e despiu-o com violência, passando as mãos em suas partes íntimas e suas nádegas. Sob ameaça, Fernando não reagiu e, repentinamente, sentiu uma dor enorme em suas nádegas, penetrada pelo padrasto de forma cruel e violenta. Fernando conta que sentiu um misto de ódio, prazer e dor. Começou a chorar e soluçar baixinho sob a pressão do corpo de homem adulto às suas costas. O padrasto terminou e, mais uma vez, ameaçou-o de que, se contasse a alguém, ele mataria sua mãe e todos os seus irmãos. Sem ter com quem compartilhar sua dor e sofrimento, movido pelo medo da ameaça do padrasto, Fernando se calou. A partir de então, seu olhar se apagou, ficava pelos cantos da casa, apático e melancólico. Sua mãe percebera a mudança e tentava descobrir o porquê, mas sempre a presença do padrasto o intimidava.

Fernando passou a ser usado por seu padrasto quase todos os dias e, apavorado pelo medo, sucumbia aos desejos infames do marido de sua mãe. Ele não reagia mais e obedecia sempre que o padrasto o procurava; tornara-se o amante de seu padrasto passivamente. Até que, numa dessas tardes, sua mãe chegou mais cedo e apanhou os dois na cama. Atormentada pela tragédia, a mulher esbravejou ameaçando denunciar o companheiro pelo que fizera ao filho. O homem ameaçou deixá-la e não mais contribuir para o sustento da família. A baixa renda da mãe dependia do complemento do padrasto para o sustento de todos. Escolheu pela permanência do padrasto, repreendendo Fernando por ser afeminado e ter "seduzido" seu companheiro.

Apavorado pela atitude de sua mãe, que não tivera saída e força para separar-se de seu padrasto, e ainda o transformara de vítima em réu, Fernando decidiu fugir de casa aos 10 anos de idade. Foi para as ruas do Centro de Belo Horizonte, pedindo a transeuntes dinheiro para seu sustento.

Fernando conheceu um travesti que fazia ponto na Avenida Olegário Maciel, próximo à sede do Clube Atlético Mineiro. Este travesti, já com seus quase 30 anos de vida e experiência, reconheceu em Fernando um seu igual. E o acolheu. Alimentou-o e deu-lhe uma cama para dormir. Ele passa a cuidar da casa do travesti, fazendo pequenos serviços domésticos. Alguns dos clientes do travesti começam a ver Fernando como uma atração nova, a sedução acontece. O travesti, então, começa a ensinar Fernando a arte da profissão do sexo, veste-o femininamente, ensina-o a usar saltos e vestes, a maquiar-se parecendo uma jovem garota. E passa a ser o agenciador de Fernando, trazendo clientes para o garoto em troca de uma gorda porcentagem sobre a renda do programa, alegando que era para cobrir as despesas de aluguel e alimentação.

Aos 12 anos, Fernando aprendeu que seu corpo lhe rendia um bom dinheiro, sucumbindo aos desejos de homossexuais enrustidos que buscam no travestido uma justificativa masculina para fazer sexo com outro homem na forma de uma mulher. Sem escola, sem profissão, ele cresceu e se tornou uma profissional do sexo, e para ter prazer com os homens que não o atraíam, começou a se drogar, aumentando ainda mais sua busca por clientes. Quando o conheci, Fernando estava com 17 anos, porém sua aparência era de um adulto de 28. Cheguei a vê-lo sem a maquiagem pesada dos travestis. Tinha o rosto muito bonito e esguio. Mas já adotara para seu corpo os contornos femininos, injetando silicone em seu peito e nádegas de forma ilegal e perigosa. Senti a dor e o sofrimento estampado em seus olhos, quando me contou sua história trágica. E disse que a grande maioria de seus colegas de profissão tinha histórias semelhantes à dele, como de fato pude confirmar mais tarde em minha luta, abraçada de forma inusitada, pelos diretos dos homossexuais.

Ré percebeu que fiquei abalado pelo relato de Denise de Paula e me disse que havia muitos meninos nestas condições pela cidade. Meu coração sangrou de pesar pela miséria humana que acometia crianças e adolescentes por serem diferentes, incompreendidos e violados em seus direitos a uma vida normal, com escola, profissão e um futuro que conhecera e vivera em meu mundo hetero. Passei a olhar aqueles seres noturnos e escandalosos com um outro olhar, o de respeito e compreensão. Eles são sobreviventes do preconceito. Corajosos, expunham sua homossexualidade publicamente, de forma visível e colorida, buscando nas ruas da cidade uma forma de sobreviver considerada marginal pela sociedade que os condenara àquela vida, tirando-lhes as chances de serem cidadãos plenos e roubando-lhes qualquer oportunidade de terem uma chance de mudar. Por serem os mais excluídos por todos, até pelos próprios homossexuais, sua forma de defesa era o ataque e a agressão, tornando-se violentos quando eram desrespeitados em sua humanidade.

Estes seres incríveis são, a meu ver, os primeiros militantes da causa homossexual. Escandalizando a sociedade em seu estereótipo de homem-mulher, gritando silenciosamente: "Estamos aqui, nas ruas, satirizando o desejo dos que não têm coragem e escondem em nossos corpos sua homossexualidade marginal e covarde. Somos necessários aos desejos dos enrustidos, que não têm coragem e dignidade em assumir-se." O respeito que tenho pelos travestis se origina na sua força para sobreviver, apesar da violência que sofreram e sofrem no dia-a-dia, e por usarem o escândalo visual e verbal como grito de liberdade contra a sociedade preconceituosa. Em todo o mundo, foram eles os primeiros a lutarem contra o preconceito e a hipocrisia social. E há ainda alguns de nós, de sua própria espécie, todos forjados na fornalha do desejo homoerótico, que os marginalizam e discriminam.

O ATOR SE MOSTRA AO PUBLICO!

Minha vida, antes povoada de MPB, com os meus preferidos Chico, Caetano, Gal, Gil, Roberto, Raul, Rita, Elis, passou a incorporar outros intérpretes de canções em língua inglesa: Whitney Houston, Mariah Carey, Brithney Spears, Gloria Gaynor, Abba, Bee Gees, e ainda os novos Sandy e Júnior. Pelo Ré e por meio do Ré, estes intérpretes e suas canções passaram a ter sentido para mim de forma forte e sensual. Cada canção era uma trilha sonora de um momento nosso, na cama, nas refeições, nos guetos. Minha vida com meu Preto era completa, não havia mais ator nem personagem, havia um homem inteiro que amava incondicionalmente outro homem, encantador, belo e másculo. A felicidade estava em todos os segundos que passávamos juntos, e meu sentido de fidelidade nem sequer me permitia desejar outro, era completamente inteiro. Não havia necessidade de mentir ou representar como em minha outra vida que ficara para trás.

Estava curado da solidão, do medo e até da ausência de ereção, tão freqüente em minha vida hetero. Já não me incomodava ser visto em público com Ré. Chamávamos a atenção, por nossas diferenças. Ré, ao meu lado, fez-me romper bruscamente com quatro preconceitos sociais enraizados a ferro e fogo nos corações da sociedade da qual fizera parte até há pouco tempo: o preconceito de idade, Ré tinha 18 anos e eu, 46; o preconceito de classe social, Ré fora criado à porta de um aglomerado, de família mais pobre que a minha, eu vinha de uma classe média emergente; o preconceito de cor, Ré, negro completamente, eu, branco caucasiano; e o preconceito sexual, dois homens a se amarem. Esta fase em minha vida foi como se rasgasse a pele que carregara por quarenta e seis anos e vestisse uma inteiramente nova, livre de preconceitos. Passei a ver todos os seres diferentes com uma outra visão: a visão do coração. Um milagre aconteceu comigo, a capacidade de olhar o ser humano além de sua aparência. O negro, a mulher, o portador de deficiência e o pobre passaram diante dos meus olhos como meus iguais, como frutos de um só Criador. Entendi a diversidade do planeta de uma única vez.

O Criador colocava suas criaturas diante de meus olhos e eu não conseguia ver. Os milhões de espécies da fauna, flora e mineral conviviam harmoniosamente na natureza, e nós humanos somos os únicos a segregar, conduzidos por nossa ignorância, ambição e soberba. Neste momento, entendi por que nascera homossexual, para compreender a diversidade, para aprender a amá-la e respeitá-la. Enfim, obtinha a resposta à pergunta que buscara em toda minha vida: quem sou e o que vim fazer aqui? E toda informação contraditória que incutiram em minha mente, pela absorção de séculos e séculos de história humana, estava distorcida por interesses escusos de instituições criadas por humanos interesseiros e ambiciosos. Minha angústia e dor, vividas por quarenta e seis anos de minha dualidade também haviam sido uma bênção, para gerar meus dois filhos queridos e talvez servir de instrumento do Criador para que outros seres humanos pudessem compreender a diversidade de suas criaturas. Esse foi o resultado do meu grande amor pelo meu Preto: minha mente e meu coração se abriram para a compreensão e tolerância. Sou parte menor dessa diversidade e cabe a mim tentar mostrar ao mundo o outro lado dessa diversidade, aprisionada e assassinada nas dezenas de séculos da chamada construção da civilização moderna. Entendi que os preconceituosos e hipócritas sociais são e serão os carrascos, às vezes inconscientes, mas carrascos que executam sem piedade os que lhe foram confiados e entregues, forjados em uma diversidade de cor, raça, orientação sexual e deficiência, para que deles cuidassem e amassem, e por sua ignorância cega, são os primeiros a puxar a corda no pescoço de quem deveriam afrouxar e libertar.

Minha família começava a tomar conhecimento dos motivos reais de minha separação de Márcia. Karla, minha irmã já casada, com duas filhas, foi a primeira com quem fui conversar. Pressentia pela sua própria história de vida que me compreenderia. Karla casara muito jovem e tivera uma filha, Michele. Logo em seguida, descobriu que tinha uma doença irreversível: lupus eritematoso sistêmico, uma doença misteriosa que aparece em alguns seres humanos e deixam seqüelas terríveis, quando não ceifa a vida de seu portador ainda muito cedo. Karla decidira lutar contra a doença e, corajosamente, sobrevive a ela com sua força interior, sua alegria de viver, sua fé e seu amor à sua família e ao próximo.

Procurei Karla e contei resumidamente minha história. Por amor a mim, ela fez um esforço enorme para superar seus conceitos e tentar compreender. Disse-me que continuaria sendo o mesmo irmão que ela sempre considerava, que da parte dela, de seu esposo José Raimundo, de suas filhas Michele e Daniele, eu seria o mesmo e que tentaria explicar aos outros irmãos e à minha mãe meus motivos. Cumpriu sua palavra. Meu irmão Geraldo, sua incrível esposa Sônia, e seus filhos Mateus e Tadeu também compreenderam e me apoiaram. Durante muito tempo, estes seres especiais passaram a ser os únicos a aceitarem minha nova família, eu e Ré. Da parte de Ré, fiquei conhecendo toda sua família, que ele corajosamente me apresentara. Sua mãe, Dona Mercês, uma mulher extraordinária que se separara do marido e ficara com a responsabilidade de cuidar dos seus seis filhos, trabalhava arduamente para cumprir esta tarefa. Ré se impunha a eles com coragem e eles o respeitavam e passaram a me respeitar como seu companheiro, embora sentisse que alguns não concordavam, mais pela nossa diferença de idade que por nossa orientação sexual. Contudo sempre foram muito gentis e respeitosos comigo. O pai de Reginaldo visitava-os periodicamente, e quando soube de nosso relacionamento, tentou intervir, ameaçando o Ré de denunciar a mim por ser um homem maduro e estar com seu filho jovem. Ré o enfrentou dizendo que já era maior de idade e que ele não poderia intervir. Eu o conheci quando fomos passar o primeiro Natal com a família de Ré. Ele me olhava de forma fuzilante e agressiva. Via-se que, para ele, a homossexualidade era uma aberração, assim como o é ainda para muitas pessoas. Não foi fácil construir este relacionamento, sentíamos hostilidade vinda de todos os lados, mas nosso amor era tão grande que nada nos atingia diretamente. Nosso amor criara um escudo que repelia e abrandava estas agressões de forma muito calma e tranqüila.

O AMOR SE EXPÕE!

Nossas dificuldades cotidianas domésticas se intensificavam. Eu, criado longe de todos os afazeres domésticos por minha mãe, que acreditava que lugar de homem não era na cozinha, tinha dificuldades ainda maiores. Ré já tinha uma certa prática de lavar, passar, cozinhar, e fazia o que podia. Mas eu não considerava isso justo, não o queria cuidando da casa assim como Claudinei fizera com Leo. Queria-o como meu parceiro e companheiro. Nossas conversas com Ana e Mônica acerca do Clube começaram a frutificar. Comprei um computador com acesso à Internet com dupla finalidade: eu poderia começar a estruturar o esqueleto do Clube de Serviços, e Reginaldo poderia treinar em suas tardes livres para se capacitar melhor para o mercado de trabalho. Estava preso ao meu trabalho e ainda não conseguia desenvolver bem a idéia do Clube. Surgiu uma vaga e consegui colocar Mônica como minha auxiliar na empresa. Isto foi importante, pois nos momentos livres podíamos trocar mais algumas idéias sobre nossos planos. Iniciaríamos com informações aos freqüentadores do gueto sobre nossas idéias e projetos, por meio de um jornal. Esse jornal seria um veículo para divulgar notícias da comunidade e angariar sócios para nosso Clube, que, além de informações, iria disponibilizar serviços, como fornecimento de refeições rápidas, suprir serviços domésticos de lavagem e passagem de roupas, limpezas, e ainda fornecer endereços de profissionais dos quais sentíamos necessidade, como psicólogos, advogados e médicos que entendessem a questão da homossexualidade e pudessem orientar a comunidade *gay*. Faltava, ainda, o recurso para iniciarmos o nosso negócio. Na empresa em que trabalhava e que ficava na Rua Aimorés quase esquina com Avenida Bernardo Monteiro, ninguém sabia sobre mim e Mônica, sobre nossa orientação. Era a única coisa que me prendia ao meu passado de "armário". Então, Ré tomou uma atitude, inconscientemente, que me fez tomar uma decisão.

No gueto há muitas formas de nos tratarmos, e nas brincadeiras zombeteiras sobre nossa tragédia de vítimas do preconceito, muitos de nós adota um apelido feminino como forma de ridicularizar o machismo heterossexual. Ré adora o pseudônimo de "Dandara Jones", brincando muito com isto. E em alusão às três primeiras letras de meu nome, também me chamava de DANdara. Havia, na cidade, uma nova forma de mídia de comunicação. Veículos decorados com desenhos românticos e equipados com sistema de som levavam mensagens de voz pronunciadas pelo próprio motorista, para os amantes, aniversariantes e outros romantismos afins. Em frente de onde trabalhava, havia uma lanchonete aonde ia freqüentemente e fizera amizade com o proprietário, funcionários, vizinhos e funcionários de outras empresas. Ré sabia que, na empresa em que eu trabalhava, ainda não me havia assumido como homossexual. Estava próximo ao horário de café, quando fui chamado à recepção por Mônica. Era um senhor que me procurava:

– Você é Danilo Ramos de Oliveira?

– Sim! – respondi.

– Tenho uma mensagem falada para você, de Dandara Jones!

Gelei. Mas não tive saída. Convidando-me a ir até a calçada, o locutor tomou o microfone e leu uma mensagem de amor do Ré para mim, como se fosse Dandara, para não me denunciar. Tudo ao fundo musical de uma canção de Mariah Carey, criteriosamente selecionada pelo Ré para aumentar o romantismo. Detalhes da mensagem fugiram de minha memória, mas falava do seu imenso amor por mim e do futuro que construiríamos juntos enfrentando o mundo e as dificuldades que nosso amor teria. As pessoas das lojas e empresas vizinhas saíram para a rua, o quarteirão todo assistiu à declaração do Ré, sob aplausos e assovios de aprovação, eu ali, vermelho de susto e vergonha pela visibilidade toda da cena. Ao olhar para a lanchonete, pude ver Ré e Humberto a rirem de minha reação de surpresa. Tive vontade de correr para a lanchonete e dar-lhe um beijo enorme na boca, evidentemente que me contive. Mas todos queriam saber quem era a Dandara tão romântica e apaixonada que fizera aquela linda declaração de amor para mim. As mulheres, então, suspiravam de inveja, dizendo que sonhavam que seus namorados e maridos fizessem algo assim. O locutor sabia quem era Dandara, pois fora Ré quem o contratara e contara sobre nós, mas se comprometeu a não dar nenhuma pista sobre a misteriosa Dandara. A partir daquele momento, tomei uma decisão. Sairia da empresa e, com o recurso obtido de minha indenização, começaria a desenvolver na prática o nosso Clube de Serviços. Naquela semana mesmo, nós nos reunimos em casa e formatamos a idéia. Ana e Reginaldo me ajudariam, e Mônica continuaria no trabalho para obter o salário de que sua família e Ana dependiam tanto, mas nos ajudaria nos momentos livres.

O NASCER DO ARCO-ÍRIS.

Começamos a ter um contato maior com o movimento *gay* pela Internet. A esta altura, já tomara conhecimento de uma história que me deixara informado sobre o principal símbolo *gay*: o ARCO-ÍRIS. Lyman Frank Baum, em 1900, lançara o livro *O Maravilhoso Mágico de Oz*. A história relata a aventura da pequena Dorothy que perde seu cãozinho em meio a uma tempestade e, na procura pelo seu bichinho amigo, esconde-se em uma cabana para se abrigar da tempestade. A cabana é levada por um ciclone a um mundo novo cheio de cores. Dorothy inicia sua jornada no Mundo de Oz em busca de um meio para retornar à sua casa. Em sua trajetória, encontra um espantalho que não assusta os pássaros, um homem de lata que não possuía cérebro e um leão covarde, todos buscavam no famoso mágico uma solução para seus problemas. Simbolicamente, estas personagens representam a diversidade de seres que habitam Oz. Encontrando o grandioso mágico, eles percebem que era, na realidade, um falso mágico, mas mesmo assim apresenta soluções para as deficiências de cada um, que encontram dentro de si as soluções para suas demandas pessoais. E Dorothy tinha a solução em seus próprios pés, um par de sapatinhos mágicos que podiam levá-la a qualquer lugar, inclusive de volta ao seu lar. A história de Oz foi levada ao cinema em 1939, tendo Judy Garland como protagonista no papel de Dorothy. A trilha sonora do filme *Over of the rainbow* (atrás do arco-íris), diz que, atrás do arco-íris, pode-se encontrar o amor que sempre se sonha; que lá atrás do arco-íris há um lugar secreto onde só quem conhece sabe chegar; e que uma estrela irá brilhar, o sonho irá virar realidade e a felicidade será encontrada. O enredo da canção sugere uma alusão à esperança de, um dia, o sofrido enrustimento homossexual possa ser visível, é esta a interpretação da comunidade *gay* sobre a canção. Interpretada por Judy Garland, a canção associa-se à causa *gay*. Judy se transforma no primeiro ícone abertamente *gay* da mídia americana. E ainda hoje é reconhecida como principal madrinha dos *gays*, creditada a ela grande parte da relativa abertura atual em relação à diversidade sexual. Judy protagonizou outro musical, intitulado (no Brasil), *Agora Seremos Felizes*, dirigido por Vincent Minelli, com quem se casa e tem uma filha, Liza Minelli, que, como a mãe, cultivou grande popularidade entre os *gays* americanos. Outra ligação de Judy com a cultura *gay* vem de seu casamento com o ator Mark Herron, de quem ela se divorciou pouco depois, quando ele teve um caso com Peter Allen, então marido de Liza. Todos estes fatos, associados aos simbolismos de diversidade de *O Mágico de Oz*, leva o movimento *gay* americano a adotar como símbolo de luta o arco-íris. Este símbolo se expandiu para todo o universo *gay* mundial.

Fascinados por esta informação, decidimos batizar nosso clube de Clube Rainbow de Serviços. E a forma de divulgá-lo seria desenvolver um sistema de parceria com as empresas de Belo Horizonte, às quais forneceríamos um adesivo para afixarem em suas vitrines. Nossa preocupação era incluir a homossexualidade dentro do contexto da sociedade heterossexual, de maneira pacífica e sem agressões, e decidimos que o maior símbolo desta forma pacífica de inserção social seria uma rosa branca. Colamos uma rosa branca sobre um fundo de cores do arco-íris, com a frase "Aqui você é bem-vindo!", pois imaginávamos que os *gays* associariam este símbolo à recepção das empresas simpatizantes como uma porta aberta à sua orientação sexual sem a necessidade de identificar-se. Conseguimos que os estabelecimentos que aceitassem afixar o adesivo do Clube dessem um desconto especial aos *gays* com a carteirinha do clube. Divulgaríamos estes endereços no jornal mensal que criamos, e as empresas contribuiriam com um valor simbólico para ajudar a cobrir as despesas. A idéia era boa, mas não contávamos com um fator que a prejudicou. Neste momento, o número de *gays* enrustidos era gigantesco, praticamente quem tinha visibilidade eram apenas os travestis, os demais homens e mulheres que freqüentavam o gueto não se assumiam em outro local. Ninguém jamais chegaria a um estabelecimento e pleitearia um desconto com uma identificação oficial de sua homossexualidade. Mas acreditávamos que reverteríamos isto com o tempo, trabalhando a cabeça das pessoas em conversas individuais nos guetos. Reginaldo e Ana partiriam em busca das empresas parceiras e fizeram com muito carinho este trabalho, conseguindo dezenas de empresas simpatizantes que afixaram nosso adesivo em suas portas e vitrines. Pensávamos que a comunidade homossexual, percebendo que as empresas estavam sendo simpáticas em recebê-la, começaria a se aproximar do clube e conseguiríamos erguê-lo, ampliando os serviços e chegando até a ter um espaço para lazer, um clube com quadras e piscinas. Sim, pois casais heteros podiam freqüentar os clubes já existentes em Belo Horizonte, e demonstrarem seu afeto dentro das suas dependências, mas nós, casais homos, se o fizéssemos, éramos literalmente escorraçados de forma humilhante e constrangedora. Nosso sonho, em momento algum, foi o de segregar ainda mais nosso povo homossexual, mas criar um ambiente em que pudéssemos nos expressar verbal e fisicamente como qualquer cidadão hetero. Isto nos fortaleceria como comunidade e, de forma pacífica e diplomática, iríamos mostrar para a sociedade quem éramos realmente; médicos, dentistas, garis, enfermeiros, cabeleireiros, professores, padres, pastores, cidadãos comuns e não marginais promíscuos como a sociedade imagina que somos, apenas por não compreender nossa forma diferente de amar. O clube Gays, Lésbicas e Simpatizantes (GLS). Pensávamos que, usando o artifício dos simpatizantes, poderíamos agregar amigos e familiares ao nosso convívio, que seriam defensores de nossa realidade tão sofrida e incompreendida, marginalizada pela cultura religiosa que nos condenara definitivamente ao fogo do inferno, por sentir na pele muitas vezes o mesmo desejo e, na busca de autopunição, reforçou a construção de intolerância e ódio aos *gays*. Faríamos isto pacificamente, sem luta armada como era o desejo de alguns, devolvendo em amor o ódio que recebíamos. A Rosa Branca seria esta oferta, feita pela nossa instituição a toda a sociedade.

A esta altura, o movimento *gay* internacional estava organizado. O arco-íris se integrou à cultura da luta pelo orgulho dessa organização, seríamos talvez a última minoria social a se organizar para defender seus direitos. A bandeira *gay* passou a ser usada em todas as atividades e instituições envolvidas com o movimento, por isso, para entender a importância deste símbolo, tentarei resumir uma parte da sua história:

> Em 1978, Gilbert Baker, um cidadão de São Francisco, nos EUA, fez uma bandeira com seis faixas que representavam as cores do arco-íris, influência da ícone Judy Garland e o Mágico de Oz, na expressão filosófica do movimento, como símbolo de orgulho da comunidade homossexual. Lentamente, a bandeira começou a se tornar uma alternativa otimista para o símbolo do triângulo rosa, que era mais comum. O triângulo rosa foi e é um símbolo forte na história da discriminação dos *gays*. Era com o triângulo rosa que os nazistas marcavam nos campos de concentração os *gays* segregados pelo sistema faci-nazista da Segunda Guerra. Hoje, a bandeira é reconhecida pelo Congresso Internacional de Fabricantes de Bandeiras e é estendida na maior parte dos eventos de orgulho de gays, lésbicas e transgêneros em todo o mundo.
>
> Em 1989, esta bandeira recebeu atenção nos Estados Unidos, depois que John Stout processou seu idealizador por exibi-la na janela de seu apartamento. Baker continuou em São Francisco fazendo bandeiras. A cor sempre representou um papel muito importante em nossa orgulhosa comunidade. Na Inglaterra vitoriana, por exemplo, a cor verde era associada à homossexualidade. A cor púrpura, mais precisamente o tom lavanda, tornou-se popular nos anos 60. Depois do acontecimento de Stonewall, o movimento ficou conhecido como "*Poder cor-de-rosa*", por

> causa do triângulo rosa usado pelos nazistas. Contudo, o símbolo mais difundido hoje é, incontestavelmente, a bandeira do arco-íris, com listas nas seguintes cores: vermelha, laranja, amarela, verde, azul e púrpura, cores que representam a diversidade de nossa comunidade.
>
> A primeira bandeira projetada por Baker, atendendo a um pedido de um ativista local que queria um símbolo para a comunidade, teve como modelo uma bandeira com cinco listas. Baker projetou com oito listas, nas cores rosa, vermelha, laranja, amarela, verde, azul, índigo e violeta. De acordo com Baker, estas cores representavam respectivamente: sexualidade, vida, cura, sol, natureza, arte, harmonia e espírito. Baker tingiu e coseu a bandeira com oito listas. Quando foi à companhia de bandeiras de São Francisco, para que a produzisse, a versão de oito listas ficou impraticável, pois a "cor rosa" não estava disponível para produção em massa e a bandeira foi produzida com apenas sete listas. Em novembro de 1978, a comunidade homossexual ficou em choque com o assassinato de um trabalhador assumidamente homossexual. Para demonstrar seu poder e solidariedade, o comitê da parada do orgulho decidiu usar a bandeira de Baker. O comitê eliminou a faixa de cor índigo, para que dispusessem as faixas de forma harmônica e uniforme ao longo da rua, seis em cada lado; esta foi a versão que se popularizou no movimento internacional.

As cores da bandeira se pautariam em todas as nossas atividades, foi a decisão que tomamos, Ré, eu, Mônica e Ana. Estruturada a idéia, precisávamos divulgá-la. Um informativo distribuído gratuitamente nos bares, boates e saunas *gays* da cidade seria a forma escolhida para levarmos adiante nosso projeto. Tudo começou em nossa casa, minha e de Ré; elaboramos o formato e redigimos a primeira edição do *Informativo do Clube Rainbow de Serviços*. Acreditávamos que seria economicamente viável atender às demandas da comunidade e, ao mesmo tempo, ajudar a combater o preconceito e a discriminação. Comecei a usar meus recursos financeiros para tornar o sonho realidade. Nunca fui um bom administrador, embora inicialmente em minha formação acadêmica tentasse seguir este caminho, mas hoje reconheço que sou péssimo administrador e pior ainda no controle financeiro, uma fraqueza que não admitia naquele momento. Fizemos o informativo de forma muito arcaica, no computador, mas sem usar qualquer recurso gráfico de diagramação já adotado pelos jornais e revistas de hoje. O formato saiu no estilo de jornais que elaborara em minha época de luta no movimento estudantil. Abusamos das cores da bandeira do arco-íris nos títulos e textos, um dos poucos recursos de computação que sabíamos usar. Levamos à gráfica e mandamos imprimir 1.500 exemplares de quatro páginas cada, com um editorial escrito por mim, informando os objetivos do Clube e as várias seções, divulgando os endereços *gays* da cidade, os livros *gays*, as notícias de luta, e da comunidade *gay* local, informando também que as pessoas poderiam se associar a ele por *e-mail*. Devido às atividades de trabalho de Ana e Mônica, a primeira distribuição no primeiro bar foi feita por mim e pelo Ré. Escolhemos o Blitz, por ser o mais freqüentado pelos artistas *gays* e chegamos no meio do *show* de Jéssica Teles. Pedimos autorização ao Wolden, demos-lhe um exemplar, e Jéssica estava no momento do *show* em que bate um papo com a platéia. Viu nossa abordagem ao Wolden e pediu um exemplar. Correu os olhos rapidamente sobre o jornal e, durante o *show*, deu a notícia da novidade, distribuindo ela mesma alguns exemplares para a platéia. Ficamos eufóricos. Pareceu-nos que a comunidade estava carente de algo assim. Voltamos e contamos a Mônica e Ana, que nos dias seguintes nos ajudaram na distribuição nos outros estabelecimentos. E em todos a receptividade foi a mesma, os proprietários nos permitiam distribuir ao público nosso modesto informativo. Apenas nas saunas, deixamos sobre um balcão para que os clientes pegassem assim que saíssem para suas casas.

O CONFLITO DE DOIS!

Curioso como crescia meu sentimento pelo Ré. Tínhamos noites incríveis de amor e dias maravilhosos de romance e carinho. Minha construção de família herdada da cultura machista me colocava na posição de provedor e chefe de família. Era natural para mim esta posição, não compreendia ainda que éramos dois homens sobre o mesmo teto com os mesmos deveres, obrigações e direitos. A formação herdada aos homens de minha geração era de que a esposa era do lar e o homem do trabalho e da rua. Isto estava naturalmente impregnado em meu comportamento familiar. Tinha consciência que amava um homem, mas inconscientemente não o reconhecia na posição de homem, igual a mim, sempre o colocava na posição ocupada pela mulher na cultura heterossexual. Fui forjado nesta cultura e ela ainda impregnava meu corpo e minha mente de tal forma possessiva e ditadora que, associada ao excesso de amor pelo meu Preto, confundira tudo. A paixão possessiva vinha temperada com fortes doses de ciúme, desconfianças e suspeitas, imaginadas pela mente apaixonada, ingredientes perfeitos para explosões emocionais intensas e freqüentes. Demorei mais alguns anos para compreender que a paixão e o amor são duas coisas muito distintas. A paixão é cega, egoísta, forte e descontrolada. O amor é compreensão, amizade, carinho e respeito ao limite entre você e quem você ama. A paixão transforma quem a tem em um proprietário da pessoa amada, você não respeita os limites dessa pessoa, sua forma de ser, enfim sua individualidade. O amor não é isto, o amor é o reconhecimento da pessoa amada com sua individualidade e seu mundo particular, composto pelos mesmos anseios e desejos pessoais que tem o parceiro.

Minha paixão pelo Reginaldo começava a mudar meu organismo e, na volúpia de nossas ações de militância, não percebia o que estava acontecendo. Encontrei um ser que me completava inteiramente e aos poucos me apossei dele, desrespeitando totalmente sua individualidade. Não fazia isto de forma consciente, mas praticava. Ré, muito novo e amando-me muito, muitas vezes sucumbia aos meus devaneios passionais, mas sua individualidade gritava em seu coração. Sentia ciúmes de tudo e todos que dele se acercavam, colegas de escola, amigos, família. Cobrava dele fazermos tudo juntos, procurava agir assim com ele e cobrava que ele agisse da mesma forma comigo. Havia uma diferença de gerações entre nós, eu tinha 47 e ele 19. Uma geração é muito diferente da outra, por mais que tenham algo em comum, o conflito acaba se mostrando. Naquele momento não entendia isto e tentava com toda força arrancar o Ré de sua idade e trazê-lo para a minha. É como tentar agarrar o vento com as mãos, você fecha a mão e ele escapa pelos dedos. Ré começou a se sentir sufocado pela minha paixão. Queria fazer coisas sozinho, próprio da individualidade de qualquer ser humano, mas meu ciúme o impedia. Estava adoecendo de paixão e não percebia. Ele reclamava que precisava estar com outras pessoas, visitar sozinho a sua família, sair com colegas de escola, mas sempre encontrava um jeito de acompanhá-lo. Isto o incomodava.

Começamos a ter discussões em função disso. Certo dia, um compromisso de reunião me fez ficar ocupado o dia todo e não pude apanhá-lo na escola como sempre fazia e fiquei fora todo o dia e parte da noite. Chegando em casa, percebi que Ré havia saído. Encontrei-o ainda vestido. Indaguei sobre onde havia ido e ele disse que se encontrara com o Leo, e os dois foram ao Parque Municipal. O parque, desde muitas décadas, era um local de pegação homossexual e ainda o é nos dias de hoje. Muitos *gays* enrustidos vão ali para buscar encontros sem compromisso, uma distração *gay* usual em todas as cidades, observar e olhar homens esperando ser correspondido nestes olhares e arranjar um possível encontro sexual fisiológico. Sair com Leo, um rapaz que não respeitava seu relacionamento com o companheiro Claudinei, e ainda irem ao Parque Municipal, caiu como uma bomba no meu ciúme, que inflou sob uma forma altamente ofensiva. Ré se defendia dizendo que Leo havia ligado para ele e queria conversar. Leo era seu amigo de muitos anos e precisava do amigo para desabafar, contar coisas, como fazem os amigos. Não entendi, cego de ciúmes, comecei a juntar as roupas do Ré e colocar em uma bolsa. Disse-lhe que assim não poderia viver com ele, que ele traíra minha confiança, que não o queria mais comigo, iria levá-lo de volta para casa. Ré chorava e me pedia desculpas, mas prossegui em minha loucura comandada pela paixão. Pedi-lhe que me devolvesse a chave de nossa casa, coloquei sua mala no carro e o forcei a entrar. Ele chorava muito dizendo que me amava, que não havia feito nada de errado, e que não queria me deixar. Paramos o carro várias vezes para conversar. Na maioria das vezes, eu simplesmente ouvia minha própria voz e não a dele. Faltando dois quarteirões para chegar à casa dos pais dele, ele pediu para que parasse mais uma vez. Minha raiva diminuíra um pouco, ele chorava ininterruptamente, balbuciando palavras de amor por mim. Puxei o freio de mão do carro e me virei para ele, seu rosto negro e lindo estava banhado em lágrimas. Segurou minha mão dizendo:

– A gente se ama, não quero deixar você, Danilo, não quero ir para casa de minha mãe, quero voltar para nossa casa – implorou e me abraçou me dando um beijo quente e molhado.

Senti seu hálito gostoso em minhas narinas e o calor do seu rosto molhado aqueceu o meu. Abracei-o começando a chorar, dizendo a ele que não o queria perder, que não o queria com Leo, pois não era uma boa companhia para ele, e que se quisesse me ter para sempre, teria que escolher entre mim e a amizade do Leo. Naquele momento, ele escolheu a mim. Voltamos para casa e tivemos uma linda noite de amor e sexo, dormimos abraçados com nossas coxas entrelaçadas. Mas algo começaria a mudar a partir daquela noite. Meu ciúme me levava a perder a confiança no meu amado companheiro.

VISIBILIDADE!

Era julho de 2000. No informativo, tinha nosso *e-mail* e telefone. Várias pessoas entraram em contato para associar-se; nos primeiros quinze dias já tínhamos o compromisso de aproximadamente cinqüenta pessoas interessadas. A repercussão fora maior que imaginávamos, repentinamente toca o telefone e, no outro lado da linha, uma jornalista chamada Silvana Mascagna, editora e redatora da página GLS, que circula todos os sábados no Jornal *O Tempo*, perguntou se poderia dar uma entrevista a ela sobre o Clube, mandando em seguida um fotógrafo em nossa casa para me fotografar. Concordei, mas a ansiedade tomou conta de mim, até então minha visibilidade homossexual se limitara ao gueto e à minha família, sair em um jornal era diferente. Belo Horizonte inteiro saberia. Pensei em minha mãe, em meus filhos e o que isto poderia causar a eles, poderiam sofrer discriminação por tabela, havia concordado no impulso de uma notícia que poderia ajudar a construção do clube, mas em seguida este pensamento tomou conta de mim. Ré percebeu e me tranqüilizou, lembrando que eu não estava fazendo nada errado. O nervosismo se apossou de mim até a chegada do fotógrafo. Ré me deu dois ou três copos de água com açúcar para me acalmar. No horário marcado com Silvana pelo telefone, tocou a campainha. Ré foi atender enquanto vestia minha jaqueta azul-escura que usava em ocasiões especiais. Ele entrou, apresentou-se e sugeriu algumas poses, entre elas uma em que estava sentado em frente ao computador com alguns exemplares do informativo na mão. No mesmo momento, Silvana ligou e por telefone me entrevistou. Era uma quinta-feira. Ficamos ansiosos para a chegada do sábado, quando sairia a matéria. Sábado, dia 22 de julho de 2000, às 6 horas da manhã, estávamos eu e Ré, na banca mais próxima de casa para comprar o jornal *O Tempo*. Abrimos ansiosamente o Caderno "Magazine" onde é publicada até hoje a página GLS do jornal, e para nossa surpresa, minha foto saíra com destaque em cores em uma reportagem de um quarto de página, com a redação de Silvana Mascagna:

"BH GANHA CLUBE DE INFORMAÇÕES GLS

Silvana Mascagna, Redatora.

Belo Horizonte acaba de ganhar o Clube Rainbow, que tem como objetivo oferecer para seus associados serviços e informações para o público GLS. Criada há pouco mais de um mês pelos sócios Danilo Ramos de Oliveira, Reginaldo Fernando do Rosário, Mônica Alves da Silva e

Ana Paula Gonçalves Lopes, a iniciativa é inédita no país. 'Nosso intuito é congregar a comunidade GLS com a sociedade', diz Oliveira. Para isso, o Clube Rainbow já está trabalhando no sentido de firmar convênios com estabelecimentos comerciais e prestadores de serviços para dar aos seus associados desde descontos em compras até um atendimento diferenciado ao público GLS. 'A idéia é treinar gerentes e funcionários do comércio para que eles saibam como lidar com a comunidade', explica Oliveira.

A empresa também vai oferecer convênios com médicos, advogados e, principalmente, psicólogos. 'Sabemos que existem questões que uma pessoa pode ficar constrangida de tratar com qualquer profissional. Por isso, queremos oferecer esse diferencial para nossos associados', diz Oliveira, que pretende divulgar no informativo do Clube Rainbow de setembro informações sobre alguns médicos.

A idéia, segundo Oliveira, é que o clube, hoje com 50 associados, cresça a tal ponto que tenha uma sede esportiva. 'Hoje, ainda não temos sede própria, mas somos ousados e queremos primeiro ter um lugar que seja ponto de encontro dos associados e, no futuro, um local com sauna, piscina e toda uma área de lazer'."

Silvana finaliza a reportagem informando como se associar ao clube, dando o valor da mensalidade e nossos contatos, além de informar onde o público poderia obter um exemplar de nosso informativo, nos pontos GLS da cidade.

HOMOFOBIA

Por ser o porta-voz das idéias do Clube Rainbow, em todas as atividades, caiu sobre mim toda a responsabilidade de falar sempre, em todos os lugares, sobre a homossexualidade humana. Comecei a aprofundar na questão da origem dessa orientação tão estigmatizada pela maioria da população e, em meus estudos, deparei-me com uma frase dita por um médico-veterinário e cientista americano, Dr. Alfred Kinsey. Disse ele que "cada coisa viva é diferente e para vê-los, temos que simplesmente abrir os olhos!". Dr. Kinsey, em 1948, lançou um trabalho científico descrito em seu livro, *O Comportamento Sexual do Homem*, onde estudara centenas de milhares de seres humanos por meio de uma criteriosa pesquisa com entrevistas pessoais. Ele usou uma técnica, também desenvolvida por ele, em que os entrevistados ficavam à vontade para confessar todos as suas experiências e seus desejos sexuais. Criou, então, uma escala de zero a seis, agrupando no *zero* os seres humanos exclusivamente heterossexuais e, no *seis*, os exclusivamente homossexuais; as numerações intermediárias correspondiam às variações entre estes dois pontos. Concluíra, em seu trabalho, que 10% da população humana era de orientação homossexual. O trabalho do Dr. Kinsey foi tão precioso e de tamanha credibilidade que até hoje não se realizou na comunidade científica um outro que o superasse. Então, por que tamanho ódio e preconceito em relação à orientação sexual dos diferentes da maioria predominante? De onde surgiu este desrespeito ao próximo? Decidi fazer pesquisas na busca dessas respostas que tanto me atormentavam.

As civilizações antigas tinham a homossexualidade masculina como um fato social natural. Porém, com as mulheres, havia alguma restrição. Sapho, originária de uma família aristocrática da Ilha de Lesbos, viveu na segunda metade do século 7 a.C. e teve um papel ativo na política de sua cidade. Esteve casada com um nobre riquíssimo, Cercylas, e teve uma filha, Cleis. Sapho escreveu nove livros de poemas líricos de grande beleza poética e extrema sensualidade. Foi exilada após ser discriminada, acusada de viver na marginalidade e de amar mulheres, entre elas Atthis, Télésippa e Mégara. Foi a primeira vítima de discriminação de que se tem notícia na história humana.

Em sua história de amor, as mulheres homossexuais adotaram o título de *Lésbicas* em homenagem a Sapho. Na civilização grega, para chegarem à maturidade social e intelectual, os jovens passavam por relacionamentos homossexuais com seus professores, e isto acontecia de forma honesta e natural, parte do convívio social desta civilização que tanto contribuiu com suas teorias e filosofias para a construção da sociedade moderna em que vivemos. Temos aí a liderança do imperador Alexandre, O Grande, que exercia a homossexualidade em toda sua plenitude. A civilização romana, outra grande precursora da construção sociopolítica da civilização moderna, também via a homossexualidade como uma forma natural de amar. Dezenas de culturas descobertas pelo homem não condenavam seus integrantes homossexuais, assim como se constata até hoje nas recentes descobertas de tribos indígenas brasileiras em que a homossexualidade de alguns era tida como parte de sua natureza.

Então, tudo se originou na construção judaico-cristã. Minha conclusão, após muito refletir, levou-me à origem da necessidade de organização social dos povos de Israel. Formados por tribos de uma mesma cultura, porém isoladas e conflitantes, esta sociedade precisava unir-se para se proteger contra opressores. Liderados por Davi, o grande rei de Israel, finalmente estes grupos tribais se consolidaram como nação. Para manter a união, fortalecer-se e multiplicar, o povo judeu se ligou ao sagrado, ponto fundamental de sua unidade. Na ausência de constituições, as *Escrituras* vieram cumprir o papel de orientar comportamento, costumes, direitos, fortalecendo a sua convivência. Noções de higiene, saneamento, política interna e externa, descritas sob a forma da palavra de Deus geraria credibilidade nos habitantes das tribos, que, temerosos da ira divina, seriam mantidos unidos e reprodutivos. Israel precisava crescer como nação e gerar muitos filhos para combater seus opressores e dominadores, e a homossexualidade não gera filhos. Seus inimigos tinham a homossexualidade como fato natural em sua cultura. Então, incluir nas *Escrituras* a condenação a esta conduta seria uma arma importante de luta contra seus "devassos" opressores. Ao mesmo tempo, atendia à necessidade de expansão populacional de Israel para combatê-los.

Com a incorporação da cultura cristã à cultura judaica, tornou-se conveniente manter a condenação para fazer crescer a população de fiéis. Muitas normas e regras contidas nas *Escrituras Sagradas*, com o passar do tempo, foram sendo abandonadas por serem entendidas como contrárias ao comportamento humano e aos direitos das novas nações que se formaram. A Igreja Católica, porém, perpetuou a condenação à homossexualidade de forma cruel e desumana. Transformando-a em doença e pecado, poderia esconder sua própria forma de construção baseada no celibato. Era conveniente conviver com homens em lugares sagrados e ali satisfazerem seus desejos sexuais e, ao mesmo tempo, assassinar legitimamente e em nome de Deus os que fossem contrários a seus interesses. A história da Santa Inquisição está repleta de condenações à fogueira de homens e mulheres homossexuais em todas as nações que a Igreja converteu ao Cristianismo. A própria condenação de judeus e *gays* a campos de concentração nazistas contou com a acordância silenciosa do Vaticano. Os homossexuais passaram a ter poucas opções para suas vidas: viver na dualidade mentirosa, suicidar-se ou tornar-se padre ou freira. Muitos escolhem o caminho do celibato como forma de fuga e prazer oculto, bem cômodo a seus desejos, vivendo cercado por pessoas do mesmo sexo sob a túnica da igreja.

Diante do imenso patrimônio conquistado pelo Vaticano em todo o mundo, os melhores terrenos nas cidades, imenso acervo em obras de arte, colégios, faculdades, todos isentos de impostos sob a "capa" da filantropia social, os Papas vêm se opondo à aprovação da união estável por puro receio de dilapidação deste patrimônio. A união estável entre pessoas do mesmo sexo, na legislação, dá direito de herança ao parceiro, partilha de bens em caso de separação e de pensão ao sobrevivente por morte do parceiro. A Igreja, como mantenedora e empregadora de seus padres, seria a primeira a ser acionada juridicamente para suprir o parceiro sobrevivente de seus direitos de cônjuge. Como a maioria dos religiosos é homossexual, o Vaticano teria um risco enorme em seu patrimônio, arcando com indenizações para cumprir com as obrigações legais geradas pela regulamentação civil destas leis de uniões estáveis entre parceiros do mesmo sexo. É muito conveniente se opor às aprovações destas leis. Apoiando o veto, a Igreja mantém ileso seu patrimônio secular, adquirido sob a forma sombria de doações de fiéis temerosos ao fogo do inferno, e de governos exploradores de culturas mais frágeis, que, ao dilapidarem o patrimônio de nações dominadas ou recém-descobertas, transferiam boa parte deste produto obtido para angariar a sagrada bênção papal silenciosa e cúmplice desta violência. Foi assim com as dominações, com a escravidão, o nazismo, e não seria diferente com a homossexualidade. Compreendo que boa parte do forte preconceito secular contra os homossexuais foi criada e mantida pelos próprios homossexuais enrustidos, vítimas da incompreensão de si próprios e de seu desejo proibido. João Silvério Trevisan resumiu de forma muito clara esta situação quando surgiu no movimento a palavra *homofobia* (ódio aos homossexuais); disse ele: "*Homofobia é o enrustimento internalizado*". O medo de ser revelado seu desejo proibido e de não se aceitar como homossexual impele o indivíduo a agredir seu semelhante para proteger sua própria condição de igual. Confirmo isto, pois passei por esta situação pessoalmente; felizmente nunca cheguei ao campo da violência física, mas muitos chegam ao extremo do assassinato de seu parceiro de forma cruel e odiosa. Os muitos relatos que tive, estando à frente do Clube Rainbow, comprovam esta afirmativa.

ORGULHO GAY!

Nosso jornal provocou uma reação inesperada, vinda da comunidade. Logo nos primeiros meses, entendemos que nossa demanda pessoal e coletiva era muito maior do que a idéia de um espaço para homossexuais vivenciarem seu afeto e suprir suas necessidades diárias.

As pessoas passaram a me procurar para relatar suas dramáticas histórias de vida, seus anseios de liberdade e seus sonhos de conviver harmoniosamente com seus parceiros no seio de suas famílias e na sociedade. Ouvi um comentário no gueto que aconteceria, naqueles dias de julho, a *Parada Gay* de Belo Horizonte. O evento iniciado nos Estados Unidos chegara ao Brasil, onde já acontecia em várias capitais do país. Decidimos participar. Um domingo ensolarado banhava a Praça Sete de Setembro, coração social de nossa querida Belo Horizonte. Estacionado em frente do quarteirão fechado da Rua Rio de Janeiro, um caminhão de som emanava músicas cultuadas pelos *gays* nos guetos e, nos intervalos, participantes gritavam falas contra a violência e a discriminação. Quando nós nos aproximamos do veículo, pude identificar os donos das vozes de palavras tão corajosas: um homem, uma mulher, um travesti e uma *drag*, que já conhecia do gueto Carlinhos Brasil, alternavam-se ao microfone. Sindicalistas e alguns vereadores eram convidados a falar em prol da causa tão ardentemente defendida pelos cidadãos que comandavam o evento. Carlinhos Brasil me identificou para os comandantes do evento, e eu e Ré fomos convidados a subir. Ali em cima do veículo, fui apresentado às pessoas. O rapaz, Itamar Santos, presidente do Grupo Guri, representava os homossexuais masculinos; a moça, Soraia Menezes, do Grupo Alem, as homossexuais femininas; e a travesti Porcina D'Alessandro, do Grupo ASSTRAV, representava os transgêneros. Esta era a primeira vez que ouvia este termo: transgêneros, que logo descobri se tratar de travestis e transexuais. Travestis são homens que se adornam de curvas femininas e se vestem como mulheres no seu cotidiano, porém não abrem mão de sua genitália masculina. Transexuais são seres humanos que nascem com um sexo, mas seu espírito vive a realidade de outro sexo, e sentem-se incomodados com a genitália que possuem do sexo oposto ao de sua espiritualidade. Estes sofrem muito com sua situação e buscam incessantemente uma cirurgia para se adequar à sua natureza.

Havia ainda a presença do vereador Leonardo Mattos, deficiente físico e da vereadora Neila Batista; todos gritavam palavras de ordem contra a homofobia de que somos vítimas. Após as apresentações, descobri que os três comandantes eram presidentes de Organizações Não-Governamentais de Defesa dos Direitos dos Homossexuais: Itamar, presidente do Grupo Guri; Soraia, presidente da Associação Lésbica de Minas (ALEM); e Porcina D'Alessandro, presidente da Associação dos Travestis (ASSTRAV). A princípio não entendi esta separação, nosso Clube era uma organização que fora criada para oferecer serviços a toda comunidade – *gays*, lésbicas e transgêneros –, mas ali as instituições estavam separadas pelo objeto de desejo. Só mais tarde compreendi que começaram juntos, porém, por divergências e conflitos de política e gênero, separaram-se sob a alegação de que cada grupo tinha demandas próprias. Não concordei muito com isto e ainda não concordo, pois nosso inimigo comum é o preconceito e, vencendo o preconceito, todas as nossas demandas seriam atendidas. Contudo, na realidade, esta divisão se deve mesmo ao fato da luta de gênero originada antes no movimento feminista, absorvida pela luta das lésbicas. Fui convidado a falar ao microfone. Havia uma pequena aglomeração em torno do caminhão, mas percebi que muitos estavam na praça disfarçadamente encolhidos nas esquinas e bancas de revistas que completam o ambiente físico da praça. O convite feito pela Soraia para que eu usasse o microfone me fez tremer. Falar a um jornalista pelo telefone era uma coisa, falar na principal praça de minha cidade era outra. Comecei a tremer, Ré segurou minha mão e apertou. Olhei para ele e vi que desejava e concordava que eu falasse. Com sua aprovação, senti-me mais confiante. Fixei meu olhar em um ponto no infinito e comecei:

> *"Povo de Belo Horizonte! Venho aqui gritar pela minha liberdade e de meus iguais. Há muitas décadas, os homossexuais vêm sendo marginalizados neste País pela incompreensão sobre a nossa forma de ser. Estamos aqui para denunciar esta injustiça e esperamos de todos o apoio e a compreensão à nossa causa. A homofobia tem causado vítimas de jovens, homens e mulheres que poderiam estar contribuindo para a construção de nossa cidade, nosso Estado e nosso País. Exigimos o reconhecimento de nossa liberdade sexual. A orientação sexual do indivíduo é uma dádiva da natureza, e terminantemente não podemos ceifá-la sob a alegação do pecado, da doença e do crime. Não somos doentes, pecadores ou criminosos, somos seres humanos normais que lutam apenas pelo direito de amarem e serem felizes. E você, Belo Horizonte, não pode mais nos negar este direito. Vivam o amor e a compreensão. Diga não à homofobia!"*

Enquanto recebia os cumprimentos, pude ouvir os aplausos do público ao redor do veículo. Em seguida, Soraia pediu que se estendesse uma bandeira do arco-íris sobre o caminhão, que arrancou em direção à Avenida Afonso Pena no sentido da Rua da Bahia ao som da voz de Gloria Gaynor, cantando *I Will Surviver*, canção considerada talvez, como o maior hino do movimento *gay* internacional. No trajeto, senti que deixara de ser um simples e comum cidadão e me transformara em um militante do movimento *gay* de Minas Gerais. Meu coração se enchia de orgulho e coragem por estar ali, junto com meu povo, ter o respeito dele como um igual e também das autoridades políticas de Neila e Leonardo, que acreditavam em nossa legítima defesa de uma minoria tão vitimada pelo sofrimento de ser e existir com um amor proibido em nosso corpo e alma. O caminhão seguiu pela Afonso Pena, subiu a Rua da Bahia e entrou pela Avenida Augusto de Lima, virando à direita na Rua Espírito Santo, parando logo atrás da Igreja São José onde descemos, sempre seguidos pela multidão alegre e colorida de *gays*, lésbicas e transgêneros, cercados por pedestres curiosos às margens das ruas a observar com simpatia nosso cortejo. Quase não dormi esta noite pensando no que fizera e participara, a emoção invadiu todo o meu ser. Não poderia mais limitar-me a serviços, a minha luta extrapolava minha individualidade e tomava o sentido do coletivo. O Rainbow seria uma ONG de lutas pelos ideais de liberdade de nossos direitos, o resto seria complemento.

DINHEIRO, UM OBSTÁCULO!

NOSSAS incursões pelos bares, boates e saunas *gays* em busca de apoio tornaram-se uma rotina dali para frente. Novas casas surgiram neste período. O Giz Bar, na Avenida do Contorno, na Floresta, um local elaborado com muito bom gosto pela cantora Gisele Andrade, voltado mais para o público feminino, e o Estação 2000, na Avenida Barbacena, marcaram uma mudança no estilo de atendimento e programação para o público GLS, que crescia em busca de diversão e companhia. Imaginávamos que as casas GLS da cidade seriam apoiadoras de nosso projeto do jornal e ajudariam na idéia do clube. À exceção de poucos, a maioria não apoiou. Tivemos poucos anúncios, mas um dos proprietários do Estação 2000, Marco Lanna, ofereceu-se para ajudar. Marco, além dos bares, era sócio de uma gráfica e se ofereceu para fazer um projeto jornalístico para nós; o seu trabalho na gráfica era o de *designer* gráfico e doaria seu talento artístico para melhorarmos a diagramação do jornal. Ana e Mônica trabalhavam o dia todo e não podiam acompanhar-nos todas as noites. Ré e eu, além dos contatos diurnos, tínhamos a tarefa de buscar anúncios e coletar informações no gueto para a construção do jornal. Muitas vezes, dormíamos muito tarde, pois a maioria dos locais funcionava de quarta a sábado, e nestes dias da semana tínhamos que passar em seis ou sete lugares em uma noite apenas, para ficarmos informados de tudo que acontecia e selecionarmos as notícias que sairiam no jornal; era um trabalho exaustivo e caro. Despesas de locomoção e portarias de bares consumiam boa parte do orçamento. Os anúncios conseguidos para a segunda edição foram insuficientes para cobrir as despesas, que cresceu devido à nossa intenção de melhorar a qualidade do jornal e aumentar o número de páginas, passando de quatro para oito, e ainda havia a despesa com filmes e revelação de fotos. Gastávamos cinco a seis rolos de filmes fotográficos para obter algumas poucas fotos com qualidade para publicação, tudo feito de forma muito amadora, mas com muito amor.

Minha metamorfose, oriunda da fusão do ator e personagem, trazia à tona um novo ser, cheio de amor pelo meu preto e pelo meu povo; aprendi a amar e conviver, às vezes, surpreendia a mim mesmo com a capacidade que crescia em mim de amar. O carinho e a afeição que sentia pelos homossexuais fazia com que superasse qualquer barreira, o sofrimento me amadurecera como ser humano, e passei a mudar muitos de meus valores. Dinheiro, patrimônio e carreira de executivo deixaram de ocupar lugar em meu coração, cedendo à capacidade de tolerância, compreensão, vontade de lutar, garra e amor, muito amor ao meu próximo. Confiava cegamente em todos, esquecendo que sentimentos de inveja, soberba, esperteza fazem parte da raça humana e que meu povo amado, embora marcado pela discriminação, também possuía essas qualidades humanas. Este foi o meu primeiro erro na elaboração do *Projeto Rainbow*.

DESCONSTRUIR MITOS!

VÁRIOS mitos cercam a origem do surgimento do homossexual. O mito sobre algo ou alguma coisa que aparece quando o ser humano sente a necessidade de explicar o que não entende e, em sua busca da lógica da situação estranha ao seu conhecimento, cria "verdades" que justifica o objeto ou a atitude incompreendida. Assim, tivemos as explicações mais absurdas para nossa homossexualidade, muitas das quais minha própria experiência pessoal desconstruiu uma a uma. Diziam que o indivíduo "virava" homossexual por ter tido uma mãe opressora e um pai ausente; minha mãe jamais foi opressora e meu pai sempre foi presente em minha vida. Que a sedução de um adulto sobre uma criança deixa esta criança mal acostumada com o ato do sexo, transformando-a. Nunca fui seduzido por um adulto em minha infância, escapei desta também. Que, se a criança for criada por um homossexual, pode ser modelada para se tornar também homossexual. Meus pais sempre foram heteros, esta possibilidade não existiu. Que a criação desenvolvida pela família influencia a tal ponto que fragiliza o indivíduo, deixando-o inseguro em relação à sua sexualidade. Ora, sendo o sexto filho de uma família de oito, se a criação influenciasse, seríamos todos homos, e somente eu sou homossexual em minha família. Que uma experiência homo pode fazer com que o indivíduo passe a olhar com olhos de desejo outros do mesmo sexo. Se assim fosse, não haveria cegos de nascença com a orientação homossexual. E existem muitos. Ser filho de homossexual o transforma em homossexual; tive dois filhos e ambos são heterossexuais. Que o individuo adquire o hábito de ser, que ele não nasce assim, torna-se assim. Tentei ser heterossexual quarenta e seis anos de minha vida; se isto fosse possível, eu teria conseguido. Estou absolutamente convencido de que nós nascemos para ser o que somos, homo, bi, ou hetero, é uma identidade, e nada nem ninguém pode mudar isto. Não tive influência de ninguém, e desde muito cedo senti atração por meninos, como descobri, aos 7 anos.

O preconceito e a discriminação é que não permitem aos seres humanos perceberem e aceitarem o diferente. Uma sociedade construída pelo formato do patriarcado falocrático e machista é que exclui qualquer manifestação que possa vir a ameaçar este poder estabelecido, criando mitos e normas de conduta que eliminem qualquer atitude ou comportamento que possa interferir em seu cruel princípio de poder. Reforçado pelos interesses escusos e manipuladores da cumplicidade da Igreja, este formato se fortalece e agride as minorias que o ameaça, perpetuando a incompreensão dos que teimam em coabitar em sentido e direito com esta maioria cega e obstinadamente perseguidora de seu poder autoritário. Assim, aconteceu com os negros, os índios, as mulheres, os deficientes, os gordos, os magros e não seria diferente conosco. A diferença é que todas as outras minorias tiveram uma paternidade protetora. Quando um negro é segregado no convívio social pela sua cor e busca apoio em casa, sempre encontra uma palavra de consolo e estímulo em seus pais para seguir em frente com a cabeça erguida e orgulho de sua cor. Quando as mulheres eram massacradas pelo machismo exacerbado da cultura imposta a elas por homens que não lhe permitiam o direito à voz, ao voto, ao prazer, e uma delas, corajosa, gritava contra o sistema e era agredida, encontrava no colo de sua mãe ou avó o incentivo para seguir em frente. O mesmo ocorre com outras minorias, deficientes, gordos, magros: a família sempre foi seu porto seguro de apoio. Os homossexuais não têm este consolo. Quando um pai descobre a homossexualidade do filho, é o primeiro a agredi-lo. Frases como: "Vira homem, veado!", "Prefiro um filho drogado a um filho *gay*!", "Prefiro um filho assassino e bandido a um filho *gay*!"... São corriqueiras em nosso cotidiano, aumentando ainda mais nossa culpa e nos tornando ainda mais marginalizados, por nós próprios. Conheci inúmeros casos de meninas lésbicas que são violentadas pelo próprio pai ou irmão mais velho como justificativa de as tornarem mulheres heteros, pela introdução do falo de forma violenta em suas vidas. Diante desta falta de paternidade, só nos resta o "armário", que se torna o escudo protetor necessário à nossa sobrevivência. Somos excluídos de todos os convívios sociais, a família, a escola, o trabalho e a sociedade que nos cerceia no momento em que buscamos nossa independência. Esta exclusão é tão forte e freqüente que muitos de nós até conseguem ter uma profissão e uma vida digna, mas não exercem seu direito ao afeto, ao convívio familiar ou social. Estamos em todos os lugares, no clero, na milícia, no ensino, nas artes, nas profissões mais diversas, contribuindo com nossa sensibilidade para construir a sociedade que todos usufruem, mas poucos de nós têm o direito a este usufruto. Muitas vezes eu sou questionado por vivermos em guetos *gays*. Ora, toda minoria teve seu gueto para se fortalecer; os negros, na senzala e nos quilombos; as mulheres, nas sacristias das igrejas, únicos lugares que podiam reunir-se sem interferências de seus pais, maridos ou irmãos. Os deficientes se fortaleceram em associações construídas por profissionais e parentes que desejavam sua inclusão. Por absoluta ausência de apoio familiar e contando ainda com a cruel perseguição da Igreja, nós não tivemos outro lugar para unirmos nossas forças e desabafarmos nossa dor causada pelo preconceito. Os bares, em todo o mundo, sempre foram os lugares onde podíamos ser nós mesmos, encontrar nossos parceiros e buscar soluções para nossas lutas. Percebi isto no meu trabalho com o Clube Rainbow nos bares, boates e saunas onde nos reunimos para vivermos um pouco da fraternidade e felicidade humanas.

LEI E ATITUDE!

COLOCAMOS na rua, em agosto, a segunda edição do *Jornal Rainbow*, Ré havia conseguido a colaboração de uma coluna de um psicólogo e também de um advogado, enriquecendo o jornal com informações psicológicas e jurídicas sobre a homossexualidade. Marco fez uma diagramação formatada em tablóide, que lhe deu uma nova imagem visual. O jornal estava menos amador. Passamos a ser notícia freqüente na página GLS do Jornal *O Tempo*, e Sávio Reale, colunista da página, sempre relatava alguma atividade que fazíamos em sua coluna semanal. A visibilidade de nossas ações cotidianas crescia na mídia, e borbulhavam acontecimentos que combatiam o preconceito contra nós. As primeiras vitórias na Justiça começaram a eclodir em todo o País. Cláudio Nascimento, do Grupo Arco-Íris, do Rio de Janeiro, passara às mãos das poucas organizações existentes no país a redação de um projeto de lei que penalizava estabelecimentos públicos e comerciais que discriminassem os cidadãos em face de sua orientação sexual. Em Minas, este documento chegou às mãos de Oswaldo Braga e Marco Trajano do Movimento Gay de Minas (MGM), que o apresentou a um parlamentar na Câmara Municipal de Juiz de Fora, Itamar Santos, do Grupo Guri, apresentou-o ao vereador Leonardo Mattos na Câmara de Belo Horizonte; e Soraia Menezes conseguiu apoio do deputado estadual João Batista de Oliveira para apresentá-lo na Assembléia de Minas. O MGM inseriu no texto original um artigo que dava direito ao afeto em público a cidadãos e cidadãs homossexuais, sem que com isso fossem punidos como violadores do atentado ao pudor. Heterossexuais podiam demonstrar afeto como beijar e abraçar em vias públicas ou estabelecimentos, sem que fossem interpelados pela polícia, e queríamos este direito. Quando dois homossexuais exerciam seu direito de consumo como parceiros em hotéis e motéis, por exemplo, suas despesas e taxas eram cobradas em dobro por serem duas pessoas do mesmo sexo. Os heteros tinham a prerrogativa como casal da taxa única e de promoções para casais. Os *gays*, não. Juiz de Fora foi a primeira cidade de Minas a ter a lei aprovada, graças ao trabalho de Oswaldo e Marco, que já viviam como casal em Juiz de fora há alguns anos. Os jornais apelidaram a lei, aprovada em maio de 2000, de "Lei Cor-de-Rosa", alusão à cor que, para os heteros, identificava nossa comunidade *gay*. Marco e Oswaldo, que se tornaram nossos amigos, contam que, para a lei ser válida, teriam que usá-la. E foram os primeiros a arriscar sua praticidade. Sempre saíam de casa os dois de mãos dadas e caminhavam até a Praça Halfeld em Juiz de Fora, onde cada um iria para seu lado a caminho do trabalho. Ao se despedirem, beijavam-se na boca carinhosamente, como qualquer casal hetero. Isto, durante muito tempo, passou a ser seu ritual cotidiano e se tornaram uma atração na esquina da despedida em Juiz de Fora, onde se aglomeravam curiosos para vê-los se despedirem com um beijo. Foi preciso muita coragem para fazer isto, pois na, Minas conservadora em suas tradições, tal atitude em uma cidade do interior corria um sério risco de agressão e violência. A coragem deles foi marcante para a firmação da Lei no Município de Juiz de Fora.

Nesta ocasião, em Belo Horizonte, o projeto de lei tramitava na Câmara Municipal pelas mãos do corajoso vereador Leonardo Mattos com o apoio de Neila Batista, também vereadora. Leonardo, portador de deficiência, tornara-se cadeirante após um acidente de carro e se elegeu para defender os portadores de deficiência na Câmara. Um dia, saindo de seu gabinete na Câmara em companhia de um funcionário, este visualizou um *gay* a atravessar a rua próxima. O funcionário de Leonardo gritou algumas palavras ofensivas ao *gay*. Leonardo sentiu o peso da discriminação daquele *gay* no mesmo momento, vivenciando ele mesmo a discriminação por ser portador de deficiência e muitas vezes ser rotulado de "aleijado". Indignado, Leonardo demitiu o funcionário e abraçou com mais garra nosso projeto. Lembro-me de que, no primeiro contato que tive com ele na Câmara, ouvi dele uma frase que sintetizava muito bem sua indignação: "Danilo, não sei qual o pior preconceito, se o nosso, portadores de deficiência pelo dó, ou o de vocês gays, pelo ódio". Ambos os preconceitos são igualmente vergonhosos e ele se tornou um importante aliado em nossa luta na Câmara e, posteriormente, como deputado Federal no Congresso Nacional. Em Belo Horizonte, a lei não havia sido aprovada ainda, porém nós, do Rainbow, já sabíamos argumentar contra a discriminação usando o artigo quinto da *Constituição Federal*, que diz que todos são iguais perante a lei. Usamos isto na prática, eu e Ré, em uma noite em que decidimos ir a uma churrascaria.

Esta churrascaria ficava na Avenida Afonso Pena, acima da Avenida Getúlio Vargas. Em sua fachada, um cartaz dizia que promoviam um preço especial para casais. Entramos e fomos atendidos pelo garçom, um senhor de aproximadamente 40 anos. Dissemos a ele que gostaríamos de ter direito à promoção de casal. O rapaz nos olhou de forma curiosa e assustada:

– Senhor, mas a promoção é para casal! – exclamou.

– Sim, mas nós dois somos um casal. Somos *gays* e somos casados, queremos o direito à promoção.

– Sim, mas a promoção é para um casal de homem e mulher! – retrucou o garçom.

– Mas no cartaz que está na porta de sua churrascaria, não menciona que é casal de homem e mulher! – respondeu Ré.

– Um momento! – disse o garçom afastando-se.

Retornou logo depois, acompanhado de outro senhor que se identificou como gerente. A esta altura, observamos que a janela da cozinha que dava para o saguão estava cheia de rostos de funcionários curiosos nos observando.

– Posso ajudá-los? – indagou o acompanhante do garçom.

– Sim, queremos o direito à promoção de casal.

– Mas senhor, a promoção é para casais! – repetiu o gerente.

– Seu garçom já disse isto, e afirmamos que somos um casal – tiramos nossas alianças com nossos nomes gravados e mostramos ao gerente.

– Mas não temos autorização para dar a promoção nestes casos, o senhor há de compreender! – daremos um desconto especial aos senhores.

– Não queremos desconto especial algum! Queremos o desconto para casais! – disse, já em um tom um pouco mais alto, chamando a atenção dos outros clientes.

– Além do mais, se não tivermos o desconto, iremos denunciá-los como divulgadores de propaganda enganosa. E ainda usaremos o artigo quinto da Constituição contra vocês – falou Ré, em tom também mais elevado.

A esta altura, todos interromperam suas refeições para observarem a cena. Chamamos a atenção de todos. O gerente, sem alternativa, acabou cedendo e jantamos com o direito à promoção. Foi minha primeira ação pessoal pública contra o preconceito. Não me importei se estava sendo visto ou identificado e saímos depois, eu e Ré, rindo muito das caras de surpresa dos funcionários da churrascaria. Compreendemos que, enfrentando o preconceito de frente, com honestidade, o preconceituoso se olha no espelho. Na realidade, nenhum ser humano gosta de rótulos, e o de preconceituoso é quase tão forte quanto aos rótulos de veado, negro ou aleijado. Os seres humanos são preconceituosos em sua cumplicidade mesquinha ao identificar o "diferente" no outro, mas quando um rótulo cai sobre ele, percebe o peso do preconceito. Hipocrisia. Ré entrou no carro, colocou sua mão sobre minha perna, deu-me um beijo e fomos para casa. Nós nos amamos muito rindo de tudo, e muito orgulhosos de nossa atitude.

IDENTIDADES

MINHAS incursões ao universo *gay*, conduzidas pelas mãos do Ré, tornaram-se cada vez mais freqüentes, intensas e ricas em emoção. O ano de 2000 foi um aprendizado intensivo que preencheu completamente a lacuna que meus dezoito anos de clausura no armário provocara. Cada dia vivido naquele ano era um passo em minha metamorfose de fusão do ator e personagem em um só. O novo indivíduo que surgia se sentia parte de um povo que, na ausência de paternidade, unia-se na dor para se tornar humano e fazer pilhérias desta dor como forma de defesa; a alegria externada é uma arma contra a angústia, o desespero e a opressão social. Assim como a natureza, nós somos também diversos. Senti-me integrado neste universo, identificava-me com cada ser humano que conhecia, meu coração passava a amar todos eles como se fossem minha família, irmãos e irmãs, unidos pela diferença e pelo sentimento mais corajoso do ser humano: o amor. Compreendi que, dentro de cada minoria, existem outras minorias formadas pela enorme diversidade que o ser humano é capaz de construir para si e seus semelhantes. O universo social *gay* é constituído de estereótipos muito próprios, assim como o universo hetero. A visibilidade de alguns é mais acentuada pelo seu jeito de ser ou pelo seu trajar. Os transgêneros, meus grandes heróis de luta pela sua coragem em mostrar quem são publicamente nas ruas, mesmo que de forma inconsciente provocada pela sua necessidade de sobrevivência, realmente foram os que abriram as portas da luta. Sua conscientização se daria gradativamente a cada engajamento de um deles na consciência de sua parte no contexto global da luta. Em seguida, vinham os afeminados, *gays* masculinos que trazem consigo trejeitos femininos, visíveis ora na postura de sua própria voz, ora nas atitudes e gestos delicados de mãos, pernas e braços, adoráveis e encantadores, embora as segundas maiores vítimas da violência. Estes dois perfis, muitas vezes discriminados por alguns homossexuais pela sua visibilidade, sofrem mais que os outros. Os chamados "armários", muitas vezes, evitam a companhia desses dois tipos pelo receio de serem descobertos como *gays* que são. O grupo dos "armários" é composto por homossexuais que amam os seres de seu próprio sexo, embora o façam clandestinamente, longe de sua relação social cotidiana; escondem isso no trabalho, na escola, na sociedade e principalmente na família. Este grupo tem em sua composição os bofes mais masculinizados, as "barbies" que abusam dos músculos e de produtos químicos para salientar as partes masculinas do corpo, as mariconas, homossexuais mais maduros, e os ursos, em que se enquadram os mais peludos e, em sua maioria, mais gordinhos.

No universo feminino também há uma identificação própria. As lésbicas são assim classificadas; sapatões são todas as mulheres homossexuais agrupadas. As transgêneros são transexuais, vêm com o corpo de um sexo e a alma do sexo oposto, não aceitam sua condição e sofrem muito na busca da mudança de sexo. A caminhoneira traz consigo uma forma de ser mais masculinizada, usando roupas e corte de cabelo masculino; algumas trazem esta característica de forma tão acentuada que usam uma veste apertada sobre o seio para comprimilo e fazê-lo desaparecer, parecendo-se ainda mais com os rapazes. As "ladys", homossexuais mais femininas, são mulheres que usam de sua vaidade para compor seu cotidiano, roupas, saltos, maquiagem e adornos que as tornam mulheres sem dar visibilidade à sua homossexualidade. Todo este conjunto de diversidade compõe o universo de meus iguais, minha gente, meu povo, os seres de que faço parte e que, durante muitos anos, não sabia que existia, sentindo-me tão só. A partir daquele ano metamorfizado, que me tirou completamente de minha mentira, começaria a defendê-los em todos os instantes da minha vida.

ADOÇÃO

Quanto mais me envolvia no universo *gay*, mas carinho e ternura sentia por estes seres incríveis em sua luta por sobrevivência. Em minhas respostas a seus anseios, passei a usar nos *e-mails* que respondia uma finalização sincera e afetiva, que era a forma que encontrei para demonstrar meu carinho, respeito e admiração pela sua coragem de sobreviver: "Um beijo no seu coração!". Queria muito compartilhar com as pessoas que conhecia, com familiares e amigos a emoção de minhas descobertas. Percebia que o gueto era um refúgio para buscar energia para lutar pela sobrevivência, mas o que queríamos mesmo era conviver com nossos amores junto com nossas famílias; assim como os filhos heteros de nossos lares conviviam com seus amores e filhos, para nós a família também é parte de nossa vida, mas ela teimava em nos excluir por completo. Tive acesso a um fato acontecido na Região Metropolitana de Belo Horizonte, que me propiciou uma esperança no futuro dessa possibilidade até então inatingível.

Na cidade de Santa Luzia, Francisco, 21 anos, travesti, cansado de sofrer pelas ruas em busca de sua própria sobrevivência, decidiu mudar de vida. Fez um curso de cabeleireiro e montou seu salão para sustentar-se de forma digna sem os riscos das ruas; montou sua casinha e nesse período conheceu João, 16 anos, que trabalhava como servente de pedreiro. João se apaixonou por Francisco, conseguiu conquistálo, os dois passaram a viver juntos e, juntos, trabalharam para construir seu lar e constituírem uma família. Por sua transparência de vida, a princípio tiveram alguma rejeição no bairro pobre em que foram morar. Mas a integridade e o amor deles foram aos poucos conquistando o respeito dos vizinhos que se tornaram amigos do casal e nada acontecia em suas vidas sem que os vizinhos soubessem.

Onze anos se passaram, quando uma jovem bate à porta do lar de João e Francisco com um bebê no colo pedindo que cuidassem da criança, pois ela, mãe solteira, não poderia criá-la. Assustados a princípio, rejeitaram. Porém, ao olhar aqueles olhinhos inocentes da menininha envolta em um pano, enterneceram-se. O amor que havia entre eles era tão imenso que decidiram compartilhar com aquela linda garotinha. Modificaram sua casinha estruturando um belo quarto para o bebê, cheio de conforto e adereços que habitualmente os pais fazem para o filho amado que chega em suas vidas. Alternavam-se em cuidar da criança que, recebendo tanto carinho e afeição, crescia forte e saudável. A pequena Maria Cristina foi batizada e precisava ser registrada como filha. A mãe natural da menina concordara em oficializar a doação da filha para os dois.

Contrataram, então, uma advogada que se enterneceu pela história e a sinceridade do amor dos dois convenceu a advogada a seguir um caminho de peregrinação em busca da legalização da adoção e do sonho dos dois de serem reconhecidos como pais legítimos de Maria Cristina. O processo chegou à 3ª. Vara de Família de Belo Horizonte. Pelo inédito do caso, os juízes se surpreenderam, mas diante da coragem da advogada, usando argumentos fortes e sensíveis, os juízes se dobraram e determinaram que uma assistente social e uma psicóloga passassem a acompanhar o cotidiano do casal em observação sobre seu comportamento, procurando preservar a felicidade de Maria Cristina. A criança, amada pelos dois, tinha atenção redobrada, sempre bem vestida e bem alimentada, crescia forte, saudável e feliz. O grande amor dos dois nutria a criança de conforto e afeição. Uma criança absolutamente completa no sentido em que todas as crianças devem ser. Brincava e ria, tratando Francisco como mãe, e João como pai. Os vizinhos apoiavam e torciam pela luta deles; afinal aquele casal, apesar da pobreza, representava o sonho de felicidade de todos os demais casais da vizinhança. Dois anos de idas e vindas a depoimentos em juízo, tendo suas vidas observadas de perto pelas profissionais designadas pelos juízes, esses profissionais se convenceram da naturalidade daquele amor e recomendaram a guarda de Maria Cristina para Francisco e João. O amor daquela família estava vencendo o preconceito. O Ministério Público entendeu finalmente que Maria Cristina, uma linda e feliz menininha, então com 2 anos de idade, após uma séria avaliação sobre seus pais, não estava em nenhuma situação de risco, concedendo a guarda. Uma festa foi feita pelos vizinhos de João e Francisco para comemorar a grande vitória. Enfim, aquela linda família estaria completa com a permanência definitiva da pequena Maria Cristina em seu verdadeiro lar. O caso ganhou publicidade nos jornais de Minas e do Brasil, naturalmente os verdadeiros nomes das famílias foram preservados para proteção da pequenina. Em entrevista ao Jornal *Estado de Minas*, um dos juízes da 3ª. Vara de Família, Dr. Reinaldo Portanova, declarou: "A miséria imposta a muitas crianças é que deve ser encarada como perniciosa, não a orientação sexual!". Foi, talvez, a primeira grande vitória na luta contra o preconceito em nosso país.

OFENSA A UM POVO!

Leonardo e Neila prosseguiam no trâmite de nosso projeto na Câmara Municipal. Volta e meia, eu era chamado para dialogar com outros vereadores e argumentar sobre a importância de aprovarmos aquele projeto. Aprendera que isto se chamava "articular". Aprendera também que ser taxado de preconceituoso era pavoroso para o ser humano, principalmente se ele fosse uma pessoa pública, como é o caso de parlamentares. Por ser um senhor quarentão e me trajar de forma muito convencional, sem apresentar qualquer dos estereótipos do universo *gay* apresentado pela mídia preconceituosa da época, conseguia fazer com que os vereadores me ouvissem e, em meu diálogo, insinuava que seria desagradável para sua imagem pública se eles tomassem uma atitude preconceituosa vetando o projeto. Essa insinuação provocava um efeito de reflexão nas mentes dos parlamentares de forma surpreendente. Os anos de profissão em vendas contribuíram muito na forma de como articular. Aprendera a vender um produto, e uma idéia é muitas vezes mais forte que qualquer produto. E se esta idéia faz parte de seu sonho, os argumentos ficam ainda mais convincentes. E eu precisava ardentemente convencê-los. Sabia das estatísticas estudadas pelo Grupo Gay da Bahia (GGB), de que a cada dois dias um homossexual é assassinado no Brasil de forma muito violenta por pura homofobia. Um dado divulgado pelo Ministério da Justiça assustava ainda mais: um em cada três adolescentes que se matam no Brasil, fazem isso por puro preconceito de suas famílias em relação à sua homossexualidade. Cada vez que me lembrava destes dados, meu coração sangrava de dor, e ainda sangra até hoje. Eu escapara de uma das estatísticas por algum motivo, e esta sensação me compelia a ser mais veemente em minhas argumentações. Compreendia que não poderia culpar os parlamentares pelos anos e anos de olhos fechados a esta fatalidade, mas diplomaticamente deveria fazê-los refletir e demonstrar-lhes que a isenção os tornariam cúmplices deste extermínio, só comparável aos períodos de guerra. Enfim, procurava falar da única forma que aprendera: com o coração.

Entramos em um tempo de campanhas eleitorais municipais. Dr. Célio de Castro, então prefeito, candidatou-se à reeleição e ficou em segundo turno com seu principal oponente, o ex-goleiro do Clube Atlético Mineiro, João Leite. Ardiloso, João Leite, ciente da polêmica na Câmara sobre o projeto de Leonardo Mattos, em um debate na *Rede Bandeirantes*, maliciosamente pergunta ao médico e candidato Célio de Castro o que ele pensava sobre os munícipes homossexuais. Em sua condição de profissional de saúde e prefeito da então terceira maior cidade do país, o médico Célio de Castro declara que aquilo se tratava de "um desvio de conduta", definição já obsoleta e ultrapassada no meio científico, além de altamente preconceituosa. Tal definição caiu como uma bomba na comunidade *gay*. Nossos apoiadores na Câmara ficaram indignados, e Leonardo Mattos colocou seu gabinete como nosso quartel-general na articulação contra a declaração. Entrou em cena uma colaboradora inestimável, simpatizante de nossa causa e assessora de imprensa do mandato do vereador Leonardo Mattos, a jornalista Vânia Cury. Juntos com Vânia, escrevemos uma declaração à imprensa repudiando a atitude do candidato Célio de Castro, na qual esclarecíamos a superação da comunidade científica em relação à exclusão da homossexualidade do rol de patologias mundiais. E nesta carta, lamentávamos que o maior mandatário do município, sendo um profissional de saúde, ignorasse absolutamente esta exclusão, demonstrando claramente que não estava preparado para ser o representante de uma cidade onde a diversidade de sua população era composta em 10% de cidadãos homossexuais. O documento repercutiu em toda a imprensa e o candidato fora obrigado a tomar uma atitude. Em resposta, convocou-nos para uma reunião em seu comitê com a presença de toda a imprensa mineira.

O comitê estava instalado em uma grande casa na Avenida Afonso Pena, esquina com Rua Aimorés, exatamente à esquerda do monumento de Tiradentes em praça do mesmo nome, no Bairro Funcionários. Seguimos, Eu, Porcina, Soraia e Itamar para o local. O salão principal da casa estava repleto de jornalistas e fotógrafos. Nós, trajados apropriadamente para a formalidade do encontro. Porcina chamava a maior atenção por sua figura exuberante e exótica: um travesti de

1,85 metros, olhos muito verdes e um corpo exageradamente feminino, belamente acentuado pelos fartos seios e nádegas siliconizadas. Soraia, em um traje convencional com alguns detalhes que mostrava sua condição de lésbica, condição esta que sempre teve muito orgulho, e eu e Itamar com roupas sociais e paletós. Chegamos ao local já com toda a imprensa presente a nos argüirem sobre o fato. *Flashes* já pipocavam diante de nossos olhos, e minha adrenalina já se alterava, diante de tanta gente. Fomos conduzidos ao salão onde o prefeito candidato nos receberia. Todos foram unânimes em me escolher como porta-voz. Surpreendido pela escolha, minha adrenalina chegava ao limite da sustentação de meu equilíbrio. Dr. Célio, um senhor com aparência de já haver entrado na casa dos 60, bem trajado de terno e gravata, entrou na sala e nos cumprimentou e a todos os presentes. Era minha deixa:

– Dr. Célio – comecei –, meu nome é Danilo Oliveira e sou militante *gay*, assim como meus companheiros aqui presentes, Soraia, Porcina e Itamar. Representamos 10% da população de nossa Belo Horizonte, seus eleitores. Surpreendeu-nos sua declaração no debate televisivo em que o senhor nos trata como portadores de "desvio de conduta". Esta definição, Doutor, nos remete ao passado recente em que éramos tidos como portadores de patologia mental. Tal definição está mundialmente abolida da comunidade científica de todo o planeta, como atestam as normas profissionais de psicologia, medicina e psiquiatria do mundo e do Brasil, em suas resoluções internas de acompanhamento e trato de pacientes de suas respectivas áreas profissionais, entre as quais o senhor é um de seus componentes como médico.

O candidato abaixou sua cabeça de forma muito humilde para me ouvir. Continuei:

– Integrantes dos 10% de uma população, conforme dados demonstrados desde 1948, em um trabalho científico publicado por um seu colega, o cientista Dr. Alfred Kinsey, que acredito seja de seu conhecimento, tenho a esclarecer-lhe que, mesmo omissos sobre a nossa orientação sexual devido ao intenso processo de discriminação pelo qual passamos, em nossa grande maioria representamos uma grande fatia de eleitores. Somos 10% dos eleitores do país, acrescidos ainda de nossa grande chance de influenciar nossos familiares a eleger nosso candidato. Considerando que a média da família brasileira é de quatro pessoas, nós, homossexuais, podemos representar, assim, um percentual médio de 20% de votos viáveis, número relevante em um processo eleitoral que pode definir o destino político de um candidato. Assim sendo, sua declaração, além de política e profissionalmente incorreta, pode pôr em risco um potencial de pelo menos 20% de seus votos. Viemos aqui, em nome de nosso povo, cobrar uma atitude de nos fazermos respeitados como cidadãos que pagam seus impostos e têm direitos violados no seu cotidiano pela grande maioria heterossexual. Sua declaração na TV reforça esta discriminação e incentiva a violência de que tanto somos vitimados em nossas vidas.

O silêncio que se ouviu por alguns segundos foi altamente incômodo. Dr. Célio levantou a cabeça e começou:

– Reconheço publicamente o meu erro, como médico em primeiro lugar e como candidato. De público, venho pedir desculpas a vocês pelo meu deslize e falta. Humildemente reforço meu pedido de desculpas. E declaro diante de toda a imprensa presente que, sendo eleito, passarei a considerar os anseios sociais da comunidade homossexual de outra forma, comprometendo-me diante de todos que tudo farei para minimizar esta violência imposta a vocês, se eleito for, por todo o meu mandato.

Flashes voltaram a pipocar diante de todos nós. Despedimo-nos e, ainda na rua fizemos uma avaliação do encontro e concordamos que havia sido uma vitória. Pela primeira vez, um político mineiro respeitado, prefeito eleito legitimamente pelo voto popular, reconhecera nossa existência como comunidade cidadã. Belo Horizonte começava a romper com sua tradição de cidade conservadora. Saímos do noticiário policial e fomos para a primeira página, de forma honrosa e respeitosa. Era o prelúdio de um novo começo.

A MORTE DE UM IGUAL!

A VIOLÊNCIA humana veste muitas túnicas, as horrendas e as belas. A homossexualidade é travestida de muitas cores e desejos. Neste ano, conheci também algumas formas de violência trajadas pelo desejo escondido e pela quase sempre omissão policial. Percebi que as estatísticas levantadas por Luiz Mott no GGB se baseavam em dados pesquisados na divulgação feita pela imprensa nacional na qual havia sempre um "enrustido internalizado" como algoz de suas vítimas silenciosas sucumbidas pelo seu desejo proibido. A cumplicidade de seus familiares com o agressor, evitando auxiliar a polícia no esclarecimento do crime por receio de exposição de seu parente como homossexual, produz no País uma série de criminosos acobertados pelas famílias da vítima que, assim agindo, impedem a elucidação do crime e a punição do culpado. Pude assistir a dezenas de casos assim. A polícia, pela inércia provocada por falta de recursos técnicos e preconceito, comodidade conveniente por se perceber na vítima traços de homossexualidade, conclui internamente: "É apenas mais um veado morto! Não tem importância". Concluem os crimes como latrocínio e pronto. Arquivam o caso. Parentes envergonhados, em uma cumplicidade silenciosa contribuem para que as vítimas não entrem nas estatísticas levantadas pelo GGB, e os criminosos muitas vezes permanecem em liberdade.

O pavor da visibilidade da orientação sexual nos *gays* de meia-idade, somada à queda da auto-estima, torna-os mais vulneráveis a alguns tipos de violência e até a morte. Para os assassinos de Antônio Vítor Fernandes, porém, foi diferente.

Conheci Antônio em uma noite fresca e agradável nos bate-papos noturnos que tínhamos no Hi-Fi. Era uma pessoa de meia-idade, gentil e inteligente. Possuía uma sobrinha que o amava, e muito, Silvana é seu nome. Ela e os amigos de Antônio começaram a sentir a ausência dele. Começou a procurá-lo, chegando até à polícia, não desistindo enquanto não localizassem o tio. Em visita à casa de Antônio, constatou-se que não havia desordem, ou algo que denunciasse o terror pelo qual Silvana passaria nos próximos dias. Apenas deram falta de alguns pertences. A polícia, lenta e desinteressada, tentava demover Silvana de sua persistência, alegando que esperasse mais tempo, que provavelmente seu tio poderia ter viajado, já que não havia sinais de violência ou arrombamento na casa. Silvana passou a pressionar cada dia mais a polícia, que, talvez para se livrar de sua insistência, resolveu agir de forma mais profissional. Em suas buscas pessoais, Silvana e o marido dela depararam com uma pista que levou a polícia ao carro de Antônio, encontrado em uma região erma do Bairro Palmares. O corpo de Antônio estava dentro do porta-malas, amarrado e asfixiado, sem o mínimo sinal de resistência. Silvana pressionou ainda mais a polícia, que prosseguiu nas investigações. Pelas contas telefônicas de Antônio, chegaram ao possível assassino, Welington Pereira da Silva, um homossexual enrustido que se aproximava de outros *gays* com intuito de fazer programa e chantagear suas vítimas. Ele ganhava a confiança de seus "clientes" que, impossibilitados de terem um afeto natural e livre, pagavam pelo amor que Welington lhes proporcionava. Antônio, dificultando as chantagens de Welington tornou-se um alvo fácil de sua covardia. O bandido convidou alguns comparsas para irem até a casa de Antônio, que os recebeu como amigos de seu algoz. Os comparsas, em cumplicidade com Welington, pressionaram-no sem que Antônio oferecesse resistência. Diante da passividade de Antônio, tornaram-se mais cruéis e resolveram eliminar sua testemunha. Amarraram-no e o asfixiaram, colocando o corpo no carro, deixando-o no local encontrado pela polícia. Alguns profissionais do sexo enganam a si próprios e aos outros com quem convivem, sob a justificativa de que é apenas um negócio, que a qualquer momento poderão exercer uma vida heterossexual plena e convencional, casando-se e tendo filhos. Welington possuía esse perfil. E Antônio teve a infelicidade de cruzar seu caminho. Silvana e o marido, enfim, puderam enterrar seu parente de forma digna. Antônio Vítor Fernandes deixou junto a seus pertences uma pequena carta:

> "Quando eu partir em definitivo, não esqueça, devo ir tranqüilo. Apague tudo por que aqui passei. Evite fazer referências desnecessárias. Se algumas realizações ficarem, a intenção foi apenas ajudar, jamais querer me tornar perpétuo. Passei horas breves com vocês. Deixe-me partir, sem rancor, sem ódio. Esqueçam as razões e motivos por que fui. Daqui para frente não pertenço mais a este planeta. Até breve. Em algum lugar, estarei sorrindo e feliz!"

Digo a você, meu querido Antônio, não me furtei a contar sua história, embora fosse seu desejo, mas sei que, daí de onde está, sabe minhas reais intenções. Espero que um dia nosso amor seja tão amplamente respeitado que seres humanos sensíveis como você não tenham que partir pela execrável realidade da incompreensão preconceituosa da sociedade.

E A PESTE SE FOI!

A EPIDEMIA da AIDS tornou-se gigantesca no Brasil no final dos anos 80. Os homossexuais, antes discriminados pela prática do amor proibido, passaram a somar mais este preconceito odioso provocado por uma histeria científica incapaz de lidar com seus próprios desconhecimentos. Mais um triste título a nós foi atribuído, o do "Grupo de Risco". Generalizando a comunidade homossexual, o Ministério da Saúde libera uma portaria, nos anos 90, proibindo homossexuais de serem doadores de sangue. As poucas organizações criadas de forma corajosa por alguns *gays* para lutar pelos nossos direitos mudaram radicalmente seu foco de atuação e passaram a trabalhar na educação da comunidade para o combate à propagação da epidemia. O hábito de fazer sexo sem preservativos marcou o comportamento dos homens de minha geração. Usar camisinha era algo profundamente incômodo e sem prazer. Mas este conceito deveria mudar em nosso universo. E apoiado em campanhas do Ministério da Saúde, procurava combater ações como as de uma organização fascista intitulada Frente Anti-Caos (FAC), que espalhou panfletos pelas principais capitais do País com frases surrealistas como esta: "Homossexual hoje, Aidético amanhã!". Em seu texto, ainda nos rotula de promíscuos e irresponsáveis, recomendando que devíamos evitar qualquer contato, pois a AIDS se multiplicava entre nós até sem termos contato sexual.

Mais uma vez, o movimento que se construía no Brasil pela cidadania *gay* fora obrigado a realinhar sua luta, deixando os direitos humanos à margem e partindo para o ensino na comunidade da prática de sexo seguro. Embora esta decisão viesse a contribuir para avanços ao combate à AIDS, atrasou em pelo menos uma década as conquistas legais de direitos para os *gays*. Porém, foi extremamente importante esta decisão, o árduo trabalho de militantes *gays* no ensino a seus pares. A prática de sexo seguro com uso do preservativo fez com que pudéssemos comemorar no dia 1º de Dezembro de 2000, instituído mundialmente como Dia Mundial de Luta contra a AIDS, nossa saída do famigerado principal grupo de risco, passando a ocupar esta posição as mulheres casadas monogâmicas. Os *gays* estavam ensinando a sociedade brasileira a se proteger contra a AIDS, mas outra verdade incontestável reafirmava a hipocrisia de nossa sociedade machista heterossexista: as mulheres fiéis a seus maridos estavam sendo contaminadas pelos seus esposos que tanto impunham o preconceito contra nós. Ironicamente, essa realidade começava a se mostrar. Hoje, alguns anos depois, o famigerado título de grupo de risco foi substituído pelo de "comportamento de risco". Mais uma vez, a natureza seguia seu curso, buscando justiça ainda invisível aos olhos de muitos. O trabalho corajoso de prevenção, imposto nas ruas pelos *gays*, deu ao Brasil o título de melhor país no mundo no combate à epidemia. Nós, do Clube Rainbow, também inserimos em nossas metas o combate ao avanço da epidemia e, em convênio com a Prefeitura de Belo Horizonte, passamos a distribuir preservativos no gueto. Milhares de vítimas da epidemia, já no início do século XXI, teriam uma esperança de não mais se morrer de AIDS; o avanço de medicamentos já prolongara a expectativa de vida de muitos. Isto gerou outro mito temeroso, o de que já se não morria de AIDS; nossa juventude passou a relaxar em seus contatos sexuais, imaginando que o coquetel de medicamentos seria o fio salvador do prazer sem prevenção. E na realidade não o é. A AIDS, infelizmente, ainda não tem cura e pode matar sim.

ACEITAÇÃO E REJEIÇÃO!

Todo meu envolvimento com as ações do Clube Rainbow, idas e vindas na Câmara Municipal para acompanhar o andamento do Projeto de Lei do Leonardo Mattos, reuniões no programa municipal de AIDS, visitas noturnas no gueto para elaboração das edições do jornal, ocupavam o meu dia inteiramente. Já não tinha mais nem fim de semana livre para mim e meu amado Preto. Aquele primeiro momento tão cheio de ações e atividades não me permitia uma proximidade muito grande também com minha família. Minha mãe, irmãos, cunhadas, cunhado e sobrinhos, todos tomaram conhecimento de tudo sobre mim. Todos sabiam que vivia com Reginaldo, e Geraldo e Karla eram os únicos que tinham uma proximidade conosco. Conhecia cada um dos meus parentes e preferi dar um tempo para eles compreenderem bem toda a situação, assim como dei para meus filhos. Daniel, às vezes, falava comigo ao telefone, nunca se negou a isto. Tatiana, porém, ficou em silêncio durante seis meses. Respeitei tudo, com uma saudade enorme no coração, porque sentia em meu íntimo que era necessária esta distância para que eles todos amadurecessem a novidade escandalosa. Acreditava que acabariam aceitando, como de fato aconteceu muito mais tarde. Reginaldo cobrava muito de mim sua aproximação com a minha família. A família dele já me conhecia e sempre tínhamos contato com todos, que nos aceitavam e nos tratavam com muito carinho. O hábito de visitar minha mãe aos domingos eu mantivera. Lá, sempre encontrava com um dos meus queridos irmãos, e sempre com Karla. Era hábito familiar, nós nos reunirmos aos domingos para o almoço. E eu comparecia quase todos os domingos. Era o elo único que mantinha com eles. Meus amados parentes nunca me acusaram ou me cobraram nada, o amor que nossa família tem pelos seus, construção feita ao longo dos anos pelos nossos amados pais, mostrava-se na atitude deles para comigo. O respeito que sempre tivera deles continuava. Não houve uma condenação frontal à minha atitude de assumir a minha condição, muito menos um desrespeito. Sabia que tinha uma linda família, mas neste momento descobri que ela era mais que isso, era humana, paciente, tolerante e maravilhosa. O amor deles por mim era tão grande que em nenhum momento houve um gesto ou palavra que viesse a magoar-me pela minha nova personalidade que se formava. Sei que, por minhas aparições públicas, alguns deles tiveram que enfrentar o preconceito alheio pela visibilidade do irmão, tio, cunhado e pai *gay*, porém foram corajosos e olharam de frente as pessoas. Um outro mito circula entre a sociedade de que a pessoa quando "vira" *gay* se transforma. Passa a ser feminino, usar adereços femininos e sair travestido de mulher. Este mito ajudei a desconstruir na cabeça de dezenas de pessoas em Minas. Não deixei de ser o homem que era antes; sempre fora atencioso e educado com as pessoas e continuei sendo o mesmo com todos. Talvez, isto tenha ajudado minha família a ser forte para enfrentar a realidade de seu parente publicamente *gay*. Para minha querida mãe, então com 73 anos, era um pouco mais complicado. Sentia que sofria com tudo que estava acontecendo. Mas, no fundo, também sentia que ela sabia o que eu estava fazendo, enfrentando o preconceito.

Ela mesma tivera que enfrentar alguns. O primeiro, quando se apaixonou por meu pai, no início da década de 50. Filha de uma tradicional família do norte de Minas, de uma pequena cidade chamada Salinas, onde todos se conheciam, policiavam-se e preocupavam-se em casar as jovens com rapazes solteiros e de famílias conhecidas, e onde havia um preconceito enorme relacionado a pessoas viúvas. A crença era que, se viúvo ficasse, viúvo morreria. Chega, então, meu pai, filho de outra cidade, viúvo, pai de dois filhos e, pior, dezessete anos mais velho que minha mãe. Apesar de sua bela aparência e cobiçado pelas moças solteiras da cidade, meu pai tinha predicados inadmissíveis pelas famílias tradicionais da época, viúvo e quarentão. José Custódio e Maria Ramos se apaixonaram e enfrentaram todos os olhares acusadores de Salinas. Eram a atenção da cidade. Decidiram se casar. Para que isto acontecesse, foi preciso minha mãe sair de casa de seus pais e morar com um irmão mais velho, já casado, que a acolheu carinhosamente. Seu casamento, diferente do de outros filhos de meus avós maternos, fora realizado de maneira bem simples, sem um apoio sequer para os dois, sem mesmo o dote financeiro que tradicionalmente era dado aos jovens casais para que pudessem iniciar sua vida. Ela havia sido excluída do convívio paternal, e meus pais, durante muito tempo, passaram muitas dificuldades, mas a coragem de minha mãe rompeu preconceitos nunca antes enfrentados por nenhuma outra jovem em Salinas.

Quando se mudaram para Belo Horizonte, sua segunda filha nascera portadora de deficiência mental. Minha doce irmã Hebe também sofria de epilepsia. Mais uma vez, meus pais tiveram que enfrentar o preconceito de parentes e vizinhos que teimavam em afastar Hebe de nosso convívio. Sugestões para interná-la em um manicômio vinham de todos. Mas Hebe sempre foi muito amada por todos nós. Era uma pessoa dócil e meiga, e vencendo todos os preconceitos, meus pais jamais tomaram uma atitude que a magoasse. Faleceu de problemas cardíacos em nossa casa, numa noite em que Deus busca seus anjos, dormindo calmamente.

Sentia que minha mãe seria forte para enfrentar mais este preconceito, o de ter um filho *gay*. Nunca me preocupei com ela neste sentido, por isso talvez tenha tido força para enfrentar a minha nova vida com a cabeça erguida. Um sentimento sempre se manteve em meu coração, o de que minha mãe sempre soubera de mim. Ela tinha um cuidado especial por mim, embora nos amasse a todos com a mesma paixão que amara meu pai, lutando sempre para estarmos unidos. Mas algo me dizia que, no fundo de sua alma, ela sabia que eu era diferente. Existe uma premissa no gueto que diz: "Toda mãe sempre é a primeira a saber, mas é a última a aceitar". Acredito nesta teoria, com minha mãe Maria foi assim.

Sempre aos domingos, passávamos pela Feira de Artesanato na Avenida Afonso Pena, concentrando-nos na barraca da Magda, no final da feira, próximo da Avenida Carandaí, onde a comunidade se encontra. Lá, com amigos Ré ficava, enquanto eu visitava minha mãe, que já se mudara para um apartamento, na Rua da Bahia. Retornava depois, encontrava-me com Ré e continuávamos nosso domingo de peregrinação pelo gueto. Ré sempre me cobrava uma interação dele com minha família. Natural a sua cobrança, uma vez que eu era muito bem recebido e tratado em sua família. Num domingo, decidi levá-lo. Programamos a ida juntamente com Mônica e Ana. Maria Ramos jamais deixou de tratar bem qualquer visita que fosse em sua casa. Portadora de uma mente muito lúcida e sagaz, suas conversas eram sempre apreciadas pelos amigos e vizinhos por sua sinceridade e presença de espírito. Por maior que fosse a dificuldade que estivesse passando, sempre recebia as visitas com um sorriso e um afeto que só as verdadeiras Marias sabem praticar. Conhecendo-a bem, confiava que não destrataria o Ré. Criamos coragem e adentramos à casa de minha mãe. Quando lhe apresentei o Ré, percebi que seu semblante mudou, porém nos tratou com muito respeito. Percebi, no entanto, que ficara um pouco desconcertada. Diante de sua reação, tratei de apressar a visita. Partimos. Karla, minha irmã, que já estava quando chegamos, ficou para ir mais tarde para sua casa. No dia seguinte, Karla me telefonou com um delicado recado de minha mãe: "Que eu seria sempre bem-vindo à casa dela, mas que não levasse mais aquele moço comigo". Entendi o recado e o respeitei, embora sofresse, pois meu amor pelo meu Preto era muito grande. Decidi, então, dar mais um tempo, sabia que chegaria a hora em que poderíamos freqüentar livremente a casa dela. Todos de minha família tratavam o Ré muito bem, porém sentia que havia algo que os incomodava, não ousava perguntar o que era, sabia que não era pela cor de meu amado, ou pela sua pouca idade. Nossa união familiar desenvolvera em nós um certo sexto sentido quando algo estava para acontecer com alguém. Era isto que eles pressentiam; entretanto, eu ainda não.

GRATIDÃO!

TÍNHAMOS uma rotina de visitas às casas GLS de Belo Horizonte, por força de nosso trabalho no Rainbow, mas quando saíamos para nos divertir, quase sempre íamos ou ao Gis, que ficava perto de nossa casa na Floresta, ou ao Estação 2000, pela amizade que tínhamos com os meninos, como chamávamos Marco, Marquinho e Carlúcio, os proprietários do local. Usando de meus recursos financeiros pessoais, em novembro alugamos uma loja no Mix Shopping situado na Avenida Augusto de Lima com Rua São Paulo, onde passamos a receber as demandas da comunidade. Nossa casa era o nosso lar e não divulgávamos o endereço. A comunidade sempre nos cobrava conhecer o Clube. Embora já contássemos com muitas pessoas inscritas como associadas, apenas pouco mais de meia dúzia pagava a mensalidade, que era mínima, em torno de quinze reais apenas, que mal dava para pagar as despesas de condomínio. O *Jornal Rainbow*, já em sua sexta edição, consolidara-se dentro do gueto como veículo de informação sobre tudo, e especialmente sobre prevenção às DST-AIDS. Informávamos sobre eventos *gays*, fazíamos denúncias de violação de direitos humanos e não faltavam as deliciosas fofocas que todos adoravam. A locação da loja como sede gerou uma peregrinação monumental ao local, e ali comecei a ouvir pessoas, relatos que contavam o quanto o câncer social do preconceito vitimava os seres humanos.

Minha saída do "armário", como disse, foi um tapa de luva na conservadora sociedade mineira. Visibilidade pessoal, mídia quase diária, ações públicas e a seriedade com que trato a questão homossexual junto da sociedade, esclarecendo de forma clara e honesta nossa origem e nosso comportamento, ecoavam nos corações humanos de maneira surpreendente, sem que me desse conta do quanto, até o *Réveillon*. Cada passo meu era notícia, saí do anonimato absoluto para a exposição total, acontecia naturalmente, e não me furtava a dizer o que sentia e pensava em todos os lugares públicos e também no gueto. O Ano-Novo estava por vir. Decidimos pelo *Réveillon* do Estação 2000. Minha visibilidade no gueto já me transformara em uma figura muito conhecida. E muitos sabiam de minhas atividades e meu relacionamento pessoal com Ré. Impossível conhecer todas as pessoas quando você se torna público. Todos o conhecem, mas você não tem a intimidade que seus interlocutores imaginam. Ficamos na mesa do Marco Lana, que já se tornara meu grande e talvez o melhor amigo que fiz no meio, quase um irmão. Sua atenção e carinho para conosco era especial, conversávamos muito sobre o Clube e suas atividades. Marco, também simpático à militância, chegava às portas de se integrar, evitava, porém, devido ao excesso de atividade profissional. Fiquei conhecendo sua irmã Regina Lana, que se tornaria mais tarde escritora, nossa amizade se ampliava. Regina também é homossexual. A curiosidade sobre a vida deles nos aproximou mais ainda. Eram os primeiros irmãos homossexuais que conheci.

Chegou o momento da virada do ano, o Estação estava todo decorado de branco, com balões e mesas cobertas por toalhas brancas com arranjos de flores brancas sobre as mesas. Estava lindo. A contagem regressiva feita por Katiely Polaminsk, a *drag hostess* oficial da casa, ecoava pelo salão. Ao final do zero, gritos de feliz Ano-Novo se espalharam por todos os cantos ao som da tradicional canção de "Adeus, Ano Velho". Um grande beijo selou nossos lábios, meus e do Ré, com desejos sinceros de um grande ano; em seguida o cumprimento aos amigos sonhando para todos os mesmos desejos. Então, aconteceu uma surpresa incrível comigo. Dezenas de pessoas totalmente desconhecidas chegaram-se a mim nos cumprimentos e, abraçando-me, sussurravam ao meu ouvido: "Obrigado, muito obrigado pelo que você está fazendo por nós. Deus o abençoe!". Ao ouvir a primeira vez, fiquei surpreso, mas quando ouvi a repetição pela sexta ou sétima vez, a frase ecoava em meu coração como um vendaval de emoção, meu rosto se banhou em lágrimas. Estava conseguindo! Deus estava me presenteando com a graça de cumprir minha promessa a Ele: tentar salvar pelo menos uma pessoa de passar pelo inferno que passei. Quando os cumprimentos cessaram, Ré percebeu meu rosto molhado e perguntou o que havia, contei a ele. Abraçou-me afetuosamente e disse: "Você vai conseguir!". Voltei para casa mais feliz aquela noite.

PRIMEIRA LEI

O ANO de 2001 amanhecia cheio de esperança, e muito havia para se fazer. Nos primeiros dias de janeiro, procurei Leonardo Mattos na Câmara Municipal. A votação em plenária do nosso projeto de lei estava prevista para acontecer até a segunda quinzena de janeiro. No dia marcado, Vânia Cury entrou em ação mais uma vez, ajudando-nos a contatar a imprensa. Comparecemos eu e Itamar, a plenária estava cheia de jornalistas, todos já avisados para contrapor à possibilidade de veto como um ato de preconceito. Alguns vereadores mais indecisos, comprometidos com segmentos religiosos mantiveram-se tímidos em se pronunciarem contrários à aprovação. A votação, presidida pelo vereador Sérgio Ferrara, presidente da Câmara, teve início. Nossos corações pararam. Seguindo a burocracia do ritual da Câmara ficamos ali estáticos, aguardando. Vitória. A lei foi aprovada por unanimidade. Enfim, o preconceito em Belo Horizonte seria coibido, dependendo apenas da sansão do prefeito Célio de Castro, que havia sido reeleito. Sabíamos que teríamos uma lei em Belo Horizonte, havia o compromisso público do prefeito em nos apoiar. Mas o preconceito tem caminhos tortuosos e sinistros e não seria tão fácil assim.

Corri até o Marco para compormos a edição de janeiro do *Jornal Rainbow*, em seu editorial impresso na capa do jornal ao lado da íntegra do projeto aprovado da câmara, escrevi:

> "VITÓRIA! O grito preso em nossas gargantas que agora pode ganhar espaço e se espalhar em milhares de corações oprimidos pelos anos de discriminação e preconceito!
>
> A lei aprovada na Câmara Municipal de Belo Horizonte que publicamos nesta edição é, sem dúvida, a vitória de um povo que sempre foi perseguido pelas forças do poder em suas mais diversas formas, sendo a pior delas a hipocrisia. O amor não escolhe forma, cor ou sexo, ele apenas acontece em seres humanos, simplesmente. Às vezes, é rejeitado pelo indivíduo ou pela sociedade, mas vem com força e coragem dentro dos corações humanos. É isto que temos que compreender; é algo além de nossas forças e superior a nossos conceitos do certo e do errado. Quando lutamos contra ele, criamos dor, constrangimento, tristeza e infelicidade. A sociedade tem que compreender e aceitar todas as formas de amor. É lamentável que uma sociedade necessite de uma lei para compreender o amor em sua forma diferente, sem hipocrisia, dissidente dos convencionais. Mas aí está ela, apresentada por um homem que luta há muito contra todas as formas de preconceito. Ele, que sendo portador de uma deficiência física, ousou lutar pelos portadores de uma orientação sexual diferente do tido como "normal". Leonardo Mattos, nosso mais profundo

respeito, nossa gratidão, e nossa reverência à sua dignidade e coragem, que fique registrado para sempre seu nome em nossas mentes, corações e nossa história como baluarte da luta contra o preconceito".

Concluí o editorial pedindo à comunidade que usasse a lei com discernimento, sabedoria e responsabilidade.

O PRECONCEITO FERE!

Nosso trabalho crescia, e entre a última quinzena de dezembro e a primeira de janeiro, conseguimos distribuir aproximadamente 3 mil preservativos. Estávamos tendo a oportunidade de salvar vidas em diversas frentes, no social e na prevenção. Havia muito para nos orgulharmos. Contudo havia um inimigo invisível ao qual não tínhamos como vencer naquele momento: o pavor da visibilidade e perseguição à nossa comunidade. A violência era uma constante. A polícia, despreparada, muitas vezes contribuía ainda para violar nossos direitos de ir e vir, e principalmente o direito constitucional da integridade física e moral. Cidadãos *gays* descobertos em blitze policiais eram tratados pior que marginais, espancados e forçados a mentir nos exames de corpo de delito, quando se indignavam e resolviam denunciá-los. A intimidação social contava com a cumplicidade da polícia, e o movimento denunciava isto sempre; todavia, o pavor da perseguição policial por parte das vítimas não nos permitia levar adiante a punição dos culpados. Os homofóbicos violentos contavam com a impunidade e o apoio da milícia para cometer atrocidades horrendas contra os *gays*. A impunidade incentivava tais atos nos humilhando sempre, quando buscávamos ajuda.

Era 1º de janeiro, Juliano e Adriano tornaram-se amigos e passaram o *Réveillon* em uma boate saindo pela manhãzinha para pegar o ônibus para o bairro onde moravam, na região de Venda Nova. Não possuíam um estereótipo que os identificasse como *gays*. Mas algum vizinho, com certeza, sabia de sua orientação sexual. Dentro do ônibus, um pouco vazio pelo horário e pelo feriado, havia oito rapazes. Na altura da Avenida Cristiano Machado, logo após o túnel, um dos rapazes começou a olhá-los de forma diferente e hostil. Os dois se encolheram em um banco e procuraram não prestar atenção. Repentinamente, aproximaram-se de Juliano e Adriano e começaram a zombar deles, chamando-os de mariquinhas, veadinhos e outros palavrões. Com receio, os meninos, de 19 e 20 anos, mais frágeis, não esboçaram reação. O motorista e o trocador a tudo observavam e não tomaram atitude alguma. Um dos agressores deu um violento murro em Juliano, que caiu no corredor do ônibus. Adriano levantou-se para ajudá-lo, e os outros caíram sobre ele; sem terem como reagir, os garotos foram pisoteados e chutados pelos agressores, e apesar do apelo feito por um dos garotos ao motorista para que parasse em uma guarita policial que ficava na Cristiano Machado nas proximidades da Avenida Silviano Brandão, o condutor do veículo fingiu não ouvi-los e seguiu em frente. Os jovens apanharam muito. Cansados de bater e cuspir nos dois, os oito rapazes, enfim, pararam e gritaram para nunca mais pegarem o mesmo ônibus que eles; caso contrário, eles os matariam por serem veados. Em seguida, desceram do ônibus. Os meninos, machucados, humilhados e muito infelizes, buscaram ajuda policial, mas a polícia negou-se a procurar os autores da violência. Foram até a delegacia mais próxima da casa onde moravam e o policial civil que os atendeu alegou que não poderia registrar a queixa, pois veado não tinha direito algum. Magoados e feridos, buscaram ajuda na Associação Lésbica de Minas (ALEM) alguns dias depois. Ficamos sabendo do caso e procuramos a empresa de ônibus, localizando o motorista que transportara os garotos: um homem de aproximadamente 35 anos que confirmou o ocorrido, mas que não testemunharia. Ficamos de mãos atadas. Tive uma sensação de impotência total. Fomos até a vereadora Neila Batista com um dos garotos que repetiu a história para ela. Sua sugestão foi realizar um manifesto na Praça Sete denunciando esta e outras violências. Soraia conseguiu que o Sindicato onde trabalhava nos doasse uma faixa, e tivemos apoio do Movimento Negro de Minas, do Movimento Outubro Nunca Mais e de um grupo de Direitos Humanos de Uberaba que visitava Belo Horizonte. Convidamos pela Internet a comunidade para participar. O Sindicato da Soraia cedeu também o sistema de som. Foi uma atividade de visibilidade importante. Poucas pessoas da comunidade compareceram, o que reafirmou o medo de serem vistos em público, mas mesmo assim conseguimos uma pequena aglomeração de pessoas. Neila Batista marcou sua presença de forma relevante. Gritando palavras de ordem contra a homofobia, denunciamos publicamente o ocorrido com os garotos. A polícia apareceu e começou a tentar nos expulsar do local. O diálogo com um dos policiais militares que comandava a ação se tornou áspero, tratou-nos como marginais. Uma das pessoas presentes reagiu, gritando que a polícia era cúmplice daquela violência. A polícia respondeu com agressão física, prendendo uma companheira. Neila tomou a frente tentando impedir e foi agredida. Tentamos protegê-la, mas ela nos pediu calma e entrou dentro da viatura com a garota presa. Nosso ato foi dispersado. Neila conseguiu na delegacia convencer o delegado a liberar a moça. A imprensa mineira estava toda presente. No dia seguinte, 20 de janeiro de 2001, o Jornal *Diário da Tarde* publicou nosso protesto, com uma foto enorme onde aparecíamos, um dos rapazes, Soraia, Neila, eu e Ré. Conseguimos chamar a atenção pela violência sofrida. Neila, a partir daquele dia, colocou uma assessora sua, Denise Pires, para nos dar suporte em seu gabinete. Denise tornou-se uma outra grande aliada. Sua condição de bissexual nos ajudou muito dali por diante. Ela também sentia na pele o preconceito que caía sobre nós.

DESVETAR, UM NOVO VERBO!

A Lei Antidiscriminação estava na Prefeitura de Belo Horizonte para ser sancionada. Dia 29 de janeiro de 2001. Pela manhã, Vânia Cury nos ligou chamando-nos para nos reunirmos com urgência no gabinete do vereador Leonardo Mattos. Comparecemos eu, Porcina, Soraia e Itamar. Lá, fomos informados de que o prefeito Célio de Castro vetara integralmente a nossa tão esperada Lei Antidiscriminação. Senti um nó na garganta, um misto de raiva e decepção se apoderou de mim. A alegação do veto era de que a Lei era inconstitucional, portanto não poderia ser sancionada.

Marcamos uma reunião para a noite, no Sindicato dos Bancários, que cedia uma de suas salas para reuniões semanais do Grupo Guri. Cerca de 20 lideranças *gays* de Belo Horizonte, mais o Osvaldo Júnior, presidente do MGM de Juiz de Fora, os vereadores Neila Batista e Leonardo Mattos e Vânia Cury compareceram; discutimos durante algumas horas sobre a ação política que iríamos tomar dali para frente. Os vários segmentos *gays* naquele momento estavam absolutamente integrados, em luta por um objetivo único. Depois de algumas horas de discussão, decidimos pela denúncia pública. Elegemos uma pequena comissão para redigir uma Carta Aberta à população e divulgá-la durante uma entrevista coletiva, tudo para se realizar no dia seguinte.

Denise Pires, do gabinete de Neila Batista, e Vânia Cury, do Gabinete de Leonardo Mattos, ajudaram-nos com a redação de uma Carta Aberta à população que denunciava a falta de palavra do prefeito ao compromisso assumido por ocasião do pedido de desculpas como candidato. Dizíamos também que a homofobia era uma pauta constante na Prefeitura, onde confiávamos obter o apoio do mandatário do município e que, na realidade, não acontecera, rogávamos na carta apoio de toda a sociedade no sentido de ampliar nosso protesto de indignação pelo covarde ato do Sr. Prefeito. Vânia Cury articulou um local e convocou toda a imprensa mineira para entregarmos nossa Carta Aberta de repúdio. Conseguiu que a coletiva fosse realizada no salão nobre da Casa do Jornalista, na Avenida Álvares Cabral, local conhecido na cidade, palco de grandes movimentos de resistência política e de grande força da classe. Ainda pela manhã, todos entramos na Internet e enviamos *e-mails* para todos os grupos de discussão que participávamos, relatando o fato e fornecendo o *e-mail* do gabinete do prefeito, pedindo que os *gays* do Brasil inteiro enviassem *e-mails* protestando contra aquela atitude. A resposta foi imediata da comunidade *gay* nacional. O *e-mail* do prefeito ficou totalmente congestionado naquele dia. Às 15 horas estávamos todos lá, na Casa do Jornalista. Famintos, pois não houve tempo para sequer um lanche dado à urgência das providências, entregamos uma cópia da carta a cada um dos jornalistas presentes. O salão da Casa do Jornalista estava lotado de profissionais. Nós, à mesa, nos colocamos à disposição para as perguntas. Confirmamos o que denunciávamos na carta, e eu ainda frisei a fragilidade e falta de palavra do prefeito, reforçando que dali para frente o responsabilizaria pelos assassinatos e violências que nosso povo sofreria diante de uma derrota do avanço conquistado por unanimidade na Câmara Municipal de Belo Horizonte, e que os homofóbicos sairiam fortalecidos em sua agressão a nosso povo, pois tinham no veto o aval da Prefeitura para nos agredir.

Terminamos a coletiva por volta das 16 horas. A coletiva foi um sucesso, conseguimos interessar e sensibilizar toda a imprensa, mas nos despedimos ainda com um sentimento de frustração devido ao veto, apenas animados pela informação da Denise de que o projeto retornaria à Câmara e lá lutaríamos para que fosse sancionado no Legislativo. Ficou visível a homofobia interna da assessoria jurídica da Prefeitura. Esta alegação de inconstitucionalidade era um frágil argumento, uma vez que o projeto já havia passado pela Comissão de Constituição e Justiça da Câmara e havia sido aprovada, para seguir adiante. Desci a Avenida Álvares Cabral e entrei na Rua da Bahia, parando na primeira lanchonete para comer alguma coisa. Tinha um gosto tão amargo na boca, que mal conseguia sentir o sabor do salgado que pedira. De repente, toca meu telefone celular. Uma jornalista do Jornal *O Tempo* desejava saber minha opinião sobre o retorno do prefeito em sua decisão. Estranhei a pergunta. Ela então me informou que o prefeito mandara retornar o projeto ao seu gabinete e o sancionara integralmente, mandando publicá-lo no *Diário Oficial do Município* (DOM). A repercussão de nossa coletiva havia sido tão grande que os assessores do prefeito o informaram da Carta Aberta e das denúncias que foram feitas quanto à sua falta de compromisso. Mandou retornar o projeto e o sancionou. Provocamos um fato político inédito na história da República no Brasil; pela primeira vez, um chefe do Executivo veta um projeto e, antes de retorná-lo ao Legislativo, recolhe-o e o sanciona. Entramos definitivamente para a história com essa ação. No dia seguinte, todas as emissoras de tevê e rádio e todos os jornais de Minas e muitos do Brasil publicaram nossa vitória. O *Estado de Minas* em manchete no dia 30 de janeiro de 2001, publicou:

> **"PBH RECUA E SANCIONA LEI DOS HOMOSSEXUAIS: Veto a projeto que pune a discriminação cai sob pressão da comunidade *gay*"**

Nossa lei municipal pune instituições públicas e privadas que discriminem homossexuais em seu interior. Para as privadas, na primeira falta uma advertência pública na segunda uma multa, e na terceira a perda do Alvará de Funcionamento. Na pública, o funcionário descumpridor seria punido até com exoneração do trabalho. Surgia a esperança de nos sentirmos mais seguros em Belo Horizonte.

BOA NOITE CINDERELA!

As pessoas continuavam a nos procurar em nossa sede. Muitos para conhecer, muitos para apanhar uma edição do *Jornal Rainbow*, mas muitos para relatar seus dramas. A solidão e o isolamento provocados pelo medo da visibilidade causam um sofrimento atroz nos seres humanos. Meus iguais têm que superar a si mesmos para compartilhar uma experiência ruim; sem poderem contar para as pessoas que mais amam, dos quais teriam apoio e consideração, sofrem com o silêncio. Desabafar é uma necessidade humana. Os homossexuais muitas vezes não têm como saciar esta necessidade. Quando se espalhou a notícia de nossa sede aberta ao público, sempre chegava alguém, disfarçava sua chegada, passando à nossa porta várias vezes, timidamente, até criar coragem para entrar. Foi assim com Eduardo Coelho Neto. Bem vestido e com aparência de 30 e poucos anos, acabou por se apresentar e pediu para falar comigo. Havia um cantinho ao fundo da sala onde sentia que deveria levar as pessoas para conversar, ao perceber sua angústia. Então, Eduardo me contou sua história.

Estava no Bar Estação 2000, sozinho, sem amigos. No balcão, um rapaz de 20 e poucos anos, muito bem vestido sentou-se ao seu lado e puxou conversa. Dizia-se estudante de Engenharia, e havia pouco tempo que se mudara para Belo Horizonte onde fez o vestibular na UFMG e passou. Disse conhecer poucas pessoas, perguntando se ele se importaria de ficar ali conversando. Eduardo consentiu. Sentiu uma gostosa atração pelo rapaz. Pensou que teria acompanhante para aquela noite solitária em que se encontrava. Eduardo bebia relativamente pouco, mas a conversa estava tão gostosa e Márcio, nome do estudante dado a Eduardo, demonstrava ser uma pessoa culta e de bom gosto. Conversava sobre cinema, literatura e esporte, com grande desenvoltura. Eduardo foi confiando cada vez mais em Márcio, que se mostrava gentil e solícito com ele. Solitário e carente, deixou-se envolver pelo jeito sedutor de Márcio, que, a certa altura da conversa, já segurava a mão de Eduardo e lhe fazia carícias sutis no rosto. Após alguns copos de cerveja, Eduardo levantou-se, pediu licença, foi ao banheiro. Retornou para junto de Márcio, que encheu novamente o copo de Eduardo que estava pela metade antes de ele se retirar. Márcio tomou o copo de cerveja. Deste último copo, foi também a última lembrança lúcida de Eduardo. Eduardo morava só em um apartamento na região sul de Belo Horizonte. Foi acordado dois dias depois pela irmã, assustada sobre seu leito a sacudi-lo. Eduardo havia faltado ao trabalho, e de lá ligaram para sua casa; como não atendiam, um dos colegas tinha o telefone da irmã, que se dirigiu ao apartamento de Eduardo. Zonzo, como que ainda embriagado, ouviu da irmã que tinha a chave de seu apartamento, que entrara e o descobrira no quarto nu, como se estivesse desmaiado. Não soube explicar o que acontecera. Levantou-se, e junto com a irmã, percebeu seu apartamento todo revirado, faltando muitos objetos, televisão, vídeo, algumas jóias e algumas roupas finas. Sua carteira estava sobre a cômoda sem o dinheiro que Eduardo se lembrava de ter antes de entrar no bar dois dias antes. A irmã o convenceu a ir a uma clínica fazer alguns exames. Lá, o médico concluiu que ele havia sido dopado por uma substância química muito usada em medicamentos oftálmicos, como vaso dilatador. O médico explicou a Eduardo que esta substância deixa a pessoa consciente por algum tempo, mas sem noção de equilíbrio ou de discernimento. Concorda com os comandos que lhe são dados sem reação e responde a todas as perguntas que lhe são feitas sem restrição. Foi medicado e saiu da clínica. Foi olhar suas duas contas bancárias, não havia saldo em nenhuma delas. Bem relacionado com a gerência de seu banco, conseguiu ver as fitas de vídeo do caixa eletrônico onde fora sacado o dinheiro. Foi possível ver que o próprio Eduardo havia sacado o dinheiro no caixa. Apenas via que estava acompanhado de outro homem, mas na fita não havia como identificá-lo. Espertamente, Márcio se escondera do alcance da identificação da câmera. Envergonhado, ultrajado e humilhado pela forma com que fora usado, Eduardo não prestou queixa à polícia. Pediu que tentasse contar a sua história na comunidade para que outras pessoas tivessem mais cuidado. Márcio, enquanto Eduardo foi ao banheiro, colocou a substância em seu copo. E, segundo a segurança do bar, saíra acompanhado por Eduardo sem demonstrar nenhuma apreensão ou incômodo. Nada que tenha feito chamou a atenção dos funcionários do bar, a não ser que estava muito alegre e descontraído, fato natural entre os freqüentadores, em resultado da ingestão de bebidas alcoólicas. Eduardo fora vítima de um novo golpe aplicado no meio, apelidado de "Boa-noite, Cinderela". Divulgamos ao máximo este novo golpe no jornal e também no melhor meio de comunicação do gueto, o "boca a boca". Mas a carência afetiva de *gays* solitários que buscam companhia na noite para depois voltar ao seu "armário" cotidiano faria ainda muitas outras vítimas do "Boa-noite, Cinderela". Recomendamos muitas vezes aos companheiros que, antes de sairem de algum lugar acompanhado de um estranho, procurasse saber dos funcionários do local se o seu acompanhante era um freqüentador do bar, se alguém o conhecia, caso fosse um estranho absoluto, evitasse correr o risco, mas muitas vezes o desejo fala mais alto.

PROJETO DE ESPERANÇA!

O PROJETO Antidiscriminação, entregue pela Soraia à Assembléia Legislativa e defendido pelo deputado estadual João Batista de Oliveira, estava literalmente parado. O deputado Adelmo Leão, presidente da Comissão de Constituição e Justiça da casa o declarara inconstitucional. Juiz de Fora e Belo Horizonte já tinham conquistado essa legislação, mas o Oswaldo, do MGM, e eu, do Clube Rainbow, ficamos preocupados com a demora do trabalho em conseguir aprovar leis semelhantes em todos os municípios de Minas. Temos em nosso Estado 826 municípios. Nossas instituições de defesa homossexual se resumiam em quatro na capital e uma no interior, em Juiz de Fora. Até organizarmos grupos ainda que apenas nas cidades-pólo do Estado para que vereadores locais e vizinhos tomassem coragem de apresentar em suas Câmaras o projeto original da Associação Brasileira de *Gays*, Lésbicas e Transgêneros (ABGLT), presidida por Cláudio Nascimento, levaríamos no mínimo aproximadamente vinte anos para concluir todo o trabalho, era tempo demais. Com uma lei estadual em vigor, reduziríamos este tempo tremendamente e daríamos iguais condições de defesa a nossos pares no interior, onde a homofobia é muito mais acentuada. A repercussão em toda a mídia nacional e até internacional sobre nossas conquistas em Juiz de Fora e Belo Horizonte abria a porta ao diálogo sobre nossa luta em várias instâncias. Tudo o que fazíamos era coberto em amplitude pela mídia. Era nosso momento. Entra em cena, então, outro grande aliado, também simpatizante de nossa causa, o também jornalista Márcio Macedo, esposo de Vânia Cury, assessora do vereador Leonardo Mattos. O deputado João Batista de Oliveira toma atitude na Assembléia, semelhante à de Leonardo, coloca Macedo para nos auxiliar. Em discussões com Macedo e o aval do deputado João Batista, concluímos que deveríamos ter uma reunião com o Presidente da Comissão de Constituição e Justiça, deputado Adelmo Leão. O encontro foi agendado para o dia 15 de fevereiro de 2001. Macedo enviou um *release* para a imprensa, que compareceu. Lá fomos nós para mais uma batalha que, não sabíamos, iria levar cinco longos anos até sua conclusão final. Decidi abraçar pessoalmente este projeto como objetivo de vida pessoal, iria até o fim para consegui-lo ver em prática. Tinha esperanças de que sua realização pudesse contribuir para a redução dos índices de vítimas de homofobia em nosso Estado. Ser teimoso é um "qualidefeito" meu. Com a imprensa presente, somada à repercussão de nossa vitória no mês anterior, reivindicamos firmemente que o deputado Adelmo Leão revisse sua posição de relator da inconstitucionalidade do projeto. Alegou não ter compreendido a importância do projeto por ocasião de sua análise na Comissão e que poderia rever seu relato se ele fosse alterado nas questões constitucionais. O deputado João Batista ardilosamente reforça, dizendo que inconstitucional é o desrespeito ao direito dos cidadãos. O deputado Adelmo Leão se compromete a rever com João Batista o projeto e concorda que seria, sim, passível de revisão.

O projeto original era o mesmo que havia sido aprovado em Belo Horizonte, porém, em Juiz de Fora, Oswaldo e Marco, do MGM, haviam refeito o texto e incluído o direito ao afeto em público e o compromisso do poder público de criar o Centro de Referência do Homossexual (CRH). O afeto em público seria uma cláusula relevante, nossa maior luta é pelo direito de amar. Heteros têm pleno direito a este afeto, o beijo carinhoso, o andar de mãos dadas e o abraço em público. Estes atos praticados pelos heteros deixaram há muitas décadas de ser considerado "atentado ao pudor" previsto no *Código Civil*, o que não acontecia, e a inclusão desta cláusula nos daria o mesmo direito em todo o Estado. A cláusula do CRH seria um compromisso do Estado de nos abrigar, gerando referências comportamentais, jurídicas, sociais, educacionais e de saúde para nosso povo. Seriam conquistas incríveis. Naquela mesma semana, nós nos reunimos com Macedo e elaboramos o novo projeto na linguagem legislativa e incluímos estas duas cláusulas. Se conseguíssemos, seria um avanço indescritível. Beneficiaríamos todo o povo de nosso Estado e reforçaríamos a lei de Belo Horizonte pela abrangência estadual com inclusão da cláusula de afeto. Finda a redação elaborada por mim, Oswaldo e Macedo, foi encaminhado para a Comissão de Constituição e Justiça. Com a articulação do João Batista, o relator Adelmo Leão aprovou integralmente a nova redação. Vibramos. Mas tínhamos muitas etapas a cumprir. A colocação na pauta de votação seria a próxima. Conseguimos agendar com o presidente da Câmara, deputado Antônio Júlio, uma reunião para entregar nossa solicitação de pauta de votação. Ele nos recebeu no dia 20 de fevereiro, na semana seguinte, e comprometeu-se em empenhar para sua votação o mais breve possível. Vencemos a segunda etapa.

ESTUPRO!

Mariana era uma garota de 17 anos, muito bonita, corpo esguio, pernas longas e cabelos negros muito lisos, olhos castanhos e um rosto inocente. Entrou pela porta do Rainbow como tantos outros, meio desconfiada. Estudava em um colégio católico da zona sul de Belo Horizonte. Sentou-se perto de mim, e seus olhos encheram-se de lágrimas. Tentei acalmá-la e disse que estava ali para ajudar. Ela me contou uma história medonha. Conhecera Cristina no colégio. As duas fizeram uma grande amizade, lanchavam juntas, faziam seus deveres juntas e, sempre que possível, divertiam-se juntas. Cristina, uma garota de sua classe, sempre fora muito carinhosa com Mariana. A amizade das duas não era estranha aos colegas, nem a seus pais. Curioso como para a sociedade a amizade íntima entre duas mulheres nada tem de estranho, enquanto dois homens... Um ano se passara e a afetividade das duas crescia a olhos vistos. Um dia, as duas, sós em casa, realizando um trabalho de escola, sentaram-se muito juntas. Cristina, então, começou a fazer um carinho no braço de Mariana, que a princípio achou estranho, mas sentia algo gostoso, e não reagiu. O carinho passou ao rosto e repentinamente Cristina puxou Mariana para si e lhe deu um beijo na boca. Mariana, assustada, afastou a amiga, rejeitando o afeto. Cristina, então, revelou sua paixão por ela. A amiga pediu que Cristina fosse embora, e as duas se afastam fisicamente na vida e no colégio. Sem tirar a cena de sua cabeça, Mariana começou a perceber que sentia o mesmo pela amiga. Cristina se reaproximou e as duas começaram um namoro clandestino. Preocupada com seus pais, Mariana tentou esconder seus sentimentos. A mãe, arquiteta, e o pai, fazendeiro na região de Divinópolis, em Minas, jamais entenderiam seus sentimentos por Cristina. Mas quando se ama, é impossível esconder, você acaba tendo gestos e atitudes que o denunciam. Percebendo a mudança de Mariana, sua mãe começou a inquiri-la sobre a estranha forma de ela agir com Cristina: "Você não sai com garotos. Você está sempre com esta menina. O que está acontecendo?" Seu sentimento por Cristina, ao seu olhar, era puro e honesto e não sentia nada de errado neste amor. Isto fortalecia Mariana, que decidiu contar para sua mãe. A reação da mãe foi a pior possível; choro e chantagem emocional para acabar com o relacionamento das duas foram as armas usadas. Mas como o afeto das meninas era muito forte, a mãe decidiu pedir ajuda ao marido. O pai de Mariana, um rude fazendeiro, compreendeu menos ainda e apliciou-lhe uma surra cruel e violenta. Mariana ficou dois dias sem ir à escola, falando com Cristina apenas pelo telefone, toda marcada pela violência do pai. Sua mãe decidiu mudá-la de escola na tentativa de afastá-la da amiga. Mas o envolvimento das duas resistia. Cristina sempre dava um jeito de ver Mariana, seu relacionamento, a esta altura, era do conhecimento de alguns dos colegas do antigo colégio de Mariana, que se tornaram cúmplices nos encontros clandestinos entre as duas. Chegaram as férias de final de ano. E não havia como Mariana sair com freqüência. Passaram a se ver menos, mas o amor crescia. Resolveram marcar um cinema em um *shopping* da Zona Sul. Ao saírem do cinema, depararam com o pai de Mariana no corredor. Ao ver as duas juntas, o homem agarrou Mariana pelo braço violentamente e a levou até o carro em silêncio. Apavorada, Mariana obedeceu ao pai. Ele entrou no carro e tomou o rumo da fazenda. Ambos em silêncio absoluto, Mariana apenas chorava. Duas horas depois, estavam na sede da fazenda. Lá chegando, Mariana foi jogada pelo pai no quarto do casal. Assustada, a menina ficou imóvel. Ele retornou, com algumas cordas, amarrou Mariana à cama e rasgou as roupas dela. Mariana fez menção de gritar. Seu pai a esbofeteou no rosto e gritou:

– Você gosta de mulher, não é? Isto é doença e sem-vergonhice. Vou lhe mostrar como gostar de homem – com uma mão tapa a boca de Mariana e despe suas próprias roupas com a outra.

– Sua sapatão, vagabunda, é assim que agradece o que faço por você? Vou ensinar você a gostar de homem, sua ordinária.

Mariana foi brutalmente violentada pelo pai, da forma mais degradante que um ser humano pode ser violentado. Seu pai lhe disse ainda que se a visse com a Cristina novamente mataria as duas.

Retornaram à sua casa em Belo Horizonte, e Mariana começou a definhar como pessoa. Perdeu o apetite, ficou apática e, após muita insistência de sua mãe, contou o que acontecera. Estranhamente sua mãe concordou com a atitude do pai. E disse a ela para mudar de vida e procurar um rapaz para se relacionar. Mariana se sentiu ultrajada, desrespeitada e, com o rosto em lágrimas, pergunta o que deveria fazer.

Fiquei pálido com aquele relato. Sabia que esta situação não era a primeira, passada por uma mulher, mas era a primeira que ouvira da própria vítima.

Disse-lhe que poderíamos buscar ajuda. Por ser menor, ela tinha o *Estatuto da Criança e do Adolescente* que a protegia contra a atitude do pai e que o mínimo que aconteceria com ele seria a cadeia. Que poderia pedir ajuda a um profissional para que ela tentasse superar o trauma pelo qual passara. Ao ouvir a palavra cadeia, Mariana se assustou. Disse-me que iria pensar e retornaria para conversarmos. Tentei obter seu endereço, mas negou-se a passá-lo. Não consegui encontrá-la. Encontrei-a cinco anos depois. Estava formada em Enfermagem, apresentou-me sua acompanhante, outra bela moça aparentemente de sua idade. Contou-me que a conversa que tivera comigo ajudou-a muito, decidiu dedicar-se ao estudo e criar sua independência. O desabafo lhe dera um norte. Disse que já superara tudo que os pais lhe fizeram e que hoje morava com sua acompanhante, que se identificou a mim como Cristina.

NÃO ESTOU SOZINHO!

Minha família, a esta altura, estava toda ela informada de meus novos passos, e naturalmente virei o tema das conversas entre todos, inclusive dos irmãos que moravam fora de Belo Horizonte. Há tempos ouvira de minha cunhada Terezinha uma revelação surpreendente.

Flávia, nossa sobrinha mais velha, filha de José Guilherme e Marli, estava com sérios problemas. Assim como eu, Terezinha apreciava muito a Flávia. Sempre fora uma moça muito carinhosa com todos e extremamente alegre. Havia se casado grávida de Priscila, uma linda menininha, primeira bisneta da família. Seu casamento durou pouco, seu companheiro, muito agressivo, levara-a à separação. Sua filha e ela, então, retornaram à casa de meu irmão. Terezinha, muito preocupada com Flávia, relata-me espantada, e de certa forma chocada, que Flávia estava muito estranha e que tivera notícia de que estava envolvida com uma mulher. Naquele momento, em minha condição de enrustido, demonstrei surpresa e indignação e que tudo faria para ajudar Flávia. Mas, como poderia, se eu mesmo não sabia lidar nem comigo mesmo? Apenas me aproximei mais de Flávia. Sempre fomos muito amigos e convidei-a para trabalhar comigo em vendas, tentando amenizar os seus conflitos com seus pais e irmãs. Ela ficou alguns meses conosco até se decidir a mudar do país. Procurei respeitar sua individualidade e em toda nossa convivência próxima, em nenhum momento, toquei no assunto de sua vida íntima, talvez pela covardia de meu enrustimento. Temia que ela percebesse que também eu nutria desejo por pessoas do mesmo sexo. Flávia se preparou e embarcou para os Estados Unidos. Lá chegando, pouco tempo depois, casara-se com um americano para garantir sua cidadania e não ficar ilegalmente no país. Estava decidida a viver longe de todos. Num primeiro momento, fiquei sem entender, pois ela, assim como eu, era muito chegada à família. Deveria haver um motivo muito forte para isto, e havia.

Na minha nova vida, que se tornou aberta a todos, surpreendentemente recebi uma ligação de Flávia, dos Estados Unidos:

– Tio, sou eu, Flávia!

– Oi, meu amor, como você está?

– Estou ótima, tio, ainda mais agora que fiquei sabendo de você e de sua coragem!

– Como?

– É, tio, agora estou mais segura, não estou mais sozinha, tenho um tio *gay* assim como eu!

Radiante por compartilhar sua verdade com alguém, ela me relatou alguns fatos de sua vida de que suspeitava, mas não ousava perguntar. Partira do Brasil para tentar viver sua orientação com toda plenitude. Estava morando em Boston e vivia com uma mulher que se tornara sua companheira. Seu casamento havia sido com um colega de trabalho que também é *gay*. Eles ficaram muito amigos e propusera a Flávia um casamento para que ela pudesse viver legalmente nos Estados Unidos. Moraram juntos algum tempo, porém já se haviam separado.

Estava amando sua companheira, com quem vivia casada e feliz. Muito contente, finalizou sua história me dizendo que agora com minha saída do "armário" sentia-se mais confiante para assumir sua verdade para todos da família. Como de fato ocorreu. Hoje está casada, meu irmão e minha cunhada convivem bem com Flávia e sua companheira. Depois de sua ligação, fiquei a pensar sobre nós. Sempre todos da família concordavam que Flávia e eu éramos muito parecidos no nosso jeito de ser. Só não sabia que era tanto assim. Amei a conversa com minha sobrinha. Fiquei feliz por ela se espelhar em mim para viver abertamente sua vida para todos. Passamos a nos falar com mais freqüência dali por diante, por telefone e pela Internet. De certa forma também a ajudei, como havia prometido a Terezinha.

BASTIDORES!

A ORGANIZAÇÃO das Nações Unidas (ONU), vem se preocupando muito com a violação dos direitos humanos nos países do Terceiro Mundo, pressionando-os. O Brasil, com o término da ditadura, tornou-se alvo constante destas cobranças, pois os diversos poderes instaurados herdaram dela hábitos de violações da Declaração Universal dos Direitos Humanos. Começaram a surgir, nos organismos públicos, Comissões e Secretarias de Defesa dos Direitos Humanos. O Governo Itamar Franco criou uma Sub-Secretaria para este fim sob o comando do Dr. José Francisco. Nela foi instaurado o Disque Direitos Humanos (DDH), que passou a receber denúncias de violações de todo o Estado de Minas. Muitas dessas denúncias eram de desrespeitos aos direitos constitucionais dos homossexuais. Walkiria La Roche é convidada a preparar os estagiários do DDH para acolher estas denúncias, em face da peculiaridade dos denunciantes em relação ao anonimato. Muitas destas denúncias eram de violências policiais contra *gays*, principalmente dos travestis e homens *gays*. Os dados do DDH nos preocuparam. Com o empenho de Vânia Cury, conseguimos agendar uma reunião entre nós, militantes, e o Comando do Estado-Maior da Polícia Militar de Minas Gerais. Lá comparecemos, Porcina, Itamar, Walkiria, Soraia e eu, e toda a imprensa, que não pôde entrar e participar da reunião.

No Estatuto Interno de toda a milícia nacional – Exército, Marinha, Aeronáutica, e conseqüentemente das polícias estaduais –, pederastia era passível de cadeia e expulsão sumária do militar que a praticasse. Tal cláusula incitava ainda mais o ódio dos militares aos homossexuais, aqueles que demonstrassem compaixão qualquer por um homossexual imediatamente recebiam as suspeitas sobre si de ser um deles. E os homossexuais enrustidos dentro da polícia, no intuito de eliminar qualquer suspeita sobre si, eram os mais violentos. O ser humano tende a destruir no próximo aquilo que ele mais odeia em si mesmo. O treinamento dado aos policiais militares em todos os níveis incentivava ainda mais este ódio. O pavor da exclusão profissional pela cláusula de pederastia associado ao risco de se tornar visível enquanto *gay* torna o policial militar enrustido mais agressivo e violento que o heterossexual bem resolvido, origem de tanta violência praticada durante décadas pela milícia contra nós. A prática usual era de que, atendendo a uma solicitação de proteção contra qualquer tipo de agressão ou crime pela polícia, o homossexual, ao ser descoberto como tal, deixava de ser a vítima para se tornar criminoso. O julgamento era sumariamente executado pelo pelotão no próprio local de atendimento. A vítima perdia todos os seus direitos e se tornava o responsável pela violação, e o verdadeiro criminoso era liberado. Muitos de nós tínhamos conhecimento desta infame prática policial e evitávamos muitas vezes pedir socorro, sendo mais vitimados ainda, daí a permissividade silenciosa com os criminosos que nos roubam, violentam e assassinam em todo o Brasil.

O trabalho dos atendentes do DDH realizados pela Walkiria indicava a confirmação desta terrível realidade. Dr. José Francisco se dispusera a questionar isto junto ao comando, que com a Lei Municipal Antidiscriminação teria que se adequar, pelo menos em Belo Horizonte e Juiz de Fora, municípios onde a lei estava em vigor. O profissional militar é um funcionário público e a lei era clara, na prática de discriminação por parte de um funcionário público, ele deveria ser exonerado do cargo. Algo teria que mudar na polícia. A reunião foi agendada para uma sexta-feira, 16 de março de 2001, às 10 horas da manhã. Comparecemos, nós, do movimento: Porcina, Walkiria, Itamar, eu e o vereador Leonardo Mattos. Todo o Comando do Estado-Maior da Poliícia Militar estava presente, liderados pelo comandante Severo, tido com um policial austero e disciplinador da Polícia Militar, mas também justo. Esta reunião se dera pela sua atitude de líder da Polícia Militar que tinha a intenção de modernizar e transformar a Polícia Militar em uma corporação a serviço de toda a população, sem distinção. Relatamos todas as formas de violência que sofríamos na mão da polícia. Porcina confirma a transformação de vítima em ré em um fato em que ela mesma sofrera. Agredida em via pública, chamou a polícia para sua proteção e ela é que foi para a cadeia, enquanto seu agressor ficou livre. Contra datas e fatos não há argumento, Porcina forneceu data e detalhes do fato, tendo o registro que ela havia feito, a pedido da própria polícia. Todos ouviam nossos relatos, mas se sentiram mais incomodados quando citei o fato de existir *gays* na Polícia Militar e que, pela pressão interna de sua própria regulamentação, buscando travestir sua identidade de heterossexual convicto, eram os maiores agressores e que a polícia deveria rever isto. Concluí dizendo que estava bastante claro para a humanidade universal que homossexualidade não é crime, não é pecado e nem, muito menos, doença. Estando em todas as profissões, também estava na milícia, e ali estavam duplamente castigados pelo preconceito. O comandante Severo orientou a tenente-coronel Luciene para nos assessorar dali por diante. Esta mulher extraordinária se tornou dali para frente nossa principal aliada na luta contra a violência policial. Sensibilizada pela nossa dor, a tenente-coronel Luciene se empenhou em nos ouvir e punir os policiais infratores de nossos direitos. Estabeleceu-se que iríamos capacitar os cadetes da polícia dali por diante em relação ao tratamento dado ao cidadão homossexual. Walkiria La Roche foi convidada a exercer esta função como voluntária. Ela contou da forte resistência da Polícia Militar em obedecer a esta ordem do Comando. Em sua primeira capacitação, deram-lhe dez minutos para falar, mas seu trabalho foi tão persistente e construtivo que hoje os cadetes têm capacitação de duas horas sobre homossexualidade em seu curso de formação. Mais uma conquista importante se concretizou a partir daquela reunião. E em poucos meses, começamos a perceber seu efeito nas ruas; a polícia já não era mais tão agressiva conosco, embora não fosse neste primeiro momento que as coisas mudaram completamente. Porém, ao sairmos da sala do Comando, algo aconteceu que mudaria a unanimidade do movimento dali por diante. A ante-sala do Comando estava repleta de repórteres, e todos nos cercaram, buscando cada um de nós para uma entrevista. Itamar não foi solicitado. Percebi que ficara chateado e saiu sem se despedir de nós. Dei minha entrevista rapidamente e corri atrás dele. Consegui alcançá-lo na Rua da Bahia, próximo ao prédio do Comando.

Itamar me fez um relato que, a princípio, achei estranhíssimo. Havia um dos militantes que pertencia a um partido de extrema esquerda e altamente inflexível em suas questões partidárias. Contou que o início do movimento havia sido coletivo, porém por influência da filiação deste militante do partido local que tinha planos de infiltrar-se dentro do movimento *gay*, acontecera a separação dos grupos em *gays*, lésbicas e travestis, surgindo assim as três organizações. E que o fato de os repórteres o terem evitado ali ao final da reunião era conseqüência desta articulação. Desejavam afastá-lo das ações de visibilidade por ele ter muitas informações sobre os planos do partido. Tentei dissuadi-lo, lembrando que nossa união é que trazia muitas conquistas e que ele não poderia ceder a este tipo de pressão, pois sua importância histórica no movimento era relevante para continuarmos, havia muito ainda a se conquistar. Itamar, profundamente magoado, insistiu em que eu não conhecia todos os fatos, e do que este partido era capaz de fazer para realizar seus objetivos. Fez, ainda, um relato mais impressionante que me pareceu naquele momento fruto de sua imaginação. Contou que o partido infiltrara um homossexual no Grupo Guri o com intuito de conquistar o amor de Itamar para saber dos planos do grupo e dos pensamentos militantes de Itamar. Ele não percebeu, e acabou se envolvendo com o rapaz afetivamente, passando a amá-lo de verdade. Começou a perceber que as iniciativas de luta do seu Grupo planejadas por ele para dar visibilidade ao movimento eram compartilhadas pela ALEM, sem que houvesse qualquer comunicação oficial por parte do Guri à associação. Começou a achar estranho tais acontecimentos e buscou respostas com Soraia, que foi hostil, alegando que não poderia fazer nada, que as lésbicas também deveriam ser vistas como integrantes da ação planejada. Houve um rompimento entre os dois, Itamar e Soraia; compreendi, então, por que eles pouco se falavam nos nossos encontros coletivos. Mas eu estava tão envolvido com a lutas e os avanços que estávamos conseguindo que julguei tal relato como um devaneio do Itamar. Argumentei com ele que estaria do seu lado e que tentaríamos mudar esta situação. Ele, porém, mostrou uma completa descrença nesta possibilidade. "O rapaz por quem me apaixonei", continuou ele, "era na realidade um agente do partido, o que descobri mais tarde. Sofri muito com esta descoberta, que me causou uma séria depressão", relatou Itamar. E finalizou: "Você não sabe, Danilo, do que eles são capazes!"

Despediu-se e partiu. Fiquei pensando naquele relato e, em um primeiro momento, cheguei a duvidar da sanidade de Itamar. Era uma história de filme de espionagem. Não poderia estar acontecendo. Pareceu-me totalmente irreal. Antes tivesse acreditado. Teria evitado muitas coisas no futuro. Os jornais no sábado, mais uma vez, noticiaram nossa ação junto à Polícia Militar.

O GOSTO AMARGO DA TRAIÇÃO!

Ana estava sendo cobrada pela Mônica na ajuda financeira para o sustento de suas famílias. A questão financeira estava inteiramente a cargo de Mônica, já que Ana estava no clube e não havia sobra de recurso para pagar o salário de nenhum de nós três. Eu, Ré e Ana dedicávamos todo nosso tempo às atividades do Rainbow. A locomoção, telefone e aluguel saíam de minhas economias, e ainda tinha a despesa de casa. A receita obtida pelos anúncios do jornal era apenas de poucas casas *gays*, e mal dava para cobrir parte das despesas de publicação, que também eram completadas por meu recurso economizado. Ana, então, começou a exercer outras atividades para ajudar Mônica em casa. Um dia, resolveu deixar o clube. Explicaram-nos que a atuação de Ana nas atividades já estava interferindo na vida do casal e que elas preferiam se afastar a ter que ter um conflito definitivo. Foi uma perda enorme. Senti-me sozinho, mas tantas coisas estavam acontecendo que não poderia diminuir o ritmo de nossas atividades. Com a saída das duas, o trabalho aumentou ainda mais e outras atividades caíram em minha responsabilidade. Minha vida pessoal também foi afetada com a saída de Ana, em quem confiava para acompanhar o Ré nas atividades que faziam juntos, pois ela, sendo mais velha, tinha mais responsabilidade que o Ré. Além de tudo, ela representava um freio nos desejos do Ré em descobrir a vida que viveria no futuro. Ele tinha 19 anos e, nesta idade, os hormônios estão explodindo dentro do ser humano como um grande *show* de fogos de artifícios. E eu não suportava o pensamento de que Ré pudesse estar com outros homens, meu machismo e sentido de posse cresciam. Ré estava se tornando cada vez mais belo e forte, a expressão firme da raça negra acentuava sua beleza de forma provocante e sensual. O desejo alheio, muitas vezes, não tinha limites, não respeitavam nosso casamento e, pela pouca idade, Ré sucumbia pela própria natureza do macho cobiçado a esses desejos. Seu ego inflava e agitava seus hormônios a olhos vistos. Na minha presença sentia seu respeito, mas ele já começava a desaparecer sem que soubesse onde estivera. Isto me fazia sentir um enorme ciúme e a desconfiança aumentava. Quando saíamos juntos, percebia os olhares sobre ele e sentia que alguns desses olhares eram correspondidos, embora não admitisse. Passamos a ter brigas por causa desses e outros pequenos deslizes. E estas brigas me faziam sentir muito mal até que uma delas me tirou todo o ar, levando-me a parar no Hospital Semper. Ré ficou muito assustado e procurou se conter um pouco, mas percebia que seu desejo de descobrir seu caminho era muito forte. Nossa vida sexual não diminuíra, mas sentia que ele queria mais, e este mais era a possibilidade de ter experiências com outras pessoas. Começava a pegá-lo com pequenas mentiras, até que aconteceu uma que me tirou do sério.

Tive que participar de um encontro de Direitos Humanos em Ouro Preto a convite de um grupo que se organizava para as atividades do Festival de Inverno. Ré não poderia ir para não faltar à escola. Deixei algum dinheiro com ele, caso necessitasse para alguma coisa. Iria retornar no dia seguinte. Mantinha contato com Ré pelo telefone celular e, à noite, ele disse que estava em casa de sua mãe, ficaria lá por algum tempo e que logo iria para casa. Surgiu a oportunidade de eu retornar ainda na mesma noite para Belo Horizonte, uma pessoa que tinha um compromisso no dia seguinte cedo, viria de carro e me convidou para voltar com ela. Decidi retornar. Cheguei em casa lá pelas 2 da madrugada. Ré não estava. Apanhei o carro e saí à sua procura nos bares que ainda estavam abertos, ninguém o havia visto, retornei para casa com muitas tentativas de falar com ele pelo celular sem sucesso, só a resposta de desligado ou fora de área. Um misto de preocupação e ciúmes se apoderou de minha alma. Só restava a mim esperar. Às 4h30, ouço a chave entrar no buraco da fechadura de nossa porta. Ré me encontrou sentado no sofá e levou um susto enorme. Indaguei a ele o que houvera, onde estava até àquela hora e o que fazia. Ele me contou uma história sem muito sentido, que havia saído da casa de sua mãe e, retornando, havia sido assaltado, que dois rapazes se acercaram dele e lhe tiraram todo o dinheiro, deixando-o apenas com o celular e a carteira, e que ele teria ido à polícia para dar queixa, e a polícia rodara com ele até aquela hora à procura dos assaltantes.

Ora, um celular era uma cobiça constante para os meliantes, como poderiam levar o dinheiro e deixar o aparelho e os documentos dele? Alegou que havia escondido o celular dentro da cueca e que pedira aos assaltantes para devolver seus documentos, e que eles o fizeram levando apenas o dinheiro que estava em sua carteira. Disse-lhe que não estava convencido, que era uma grande mentira tudo aquilo e comecei a pressioná-lo para me dizer a verdade. Ele insistia na história, mas entrava em contradições. O dia já amanhecia e nós ainda discutíamos, quando decidiu dizer a verdade. Saíra de sua casa e se encontrara com o Leo, e os dois foram para a rua beber, e quando acabou o dinheiro, decidiram ir para a Avenida dos Andradas onde o Leo queria fazer um programa com alguém na noite, e próximo do horário que ele chegara em casa, o Leo havia encontrado alguém e se fora com o acompanhante e ele retornara para casa. Tal revelação encheu meu imaginário. Perdi o controle e comecei a quebrar coisas em casa e a ofender o Ré com palavras que jamais diria em estado normal. Tratei-o como moleque, prostituto e irresponsável. Que não respeitava nosso relacionamento e que não merecia meu amor por ele. Meu descontrole foi tanto que ele, apavorado, ligou para Geraldo, meu irmão, que apareceu em nossa casa, tentando me acalmar. Sentia-me traído na confiança e no meu amor por ele, imaginando que outro homem o possuíra naquela noite e nada me demovia desta imagem. Pedi a ele que juntasse suas coisas e fosse embora. Ele relutou, mas diante de meu descontrole, Geraldo o convenceu a aceitar minha decisão e ele assim o fez. Apanhou suas roupas e partiu. Naquele dia não consegui fazer mais nada. Chorei todo o dia por perder meu grande amor. Fiquei por dois dias apático, sem ação. Até que Ré me telefonou para saber como eu estava. Disse a ele que estava mais calmo e que deveríamos conversar. Marcamos um encontro na Praça Floriano Peixoto, em frente ao quartel da PM, em Santa Efigênia. Lá, expliquei meus sentimentos e tudo que ocorrera, e ele jurou que o que tinha acontecido era o que me havia contado, que não me traíra, que me amava, mas estava com medo de mim; que não lhe dava espaço para respirar, que ele precisava ter seus amigos e que comigo se sentia isolado de tudo e todos. Tentei convencê-lo a voltar para casa. Ele negou, disse que achava melhor nos afastarmos por um tempo para refletirmos melhor sobre o nosso relacionamento. Fez uma proposta para que voltássemos a namorar nos encontrando como antes, mas ele em casa de sua mãe e eu em minha casa. Ele disse que não tiraria a aliança que lhe colocara no dedo, que aquele símbolo era seu maior orgulho e que, se um dia nunca mais estivesse comigo, ele o carregaria consigo para sempre. Choramos muito, os dois, em nossa conversa na praça. Apesar de minha insistência em fazê-lo voltar para casa, não consegui demovê-lo de sua idéia de namoro e aceitei. Deixei-o em casa e retornei as minhas atividades. "Iria consegui-lo de volta", pensava.

EDSON NÉRIS, VIOLÊNCIA E MORTE!

Uma notícia se espalhou por todo o Brasil e mexeu com os nervos de todos nós no gueto, indignados pela forma e violência. Causou comoção dos defensores de direitos humanos do Brasil e no mundo. Um amestrador de cães de São Paulo, Edson Néris da Silva, de 30 e poucos anos, na madrugada de 6 de fevereiro, andava pela Praça da República em São Paulo de mãos dadas com seu namorado Dario Pereira Neto, quando foram cercados por um grupo intitulado de *Carecas do ABC*, organização de fundamentalismo nazista, que discrimina ostensivamente nordestinos, negros e homossexuais. Dario conseguiu escapar, mas Edson Néris foi espancado barbaramente por chutes, pontapés e soco-inglês, ficando estirado e sagrando sobre o chão da praça. Dario conseguiu trazer ajuda, Edson foi levado para o hospital, mas não resistiu e faleceu em decorrência de várias hemorragias internas num corpo deformado pela ação violenta e brutal de seus agressores. A polícia paulistana, sob pressão do Movimento *Gay*, fez uma varredura na cidade e conseguiu prender 18 suspeitos, entre eles duas mulheres. O caso foi amplamente divulgado e acompanhado por organismos de direitos humanos nacionais e internacionais. Foi registrado documentalmente como primeiro caso de intolerância contra homossexuais e o primeiro a ser punido. Alguns meses depois, os suspeitos foram julgados e condenados a vinte e um anos de prisão por formação de quadrilha e homicídio triplamente qualificado. Ainda houve uma tentativa de intimidação por parte do grupo ao julgamento, com a entrega de uma bomba pelo correio a um funcionário da Anistia Internacional em São Paulo. A morte de nosso companheiro Edson Néris fez cair a máscara da hipocrisia de todo o Brasil que mentia para si mesmo sobre a inexistência do preconceito contra homossexuais. Um outro olhar passou a ser notado por parte de vários organismos públicos.

VÍTIMA DE ALTO RISCO!

Ré e eu passamos a nos encontrar como namorados, mas a ausência de Reginaldo em casa me fazia sentir muito só e, cada vez mais, desconfiado de suas ações. Ele tinha um grande sonho de morar em um apartamento maior, onde pudesse hospedar algumas pessoas que nos visitavam, o que era impossível onde morávamos. Decidi seduzi-lo por este caminho. Encontrei um apartamento no Bairro Alto dos Pinheiros, mudei-me para lá e levei Ré para conhecer. Ele adorou. Disse que iria conversar em casa com sua mãe, que já colocava alguns obstáculos quanto ao nosso relacionamento. Acredito que conhecia o filho que tinha e sabia que não estava pronto para o que eu, como companheiro, cobrava dele. No encontro seguinte, ele alegou que sua mãe não estava querendo deixar que ele partisse de casa novamente. Decidimos, então, os dois conversar com ela. Marcamos um encontro e disse a ela o quanto amava seu filho, que em momento algum desejava mal a ele e que tudo faria para fazê-lo feliz. Ela acabou concordando, e Ré mudou-se novamente para minha nova casa.

O sonho de toda travesti é ter os maiores e mais cobiçados atributos femininos, como seios belos e nádegas perfeitas que as tornem ainda mais parecidas com as mulheres. Sua principal atividade profissional é obviamente a prostituição, poucas, pouquíssimas mesmo, conseguem um pequeno lugar ao sol. Cacá Claridade foi uma dessas poucas. Quando a conheci, ainda trazia consigo alguns traços do belo homem que poderia ser, se sua orientação não fosse a de transgênero. Pele morena, lindo rosto e lindas pernas, sua metamorfose a transformara em uma travesti linda, muito parecida com a grande cantora mineira Clara Nunes. Sua semelhança com a cantora a fizera optar por dublar nos palcos sua musa inspiradora. Clara havia falecido recentemente vítima de uma lipoaspiração mal feita no Rio de Janeiro. E Cacá, por sua semelhança, tornara-se uma artista de grande talento nas dublagens da cantora. A semelhança era impressionante. Ficávamos estarrecidos ao vê-la no palco, a nós parecia que o espírito de Clara se incorporava em Cacá, hipnotizando-nos pela beleza e força de sua arte. Cacá, de origem pobre, tinha seus sonhos, entre eles comprar uma casa para si e sua família. E recebera o convite de um empresário italiano para fazer *shows* na noite *gay* italiana. Este convite passou a ser sua chance de realizar seu sonho. Cleber, um senhor freqüentador da noite GLS de Belo Horizonte, decidiu apadrinhar Cacá para realizar seu sonho. Doaria as passagens para ela partir para Roma. Todos os profissionais e pessoas ligadas ao gueto passaram a torcer por Cacá pela sua arte e pelo seu caráter solidário com todos. Cacá contatou uma travesti amiga sua, em Roma, que lhe daria acolhida nos primeiros meses, tudo se ajeitava para sua partida. Sua alegria era visível em sua arte e nas conversas conosco, seus amigos. O sonho de Cacá era contagiante e merecia ser publicado no *Jornal Rainbow*. Tudo pronto para sua partida, que seria em uma sexta-feira, mesmo dia em que faríamos uma entrevista com ela, às 14 horas. Na sexta-feira, recebo um telefonema de Dedê Grace dizendo-me que Cacá não poderia mais me dar a entrevista. Ela havia dado entrada no Pronto Socorro e falecera pela manhã. Chocado, corri para obter as informações sobre a tragédia. Cacá havia sofrido uma embolia pulmonar causada pela aplicação clandestina de silicone industrial no seio, na manhã daquela sexta-feira. O silicone atingira sua corrente sanguínea e chegara aos alvéolos pulmonares. Por ironia do destino, a busca da beleza perfeita vitimara Cacá tal qual sua musa. Ela tinha seios perfeitos já moldados pela mesma aplicação clandestina de silicone, uma forma usual de atender ao sonho dos travestis em se adornarem de contornos femininos para satisfazer seus anseios de gênero. A aplicação de silicone medicinal é tão cara e inacessível que pessoas inabilitadas, normalmente uma travesti mais velha com algum conhecimento de enfermagem, aplicam em suas iguais o silicone industrial impróprio ao uso humano. Cacá soubera que os europeus apreciavam os seios mais fartos e julgando que os seus estavam fora do padrão cobiçado pelos italianos, resolveu aplicar mais um pouco para chegar ao tamanho apropriado. A falta de uma política médica pública para atender aos anseios de gênero da travesti em sua busca de contornos femininos fizera mais uma vítima, nossa amada Cacá.

MOMENTOS SOMBRIOS!

MINHA paixão pelo Reginaldo se tornara mais que uma simples forma de amor excessivo, tornara-se obsessão. A mudança para o Alto dos Pinheiros foi uma tentativa extrema de não perdê-lo, mas ele já estava distante, já não era mais meu Ré, meu príncipe, meu companheiro. No início de nosso convívio em nossa nova casa, fez um almoço para sua família para mostrar onde morava e o conforto que adquirira. Minhas economias esgotavam-se mais rapidamente com as novas despesas de aluguel e telefone. Comecei a atrasar as prestações do Ford Ka, que estava pagando há quase dois anos. Reginaldo não trabalhava mais e ficava o dia todo em casa escutando música. A empresa de celular da qual ele usava os serviços, lançou uma promoção em que as ligações recebidas por seu usuário geravam créditos no celular do mesmo. Chegando em casa certo dia, de surpresa, descobri que Reginaldo ligava de nosso telefone fixo para seu celular para gerar crédito para si. Tivemos uma briga feia por causa disso, acusei-o de estar nos roubando. Gastava descontroladamente. Sumia durante o dia e não dizia aonde havia ido. Passamos a brigar usando palavras ásperas em nossas discussões. Em uma dessas brigas tive um mal-estar enorme e fui parar no CTI do Hospital Semper com problemas cardíacos. Neste momento, a única coisa boa que aconteceu foi receber no CTI a visita de meus filhos, que não via já há algum tempo. Reginaldo reatara sua aproximação com Leo, permiti isso na esperança de tê-lo mais perto, tolerando a presença do Leo. Julgava que Leo era o culpado pelo seu distanciamento, só percebi a realidade depois que fui perdendo meus sentimentos por ele. Ele era muito parecido com o Leo, não lhe bastava um homem apenas, tinha que ser de muitos, por isto os dois se davam tão bem. Comecei a desistir do Ré. Já não cobrava seus sumiços e evitava ter discussões com ele. Uma noite, demorou a aparecer em casa. Enquanto esperava, escrevi uma carta no computador para ele:

"Meu Querido Companheiro,

Chegamos enfim a um impasse. Quem deve ceder, o que e de que forma? Por onde seguir? A escolha dos caminhos, às vezes, é difícil, não temos saída. Na busca de tentarmos acertar, nos atropelamos. Em algum ponto deste percurso, perdemos a capacidade do diálogo. As agressões mútuas, de repente, se tornaram freqüentes. Eu me pergunto e pergunto a você: por quê? Estou sem resposta. Talvez, porque o preço do amor seja, às vezes, um pouco alto. Quando sonhamos a idéia do Clube, sonhamos, juntos, um ideal de vida a dois, onde poderíamos nos ajudar e ajudar as pessoas. O sonho é lindo, mas os obstáculos são muitos. Você conquistou muitas coisas, menos o conceito de fidelidade tão importante para mim. Este conceito, neste momento, talvez não seja importante para você, talvez daqui a alguns anos...

Ré, quantas barreiras vencemos juntos? Nós dois mostramos às pessoas que é possível se viver sem preconceitos, de diferenças como idade, cor, classe social e sexo. Porém não conseguimos vencer uma barreira, a do orgulho masculino. Somos dois homens a se amarem, mas a estrutura cultural em que fui criado não foi vencida por mim, e você absorveu parte dela com resquícios do machismo de não ceder para não demonstrar fraqueza masculina. Pergunto-me, por que somos irredutíveis ao óbvio? Chegamos a um momento em que a voz do outro não importa mais. Cada própria voz é que conta. Tantos erros cometidos e tanto a perdoar. Isto tem sido difícil para nós dois. Conviver juntos é fazer concessões e, creio, não estamos preparados para isto. Em sua defesa, você alega ter oportunidades melhores que o meu amor pode lhe oferecer. Talvez seja o momento de você vivê-las e averiguar se realmente são melhores. Amo muito você, mas não vou prendê-lo mais. Está livre para voar, Ré. Busque os horizontes que você imagina ter perdido. A maior prova de meu amor por você é abrir mão de sua companhia e sua presença. Quero apenas dizer-lhe que as brigas, as lutas, as exigências que fiz foi por querer ver você um homem bom, cheio de sonhos e esperanças. Mas, isto, neste momento, percebo que não é mais importante para você, então o que posso fazer? Nunca soube viver com atitudes grosseiras e, quando reclamo, é sempre no intuito de fazer você ver que tais atitudes me incomodam. Fiz concessões a você que não faria para outra pessoa, mudando até alguns dos hábitos de que gostava e o incomodava, como beber socialmente. Em minha idade, mudar hábitos antigos não é fácil. Você se tornou orgulhoso, Ré, de sua liberdade, de sua masculinidade, esquecendo que a humildade também é fundamental. Você diz que deseja aprender com seus próprios erros. Você tem razão, terá que seguir seu caminho. Só lamento que, para isto, tenha que abrir mão de um sentimento tão grandioso e puro que jamais teve ou terá. Resta a mim a certeza de que irá doer, mas passará, ficando somente as lembranças boas, os momentos e dias felizes.

Poderemos então perguntar: por que abrimos mão disto? Mas poderá ser tarde e irreversível. Nossa luta no clube foi duplamente prazerosa, pelas conquistas e pela sua presença. Sei que sua partida representa sua saída do clube também, como já me disse várias vezes. Você foi muito importante para todas as conquistas que obtivemos até agora. Você construiu muito, conversando, dando sugestões e participando de ações que levaram a abrir muitas portas para nosso povo. Fez muitos trabalhos dignos e me orgulho de você por eles. Sempre me lembrarei de sua presença. Fez muito por mim, ensinado-me a olhar de frente para minha homossexualidade, transgredindo meus medos e mostrando com carinho a cultura de nosso povo. Sempre me lembrarei de você quando ainda estava tremendo de medo de ser reconhecido, e você corajosamente andava de cabeça erguida, rompendo com seu olhar de menino valente e seu sorriso inesquecível barreiras que me intimidavam. Nunca me vou esquecer de uma noite de trabalho no gueto em que deixamos o carro na Avenida Augusto de Lima, logo após o cruzamento com Rua Rio Grande do Sul, e ao retornarmos, no meio da travessia da Rio Grande do Sul para apanharmos o carro, em frente aos automóveis que aguardavam o sinal, você me abraçou e me beijou na boca. Aquela sua atitude corajosa me deu forças para demonstrar, cada vez mais, meu afeto por você em público, lembra-se disto, Ré?

Abro minhas mãos e liberto suas asas, meu preto amado, mas esta atitude me deixa triste. Triste por reduzir minhas chances de mostrar a você tantas coisas e lugares bonitos que poderíamos ver juntos; triste por imaginar que, quando estiver fazendo isto com outra pessoa, seria você que merecia estar ao meu lado; triste por ter ainda tanto a lutar e não ter você junto a mim; triste por cruzar as esquinas e lembrar dos momentos bons que por elas passamos. Triste por olhar a noite estrelada e não ter seus olhos junto aos meus para admirá-la; triste por fechar meus olhos e ver seu sorriso incrível e quando abri-los, perceber que seu sorriso não está mais comigo; triste por saber que você quase chegou lá, no futuro que sonhamos e que, se Deus quiser, acontecerá e não poderei comemorar com você. Desejo apenas, meu querido príncipe, que o peso das lágrimas que derramo agora, e vou derramar pela sua ausência, nunca caia sobre seus ombros, e que a dor do arrependimento jamais chegue a seu coração. Embora saiba que não será possível, ainda desejo que a distância que se abriu entre nós tenha chance de romper-se, antes que a eternidade a engula. Peço apenas que escolha o momento de partir em que soframos menos, e que não tenhamos que dizer adeus, mas sim um amigo até breve, como se um de nós fosse fazer uma viagem longa, sem uma breve volta. Que durante algum tempo, até que as cicatrizes se fechem, evitemos de nos ver, que tenhamos a dignidade de não ferir mais o outro. Quero que sinta nas palavras que ora escrevo minha gratidão e meu amor por você, ele se amenizará e se transformará em lembranças doces. E que você possa sentir este amor por toda sua existência, sabendo que ninguém o amou mais que eu e jamais amará. Esta é minha herança para você, meu preto. Voe, suas asas estão libertas de minha paixão.

Com amor, Danilo."

Deixei a carta no computador de tal forma que, tão logo Ré entrasse na Internet, pudesse vê-la. Os conflitos, depois de ler a carta, diminuíram. Ele ficou ainda mais uma semana em nossa casa.

Nesta última semana, recebemos uma visita inusitada e que no futuro me faria entender o que antes julgara ser síndrome de perseguição do Itamar do Grupo Guri quando me relatou sua história na saída da reunião da PM. Um rapaz que se identificou como Carlos Magno me ligou pedindo um encontro. Decidi recebê-lo em casa. Lá chegando, disse-me que fora indicado pela Soraia para participar do Clube Rainbow, que era jornalista e recém-chegado do norte do País. Queria colaborar no jornal voluntariamente. Procurou saber tudo sobre o Rainbow e inocentemente eu e Ré informamos tudo que podíamos. Não tínhamos uma organização de luta ou militância nos moldes que os partidos se construíam, éramos uma meia dúzia de sonhadores e idealistas, cujo único objetivo seria conseguirmos nossos direitos, não havia nenhuma estratégia planejada, agíamos com o coração. Ele nos ouviu, de forma muito simpática, e partiu. Nunca mais voltou. Mais tarde descobri que era filiado ao partido radical que me repelia. Era um instrumento de observação para o partido criar uma estratégia para neutralizar a visibilidade de nossas ações. Mais tarde pude ter certeza disso. Itamar tinha razão.

Uma semana depois, estava levando Reginaldo de volta para casa de sua mãe. Tínhamos tido uma noite encantadora, de amor e sexo, foi nossa despedida. Dedicou uma foto especial para mim na qual ele agradecia ter convivido comigo, terminando a dedicatória com a frase: "Com amor, seu preto!". Juntou suas coisas e partiu.

É impressionante como as pessoas são cruéis. Após nossa separação, dezenas vieram relatar atitudes que Reginaldo tomara longe de minha presença. Leo passou a freqüentar mais a minha casa. Descobri que Reginaldo nunca fora fiel. A saída no Rio com Leo levara os dois ao apartamento dos turistas: Leo havia ficado com um e Reginaldo com outro. Ele mentira para mim durante todo o nosso relacionamento; por algum tempo, havia sido leal, mas durara pouco; em minhas ausências visitava saunas *gays*, e, quando sumia nas boates, entrava em *darks roons*, sem que eu percebesse. Sua fragilidade de caráter e sua obsessão por sexo não tinham limite. Quando eu virava as costas em algum bar, entregava bilhetes com telefones para outros rapazes e, muitas vezes, encontrava-os longe de mim. Tais revelações me encheram de ódio e mandei buscar todas as minhas fotos que ele havia levado, e também a aliança que me pedira para guardar de lembrança. Comecei a eliminar qualquer possibilidade de tê-lo de volta. Passei a me amar mais. Sentir que precisava recomeçar. Estava destruído emocionalmente e literalmente sem dinheiro.

Em uma noite de amor, ódio e saudade, na busca de um desabafo escrevi para ele:

A UM CERTO GAROTO

As noites negras do céu sem estrelas
espelham minha alma na solidão de tua ausência.

Quisera não ter te conhecido, fato irreversível de
minha vida louca de amor por ti.

Ah! Como tua ausência me fazia bem antes de te conhecer.

Tua existência, para mim, era um fato abstrato de
minha imaginação transversa, quando se tornou real.

Obscureceu minha visão, com teu comportamento
noturno e avassalador de infame caráter.

Podes amar mais de mil corpos e deitar-te
comigo como se nada houvesse acontecido.

Podes mentir grotescamente humorizando
as palavras doces para que creia em ti.

Exalas teu cheiro me embriagando com a
fragrância da paixão indomável.

Enrolas-me com tuas coxas morenas,
afogando-me em teu sexo verde de juventude
presumivelmente eterna.

As noites negras do céu sem estrelas
espelham minha alma
na solidão de tua ausência.

Quisera não te ter tido.

PAI GAY, FILHO GAY!

Marcos passou a estar sempre conosco no Rainbow, um rapaz de 22 anos, muito alegre, com um leve traço de feminino nos gestos, externados apenas no conversar. Vivia sua homossexualidade com naturalidade, apenas preocupado com a atitude de seu pai, Valter, um senhor de 45 anos aproximadamente. Certo dia, em uma festa muito populosa na casa de um outro *gay*, encontro-me com Marcos. Apavorado, chegou até a mim perguntando o que faria. Seu pai estava na festa, vieram separados e, como era uma festa em sua maioria de *gays*, provavelmente seu pai iria indagar como chegara ali e de que forma fora convidado. Estava visivelmente nervoso e gesticulava muito. Seu pai, viúvo há muitos anos, só tinha Marcos como filho e ele estava angustiado em revelar a seu pai sua orientação. De repente, o destino colocara os dois quase frente a frente. Marcos vira seu pai de longe e se escondera ao máximo para não ser visto, mas se sentia atraído por um outro rapaz que estava na festa e não desejava partir. Pediu-me ajuda. Pedi a ele que me mostrasse quem era seu pai. Escondido atrás de uma cortina, ele apontou para uma pessoa que estava na varanda a cerca de 50 metros de nós. Quando olho para o local que Marcos apontara, vi alguém que já conhecia do gueto. Confirmei com Marcos se era aquele senhor mesmo. Marcos confirmou. Procurei tranqüilizá-lo e disse que iria conversar com o pai dele. Ele me pediu para não dizer que ele estava ali, ficou mais assustado ainda. Respondi que confiasse em mim. Cheguei até o Valter, que me cumprimentou efusivamente, dando-me um caloroso abraço. Conhecera-o dias atrás no Hi-fi e havíamos feito amizade. Indaguei-lhe se sabia do filho e se conhecia a orientação sexual dele. Ele me respondeu que suspeitava, porém nunca haviam tocado neste assunto em casa. Depois que enviuvara, Valter decidira viver sua homossexualidade, mas sempre preservando o filho, não queria decepcioná-lo como pai *gay* que era. Expliquei a ele que o filho nos visitava no Rainbow e que também tinha a mesma orientação sexual dele. Ele aceitou tranqüilamente e se propôs conversar com o filho. Disse a ele, então, que poderiam conversar ali mesmo. Surpreso, Valter indagou como. Respondi-lhe que seu filho estava na festa, e quis saber se ele aceitaria conversar com o filho e se eu poderia contar ao filho sua orientação. Ele acenou positivamente. Voltei até onde Marcos estava encolhido e apavorado. Tentei acalmar-lhe e dizer que seu pai já sabia sobre ele. Marcos ficou espantado. E completei: espero que goste da surpresa que terá. Ele quis saber o que era. Respondi: "Seu pai também é *gay*, você não sabia?" Marcos já suspeitava, nunca vira seu pai com outra mulher; embora sempre torcesse para que ele tivesse outra pessoa, Valter jamais se envolvera com mulher alguma desde a morte da esposa. Marcos sentiu um misto de surpresa, alegria e medo. Seu pai quer conversar com você. Ele demorou um pouco, mas criou coragem. Levei-o até o Valter e ainda brinquei com os dois, apresentando-os como meus dois amigos *gays*. Riram da brincadeira e os deixei conversando. Durante quase uma hora, fiquei a observá-los com receio de algum conflito. Se houvesse, teria que intervir. Para minha surpresa, entenderam-se muito bem. E saíram da festa, cada um com um namorado novo. Passaram a ser meus amigos de verdade e sempre saíam juntos para o gueto, ambos muito felizes com a revelação provocada por mim. Agradeci a Deus por esta oportunidade. Estão bem e felizes, são mais que pai e filho, são companheiros em tudo.

TENTATIVA!

MEUS COMPROMISSOS me levaram a esta festa onde encontrei Marcos e Valter, fiquei feliz por ter aproximado mais ainda pai e filho, mas minha tristeza pela ausência do Reginaldo era visível, todos perguntavam o que acontecia comigo. Tentava disfarçar, mas sentia-me deslocado. A certa altura, um rapaz passou a me olhar, e instintivamente reagi ao seu flerte. Ele aproximou e se apresentou. Gladston era seu nome. Trabalhava em uma financeira e estudava para o vestibular. Muito agradável e inteligente, Gladston chamou minha atenção. Gostava das mesmas coisas que eu, filmes e livros, conversamos muito tempo sobre vários assuntos. Meio sem graça pela dor da ausência de Reginaldo, às vezes meus olhos ficavam distantes. Ouvia Gladston, mas minha atenção estava em meu coração. O local se tornara pequeno pela quantidade de pessoas que, com o tempo, lotara a casa, e fomos obrigados a nos aproximar mais um do outro. Gladston, muito gentil e atencioso, brincava e fazia comentários sobres as pessoas, sem maldade, apenas para descontrair. Nossa proximidade fazia sentir o calor de seu corpo, e repentinamente ele segurou minha mão carinhosamente. Nossos olhos se encontraram e o beijo foi inevitável. Havia um gosto de hortelã em sua boca. Trocamos alguns gestos carinhosos sem falar sobre o que acontecia. Foi algo repentino, descontraído e suave como se já nos conhecêssemos. Nossas mãos ficaram unidas até o final da festa. Era como se fôssemos namorados já há algum tempo, como se nos conhecêssemos há meses. Ele falava de coisas boas de sua vida e de sua família. Dizia que todos sabiam e o aceitavam com muita naturalidade. Ele foi suprindo minha carência aos poucos, sem que sentisse resistência de minha parte. Deixei-me levar pela sua forma doce de agir sem perguntar muito e sem cobranças. Seus olhos castanhos bem claros brilhavam em um rosto cheio e belo; era mais baixo que eu uns 15 centímetros e, ao me beijar erguia-se um pouco. Possuía uma leve tendência à obesidade sem ser expressivamente gordo. Saímos da festa e fomos para meu apartamento no Alto dos Pinheiros, Gladston ligou para alguém avisando que não dormiria em casa aquela noite. Ao chegar em casa, abri um vinho e nos sentamos para conversar. Expliquei a ele que estava um pouco machucado pelo término recente de uma relação muito forte. Gladston não pareceu se importar, passou a mão em meu rosto e disse:

– Tudo bem! Agora estou aqui com você! Vou ocupar este espaço, se você deixar!

– Não sei, Gladston. Estou muito ferido e tenho um vazio enorme dentro de mim. Não sei se devemos...

– Podemos tentar! Se não der certo, entenderei!

Impressionante a facilidade que os jovens possuem para se entregar, arriscando-se a um afeto com poucas chances de serem correspondidos. Creio que a carência contínua de que padecem os *gays* lhes permite se arriscarem a uma possível chance de amar. Perguntou-me onde era o quarto, tomou-me pela mão e caminhamos para lá. Abriu sua bolsa e retirou duas camisinhas. Suavemente ele me deitou sobre a cama e beijou-me. Despiu-me e se despiu. Era um belo moço. Deitou-se ao meu lado e suavemente acariciou meus cabelos, colou sua boca na minha e deixamos nossos corpos se entrelaçarem. Adormecemos. Na manhã seguinte tomamos café juntos e saímos para nossas atividades profissionais. Gladston ficou de ligar-me à noite.

Diante de minha desilusão com Reginaldo, meus sentimentos estavam como que anestesiados, dormentes, não conseguia esboçar reação a qualquer estímulo. O fisiológico funcionava bem, porém o emocional parecia ter desaparecido; apático deixava-me conduzir pelo Gladston, sempre terno e sereno. Levou-me para conhecer suas tias com quem tinha um contato mais estreito. Elas simpatizaram muito comigo e torciam por nós. A suavidade e o companheirismo de Gladston cativariam qualquer ser humano, mas meu momento era de profunda dor. Não conseguia deixá-lo entrar em meu coração. Pensei até que não voltaria a amar mais ninguém. Fomos levando o namoro, mas sentia que não poderia seguir adiante. Nosso namoro durou quarenta dias, aproximadamente. Expliquei-lhe como me sentia e que não seria justo seguir adiante. Ele era um rapaz para ter alguém que o amasse muito e sentia que este alguém não seria eu, pelo menos naquele momento. Terminamos. Tornamos-nos bons amigos. Mais tarde, quando me senti preparado, procurei-o, mas ele estava namorando. Segui meu caminho, Gladston, o dele. Hoje, está morando em Portugal, mas estará sempre na condição de um grande e querido amigo.

NOVO INICIO!

Marco Lana compartilhava de nossas atividades na construção do jornal e sonhava participar do Rainbow, porém não tinha muito tempo.

A esta altura, já nos tornáramos grandes amigos. Conversávamos sobre os acontecimentos de nossa luta e sobre o futuro do Rainbow. Marco morava só, no Coração Eucarístico, em um apartamento confortável de três quartos, um deles de sua irmã Regina, que morava com a namorada e ficava desocupado na maioria das vezes. O outro estava vazio.

Eu estava absolutamente quebrado. A financeira tomara meu carro, e eu trabalhava a pé ou de ônibus. Marco, sabendo de minha situação, convidou-me para morar com ele. Levei parte de meus móveis para mobiliar o quarto vazio e me desfiz do resto. Sem alternativa, já que não queria voltar para casa de minha mãe, que ainda relutava em aceitar minha orientação, decidi aceitar a oferta de Marco. Sua generosidade foi a maior prova de amizade que um ser humano pode receber. Eu ajudaria no que pudesse financeiramente, ou seja, quase nada, porque não tinha emprego e nem renda. Porém, creio que Marco acreditava nos meus sonhos e queria ajudar-me a realizá-los. Mudei. Passamos a ter manhãs incríveis, em discussões longas sobre o futuro do Rainbow e estratégias de luta. Nossa amizade fortaleceu imensamente depois de minha mudança. Marco foi o grande responsável por eu não ter tido uma depressão profunda pela perda do Reginaldo; era bom ouvinte, solidário e brincalhão, sempre procurando distrair meus pensamentos embriagados pela tristeza da perda do meu grande amor. Como era figura proeminente na administração do Bar Estação 2000, passei a estar no bar com mais freqüência, onde sempre nos encontrávamos para voltarmos juntos para casa em seu carro, que me emprestava, às vezes, para que pudesse executar minhas tarefas de luta.

SER CONQUISTADO!

Três meses depois do término com Reginaldo, estava no Estação 2000, e um rapaz sentado com um grupo em uma das mesas começou a me olhar. Num impulso, cheguei até a mesa. Ele se levantou, era enorme, parecia um desses seguranças de carro forte, moreno claro de cabelo crespo, cortado ao estilo militar, e a parte onde havia mais cabelo na cabeça estava bem tratado com um gel que lhe dava a aparência de ter saído do banho. Um rosto másculo e bonito com uma boca pequena e carnuda; em sua orelha esquerda, havia um brinco de cristal lapidado em estilo de diamante, que brilhou ao receber o reflexo da luz do palco. De pé, diante de mim, pareceu-me ter 10 a 15 centímetros a mais que eu. Ao se levantar, nossos rostos ficaram bem próximos e, sem trocar sequer uma palavra, ele segurou minha mão e me beijou longamente na boca. Estava carente pela perda do Reginaldo e me senti muito bem com aquele beijo roubado tão repentinamente por um absoluto estranho. Sua mão prendia a minha, que ficou mergulhada na grandeza de sua palma e seus dedos. Segurava forte e firme, como se quisesse me prender. Após o longo beijo, olhou-me nos olhos e sorriu. Seus dentes, muito brancos, apresentavam um leve formato de alguém que havia usado bico quando criança por algum tempo, mas só se percebia à distância em que me encontrava e quando sorria abertamente.

– Nossa! Você é ousado, não? – disse.

– Há muito tempo desejava fazer isto! – respondeu.

– Como? – fiquei curioso.

– Gosto de você há muito tempo. Tenho visto você em vários locais. Você nunca prestou atenção em mim por estar acompanhado de seu namorado. Mas fiquei sabendo que terminaram, então resolvi arriscar – falava sem soltar minha mão.

– Você está brincando! – exclamei surpreso.

– Meu nome é Éder, sei que você é o Danilo, e que já foi casado. Sei também que terminou com seu namorado há pouco tempo. Mas me apaixonei por você quando você ainda estava com ele e, desde então, vinha esperando uma oportunidade de falar de meus sentimentos.

– Olhe, você está me deixando encabulado!

Ele riu. Uma gargalhada que balançou todo o corpanzil de sua enorme estrutura. Um misto de nervoso e satisfação.

– Mas é verdade – continuou. Se quiser, pode perguntar aos meus amigos ali na mesa. Eles irão confirmar o que digo.

– Não é necessário, acredito em você!

– Quero ser seu namorado, você me permite? – perguntou.

– Posso pensar? Acabo de sair de um relacionamento e ainda estou muito machucado. Não gostaria de machucar outra pessoa.

– Também sei de parte disso, sei que ele não merecia você, que o traía. E quero ter a chance de fazer você se esquecer dele!

Estava carente e com a auto-estima baixa pela perda do Ré. Aquela declaração de amor feita pelo Éder me balançou muito, realmente mexeu com meu coração. Ele não era o estilo dos homens que me atraíam. Gostava de homens mais frágeis, menores que eu e com menos estrutura muscular, Éder era o contrário. Decidi ficar ali com ele. Ah! Ficar! Que coisa boa que a juventude desta nova geração, a dos meus filhos, inventou! Você agrada de uma pessoa, e fica! Pronto, pode ser uma noite, duas ou até uma semana. Depois, se não se dão bem, vão cada um para o seu lado e pronto, sem mágoas ou amarras. Em minha juventude, era diferente. Se você desejava alguém, teria que ter pelo menos a intenção de um compromisso sério, senão nem pegar na mão acontecia. Hoje não, a juventude se toca, se beija e até faz sexo, às vezes, e depois seguem seus caminhos, se o amor não se consolidar. São muito mais verdadeiros. Ficamos. Aquela noite foi muito agradável. Éder foi supercarinhoso, abraçava-me forte e me beijava há todo o momento, sentia seu corpo enorme envolver o meu e me sentia amparado e confortável. Como diria a comunidade no gueto, estava me sentindo *a própria,* termo usado para designar uma bicha que era muito cobiçada e desejada.

Éder trabalhava na Prefeitura de Contagem e morava no Eldorado, um dos principais bairros de Contagem. Seu pai havia falecido há pouco tempo, vítima de câncer e morava com sua mãe e irmãos. Sua família não sabia que ele era homossexual. Pensei: "Ah! Meu Deus, um enrustido!" Ele vinha sempre a Belo Horizonte para encontrar com os amigos no gueto, onde procurava ser ele mesmo e se divertir. Marcamos de nos encontrar no dia seguinte, trocando os números de nossos celulares.

Pela manhã, na reunião matinal do café na casa do Marco, logo que me levantei, fui dizendo:

– Bicha! – já nos tratávamos assim de forma muito carinhosa. Você não imagina o que aconteceu ontem no Estação!

Sem esperar pela pergunta de Marco, continuei:

– Fui beijado por um "armário"!

– Como, bicha? – indagou Marco. – Um armário?

– Um homem imenso, bem mais alto e mais largo que eu.

– É novinho, não é? Quantos anos ele tem, 18? – zombou Marco, sabendo de minha preferência por homens mais jovens.

– Não, tem 23! – rimos os dois.

Marco sabia o quanto eu estava sofrendo pela ausência de Reginaldo e me incentivou. Gostou da ousadia de Éder e reforçou meu desejo de dar uma chance a ele. À noite, fui me encontrar com Éder. Procurei ser o mais sincero que pude. Contei a ele do meu amor por Reginaldo e que não o havia esquecido; que sofrera muito com a nossa separação. E claro, queria ter outra pessoa em minha vida, mas ainda amava Reginaldo, era cedo para ter outro no meu coração. Que estava sendo honesto com ele para que não me cobrasse nada, e muito menos me permitisse magoá-lo. Depois de dizer tudo, Éder ouvia calado. Quando terminei, ele começou:

– Danilo, realmente amo você! Tenho certeza disso, não consigo pensar em mais ninguém desde que vi você no Blitz há algum tempo atrás. Sinto que ainda goste daquele rapaz, mas quero uma chance de conquistar seu coração. Só isto que lhe peço. Dê-me esta chance e mostrarei a você o que é amar de verdade.

– Mas, Éder, e se eu vier a fraquejar? Não pretendo voltar para o Reginaldo, sofri muito com ele, pelas mentiras e atitudes pouco louváveis que ele tomou comigo. Mas mesmo sabendo de tudo o que ele fez, se ele quiser voltar, não sei se resistirei. E isto iria magoar você. Não tenho este direito.

– Estou consciente de tudo isto, Danilo. Quero arriscar. Sei que posso perder, mas espero que consiga vencer. Dê-me esta chance...

Disse isso com um olhar tão carente que não pude resistir, abracei-o e me deixei envolver.

EXAME DE HIV!

A AIDS é uma sombra escura que cobre nossas almas de pavor e morte. Como um punhal cortando meu cérebro, um pensamento passou pela minha cabeça. Havia corrido alguns riscos com Reginaldo, por ele levar uma vida dupla. Meu Deus, esse pensamento passou a me atormentar do amanhecer ao anoitecer. Decidi fazer o teste. A ansiedade e agonia desde a decisão até o resultado atormentaram meu espírito. Senti enjôos, perdi o sono, e milhares de pensamentos iam e vinham na mente com a possibilidade de o resultado ser positivo. Mas tinha consciência da importância da precocidade do diagnóstico para a melhor eficácia do tratamento, se positivo fosse. A qualidade dos medicamentos melhorara muito, isto garante ao soropositivo uma vida quase normal. Já quase se podia afirmar que não se morre mais de AIDS, só se o diagnóstico for tardio e a defesa imunológica do portador estiver muito baixa. Embora não possuísse nenhum dos sintomas, preocupava-me muito a possibilidade de ter sido contaminado. Muitas vezes, o desejo e o excesso de confiança no parceiro nos cegam e corremos alguns riscos. Se há um acordo de não trair, se há fidelidade e se ambos estiverem "limpos", por que não se entregar por inteiro? É uma prova de amor. Mas o ser humano é um continente misterioso, e pode não agir da mesma forma com que você age com ele, mesmo havendo um grande amor entre os dois. Ré havia sido meu grande amor, confiava nele, mas a fidelidade não era recíproca, e nada sabia sobre suas fugas, se eram protegidas ou não. Dirigi-me ao local para fazer o exame com o mesmo sentimento de um boi que segue a caminho do matadouro. O Centro de

Testagem e Aconselhamento (CTA) é mantido pela Secretaria de Saúde, com recurso do Ministério. Lá, as pessoas são treinadas para tranqüilizar o cidadão que vai fazer o teste. Não há identificação pessoal e a conversa é mantida em sigilo absoluto, como pude comprovar. O pessoal que nos atende é muito bem preparado e trata a questão com muita naturalidade. Você conversa em uma sala fechada e, quando vai receber o resultado, também a privacidade é total. Coletaram meu sangue e pediram que retornasse dois dias depois. Estes dois dias foram aterradores. Você fica pensando: "e se der positivo, o que vou fazer? Minha vida irá acabar". Voltei para apanhar o resultado. O mesmo tratamento de respeito e individualidade. Entregaram o resultado: Negativo! Ufa! Respirei aliviado. Fui aconselhado a não facilitar novamente e me proteger. Minha proteção seria importante para que não se propagasse o vírus, transformando-me em mais uma estatística; que realmente não se morre mais de AIDS, se o portador seguir o tratamento com critério e seriedade, mas os efeitos colaterais do coquetel de medicamentos são penosos e causam muito mal-estar; que o mais importante é ter uma vida saudável. Saí dali com um espírito renovado. Prometi a mim mesmo me cuidar melhor no futuro.

DANDO-ME UMA NOVA CHANCE!

Éder passou a estar comigo quase todas as noites. Encontrávamo-nos nos bares e após o terror do exame, senti-me melhor e mais confiante. Convidei-o a passar uma noite comigo na casa do Marquinho. Marco não se importava, era uma casa de *gays* e tínhamos nossos quartos separados. Era o que Éder mais queria. Sempre muito gentil, aceitou o convite imediatamente. Ligou para sua mãe dizendo que iria dormir em casa de um amigo aquela noite. Apresentei-o ao Marco, que olhou-o de cima a baixo, e surpreendeu-se pelo tamanho do Éder, e naturalmente, com voz calma e baixa, característica de seu jeito de ser, deixou escapar:

– Nossa, bicha, a senhora vai dar conta de um bofe deste tamanho?

Rimos muito do comentário do Marco, e sentamos na sala de jantar para conversarmos um pouco. Logo em seguida Marco se despediu e foi para o seu quarto.

Fiquei um pouco nervoso, pela primeira noite com Éder. Seria nossa primeira intimidade. Segurei sua mão enorme e levei-o para o meu quarto. Despi-me e o convidei a fazer o mesmo. Ele foi tirando a roupa devagar e mostrando seu corpo gigante para mim. Seus braços eram enormes e fortes, um peito muito largo e com alguns pêlos. Depois, tirou as calças e fiquei impressionado pela espessura de suas coxas, apenas uma delas dava duas das minhas. Havia uma barriga pequena, mas já proeminente, também com pêlos. Virou-se para pendurar suas calças na porta do guarda-roupas, e suas nádegas se mostraram. Tudo nele era grande, e imaginei como, talvez, o Reginaldo se sentiu comigo, pequeno e diminuto. Apreciava homens com o mínimo de pêlos, mas Éder me faria mudar de idéia. Levantou o lençol que me cobria e se enfiou por baixo. Eu já estava nu, e pude sentir o tamanho de seu tesão a encostar-me as coxas. Passou a beijar-me freneticamente me arrepiando todo o corpo, suas mãos tocavam cada centímetro de meu corpo como se fosse uma bolsa de água quente a me acariciar, não houve um local sequer no meu corpo que não sentisse a umidade de sua língua, sempre voltando ao meu rosto e me beijando com ardor. Sentia sua língua em toda minha boca, parecia que iria me engolir, rolamos um sobre o outro na cama, que era de metal e rangia tanto que me parecia que todo o prédio escutava. Tentava diminuir o ritmo para minimizar o barulho que me incomodava, mas Éder não se importava e cavalgou sobre mim deliciosamente, loucamente; nossos corpos, já molhados de suor, enroscavam-se em um delírio de delícias, nós nos tomamos um ao outro de forma apaixonadamente louca. Repentinamente, senti-me dentro dele misturando gemidos e grunhidos masculinos. O orgasmo estava se pronunciando em nossos corpos e um gemido de prazer encheu o quarto de um som musical inesquecível. Nós nos desgrudamos, sobre o lençol molhado de suor, estirando-nos sobre a cama em um descanso de paz. Passaram-se alguns minutos e nos abraçamos novamente, o desejo reacendeu e nos envolvemos novamente, a cama balançava frenética aos nossos movimentos. De repente, ela se rompeu fazendo um barulho ensurdecedor ao tocar o chão. Paramos assustados, em seguida Marco bate à porta:

– Bichas, está tudo bem?

– Sim, Marco, foi a cama que quebrou – respondi.

– Também, com dois gigantes sobre ela, a coitada deve estar até aleijada. Boa-noite!

Rimos muito do comentário do Marco e desmontamos a cama, colocando o estrado e o colchão no chão para dormimos na horizontal. Adormecemos abraçados e nus. Éder se levantou muito cedo, pois tinha horário de iniciar na Prefeitura em Contagem. Levantei-me com ele, fiz um café e tomamos de mãos dadas sobre a mesa, entre beijos e carícias.

SAUDADES!

SENTIA muita falta de meus filhos Daniel e Tatiana. Por intermédio de Karla, minha irmã, sempre tinha notícias deles. Procurei não envolvê-los em minha vida pública, embora houvesse muita curiosidade acerca da reação deles, em ter um pai *gay* e este pai se ter tornado uma figura pública. Sabia que estavam seguindo suas vidas. Tatiana estava na Faculdade de Psicologia e Daniel estava a caminho de entrar também em uma faculdade. Sabendo do pensamento homofóbico de alguns dos membros da família de Márcia, procurava evitar o envolvimento deles em minhas atividades, para que não sofressem com o preconceito. Acreditava que, se continuasse agindo com dignidade, mais cedo ou mais tarde, teriam motivos para se orgulharem do pai. Decidira não mentir mais. Minha mentira de tantos anos quase me fizera perder a vida. A euforia de viver com minha verdade por inteiro tornara meu coração melhor e capaz de compreender todas as fraquezas humanas. Sentia que se eu envolvesse meus filhos, eles poderiam ser vítimas de uma discriminação por parte de parentes, amigos e colegas. Mas, às vezes, doía muito a ausência de meus meninos. Para amenizar esta dor, passeava sozinho pelos lugares onde os levava quando crianças. A rua onde os ensinara a andar de bicicleta, a porta de suas antigas escolas, os brinquedos infantis do Parque Municipal tornaram-se lugares sagrados de minha memória. Passava horas imaginando-os nestes locais; às vezes sorria das lembranças de suas brincadeiras, outras vezes deixava meu coração vazar pelos meus olhos, para amenizar a saudade. Meu divórcio com a mãe deles já se concretizara, não fiz questão de ficar com nenhum dos bens que conquistamos ao longo dos dezoito anos de casamento, deixei tudo para que a vida deles fosse menos prejudicada em termos de conforto. Com Daniel ainda tinha algum contato, pequeno, mas tinha. Tatiana decidiu ficar um tempo sem falar comigo. Talvez por ser mulher e ter trazido para si a dor de sua mãe, pelo acontecido. Respeitei seu silêncio, embora me doesse muito. Resolvi escrever para Tatiana:

> "Filha minha,
>
> Às vezes, me pergunto quais das dores doem mais, o inferno que vivia, ou a dor atual da sua distância. Literalmente, fico sem resposta. Será que poderia continuar vivendo na indiferença e na solidão de dois, e acabar com minha perspectiva de vida, pois era isto que comigo acontecia, ou ter a coragem de tentar ser menos infeliz? Optei.

Talvez não pela forma mais acertada, e nem a mais correta, mas era preciso para minha sobrevivência. Não contava com sua fragilidade. Esperava ter o seu apoio e de seu irmão, pois contava com o lado sensível que de mim herdaram, com a imensa capacidade de amar que tentei lhes ensinar. Venceu o lado pragmático de sua outra metade. E é a que talvez faça a sobrevivência dos realmente fortes. Talvez este lado é que esteja dando a você a resolução da resistência em distanciar. Quero que saiba que tentei vê-la, e não me deixaram. Mesmo assim, vejo você todos os dias em minha mente. E imagino como estão seus olhos, seus cabelos, se tem alguém a afagá-la. Rogo a Deus sempre que lhe proteja e lhe dê a paz, que Ele permita seu coração se encher de ternura, amor e compreensão, primeiro por você mesma; depois, pelos que erraram com você. Com certeza o tempo irá permitir este acontecimento. E você saberá saboreá-lo. Desejaria, filha minha, que nada disso houvesse acontecido. Mas nossos destinos estão traçados desde o dia que chegamos, até a nossa partida. Às vezes, podemos mudar de estrada, mas nunca do destino da viagem. Tenho procurado ser uma pessoa melhor. Não tenho mais a dor que me afligia de uma solidão imensurável gerada pela incompreensão de mim mesmo e pela dualidade que o destino me colocou. Durante anos fui aceitando que tirassem de mim o meu destino, gota a gota fui perdendo minha essência. Deixando de ser eu mesmo, ou talvez até buscando a forma de ser eu mesmo, ainda não sei. Tenho tentado ser mais feliz. Assim, talvez possa, quando nos vermos de novo, ajudar você também a ser mais feliz.

Amo você!
Sempre, seu pai."

MÍDIA: ANTES E DEPOIS!

O 28 DE JUNHO, Dia do Orgulho *Gay* Internacional aproximava-se, estávamos em princípio de maio e as programações das paradas *gays* de todo o Brasil eclodiam. Minhas conversas no gueto, principalmente com os empresários fizeram-me perceber que a grande maioria da população homossexual de Belo Horizonte não tinha notícia de que já haviam acontecido três paradas em nossa capital e que este ano aconteceria a quarta. Decidi editar a capa do jornal de maio com a divulgação da parada. Soltamos na edição, logo no início de maio, a manchete: "IV Marcha do Orgulho *Gay* – 8 de julho de 2001". Na reportagem informamos sobre o que significava a parada e sua importância para nossa liberdade como cidadãos. Elaboramos vários relatos dos símbolos do movimento, como parte de nossa história de lutas, a bandeira e a origem do símbolo do arco-íris com base no conto de Oz. Em nossa reunião de grupos, propus pedirmos apoio público para realizarmos a parada. A descrença foi total, a Prefeitura nunca havia apoiado as paradas dos anos anteriores, e muito menos qualquer segmento do poder público, como a polícia ou a Belotur. Concordaram que poderia tentar, mas que não acreditavam que teríamos esse apoio. Não tínhamos dinheiro nem para comprar balões coloridos para enfeitar nossa marcha e nem sabíamos como iria acontecer. Fiz um projeto sobre as nossas necessidades e parti para buscar apoio em uma peregrinação porta a porta pelo poder público. Precisávamos que nossa parada se tornasse maior e mais visível. No gueto já não se falava em outra coisa, era uma surpresa para muitos que em Belo Horizonte iria acontecer já a quarta parada. Isto aguçou a curiosidade das pessoas sobre o evento, e a discussão passou a ser ir ou não ir. O medo da visibilidade de alguns os impelia a não comparecer à parada, mas o desejo de mostrar o orgulho de ser *gay* os motivava. A comunidade se dividia em comparecer e não comparecer. As *drags* incentivavam a presença da comunidade na parada, motivando-a para o orgulho; as conversas em todos os locais eram voltadas para os assuntos das paradas, alguns preocupados em preparar suas montagens, outros na angústia de marcar ou não sua presença. Todas as casas *gays* passaram a divulgar a parada com base na edição do *Jornal Rainbow*. Tínhamos um grande motivo para comemorar nesta marcha: a nossa Lei Municipal já em vigor, o que fortalecia a confiança de alguns.

Drª. Carmem Terezinha Mazzili Marques, responsável pela Coordenação de AIDS da Secretaria Municipal de Saúde, foi a primeira pessoa que procurei para pedir apoio. Expliquei a ela que distribuiríamos preservativos na parada, reforçando a ação de prevenção na comunidade, e que precisávamos de uma bandeira para ser estendida na avenida. Ela resolveu apoiar, pediu orçamentos para a confecção da bandeira, e eu saí eufórico e cheio de esperança no encontro. No dia seguinte, levei os orçamentos. Queria que nossa bandeira fosse a maior do país e pedi orçamento para uma de 100 metros de comprimento. O recurso para a confecção da bandeira viria do Ministério da Saúde em parceria com a Unesco, que já apoiaram outras paradas e destinaram verbas para a parada de Minas. Apesar do pouco tempo e da dificuldade em obter fornecedor para construir uma bandeira gigantesca, uma das empresas contatadas no orçamento conseguira uma parceria com uma empresa de São Paulo, que já conseguira fazer no ano anterior a bandeira da parada da capital paulista. Mas o tempo para isto estava curto. Decidi dar o parecer para esta empresa. E dois dias antes do 8 de julho, nossa bandeira de 100 metros estava conosco. Foi, então, a maior bandeira do arco-íris de todas as paradas do Brasil naquele ano. Nas peregrinações por apoio, após muitas visitas e reuniões, consegui que a Belotur colocasse no guia turístico da cidade a nossa parada. E por meio da tenente-coronel Luciene da Polícia Militar, obtive a garantia de isolamento do trânsito e segurança dos participantes no percurso que escolhi ser mais longo e que deveria terminar na Praça da Liberdade, com um *show* no coreto. A Prefeitura me fez assinar um documento garantindo que qualquer dano causado à Praça da Liberdade, restaurada recentemente como patrimônio histórico da cidade, seria de responsabilidade nossa. Acreditei na civilidade de meu povo, pois seria nosso maior momento após a lei e mostraríamos nossa cidadania à população, inclusive o respeito ao patrimônio público, e ousadamente, crente nesta hipótese, assinei o documento. Consegui que a maior cantora da comunidade de então, Gisele Andrade, fizesse o *show* de encerramento, antecedida pelas *Drags*. Serginho, um cantor que fazia sucesso no Bar Estação 2000, também dispôs-se a se apresentar. A concentração inicial seria na Praça Sete, como nas outras três primeiras marchas. A ex-Boate Excess, que neste ano mudara o nome para Josefine, e o Estação 2000 colocariam trio elétrico. Teríamos três trios elétricos, o da militância e os dois das casas. O evento estava construído. Além da divulgação no *Jornal Rainbow*, alguns panfletos iriam ser distribuídos. Nesta época já surgira na rede da Internet vários grupos de discussão homossexual. Consegui enviar *e-mail* para todos os participantes destes grupos. Fiz tudo isso praticamente sozinho, pois os outros militantes não acreditavam que poderíamos conseguir apoio. Ajudaram, mas apenas na construção já realizada nos anos anteriores. Colaboraram com a conquista do Trio da Militância. Na última hora, um candidato a deputado estadual ofereceu um pequeno trio para o Rainbow que ele usava em campanha, aceitamos e passamos a ter quatro veículos. O mais impressionante é que conseguimos tudo isto sem ter que desembolsar praticamente nenhum recurso nosso. Se dependesse de alguma verba própria, não seria possível, pois não tínhamos.

O universo conspirava a nosso favor naquele momento. As almas dos milhares de homossexuais assassinados pareciam unir-se para soprar sobre os corações humanos um fio de luz e tolerância. A sociedade, de um modo geral, imaginava-nos até então como figuras grotescas, pervertidas e estereotipadas. Sim, pois sempre fomos um imenso *iceberg* onde a massa maior estava submersa sob as águas do oceano do preconceito, que os obrigava a ficar sob elas para sobreviverem. A ponta que se mostrava era a composta por travestis, afeminados e caminhoneiras, que não podiam esconder sua homossexualidade, diante de sua própria natureza de gênero, e sofriam as conseqüências das intempéries da natureza discriminatória da sociedade, dos ventos do ódio a esbofetear-lhes o rosto alvo da visibilidade, das chuvas da discórdia a derreter-lhes a maquiagem em lágrimas de dor, e do sol da violência a marcar-lhes a face da coragem, transfigurando-a. Tudo isso observado pela grande massa submersa que nada podia fazer a não ser esconder-se para se proteger de tantas agressões. Mas éramos um *iceberg* disposto a enfrentar o navio da arrogância e da ignorância social que nos mantinham afastados de si por medo de romper seus cascos frágeis, revestidos do metal da hipocrisia. Porém o universo conspirava.

No dia 9 de junho de 2001, o Jornal *O Tempo* publica uma reportagem sobre mim:

"O ORGULHO GAY DE BH
Diretor do Clube Rainbow, Danilo Oliveira desponta, como um grande militante pela luta dos direitos dos homossexuais na cidade"

Na reportagem realizada por Silvana Mascagna, pela primeira vez, expunha em público minha história de quarenta e seis anos de angústia dentro do "armário" de minha dualidade. Dizia:

> "Há um ano, a militância homossexual em Minas Gerais ganhou um grande aliado. Como diretor do Clube Rainbow de Serviços, Danilo Oliveira esteve envolvido em todas as lutas pelos direitos dos *gays* nesse período, seja questionar o veto do prefeito Célio de Castro à lei contra a homofobia, seja na organização da 4ª Marcha do Orgulho *Gay*, em Belo Horizonte, no próximo dia 8 de julho.
>
> Mas por onde andava Danilo Oliveira esse tempo todo? Por que só agora seu nome ganhou importância na comunidade homossexual mineira e nacional? Para responder a estas perguntas é preciso recorrer à biografia desse mineiro

que nasceu em Belo Horizonte há 48 anos, mas só assumiu sua homossexualidade há dois.

Criado em uma família tradicional, dentro dos padrões católicos e machistas, Danilo, como diz, viveu uma mentira durante mais de 40 anos. 'Eu tive que me anular, me enquadrar dentro dos padrões esperados, ditos 'normais'. Minha família, os amigos, os vizinhos, os colegas de trabalho, a sociedade, num todo, esperavam que eu me comportasse de uma forma realmente heterossexual. Mas sempre houve o desejo de um relacionamento homossexual', revela Danilo na nova sede do Clube Rainbow, no centro da cidade, onde recebeu a reportagem. 'Fui obrigado a tomar certas posturas que eram bastante adequadas na época, que seriam me relacionar com uma mulher, casar e ter filhos. Assim eu procedi', diz."

Esta reportagem gerou outras, nas quais relatava meu sonho de conseguir espaços para meu povo, como o Centro de Referência do Homossexual (CRH), a visibilidade da parada *gay* e maiores conquistas legislativas para nossa proteção. Rendeu também uma agenda para uma entrevista no programa da *TV Alterosa*, o *Leila Entrevista*, realizado semanalmente pela jornalista Leila Ferreira, um programa respeitadíssimo pela sua seriedade e comprometimento com que tratava os temas abordados. Era o programa de entrevistas de maior audiência da televisão mineira. A produção da Leila entrou em contato comigo e marcaram a gravação do programa, que seria exibido pela primeira vez no dia 1º de julho, uma semana antes da parada. Mais uma vez, a adrenalina transbordou em minha alma. Tremia como um bambu ao vento, sem controle. A produção, muito gentil, tentava me acalmar. Mas ser entrevistado por Leila Ferreira fazia da pessoa uma celebridade mineira de grande peso e de muita respeitabilidade. Cheguei ao estúdio e ela já se encontrava. Uma mulher muito bonita e exalando simpatia por todos os poros levantou-se para cumprimentar-me. Muito doce e gentil, acabou me colocando mais calmo e à vontade. Explicou-me que gravaríamos três blocos e se poderia fazer todas as perguntas, sobre a militância e pessoal. Concordei. Ah, como é delicioso ser verdadeiro, quando você não tem que mentir e precisa falar: as palavras fluem com um gosto doce e generoso de verdade. Assim aconteceu. Respondi de forma clara e verdadeira tudo o que me foi perguntado. Senti um alívio enorme em meu peito, embora me preocupasse com a reação da sociedade, após ser levado ao ar pela emissora. Falei sobre a comunidade, os "armários", os visíveis, sobre minha vida pessoal e a importância da parada para todos nós. A entrevista terminou com um convite a todos os cidadãos de bem para irem à nossa parada, e o convite à Leila para que também fosse, aceito por ela no ar. Foi maravilhoso e inesquecível.

Minha entrevista foi ao ar no dia 1º de julho, e caiu como uma verdadeira bomba atômica na cabeça da tradicional família mineira. Como era possível? Um senhor de 48 anos, pai de família, ex-marido, com comportamento e visual absolutamente comum e igual a todos, ser um homossexual? Mas *gay* não era aquele que tinha um jeito afeminado ou se vestia de mulher? Como aquele senhor poderia ser *gay*? Foi um choque elétrico de milhares de volts nas mentes preconceituosas de nosso Estado. Minha atitude pública começou a dar um nó nas mentes dos mineiros conservadores. Naquele momento foi considerado um ato de tremenda coragem, o respeito por nós passou a ser algo visto não como uma imposição, mas uma reflexão. Então, existem mais *gays* assim? Onde estão? Como fazem para viver? De onde tiram suas forças para estudar, trabalhar e amar? Essas perguntas começaram a povoar as cabeças de acadêmicos, jornalistas, escritores e religiosos. A mente humana é algo muito curioso mesmo, sobre o que ela não compreende. Ela cria seus conceitos e se fecha neles. A partir daí não pensa mais, está pronto e fim. Minha atitude abriu um buraco neste fecho aparentemente lacrado pelo preconceito. As pessoas passaram a pensar a homossexualidade. Virei um objeto de estudo social pela cidade, pelas escolas e pela sociedade. Reconheço, como alguns me disseram depois, que representei o divisor de águas da luta *gay* em nosso Estado. Havia uma luta antes do Danilo e outra surgiu depois do Danilo. Leila nos deu este presente.

DERRUBADA DO VETO!

TERÇA-FEIRA, 3 de julho de 2000, mais um capítulo de história seria escrito na tarde desse dia na Assembléia Legislativa. Macedo, nosso colaborador no gabinete do deputado João Batista mobilizou-nos logo cedo, fomos para a Assembléia e nos preparamos para o *advocacy* de combate ao veto. Conversamos com vários deputados por orientação do João Batista de Oliveira, pedindo apoio à derrubada do veto do deputado Adelmo Leão. Até o próprio já estava convencido de que o veto ao projeto deveria ser derrubado, a modificação que Oswaldo e eu fizemos na redação junto com Macedo o convencera da constitucionalidade do mesmo. Alguns poucos resistentes foram abordados um a um por um de nós presentes; além de mim encontravam-se, na plenária, Porcina, Walkiria, Soraia e Itamar. Todos cercávamos os deputados de forma muito gentil e educada. Porcina, pela sua aparência exótica de travesti gigante e altamente siliconizada, abordava alguns como uma senhora da alta sociedade; ela e Walkiria, elegantemente vestidas e bem maquiadas, eram uma curiosidade para os deputados no Plenário. Os jornalistas presentes a tudo observavam e a todos entrevistavam, éramos notícia e, de certa forma, nossa visibilidade mexia com os deputados. Sentíamos que, se houvesse algum apoio ao veto, este apoiador seria castigado pelas perguntas dos repórteres, e fatalmente levaria o rótulo de preconceituoso e este título ninguém queria para si. Não representávamos uma ameaça como era do imaginário de alguns dos parlamentares, mas um grupo que estava defendendo legitimamente uma boa parte da sociedade. E isto eles respeitavam. A reunião plenária já estava cheia de parlamentares que conversavam em suas mesas com seus colegas. O presidente Antônio Júlio assumiu sua mesa e foi iniciada a sessão. Alguns projetos foram discutidos antes do nosso. Ele, então, propôs:

– Em votação, a permanência do veto da Comissão de Constituição e Justiça ao Projeto de Lei número 649/99, de autoria do nobre deputado João Batista de Oliveira, que prevê punição aos atos de discriminação praticados contra homossexuais no Estado. Aqueles que forem contrários ao veto permaneçam como estão, os que forem favoráveis ao veto que se levantem.

Dez segundos de silêncio absoluto na plenária, foram os dez segundos mais longos de nossa angústia. Meu coração parou. Fiquei sem respirar. Ninguém, nenhum deputado na plenária se levantou. O presidente Antônio Júlio, então, proferiu:

– Derrubado por unanimidade o veto da Comissão de Constituição e Justiça. Siga o projeto o seu trâmite na Casa.

Um grito de liberdade saiu de nossas gargantas, lágrimas rolaram dos olhos de Porcina e dos meus. Batemos palmas para os deputados e comemoramos efusivamente a vitória. *Flashes* dos repórteres pipocavam mais uma vez. O projeto agora iria passar para as Comissões de Direitos Humanos e Administração Pública. Aprovado nestas duas comissões, voltaria à plenária para a votação final. Ainda havia um longo caminho a se percorrer.

Porcina sintetizou bem a nossa alegria, zombando do tradicionalismo mineiro. Indagada por um repórter sobre a reação da nossa sociedade conservadora, ela responde: "A discriminação é total, visível. A sociedade fala tanto em conservar, que eu até penso que eles estão fazendo azeitona e picles".

5 MIL GRITAM PELO DIREITO AO AMOR!

NESTA SEMANA não fiz outra coisa a não ser dar entrevistas; *Globo*, *Bandeirantes*, *Alterosa*, todos os jornais queriam saber sobre mim e a Parada *Gay* que organizava. A visibilidade foi grandiosa. Nas entrevistas, sempre falava do trajeto da parada e onde terminaria, prevenindo meu povo sobre o exemplo de cidadania que teríamos que dar, e pedindo o máximo de cuidado com a Praça da Liberdade, patrimônio de Belo Horizonte onde encerraríamos a parada. Fiquei apreensivo, pois tamanha visibilidade poderia provocar algum fator de risco. A homofobia está impregnada em pessoas de forma, às vezes, latente e dependendo da aglomeração, tudo poderia acontecer. Fechei os olhos e rezei a Deus pedindo proteção para seus filhos especiais, humildemente roguei a Ele para estender-lhes a mão. Se me conduzira para esta missão, que agora me ajudasse, não permitisse que ninguém se machucasse ou sofresse. Creio que Ele ouviu minhas preces. O palanque foi armado pela Belotur no quarteirão fechado da Rua Rio de Janeiro, a concentração começou às 10 horas da manhã; curiosos encostavam-se nos prédios para observar. De cima, reconhecia alguns que freqüentavam os guetos. Carlinhos Brasil e Kayete foram os mestres de cerimônia e as *drags* começaram a se apresentar no palco intercalando os *shows* pelas falas de militantes e políticos. Repórteres por todos os lados buscando entrevistas para emissoras de rádio, televisão e jornais, dezenas de fotógrafos. Viramos estrelas. A partida da parada estava marcada para 16 horas; às 15 horas, começaram a chegar os trios, cada um mais decorado que o outro, com bandeiras do arco-íris e balões nas cores correspondentes. A multidão já se aglomerava em torno da praça. Era uma gigantesca festa de cidadania. Travestis, *drags* e pessoas comuns montadas enchiam de plumas e paetês, em cores verde, azul, vermelho, amarelo, laranja e lilás, o espaço da praça. No meio da multidão, identifiquei um rosto que se destacou, Reginaldo estava a olhar-me. Senti uma dorzinha de saudade, logo engolida pela turbulência das emoções. Dezenas de policiais militares nos observavam curiosos e protetores, diferentemente de anos anteriores que se punham de forma hostil e aterradora. Casais de idosos e casais com crianças também povoavam a multidão, era um sonho de integração social. A rosa branca estava sendo aceita. A emoção molhava meus olhos com lágrimas de alegria. O sol brilhava como nunca em um dia fresco e limpo de um céu azul incrível. Faltando quinze minutos para as 16 horas, Soraia pediu aos voluntários para que abrissem nossa bandeira, mais lágrimas, a gigantesca bandeira de 100 metros se estendeu pela Afonso Pena em direção à Rua da Bahia, cobrindo metade do quarteirão entre a praça e a Rua Tamoios, os trios ligaram seus sons e músicas *gays* eclodiam sobre o centro de Belo Horizonte num frenesi de liberdade e amor. Descemos do palanque e subimos para o caminhão da militância. Partimos em direção à Rua da Bahia, milhares de pessoas seguiam os trios dançando e cantando, e nossa bandeira tremulava carregada por milhares de mãos orgulhosas de estarem livres e felizes. A visão que tinha do caminhão da militância era de fazer inveja a Dorothy. Oz migrara a para minha Belo Horizonte, cores brilhavam sob a luz do sol transformando nossas ruas em estradas de tijolos não apenas amarelos, mas de todos as cores do arco-íris. Havia um acordo em não permitir que mais ninguém fosse no carro da militância a não ser os militantes; quando viro a Rua da Bahia, vejo Leila Ferreira no chão a bater palmas e gritar meu nome. Foi a glória. Infelizmente não pude acolhê-la no caminhão, mas ela seguiu a pé. Cumpriu a palavra de que estaria conosco. A todo o momento, preveníamos pelo alto-falante para as pessoas darem o exemplo de cidadania, não jogarem lixo no chão e que tivessem o máximo cuidado com a praça onde iríamos dar nosso maior grito, praça que tem o nome de nosso sonho: LIBERDADE! As pessoas andavam aos pares, de mãos dadas, beijando-se e oferecendo gentilezas aos observadores das calçadas, convidando-os a seguir conosco. Muitos, contagiados pela alegria, aceitavam e seguiam com suas famílias. Nosso caminhão foi o primeiro a chegar à praça, descemos e nos dirigimos ao coreto; as *drags* anfitriãs tomaram o microfone e iniciaram o *show*, com a apresentação de dezenas, que faziam fila ao redor do coreto aguardando a vez de se apresentarem. Como sempre, acontecem imprevistos. Serginho, o cantor, desaparecera, fugira a seu compromisso, tivemos que reformular tudo, sobrando um espaço para falas de convidados. Convidei Leila para subir no coreto, a multidão já enchia toda a praça. Enquanto esperava o fim de um *show* de Vandera Jones, Leila se aproximou de mim e disse:

– Danilo – espantada – olhe o que você fez! Veja a sua responsabilidade com o seu povo. Veja quantos acreditam em sua luta. Parabéns! – Nós nos abraçamos banhados em lágrimas pela emoção.

– Belo Horizonte! – começou Leila ao microfone. – Você hoje deixou de ser cinza, você hoje está colorida com todas as cores do arco-íris, do respeito, da igualdade e da cidadania. Estou maravilhada com tudo que vi e vejo, e tenho muito orgulho de estar aqui hoje com você, Belo Horizonte, de *gays*, lésbicas, bissexuais, transgêneros e heterossexuais. Esta é a liberdade que brilha sob o céu de nossa capital tão colorida pela alegria e o respeito.

Foi ovacionada pela multidão emocionada. Disse isto segurando em minha mão. As lágrimas de emoção banhavam meu rosto com o brilho de suas palavras. Foi maravilhoso. Ainda no pé do palanque, contaram-me que nosso povo tivera todo o cuidado com a praça. Alguém presenciou uma cena surpreendente. Um vendedor ambulante, na ânsia de chegar ao cliente, pisou na grama e quatro *gays* se juntaram para carregá-lo para fora, explicando que não poderia pisar ali. No dia seguinte, o balanço. Não houve um registro sequer de violência, nenhuma ocorrência policial, elogios da Secretaria de Limpeza Urbana (SLU), não havia lixo a recolher, a Praça da Liberdade estava intacta, como se nada houvesse acontecido no dia anterior; ninguém foi agredido, mais de 10 mil preservativos foram distribuídos, e o melhor de tudo, a Polícia Militar divulga a população presente na parada: 5 mil participantes. Conseguimos multiplicar por dez a população do ano anterior. Foi historicamente a parada que mais cresceu no Brasil em todos os tempos, de um ano para outro. Viramos evento da cidade. Ao término da parada, Éder, que acompanhara fantasiado no trio do Estação 2000, chegou até o coreto e, para minha surpresa, apresentou-me um rapaz que se identificou como Eduardo, filho de uma prima minha por parte de pai. Fiquei feliz por saber que havia mais um *gay* assumido em minha família. Eduardo passou a ser um bom amigo. Ele era vizinho do Éder e os dois se conheciam. No dia seguinte, fomos capa em quase todos os jornais da cidade. Todos enalteciam a beleza e tranqüilidade do evento. Conquistamos mais um espaço.

NOS FAZENDO COMPREENDER!

A VEREADORA Neila Batista foi convidada por um grupo de estudantes de Serviço Social da Pontifícia Universidade Católica (PUC) de Contagem para uma palestra sobre homossexualidade. Entrou em contato comigo para que a acompanhasse, pois poderia contribuir com minha experiência pessoal para os alunos que estavam preparando um trabalho sobre o tema. Já havia falado em público, mas para um público acadêmico nunca. Meu coração acelerou, porém aceitei o convite de minha amiga. Lá chegando, fiquei emocionado, a sala de aula estava toda decorada com as cores do arco-íris e, sobre o quadro, a nossa bandeira. Surpreendeu-me o fato de alunos heterossexuais conhecerem parte de nossa luta e usarem nossos símbolos como motivo de decoração de seu trabalho acadêmico com respeito e de forma politicamente correta. Neila falou sobre os aspectos legislativos da homossexualidade e apresentou-me à turma como um integrante da comunidade homossexual e que minha fala poderia contribuir muito para esclarecer melhor a questão sob um ponto de vista de um membro da comunidade *gay* local. Contei a nossa história e como se formara o preconceito ao longo dos séculos chegando até nossos dias, e reforcei-a com minha experiência pessoal de vida. Todos ouviram silenciosamente e ao final fomos aplaudidos. Algumas alunas, uma delas mais velha que a maioria, achegaram-se para saber mais, surpreendidas pela cruel realidade do cidadão homossexual apresentado sem mitos e sem preconceitos. Várias alunas mencionaram que minha fala mudara o pensamento delas sobre o tema. Aquele encontro me fez perceber que a melhor arma para combater o preconceito é o esclarecimento total e absoluto sobre nossa orientação sexual. E informando futuros profissionais, disseminaria este conhecimento. Sim, porque aquelas pessoas iriam para suas casas pensando de maneira diferente e multiplicariam a informação com amigos e familiares, e como a água da chuva sobre a terra encontra o caminho para chegar ao lençol freático, espalhando-se e penetrando nos pequenos orifícios do solo, a informação sincera, transparente e honesta, também encontraria os orifícios do preconceito minando-os de verdades e destruindo seus mitos. Desde então, sempre deixei tudo o que estivesse fazendo para atender a um convite para palestra sobre homossexualidade. Nos quatro anos seguintes, cheguei a ministrar mais de trezentas palestras, em escolas, faculdades e empresas. Todas carregadas de muita emoção ao final.

Porém, de todas as palestras, uma me levou às lágrimas ao final. A Coordenação Municipal de AIDS, por meio de Drª Ângela, responsável pelo trabalho de prevenção, organizou um programa de palestras sobre sexualidade e prevenção envolvendo toda a comunidade da capital, parte do "Programa BH de Mãos Dadas Contra a AIDS". O objetivo seria preparar multiplicadores em todos os segmentos da sociedade para ampliar o trabalho de prevenção em empresas, escolas, movimentos sociais e comunidades. Minha palestra seria voltada para Homossexualidade e Prevenção. Preparei-me e iniciamos o ciclo de aulas. As turmas eram muito heterogênias, compostas de pessoas de diversos níveis sociais, culturais, profissionais e também de faixas etárias diferenciadas. Tínhamos, em uma mesma turma, adolescentes, idosos, jovens, pessoas simples da periferia e executivos de empresas. Ao final de minha palestra, sempre abria para responder a perguntas. Em uma delas, uma senhora vestida modestamente, pediu a palavra, gentilmente lhe cedi e lhe agradeci pela participação. Ela, então, começou:

– Meu nome é Maria do Socorro, tenho 65 anos e moro no aglomerado da Serra. Sempre tive um medo dos *gays*, achava que eram pessoas, assim, sabe? Como maus elementos? Pensava que eram pessoas pecadoras e perdidas e que não faziam nada para mudar. Com o que o senhor me explicou aqui hoje, professor, vi o quanto estava errada, e queria pedir uma coisa.

– Pois não, dona Maria, pode pedir – respondi.

– Queria em nome de toda a comunidade heterossexual e em meu nome, pedir ao senhor perdão. Perdão por tudo que fizemos ao seu povo todo este tempo. O senhor pode nos perdoar?

Seus olhos estavam úmidos pela emoção; saí de minha posição e corri a abraçá-la, meu rosto banhado em lágrimas, e meus braços a envolvê-la. Com meus olhos fechados de felicidade, só ouvia o estrondoso aplauso de toda a turma ao nosso redor, cercando-nos e abraçando. Meu coração só dizia: "Meu Deus! Obrigado, creio que estou cumprindo a missão que me foi confiada por Ti. Obrigado!"

ADOLESCÊNCIA PRECONCEITUOSA!

A PUBLICIDADE gerada pela parada aumentou nossa popularidade junto da comunidade, e a peregrinação à sede do Rainbow cresceu. Além de todo o trabalho e compromisso que me envolvia, passei a ser uma espécie de conselheiro para as pessoas. O isolamento, a carência e a profunda queda da auto-estima nos homossexuais provocados pelo preconceito causam dor e sofrimento descomunal em suas almas. Passei a testemunhar isto nos relatos que ouvi dali por diante. Sempre procurava interromper o que estava fazendo para ouvir as pessoas. Se fosse contar tudo aqui neste livro, ele teria dezenas de volumes; procurarei contar alguns mais dolorosos, embora cada relato tenha a intensidade de dor de cada um. Alguns foram extremamente cruéis ao meu olhar, muitos com finais felizes, mas a grande maioria com finais trágicos e dolorosos.

Numa manhã, fui dar uma palestra logo cedo no Programa da Prefeitura e, ao chegar ao Rainbow, por volta das 10 horas, Dóris, uma amiga que estava colaborando conosco como militante e uma espécie de faz-tudo, mostrou-me um grupo de adolescentes que me aguardava. Eram seis adolescentes com aparência entre 14 e 15 anos no máximo. Identificaram-se como alunos do Colégio Batista Mineiro, um colégio de classe média alta, de filosofia religiosa evangélica. Fiquei preocupado com a orientação religiosa dos jovens, mas me tranqüilizaram dizendo que o professor e a escola sabiam da presença deles ali. Estavam fazendo um trabalho escolar sobre *Homossexualismo*, e foram orientados a nos procurar. Comecei explicando-lhes que o termo correto é *homossexualidade* e que o sufixo "ismo" estava abolido por dar à palavra uma conotação de doença, e nenhum ser humano que tem uma orientação sexual diferente da heterossexual é doente, é uma identidade do ser humano, assim como a cor da pele, a cor dos olhos ou do cabelo. Respondi a todas as perguntas que me fizeram com respeito e muita atenção e, lógico, foram intercaladas com perguntas pessoais de cada um. Quase ao fim da entrevista, tive que interrompê-la para atender outra pessoa que chegara. Os jovens ficaram me aguardando e percebi que conversavam nervosamente entre si. Retornei; uma das garotas, então, disse-me que iria contar o que havia acontecido no Colégio.

Em sua turma havia um garoto da mesma idade deles que tinha um jeito afeminado, e todos riam muito dele, sempre o atormentando pela sua forma de ser. Um dia, no recreio, a turma o cercou no pátio, no meio de todos os alunos e começou a gritar: "Você é *gay*! Você é *gay* que eu sei! Você é *gay*!". O coro foi crescendo e formaram um círculo em torno do garoto, repetindo o refrão do coro iniciado por seus colegas de sala. Segundo ela, o garoto foi encolhendo ali no meio da multidão que o cercava, chorando convulsivamente, e quanto mais ele encolhia, mais eles gritavam o refrão. Aquilo durou alguns minutos até que bateu o sinal de término do recreio, todos se retiraram e o garoto ficou ali no chão sem se levantar e chorando convulsivamente. Nenhum professor ou disciplinar que estava no pátio do recreio veio em socorro do colega ofendido. Ele não retornou mais à sala e nunca mais o viram.

– Enquanto o senhor foi atender aquela pessoa, discutimos e decidimos contar ao senhor esta história. Depois de tudo que o senhor nos falou, estamos todos muito arrependidos do que fizemos ao nosso colega. O que podemos fazer para corrigir isto? – perguntou.

– Desculpem-me a franqueza, mas vocês foram muito cruéis com este rapaz. O que acredito que possam fazer é tentar encontrá-lo e pedir desculpas a ele. Ele não tem culpa alguma de ser da forma que é. E vocês, com certeza, o magoaram muito. Procurem seu colega e conversem com ele, e torçam para que ele possa perdoar vocês.

Eles se despediram de cabeça baixa. Fiquei por alguns minutos imaginando a cena no pátio do colégio. E sofri com a dor daquele jovem ali encolhido sem poder se defender e as possíveis marcas que ficariam em seu coração para sempre. Nenhuma mão lhe foi estendida e sua intimidade exposta de maneira vil e cruel, apenas por ter um jeito diferente de ser. Procurei saber no Colégio informações sobre o caso para tentar chegar ao garoto e negaram firmemente a existência do ocorrido. Preferi não expor os alunos que me relataram o fato para não comprometê-los na escola. O círculo da cumplicidade do preconceito se fechara. Só me restava a esperança que seus colegas o localizassem e tentassem amenizar um pouco sua solitária dor.

QUANDO O PRECONCEITO É MAIOR QUE O AMOR!

Carlos chegou ao Clube Rainbow extremamente descontrolado pela angústia. Sua história é recheada de desamor e pavor. Filho de uma família de classe média, moradora da Zona Sul de Belo Horizonte, sempre foi aplicado nos estudos e aos 22 anos já estava cursando Direito em outra cidade. Lá, fizera amigos novos e alguns deles, *gays* como ele. Retornando a Belo Horizonte para passar as férias com seus pais, resolveu assumir sua homossexualidade diante de sua mãe. É muito difícil o homossexual chegar a este ato de coragem, relatar para um familiar sua orientação, ele tem que superar a si próprio para ter esta coragem. E sua revelação vem sempre recheada de esperança de apoio. A crença em ter nos pais a compreensão de sua dor de ser diferente, em sua maioria vem seguida de uma enorme decepção. Raros os pais que compreendem e apóiam. A maioria condena e abomina, corrompendo totalmente a confiança que, durante anos de criação, incutira no caráter de seus filhos. Carlos fora criado com esta confiança e quando se encheu de coragem para contar a superação de sua dor íntima, tornou-se uma vítima cruel do preconceito monstruoso de quem mais confia e espera compreensão. Relatando sua intimidade e seu desejo a sua mãe, esta reagiu de forma transfigurada, agrediu-o física e verbalmente, dizendo que aquilo era um vício e uma doença e que filho dela não seria veado em hipótese alguma. Em lágrimas, Carlos tentara explicar o que já aprendera sobre sua homossexualidade. A mãe, cega e surda, berrava palavras agressivas contra o filho. Carlos, magoado e ferido, silencia-se ante os brados abomináveis de sua mãe enlouquecida. No dia seguinte, mais calma, sua mãe o chama e retoma sua agressão em tom mais calmo e, com uma frieza surrealista, o ameaça: "Se você não deixar esta vida de veado, vou matar você!

Você nem vai sentir, mas prefiro um filho morto a um filho bicha! Se não prometer mudar, vou colocar veneno em sua comida e matar você! Ouviu bem?"

Esta ameaça acontecera no dia anterior a que Carlos me procurara. Lágrimas de tristeza e pavor rolavam pelo seu rosto:

– O que faço, Danilo? Diga-me, pelo amor de Deus! Não posso mudar o que sou e não quero morrer! – seu desespero era imenso.

Pedi-lhe que procurasse ter calma; que saísse de sua casa, fosse para casa de algum parente ou amigo que o acolhesse; que poderíamos ajudá-lo se fizesse um Boletim de Ocorrência contra a mãe dele, assim teríamos como tentar demovê-la daquela idéia absurda. Seu afastamento da presença de sua mãe poderia fazê-la refletir melhor e talvez vir a compreender a coragem que tivera em abrir a ela seu coração contando algo tão pessoal e íntimo. O que fizera era o certo, que tinha direito de ser o que era, e sua mãe nada poderia fazer para mudar isto. Frisei bem a ele que eu tinha muito orgulho de sua atitude e coragem e que teria de nossa parte todo apoio que precisasse. Lembrei que breve retornaria à sua escola e não correria risco de ser envenenado pela sua mãe, que provavelmente ela teria dito aquilo pelo choque da revelação e que na realidade não o faria. Ele disse que ela seria capaz, sim. Reforcei, então, a idéia de mudar de casa nas férias. Inventasse uma desculpa para a mãe, algo sobre passar alguns dias com amigos e a deixasse só para ela tentar digerir aquela informação. Ele era um vencedor, estava na faculdade, teve a coragem de ser ele mesmo, e que deveria construir sua vida com a mesma dignidade que iria superar aquela dor. Quando falei em denunciar a ameaça de sua mãe, ele arrefeceu. Disse que tentaria outra saída. Alguns dias depois, soube que havia ido para casa de um tio no interior e que este tio compreendera sua revelação. Obteve no tio um aliado. Voltou ao Rainbow para se despedir ao retornar para a cidade onde cursava Direito.

VIVER NO ARMÁRIO

Éder estava quase sempre presente em minhas noites. Pouco sabia de sua vida familiar. Sempre que mencionava que iria conhecer a família dele, ele ria com o balanço de seu corpo enorme e dizia: "Calma! Um dia!" Na realidade sentia que o medo de sair completamente do "armário" o atormentava. O personagem que eu vivi me permitia compreendê-lo e respeitar seu tempo. Sim, todos precisamos de um tempo para entender o que se passa conosco. Ser diferente é um desafio para o ser humano. Para o negro, existe uma compreensão da comunidade negra e, de certa forma, isto cria uma defesa natural, ele pode se impor quando adulto pela reação verbal ou física. Para os deficientes físicos, se a deficiência é de nascença, a família o adapta e o prepara para enfrentar seus desafios. Se a deficiência é originada por um acidente, a família age da mesma forma e, imediatamente à constatação de paraplegia, a ciência dispõe de uma série de recursos para auxiliá-lo em sua nova vida. Para todas as outras minorias, há uma cumplicidade familiar e social que os acolhe e os tornam respeitados por si mesmos e pelos outros. O homossexual, quando se certifica de sua orientação, nada há que o apóie e conforte, apenas o vácuo infinito da angústia de ser diferente, com o estigma do desvio de conduta a massacrar-lhe os ombros e o coração, que deseja apenas amar e satisfazer seu sagrado instinto biológico do desejo. Éder era um homem que amava homem, e amava homens mais velhos, estava se realizando comigo, mas o conflito do "armário" o atormentava. E aprendi que não é digno forçar um indivíduo a sair de seu "armário". A violência seria como se arrancássemos a borboleta de seu casulo antes que ela estivesse pronta, ela perde sua beleza e suas asas se tornam frágeis, provavelmente ela não voará e morrerá. Assim, são os homossexuais, precisam sair de seus "armários" por si mesmos, olhando a luz do sol, sentindo a brisa e se libertando das amarras do casulo de sua alma, até que esteja pronto para voar pela natureza preconceituosa em que irá viver. Repetia diariamente ao Éder que a mentira é como uma teia que o prende de forma pegajosa e tênue, você se enrola nela até não ter saída; que em um momento entraria em contradição consigo e a descoberta poderia ser muito traumática. Aprendi também que cada ser tem um calendário próprio para deixar completamente seu "armário", demorei quarenta e seis anos para me libertar do meu. Éder até que estava bem à minha frente, com 23 já tinha certeza absoluta de que mulheres não fariam parte de sua vida íntima. Porém minha condição de visibilidade, muitas vezes, impedia-o de acompanhar-me. Jamais se permitiria ser fotografado comigo em uma reportagem como Reginaldo o fora, dezenas de vezes. Tal fato me incomodava, sentia-me só, às vezes, em momentos que gostaria de que ele estivesse comigo, mas este incômodo não era um tormento, apenas como uma dorzinha de cabeça que você sente, mas suporta e percebe que vai passar. Era uma situação que já vivera, escondendo Alexandre, meu primeiro grande amor. A experiência me fazia entender a atitude de Éder e respeitar seu próprio calendário para deixar seu casulo e voar. Sim, seu calendário. Cada homossexual tem seu próprio calendário para sair do "armário". Éder estava preparando o dele.

ARTICULAR

Francisco e João receberam a grande notícia que Maria Cristina, sua filhinha amada, seria para sempre filha deles. Os juízes da Vara de Família concederam a guarda permanente de Maria Cristina ao casal *gay*. Eles estavam, enfim, construindo sua sonhada família de forma legal e definitiva. Maria Cristina teria o amor eterno de seus pais. Decisão inédita no País, que virou notícia internacional. Minas despia sua máscara de hipocrisia, em doses homeopáticas, mas despia.

Após a vitória conquistada na Assembléia da derrota ao veto da Lei, passei a estar com freqüência quase que diária nos gabinetes dos deputados para acompanhar de perto a tramitação do Projeto de Lei Antidiscriminação. Era uma peregrinação quase que religiosa, já havia conseguido a aprovação na Comissão de Administração e na Comissão de Direitos Humanos e o projeto estava pronto para ir à plenária para votação em primeiro turno. Márcio Macedo, nosso valente colaborador designado pelo deputado João Batista de Oliveira para acompanhar a tramitação, informava cada passo do Projeto de Lei dentro da Casa, e sempre contava comigo para visitar um ou outro que poderia amarrar o projeto evitando maior demora. Foi extremamente exaustivo, pois a todo momento tinha que estar na Assembléia para auxiliar. Os outros militantes eram sempre convidados; entretanto, raramente aparecia alguém além de mim. Acreditava firmemente no sucesso da aprovação, porém me parecia que os outros já não acreditavam como eu, em nosso sucesso. Em 24 de outubro foi marcada a votação em plenária para o primeiro turno. O deputado João Batista de Oliveira estava otimista, sua articulação dentro da casa levava a crer que nosso Projeto de Lei seria mais uma vez vitorioso. No dia marcado, estávamos lá apenas eu e Walkiria La Roche, os demais alegaram ter outros compromissos. A polêmica maior do Projeto de Lei era a cláusula de demonstração de afeto em público. Imagine, na cabeça dos parlamentares, o escândalo que seria presenciar dois homens ou duas mulheres se abraçando ou se beijando em bares e restaurantes como qualquer cidadão? Era uma afronta à tradicional família mineira. João Batista de Oliveira, muito querido entre seus pares, conta um trecho de uma conversa que tivera nas proximidades da votação com um de seus colegas:

– João, você está me colocando em uma situação difícil. Imagine, estou entrando em um restaurante com meu filho de 8 anos para almoçar, e ele presencia dois homens se beijando em uma mesa próxima. O que vou dizer a ele?

– Caro colega – responde João Batista –, você pode dizer a seu filho: "Meu filho, em minha infância e juventude isto não poderia acontecer. Mas hoje seu pai participou da construção de uma lei que garante este direito aos cidadãos excluídos assim, se você decidir ser *gay*, você poderá demonstrar seu amor, assim como aqueles dois estão demonstrando".

O colega do João Batista riu muito e ele conseguiu mais um aliado para o voto favorável. O procedimento foi rápido, foi uma votação exercida somente pelos líderes partidários na Assembléia. O deputado Antônio Júlio, mais uma vez, assumiu a sessão e colocou-o em votação, os líderes acordaram positivamente e nosso projeto foi aprovado em primeiro turno. Saímos emocionados, mais uma vez, e cercados de jornalistas que queriam registrar nossa opinião, publicando-as nos jornais do dia seguinte. Escrevemos mais um capítulo na longa história da lei. Ela iria agora aguardar a pauta para votação em segundo turno.

PROGRAMA

A HOMOSSEXUALIDADE no interior de Minas é muito mais combatida que na capital. Ainda em muitas cidades, os *gays* sofriam o peso cruel do preconceito sob a forma de agressões verbais e físicas. Muitos migravam para Belo Horizonte, para poderem viver seu afeto e sua orientação.

André sentia desejo por homens desde muito cedo. Estava com 16 anos e morava com sua família, muito pobre em Campo Belo, uma pequena cidade do sul de Minas. A dificuldade de obter emprego em sua cidade era enorme, havia parado de estudar para ajudar o pai no campo, em troca de poucos trocados. Ouvira falar das possibilidades de melhoria de vida na cidade grande. Convenceu os pais a deixá-lo vir para Belo Horizonte. A família raspou as poucas economias e as entregou a André para garantir os primeiros dias em sua busca de progresso pessoal, com a esperança de que se formasse e conseguisse um trabalho que ajudasse os irmãos mais jovens. Cá chegando, instalou-se em uma pensão para rapazes, indicada por alguém de sua cidade. Já há alguns dias tentando um trabalho, nada conseguiu. As poucas economias que trouxera se esgotavam, pagara antecipadamente sua pensão, mas havia a alimentação que fazia fora e que consumia boa parte de seus parcos recursos. Andava de empresa em empresa, mas diante de sua falta de experiência, somada à sua pouca idade, as portas se mantinham fechadas. Um pouco abatido pela decepção, André resolveu numa noite sair para espairecer, dando umas voltas pelo Centro de Belo Horizonte. Apesar da pouca idade, possuía um porte físico bastante atraente. O esforço no campo fizera dele um rapaz forte, de boa estatura e uma pele queimada pelo sol do campo que o tornava muito sensual. Parando na Praça Sete para observar o movimento dos veículos que transitavam pelas avenidas e o grande movimento de pedestres, que aos seus olhos pareciam uma grande coreografia humana, um bailar de ir e vir sem conta, encostou-se na grade de proteção para pedestres, observando absorto toda aquela agitação. Um rapaz se aproximou de André e puxou conversa com ele, falando sobre o grande circo da praça. André passou a dar atenção ao seu interlocutor, praticando a educação que aprendera em casa, atenção aos mais velhos. André me contou que o rapaz aparentava 30 anos aproximadamente e o tratou com muita gentileza, conquistando sua simpatia, que logo virou atração física. Em dado momento, o moço convidou-lhe para um programa. André entendera como programa ter uma relação íntima. Movido pelo desejo, aceitou o convite e os dois vão para um hotel na região boêmia da cidade. Ao saírem do hotel, André agradeceu-lhe, e o rapaz abriu sua carteira e entregou a André 30 reais pelo programa. André hesitou, mas o rapaz insistiu, dizendo que estava acostumado a pagar e que o dinheiro poderia ajudá-lo. André aceitou. Estava garantida mais uma semana de alimentação. Outra semana de tentativas e nada. André resolveu voltar à Praça Sete. Percebeu, então, que a carência homossexual era uma constante na cidade grande. Percebeu que poderia ter prazer e, em troca, ter algum dinheiro. Começou a sair todas as noites em busca de clientes. Sua situação financeira se resolveu, os programas lhe permitiram mudar da pensão para um local melhor. Começou a procurar um companheiro para dividir um apartamento, mas sua pouca idade o impediu de realizar este sonho.

Um ano se passara e André já mandava algum dinheiro para casa. Usava belas roupas e tênis da moda. Contou seu sonho de moradia para um de seus clientes e foi convidado para morar com ele. André ficou em dúvida, mas morando em um local melhor, ele se sentiria mais acomodado para guardar suas aquisições, aparelho de som e televisão que já comprara com o fruto de seu trabalho nas ruas. Aceitou, combinando que pagaria o aluguel. O cliente propôs-lhe trocar o valor do aluguel pelos serviços de André. Ele concordou, desde que não interfierisse no que já considerava um trabalho: o atendimento sexual a clientes nas ruas de Belo Horizonte. Passados dois ou três meses, o cliente se apaixonou por André e começou a coibir suas saídas. André explicou-lhe que tinha que enviar dinheiro a seus pais e que precisava continuar seu trabalho. O cliente descobriu o endereço dos pais de André e o chantageou, ameaçando contar aos pais a verdadeira profissão de André. Sentindo-se pressionado pelo pavor de decepcionar sua família, André se submeteu à chantagem do outro. O relacionamento se tornou possessivo por parte do cliente, que tenta aprisionar André de todas as formas. Brigas se tornaram uma constante entre os dois, até que André, em uma das discussões, foi esbofeteado pelo companheiro. A dor e a pressão fazem André reagir. Sabia que seu cliente era enrustido e decidiu contra-atacar a chantagem. Começou a aparecer no trabalho do companheiro, ameaçando contar para os colegas sua vida íntima. A negociação de troca das chantagens foi concretizada, e André se vê livre do companheiro, mudando para outra pensão.

O pai de André veio visitar-lhe em Belo Horizonte. Pai zeloso, queria saber como o filho estava se saindo na capital. Hospedou-se em um hotelzinho próximo à rodoviária, para poder estar com o filho por alguns dias. André estava com 18 anos, e disse ao pai que trabalhava em um restaurante noturno. O pai queria visitar o local, mas André alegava que o patrão era muito exigente e não aceitava visita de familiares de funcionários. Suspeitando da forma esquiva de André em lhe mostrar seu local de trabalho, seu pai resolveu segui-lo sem que ele percebesse. Ele parou no local onde acontecia a caça de programas e saiu com um rapaz, o pai o seguiu, eles entraram em um motel. Ao sair, André se deparou com seu pai na porta. Levou um susto que lhe tirou a cor da face. Diante dos fatos, não havia como negar. Contou ao pai o que acontecera consigo. Falou de seu desejo e sua forma de ser, em um desabafo emocionado, relatou toda sua trajetória desde que chegara a Belo Horizonte. O pai ouviu tudo e o abraçou dizendo que aceitava que ele fosse bicha, mas jamais aceitaria que ele continuasse como garoto de programa. André prometeu ao pai procurar um emprego fixo. Seu pai partiu com a confiança que o filho sairia daquela vida arriscada. André conseguiu um trabalho em uma empresa de transportes como carregador. O salário mínimo não lhe permitia ter a vida de antes. Uma noite de programas, muitas vezes, lhe rendia mais do que ganhava em um mês. Resolveu manter o trabalho para agradar a seu pai, mas o dinheiro fácil dos programas o envolveu em um hábito de consumo que não lhe permitia mais deixar as ruas.

Conheci André quando estava com 19 anos, ele era um dos nossos beneficiados no programa de prevenção com entrega de preservativos. Suas visitas freqüentes ao Rainbow lhe deram confiança para contar-me sua história. Desejava voltar para a escola para tentar melhorar no trabalho e deixar os programas. Encaminhei-o para uma escola particular que tem programas para ensino de pessoas carentes. André conseguiu se matricular e passou a freqüentar as aulas. As noites passadas nas ruas lhe deram feições de ser bem mais velho. Pareceu-me triste e seus olhos não tinham mais o brilho dos olhos de jovens de sua idade. Torço para que ele encontre seu futuro. Encontro-o mais tarde, já em 2006; estava mais homem e mais seguro, entrara para uma faculdade, progredira no trabalho, era chefe do setor de transportes e há um ano vivia com um companheiro que amava, e deixara as ruas. André superara suas dificuldades encontrando seu caminho, mas muitos jovens não teriam a mesma sorte como outras histórias que ouvi.

ENCONTRO INUSITADO!

Éder passava boas partes de suas noites comigo em casa do Marco. Nos finais de semana, na maioria das vezes, ele se mudava para minha vida, mas quando tinha um encontro de visibilidade pública, fugia. Sua forma carinhosa e gentil de tratar-me, aos poucos me fazia esquecer meu amor por Reginaldo. Havia já alguns meses que não via Reginaldo. E poucas notícias tinha dele.

Um amigo convidou-me para uma festa em sua casa. Conhecera Adalberto na Parada *Gay* e sempre nos encontrávamos no gueto. Ele, assumido para os colegas e para a família, era um exemplo de homossexual feliz, raro no gueto, tinha um parceiro com quem já vivia há quinze anos em uma relação estável e tranqüila. Adalberto trabalha até hoje em uma empresa de turismo e a festa em sua casa se tornou uma tradição para muitos *gays* que preferiam reuniões em casas de amigos a eventos no gueto. Principalmente os "casados" que desejavam evitar assédios a seus parceiros. Era uma festa *gay* em todos os sentidos, muitos participavam montados a caráter, com toda a riqueza que a cultura *gay* propiciava. Éder não pôde ir. Fui só. Lá chegando, encontrei muitos conhecidos, muitos deles montados. Adalberto vestia uma montagem de fada com varinha de condão e tudo. Transformara sua sala em um ambiente de boate, onde muitos *gays* dançavam sob as luzes coloridas em um ambiente escuro e de pouca visibilidade. Muitos me reconheceram e me cumprimentaram felizes pela alegria do ambiente descontraído e alegre, características freqüentes de nossas festividades coletivas ou particulares. Na sala, um *gay* negro todo montado dançou de forma provocativa para mim, rodeava-me no salão ao som de músicas *technos*, que estavam se tornando uma constante nas boates. Era um homem com aparência muito masculina e de pernas muito grossas e lisas, uma cabeleira enorme cobria-lhe parte do rosto, um vestido muito justo mostrando os músculos de seu corpo. Pela pouca luz do ambiente, era difícil ver quem estava por trás daquela montagem estranha e escandalosa, percebia-se que não estava habituado a uma montagem, pela sua falta de jeito com os saltos altos. Tentava esquivar-me de seu assédio, disfarçadamente mudava de local e buscava conversar com outros amigos, ele sempre se aproximava. Em dado momento, aproximou-se ainda mais de mim e disse:

– Danilo, você não está me reconhecendo?

– Reginaldo, é você? – exclamei, espantado!

Ele soltou aquela gargalhada que conhecia bem, mostrando o sorriso que me enfeitiçara apaixonadamente. Estava experimentando uma montagem com roupas emprestadas de uma das irmãs. Perguntou-me o que achava de sua aparência montada. Disse-lhe gentilmente que estava bem, embora o achasse um pouco estranho. Ficamos conversando um pouco e, mais de uma vez, insinuou um movimento para beijar-me. Afastei seu rosto. Disse-lhe que estava com outra pessoa e não gostaria de magoá-la. Portanto, não faria aquilo. Meu coração se acelerou e, para não ceder a seu assédio, saí logo da festa. Meu coração ainda doía pela sua ausência, mas consegui sair incólume. Chegando em casa, Éder estava a me esperar. Contei a ele o ocorrido. Eu me havia comprometido a não mentir para ele e para mais ninguém.

IMPOTÊNCIA

Solange e Viviane estudavam no Colégio Padre Eustáquio, uma escola católica de Belo Horizonte. Ambas estavam com 15 anos e eram colegas de sala. Aproximaram-se como todos os jovens, com a descoberta de coisas comuns, como a música, gosto por alguma matéria ou por ler um livro que agrade aos seus corações. A bela amizade das duas logo virou um lindo caso de amor. A princípio, mantiveram em segredo o amor que as aproximava. Mas alguns colegas perceberam e as incentivaram a externar o carinho que uma tinha pela outra. As duas eram boas alunas e levavam uma vida escolar comum como a de qualquer outro adolescente. A naturalidade com que seus colegas as tratavam lhe deram confiança para firmar o namoro que se iniciava. Os adolescentes heteros acompanhavam os sentimentos delas no horário do recreio com muita naturalidade e nunca haviam sido incomodadas pela direção do colégio. O afeto de Solange e Viviane crescia, e elas passaram a estar cada vez mais juntas no recreio. Saíam de sala de mãos dadas e assim permaneciam durante o recreio, o que era comum entre jovens amigas e aceito pelos disciplinadores do colégio. A confiança no afeto crescia e cresciam as carícias. Das mãos dadas, passaram a andar abraçadas, e do abraço aconteceu um beijo na boca. Os colegas já conheciam o caso de amor das duas, e nada estranharam.

Entretanto, a direção do colégio ficou sabendo. Convidaram as duas garotas para uma reunião da diretoria e lá foram argüidas sobre essa demonstração de afeto. Confirmaram. Esperando uma compreensão da direção, a coragem delas as levou a um tormento vergonhoso. A direção do colégio tomou uma decisão altamente discriminatória contra as duas garotas: oficialmente "convidou-as" a se retirarem do colégio, informando-as de que não renovariam a matrícula delas para o ano seguinte, e que nos últimos dias de aula elas teriam que ficar afastadas no recreio, sob pena de expulsão sumária antes do término do ano letivo. As meninas sofreram com a decisão da diretoria, que alegara não permitir demonstração de afeto de nenhum aluno no interior do estabelecimento de ensino. Argumentaram que seus colegas heteros usavam deste direito e não viam qualquer motivo para que não pudessem também exercê-lo. A direção manteve a pena. Condenaram as garotas sumariamente, por absoluto preconceito. Uma delas telefonou-me e fui conversar com elas e com seus colegas e me confirmaram toda a história. Estavam todos indignados com a ação da direção do colégio. Resolvi conversar com a diretoria para tentar ajudar as jovens. A diretora confirmou o ocorrido e reafirmou sua decisão de não aceitar a renovação da matrícula das duas garotas. Argumentei com a direção, na pessoa de uma senhora de meia-idade, sobre o estigma que estava criando para o futuro das meninas, marcando-as profundamente como transgressoras de algo que lhes era natural, assim como a cor de pele ou dos olhos. Que tal decisão iria acarretar um sentimento de culpa na alma das duas para sempre, como se houvessem cometido um crime grave. Argumentei ainda que a direção estava agindo arbitrariamente e que a *Constituição* lhes garantia este direito. Nenhum de meus argumentos demoveu a cruel decisão da intransigente e desumana diretora. Diante da situação, conversei com as garotas explicando-lhes que, para ajudá-las com apoio jurídico, precisaria da aprovação dos pais delas, por serem as duas menores de idade e estarem sob a tutela deles. Pedi-lhes autorização para falar com eles.

A mãe de Solange atendeu-me pelo telefone e, após me identificar, expliquei-lhe o que poderíamos fazer. Ela disse que não autorizava qualquer ação contra o colégio, que, assim como os pais de Viviane, pensava que o colégio estava com a razão em expulsá-las. O contato com o pai de Viviane foi infrutífero. Reafirmou o que a mãe de Solange me havia dito; que apesar de não concordar com a atitude do colégio, entendia que era parte da disciplina adotada pelo estabelecimento e que não queria e nem possuía recurso suficiente para manter uma discussão jurídica sobre o caso da filha com a companheira. Tinha receio da exposição pública de sua filha, o que a marcaria mais ainda. Preferia mudá-la de escola, e tentar "tratá-la" daquele vício que tanto o envergonhara. Diante das atitudes dos pais das meninas, nada pude fazer fiquei de mãos atadas. O preconceito saíra vitorioso nesta batalha. Expliquei às jovens que não poderia ajudá-las sem a autorização dos pais. Disse-lhes ainda que não desistissem de seu amor, que ele as dignificava e as tornava especiais pela coragem que tiveram; que, apesar de tudo, não permitissem que isto afetassem suas vidas. Saí desta história com uma enorme sensação de impotência e a certeza que ainda havia muito por que lutar, especialmente no avanço legal de nossos direitos para que criaturas corajosas como Solange e Viviane não precisassem sofrer tamanha discriminação. Meu coração doía pelas duas.

CIDADÃO GAY

No início de dezembro, recebi da Câmara Municipal um convite para uma cerimônia anual de entrega de medalhas a cidadãos que se destacam em suas áreas de atuação. O vereador Leonardo Mattos havia indicado meu nome para receber a Medalha "Ordem do Mérito Legislativo Municipal". Para o cidadão receber esta honraria, é necessária a comprovação perante os parlamentares de sua efetiva contribuição para o engrandecimento do Município de Belo Horizonte. Os nomes indicados devem ser aprovados por todos os vereadores. As medalhas são entregues em uma cerimônia muito bonita na Câmara Municipal, e os agraciados são avisados com antecedência pelo Cerimonial, que pede que forneçam os nomes e endereços de pessoas que os agraciados gostariam de que estivessem presentes na cerimônia. Passei os nomes de meus irmãos, minha mãe e meus filhos. Representantes de todo o povo de Belo Horizonte, em nome desse povo, ou seja, os vereadores, estavam homenageando alguns cidadãos entre muitos que realmente deram sua contribuição para beneficiar o povo do município. Se existissem pessoas que mereciam estar neste evento, eram meus familiares que carinhosamente acompanharam minha metamorfose, o processo de fusão de ator e personagem, em um ser altamente discriminado pela sociedade, um *gay*. Meu Deus! A luz se acendeu em minha mente, estava sendo homenageado por ser um *gay* assumido, que, desinteressadamente de prêmios ou reconhecimentos, luta para conseguir auxiliar seus iguais a acabar com seu sofrimento. Nunca havia passado pela minha mente ser reconhecido por isso, sempre fui movido por meu coração e meu sonho de liberdade para meus iguais e para mim. Um sonho de ter o respeito de todos pela minha forma de amar, pelo meu desejo diferente dos demais. Aqueles que convivem comigo intimamente sabem o que estou dizendo, a vaidade é uma qualidade ou defeito que não me pertence. Jamais busquei colocar os holofotes da glória sobre mim. Tudo o que fiz foi por absoluto amor aos meus iguais.

E, de repente, o povo de minha amada Belo Horizonte, minha terra, por meio de seus representantes na Câmara, estavam me outorgando uma medalha. A única premiação deste tipo que tive foi no meu trabalho de vendas, minha profissão que por esforço pessoal conseguira vencer os objetivos traçados pela minha empresa. Jamais ganhei uma medalha nos esportes, sempre fui péssimo esportista. Jamais ganhei uma medalha na escola, sempre fui um estudante mediano, mesmo porque os meus complexos por ser veado, ocupavam tanto minha mente que não me permitia concentrar muito nos estudos. E estava recebendo uma medalha por ser *gay*, e lutar pelos direitos dos *gays*. Não nego, uma pontinha de orgulho surgiu em meu coração, não pelas luzes da ribalta, elas são efêmeras, mas por ter pedido a Deus a oportunidade de salvar uma alma apenas, da dor e do sofrimento que vivera em minha dualidade. Sabia que estava no caminho certo, que este acontecimento único na vida de um cidadão havia chegado para mim pelas mãos corajosas de um outro cidadão, que merecia uma medalha tanto ou mais que eu, Leonardo Mattos, um portador de deficiência que defendia seus iguais com garra e coração, assim como eu procurava fazer. Esta honraria vinda por estas mãos é uma cumplicidade do destino. É um dizer silencioso: "Sei o que você passa como vítima de discriminação assim como eu, sei que você ajuda e pode ajudar mais para que este câncer social diminua!".

O dia 12 de dezembro chegou. Estava nervoso pela novidade do que viria. Éder não pôde acompanhar-me, seu receio de ser identificado como *gay* o impedira na desculpa de não poder faltar ao trabalho. Reginaldo não teria esta dificuldade, estaria ali e ainda levaria torcida. Senti sua falta. Ele também contribuíra muito para meu caminhar e para estar ali. Cheguei no horário e fui conduzido a um assento especial no Plenário reservado aos cidadãos que seriam homenageados por Cláudia, chefe do cerimonial da Câmara Municipal, uma mulher maravilhosa que fiquei conhecendo naquele dia e que mais tarde demonstrou ser mais uma grande amiga. Junto comigo também estavam sendo homenageados Itamar, Soraia e Porcina, meus companheiros de luta. Olhei para a platéia e pude ver, para minha alegria e surpresa, minha querida mãe e minha irmã que acenaram para mim. Meu coração se acelerou, era a primeira vez que vira minha mãe em um local em que todos sabiam o motivo pelo qual estava ali. O filho *gay* dela estava recebendo uma honraria da cidade e todos sabiam o real motivo. Acredito que ela venceu muitos obstáculos pessoais para estar ali aquele dia. A cerimônia teve início, presidida pelo vereador Sérgio Ferrara Filho, presidente da Câmara. Os discursos proferidos feitos cerimoniosamente para homenagear os cidadãos agraciados falavam da importância da homenagem e sua relevância social para Belo Horizonte. Passaram à entrega das medalhas. Meu nome proferido e incluído nos *Anais* da Câmara, para receber a medalha de meu amigo Leonardo Mattos. Abaixei até o nível de sua posição de cadeirante e ele, orgulhosamente, colocou em meu pescoço a maravilhosa medalha, em bronze, com uma cruz de malta e ao centro o brasão de Belo Horizonte. Aplausos ecoaram por todo o salão da plenária. Com a medalha, um diploma:

"Ordem do Mérito Legislativo Municipal

O povo de Belo Horizonte, por seus representantes, concede, nos termos previstos na Resolução nº 609, de 20 de Julho de 1984, a medalha

"Ordem do Mérito Legislativo Municipal" *no grau MÉRITO a* ***DANILO RAMOS DE OLIVEIRA***

Em reconhecimento de seu mérito, acolhendo indicação do Vereador que assina este documento, ao lado do Presidente da Câmara Municipal.

Belo Horizonte, 12 de Dezembro de 2001
Leonardo Mattos – Vereador
Sérgio Ferrara – Presidente"

Terminada a cerimônia, os homenageados seguiram para a ante-sala do Plenário para receber os cumprimentos dos convidados. Karla, minha irmã, e minha mãe vieram cumprimentar-me; em seguida dezenas de pessoas se achegaram para também me cumprimentar e a todas apresentava as duas. Creio que minha mãe nunca recebera tantos cumprimentos pelo filho corajoso e digno. Se havia algum motivo para que se envergonhasse de mim, naquele momento se dissipou totalmente. Apenas uma ponta de tristeza abatia meu coração: meus filhos não vieram. Acredito que teriam o mesmo orgulho que minha mãe e minha irmã.

Pronto, consumado estava, tornara-me *gay* oficial na cidade, com medalha e tudo!

DUAS ATITUDES

O DESTINO é, muitas vezes, irônico conosco. Quando minha família se mudou para a segunda casa que moramos no Vera Cruz, tínhamos como vizinhos um casal que tinha três filhos homens e criava dois sobrinhos cuja mãe falecera no parto, uma garota e um garoto, este portador de deficiência mental. Martinha e seu marido Ronaldo tinham grande afeto e lutavam contra o preconceito pela deficiência do menino. Eles se tornaram grandes amigos da minha família. Em especial, Martinha ficou muito próxima, já que tínhamos aproximadamente a mesma idade. Convivíamos muito, os dois casais e nossos filhos. Quando saí do "armário", e ficaram sabendo, Martinha deixou de falar comigo. O preconceito de seu olhar e seus gestos se expressou de forma muito forte sobre mim. Seus filhos já eram adultos, moça e rapazes. Mas senti muito o distanciamento de Martinha, a quem considerava uma grande e verdadeira amiga. Seus filhos também eram para mim como filhos, pois foram criados junto com os meus e tinha muito carinho por eles. Especialmente o do meio, Eduardo, que, sempre muito gentil e doce, ganhara nossa confiança, inclusive para acompanhar a irmã e Tatiana em festas que eram convidados. Edu, como o chamamos desde criança, é um rapaz encantador. Minha mãe sempre fazia uma torcida para que namorasse Tatiana pela gentileza e educação com que tratava todos, principalmente as pessoas mais velhas. Tal atitude, vinda de um ser humano, rara na juventude de hoje, sempre encantou minha mãe. Explica-se o motivo de seu encanto pelo Edu e a torcida para que namorasse sua neta. Martinha participava de tudo em nossa vida, e nós da deles. Para Márcia, era como uma irmã mais velha. Quando soube de minha orientação, olhava-me com os olhos de condenação. Talvez pela amizade com Márcia, sentiu aquilo como uma grande traição do marido à amiga. Nunca a questionei e sempre respeitei sua atitude, mas senti bastante, pois realmente os considerava muito. Martinha casara seu filho mais velho, e Edu resolvera morar fora. Já se tornara professor e decidira ter uma vida independente dos pais. Martinha ficou sem compreender, mas acatou a decisão do filho amado. Alguns meses depois, vejo Edu em um bar *gay* com o namorado. Ele se assustou com minha presença e, como se fosse preciso, pediu-me para não comentar com ninguém. Edu era *gay* como eu, e estava vivendo com seu companheiro, um belo rapaz, já há alguns meses. Sua saída de casa fora motivada por este amor. Martinha e Ronaldo ainda nem sonhavam da orientação do filho. Fiquei imaginando como o destino nos prega peças e tenta nos ensinar coisas. Que maravilhoso seria se observássemos melhor nossos semelhantes e tentássemos compreender seus motivos. Martinha me condenara e o destino lhe presenteara com um filho especial, *gay*.

Mas se tive esta tristeza com Martinha, nem todos agiram do mesmo jeito que ela. Como passei a ter uma vida de muita atividade pública, quase não sobrava tempo para rever amigos. Assim, eu me distanciei de muitos, mesmo porque tinha um certo receio de sofrer algumas decepções. Entre as muitas ausências de antigos amigos, as que mais senti foram de Adolfo e Joana. Não os procurei. Não sabia como reagiriam à saída do "armário" de um velho amigo. Adolfo, meu compadre duas vezes e amigo desde a infância, sempre fora de uma dignidade e caráter ímpares. Sabia disso, mas só pude constatar esta medida depois de um ano distante deles.

Estava saindo de uma reunião na prefeitura e me dirigia a uma rápida visita à minha mãe. Ao passar pela Feira de Flores, no antigo abrigo de bondes de Santa Tereza, na esquina da Afonso Pena com Bahia, escutei uma voz familiar a me chamar:

– Compadre! Ô, compadre! – era Adolfo.

– Adolfo, que alegria em ver você! – estendi-lhe a mão, receoso.

Adolfo me puxou para si e deu-me um abraço forte e afetuoso; em seguida, disse:

– Compadre, por que você deixou de nos visitar? Sabe o quanto o estimamos, e estamos sentindo sua falta.

– É que minha vida mudou muito, meu amigo, e preferi dar um espaço às pessoas que amo, para que possam assimilar estas mudanças!

– Compadre, nada do que está acontecendo muda nosso sentimento de amizade por você. Eu, Joana e os meninos gostamos de você independentemente do que você é, ou deixou de ser. Queremos continuar sendo seus amigos. Por favor, não deixe de nos visitar. Nossa casa sempre esteve aberta para você e sempre estará.

As palavras proferidas por Adolfo tocaram fundo meu coração, foi difícil conter as lágrimas que umedeceram meus olhos. Percebi que uma amizade verdadeira é eterna. Desde meninos, esta amizade se consolidara de maneira forte e intensa e Adolfo estava provando isto com suas palavras amáveis e sinceras. Prometi que o visitaria sempre que pudesse e que sua sinceridade deu uma paz enorme a meu coração. Meus compadres me deram uma grande lição de amor ao próximo, superando suas dificuldades e compreendendo um velho amigo, independentemente de sua orientação. Orgulho-me muito desta amizade. Despedi-me de Adolfo e segui meu caminho, sentindo-me mais leve e menos culpado.

APROVADA!

MINHA peregrinação quase que diária na Assembléia Legislativa continuava. O nosso projeto passara pelas duas comissões e entrara em pauta para votação na terça-feira, dia 19 de dezembro de 2001. Passei *e-mail* para todos os *gays* e lésbicas que conhecia, pedindo que comparecessem em massa para pressionarmos os deputados na votação em segundo turno, que seria decisiva. A importância do projeto era gigantesca para todos os *gays* de Minas e esperava que pudessem sensibilizar-se para lotarmos a platéia do plenário da Assembléia. Surpreendentemente, ninguém apareceu, nem mesmo meus colegas militantes, acredito que desesperançados pela longa demora. Às vezes, penso que não acreditavam na possibilidade real da aprovação. Cheguei cedo ao gabinete do deputado João Batista de Oliveira, que estava muito animado com a aprovação do projeto. Sua articulação com os deputados o deixava confiante no sucesso. A Assembléia estava em regime de urgência, findava o ano legislativo e, caso os projetos se prolongassem, as férias parlamentares estariam comprometidas. A pauta de votação era, portanto, estratégica para o nosso incansável defensor no Parlamento mineiro. Fomos para o Plenário, aguardamos a chegada de nossos companheiros, que esperávamos engrossar as fileiras de argumentação aos deputados ainda resistentes. Percebi um certo desapontamento do João Batista ao perceber a ausência deles, porém, acredito que minha presença causava um certo respeito aos deputados. E João se apoiou nisto. Conversávamos com os resistentes finais à aprovação, João indicava a quem deveria argumentar de forma mais firme, alegando a rejeição ser uma forma sutil de preconceito. Um dos deputados, porém, esquivou-se de falar comigo, seu eleitorado era constituído de católicos carismáticos, e ele mesmo pertencia a esta corrente da Igreja Católica. Ele comunicou ao João que iria obstruir a votação, adiando a discussão. João, então, lembra a ele seu desejo de estar de férias e que, se o projeto sofresse alguma interpelação, ele, o próprio João, cuidaria para que nada mais fosse votado dali por diante, obstruindo com seus parceiros todas as votações e comprometendo as férias dos deputados. Ele pareceu não ter gostado muito da ameaça. E ficamos preocupados com sua atitude. O deputado Antônio Júlio mais uma vez, presidia a reunião inteiramente lotada de parlamentares. Apenas um deputado evangélico não estava presente, propositadamente, com receio de ter que enfrentar seu eleitorado diante de uma derrota iminente. Embora toda a articulação do João tivesse sido bem construída, a reação de cada um poderia ser diferente e surpreender. A ansiedade e a angústia da espera me deixava tenso. O destino de milhares de *gays* de nosso Estado estava em jogo naqueles instantes finais de espera. Apresentados os projetos pela ordem, o nosso é colocado em votação. Nos mesmos moldes da votação em primeiro turno, o presidente pedira que os que estivessem a favor permanecessem como estavam, e os que estivessem contra se levantassem. Segundos atordoantes e seculares se passaram até que o presidente Antônio Júlio proferisse a palavra mais doce e acolhedora a meus ouvidos ansiosos:

– APROVADA!

Um grito de liberdade saiu de minha garganta já ardendo pela emoção das lágrimas que rolaram incontrolavelmente sobre meu rosto; corri a abraçar o João, que emocionado quase foi derrubado ao chão pelo meu abraço. Perdi literalmente o controle sobre minhas emoções e desabei diante do alívio da pressão que sofrera nos últimos minutos. Os assessores do João que nos acompanhavam fizeram a festa, batendo palmas e gritando parabéns aos parlamentares. Queria que todo o meu povo estivesse ali para compartilhar a emoção daquele momento histórico. Nossa lei, aprovada sem emenda alguma, com todas as cláusulas colocadas por mim e pelo meu querido amigo Oswaldo, do MGM. Liguei de lá mesmo para o Oswaldo para dar-lhe a notícia, o qual vibrou de alegria por nossa vitória. Começaríamos a tecer o próximo capítulo, a sansão da lei pelo governador Itamar Franco.

VIOLENTADO

O ANO de 2002 amanhecia cheio de possibilidades de vitórias, mas também seria marcado por muitas trágicas histórias. Logo no dia 1º de janeiro, aconteceu um fato que mais uma vez sangra meu coração pela violência e agressividade a que foi submetido Rodrigo, um rapaz de 19 anos. Saindo do *Réveillon* da Boate Joséfine, local onde já fora inúmeras vezes, Rodrigo pegou um táxi de um motorista que já o levara em casa dezenas de vezes e se haviam tornado amigos. Rodrigo morava em um bairro de classe média de Belo Horizonte, estava na faculdade e levava uma vida comum como todos os jovens *gays* de sua idade. Ir à Joséfine era uma de suas diversões preferidas. Em face dos constantes assaltos aos taxistas que trabalhavam à noite, a Polícia Militar implantara, na cidade, uma operação intitulada "Pára Pedro".

Rodrigo, então, entrou no táxi de seu amigo Joaquim e ambos começaram a prosear sobre o movimento da boate, como havia sido a noite do *Réveillon*, e outras banalidades. No meio do trajeto foram obrigados a parar no bloqueio policial da Operação "Pára Pedro". Pediram a Joaquim que encostasse o carro e solicitaram os documentos do motorista e do passageiro. Rodrigo, então, murmurou algo, mencionando seu cansaço e o atraso que teria para chegar em casa e descansar seu corpo do esforço da balada do *Réveillon*. O policial entendeu como uma afronta e ordenou a Rodrigo que saísse do táxi. Rodrigo educadamente obedeceu. O sargento, um cabo e um soldado realizam a operação. O sargento, ao perceber que o soldado determinara a saída do passageiro de dentro do veículo, aproximou-se e começou a agredir verbalmente Rodrigo. Ele se encolheu e encostou no veículo para se proteger do sargento. Este se tornou violento e puxou Rodrigo pelo braço. Joaquim tentou interceptar a ação do sargento explicando que Rodrigo não era marginal, que era um cliente habitual do seu ponto, que ficava na porta da boate *gay* Joséfine. O sargento ficou mais violento com a informação e passou a agredir fisicamente Rodrigo, chamando-o de veado, bicha e outras palavras ofensivas. Leva Rodrigo para trás de uma árvore e espancando-o, obrigou-o a fazer-lhe um boquete, palavra usual no gueto para definir sexo oral. Rodrigo, humilhado e sentindo as dores dos murros do sargento, obedeceu sob os protestos desesperados de Joaquim. O sargento sarcasticamente o forçou a continuar, chamando-o de putinha sem-vergonha, veadinho vagabundo. O cabo e o soldado seguravam Joaquim, que a esta altura fora ameaçado de apanhar, se não se calasse. Os dois militares riam da cena do sargento com Rodrigo. Chegando ao orgasmo com a genitália na boca do Rodrigo, o sargento ainda o esbofeteou após o gozo e depois urinou sobre o corpo de Rodrigo com a arma em punho em ameaça. Chorando, violentado e humilhado, Rodrigo levantou e tentou se recompor. Os outros dois militares ordenaram a Joaquim que entrasse no carro e o sargento carregou Rodrigo pelo braço e jogou-o no banco de trás do táxi. Ameaçou os dois de morte se denunciassem, e determinou que silenciassem. O sargento ainda virou para Rodrigo e repetiu a agressão, passando-lhe a mão no rosto: "Você tem uma boca muito gostosa, putinha, vou fazer você me engolir de novo, se o vir".

Joaquim tentou consolar Rodrigo, que chorava ininterruptamente no banco de trás. Joaquim, mais adiante, foi até o porta-malas e apanhou uma camiseta que mantinha limpa para uma eventualidade, entregou-a a Rodrigo e pediu que tirasse sua camisa molhada pela urina do miserável do sargento, pois seria melhor chegar em casa sem aquela camisa, pois teria muito que explicar à família. Rodrigo aceitou, e Joaquim levou-o para casa. Rodrigo, no dia seguinte, decidiu denunciar o fato. Buscou a Corregedoria da Polícia Militar e relatou o ocorrido. Joaquim foi sua testemunha e a Corregedoria se encarregou do caso.

Sei que a cumplicidade policial pouco faria para condenar os três criminosos de tamanha violência. Relatei tal fato à minha amiga, tenente-coronel Luciene, que se comprometeu e acompanhar as investigações internas. Lembrei-lhe de quando mencionei a importância de mudar o Código de Pederastia da polícia. O ato praticado pelo sargento era típico de um *gay* enrustido e doente. Tentando desviar as possíveis suspeitas de seus colegas sobre sua própria homossexualidade, agredia outros *gays* de maneira arbitrária e cruel, mostrando seu ato falocrático machista aos colegas, mas ao mesmo tempo satisfazendo seu desejo de estar com outro homem. Um heterossexual bem resolvido jamais teria tal atitude. Ninguém foi preso. Não tive notícia de expulsão de nenhum policial da corporação em razão da violência sofrida por Rodrigo, brutalmente violentado por quem na realidade deveria protegê-lo. Porém, em Belo Horizonte, não tive mais notícias de outro acontecimento como este. Algo acontecera.

PROJETO QUE VIRA REALIDADE

A VEREADORA Neila Batista continuava em seu caloroso apoio à nossa causa. A nosso pedido, apresentou um projeto de lei que instituía o dia 28 de junho como Dia Municipal de Luta pela Livre Orientação Sexual. O empenho e a articulação de nossa companheira levaram a Câmara a aprovar o projeto que seguira para a sansão do prefeito. Todos os cidadãos dignos têm um dia destinado à sua homenagem, dia do professor, do estudante, do médico, do enfermeiro, do deficiente, do negro, da mulher. Inserção social seria, a nosso ver, termos o Dia do *Gay*. Neila acreditou em nossa argumentação e o projeto do Dia de

Luta pela Livre Orientação Sexual se tornou uma realidade. Em 28 de junho de 2002, comemoraríamos nosso primeiro dia como cidadãos inseridos dentro do contexto social do município de Belo Horizonte. Mais um passo no incansável combate ao preconceito. Na peregrinação parlamentar costumeira para aprovação da lei, fiquei amigo pessoal da Denise. Uma jovem mulher bonita, muito gentil e agradável, Denise esbanja simpatia à primeira vista. Muito bem articulada, conseguiu nos ajudar na aprovação do projeto com maestria. Nossa proximidade me fez conhecer melhor a faceta do bissexual. Possuía proximidade com todos os gêneros de minha comunidade, porém o bissexual era uma incógnita para mim. Certeza tinha de minha homossexualidade, mas como seria um ser bissexual? Denise mantinha um romance, já há alguns anos, com Vanessa, uma policial civil "enrustidérrima", pelo receio de ser punida em seu trabalho. De modo diferente de Denise, Vanessa tinha pavor de ser descoberta como homossexual. O relacionamento delas era, de certa forma, conturbado pelo "armário" de Vanessa que evitava ir a lugares *gays* com Denise, e só começou a se soltar depois que Denise passou a militar por nossa causa. Brincava muito com Vanessa sobre o seu apavoramento de ser vista em público com Denise. Mas minha proximidade começou a lhe dar mais confiança e pude apreciar a deliciosa companhia de minhas novas amigas. Certo dia, conversando com Denise sobre sua condição de bi, ouvi um depoimento muito emocionante que preciso registrar.

> "Sabe, Danilo, já tive namorado homem antes da Vanessa, e o amava muito. Nosso relacionamento era muito íntimo e gostoso. Terminamos por um desentendimento bobo que nem me lembro qual foi. Conheci a Vanessa e, pouco tempo depois, estávamos namorando. Passei a gostar muito dela, embora seu jeito camuflado de ser seja um dos maiores empecilhos para nosso relacionamento. Cheguei a propor-lhe casamento. Comprei um apartamento para morarmos juntas. Ela ficou tão indecisa por medo de assumir sua orientação que acabei alugando o apartamento. Todos os meus amigos sabem como sou e nada tenho a esconder. Todos me aceitam como sou e minha família, presumo que saiba, embora nunca falamos do assunto, mas Vanessa dorme em casa de meus pais comigo e na mesma cama. Nenhuma palavra de condenação ou crítica ouço de meus familiares. Mas Vanessa esconde ao máximo de sua família, principalmente de seu pai, que é policial como ela. Levamos nossa vida assim, em encontros, quando é possível.

> Ser bi é diferente de ser hetero ou homo, pois nosso objeto de desejo é secundário, diferente de vocês que se sentem atraídos primeiramente pela aparência física. Na realidade, nosso sentimento é que conta em primeiro plano. Se o parceiro é gentil, amoroso, agradável, nos envolvemos primeiramente por estes atributos e não pelo aspecto físico. É uma situação inversa da dos heteros e homos, que se sentem atraídos pelo aspecto físico do parceiro. Nós nos sentimos atraídos pela complexão emocional que o parceiro demonstra, seja homem ou mulher. Transitamos muito bem e com muita naturalidade neste universo masculino e feminino, sem grandes dificuldades e ou culpas."

O depoimento de Denise me transmitiu uma serenidade impressionante; parece-me muito menos traumático e mais humano do que a nossa situação hetero ou homo, movida primeiro pelo desejo e depois pelo afeto. Os bi me pareceram menos complicados e mais felizes, seu universo de afeto era imensamente maior e mais abrangente. Talvez daí a felicidade que Denise sempre trazia consigo. Ela, hoje, voltou para o antigo namorado, depois de uma separação dolorosa com Vanessa. Creio que Vanessa sofreu mais que ela, o motivo principal da separação foi o enrustimento de Vanessa. Denise está casada com seu parceiro e muito feliz.

AGORA É LEGAL!

João Batista de Oliveira, após a aprovação de nosso projeto na Assembléia, deixou até de viajar nas férias parlamentares para articular com o governador a sansão da lei. Trabalhou incansavelmente nesta tarefa e, uma semana antes de 15 de janeiro de 2002, pediu-me que solicitasse a todos os *gays* que conhecia que enviassem *e-mails* ao governador reivindicando a sansão integral da lei. Redigi um texto e enviei a todos os grupos do Brasil, que a esta altura já somavam quase cem, além de milhares de *gays*, lésbicas e transgêneros que participavam de grupos de discussão na Internet, uma nova forma de comunicação que já reunia milhões de brasileiros em torno de algo que tinham em comum. Mais uma vez houve um congestionamento em um computador público, desta vez do Governo do Estado de Minas. João Batista conseguiu convencer o governador Itamar Franco da importância da aprovação da Lei de sua autoria. Dia 15 de janeiro do mesmo ano, o governador Itamar Franco sanciona a Lei Antidiscriminação, a mais moderna do país, em sua íntegra, dando a todos os mineiros a garantia de respeito no trato público, mas também o direito ao afeto em público e, no dia 16 a lei, que recebeu o número 14.170, é publicada no *Diário Oficial do Estado*, passando a vigorar imediatamente. Meu primeiro grande sonho se realizara. Os homossexuais de Minas poderiam vislumbrar um fio de esperança em sua integridade e cidadania. Qualquer estabelecimento dentro de nossos 826 municípios que nos violentasse estaria sujeito a punições. Começavam por uma advertência na primeira violação, recebendo uma pesada multa na segunda, e perdendo seu Alvará de Funcionamento na terceira. Precisávamos tornar esta conquista conhecida por todos os *gays* de nosso Estado. A Lei vigora, porém, para sua efetiva aplicação, seria necessária uma regulamentação por parte de um projeto complementar. Outra peregrinação seria preciso para sua plena execução pública. Entretanto, sua publicação já poderia intimidar muitos abusos. Veio-nos a preocupação de como a comunidade a usaria. Os termos de sua redação técnico-política poderiam dificultar o entendimento da população. Outra preocupação minha seria diferir "direito ao afeto" de "atentado ao pudor". Decidi, então, preparar uma cartilha para a comunidade homossexual na qual seriam publicados o teor completo da lei com seus termos técnicos e o texto comentado com a linguagem popular. Precisava de fotos para ilustrar a cartilha, eu me ofereci e consegui mais dois companheiros como voluntários: Luiz, um companheiro do Rainbow, e Leandro, um jovem *gay* que não tinha problemas com visibilidade. Fomos os modelos para as fotos, tiradas por Marco Lana, diagramador da cartilha e conseguimos algum patrocínio do próprio João Batista, do Leonardo Mattos e de mais duas casas *gays* para a impressão de 5000 cartilhas, que foram distribuídas amplamente nos guetos. Nela, esclarecíamos o que era afeto e o que era atentado ao pudor. Ao final, na última página, uma foto de Luiz e Leandro se beijando na boca, ilustrava meu texto:

> "Ser gay não é crime, não é doença e é um direito do cidadão. Ele não escolhe ser *gay*; ele nasce desta forma. Sendo assim, devemos falar abertamente com as pessoas sobre este assunto. O desconhecimento e a ignorância sobre um fato verdadeiro geram o "pré-conceito". No caso dos *gays*, ele é profundo, pois nega o direito à sua livre orientação sexual. Lute contra ele. Esclareça sempre a sua família, seus amigos, na escola e em seu trabalho."

No *Jornal Rainbow* de janeiro foi publicado a manchete: "Lei garante: vale dançar homem com homem e mulher com mulher". Era uma alusão à musica de Tim Maia que dizia: "Só não vale dançar homem com homem e mulher com mulher". A notícia se espalhara rapidamente, meu povo já contava com um instrumento que o acolhia em caso de dor e sofrimento, por algo que não escolhera ou optara como muitos ainda pensam. Homossexualidade jamais foi ou será uma opção, é um destino.

INCOMPREENDER É DROGAR

DIEGO, segundo filho de uma família de três homens, fora criado em Santa Tereza. Toda a família torcia para o Clube Atlético Mineiro, seu pai trabalhava como carteiro na Empresa dos Correios; atleticano ferrenho, trazia consigo o orgulho peculiar de torcedor machista e reprodutor de estirpe por ter tido três filhos homens. Vangloria-se com os amigos de sua casa ser casa de macho e atleticano. As idas dos quatro ao Mineirão aos jogos do Galo eram sempre emolduradas por frases machistas e agressões verbais aos cruzeirenses, sempre com os termos de frescos e veados. Nas comemorações, após os jogos, Diego e os irmãos acompanhavam o pai, que se reunia com amigos para beber uma cerveja. E veado era a ofensa mais freqüente que viam seu pai usar a qualquer outro torcedor que passasse pelo local com a camisa do Cruzeiro. Coisas de torcedores mineiros, se não fosse uma obstinação, no caso do pai de Diego. Em uma dessas reuniões, passou pelo local um rapaz afeminado. Diego escutou o pai fazer um comentário com os amigos: "Se tiver um filho assim, mato-o, e depois me mato de vergonha". Este comentário ficou na cabeça de Diego desde os 10 anos de idade. Mas a natureza é insensível aos comentários humanos, ela segue seu curso com firmeza e sabedoria. Diego, já aos 12 anos sentia-se atraído por meninos. Cabelos loiros e olhos verdes compunham seu rosto branco que, ao sol, tomava uma cor vermelho-rosa, assim como toda pele de seu corpo. Braços e pernas compunham o conjunto de um tronco simétrico e perfeito. Diego, caso viesse a praticar algum esporte, teria o corpo de atleta nadador, músculos belos, porém sem exageros, era um belo garoto. Experimentou a sexualidade nesta idade de 12 anos com outro garoto também de sua idade, amigo e vizinho. Diego sentia uma atração enorme por este adolescente. Estavam sempre juntos. Aos 13, Diego tinha certeza de que sua preferência era por homens. Sua sexualidade se definia a cada dia, em cada mês que o tempo colocava em sua existência. Contudo sempre a frase do pai sobre a tragédia que ocorreria se tivesse um filho *gay* o atormentava. Não conseguia falar sobre o assunto com ninguém, e aos 14 anos começara a beber. Seu desejo o impulsionava cada vez mais para sua homossexualidade e ele a rejeitava, sentia culpa e dor. Mas os hormônios explodiam cada vez mais em efervescência juvenil. Sonhava com os garotos que conhecia e os desejava. Quando aparecia um *gay* na televisão em programas que assistia com a família, o pai voltava a frisar que aquilo era uma vergonha, como um pai poderia ter um filho daquele, se fosse seu filho, já teria dado um fim no sujeito. Diego crescia neste cenário e diante de seu conflito e da incapacidade de lidar com a situação, passou a beber mais e a doar seu corpo para quem desejasse, quando alcoolizado. Todos os garotos da vizinhança haviam transado com ele, nos buracos e construções do Bairro de Santa Tereza. Escondia de seus familiares o máximo que podia suas atividades sexuais. Os acordos que fazia como os garotos eram de silêncio, até então apenas experiências juvenis como o famoso troca-troca. Mas a culpa o atormentava, assim também como seu desejo por outros garotos. E para concretizar seus atos, bebia. Embriagado, sentia menos culpa e seguia sua dolorosa trilha. Aos 15 anos, a bebida já não era suficiente, e levado por um amigo, passou a usar maconha como justificativa para sua sexualidade condenada. Sentia-se melhor com esta droga. Para comprar o fumo, começou a fazer pequenos furtos dentro de casa; um tênis aqui, um trocado ali, um dinheiro do lanche da escola era transformado em fumaça pelo seu novo hábito. Já com um belo corpo adolescente aos 15 anos, tinha uma altura superior aos garotos de sua idade e seu corpo crescera proporcional, transformava-se em um belo jovem. Seus pais começaram a perceber mudanças em seu comportamento; ficava agressivo e apático, transitando com facilidade por estas duas facetas. Sumia, às vezes, chegando tarde, à noite.

Os pais, preocupados com sua mudança, tentam argüir Diego do que está acontecendo. Sem poder responder, mergulha em lágrimas de depressão. Sente-se melhor com o consumo de mais droga. Aos 16, conhece Henrique, colega de colégio, por quem se apaixona. Diego esconde de Henrique seu hábito pelas drogas. Partem para um relacionamento escondido. Henrique se encanta pela beleza de Diego e tendo o apoio dos pais, deseja apresentar Diego. Ele foge do relacionamento com medo de os pais de Henrique desejarem conhecer os seus. Este fim de relacionamento leva Diego a usar droga mais pesada. Perde o controle e é pego pelo pai usando cocaína no quarto. Uma surra é o presente que recebe do pai. A mãe tenta acalmar a situação, comprometendo-se a levar Diego a especialistas. O inferno tomara conta de sua vida, trancado em seu silêncio pelo pavor da morte ameaçada a lhe atormentar. Desejava parar com as drogas, mas não conseguia pela fuga que elas lhe proporcionavam. Visitas a médicos e psiquiatras passaram a compor sua rotina de vida. Internado em uma clínica de recuperação, consegue ficar livre das drogas por um tempo. Retoma sua vida no colégio e na família. Aprende a usar drogas de maneira mais discreta e controlada, inventa viagens com amigos para ficar longe de casa e usar o que lhe parecia um alívio do mundo que o acorrentara. Aos 17 anos, a manutenção de seu vício fica difícil, os pequenos furtos o incomodavam. É levado por um amigo usuário ao ponto de prostituição no Centro de Belo Horizonte, onde descobre uma fonte de recurso para manter seu vício. Passa a sair com freqüência para a Rua Espírito Santo, nos arredores da Timbiras e Guajajaras, onde os garotos de programa se colocam à disposição dos clientes. Sua beleza loira e esguia atrai muitos clientes, e o dinheiro lhe dá condições de comprar cada vez mais drogas. Diego consegue contornar a situação com a família, que acredita que o rapaz já não usa drogas, pois aprendera a disfarçar bem.

Diego me procurou no Rainbow quando tinha 18 anos de idade. Olhos fundos e magro, percebi nele o cansaço do corpo pelo abuso. Sua vida perdera a luz e o brilho, não sentia nada por ninguém a não ser a possibilidade de tirar deste alguém o sustento para seus hábitos doentes de usuário. Pedi-lhe que tentasse salvar-se, que sua homossexualidade era algo que lhe fora dado como um presente e que deveria enfrentar sua família contando sobre si e sua orientação. Duas lágrimas caíram de seu rosto rosado e disse que não conseguia, que seu pai o mataria. Desejei abraçá-lo e protegê-lo pelo sofrimento que vi estampado em todo o seu ser. O que podia fazer, meu Deus? Como uma família, por preconceito, intolerância e desamor, perde um ser belo e de boa índole? Ofereci-me para entrar em contato com sua família e conversar. Ele negou firmemente, dizendo que seu pai já me vira na televisão e que comentara que aquele homem era uma vergonha para a classe masculina, que sentia vontade de me agredir por defender os veados como eu defendia. Insisti que, mesmo assim, tentaria, que faria tudo para que ele voltasse a ter uma vida normal com sua orientação e que procuraria junto com ele um acompanhamento especializado para que deixasse as drogas e a prostituição. Expliquei-lhe que seus pais teriam também uma orientação, que nos dias de hoje já dispúnhamos de informação e recursos psicológicos para argumentar com as famílias, buscando uma solução. Negou totalmente. Senti que estava perdendo aquele jovem. Minha proposta de não violar a vontade de meu semelhante me impedia de fazer algo sem o consentimento de quem ouvia no Rainbow. Lamentei não ser um profissional da psique humana para interferir, ou uma autoridade apropriada para intervir à força. Diego negou-se a fornecer seu endereço. Levantou-se, agradeceu por tê-lo escutado e disse para mim:

– Não adianta mais, Danilo, não quero mais. Estou cansado. Obrigado!

Fiquei a olhar sua partida pelo corredor da galeria do *Mix Shopping* em silêncio, imóvel pelo terrível relato que ouvira, o vi descer a rampa e desaparecer. Uma semana depois, soube por outro garoto de programa que Diego havia sido preso pela polícia ao tentar repassar droga para outro rapaz. Nunca mais tive notícias dele. Penso que o amor de uma família deve ser incondicional. A atitude da família de Diego colocara-o em situação de alto risco, por absoluta falta de compreensão e flexibilidade em mudar seus conceitos. Por resultado de uma cultura egoísta, desumana, que teima em incutir em famílias tidas como perfeitas um pecado que não existe, um crime imaginário e uma doença inexistente. Como é complexa e contraditória esta cultura que não compreende outra forma de amar, senão aquela com fins reprodutivos. Acusam-nos de drogados e promíscuos, mas esquecem-se de que, se alguns de nós seguem este caminho, é por construção cega de seus conceitos distorcidos de intolerância e desamor. Muitos rapazes e moças passam pela experiência de Diego. A única solução é reformular, reconstruir esta cultura ditatorial do sistema machista da humanidade. Naquela noite, deitei-me e minha dor foi tão imensa que quase não consegui dormir. E não seria a única. Outras viriam.

INVEJA E COBIÇA

João Batista de Oliveira continuava se empenhando para a regulamentação da Lei 14.170 de nosso Estado, nosso trabalho de atendimento à comunidade crescia e também o trabalho de prevenção. Dezenas e dezenas de pessoas se aproximavam, muitas delas tentavam colaborar com nossas atividades, e de fato o faziam, porém muitas desejavam usufruir do prestígio e respeito que havíamos conseguido em nossa luta diária. Outras ainda se aproximavam com interesses ambiciosos, acreditando que, por estarmos sempre na mídia e termos portas abertas em diversas instituições públicas, estávamos nadando em dinheiro. O nosso projeto inicial de ser um Clube de Serviços se perdera no volume de atividades em que nos envolvemos no âmbito social e político em favor da comunidade. As mensalidades dos associados, somadas, mal davam para pagar a conta de luz. Nos nossos filosóficos matinais em casa de Marco, ele resumira bem minha situação pessoal: "Você está cheio de prestìgio, mas sem um tostão no bolso!" Tinha razão, minha vida se transformara em um voluntário sem remuneração por vinte e quatro horas seguidas, porém amava o que fazia, minha recompensa era perceber que as pessoas se sentiam mais confiantes em si e no seu convívio social, cultural e familiar.

Nossa Lei já ilustrava o cenário futuro de nosso Estado, com poucos corajosos que assumiam seu amor em público. As meninas eram mais ousadas, a princípio. Talvez pelos hábitos antigos de avós, mães e comadres andarem de braços dados a caminho da igreja, elas sofriam menor resistência ao andarem de mãos dadas ou abraçadas. Os meninos, ainda receosos da violência pública ou policial, eram mais discretos. Naquele momento, sentia-me apto a usar a lei para demonstrar meu direito ao afeto em público, porém Éder era resistente a esta idéia. Nosso afeto em público só acontecia onde ele se sentia seguro: dentro do gueto. Minhas palestras continuavam sendo solicitadas, inúmeras faculdades e instituições ouviam com atenção minha argumentação de combate à homofobia, sentia que a sociedade estava entendendo um pouco melhor nossa cultura, estilo de vida e principalmente nossa forma de amar. O pouco recurso que entrava no Rainbow era usado para nos locomover. Dóris, minha querida colaboradora, tinha um pequeno salário, mas que nunca estava em dia. Marco segurava minha moradia com paciência e generosidade; roupas, já não comprava há dois anos. Felizmente minha vida anterior fora abastada e tinha muita roupa para vestir.

Nosso prestígio havia tomado proporções maiores que o nosso conhecimento fosse capaz de compreender. Isto trazia para perto de nós outros sentimentos aos quais nos sentíamos imunes, como inveja, ciúme, cobiça e desejo de riqueza fácil. Inúmeros profissionais e empresas se aproximaram, acreditando que poderiam obter riqueza fácil por meio de nossas atividades. Os companheiros militantes se incomodavam com a força de nosso trabalho e começam a articular nos bastidores contra nós. Uma estratégia começara a se armar para competir conosco, articulada pelo partido político que sonhava em se infiltrar em nossa luta. Nossa companheira de luta filiada a este partido concordara em criar um braço masculino em suas atividades para combater nosso crescimento. Não percebi naquele momento que isto se armava, minha luta estava acima de interesses partidários e meu ideal era de mim mesmo, para meu povo. Minha promessa a Deus permanecia firme em meu coração e minha boa fé não me permitia sentir que nuvens se armavam escondendo o sonho do arco-íris de minha existência. Portas, antes fechadas para nosso povo, abriam-se; entramos nas casas legislativas pela porta da frente; entramos em empresas públicas como a Belotur, que já nos procurava para incluir o calendário de nossas atividades na agenda dela. A parada de 2002 sairia no *Guia Turístico de BH.* O respeito da Coordenação de AIDS do Município se consolidara pelos milhares de preservativos distribuídos, estávamos crescendo e incomodando nos dois sentidos, positivo e negativo.

RESGATE DE CONVIVÊNCIA

Tatiana estava namorando um rapaz que queria apresentar-me. O moço sabia quem eu era e aceitava bem a situação. Passamos a ter uma proximidade maior, eu e minha filha. Surpreendentemente, eles nos convidaram para comer uma *pizza*, a mim e ao Éder. Éder sabia o quanto a aproximação com meus filhos era importante para mim, resistiu ao máximo em ir, mas pressionei até que concordasse. Fomos a uma pizzaria no Bairro Boa Vista, local marcado pela Tati. Lá chegando, os dois já estavam a nos esperar. Fiquei um pouco nervoso e Éder muito mais que eu. Minha alegria era imensa, poder estar com meu parceiro junto de minha filha, como uma família. Foi um grande passo, ela me dava uma imensa alegria com sua atitude. Receberam-nos com um sorriso nos lábios e nos olhos, nós nos sentamos e conversamos sobre tudo, nós, o amor e o futuro. Ela estava feliz, amava o moço que parecia corresponder a seus sentimentos. Nada melhor para alegrar o coração de um pai do que ver os filhos felizes. Tati, várias vezes, tentava puxar conversa com Éder, que, nervoso, respondia por monossílabas. Foi uma noite linda. Um presente de Deus por minha luta de tantos anos. Ter um momento com minha filha sendo eu próprio, sem ter que usar a personagem que me acompanhara em minha vida, foi a glória. Daquele dia em diante, passei a ter maior contato com Tati. Um desses contatos foi especial. Ela queria conversar comigo, falar um pouco sobre si. Combinei de apanhá-la na faculdade. Marco emprestou-me o carro pelo momento especial. Fomos a um restaurante perto de minha casa, na praça do Coração Eucarístico. Lá, conversamos por horas, fiquei sabendo de sua faculdade, seu amadurecimento como mulher. Já experimentara o sexo e se sentia feliz. Confiante, decidi perguntar-lhe:

– Filha, mas e o lado social, como está? Qual a reação dos colegas, dos amigos sabendo que você tem um pai *gay*?

– Pai, a reação das pessoas é normal. Não estranham o fato, não – respondeu.

– Você não sofreu nenhum preconceito por isto, sofreu?

– Não. A princípio eu me senti insegura, mas meus professores e colegas da faculdade de Psicologia me ajudaram muito. E a palestra que você deu na faculdade repercutiu muito bem e me fortaleceu.

– Que bom, minha filha. Estava preocupado com você. Tinha receio de sofresse discriminações.

– Não, não aconteceu até agora, pai!

– Mas e você? Como está se sentindo em ter um pai *gay*? – arrisquei.

– A princípio foi muito difícil. Você sabe, precisei de um tempo para compreender, senti que perdi meu pai-pai.

– E agora, filha?

– Ganhei meu pai-amigo!

Diante de sua colocação, as lágrimas rolaram sobre meu rosto e nos abraçamos longamente, estava recebendo minha filha de volta. Senti que a minha missão para com ela estava completa, minha filha não era mais apenas minha filha, tornara-se minha filha-amiga.

UM CONTO DE ESPERANÇA!

Hirã se tornou um amigo, aproximou-se do Rainbow para tirar algumas dúvidas pessoais e também se colocar como colaborador de nosso trabalho. Tinha uma boa ligação com jovens e adolescentes *gays*. Os meninos e meninas menores de idade não têm acesso ao gueto pela postura correta das casas GLS em não permitirem a entrada de menores. Estes garotos e garotas dispõem de uma válvula de escape que os aglutinam como uma tribo, que são os grupos de discussão criados na Internet, onde trocam suas impressões, na maioria das vezes sem uma orientação muito precisa sobre os seus direitos, mas que amenizam a pressão do preconceito social. Parte destes seres se encontra em *shoppings centers* das grandes cidades. Convivem socialmente com os limites que lhe são impostos pelo preconceito. Hirã conseguiu uma aproximação com uma dessas tribos no *Shopping Cidade*, onde os *gays* adolescentes se encontram depois de uma saída da escola ou a ida ao cinema. Esta aproximação nos permitiu um socorro, certa noite, a dois garotos, um de 15 anos, outro de 16.

Lucas e Pedro eram vizinhos em um bairro próximo ao Anel Rodoviário de Belo Horizonte. Tornaram-se amigos, tinham em comum a homossexualidade. O acesso às informações sobre seus direitos despertou nos corações dos dois garotos o desejo de viver sua orientação sem ter que estar dentro do "armário". Sonhavam conhecer outros rapazes, namorar e viver como vivem jovens adolescentes heteros em suas primeiras experiências, buscando conhecer o universo que se apresenta cheio de opções e atrações. Era algo perfeitamente pertinente e normal, não fosse a orientação sexual de Lucas e Pedro. Se suas irmãs e irmãos podiam namorar, ir ao cinema, encontrar-se com os amigos, eles também se sentiam no direito ao exercício desta liberdade garimpada pelos jovens de forma tão ousada e rebelde, como é da natureza de todo adolescente. Sentindo-se tolhidos, fato que não ocorria com seus irmãos, decidiram contar aos pais sobre si. Ambos marcaram uma data e cada um relataria a sua família sua orientação na busca de seus sonhos de liberdade. A reação das famílias foi sincronizada, tal como o relato dos dois, ambos foram rejeitados e execrados pelo preconceito de seus pais, que, em uma atitude de ódio e decepção, os expulsaram de seus lares. Lucas e Pedro ficaram perdidos, pegaram um ônibus e foram para o Centro, sem saber onde buscar abrigo. Ficaram perambulando pela cidade, sentindo-se livres do peso do "armário" que vivia às suas costas, mas ao mesmo tempo sem ter onde buscar um rumo para suas vidas. Anoiteceu e eles foram para o *Shopping Cidade*, onde felizmente não foram assediados por um *gay* mais velho e sem escrúpulos. Conversavam com as tribos locais e casualmente se depararam com Hirã. Conhecendo os adolescentes e as atitudes deles, Hirã percebeu algo diferente no comportamento dos dois e buscou uma aproximação maior.

Cabe aqui uma explicação sobre o que acontece com jovens como Lucas e Pedro. A exclusão familiar de adolescentes *gays* é muito mais freqüente do que se imagina. Meninos e meninas são desligados de seus lares abruptamente e literalmente jogados na marginalidade das ruas de cidades brasileiras sem nenhuma proteção. Inocentes aos riscos que as ruas impõem para quem se aventura em suas noites, logo são assediados pelos mais diversos tipos da fauna do asfalto: profissionais do sexo, traficantes, usuários de drogas e pedófilos que, na busca de satisfazer seus vícios, envolvem estes jovens de forma afetuosa e gentil, levando-os a se violarem ainda mais. Na maioria dos casos, inocentes a estes riscos e carentes pela sua própria condição de abandonados ou excluídos, sentem-se acolhidos por esta fauna distorcida e sucumbem a seus desejos devassos. Estas cenas acontecem cotidianamente em nossas cidades, e o mais cruel é que são as próprias famílias que jogam seus filhos amados nesta arena cheia de lobos, por puro preconceito.

Hirã, sentindo o problema, procurou estar mais tempo com Lucas e Pedro, e já tarde da noite, descobriu o que acontecera. Sutilmente convenceu os garotos a lhe contar suas desventuras em seus lares. Por volta de 23h30, eu estava com Éder em um evento que acontecia em uma casa noturna fazendo a cobertura para publicar no *Jornal Rainbow*. Meu celular toca, era Hirã pedindo ajuda para socorrer Lucas e Pedro. Seu esforço em prender os garotos com uma conversa amiga os protegera até àquela hora, mas eles estavam inquietos, e Hirã já não conseguia mais segurá-los e nem sabia mais o que fazer. Fez um rápido relato da trágica história dos meninos ao telefone e me disse onde estava com eles. Lá chegando, ouvi dos dois jovens suas histórias de coragem e o efeito que causaram em suas famílias. Denise, que trabalhava no gabinete da Neila Batista, tinha ligações com o comissariado de menor; liguei para ela para averiguar se havia algum local onde pudéssemos abrigar os garotos por uma noite para que tomássemos as providências. No adiantado da hora, nada poderia ser feito. Conversando com os dois, descobri que um amigo deles tinha uma família mais compreensiva com a questão e que estaria disposta a acolhê-los por aquela noite. Assim, foram dormir na casa daquele amigo. No dia seguinte logo cedo, Marco me emprestou seu carro e os apanhei no Centro da cidade. Expliquei aos dois o que faria e concordaram. Fui até a casa dos pais deles, identifiquei-me e expliquei as conseqüências da atitude que tomaram em relação aos filhos, que felizmente conseguimos interceptar e evitar o pior. Esclareci o máximo que pude sobre a homossexualidade aos pais, indagando se pretendiam manter sua posição de excluir os garotos de seus lares. Da resposta deles dependeria minha ação seguinte. Felizmente contávamos com o apoio do *Estatuto da Criança e do Adolescente* que impede aos pais este tipo de atitude sob pena até de sofrer uma ação judicial. Denise estava de prontidão caso fosse necessário tomar uma atitude neste sentido. Felizmente não foi preciso. Consegui sensibilizar os pais de Lucas e Pedro, que se dispuseram a receber os garotos de volta sem penalizá-los pela sua revelação e orientação. Fiz com que eles vissem que os garotos estavam protegidos pela lei até contra seus próprios pais, se fosse necessário. Após nossa conversa, retornei ao carro onde os meninos me esperavam e os conduzi de volta a seus lares. Felizmente tivemos sorte e sucesso nesta atividade da qual me orgulho muito, graças à enorme sensibilidade de meu amigo Hirã. Dois ou três anos depois, encontrei-me com Lucas, o mais velho, que já estava freqüentando a comunidade. Ele disse que, depois de minha conversa, seus pais mudaram totalmente, hoje aceitam sua homossexualidade e até conhecem seu namorado.

TRIBOS DENTRO DA TRIBO

A COMUNIDADE homossexual tem dentro de si uma diversidade de gênero, assim como a natureza possui sua gigantesca diversidade. Assim, a própria comunidade se subdivide quanto à sua orientação sexual, formando suas tribos de acordo com suas demandas pessoais. A luta pelos direitos homossexuais amadureceu, e as demandas se tornaram importantes para cada tribo de acordo com suas especificidades sociais para se impor na sociedade conquistando respeito e dignidade. O que nos é comum a todos é a defesa fundamental de que temos uma orientação sexual diferente da orientação maciça e dominante que é a heterossexual. Criada a Associação Brasileira de *Gays* Lésbicas Bissexuais e Transgêneros (ABGLT), ficou decido em convenção nacional a adoção da sigla GLBT para identificar a comunidade homossexual, sigla que passou a ser utilizada pelos militantes organizados para definir a comunidade homossexual no Brasil. *Gays* são os homossexuais masculinos; Lésbicas, as homossexuais femininas; Bissexuais, os seres que transitam pelo afeto entre os dois sexos; e os Transgêneros, que se compõem de travestis e transexuais. Esta concepção GLBT seria para definição do grupo dos homossexuais e para uso político. A sigla GLS, criada pela mídia, muito usual até então, composta pelos *gays*, lésbicas e simpatizantes, ficaria na sua própria posição de uso de mídia. A inclusão do simpatizante na sigla GLBT tiraria o sentido de grupo social. O simpatizante é extremamente importante para a comunidade, porém não pertence ao grupo social de luta no sentido de identidade. Geralmente, os simpatizantes englobam os amigos, familiares e os livres de preconceito, porém, em sua quase totalidade, são heterossexuais e não participam, assim, da identificação de gênero no combate frontal ao preconceito. Embora aliados fortíssimos na luta, pelo seu livre trânsito nas comunidades diversas e levando esclarecimento aos heteros preconceituosos, na realidade não sentem na alma a dor de ser, o que nos torna, a nós homossexuais, um grupo social. A sigla GLS, então passou a ser usada pela mídia com conotação comercial.

RESÍDUOS

Quando se vive um grande amor, tudo faz lembrar este acontecimento especial. Quando se vive uma paixão, este tudo passa a ser uma coletânea de dolorosas lembranças pela perda do ser amado. Cada casa, cada esquina, cada gesto e cada objeto de uso diário trazem lembranças que doem e entristecem. Ainda me sentia assim pela perda do Reginaldo. Impressionante a força com que ele entrou em minha alma e conduziu minha vida. Às vezes, eu me surpreendia parado em uma esquina sonhando de olhos abertos com o que vivera ali com ele. A esquina da Augusto de Lima com Rio Grande do Sul, a porta do *Pizza na Pedra*, a árvore da Rua Dante e o trajeto para a casa de sua mãe foram lugares que ficaram em meu coração, marcados como um ferro em brasa queimando a carne. Às vezes, sozinho, meus pensamentos voavam para estes lugares e ficava imaginando se ele ainda estivesse comigo, a saudade ainda doía muito. Incrível o quanto a paixão absorve todo o seu ser, físico e emocional. Só percebi que deixara de amá-lo quando passei por estes lugares e não havia mais dor, apenas uma gostosa lembrança. O tempo realmente cura tudo, e nossa capacidade divina de perdoar transforma dores em doces lembranças; isto porque nosso coração está voltado para outra pessoa que o ocupa e o domina. Éder ainda não conseguira tirar Reginaldo de mim. Já gostava muito dele, mas ainda não o amava. Ele sentia isto e tentava de todas as formas preencher todos os espaços que meu coração permitia. Seu enrustimento era um empecilho para reduzir o tempo de sua conquista. Diferente do Reginaldo, Éder me deixava muito sozinho pela sua própria vida e pelo trabalho que tinha. Isto não me incomodava; entretanto, deixava-me livre para as lembranças. E como elas ainda doíam. Alguma coisa já mudara. Não procurava pelo Reginaldo no gueto como fazia nos dois primeiros meses. Todos os lugares por que passava, vasculhava cada milímetro com o olhar na intenção de encontrá-lo, apenas com a leve esperança de vê-lo para diminuir a saudade. Mas, ao mesmo tempo, desejava não encontrá-lo com receio de vê-lo acompanhado de outro e doer ainda mais. Contudo, até nisto o Reginaldo soube ser maior, raras oportunidades o vi no gueto, ele passou a freqüentar lugares que sabia não serem os meus preferidos, assim não nos cruzávamos. Tal atitude de certa me forma ajudou a distanciar dele. Só mais tarde soube o motivo real de seu sumiço. Detestei concordar, mas Mônica tinha razão quando, no início da nossa relação, disse-me que ele me faria sofrer. Ainda sofria.

CONSPIRAÇÕES

A ASSTRAV sofreu um atentado. Numa manhã, Porcina me ligou aflita, pedindo-me para ir até a sede da Associação, que ficava em um prédio na Rua Rio Grande do Sul, esquina com Avenida Bias Fortes. Lá chegando, encontrei Porcina e Walkiria desesperadas pelo susto e tragédia que acontecera. A sede havia sido invadida naquela madrugada por algum vândalo e incendiada de forma criminosa. Estranhamente, o invasor havia colocado fogo no arquivo da instituição, ponto inicial da destruição e embora o fogo fosse apagado antes de se alastrar pelo prédio, haviam perdido vários documentos e parte de alguns equipamentos da instituição. Já haviam chamado a polícia para investigar, e fui chamado como uma espécie de testemunha do ocorrido. A ASSTRAV lidava com muita gente e como o atendimento a profissionais do sexo não distinguia o caráter de seus beneficiários e esta profissão possui alguns indivíduos que são muito ligados à marginalidade, roubos e drogas muitas vezes se misturam ao cotidiano de muitos. A instituição havia conseguido recentemente a aprovação de um projeto de prevenção no Ministério da Saúde. Provavelmente o invasor pensara que havia algum dinheiro guardado em face do recurso financeiro obtido. Nada se esclareceu sobre o misterioso atentado.

Passado algum tempo, a ASSTRAV foi vítima de outra trágica realidade. Porcina, que tinha acesso ao recurso do projeto, tendo em suas mãos, junto com Walkiria, o controle financeiro da conta do projeto, sacara todo o dinheiro e desaparecera. Walkiria ficou com a "bomba" nas mãos. O desaparecimento de Porcina com o recurso do Ministério deixou a ASSTRAV em maus lençóis, com dívidas de manutenção e aluguel. A Secretaria Municipal de Direito e Cidadania havia criado o Núcleo da Diversidade Homossexual, cedendo uma sala para nós. Era apenas um espaço, não havia móveis ou qualquer apetrecho para que pudéssemos funcionar. Como o Rainbow possuía sua sede, solicitei ao secretário Fernando Alves permissão apara acolher a Associação no local, assim Walkiria ficaria livre do aluguel e seus móveis seriam úteis para compor o centro. Ele concordou, e a ASSTRAV se mudou para a Secretaria; Walkiria destituíra Porcina da presidência e se elegera presidente. A ação de Porcina rompera uma amizade das duas que já durava anos; Walkiria, pelo problema que ficou nas mãos, passou da amizade ao ódio em minutos. Acionou a polícia denunciando o "desfalque" feito por Porcina e negociou com o Ministério um prazo maior para executar o projeto e tentar recuperar o dinheiro. Passado algum tempo, Porcina reaparece, apresenta-se à polícia voluntariamente e justifica a retirada como um empréstimo pessoal que reporia com o tempo. Por ser primária, foi ouvida e passou a responder o processo em liberdade, aumentando ainda mais o ódio de Walkiria, que a queria presa a qualquer custo. Tinha receio de uma reação violenta por parte de Porcina por tê-la destituído da presidência. Embora Walkiria estivesse amparada pela lei, o medo de uma ação contrária de Porcina era visível. Encontrando-me com Porcina, ela tentou explicar que precisou do dinheiro para socorrer sua mãe doente no Rio de Janeiro e que iria realmente devolver quando voltasse. Seu erro foi ter feito isto de forma escusa, sumindo no meio da noite e gerando a interpretação de um ato criminoso. Concordou que Walkiria havia agido corretamente, e que não tomaria nenhuma atitude pessoal contra ela. Mas a inimizade, antes de um lado, começava a se tornar bilateral. Walkiria se negava a dialogar com Porcina, irritando a ex-amiga, gerando uma briga pessoal que viria a durar muito tempo. Essa divergência contribuiu para dividir ainda mais o movimento em Belo Horizonte, gerando um mal-estar em todos. Considerava muito Porcina pelo que ela havia feito pelo movimento, não concordava com sua atitude precipitada levando-a a ter um processo criminal sobre si, mas acreditava que as pessoas merecem uma segunda chance. De minha parte, estava dando a Porcina esta segunda chance, pelo carinho e amizade que lhe tinha, mas Walkiria não pensava assim, e isto viria a nos separar mais tarde.

O braço masculino da ALEM se consolidara. O Centro de Luta pela Livre Orientação Sexual (CELLOS) nascera sob o comando de Carlos Magno. Seu fundamento inicial seria agregar os *gays* masculinos. Nascera com o objetivo de atuar em um processo de educação social para jovens *gays*, também realizando o trabalho de prevenção. Walkiria, já atuando à frente do Centro de Referência do Município, como voluntária e presidente da ASSTRAV, acolhera-os no mesmo local. As duas instituições ficaram juntas na mesma sala cedida pela Prefeitura. Fui parabenizá-los. Acreditava que mais uma instituição criada para combater o preconceito seria bem-vinda. Sugeri, inclusive, a oportunidade de trabalharmos em parceria, assim avançaríamos com maior velocidade em nossa luta local. Sim, pois, naquele momento as ONGS estavam meio distanciadas da luta cotidiana. Soraia priorizava o movimento sindical e o partido. Walkiria estava reestruturando a ASSTRAV e trabalhava na noite como artista e Itamar, depois do evento na Polícia Militar, fechara-se, não articulando mais com nenhum grupo. Era um momento em que, de certa forma, agia só. Todos os problemas e dificuldades da comunidade e contatos com o setor público convergiam para o Rainbow. Sentia-me provocado e reagia com atitudes fazendo acontecer fatos e ações que minavam a força do preconceito contra meu povo. As demandas eram inúmeras e via no CELLOS uma possibilidade de somar forças para este combate. Na ocasião, negava-me a crer que a instituição estivesse sendo criada para enfraquecer o que o Rainbow construíra com sacrifício e muito, mas muito, amor. Nossos inimigos eram os preconceituosos e não nós mesmos. Acreditava nisso e achava meio fantasiosa a teoria do Itamar de que uma de nossas instituições estaria dominada por partido político e que parte do projeto deste partido seria comandar o Movimento *Gay* em Belo Horizonte. A facção ligada ao partido tratava o setor público como opositor; o pensamento desta facção é de que o funcionário público é funcionário do povo e é obrigado a fazer o que o povo necessita. Soraia e Carlos passaram a tratar assim nossos principais apoiadores, esquecendo-se de que os funcionários públicos também são seres humanos e reagem a imposições e comandos. Por agir assim é que, nos anos anteriores à minha atuação, nenhum apoio havia sido obtido do setor público, principalmente porque o setor público estava comandado por políticos de partido contrário ao que estavam ligados Soraia e Carlos, do nosso movimento.

"DIPLOMATA DO MOVIMENTO"

EM JUNHO de 2003, a Parada de São Paulo bate o recorde de público: 1 milhão de pessoas na Avenida Paulista, sem qualquer registro policial ou incidente sequer. População nunca vista em qualquer manifestação pública, política, artística ou religiosa, fato que intrigava os partidos políticos. Fui até argüido por um político sobre como conseguíamos aglutinar tanta gente, praticamente sem recurso financeiro, uma vez que os grandes e ricos partidos não conseguiam juntar tanta gente em uma manifestação. Minha conclusão é de que não estamos lutando pelo poder, nem por dogma religioso, ou muito menos por uma causa financeira. Conseguimos aglutinar tanta gente assim em nossas paradas simplesmente porque lutamos pela coisa mais simples e mais forte de que o ser humano necessita: Amor! Este é o grande segredo que aglutina milhões de seres humanos, o direito ao amor. Amor este que infelizmente veio contaminado na nova instituição que nascia. Nascera para combater quem o realizava, e logo descobri isto. Nos primeiros meses de atividade, descobri que falavam mal de minhas ações, alegando que chamava para mim toda a visibilidade e que isto não era movimento e sim desejo de visibilidade pessoal. Participantes da reunião do CELLOS me relataram que não havia uma reunião sequer que não me atacassem verbalmente. A princípio não me importei, pois minha consciência estava tranqüila, não buscava vantagens pessoais, muito pelo contrário. Minha vida pessoal estava dilacerada, minha vida financeira não existia, estava sem crédito e morava de favor na casa de um amigo. Que vantagem estava levando então? Porém a força de argumentação traçada pelo partido era mais articulada. Carlos fora formado por este partido e trazia consigo a semente da discórdia e o traço secular do desejo de poder. Eu nunca busquei poder algum, meu motivo era um sonho, um ideal, e sempre será; por mais que me acusassem, esta verdade trago em meu coração. Mais que todos, sei o que é a dor do "armário", uma clausura cruel e violenta a que fui submetido e a qual muitos o são. Carlos se resolvera muito jovem, saíra de sua cidade no norte do país e vivia sua homossexualidade abertamente; embora sofra o preconceito social, desconhece o preconceito internalizado por anos e anos de clausura. Meu compromisso é com Deus e não com partido. Meu sonho não é pelo poder pessoal, mas para libertar uma comunidade aprisionada nas regras de organizações instituídas pelo desejo do poder. E, inocente, contribuí para que viessem a atingir seu objetivo. Cedi a eles, com amizade e carinho, um espaço conquistado por mim e minha luta, o Centro da Diversidade da Prefeitura, mal sabendo que o usariam contra mim e meu sonho. Em todas as atividades que geravam visibilidade, procurei colocar os nomes de suas instituições junto com o do Rainbow, apesar do protesto dos verdadeiros amigos. João Batista de Oliveira percebia minha forma de agir e dialogar e me deu o título de "Diplomata do Movimento *Gay*" em Belo Horizonte. E sempre particularmente me trata assim, *diplomata*.

JUIZ E INJUSTIÇA

Um menino, muito loiro e belo, nascera de uma família tradicional de Belo Horizonte. Seu pai, um ilustre desembargador dos tribunais de Minas, e sua mãe, uma senhora da sociedade mineira. Logo em seus primeiros anos de vida, sentia-se diferente dos outros garotos. Apreciava as vestes femininas e os brinquedos de meninas. Chegara em sua adolescência neste conflito interior. Não se sentia menino, embora trouxesse consigo o corpo masculino. Sua alma, essencialmente feminina, não se conformava dentro daquele corpo que o incomodava. Era uma garota em um corpo de garoto. Em sua adolescência usava, escondido, roupas femininas e maquiagem que transformavam seu rosto de rapaz em uma linda moça loira. Descoberto em suas fantasias mutantes, foi agredido pelo pai, juiz, e colocado nas ruas. Precisava sobreviver e buscou esta sobrevivência na velha e antiga profissão humana. Mas seu destino não era o de ser um objeto de uso para homens que buscam uma noite de prazer. Almejava algo maior. Provar para si mesmo que era uma mulher, eliminando de sua vida a genitália masculina que tanto o envergonhava, e mostrar para o pai que, apesar de sua crueldade, seria um cidadão digno e respeitado. Esta passou a ser sua obsessão pessoal. Nas ruas há uma escola: a da sobrevivência. Tal qual a natureza comanda suas criaturas na eterna luta da cadeia alimentar, onde o mais forte engole o mais fraco, na rua também assim funciona. E sua educação esmerada foi salpicada de novos paradigmas que compuseram o adulto que este menino seria. Absorveu as aulas de sobrevivência das ruas e mudou alguns de seus conceitos de formação, ou seja, o principal, não respeitar limites para se chegar ao ponto máximo de tudo.

Seu destino não seria ser um profissional do sexo como tantos outros, mas algo maior. Buscou na arte transformista uma saída para a violência das ruas. Estudou, observou, esforçou-se e aprendeu esta arte com maestria ímpar. Tornou-se uma grande estrela. Seu nome cresceu e transformou-se em modelo para os novos *gays* que cultuam esta arte poderosa e incrível de dublar e dançar como as musas em quem buscam sua inspiração. Seu esforço digno e honrado lhe trouxe recursos para abandonar as alamedas do sexo pago. O palco tornou-se o seu novo lar. Porém usou as armas aprendidas na escola da rua para manter sua posição de estrela maior, brilhando cada vez mais. Após anos de esforço e litros de silicone no corpo, tornou-se uma bela mulher e buscou livrar-se da genitália que a incomodava. Submete-se a uma cirurgia para ser a mulher que nascera em sua alma. Assim, tornou-se grandiosa e visível, respeitada pela comunidade a qual pertence e pela sociedade que a excluiu em sua meninice. Conquistou o posto de diretora artística da maior e melhor casa *gay* de Belo Horizonte, entrou no movimento político e galgou o seu outro objetivo: o de mostrar para a família que seria digna e respeitada pela sociedade que a rejeitara. Sua formação nas ruas não lhe permitia até então ver a grandeza do movimento que a acolhia e a acariciava. Chegou a condenar nos bastidores do movimento as conquistas legais de afeto obtidas com tanto sangue e vítimas. Disse que as mariconas estavam sonhando alto, que beijo na boca em público não era motivo para se obter leis. Confusão conflitante de sua herança das ruas adornada pela inveja, matéria obrigatória para a aprovação na formatura da sobrevivência.

Porém amadureceu, conviveu com outras opiniões e admitiu a importância do direito ao afeto. Cresceu. Assumiu funções importantes na sociedade de luta pelos direitos humanos, nas mãos do destino sob a batuta do uso dos interesses do partido, associado ao seu sonho de provar para o pai que seria alguém. Fez alianças, articulou, passou por cima de sentimentos e pessoas, ignorando valores como amizade verdadeira e lealdade. Assumiu o poder. Conseguiu chegar aonde queria.

CULTURA GAY

SONHAVA em fazer um grande evento, repleto de atividades, nos dias próximos à nossa data mais marcante: o 28 de junho. Já tínhamos uma lei municipal, uma lei estadual e acreditava ser necessário que a população da Região Metropolitana soubesse de nossas conquistas. Criamos um formulário de pesquisa para escolher os melhores do ano em diversas categorias; empresa, cantor, cantora, *drag*, ONG, profissionais e personalidades que nos apoiaram em nossas lutas. O "1º Prêmio Rainbow de Incentivo à Cultura GLS" seria escolhido pela comunidade *gay* que freqüentava os guetos de nossa cidade. Alguns voluntários se dispuseram a nos ajudar na pesquisa e mantivemos o resultado em segredo para divulgar na semana que antecedia a parada, marcada para julho de 2002. Bolamos também um seminário no qual abordaríamos a homossexualidade com os mais diversos segmentos da sociedade: direito, saúde, educação, cultura, turismo e políticas públicas GLBTs. De posse destes projetos, começamos a correr atrás de apoiadores. Neila Batista e Leonardo Mattos conseguiram, pela primeira vez na história, que a Câmara Municipal apoiasse o evento. Nosso seminário seria realizado naquela casa legislativa, uma casa do povo que se integrava em seu propósito de acolher com respeito e dignidade mais um segmento discriminado da população. Ao término do seminário, entregaríamos a premiação aos escolhidos, em um evento especial no Gis Club, o novo bar da cantora Gisele Andrade, que cedeu o espaço e articulou os artistas para o *show*. Tudo planejado para acontecer na semana que antecedesse à Parada *Gay* em julho, que seria a coroação do evento. Foi extremamente trabalhoso, mas muitos se uniram para que corresse tudo bem. Cláudia, minha amiga do cerimonial, empenhou-se por horas e horas entre contatos e convites a personalidades para participar e colaborar com temas e debates. A imprensa se mobilizou para divulgar o acontecimento e realizamos o primeiro e maior acontecimento *gay* que a cidade jamais vira até então. Os homossexuais estavam ocupando seus lugares na sociedade como cidadãos plenos e respeitados. A visibilidade positiva de tudo foi emocionante. Os poderes públicos abriam suas portas para nosso povo que adentrava por elas de cabeça erguida. A Associação Mineira de Paraplégicos (AMP) cedeu-nos a sua quadra onde realizaríamos o "1º Gaypira de BH", uma festa junina *gay* incorporando nossa cultura a nosso maior folclore popular. A Assembléia Legislativa cedeu seu teatro para o primeiro *show* de *drags* a se realizar fora do gueto em um teatro público e de respeito cultural relevante. Como forma de retribuir à Assembléia a aprovação da Lei Estadual, propus uma mudança do trajeto da *V Parada do Orgulho Gay de Minas*. O trajeto inicial seria o mesmo, porém, ao chegar no cruzamento da Avenida Álvares Cabral, tomaríamos o sentido da Assembléia, com a preocupação de chegar após o horário da missa da igreja da praça, para não conflitar. Tudo arquitetado e planejado, divulgamos para a imprensa a programação.

O ponto alto da programação seria a parada, porém o *1º Encontro Rainbow de Cultura GLBT*, realizado na Câmara Municipal, marcou pelo fato de ser um evento inédito na sociedade da capital mineira. Oswaldo Braga e Marco Trajano já haviam realizado um encontro em Juiz de Fora e nos ajudaram a construir o nosso em Belo Horizonte. A programação do encontro propunha discussão inclusiva nos mais diversos setores da sociedade: educação, políticas públicas, cultura, jornalismo, turismo, saúde, família, legislação e direito jurídico. Palestras proferidas por secretários de Estado e do Município, juízes, professores, médicos, sociólogos, psicólogos, políticos e militantes *gays* abriam a discussão para a sociedade sobre nossa existência. Profissionais de diversas áreas de atividade humana freqüentaram as salas da Câmara por uma semana inteira, com *shows* de *drags* nos intervalos das palestras. Foi uma semana rica de surpresas, descobertas, revelações, aprendizado e novos amigos. A sociedade da capital reconhece nossa existência como seres humanos. A nuvem da obscuridade social que pairou por nossas cabeças por tanto tempo deixava nos céus da cidade um arco-íris de esperança. Estávamos saindo da sarjeta, abríamos a porta dos guetos e entrávamos pela porta da frente na casa de maior respeito do município. Meu coração explodia de orgulho.

Tudo corria bem no seminário, até que tive notícias de que Porcina estava entrando na Câmara Municipal. Walkiria, temendo uma represália pública de Porcina se apavorou e perdeu o controle. Começou e exigir de mim e do Oswaldo que déssemos voz de prisão a Porcina, como transgressora e criminosa pelos fatos ocorridos com sua ONG. Saímos da palestra e interceptamos Porcina no corredor, levando-a para o gabinete do vereador Leonardo Mattos para conversar. Ela alegou que como cidadã tinha o direito de estar ali, que, apesar do processo que havia contra ela, ainda não havia condenação, portanto, não era criminosa até que o juiz assim o proferisse. Tinha razão. Alega que havia sofrido uma armação por parte de Walkiria, que já sonhava em assumir a presidência da ASSTRAV e que sabia do "empréstimo" feito por Porcina para socorrer a mãe doente, e que se aproveitara de sua ausência para lhe fazer acusações falsas. Que Walkiria era um ser perigoso e dissimulado e que de forma alguma se sentiria impedida por Walkiria ou por qualquer outra pessoa de estar ali. Apelamos para o coração militante de Porcina, explicando-lhe a importância daquele evento e que um escândalo público na frente dos jornalistas seria uma catástrofe para nossas conquistas até então. Porcina, apesar de impulsiva, tinha consciência do que falávamos e concordou em ficar no gabinete e acompanhar à distância os acontecimentos. Retornamos para a palestra e encontramos Walkiria, descontroladamente nervosa. Indagou-nos se havíamos mandado prender "aquela criminosa". Tentamos explicar-lhe que a sentença não havia saído e, portanto, Porcina ainda não poderia ser considerada criminosa, seu direito de defesa a protegia e nós não tínhamos poder de polícia para prendê-la. Porcina não fizera nada naquele momento que justificasse tomarmos uma atitude contra ela. Walkiria ficou indignada com nossa postura e jamais concordou que era a correta. E se, até então, estava indecisa sobre colaborar com o partido para me destituir da posição que eu ocupava como militante, naquele momento, decidiu-se. Tornou-se minha inimiga oculta, minha e de Oswaldo Braga. O tempo incumbiu-se de aquietar as acusações das duas, Porcina ficou de devolver o dinheiro e nada se provou quanto às suas acusações contra Walkiria. Era um problema de sua instituição, não cabia às outras intervir. Mas Walkiria definitivamente não foi mais a mesma comigo.

Na palestra de assuntos jurídicos, tivemos aulas importantes de apreciação legal por parte dos presentes. Dr. Reinaldo Portanova, da Vara de Família, falou sobre o caso de adoção do casal *gay* de Minas e atiçou a comunidade: "Se vocês desejam avançar em seus direitos, provoquem a Justiça, ela por si só não toma decisões mas, quando provocada, é obrigada a decidir, e esta decisão pode ser favorável aos seus anseios, como foi o caso da adoção". Tais palavras foram uma luz em nossas mentes. Ele nos dera uma arma importante. Provocar a Justiça. Uma senhora se levantou no momento das perguntas e relatou sua nova experiência como profissional do Direito: relatou que tinha um cliente que era funcionário da Caixa Econômica Federal e que este cliente tem um parceiro com quem vive já há alguns anos. Sentiu-se no direito de colocar o parceiro como dependente do Plano de Saúde da Caixa. E lhe foi negado. E ela, então, fora contratada para mover uma ação contra o Plano de Saúde e que ganhara em primeira instância. Seu cliente conseguira incluir o parceiro no plano, a Caixa recorrera e estavam caminhando para a segunda instância, porém já garantira o benefício até que se julgassem todos os recursos. Esta profissional se identificou como Drª Maria Emília Mitre Hadad. Ficamos amigos, tornou-se advogada voluntária do Rainbow, uma grande e doce amiga, que trago comigo em meu coração e trarei eternamente. No futuro, viria a me ajudar muito.

O ACIDENTE

Um misto de esgotamento e êxtase se apossou de meu corpo no início de nossa *V Parada do Orgulho Gay*. Preparamos a festa com muito carinho. Tudo aconteceu dentro do previsto, com os *shows*, cantores e *drags* se revezando no palco da concentração, como na anterior. Havia um número maior de trios elétricos e o público crescera. Seguimos o trajeto planejado com o carro da militância abrindo a parada e tomando frente no desfile. O público se aglomerava em torno dos trios com nossas músicas tocando em todo o centro de Belo Horizonte. Orgulho, cidadania e respeito seguiam pelo trajeto do cortejo. Seguimos a Afonso Pena e viramos a Bahia, em direção à Praça da Assembléia, pela Álvares Cabral. Belo Horizonte é uma cidade acidentada, e a Álvares Cabral tem uma decida íngreme até a Avenida Bias Fortes, onde começa uma subida para se chegar à Assembléia. Nosso carro seguiu seu trajeto e quando chegávamos à praça, esgotados pela semana de trabalho e pela euforia do acontecimento da parada, um rapaz pediu para subir no caminhão. Estava pálido como cera e nos avisou:

– Aconteceu um acidente com o caminhão da Jô. Ele perdeu o freio na descida e a avenida está coalhada de sangue!

Apavorados, Oswaldo e eu descemos do caminhão em direção ao local do acidente. O trajeto a pé durou uma cruel eternidade. Meu coração disparou e perdi o controle emocional. As lágrimas banharam meu rosto diante da possibilidade de uma tragédia com meu amado povo. Pensamentos os mais diversos assombraram minha mente e meu coração. Pensei nas vidas que teríamos perdido, nos pais e mães que sofreriam com estas perdas, no retrocesso social que tal acidente provocaria. E em nossa responsabilidade com todos. Perdi o sentido sobre meus pés e pernas. Oswaldo tentava me acalmar, dizendo que teríamos que ter calma para enfrentar toda a situação. Chegando ao local, no ponto mais íngreme da avenida entre as ruas Espírito Santo e Rio de Janeiro, havia uma aglomeração enorme. Da esquina da Rua Rio de Janeiro, pude ver o caminhão sobre um poste caído e um abrigo do ponto de ônibus destruído. Olhei para o chão e não vi sangue algum. Meu coração se acalmou um pouco. No local exato, havia dezenas de bombeiros, policiais e repórteres. Quando nos viram chegando, todos correram para nos ouvir. Procurei o comando dos bombeiros, que me tranqüilizou dizendo não haver nenhuma vítima fatal. Explicou que alguma fatalidade fizera romper a mangueira de ar de ligamento do freio do veículo e, com o peso da carga, o motorista fora obrigado a jogar o caminhão sobre os obstáculos no passeio com o intuito de parar, o que provocara o estrago. Algumas pessoas em cima do caminhão entraram em pânico e saltaram, machucando-se, um fio de eletricidade se partira e atingira o sistema de som de um DJ, que foi o único a se ferir mais gravemente. Peguei um táxi e corri ao Pronto-Socorro, onde quase todas as vítimas já haviam sido medicadas e retornaram para suas casas. Estavam ainda em observação três ou quatro pessoas, sendo o caso mais grave o do DJ. Aproximei-me dele, que estava medicado e conversava normalmente, embora muito ferido. Os médicos falaram que eu podia ficar tranqüilo, que ele não corria maiores riscos. Procurei ficar mais algum tempo tentando apoiar as vítimas em observação até que fossem liberadas. O DJ ficaria internado. Saiu dois ou três dias depois, com uma cicatriz como lembrança da triste fatalidade. Felizmente, sem maiores conseqüências.

Conseguimos um grande aumento de participação na parada, que levou às ruas cerca de 15 mil pessoas, segundo levantamento da Polícia Militar. Infelizmente, a festa perdeu todo o brilho pela fatalidade do acidente. No dia seguinte, os jornais falaram mais do acidente que da beleza do evento, é a tendência jornalística em destacar as tragédias. Mas no ano seguinte, teríamos que repensar trajetos e exigir mais segurança. Acusações e apuração de responsabilidades se seguiram por semanas. Na realidade, o motorista fora o grande herói da parada: ao tomar a iniciativa de desviar o caminhão sem freio para o poste, evitou a tragédia maior, a de atingir os participantes que seguiam a pé, na frente do veículo. Mas o tempo se incumbiu de acalmar os ânimos e os sentimentos de culpa de todos. Na realidade, todos fomos culpados: nós, pela infeliz escolha do trajeto acidentado; a empresa proprietária do veículo, por não ter feito uma vistoria mecânica adequada; e a empresa contratadora do caminhão, por não exigir um documento de vistoria correta. Estávamos todos aprendendo, infelizmente, com a dor de alguns. Mas graças a Deus sem nenhuma vítima fatal. Mais uma vez, Ele protegera seus filhos especiais.

UMA DERROTA

A Lei Antidiscriminação entrara em vigor marcando um divisor de águas na cidadania de Minas, todavia precisava de sua regulamentação para ter uma função efetiva. Definir organismos que aplicariam a lei seria um dos pontos mais importantes de sua execução. Passamos a cobrar insistentemente do governo a sua regulamentação. Apesar do esforço do deputado João Batista de Oliveira, esta conquista foi demorada. Estávamos em ano eleitoral e as chances de o governador Itamar Franco se reeleger eram poucas, o candidato Aécio Neves avançava na preferência popular, assim como o candidato Lula avançava na preferência nacional. Temíamos as mudanças por desconhecermos as mentes dos possíveis novos governantes em relação à nossa luta. Tentávamos precipitar os acontecimentos para obtermos nossas garantias. A cláusula da lei, relativa à criação do Centro de Referência do Homossexual (CRH) com custeio do Estado, seria um instrumento importante para formatar a regulamentação e tornar possível a plena execução prática da lei. Eu e Oswaldo nos reunimos com João Batista de Oliveira e vislumbramos a possibilidade de iniciarmos uma articulação para a criação do CRH, mais um sonho se construía em nossos corações militantes. Preparamos o projeto do CRH com todos os detalhes de funcionamento. O meio para sua concretização seria por meio da Sub-Secretaria de Direitos Humanos, sob o comando do Dr. José Francisco. Nosso projeto previa o convênio com uma de nossas ONGs para implementar o CRH, o que reduziria em muito o custo público de sua implantação e manutenção. Aos olhos do governo, parecia uma boa solução. Ficamos radiantes pela oportunidade que se despontava. Já estávamos em final de governo, Lula fora eleito presidente em segundo turno e Aécio Neves, eleito o novo governador de Minas. Leonardo Mattos fora eleito deputado federal e Neila, reeleita vereadora. Tínhamos pressa para a concretização do CRH pois, fechado o convênio, o novo governo não teria como retornar o processo. Era uma estratégia escolhida por nós como a correta e mais ágil para praticar a lei. As negociações com o poder público corriam bem. A secretária acenou com a assinatura do convênio para o final de novembro, início de dezembro, junto com a Sub-Secretaria de Direitos Humanos. João Batista de Oliveira, apesar de não ter sido reeleito, ainda era deputado e nos ajudava como podia. Walkiria La Roche fazia um belo trabalho de capacitação dos estagiários do Disque Direitos Humanos (DDH), capacitando-os para o atendimento de denúncias de violências contra homossexuais em todo o Estado. O DDH estava ligado à Sub-Secretaria de Direitos Humanos, e Dr. José Francisco se tornara amigo pessoal de Walkiria.

Faltando uma semana para a assinatura do convênio, Dr. José Francisco comentou com Walkiria sobre o contrato do convênio. As ONGs ligadas ao partido, ao tomarem conhecimento de nossa conquista planejaram junto com Walkiria uma intervenção e marcaram uma reunião com Dr. José Francisco, alegando que o projeto não contemplava todo o movimento no Estado, apenas o interesse do Rainbow e do MGM. Ficamos chateados, mas como nunca nos furtamos ao diálogo e ao acolhimento de sugestões, cedemos à reunião. Ficamos de discutir, via Internet, o texto do convênio. As outras ONGS não contribuíram nem com uma palavra para mudança do texto. Reapresentamos o mesmo documento somente com a inclusão de assinatura das outras ONGS, para rediscussão na secretaria. A inveja e o ciúme nos prejudicariam, mais uma vez, em um avanço importante. Diante da situação colocada, que claramente mostrava a divisão dos grupos, o governo recuou, adiando a assinatura do convênio. A divisão provocada pelo partido opositor em nosso movimento deu ainda maior insegurança ao governo que, diante do curto tempo existente antes da mudança de poder, não assinou o convênio. Senti falta de Porcina ela estaria conosco nesta empreitada e, com certeza, se estivesse à frente da ASSTRAV, não concordaria com aquela atitude do partido. Meu sonho era contribuir para a plena execução da lei e continuaria lutando para isto, apesar de meus companheiros não compreenderem desta forma. Outros caminhos iriam surgir para isto acontecer. A atitude inconseqüente de meus companheiros, por pura vaidade pessoal, provocaria um atraso de quase quatro anos para ver meu sonho se realizar. Perdemos todos nós.

SUICÍDIO

NÃO me lembro bem de onde, nem quando li que o Ministério da Justiça possui uma estatística de suicídios de brasileiros. É proibida, no Brasil, a divulgação de mortes por suicídio, porém, sempre quando há alguma vítima, a polícia tem que estar presente para confirmar o ato, descartando a hipótese de assassinato. As estatísticas registradas pela polícia são sempre repassadas ao Ministério da Justiça, que computa estes dados em todo o País. Enfim, a informação do Ministério da Justiça é de que um em cada três adolescentes que se matam no Brasil o fazem por rejeição de da família à sua homossexualidade. E há ainda o suicídio de adultos homossexuais que não são computados. Os números são gigantescos, e nestas estatísticas não está incluído o levantamento realizado com seriedade, há anos, pelo Prof. Luiz Mott no Grupo Gay da Bahia (GGB), que registra a média de um assassinato de homossexual a cada dois dias, por puro preconceito. Homofobia mesmo. Então, o número de vítimas é muito superior. O levantamento do GGB é feito com base em dados coletados nos jornais de todo o País, onde são relatados os motivos do óbito da violência e sua forma. Os casos em que a família omite informações sobre a vítima, transformando o assassinato em simples latrocínio, também não são computados. Se somarmos todas as vítimas de preconceito em todas as suas formas – homofobia clara, suicídio ou camuflado sobre a forma de latrocínio –, podemos chegar a uma vítima diária. É uma guerra silenciosa em que somos vítimas, com a cumplicidade constante e diária da Igreja, das famílias, das escolas e dos locais de trabalho, que perpetuam no seio delas a disseminação do preconceito e da discriminação.

Theo se tornou um amigo de conversas dentro do gueto. Ele é psicólogo e atuou como voluntário no Centro de Valorização da Vida (CVV), instituição que atende anonimamente suicidas em potencial ou outras vítimas de violência. Muitas vezes os interlocutores anônimos que buscam ajuda por telefone acabam identificando-se durante o atendimento e se tornando clientes da instituição. Theo me relatou o triste desfecho de um de seus atendimentos.

Diogo Cordeiro foi o nome dado por um garoto de 14 anos. Estava angustiado por ter percebido que era diferente dos outros garotos. Seus amigos já namoravam garotas e Diogo não se interessava por elas, sentia-se atraído pelos garotos. O receio de revelar esta atração para alguém da família o oprimia e desorientava. O conflito atormentava sua vida por não entender o que estava acontecendo consigo, e corajosamente pegou o telefone, entrando em contato com o CVV, pedindo conselhos sobre como agir. Theo, pacientemente, foi conquistando a confiança do garoto, descobriu mais sobre a vida dele. Era estudante de uma escola católica de classe média alta no Bairro São Pedro, onde morava com a família, seus pais e uma irmã. Os pais eram profissionais liberais bem-sucedidos e Diogo era cercado de muito conforto, morava em um bom apartamento e dispunha até de motorista particular para acompanhá-lo e à irmã aos lugares onde necessitavam ir. Porém não se sentia feliz. A descoberta que estava fazendo sobre si o deixava deprimido e atormentado. Nas conversas com Theo foi melhorando sua auto-estima e se fortalecendo. Theo esclarecia-lhe com muita transparência e profissionalismo a questão da homossexualidade e suas nuances, dando segurança ao Diogo, fazendo-o perceber que era um rapaz normal, que sua orientação sexual não o tornaria diferente dos outros rapazes ou moças que conhecia e que esperasse seus sentimentos se acomodarem. Se esta fosse mesmo a sua orientação, que procurasse enfrentar e aceitar com naturalidade, pois ele não estava sozinho, existiam dezenas e dezenas de pessoas como ele. Theo sentia que seu trabalho dera resultados, pelos diálogos que nos últimos telefonemas tinha com Diogo.

Após um ano, as ligações de Diogo, que eram quase diárias, reduziram-se à média de uma por mês. Theo estava em uma festa de aniversário de um amigo e seu celular toca. Era seu supervisor do CVV, avisando-lhe que seria necessária a sua ida até o Pronto Socorro, pois um paciente seu havia dado entrada ali em estado muito grave. Theo chegou até o hospital, identificou-se e buscou pelo seu paciente, Diogo Cordeiro. Surpreso e atemorizado ficou, quando o atendente lhe disse que o paciente estava na área de internação de queimados. Na sala de espera, encontrou um casal bem vestido e com as faces atormentadas pelo sofrimento. Theo se identificou e pediu permissão para ver o garoto. Os pais concordaram e Theo entrou na enfermaria. No leito, encontrava-se um rapaz de corpo atlético, com aparência de 15 a 16 anos; via-se os traços de um belo moço, com alguns poucos fios de cabelo ainda na cabeça, loiros. Theo se aproximou e viu os olhos azuis do menino, que o olhou com sofrimento pela dor. A visão da cena lhe causou náuseas pela aparência do corpo do rapaz. Apenas em uma de suas mãos não havia queimadura de resto, todo o seu corpo estava coberto por bolhas em carne viva e em muitas partes do corpo a pele se havia soltado. Theo disse que foi extremamente difícil se recompor para não demonstrar o que sentia ao rapaz. Segurou sua mão sadia e apertou, identificando-se. Sentiu o aperto de mão do rapaz e percebeu duas lágrimas rolarem de seus olhos azuis. Theo ficou ali algum tempo e se despediu desejando melhoras ao Diogo, porém sentia que esta melhora seria quase impossível. Voltou aos pais, que, inconsolados, não conseguiram dar um relato do que ocorrera. Havia uma senhora junto delas, que se identificou como tia do rapaz, e com ela Theo pôde saber o que ocorrera.

Diogo conhecera um rapaz colega de escola, por quem se apaixonou. O moço correspondeu à afeição de Diogo e começaram a namorar. Assim como sua irmã levava o namorado em casa, sentiu-se no mesmo direito de fazê-lo. Locou um filme e convidou o namorado para assistirem juntos em sua casa. Acomodaram-se juntos na sala de tevê, e ali ficaram abraçados e de mãos dadas saboreando o filme. O pai de Diogo chegou e os surpreendeu juntinhos, como dois namorados que eram. A reação foi violenta. Agrediu fisicamente o namorado e o Diogo, chamando-os de pervertidos, doentes, bichas e outras ofensas, e expulsou o companheiro de Diogo do apartamento. Diogo, em lágrimas, trancou-se em seu quarto. O pai, a esmurrar a porta, continuou seu desabafo de ódio, dizendo que iria interná-lo, que não queria um filho veado. Diogo se encolheu num canto com medo do pai. Quando o pai se acalmou, Diogo saiu do quarto, foi até a cozinha e apanhou uma garrafa de álcool. Voltou ao quarto e derramou sobre si o líquido da garrafa. Acendeu um fósforo e ateiou fogo sobre suas roupas. Quando o pai sentiu o cheiro de fumaça, correu ao quarto do rapaz e presenciou a cena do filho em chamas; apanhou um cobertor e tentou apagar as chamas, porém o mal maior já acontecera. Diogo desfaleceu sob a dor do fogo a arder-lhe a pele. Levaram-no ao pronto-socorro para ser atendido. Diogo não resistiu às queimaduras, faleceu no dia seguinte à visita do Theo.

O horror deste relato jamais vai sair de minha mente e do meu coração. Theo ficou tão abalado que deixou seu trabalho no CVV. Disse-me que seria corajoso o suficiente para lutar pelas vidas que atendia e muitas já havia salvo com seu trabalho, porém não era capaz de compreender como um trabalho feito com tanto carinho, amor e respeito, voluntariamente, poderia enfrentar uma forma tão bizarra de amor como a daquele pai que, movido pelo ódio e preconceito, empurrara a vida do filho único para um fim tão trágico.

ESPAÇO DE CONVIVÊNCIA

Mais um aproveitador se acercava de nossa boa intenção sem que imaginássemos. Nossa boa fé deixava válvulas de escape para oportunistas os mais diversos. Conheci o Carlos Cunha no gabinete do vereador Leonardo Mattos. Apresentou-se como presidente da Fundação Escola de Vida. A fundação possuía uma casa na Rua Patrocínio, no Carlos Prates, que estava inoperante. Toda mobiliada e com espaço suficiente para ampliarmos nossos projetos. Carlos se mostrava gentil, generoso e profundamente simpático à nossa causa (soube mais tarde que era um membro de nossa comunidade). Tinha vários projetos em mente e precisava de um espaço maior para realizá-los. Enchi meu coração de esperança diante da oferta dele. Conheci a casa. Era perfeita para o que precisávamos. Além do mais, não teríamos que pagar aluguel, o que possibilitaria uma maior chance de sobrevivência de nossa ONG já com tantas dificuldades financeiras. Entregamos a loja e nos instalamos no novo espaço. A princípio ocupamos apenas o porão do local, que era confortável e não havia ainda necessidade de ocupar a casa onde Carlos tinha planos de criar alguns trabalhos paralelos ao nosso. O tempo foi passando e ele se mostrava cada vez mais generoso, exercia a profissão de psicólogo e possuía um consultório no Centro; aparecia na fundação de vez em quando e abríamos para ele nossos sonhos e projetos engavetados por falta de espaço.

A esta altura a estrutura do Rainbow se renovara, faziam parte da direção, além de mim, meu amigo, conselheiro e irmão, Marco Lana, e também a Denise. Dóris, por precisar de um salário regular, impossível para nós, deixou-nos para trabalhar no Giz Club, a casa noturna da cantora Gisele Andrade. Alice, uma jovem lésbica que se aproximara do Rainbow em busca de ajuda, oferece-se para ser voluntária e ajudar no que fosse preciso. Morava bem próximo da nossa nova sede, o que facilitava muito e se tornou presente quase o tempo todo no Rainbow, o que nos era de grande valia. Acabou se tornando uma ferrenha militante, uma excelente colaboradora e uma amiga inestimável. Tinha-a, e ainda tenho, como uma filha querida. Sonhadora e militante como eu, Alice se tornou pessoa indispensável em minhas atividades, dando suporte e participando de todos os projetos dali por diante. Gradativamente, ainda meio temerosos pelo excesso de generosidade do Carlos Cunha, fomos nos acomodando e ocupando outros espaços da casa. Conseguíamos pagar a conta de luz e a água do imóvel, porém mal sobrava algum dinheiro para outras despesas. Neste período, conseguimos regularizar alguns documentos da ONG, registramos o estatuto e obtivemos nosso CNPJ. Surgia a esperança de conseguirmos aprovação e financiamento por parte de algum organismo oficial. Drª Maria Emília se efetivou como advogada voluntária e Carlos, como psicólogo voluntário; passamos a atender a um número maior de demandas e prosseguir em nossas conquistas. Tudo melhorava, ou melhor, acreditávamos nisso. Nossa euforia em colocar novos projetos adiante crescia. Iniciamos nossas reuniões com grupos de discussão, primeiro com grupo de homens, depois com grupo de mulheres. Criamos o grupo de jovens e adolescentes. Este grupo se tornou uma atração no Rainbow. Agora nossos jovens possuíam um lugar para se encontrarem e discutirem suas questões entre si e com orientação. Outro psicólogo, Armando Siebler, contribuía para a orientação deste grupo. Edith Modesto, escritora e mãe de um *gay*, criara em São Paulo um grupo de pais de homossexuais. Seguindo seu exemplo, desenvolvemos também um grupo de pais. Chegamos a ter quinze pais freqüentando este grupo, sem a presença de nenhum *gay*, para que ficassem livres para entenderem e assumirem sua posição de pais de homossexuais. Eu participava apenas da abertura e do encerramento da reunião e só ficava quando era solicitado por eles. Ampliamos nosso relacionamento com outras instituições públicas, formando parcerias no combate à homofobia. Não havia um só dia sem que recebêssemos no mínimo dez visitas de *gays*, não apenas da Região Metropolitana, mas também de cidades do interior, que desejavam conhecer nosso trabalho e sonharem conosco um mundo sem preconceito. Sonhamos um projeto maior, experimentado pelo MGM em Juiz de Fora com muito sucesso: o Centro de Convivência Homossexual. Nossa cultura de agrupamento passa por um único local onde somos aceitos sem restrições, o ambiente de um bar. O MGM criara em Juiz de Fora um bar em sua sede, ampliando a participação da comunidade nas atividades, interagindo cidadania, prevenção e diversão, linguagens essenciais para formar cidadãos homossexuais cônscios de seus direitos e deveres. Começamos a estudar esta possibilidade. Passou a ser nosso sonho e desafio, acalentado por mim e Marco em nossas manhãs de bate-papo no café de casa. Este sonho seria o motivo de perdermos a nossa sede, mais tarde desvendando a verdadeira face de Carlos, o presidente da fundação.

RESOLVENDO CONFLITOS

A Lei Estadual começou a surtir efeito no cotidiano dos homossexuais de Belo Horizonte em um dos principais pontos públicos de encontros da cidade, o Parque Municipal. Em uma simples troca de olhares, identificamos nosso igual. As pessoas se cruzam, os olhos se encontram, iniciando uma coreografia toda própria elaborada pela natureza do desejo sexual nato em todos os humanos. É o ritual secular do acasalamento entre todos os seres heteros ou homos. Entre heteros é mais explícito pela própria liberdade da conquista. Nada mais natural que um rapaz, recebendo os olhares de uma garota, aborde-a diretamente buscando saciar seu instinto de desejo. Acontece em todos os dias, em todos os lugares do planeta sem causar nenhuma estranheza aos transeuntes que os cercam. Porém, no ritual entre *gays*, o bailar é mais discreto, tenso, cheio de adrenalina pelo sentido também secular do proibido, do pecaminoso e do medo de ser descoberto. Mas os olhos não traem, quando se cruzam, identificam-se como iguais. Para não serem descobertos, passam um pelo outro prosseguindo alguns passos e parando adiante. Disfarçam a postura, e viram o rosto para trás para observar a ação do outro. Igualmente o outro, assim interessado, tem o mesmo procedimento. Alguns segundos ou minutos se passam, permanecendo os dois a uma distância segura. Um gesto com a mão, ou com a cabeça, confirma o que o olhar detectou. Um dos dois, então, retorna em direção ao outro. O caminhar toma um leve toque de sensualidade, sendo observado pelo que espera na outra ponta. Muitas vezes, este procedimento é repetido para se ter certeza que será acolhido pelo outro. Cruzam-se novamente e um sorriso é exposto na face de um dos dois. Se o outro sorri, param e iniciam uma conversa de conquista. Os dois saem juntos e vão para um local íntimo, onde possam expressar seu desejo. Os parques são locais extremamente favoráveis a este ritual, pela própria descontração do caminhar e lazer que oferecem. Quem vai a um parque vai para relaxar, observar e sonhar. Durante décadas, o Parque Municipal de Belo Horizointe abrigou este ritual de acasalamento entre homossexuais, é considerado o local mais antigo e permanente de encontros entre pessoas do mesmo sexo. Os enrustidos buscam um local onde possam demonstrar seu afeto pela conquista realizada, geralmente um motel no Centro. Os assumidos, agora sob a proteção da lei, demonstram seu afeto ali mesmo. Como dezenas de casais heteros, deitam-se um ao lado do outro na grama, ou acomodam-se em um dos bancos, mãos ou lábios colados entre declarações de amor.

Diante deste novo cenário até então nunca visto pelos freqüentadores do parque, principalmente dos adultos com crianças, a indignação provoca reações de preconceito explícito, tendo os seguranças do parque que intervir. A intervenção passa pela discussão e, às vezes, agressão física por parte do segurança ao novo formato de casal que se instala no conforto natural que o parque oferece. Os incidentes entre os casais e os funcionários do parque tornam-se, a cada dia que passa, mais freqüentes. A direção do parque se preocupa com os novos freqüentadores do parque. Fomos convidados a intervir. Em conversa com a direção, levamos um exemplar da cartilha da Lei comentada. Explicamos que os funcionários que não acolhessem os novos casais poderiam perder seus empregos, uma vez denunciados pelos casais *gays* que se sentissem violados em seus direitos. A aplicação da Lei seria inevitável. Fomos convidados oficialmente pela direção para ministrar uma palestra para os funcionários. Realizamos a palestra com uma oficina sobre como abordar o casal, caso estivessem excedendo os limites entre afeto e atentado ao pudor. Deixamos claro que, em hipótese alguma, éramos favoráveis ao atentado ao pudor e que, caso este ato ocorresse, arrolassem testemunhas. Acreditamos ter deixado bem claro para todos o que era afeto (mão na mão, mão no ombro e beijo) e atentado ao pudor (mão na genitália, mão nas partes íntimas e ato sexual). Pela diversidade cultural humana, era preciso que isto ficasse bem claro. Foi um sucesso. As divergências diminuíram sensivelmente e o Parque Municipal se tornou o primeiro lugar público da cidade realmente para o uso e lazer de todos.

O DESTINO DE CADA UM

ÉDER tinha um ciúme enorme do Reginaldo; como não via o Reginaldo, ele ficava mais tranqüilo. Por exercer uma atividade pública de luta, muitos *gays* se aproximavam de mim, abraçavam-me e beijavam demonstrando seu carinho, fato a que Éder já se acostumara. Porém, não tolerava ouvir o nome do Reginaldo. Expliquei a ele que Reginaldo se tornara uma página virada em minha vida e que, pelo seu companheirismo e presença, ele já me conseguira conquistar. Já sentia amor por ele, mais calmo, menos intenso, mas era amor. Numa tarde, Éder ficara de passar no Rainbow após o trabalho para irmos juntos para casa. Chegaria às 18 horas aproximadamente. Às 17 horas Alice vem me avisar que tinha uma visita aguardando por mim. Era Reginaldo. Havia meses que não o via, estava mais belo, seu corpo se formara por completo como jovem adulto. Perguntou como estava e se ainda me lembrava muito dele. Respondi que sim, mas não da forma que ele imaginava. Lembrei-lhe do quanto me fizera sofrer e que havia outro moço em minha vida que estava suprindo sua ausência. Ele prolongou a conversa e os minutos foram passando. Meu receio era de Éder e ele se encontrarem. Alice percebeu minha apreensão e lembrou-me de um compromisso que havia assumido na padaria próxima, que ficava no sentido contrário ao trajeto que Éder faria para chegar ao Rainbow. Convidei Reginaldo para ir comigo. Prontamente aceitou. Caminhamos no sentido do início da Rua Patrocínio, onde na confluência com a Avenida Bias Fortes há uma pracinha com bancos.

Lá nós nos sentamos e repentinamente Reginaldo fez um gesto de carinho sobre meu braço. Perguntou-me se ainda sentia alguma coisa por ele. Sentia, mas não mais no sentido em que ele perguntara. Sentia um misto de gratidão e admiração, mas percebi naquele momento que minha paixão morrera totalmente, e fui sincero com ele. Afirmei que não tornaríamos mais a ter algo como tivemos, que se há três ou quatro meses atrás, ele me tivesse aquela pergunta, provavelmente cairia a seus pés, agradecendo a chance de tê-lo de volta. Não queria mais, poderíamos ser amigos, nada mais. Ele retirou a mão, um pouco decepcionado. Perguntei-lhe sobre a família, e como estava sua vida, se tinha alguém. Lembrei-o de uma vez que me magoara dizendo que não me amava, que amava um antigo caso que tivera antes de mim, e que queria tentar estar com ele novamente, se ele tinha conseguido reconquistá-lo. Ele falou que não, que o rapaz o havia rejeitado. Lamentei de coração por ele não ter conseguido e expliquei a ele que não haveria retorno entre nós. Diante de nossa calma conversa, algo raro em nossos dias finais de relacionamento, sentiu-se seguro para falar um pouco mais sobre si. Estava trabalhando na Telemar como atendente e me fez uma revelação surpreendente e assustadora:

– Estou fazendo programas!

Fiquei mudo.

– Como, Reginaldo?

– É, estou fazendo programa. À noite, depois que saio do trabalho, me visto de travesti e vou para as margens da Lagoa da Pampulha fazer programas.

– Por que, Reginaldo? Que necessidade tem você de fazer isto? Está em um bom emprego, é um homem atraente e belo, pode ter qualquer homem que desejar. Tem uma família que o aceita e o ama. Sua mãe sabe disso?

– Não, Danilo, só a Rejane, minha irmã.

– Mas por que, Ré? – insisti.

– Pelo desejo e a emoção. Sabe que gosto de correr riscos, isto me excita. Então, decidi seguir este caminho. Não é pelo dinheiro, que, às vezes, é bom, é mais pelo perigo.

– Reginaldo, as pessoas que estão fazendo programas assim o fazem por falta de oportunidade de trabalho, por não terem uma profissão. Você está trabalhando, tem uma família linda, que o aceita, e está fazendo o caminho inverso. Por favor, não faça isto.

Ele soltou aquela gargalhada gostosa e o sorriso encantador pelo qual me apaixonara se mostrou mais uma vez:

– É pela adrenalina. Vou contar-lhe um programa que fiz que me assustou muito. Entrei no carro de um cliente, ele me perguntou quanto seria o programa. Combinamos e saímos. Parou em um local escuro em volta da lagoa e abriu o porta-luvas, retirando uma arma. Apontou para minha cabeça e obrigou-me a fazer um boquete nele – fiquei pasmo.

– Reginaldo – voltei a repetir. – Você precisa disto? A qualquer hora você pode ser morto e vale a pena? Isto já não é mais desejo, Reginaldo, é doença. E pode lhe tirar a vida. Você não ficou com medo?

– Fiquei apavorado! Quando terminamos, ele me bateu e mandou sair do carro com a arma apontada para mim, me agredindo com palavras.

– Imagine, Reginaldo, o desgosto que dará à sua mãe, se souber disto. Como pode agir assim, você não a ama?

– Amo mais que tudo no mundo. Ela jamais vai saber.

Tentei argumentar com ele para que deixasse de lado esta atividade arriscada; que refletisse sobre as implicações que isto traria para si e sua família caso fosse vítima de alguma violência maior. Ter saído com vida daquela situação era uma chance do destino para ele mudar. Embora concordasse comigo, senti que não seria diferente. Despediu-se de mim e fiquei com a enorme sensação de fracasso pelo insucesso de minha tentativa. Sentia que ele não mudaria. Como de fato aconteceu: três anos mais tarde, tive notícias dele pela Ana, que o encontrara montado, na Avenida Santos Dumont. Ele a abordara sem que ela o reconhecesse. Ainda fazia programas. Nesta mesma semana, eu havia encontrado com a mãe dele, que me fez uma festa enorme, lamentando minha ausência da vidas deles, lembrando de nossos encontros e do quanto havia dado alegrias a ela com minha sinceridade e carinho. Quando perguntei pelo Reginaldo, ela laconicamente respondeu: "Ele não mora mais comigo!". Mudou o semblante expressando sua tristeza e decepção. Não estendi a conversa. Senti que sabia o caminho que o filho tomara.

UMA AÇÃO VITORIOSA!

O Rainbow se tornou uma referência. Recebíamos muitas denúncias contra maus-tratos policiais ainda praticados no interior, que encaminhávamos para o Comando Central da Polícia Militar para apuração e punição. Orientávamos ações e comportamentos de diversas instituições quanto aos direitos *gays*. Dialogávamos entre partes, resolvendo situações delicadas e conciliando conflitos entre pessoas, entre empresas e funcionários. Recebemos dezenas de denúncias e fizemos dezenas de encaminhamentos políticos e jurídicos. Esclarecíamos por intermédio de palestras e seminários a questão homossexual. Percebi que existe uma boa vontade de heteros bem-intencionados em fazer sucumbir em si o preconceito, o que comprovava pelo número de perguntas, ao final de cada palestra, efetuadas por pessoas que trazem consigo todos os mitos e mentiras sobre o universo homossexual. Sentia que contribuía para desconstruir o sentimento interior das pessoas em relação a seu preconceito contra nós. A ação efetiva de nosso trabalho gerava confiança em membros da comunidade que começam a encorajar-se para tomar posições de defesa, sentindo-se seguros para exercer sua cidadania em busca de seus direitos. Casos judiciais começaram a eclodir na Justiça comum. A cada dia tomávamos conhecimento de um caso novo. As pessoas se sentiam mais seguras em sua busca do respaldo legal. Já não havia mais nas delegacias o escárnio e a jocosidade no trato das denúncias homossexuais, e as primeiras sentenças favoráveis a nossos direitos começaram a surgir firmes e corajosas por parte do poder jurídico. Um caso marcante e pioneiro de punição do preconceito no trabalho se tornou manchete nos jornais de Belo Horizonte.

A Rede de Supermercados EPA sofreu uma dura pena por preconceito a um de seus funcionários. Na comemoração dos 40 anos da empresa, a Rede promoveu um jantar para o qual convidou um funcionário e um cliente de cada uma de suas lojas, que foram previamente sorteados. Wellington Eustáquio Venâncio foi o sorteado da Loja do *Shopping* Norte. O gerente resolveu fazer outro sorteio, informando ao rapaz que ele não poderia ir por causa do "seu jeito", reafirmando sua decisão em juízo. Alegou o gerente a Wellington: "Você não pode ir por causa dos comentários que irão surgir pelo fato de ser *gay*!" Muito magoado, Wellington sentiu-se inferiorizado e vítima maior do descaso dos colegas. Tentou mudar de loja e conseguiu apenas uma vaga distante de sua residência, o que dificultou sua continuidade no trabalho. Entrou com uma ação contra a empresa e foi acolhido. Em sua sentença, a Juíza do Trabalho Cláudia Rocha de Oliveira condenou a empresa a pagar ao Wellington 30 mil reais de indenização e explicou que a sentença tinha caráter pedagógico. Por ser uma grande empresa, ela teria que orientar seus funcionários a não discriminarem ninguém em função de sua orientação sexual. A violência sofrida por Wellington acontecera em 2000, e a sentença final saiu em março de 2003. Explicou ainda a juíza que a quantia não poderia ser considerada exorbitante: "Não se pode perder de vista que a mácula suportada pelo autor o acompanharia pelo resto da vida". A justiça foi feita.

QUANDO ÉRAMOS LOUCOS!

A INTOLERÂNCIA social ao amor proibido fez muitos mártires na história humana. No final do século XIX, um escândalo assolou a Europa: a história de um grande amor entre o escritor Oscar Wilde, autor do famoso épico literário *O Retrato de Dorian Gray* e o jovem lorde e poeta inglês, Alfred Douglas, apelidado de "Bosie". Em 1892, Bosie, já considerado como praticante do "inefável vício dos gregos", foi apresentado ao escritor e entre os dois nasceu uma grande paixão. Embora sendo um amor quase platônico, pois ambos satisfaziam seus desejos sexuais com rapazes de aluguel, a aparição pública de ambos escandalizou o pai de Bosie, que acreditou que Oscar Wilde estivesse corrompendo seu filho, e começou a persegui-lo depois que Bosie publicou o poema *Two Lovers*, obra de uma clareza homo inédita para o seu tempo, de onde vem a frase famosa: **"Eu sou o amor que não ousa dizer o nome"**. O pai de Bosie, Lorde de Queensberry, começou a atacar Oscar. Depois de troca de acusações, Oscar processou o lorde por calúnia, acreditando que o julgamento se restringiria à questão da imoralidade de sua obra. Na Corte, Oscar ridicularizava as acusações, sobrepujando-as intelectualmente, porém sem conseguir a simpatia do júri. Quando perguntado se beijara determinado rapaz, ele respondeu: "Oh, não. Ele era particularmente feio". Tal frase causou um efeito devastador na imprensa e no júri, que passaram a pedir a cabeça de Oscar, condenado-o a dois anos de trabalhos forçados. Na prisão, Oscar escreveu uma de suas obras mais contundentes *De Profundis*, com acusações a Bosie, que fora proibido de visitar-lhe na prisão. Bosie, porém, continuava enviando correspondências à imprensa defendendo a homossexualidade. Quando sai da prisão, Oscar passa a viver com Bosie na Itália, onde o jovem o esperava. Sobreviviam com uma mesada que a mãe de Bosie enviava ao filho. Ela, porém, descobriu o relacionamento e ameaçou Bosie de lhe cortar a mesada, obrigando-o a afastar-se de Oscar. Bosie aceitou o acordo com a condição de que parte da mesada fosse destinada à sobrevivência de Oscar, que foi sustentado pelo amante até o fim de seus dias, em novembro de 1900. Bosie, então, casou-se com uma mulher, causando estranheza: ele, *gay;* ela, lésbica. Era uma satisfação à sociedade. O amor dele por Oscar era real, tanto que não se tem registro de ter tido outro relacionamento depois da morte do amante. Ao tomar conhecimento da obra *De Profundis* que ficara em mãos de outro namorado de Oscar, Robert Ross, que ocupara o lugar de Bosie quando este o rejeitara por pressão do pai, Bosie se volta contra a homossexualidade, tomando as posições de seu pai. Passou a agredir a homossexualidade, culminando com um julgamento de Robert, que ficara com os direitos autorais de Wilde, nos mesmos moldes de Oscar. Bosie adquiriu notoriedade e misturou sua recém-adquirida homofobia a anti-semitismo, acusando o primeiro-ministro Winston Churchil de entregar a Inglaterra aos judeus. Processado, Bosie foi condenado. Na cadeia experimentou o sentimento de Oscar quando preso, o que o levaria a alguns anos mais tarde a mudar de opinião, voltando a defender a homossexualidade e a memória de Oscar Wilde, em 1939.

Esta história de amor entre Oscar e Bosie fascinou e causou asco a um jornalista de renome em Minas Gerais, que passou a relatar casos de homossexualidade em reportagens acusadoras e condenatórias durante quase duas décadas nos jornais mineiros, sob vários pseudônimos. Aos 25 anos, em 1945, Francisco Tourinho se casou e teve quatro filhos, dois meninos e duas meninas. Sua obsessão contra homossexuais foi passada aos seus filhos e, ironicamente, um deles era homossexual. Terceiro filho de Francisco, Cláudio era dotado de uma inteligência acima da média, reprimia seus desejos ao máximo em função do que ouvia em casa. Decidiu se dedicar ao estudo e se formou em Engenharia e Direito. Exerceu as duas profissões, conseguindo ótimos empregos em empresas de grande porte de Minas. Estudou inglês e francês e falava fluentemente as duas línguas, tornando-se orgulho da família Tourinho, que ocupava um lugar de destaque na sociedade mineira, tanto pela intelectualidade como pela posição financeira. Cláudio, já em sua idade adulta, aos 25 anos, passou a ter seu primeiro relacionamento com outro moço, Luiz, seu ex-colega da Faculdade de Engenharia. Os dois passaram a freqüentar os eventos sociais de Belo Horizonte e, como não eram vistos com mulheres, as suspeitas começaram a surgir. Para viverem seu amor, Cláudio e Luiz começaram a viajar muito, sempre juntos. O obsessivo sentimento de Francisco Tourinho sobre a homossexualidade começou a tomar forma de suspeita sobre o filho. Então, contratou um detetive particular para seguir os dois jovens, e ambos foram fotografados em um gueto *gay* de Paris, no final da década de 1960. Francisco deixou o ódio possuir-lhe e passou a perseguir Cláudio ostensivamente, obrigando-o a abrir mão de seu amor.

Rejeitado pelo pai e pelos irmãos, Cláudio decidiu viver isolado irritando ainda mais o pai. Com posição social privilegiada e grande relacionamento no meio médico da Capital, Francisco, então, interditou Cláudio judicialmente como incapaz, forçando-o a uma internação em um manicômio, como doente mental, por cinco anos. Esta incapacidade deu a Cláudio o direito a uma aposentadoria precoce, que o mantém até os dias de hoje. Os anos internados no manicômio foram marcados por um tormento atroz; não era doente mental e fora confinado a conviver com dementes sob efeito de sedativos constantes, intercalados por momentos de lucidez e melancolia pelo que a família lhe fizera e pela ausência de seu grande amor, Luiz. Ao fim de cinco anos de confinamento, recebe alta, em função de um enfarto de Francisco, que decidiu encerrar o castigo do filho antes de sua morte. Cuidou, porém, para que a sentença de deficiente mental fosse perpetuada na vida de Cláudio, forjando laudos médicos e sentenciando o rapaz como incapaz definitivamente. Deixou Cláudio sob a tutela de uma irmã mais velha, que herdara do pai o mesmo ódio aos *gays*. Cláudio passou a ser um indivíduo confuso, resultado do seu "tratamento" para curar sua homossexualidade perdeu um pouco de sua lógica racional, mantendo, porém, a intelectualidade e a cultura de seus anos de estudos e viagens. Ao falecer, seu pai deixou posses para todos os filhos. A irmã tutora de Cláudio se apossou dos bens do irmão, deixando-o morar em um apartamento comprado com a própria herança de Cláudio em nome dela mas com usufruto dele. Os anos foram dando lucidez a Cláudio novamente, que percebeu as intenções da irmã. Entrou na Justiça, contra ela para reaver os bens a que tinha direito. A irmã revidou comprovando a insanidade de Cláudio na Justiça com a colaboração ardilosa de bons advogados. Questionando a irmã sobre a razão dessa perseguição, ela alegou que precisava defender o patrimônio da família, que seria repassado aos sobrinhos de Cláudio, uma vez que ele não tinha filhos e que poderia ser tirado por um amante, já que era tolo e acreditava neste comportamento infame de desejo proibido. As brigas judiciais entre os dois se prolongaram e a cada novo advogado que Cláudio contratava, a irmã habilmente comprovava que ele era realmente incapaz. Apesar de sua grande inteligência, o desequilíbrio emocional causado pelos anos de perseguição contribuiu para que seu advogado sempre acatasse o conselho da irmã, de adiar continuamente as ações judiciais com desculpas as mais diversas e contribuindo ainda mais para o descontrole emocional de Cláudio.

Quando me relatou sua tragédia, Cláudio estava com 55 anos, sofrendo de síndrome do pânico e outras seqüelas. Percebi sua cultura e intelectualidade avançada, porém confuso pela trama pessoal sofrida ao longo dos anos e descrente de qualquer possibilidade de ajuda. Após a morte de seu pai, passara por inúmeros psicólogos tentando se equilibrar, mas ele mesmo estudara sua postura lendo livros de psicologia e contrapunha as intervenções profissionais com seus argumentos já distorcidos pela fantasia. Senti-me incapaz de fazer algo efetivo por Cláudio, diante de tantos documentos e ações que perdera ao longo dos anos de conflito com o pai e a irmã. Sempre que me procura, ajudo-o como posso, ouvindo-o e aconselhando-o. Lembrando-o de que hoje pode viver seu desejo livremente, afastando-se da família que tanto o condena, que sua pensão lhe dá respaldo para viver em paz e que busque propiciar a si mesmo esta paz. É o que sinto que posso fazer. Mas a dor de sua tragédia me dilacera sempre que o encontro.

SÓPRANÓS

Nosso sonho do espaço de convivência começou a tomar forma em nossas reuniões matinais. Marco disponibilizou um empréstimo para sua concretização e conversamos com Carlos, que decide apoiar o projeto. Marco pediu, então, a formatação de um contrato entre o Rainbow e a Fundação, para que o Centro se tornesse realidade efetiva. Começamos a obra de modificação do quintal do imóvel para a construção do espaço que, concluído, lembra uma grande cozinha de uma fazenda do interior com fogão a lenha, churrasqueira e varandas de telhas coloniais, compondo um espaço aconchegante e acolhedor ao qual batizamos carinhosamente de Sópranós. O lazer *gay* de Belo Horizonte se escondia sob o véu da noite. Casa alguma, com exceção das saunas, abria as portas durante o dia, e planejamos mudar esta opção, não seria mais um bar apenas, seria um local realmente de convivência. Ali, receberíamos de braços abertos homossexuais de todas as tribos, idades e também as suas famílias, casais, pais com seus filhos, adolescentes, em uma convivência plena e saudável. Um sonho de sociedade inclusiva, construído em uma pequena ilha com o formato mais conhecido da cultura social de Minas, a cozinha de roça. Belo Horizonte é uma cidade ainda bastante jovem, que traz a herança das famílias do interior e daí esta idéia de cozinha da fazenda, onde todos se reúnem para uma refeição familiar ouvindo "causos" e confraternizando.

Neste ambiente, imaginamos nosso sonho de integração. Estava dando certo. Ali, no Sópranós, interagimos famílias heteros e homos, promovemos encontros, criamos um espaço para o lazer dos adolescentes orientados pelo Juizado de Menores, que entendera bem nosso propósito de acolher os jovens homossexuais vetados pelo gueto. Passamos, Alice e eu, a trabalhar dezesseis a dezoito horas por dia, porém não me cansava. A emoção do resultado que estávamos obtendo na comunidade era altamente produtiva em termos de interação, formação de opinião sobre cidadania e saúde com prevenção às DST-AIDS. O espaço, de segunda à sexta-feira, era disponibilizado para os jovens se reunirem durante o dia e, à noite, abríamos o bar que funcionava até 23 horas. No sábado e no domingo era um espaço de lazer, abríamos às 12 horas para o almoço, momento em que casais *gays* podiam descontraidamente fazer uma refeição afetuosa sem os olhares curiosos dos restaurantes heteros. Mães e pais *gays* traziam seus filhos pequenos, que interagiam com *gays* de todas as faixas etárias, tornando-nos uma grande e maravilhosa família, livres do mundo preconceituoso em que vivemos. Naturalidade, respeito e aprendizado de convivência social trouxeram um encantamento especial para o lugar. A experiência do Marco com bares, associada à idéia de convivência, dera certo. O Sópranós passou a ser o ponto de encontro de toda a comunidade *gay* de Belo Horizonte. Casais que não saíam mais em bares *gays* se sentiam seguros no Sópranós, enriquecendo com suas experiências de vida em comum o nosso aprendizado social. Saraus de música e poesia aconteciam, cenas de peças de teatro eram apresentadas, livros foram lançados e nossa meta de cidadania homossexual era vivida em toda sua totalidade. A receita do bar começava a cobrir as despesas de manutenção dos demais projetos que executávamos. Drª Maria Emília atendia semanalmente, de forma voluntária, as situações que envolviam o setor jurídico. Psicólogos voluntários se alternavam no atendimento, e o trabalho de *advocacy* junto do Legislativo avançava. Em seu auge, o Sópranós chegou a acolher 1.500 pessoas no final de semana. Procurava dar um atendimento pessoal em todas as mesas, conversando, ouvindo e aconselhando. Formamos uma equipe de trabalho que se tornou muito unida: Ednalva, na cozinha; Ednilson e Márcio no atendimento; e Alice e eu no bar. Equipe composta de heteros e *gays*, demonstrando a real possibilidade desta interação. Nos finais de semana contávamos com a ajuda de *free lances*, e muitas vezes Éder entrava no apoio, cobrindo buracos no atendimento. O Rainbow começou a ter como pagar suas contas em dia, e os meses caminhavam repletos de realizações. Porém a inveja e a cobiça se articulavam para nos pregar mais uma peça. Já incomodávamos muita gente.

ORIENTAR É PRECISO!

Fomos procurados pelo Conselho Tutelar de Belo Horizonte para desenvolver um Seminário de Capacitação dos Conselheiros no Trato de Crianças e Adolescentes *Gays*. Preparamos o material e recebemos supervisores de todas as unidades dos Conselhos Tutelares, ocasião em que esclarecemos sobre a homossexualidade como orientação e identidade dos indivíduos. Em sua maioria profissionais de assistência social, os profissionais dos Conselhos não tinham noção de como lidar com a diferença sexual. Tentamos transmitir, da melhor forma possível, como gostaríamos de que tratassem nossas crianças e adolescentes *gays*, o que considero um grande avanço na inserção destes pequenos cidadãos tão confusos quanto a si e ao meio em que vivem, desprotegidos pela ausência de um conhecimento amplo e saudável sobre sua forma diferente de ser. O trato com a questão era tão absurdo que uma das ouvintes do seminário nos fez um relato preocupante. Sua unidade fora chamada em uma escola pública para acolher um garoto com o qual a direção da escola não sabia como lidar. *Gay*, o menino se revelara para professores e colegas. Diante do problema, a escola resolveu excluí-lo, transferindo o jovem para outra escola. Revoltado, ele se rebelou, e por não saber como lidar com o problema, a diretora da escola, uma pedagoga, tomou a decisão de encaminhá-lo para o Centro de Psiquiatria do Estado, maculando-o de doente mental. Ela desejava se ver livre do garoto por não entender seu jeito diferente e pela ignorância em tratar o assunto de forma pedagógica. O Centro de Psiquiatria encaminhou o menino de volta à escola, justificando que nada havia de anormal com ele. A diretora, então, decidiu recorrer ao Conselho Tutelar, e nosso seminário municiou a profissional do Conselho do necessário para resolver a questão, orientando a diretora a acolher de forma politicamente correta seu aluno. Outros relatos semelhantes, mas com menos seqüelas, foram feitos durante o seminário. Descobrimos, então, que as escolas públicas, e menos ainda as particulares, não estavam aptas a lidar com o diferente. Procuramos as Secretarias de Educação Municipal e Estadual, que se comprometeram a implementar um programa de capacitação de diretores e professores. Acreditamos que daí surgiu a idéia do Programa de Ensino Afetivo Sexual (PEAS), em parceria com a Secretária Estadual de Saúde.

AVANÇOS

A MÍDIA tem uma penetração impressionante nos mais diversos recantos do país, e nosso trabalho gerou expectativas em muitos corações atormentados e injustiçados pelo preconceito em suas cidades.

Estes corações se aproximaram de nós na busca de como agir em seus recantos para combater a discriminação. Neste momento, incentivamos o surgimento de novos pontos de luta na Região Metropolitana e no interior, no modelo dos estatutos do Movimento *Gay* de Minas (MGM) e do Clube Rainbow. Luiz Balbi iniciou o Movimento Homossexual de Minas (MHM), de Betim; Osmar Resende em Belo Horizonte; a Libertos Comunicação; Sander Simaglio; Movimento Gay de Alfenas (MGA); Cláudia Braun; Associação de *Gays*, Lésbicas, Transgêneros e Simpatizantes (AGLTS) de Ipatinga.

Oswaldo Braga e Marco Trajano, então, idealizaram um encontro das ONGs mineiras em Juiz de Fora, convidando-as para a capacitação e interação de lutas e metas. Ao encontro, que aconteceu em março, além dos militantes mencionados acima, compareceram convidados, pelo MGM, representantes de Ouro Preto, Governador Valadares, Viçosa, Montes Claros e Mariana. Dele surgiu uma organização de ONGs Mineiras, Federação Mineira de Homossexuais (FHM), com objetivo de aglutinar as lutas de todo o Estado e de fortalecer o movimento, além de incentivar outras cidades a participarem com a criação de novas ONGs. Do encontro saiu o primeiro documento do movimento estadual unificado, uma carta endereçada ao governador Aécio Neves cobrando a imediata regulamentação da Lei 14.170. Fruto deste trabalho, outras ONGs se consolidaram: o Grupo Shama, de Uberlândia, sob o comando do Marcos Martins e o Movimento *Gay* das Gerais (MGG), sob a presidência de Hugo Alexandre, em Montes Claros. Os outros grupos de Belo Horizonte – ALEM, ASSTRAV e CELLOS –, também convidados para o encontro, não compareceram nem responderam ao convite, demonstrando claramente sua intenção separatista das novas instituições que estavam surgindo, livres de vínculos partidários.

As ações acontecidas em Minas e em outros Estados eclodiam em resultados positivos no avanço de nossos direitos, o trabalho de articulação junto de parlamentares por parte dos militantes *gays* de todo o Brasil, chamado por nós de *advocacy*, fortalecia-se. Muitos parlamentares passaram a se sensibilizar com nossa busca pela igualdade social. O Congresso Nacional começava a se mover. A Ouvidoria Parlamentar e a Comissão de Direitos Humanos no Congresso organizaram um seminário para o dia 26 de junho, intitulado de *Seminário de Políticas Afirmativas e Direitos da Comunidade GLBT*. O deputado Leonardo Mattos me convidou a participar. Sem recurso para hospedagem e viagem, ele providenciou uma passagem para mim e hospedou-me em sua residência em Brasília. Havia levado comigo apenas um paletó e uma calça social. Fui orientado pela Luciana, assessora do deputado, que precisaria usar uma camisa social e uma gravata, que me foram emprestadas pelo próprio deputado. Chegando à Câmara Federal pela primeira vez, fiquei boquiaberto pelo gigantismo de suas instalações e o burburinho elétrico das atividades parlamentares e de assessores. Sob os prédios do Poder Legislativo, em Brasília, há uma cidade em movimento, corredores e salas em constantes atividades me deixaram atônito.

Na plenária, iniciou-se a reunião presidida pelo Ouvidor Geral da Câmara dos Deputados, deputado Luciano Zica a mesa era composta pelos militantes Janaina Dutra do Ceará, Marco Antônio Koshak e Beto de Jesus de São Paulo, e pelos deputados Leonardo Mattos, de Minas, e Iara Bernardi, de São Paulo. O mérito deste seminário foi principalmente o pioneirismo. Pela primeira vez, os homossexuais foram ouvidos pelo Congresso Nacional; foi proposta a criação da *Frente Parlamentar Mista pela Livre Expressão Sexual*, que se concretizou em 8 de outubro de 2003, frente esta que viria a lutar pela aprovação das leis de que tanto necessitamos no cotidiano de nossa cidadania. De Minas presentes no seminário, estávamos eu e Oswaldo Braga, do MGM de Juiz de Fora, foi um orgulho imenso participar deste grande momento histórico nacional.

DISCÓRDIA

Atuar no movimento quase vinte e quatro horas por dia resultou em minha maior visibilidade pessoal. Sempre procurado pela imprensa, não me furtava a depor a favor do combate ao preconceito; convidado a opinar sobre os mais diversos assuntos, minha fala se tornou uma referência para jornalistas locais, minha popularidade dentro da comunidade cresceu e politicamente meu nome foi fortalecido. Não possuía anseios e, ou vaidades de ser celebridade; se acontecia, era independentemente de minha vontade pessoal, apenas fazia tudo com muita fé e amor na expectativa de vencer batalhas sociais que se interpunham contra avanços de nossos sonhos de igualdade, respeito e cidadania. Boa parte das conquistas do movimento em Belo Horizonte aconteceu por minha dedicação integral e por demonstrar aos meus interlocutores heteros do poder público minha sinceridade e minha alma de idealista. Quando você fala com o coração, seus olhos se enchem de transparência e conseguem transmitir um brilho que toca o coração de seu próximo. Tenho um sonho e acredito nele.

Sonho em ver o dia em que meus pares serão compreendidos e amados por suas famílias; que seu direito à escola e ao trabalho será respeitado; que poderão amar e também serem respeitados por este amor. Sonho em ver o índice de assassinatos se arrefecer poupando vidas que podem contribuir para o engrandecimento de meu País. Este é o meu maior sonho. Tornou-se o objetivo de minha vida como cidadão e humano que sou. Em absoluto, não tenho desejo de poder em qualquer de suas formas, econômica, política ou social. Sei que é difícil para pessoas com ambição de poder compreenderem, mas não imaginava o quanto esta incompreensão seria tão avassaladora na minha vida. Não imaginava o quanto o egoísmo poderia impedir a realização de um sonho por pura inveja e desprezo. O ser humano ambicioso de poder é capaz de superar um ideal coletivo em benefício próprio sem o menor constrangimento. E comecei a perceber isto na organização da parada de 2003. O sucesso e crescimento das duas últimas paradas em que estive à frente incomodavam os outros grupos e o partido os ensinara como tratar a questão.

Começamos as reuniões para organizar a parada. Minhas idéias, sempre combatidas pelos demais. Por ser a única parada de Minas, as reuniões aconteciam com representantes dos grupos de Minas. Neste momento, além dos grupos já existentes, entraram em cena outros dois: o Movimento Homossexual de Minas (MHM), de Betim, e o Beagay. As discussões das propostas passaram a serem feitas pela ALEM em sua sede, em convocação quase em cima da hora. Soraia deixara de ser uma companheira de luta, tornando-se agressiva e indiferente a mim. A impressão que me transmitia era que tinha um medo enorme de perder totalmente o comando da militância em Belo Horizonte. Cada grupo mandou um representante para a reunião e os três grupos ligados ao partido levaram mais integrantes, superando o número de participantes por instituição. Enquanto cada grupo não ligado ao partido tinha apenas um representante, os outros três possuíam uma média de três a quatro. Todos apresentamos propostas de realização da parada na votação. O formato de votação definido pelo grupo de pessoas presentes foi de um voto por ONG. Nas proposições de atividades, vencemos todas, por termos um número maior de ONGs que me apoiavam. Na votação para coordenação da parada, dois nomes são colocados, o meu e o de Soraia. Para minha surpresa, o sistema de votação foi alterado, e o voto passou a ser por pessoa presente. Óbvio, como as três levaram mais participantes, Soraia venceu. Aprendi a perceber a forma golpista de atuação do partido. Irritei-me, sentindo-me excluído vergonhosamente, pelo ardil preparado por eles para se apoderarem da parada com interesses partidários, como comprovamos depois na realização. Saí da reunião indignado. Tal atitude por parte das ONGs do partido dividiu o movimento, que não mais participou da organização da parada, que ficou a cargo das três instituições ASSTRAV, ALEM e CELLOS. Ao tomar a atitude de me afastar, nenhuma tentativa de tentar superar a crise por parte deles foi iniciada, o que deixou ainda mais óbvio suas intenções. Considero a parada como um evento do povo e não de ONGs, não participaria de sua organização, mas estaria presente na parada. A Praça Sete, tradicional palco de nossa visibilidade, estava em obras e a concentração foi transferida para a Praça da Estação Ferroviária. O partido se fez presente de forma muito visível, o que incomodou muito a comunidade, bandeiras e palavras de ordem do partido se apoderaram do evento. Artistas e militantes foram proibidos de ter acesso ao palco. O partido nos excluiu e nos dividiu. A divulgação foi frágil e insípida e a população da parada cresceu pouco, tirando o brilho do evento dos dois anos anteriores, comparecendo apenas 20 mil pessoas. Um crescimento pequeno comparado aos dois últimos anos. A mídia impressa percebeu a divisão dos grupos e o jornal *O Tempo* publicou, em 12 de julho, a manchete:

"**Parada Gay de BH gera discórdia entre grupos**
Militantes reclamam que ALEM usou o evento para fins
políticos-partidários fazendo do palco um palanque"

Manchete esta comprovada pelos olhos de milhares de homossexuais que participaram da concentração, indignados com a presença maciça de militantes do PSTU de Soraia e Carlos Magno, com bandeiras, inclusive uma do arco-íris maculada com o nome do partido gravada em seu corpo. A manobra política dos grupos em tentar me excluir criou uma divisão quase irreversível no movimento em Minas. Saí da parada com um gosto amargo na boca. A lâmina da ambição e inveja me cortara a carne deixando uma cicatriz em minha alma.

CONFUSO

Havia carregado comigo uma mentira durante tantos anos, criando um personagem para encobri-la, que este personagem quase me devorou, destruindo o que havia de melhor em mim, minha verdade concedida pela natureza para ser quem sou. O peso da mentira é tão intenso que distorce a alma humana, criando um aleijão invisível aos olhos, mas transparente no ser que sucumbe ao seu poder maligno espalhando dor e sofrimento. Decidi não mentir desde que a luz de minha verdade brilhou em minha alma, acesa por um ser que a vislumbrou em sua pureza de amor por mim. Sem saber, em sua busca pela verdade, Márcia me doou a vida novamente. E, se estou aqui escrevendo estas verdades, é pela luz de sua alma que isso se tornou possível; caso contrário, teria sucumbido na escuridão das trevas da morte de minha própria mentira. Por mais cruel e aterradora que seja, a verdade é o alívio, a porta da compreensão, o caminho da paz e da felicidade. Rogo a todos que trazem no coração o breu da mentira: lutem para que a luz da verdade sobreviva! Esta é a luz que irá contribuir para que o compreendam; por ser tão forte, calorosa e intensa, a luz da verdade, quando exposta, choca e cega o ser que a recebe, mas chega direto ao coração de seu semelhante e, após o choque inicial, a ela se afeiçoa e seu coração a acolhe transformando-a em amor por você. Pode crer, é isto que se realiza, este fenômeno milagroso que todos os seres humanos carregam em si, mágico, sublime, doce e extasiante. A verdade é um milagre da alma, tal como uma cortiça, você pode afundá-la em um lago profundo sob uma pedra, mas em algum momento ela se liberta e sobe, saltando sobre o lago e flutuando em sua superfície, passando a ser vista por todos.

Tentava fazer Éder entender isto. Em todo momento, repetia a ele que não lhe mentiria e que ele assim agisse comigo. Porém o pavor do choque que sua verdade poderia causar o levava a construir outras mentiras. Sempre dizia à sua mãe que estava dormindo em casa de um amigo. Tive a oportunidade de conhecer a mãe do Éder em um evento político em Contagem, onde seu parente exercia a função de prefeito. Sua mãe, com certeza, me vira em algum veículo da imprensa. Ele me apresentou a ela como um amigo especial. Muitas vezes ela ligou para meu telefone para saber ou falar do Éder, seria impossível ela não ter percebido que o seu filho estava tendo um caso de amor comigo. Éder mentia e escondia esta verdade. Sua produção de mentiras se entrelaçava em cordéis invisíveis que o confundia muitas vezes. Sua atitude me desestimulava. Sentia-me livre da paixão pelo Reginaldo, porém não tinha certeza de meu amor pelo Éder. A confusão instaurada em meus sentimentos pedia uma trégua. Convidei Éder a ter uma conversa e tentei explicar-lhe o que se passava comigo. Saíra de um casamento de dezoito anos, entrara em um segundo de quase dois e, machucado em ambos, eu me envolvera em um quase terceiro casamento. Apreciava o jeito do Marco, que possuía um namorado ocasional que lhe dava liberdade para assediar outros moços, trafegando livremente entre o desejo e o afeto em uma liberdade invejável. Nunca fora livre assim como o Marco. Meu sentido de fidelidade não me permitia ter "casos" acidentais. Não desejava viver com Éder com esta dúvida em mim. Assim, propus um afastamento, um tempo sem estar envolvido com ele para refletir, experimentar a plenitude de minha vida de ator sem personagem. Éder resistiu, mas sucumbiu diante de minha decisão. Sei que o magoei, mas precisava ter certeza de meus sentimentos, que não se assentaram na forma carinhosa como ele me acolheu com seu amor por mim. E pelo próprio respeito a este amor, eu teria que descobrir se o que sentia por ele era realmente amor ou comodidade emocional. Além de tudo, suas mentiras me atormentavam.

REJEIÇÃO

Dalton sofria por viver um amor que violava todo seu sentido de ser homem na concepção do masculino absoluto. Bem resolvido em si com sua orientação, já obtivera a aprovação da família, e sua homossexualidade era conhecida por todos em casa, na escola e no trabalho. Não sofria o peso do preconceito, no entanto um preconceito interno o impedia de ser feliz. Conhecera Henrique em uma boate, e começaram um relacionamento. Ambos, muito bem resolvidos, e com a vida profissional em ordem. O comportamento social de Henrique é que deixava Dalton atormentado. Sentia que amava Henrique, mas a vergonha o dominava quando tinham que sair juntos no mundo heterossexual. Dalton, com 35 anos, portava-se no masculino perfeito. Visto isoladamente, ninguém jamais suspeitaria de sua homossexualidade. Henrique, com 30 anos, tinha um quê de feminino no gesto, no vestuário e no rosto. Afinava a sobrancelha e trajava vestes mais ousadas. Em definitivo não seria uma mulher, mas seu porte lembrava uma. Henrique, assim como Dalton, era um homem que gostava de homem. Dalton, porém, sentia-se incomodado com o afeminado que conduzia os gestos e a fala de Henrique. Tentei explicar a Dalton que o seu incômodo ainda era o resquício da cultura judaico-cristã que trazia dentro de si. A construção do machismo se deu ao longo da perpetuação desta cultura injusta e desigual. A mulher sempre foi o ser submisso, e o homem, o dominador, e o relacionamento entre ambos foi o de posse do macho sobre a fêmea. O papel social da mulher sempre foi de docilidade, delicadeza e fragilidade. O do homem, da dureza, da rigidez e da negação de emoções que o tornaria frágil. Esses papéis, definidos ao longo dos séculos, estão tão entranhados em nossas raízes genéticas que muitos de nós, *gays*, temos grandes dificuldades em superá-las. Muitos *gays* negam o prazer completo em seu relacionamento por rejeitar o papel do passivo. Ser passivo é ser submisso, inferior, é ser mulher. Daí, muitos não se julgarem *gays* por exercerem o papel do ativo absoluto. Ouvi muitas vezes "Não, não sou *gay*, apenas comi um homem, mas não sou *gay*!" Tal afirmação é querer enganar a si mesmo. Penso que o homem que sente prazer com outro homem é de fato homo. Hetero bem resolvido não sente prazer com alguém do mesmo sexo. Pode ocasionalmente experimentar o sexo homo, mas seu objeto de desejo é o sexo oposto. Muitas vezes me perguntaram quem, no meu relacionamento com Reginaldo ou com Éder, era a mulher do casal. Subtendia-se nesta pergunta quem era o passivo do casal. Sempre respondi, ironicamente, que não existia mulher em meu casamento. Se desejasse uma mulher, continuaria casado com uma. Sou um homem que gosta de homem. Ponto final. Sempre transitamos entre o ativo e o passivo sem nenhum constrangimento ou culpa, porque me livrei completamente de minhas amarras masculinas. Não sou terceiro sexo. Terceiro sexo não existe. Existe sexo masculino e sexo feminino, o que nos torna humanos é o desejo e o amor. O que nos diferencia é nosso objeto de desejo. Se amo um homem, sou dele como ele é meu, o que rolar entre nós é expressão máxima de nosso amor e nosso desejo. Assim, pouco importa se ele é afeminado ou não, conheço muitos afeminados que são mais ativos que os parceiros masculinizados. Completei para Dalton: "Se você ama Henrique, aceite-o como é. Rasgue as entranhas do seu desejo, deixe florescer o verdadeiro amor que está dentro de si. Seja feliz, meu amigo, isto é que conta. Nós viemos a este planeta para sermos felizes. As imposições culturais de domínio e poder é que nos torna amargos e infelizes. Viva seu amor por Henrique por inteiro, deixe para os infelizes os pensamentos mesquinhos de suas visões preconceituosas". Dalton ouviu atentamente e saiu um pouco mais seguro. Estão juntos há dois anos.

A LUTA DE UMA SIMPATIZANTE

Maria Emília Mitre Hadad decidiu estudar direito depois de ter criado sua família. Já com filhos adultos e aposentada, buscou exercer sua nova atividade em defesa de causas impossíveis. Em seu círculo de amizades, conheceu dois jovens aos quais se afeiçoou por ver neles uma grande e sincera amizade. Livre de preconceitos, Maria Emília passou a conviver com o jovem casal Adriano e Sandro, integrando-os inclusive a seu convívio familiar. Adriano, jovem e promissor gerente da Caixa Econômica Federal, e Sandro, pequeno empresário, já tinham um relacionamento conjugal há alguns anos. Adriano era usuário da previdência da Caixa para atendimento médico e aposentadoria, sentia a necessidade de incluir Sandro no Plano de Saúde da Caixa. Contou a Maria Emília seu desejo e ambos decidiram entrar com uma ação contra a Caixa Econômica para incluir Sandro como dependente. Fato inédito no País, a advogada e seus clientes se prepararam para enfrentar o grande e corajoso desafio de obter um direito que era natural para os heteros, porém para homos era considerado um absurdo. Meticulosa e atenta, Maria Emília cercou-se de argumentos humanos irrefutáveis para obter sucesso no seu pleito jurídico. Entraram com o processo na Justiça e, depois de alguns meses, a sentença foi favorável aos jovens. A Caixa deveria acolher Sandro como dependente de Adriano em seu Plano de Saúde. Diante da sentença inédita no País, a Caixa recorreu, porém deveria acolher esta dependência até o julgamento definitivo do processo. Sandro passou a usufruir do atendimento médico sob a tutela de Adriano. Em segunda instância, a sentença se confirmou e a Caixa recorreu ao Supremo em Brasília. Anos de espera seriam necessários para a sentença final. A repercussão deste processo se estendeu a todo o País, e imagino que dezenas de funcionários tenham entrado com processos semelhantes provocando uma atitude da Caixa Econômica, que, em finais de 2005, decidiu tornar como regra a dependência de parceiros homossexuais de seus funcionários, exemplo seguido pelo Banco do Brasil. Imagino que o custo do benefício seria menor em relação ao custo com processos judiciais que se acumularam diante de inúmeras ações contra a previdência de ambas as instituições financeiras.

A luta de Maria Emília não parou aí. João e Antônio viviam em uma casa em Nova Lima, cidade da Região Metropolitana de Belo Horizonte, há mais de vinte anos. Bem relacionados com os vizinhos e amigos, eram respeitados e mantinham uma vida normal em seu lar, construído com anos de trabalho dos dois e muito amor. Ao acordarem certa manhã, ficaram chocados com o que viram nas paredes, nos muros e nas árvores da casa: pichações com frases homofóbicas e símbolos nazistas estavam em todos os lugares. Diante da violência contra *gays*, João e Antônio decidiram investigar e descobriram que o autor da violência era um rapaz de 17 anos que morava em frente. Tal atitude era peculiar à ação dos *skin heads* que vitimara Édson Néris, em São Paulo. Procuraram, então, Maria Emília que entrou com uma ação contra o jovem agressor. Ele foi advertido pelo juiz judicialmente, e os pais dele obrigados a recuperar as plantas danificadas e executar uma nova pintura na casa das vítimas. Maria Emília ainda entrou com uma ação civil contra os pais do menor para indenização por danos morais. Sensibilizada por estas duas causas contra seres humanos normais que tentavam apenas ter seus direitos respeitados, abraçou a causa dos homossexuais com todo o seu coração, tornando-se uma das maiores advogadas de direitos homossexuais do País e a melhor de Minas. Seu trabalho no Clube Rainbow como voluntária veio a iluminar muitos corações de esperança e respeito.

TENTAR DE NOVO

Fazia um tempo que me separara do Éder. Pela primeira vez, estava podendo experimentar a sensação de buscar outras alternativas. O mundo *gay* se descortinara por inteiro para mim. Nunca havia tido a oportunidade de exercer o papel de caçador ou de ser objeto de caça, como muitos amigos comentavam que experimentavam. O ator se livrara quase por inteiro do personagem que o dominara por longos anos. Assim, começava a me sentir inteiro, ou quase. O Ego é algo que necessita de ser massageado e estava dando ao meu a oportunidade egoística de ser. Permitia-me, pela primeira vez, ser caçado, sentia-me olhado, desejado e não tinha pressa em escolher, permitia-me ser cobiçado. Evidentemente que o desejo fala muito alto no corpo humano, especialmente no homem, que é formado para caçar e saborear a caça até se fartar e depois deixar esta caça ali, inerte. Acredito ser por isto que a profissão do sexo seja a mais antiga do mundo. O homem é instintivamente treinado a praticar o sexo desde muito cedo. Levado por mais velhos à comprovação cúmplice de sua masculinidade, perpetua o sexo como objeto de consumo descartável, ignorando seu verdadeiro e absoluto sentido como complemento do prazer emocional. Daí, muitos homens e mulheres heteros ou homos caírem na tentação da promiscuidade. Subtende-se à permissividade do uso do corpo alheio para satisfazer o desejo biológico como algo comum. A meu ver, não é assim. Quando sucumbimos exclusivamente ao biológico, deixamos de ser humanos e nos tornamos animais dotados de um sentido diferente dos outros animais da natureza, o sentido do prazer exclusivo. O que nos difere dos animais da natureza é o afeto, e este é imprescindível para o prazer completo, íntegro e belo. Não serei hipócrita, já sucumbi como qualquer ser humano ao prazer do corpo, porém, após o orgasmo, eu me senti mal, culpado e sempre me comprometia a não repetir o ato. Minha criação, como a de todos os homens de minha geração, foi a de ser quem escolhe, quem caça, e nunca o contrário. Estava experimentando o oposto e muitos homens, vendo-me livre, sem alguém ao lado, me caçaram. Houve uma cantada de um rapaz que não esqueço. Estava saindo do Bar Estação 2000 numa noite e um rapaz de 35 anos aproximadamente, estatura mediana, traços de herança européia, muito branco e belo, abordou-me: "Danilo, queria que Deus me desse o dom de mudar a cor de minha pele, só para poder conquistar você!". Acompanhara-me por minhas andanças pelo gueto com Reginaldo e Éder e sabia de minha preferência por morenos e, por ser muito claro, disse-me isto. Agradeci a ele a gentileza de sua declaração e respondi que não haveria problema com a cor, mas que não queria envolver-me com ninguém naquele momento.

A sensação de ser a caça é algo que todos os homens deveriam experimentar, dá um torpor de prazer na auto-estima. No fundo, na realidade não desejava me envolver por pensar ainda nos dois fortes relacionamentos que tive, e precisava pôr em ordem meus sentimentos, queria ter certeza de que não sentia mesmo mais nada por Reginaldo e que assim, talvez, pudesse corresponder aos verdadeiros sentimentos de Éder. Mas a caça é sempre vulnerável. Em outra noite, novamente no Estação 2000, estava conversando com meu querido amigo Marco e, em determinado momento, ele teve que se ausentar. Fiquei ali no balcão, conversando com Carlúcio, gerente da casa e com os meninos que atendem no bar. Distraído com a música, não percebi um rapaz que se postou ao meu lado.

– Está sozinho? – perguntou-me.

– Sim – respondi.

Apresentou-se. Chamava-se Carlos. Tinha 21 anos, magro, cabelos crespos e loiros, uma pele muito lisa, nem branca nem morena, um misto das duas, que lhe dava uma cor levemente dourada, olhos grandes e claros, lábios grossos e firmes, dentes muito brancos e arrumados simetricamente, trajava uma roupa justa colada ao corpo, que se mostrava magro, porém de músculos firmes e salientes. Segurou imediatamente minha mão envolvendo-a toda, tal o tamanho da sua. Puxou-me para si, passou a mão em torno de meu pescoço. Seu rosto ficou bem próximo do meu e senti seu hálito com gosto de hortelã. Seus olhos corriam dos meus aos meus lábios e retornavam em uma velocidade eletrizante. Senti um calor percorrer todo o meu corpo e pude sentir seu corpo se colar ao meu ardentemente; seu braço, em torno de meu pescoço, puxava-me para si aproximando nossos lábios. Fechei os olhos e senti um beijo quente e doce em minha boca, enquanto sua mão enorme apertava a minha. Instintivamente abracei sua cintura sentindo o contorno de seu corpo magro, musculoso e suas curvas. Após o longo beijo, voltou a olhar para mim com um sorriso cativante no rosto. Antes que pudesse me refazer, perguntou-me:

– Quero namorar você! Posso?

– Por que não? – respondi sem pensar.

Saímos do bar e fomos para minha casa. Era um moço encantador, meigo, doce, gentil e muito carinhoso, fácil de qualquer um se apaixonar por ele. Chegando em casa, fomos para o quarto; trazia consigo duas camisinhas, o que foi muito útil. Ao despir-se, fiquei maravilhado com o que vi, todo o corpo que imaginara sob suas vestes se expôs em beleza dourada, tórax magro e bem delineado, pernas longas com coxas grossas e pouco pêlo no corpo. Deitou-se ao meu lado nu e maravilhoso, senti sua boca a me aquecer todo o corpo, e colar em meus lábios como um vulcão em erupção. A noite foi longa e deliciosamente suave. Medi com minhas mãos cada milímetro daquele corpo dourado, ao mesmo tempo em que me sentia medido. Incontáveis foram os beijos e carícias trocadas até que o sol iluminou o quarto banhando nossos corpos de luz e o corpo de Carlos ficou ainda mais belo e loiro ao refletir os primeiros raios de sol. Fiquei parado a olhar aquela beleza máscula enquanto ele sorria para mim. Tomamos café e ele manifestou o desejo de ir. Tomamos banho juntos e nos ensaboamos em meio a beijos pelo corpo e abraços molhados pela água do chuveiro. Nós nos vestimos e acompanhei-o até a porta do prédio. Carlos morava perto da Estação do Metrô São Gabriel, e decidi acompanhá-lo até a Estação do Coração Eucarístico, perto de casa. Fomos conversando e nos conhecendo melhor. Chegando à estação, não consegui me separar dele e resolvi ir até a Estação São Gabriel. Era sábado e não tinha trabalho para fazer naquela manhã. Carlos concordou, o que demonstrara que não mentira para mim. Meu maior receio era de ser namoro de uma noite, e como concordou que o acompanhasse até sua estação, deu-me mais confiança. Passamos a roleta e descemos as escadas da estação. Sentamos em um banco vazio. Em seguida, aconteceu algo que me encantou mais ainda, fechando minha crença em seu convite para ser meu namorado por inteiro. Carlos deitou-se no banco e colocou sua cabeça em meu colo. Não se importou com a presença das pessoas na estação e nem com as câmeras que nos observavam à distância. Sua cabeça em meu colo e uma das mãos a segurar minha nuca. Ficamos ali nesta posição até a chegada do trem. Meus pensamentos viajavam à velocidade da luz. Ainda tinha medo de demonstrar meu afeto em público, tinha receio da reação das pessoas; embora tenha lutado por ter este direito, ainda me sentia constrangido por estar em público de dia, com um homem a me dar afeto. Meu corpo ainda tremia diante daquela situação. Os resquícios de meu personagem ainda estavam em minha alma. Ainda não me tornara único. Habitavam, ainda, dois em minha alma. Porém a atitude de Carlos me dava uma sensação de pavor e liberdade, estava deixando de ser dois e teria que assumir esta responsabilidade de ser um. Entramos no trem e nos sentamos. Carlos continuou com sua mão colada à minha e encostou sua cabeça em meu ombro, adormecendo antes da próxima estação. Fixei os olhos no infinito e apenas sentia as pessoas entrarem e saírem do vagão e seus olhos viajando na cena de nós dois. Dois homens namorando em posição de afeto ali naquele banco. Foi minha grande prova pública. Chegando a São Gabriel, Carlos levantou-se, beijou-me nos lábios ainda dentro do vagão com as pessoas a nos olharem. Descemos. Teria que mudar de lado para pegar o trem de volta e ele iria para casa. Beijou-me mais uma vez, marcamos o encontro para a noite e partiu. Pude sentir os olhares surpresos e curiosos das pessoas da estação sobre mim. Nem imagino o que pensaram. Não sofremos nenhuma interpelação na viagem por nossa atitude. Peguei o trem de volta, com meus pensamentos voltados para tudo que acontecera, parecia um sonho.

No gueto, ou em nossa intimidade, nós nos permitimos nos tratar de forma carinhosa: por bicha, mona, veado, sapa... palavras que ditas fora do gueto são uma ofensa terrível, passível de agressão verbal. Mas, na intimidade, nós nos tratamos assim, o tom do dizer é que difere a ofensa do carinho: ditas por heteros, são ofensa e agressão; ditas por nossos iguais, quase sempre é um tratamento de igualdade. Em casa, encontrei Marco acordado. Contei a ele tudo que acontecera com Carlos, a linda noite que tivemos e o trajeto do metrô. Marco, meu querido e paciente amigo, ouvia com um sorriso gostoso na face. Ao terminar meu relato, disse:

– Bicha, mas não é por isto que a senhora está lutando?

– Sim – respondi.

– Então? Por que o espanto?

Rimos os dois e começamos a falar de nosso espaço de convivência, que estava indo a todo o vapor. O Sópranós já se tornara uma realidade no gueto *gay* da cidade.

Carlos começou a preencher meus dias. Sempre que possível nos encontrávamos. Porém tinha certos mistérios. Às vezes, sumia sem dar notícias, e quando cobrava dele esclarecimentos, ele me envolvia e me deixava sem resposta com seu jeito delicioso de agir. Comecei a gostar dele, e me preocupei. Conhecia-me, se passasse a amá-lo, iria sofrer com suas atitudes misteriosas. Sentia que ele não me era fiel. Até que tive certeza disso em uma noite no Gis Club. Estávamos juntos e ele se levantou para ir ao banheiro. Lá, beijou outro rapaz. Um amigo do Éder viu e avisou ao Éder, que ligou para mim avisando-me. A princípio achei que Éder estava com ciúmes por estar namorando o Carlos, mas depois tive certeza de que ele não era de ficar apenas com uma pessoa. Não o condenei, era o seu jeito de ser, apenas decidi que desta forma não serviria para mim. Terminamos e nos tornamos grandes amigos. Sei que, se ele superar a falta de apego a uma pessoa, poderá fazer qualquer homem muito feliz. Lamentei que não tivesse superado isto comigo. Poderia ter sido o homem de minha vida. Mas este ainda estava por vir. E viria quase dois anos depois.

HERANÇA

Airton tinha 14 anos, era um jovem belo e com corpo quase adulto apesar da tenra idade. Órfão de pai, começou a trabalhar como prestador de serviços em uma empresa de capacitação de jovens, a ASSPROM, que cede por contrato mão-de-obra de adolescentes a empresas, em sua maioria estatais, dando a jovens carentes uma oportunidade de aprender uma profissão e ter acesso ao primeiro emprego. José Luiz, 25 anos, engenheiro da estatal onde Airton foi trabalhar, encantou-se por ele. Foi o início de uma linda história que durou mais de vinte anos. José Luiz, com muito carinho e diplomacia, convenceu a mãe de Airton do amor dos dois, que consentiu na união. Em menos de um ano, os dois se mudaram para um pequeno apartamento que José Luiz tinha no Centro de Belo Horizonte. Planejaram a vida para um futuro tranqüilo e feliz. José Luiz custeou todos os estudos de Airton, que se formou alguns anos depois em Relações Públicas. No decorrer dos anos, com os recursos de ambos, compraram uma cobertura em Contagem para onde se mudaram. Dentre os bens que lutaram para conseguir, tinham um carro para cada um e um sítio nos arredores da capital. Conheceram muitos outros países juntos e a família de José Luiz já aceitara Airton como companheiro definitivo de José Luiz, integrando-o também a seu seio familiar como um parente legítimo. Por confiar em José Luiz, por ser mais velho, e não termos uma legislação sobre bens de casais homos, todos os bens adquiridos por ambos estavam em nome de José Luiz. Os colegas de trabalho e amigos conheciam a vida conjugal deles e já compreendiam essa união como uma união de amor absoluto. Ambos enfrentaram os obstáculos sociais e conseguiram superá-los todos, tendo o respeito de familiares, amigos e colegas, viviam com dignidade e eram muito felizes. O destino, às vezes, prega peças surpreendentes. José Luiz, aos 45 anos, sofreu um enfarte fulminante que lhe tirou a vida. Airton entrou em desespero pela perda de seu único e grande amor. Ficou perdido sem saber o que fazer, nunca pensara que isto poderia acontecer um dia. Ambos, jovens, acreditavam que envelheceriam juntos e nunca tomaram nenhuma providência em relação aos bens materiais que conquistaram com seu trabalho. Por absoluta falta de legislação e como aos olhos da lei José Luiz era tido como solteiro, os bens de ambos passaram hereditariamente a mãe de José Luiz, que começou a se apossar deles ignorando totalmente a dor e a existência de Airton. A mãe recebeu da empresa de José Luiz o Plano de Previdência que ele pagara ao longo de vinte e cinco anos de trabalho, o saldo do FGTS, e começou a incomodar Airton para tomar posse dos bens dos dois amantes.

Airton, então, procurou no Clube Rainbow e relatou sua história. Estava apavorado, e com receio de que a família de José Luiz se apoderasse dos documentos comprobatórios de sua vida conjugal, carregava consigo uma mochila por vinte e quatro horas com estes documentos. Além da perda mais importante para si, a de seu grande e único amor, corria o risco de ficar sem teto. Encaminhamos Airton para uma entrevista com a Drª Maria Emília. O casal havia colecionado, ao longo dos anos, farta documentação de vida conjugal e tinham dezenas de testemunhas de seu matrimônio. Maria Emília entrou com uma ação junto ao INSS, pleiteando a pensão para Airton e surpreendentemente, alguns meses depois, o INSS, diante de tantas provas, concedeu a Airton a pensão deixada por José Luiz como legítimo esposo herdeiro, foi talvez um dos primeiros casos no Brasil. A advogada entrou também com uma ação contra a estatal por liberar o FGTS e o complemento de aposentadoria para a mãe de José Luiz. Partindo do princípio jurídico de que quem paga mal paga duas vezes, consegue na Justiça um acordo com a estatal e a mãe de José Luiz. Ela tinha direito por lei à parte dos bens de José Luiz, por ser sua herdeira direta e ele não ter filhos. Na negociação, Airton complementou a ela a diferença para ter direito a transferir seus próprios bens para si. Ele ficou com o apartamento, o sítio e um carro. Agora, poderia levar sua vida em frente, sua dignidade e seu direito como companheiro de seu grande amor haviam sido respeitados.

UNIÃO ESTÁVEL

As pessoas sonham. Estes sonhos são construídos individualmente até que se encontra um outro ser com quem se compartilha os sonhos. A união de dois sonhos constrói uma nova família. E nós, *gays*, somos também assim. Sentimos necessidade de termos e estarmos em família. Ao conhecermos alguém, esperamos que "seja eterno enquanto dure...", como disse Vinícius de Morais, ou melhor, esperamos que seja eterno para sempre, apenas não temos amarras que nos obriguem a viver com uma pessoa se esta não nos completa, representando para a sociedade uma felicidade que não existe mais, suportando o outro hipocritamente, anulando o companheiro ou anulando-se para satisfazer dogmas ultrapassados de promessas eternas juradas em um altar. Promessas estas que, em sua grande maioria, sabemos que não serão cumpridas, a não ser que um complete o outro por inteiro. Sempre achei que o ser o humano tem uma enorme capacidade de se tornar um personagem para seu parceiro em nome de sua paixão e, quando a paixão acaba, vêm as mentiras e traições. Isto só não acontece quando a união é feita por amor. Só o amor muda realmente as pessoas, tornando-as melhores para si e seus parceiros. Muitos homossexuais já vivem com seus parceiros e sentem a presença deste delicioso sentimento. Sonham em garantir direitos para o cônjuge e não há nada que lhes garanta estes direitos. Este País nos obriga a pagar todos os impostos e seguir todas as leis e nos devolve nada mais nada menos que trinta e sete direitos a menos que os heteros. Não temos direito à herança, não temos direito à adoção, partilha de bens, previdência, entre dezenas de outros que os casais heteros possuem naturalmente garantidos pela legislação.

Luiz Mott, presidente do Grupo *Gay* da Bahia (GGB), lançou em Salvador um livro de registro de *União Estável entre Pessoas do mesmo Sexo*. Com isso conseguiu que este documento fosse oficializado em cartório de Salvador, possibilitando aos *gays* uma esperança de fazer valer parte de seus direitos e também que o INSS reconhecesse no livro um documento confiável para garantir os direitos previdenciários de seus parceiros do mesmo sexo. Diante disso, pedi a Maria Emília que nos ajudasse a construir um documento semelhante para Minas. Após uma longa peregrinação pelos cartórios de Belo Horizonte, obteve do Primeiro Ofício de Notas da cidade o reconhecimento de nosso livro. Foi uma grande alegria para todos nós. E realizamos nosso primeiro registro de União Estável entre pessoas do mesmo sexo, Carlos Renato e Luiz Armando, o psicólogo colaborador do Rainbow.

Contudo, a grande divulgação do livro se deu no Sópranós com a união de duas meninas que moravam juntas em Governador Valadares. Sabendo da existência do livro divulgado pela imprensa, marcaram a união no espaço de convivência. Estavam vestidas de branco, ali na frente de testemunhas, e eu realizei a cerimônia de sua união diante de toda a comunidade. Jamais vou esquecer o brilho nos olhos das duas quando assinaram o documento diante das testemunhas. Voltei a me perguntar como a humanidade pode ter preconceito diante de tanto amor de duas pessoas só por serem do mesmo sexo? Hoje, temos mais de quinze registros no livro, com pessoas unidas por este amor e de posse de um documento registrado em cartório como prova de que é possível. A esperança crescia.

RETORNO

Os ursos, *gays* fofinhos, gordinhos e peludos, marcaram um encontro do grupo no Sópranós. Marcaram de passar conosco uma tarde de sábado. Havia algum tempo que não via o Éder, que decidira dar-me um espaço para eu me encontrar. Ele fazia parte deste grupo e compareceu ao encontro. Fiquei feliz de vê-lo. Ainda demonstrava que sentia algo por mim. No encontro, ele estava solto e muito bonito, ria muito e não tirava o olhar de mim. Senti um carinho enorme por ele e fiquei a imaginar se poderíamos estar juntos novamente. Algo aconteceu que me empurrou para uma decisão. Um antigo namorado seu estava presente e, em determinado momento, agarrou Éder e beijou-o. Senti um ciúme enorme. E, naquele mesmo dia, conversei com ele dizendo que desejava tê-lo de volta, que gostaria de construir com ele uma família. Passei a me dedicar a ele com o intuito de ajudá-lo a se assumir. Mas Éder continuava com os mesmos medos de contar a verdade para sua família. Descobri que o amava e faria todo o possível para sermos felizes. Decidimos tentar novamente.

A militância era meu cotidiano naqueles dias. Meu sonho de buscar construir ações para tentar evitar que pelo menos uma pessoa não viesse a sofrer o que sofri se realizava. Com meus atos, consegui dar uma esperança para muitos corações que se encontravam perdidos em sua orientação sexual. Compreendi que não fazemos milagres, apenas despertamos coragem em alguns corações. De modo diferente de outros militantes que buscam arrancar de forma violenta as pessoas de dentro de seus "armários", aprendi a respeitar o calendário de cada um. Compreendi também que a atitude pública de um militante em movimento organizado é importante, porém igualmente importante é a atitude de pessoas que não estão participando de uma organização. Muitas vezes, a coragem de um em agir juridicamente provoca o bem de muitos. Foi assim com o caso da previdência da Caixa Econômica, a ação do gerente em exigir um direito provocou uma resposta que beneficiou *gays* do Brasil inteiro. A ação de Eugênia, companheira de Cássia Eller, para ter a guarda de seu querido enteado Chicão, abriu precedentes para milhares de pais *gays* terem a guarda de seus filhos amados. O casal *gay* de Santa Luzia, que lutou dois anos para ter a guarda de sua pequenina filha, também. O funcionário da rede de supermercados tolhido de ir à festa da empresa beneficiou dezenas de outros funcionários da rede que tiveram seus direitos trabalhistas garantidos. A denúncia do jovem que foi violentado por policiais, ao sair de uma festa de final de ano em um táxi para casa, provocou a polícia mineira a agir em favor da corporação a proteger seus cidadãos, independentemente de sua orientação sexual. Uma frase comum sempre repetida no gueto é verdadeira: "Você não é obrigado a me aceitar, mas a me respeitar, você é!" Assim, vamos construindo nossa colcha de retalhos no setor jurídico até que um dia ela esteja elaborada e estendida sobre a cama da humanidade. Cada um de nós fazendo um alinhavo, colando um pedaço, vamos elaborando nossa colcha. Haverá um número tão imenso de jurisprudências que arrancará para sempre a máscara da hipocrisia social de forma definitiva e irreversível. O movimento social organizado é fundamental para a demonstração do coletivo em frente do Legislativo, de onde deveriam partir as leis humanas e sensatas que nos tornarão verdadeiramente iguais diante da lei. Porém a ação individual de cada um pode e contribui em muito para a conquista do direito, via Poder Judiciário. Estes atores solitários não são menos militantes que nós do movimento organizado.

PIONEIROS

O PAPEL terapêutico do gueto foi demasiado relevante para a sobrevivência, integridade e cidadania de muitos. Ainda trago na memória o quanto me senti humano e menos solitário em meu desejo, quando entrei pela primeira vez na Chez Eux da querida Norma Suely. O quanto fiquei maravilhado, aos 17 anos quando vi andando pelas ruas de Belo Horizonte o cabeleireiro e travesti Nero, altivo, digno e corajoso, que conquistou pelo seu caráter o respeito da sociedade belo-horizontina, sendo o primeiro travesti a entrar pela porta da frente no Automóvel Clube, instituição conservadora e tradicional da alta sociedade mineira. Igualmente importantes na construção social dos homossexuais de Minas, foram Mariinha, Mani França, Elias, Valéria e José Luiz, que acolheram em seus estabelecimentos as almas perdidas em dúvidas sobre a sua natureza normal, porém tida como desvio pela sociedade. Milhares de vidas encontraram neste acolhimento um momento de amor, alegria, prazer e esperança em suas individualidades solitárias, muitas vezes desmoronadas de esperança pelo preconceito surreal de uma sociedade que só compreende a aparência e não aceita as realidades do amor. Tive a oportunidade única de prestar uma homenagem a estes corajosos empreendedores da esperança que, enfrentando a perseguição policial, social e fiscal, propiciaram para meu amado povo uma ilha de sonho e esperança de que um dia seria aceito e compreendido por ser especial. Fizemos um encontro no Sópranós para homenageá-los. Felizmente, quase todos vivos e maduros, já afastados de suas atividades, mas trazendo nos olhos o brilho de ter realizado a felicidade de muitos. Foi um encontro de saudades afagadas em uma noite memorável e inesquecível, na qual muitas lembranças afloraram e umedeceram os olhos destes corajosos e inconscientes militantes não organizados, mas realizadores de sonhos e acalentos.

Os espaços construídos por estes pioneiros foram relevantes para a continuidade de um empreendimento segmentado que prosseguiu sem muita especialização e profissionalismo. Os freqüentadores, muitas vezes, queixavam-se de abuso nos preços dos produtos oferecidos. Os *gays*, quando descobrem o gueto, muitas vezes deixam de freqüentar outros ambientes de lazer, passando exclusivamente a se divertirem nos bares, boates e saunas GLS, acreditando que os preços são extorsivos, por não terem mais a oportunidade de comparar com outros ambientes heteros semelhantes. Na realidade, uma casa bem decorada, confortável e com bons produtos, se comparada a uma similar para heteros, tem uma média de preços mais em conta. Há outra diferença importante: um bar hetero abre à tarde e, às 18h30 está lotado. O *gay* só chega aos bares depois das 22 horas, e se estende até a madrugada. O custo funcional noturno tem um acréscimo trabalhista maior, e isto ajuda a onerar os preços. Mesmo assim, a média de preços é mais baixa que seus similares. Diante de tantas reclamações, em conversas com Marco, decidimos propor a criação de uma associação de empreendedores GLS. O objetivo era fortalecer o segmento e aumentar o turismo GLS em Belo Horizonte, profissionalizando estes empreendedores e seus funcionários, melhorando sua imagem junto do público. A Associação dos Empreendedores GLS de Minas (ASSEMGLS), nasceu sob o teto do Rainbow e, por incompatibilidade profissional dos empresários participantes, não foi adiante. Mas a semente ficou plantada e nos dias atuais volta a germinar com esperança e amadurecimento com grandes probabilidades de sucesso.

A ESCOLHA

Muitas vezes, a homossexualidade fica latente, inerte dentro de nós. A intensidade do desejo, acredito, varia de pessoa a pessoa; quando o desejo é menos intenso, a homossexualidade demora a se expressar no ser humano. Há pessoas que conseguem manter o desejo sob controle e ele se torna secundário, menos importante em seu cotidiano. Em algumas mulheres, estas ações são bastante comuns devido à própria cultura educacional da sociedade sobre elas. Desde muito cedo, as meninas são educadas para controlar seus desejos. A cultura arcaica da importância da virgindade para as meninas reprime seus desejos a tal ponto que não permite que elas possam descobrir sua orientação sexual na puberdade, como a maioria dos meninos. A cultura repassa aos meninos desde muito tenra idade o papel do garanhão, do culto ao falo como instrumento de poder e posse. Daí muitos *gays* masculinos acharem que se são ativos, não são *gays*. Só seriam *gays* se fossem penetrados passivamente por um parceiro. No caso dos meninos, o afeto cultural é secundário em sua formação. São educados para serem os dominadores, os materialistas proprietários de seus bens e, conseqüentemente, inclui-se aí a família como parte integrante desta posse. Durante séculos foi transmitida aos machos a idéia de a sensibilidade ser uma fraqueza, coisa de mulher. "Homem não chora!", foi uma frase que ouvi repetidas vezes em minha infância, o choro é demonstração de emoção e sensibilidade, é demonstração de fraqueza. Isto induziu muitos homens a conterem suas emoções, levando muitos ao enfarto fulminante ainda em idade altamente produtiva. Com a evolução da medicina, descobriu-se a importância da vazão da emoção na diminuição do estresse; tal descoberta foi tão relevante que, na década de 1970 o governo chegou a veicular uma propaganda na qual se apresentava um senhor de 50 anos em uma sala de cinema emocionando-se com um filme até as lágrimas, terminando com a frase: "Homem também tem emoção!". Porém, em relação à sexualidade, o homem é incentivado desde cedo. No Brasil colonial e ainda durante muitas décadas na jovem República, muitos pais contratavam mulheres profissionais do sexo, como amas ou domésticas, para seduzirem seus filhos adolescentes dentro de sua própria casa. Uma cumplicidade masculina na busca do prazer ao culto do poder do falo, ao contrário das meninas, que eram criticadas se demonstrassem que sentiam prazer no sexo. Mulher de recato não podia sentir prazer, isto era coisa de mulher de vida fácil. Os resquícios desta construção cultural distorcida, injusta e infame chegaram até os nossos dias. Ainda hoje, em pleno século XXI, em muitas partes do Brasil, não é permitido às mulheres confessar e demonstrar prazer em relação à sua sexualidade. Lembro-me de uma sentença muito comentada por meu irmão José Guilherme, ainda quando minhas sobrinhas eram pequeninas, dita por um seu amigo que não me lembro do nome: "Zé, chegará um tempo em que o rapaz vai comer sua filha dentro de sua casa, tomar do seu melhor vinho e você não vai poder fazer absolutamente nada!". Isto era comentado nas rodas de encontros familiares, não faz nem trinta anos, espelhando exatamente o limite da cultura da formação sexual entre homens e mulheres ainda em minha geração. Como seria possível, então, para as meninas saberem sua orientação sexual, se a elas era negado o direito de experimentar, sentir e descobrir?

Dentro deste contexto, Angélica e Marina foram geradas e educadas. Marina cresceu em uma família de classe média baixa de Belo Horizonte e, educada para ser esposa e mãe, engravidou muito jovem. Logo se casou e de seu casamento vieram mais três crianças: dois meninos e uma menina. Teve uma vida difícil com um marido jovem e despreparado para manter uma vida familiar em harmonia; separaram-se, ficando Marina com a responsabilidade de criar as quatro crianças. Angélica, única filha mulher de um casal de quatro filhos, foi criada como uma princesa. Seus pais, empresários bem-sucedidos no comércio, deram-lhe todo o conforto. Estudou nas melhores escolas e teve acesso a qualquer parte do planeta que desejasse estar. Chegou a ficar noiva de um rapaz, mas quis o destino que se separassem. Angélica, uma linda morena, teve de seus pais uma dedicação e um amor imensurável. Logo que findou o noivado, conheceu uma moça com a qual teve um caso amoroso que durou algum tempo, descobrindo, então, sua orientação. Seus afetuosos pais, a princípio, assustaram-se com a decisão de Angélica, mas o amor deles por ela foi maior que o preconceito, aceitaram a escolha dela, pedindo apenas que se comportasse de acordo com o que a sociedade esperava de uma moça com sua posição social e cultural. Angélica seguiu os caminhos dos pais, tornando-se uma bem-sucedida empresária mineira. Logo adquiriu uma cobertura em um bairro da Zona Sul de BH para onde se mudou; independente, culta e bem-sucedida, manteve o relacionamento com sua primeira namorada por muitos anos, até que romperam.

Angélica tornou-se uma mulher maravilhosa, meiga, gentil, educada e leal aos verdadeiros amigos, nunca se esquecendo de seu lado profissional, aprimorando-se a cada dia para levar seu empreendimento adiante. Mesmo com toda sua riqueza, Angélica vestia-se de maneira simples, sem muitos luxos, o que a tornou uma pessoa comum para os que não conheciam sua excelente condição financeira. Acredito que isto foi uma defesa natural que criou contra possíveis parceiras que pudessem se aproximar dela apenas por interesse. Quis o destino que Marina e Angélica se encontrassem. Desde primeiro encontro estabeleceu-se um relacionamento e dele surgiu um grande e duradouro caso de amor. Marina, uma linda mulher, mesmo tendo tido quatro filhos, possuía uma elegância ímpar, uma verdadeira dama em todos os sentidos. As duas formaram um casal incrível. Conheci-as quando já estavam juntas há quase cinco anos. As duas se tornaram minhas grandes amigas. E passei a compartilhar de suas vidas e elas da minha. Angélica, rica, sem filhos, possuía uma liberdade grande de mobilidade. Marina, pobre, tinha que cuidar dos filhos pequenos, que passaram a ser amados por Angélica quase como seus. Os amigos e as famílias aceitaram o relacionamento de ambas sem grandes dificuldades. Angélica gostava de sair, freqüentar o gueto e viajar. Quando juntas, via-se que uma nascera para a outra. Todavia, o destino preparou, com a ajuda de opiniões alheias, muitas surpresas. Repetidas vezes, Angélica escutou de alguns que seria muito difícil confirmar uma união entre ambas, em face do número de filhos de Marina. Marina, por sua vez, não podia dar completa atenção a Angélica por amar e ter que cuidar das crianças. A cobrança começou a se tornar intensa, criando entre as duas um obstáculo ao amor que sentiam. O único defeito de Angélica era o excesso de bebida. Quando se excedia, tornava-se uma pessoa excessivamente franca, dizendo tudo que lhe vinha à cabeça. Sabe o julgamento que, às vezes, fazemos das pessoas e mantemos guardados em nosso coração? Este julgamento Angélica, quando bebia em excesso, colocava para fora, ferindo e magoando a todos que a amavam. Vi Angélica, por causa disso, perder muitos e sinceros amigos. Na hora errada, de forma errada e cruel, ela dava sua opinião, muitas vezes sem considerar o sentimento dos envolvidos. Agia assim com todos, inclusive com sua família. Neste estado, ela demonstrava uma insegurança enorme com sua condição financeira, acreditava que os amigos se aproximam dela só por interesse. Existem muitos aproveitadores neste mundo, mas Angélica não sabia separar, e usava de sua franqueza alcoólica como um escudo para se proteger. Este escudo atingia a todos indistintamente, afastando verdadeiros e bons amigos de sua convivência pessoal. Tal atitude chegou a tal ponto, que ganhou entre nossos amigos o título de "pobre menina rica". O tempo e o carinho das duas comigo me fizeram amá-las muito. Passei a conviver com elas. Mas da mesma forma que Angélica tratava os amigos, tratava Marina. Passou a cobrar de Marina uma presença que ela não podia dar. Marina amava os filhos e, mesmo com o amor que sentia por Angélica decidiu não trocar os filhos por ela. A opinião alheia prevaleceu, Angélica viu grandes dificuldades em assumir os filhos de Marina, mesmo amando-os. Isto as separou. Continuam se amando, tenho certeza, porém sem terem coragem de encarar suas próprias realidades.

SENTIR O PRECONCEITO

Minha mãe, ao contrário de mim, sempre foi muito controlada financeiramente. Sempre levou uma vida modesta, sem muitos luxos. Conseguiu guardar bem suas economias e, quando meu pai faleceu, ele nos deixou uma casa que haviam comprado e mantido com muito sacrifício e luta. Minha mãe tinha o sonho de morar no Centro e logo em seguida à morte do meu pai, as economias guardadas ao longo dos anos lhe permitiram realizar seu sonho. Comprou um apartamento na Rua da Bahia para onde se mudou. Propôs a nós, seus filhos, vender a nossa antiga casa. Da venda, compartilhou com todos a parte que cabia a cada um, e sendo muitos os filhos de meu pai, da partilha coube uma pequena quantia para cada um de nós. Este recurso me segurou por alguns meses, possibilitando a continuidade de meus trabalhos no Rainbow. Com a parte que lhe cabia como meeira, adquiriu um pequeno apartamento de um quarto também no Centro e, talvez, por entender que eu era o único filho que não possuía onde morar, ofereceu-me para usar o apartamento. Ela me havia convidado para morar consigo; decidi não tomar esta atitude pela ainda difícil compreensão dela em relação à minha homossexualidade. Decidi dar a ela o tempo necessário para compreender o filho "diferente" que se revelara de forma tão surpreendente para o mundo e para ela. Se morasse com ela, minhas atividades e meus amores acabariam invadindo sua privacidade, o que possivelmente não levaria ao lindo desfecho que se deu algum tempo depois. Tanto ela quanto eu não achávamos justo que eu vivesse de favor em casa do Marco indefinidamente, embora meu querido amigo nunca mencionasse qualquer cobrança neste sentido. A generosidade do Marco contribuiu em muito para minha mãe entender os homossexuais, ela sabia da homossexualidade dele e que nada havia entre nós, era apenas uma solidariedade de sua parte a um ser em transição que precisava de apoio. Assim, fechou o negócio com um apartamento no Barro Preto, um bairro central de Belo Horizonte, e acidentalmente sem ela saber, onde se concentra a maior população de moradores *gays* de Belo Horizonte. O Barro Preto é um bairro comercial e residencial, com muitas casas antigas transformadas em estabelecimentos comerciais e muitos prédios com pequenos apartamentos, talvez daí a concentração maior de moradores *gays*. É no Barro Preto também que se concentra o maior número de guetos *gays*. Do bairro se tem acesso fácil a todos os locais de Belo Horizonte, com muitos meios de transportes disponíveis para os mais diversos pontos da cidade. Um local excelente para solteiros e casais sem crianças. A generosidade de minha amada mãe, inconscientemente, facilitara minha vida em muitas atividades profissionais e sociais que exercia. Fui conhecer o local. Um pequeno e aconchegante apartamento para uma, no máximo duas pessoas morarem. Uma vista definitiva para a Rua Goitacazes, arejado e bem iluminado. O antigo proprietário o deixou meio mobiliado, com cozinha montada, guarda-roupas em um *closet* pequeno e uma cama de casal. Apenas a sala não possuía mobiliário. Quando desfiz a casa em que morava com Reginaldo guardei a mesa de sala e cadeiras; assim, quase sem ter que gastar, eu me vi de repente em um paraíso. Gostava da casa do Marco, mas me sentia incomodado por depender de sua generosidade e, além de tudo, tinha intenção de firmar meu relacionamento com Éder, que corria bem, de forma parceira e afetuosa. Quando o levei a conhecer o local que iria morar, ele reagiu de forma estranha, demonstrou não gostar. Acredito que pressentia que o levaria a tomar uma atitude que não desejava, assumir nosso relacionamento para todos de sua família. Isto ainda o incomodava muito. Passei a amá-lo e desejava me unir a ele por inteiro; isso o tornava arredio, porém também demonstrava amor por mim. Criei para ele um conflito que seu calendário interior não estava pronto para liberar. Com ele, senti o gosto amargo do preconceito.

Já fazia alguns dias que me mudara para meu novo lar. Éder ainda não se decidira a vir morar comigo. Como em casa do Marco, passava noites comigo e periodicamente retornava à casa de sua mãe. Num sábado pela manhã, foi para Contagem com o compromisso de retornar à tardinha, fato comum em nossas vidas. Como não chegou no horário combinado, liguei para ele:

– Éder, aconteceu alguma coisa? Você ainda está em casa de sua mãe?

– Estou aqui sim, Danilo, não vou voltar para sua casa hoje!

– Por quê? O que houve? – indaguei.

– É que vou com alguns amigos a uma festa aqui, em Contagem. É aniversário de minha colega de trabalho e vou de carro com meus amigos.

– Vou com você! – respondi, pressentindo algo de errado.

– Não é possível. Só tenho um convite, além do mais não tem lugar no carro.

– Sem problemas, Éder. Pego um táxi.

– Mas não dá tempo, já estamos de saída.

– Você me passa o endereço que chego lá – sentia que havia algo de errado pelo nervosismo da voz de Éder ao telefone.

– Vou ver se consigo mais um convite e ligo para você! – disse.

Passados alguns minutos, ele retornou a ligação alegando que não havia conseguido o convite e que ele iria sozinho. Bateu em mim uma sensação de que ele mentia. Disse a ele que havia algo de errado e que eu iria para Contagem e descobriria aonde era a festa. Fez silêncio, e em seguida, pediu-me que não fosse.

– Éder, há algo de errado. Se é aniversário de sua colega de trabalho, por que ao sair aqui de casa hoje pela manhã, você já não me avisou?

– Me esqueci!

– Ora, não me venha com esta. Você sempre está prevenido quando acontece algo assim, e sempre me avisa. Você vai para Contagem, combina comigo de retornar à tardinha e de repente aparece esta festa misteriosa? – silêncio no outro lado da linha. Continuei: – Vou para Contagem e chegando aí, pergunto a sua mãe onde é esta festa!

Esta minha afirmativa o apavorou. Se fosse até Contagem, ele sabia que faria isto, poderia fazer com que sua mãe descobrisse nosso caso. Minha insistência em que ele comunicasse à sua família a sua orientação sexual, de certa forma, atormentava-o. E eu não concordava em viver este romance com ele escondido. Sempre brincava que um dia iria visitar a mãe dele e me apresentar como genro dela. Quando fazia isso, ele ria nervoso. Mas, naquele momento, ele sabia que eu não estava brincando.

– Não venha, Danilo. Vou passar em sua casa! – exclamou.

Passados cerca de vinte minutos, ele chegou em minha casa. Estava lindo, de terno e gravata, sapatos engraxados e todo perfumado.

– Você vai para festa de uma colega de trabalho vestido assim? – perguntei.

– É que é uma festa em um salão. Não consegui o convite e por isto vim aqui lhe explicar.

– Isto não está me cheirando bem, Éder. Há algo de errado. Não me importo de você ir sozinho a uma festa ou com amigos, mas não quero mentiras. Vou acompanhar você até a porta do salão de festas.

Ele me conhecia, sabia que, quando colocava algo na cabeça, nada me demovia. Ficou nervoso, mas não podia me impedir. Assim, eu me troquei e desci com ele. Acompanhado, tomou outra direção diferente da que tomava para pegar o ônibus para casa de sua mãe. Pegamos um ônibus para o Bairro Novo Progresso. Nós nos sentamos e, no ônibus, ele foi mudando a história. A festa não era de sua colega de trabalho, mas de 15 anos de uma prima de um amigo seu, que também é *gay*. Chegamos à porta do salão. Estava magoado com ele por sua mentira. Repeti a ele a confiança que depositara nele e que atitudes assim destruíam esta confiança. Ele, meio que arrependido, convidou-me a entrar. Disse-lhe que não entraria, que não havia sido convidado, só queria saber até onde ele levaria sua mentira. Percebi que, na realidade, ele não queria minha presença. Sendo eu uma figura pública, uma festa com muitos amigos e parentes de sua convivência poderia denunciar sua homossexualidade. Alguém poderia suspeitar dele convivendo comigo. Ele estava sendo preconceituoso. Ao perceber isto ainda na porta do salão, as lágrimas vieram a meus olhos, não me contive:

– Éder, você está me discriminando? Tem vergonha de aparecer comigo para seus amigos só porque sou *gay* assumido? – perguntei com as lágrimas já rolando em minha face.

Ele ficou em silêncio, abaixou a cabeça. Continuei:

– Então, é por isto que mentia para mim? Por isto não me convidou, você já sabia desta festa há mais tempo e escondeu de mim porque não queria ser visto comigo junto de seus parentes e amigos.

– Não é bem isto, Danilo... – tentou consertar.

– Éder, tenho muito orgulho do que sou. Luto por isto, não só por mim, mas também por gente como você que tem medo e precisa se esconder. Só você acredita que seus parentes não sabem de você. Você está comigo, dorme comigo. Sua mãe sabe que sou *gay* assumido. O que acha que ela pensa? Que você não é? Você precisa parar de mentir para si e seus parentes. Você precisa parar de mentir para mim. Desta forma não dá para continuar com você, Éder. Vou embora para casa, entre em sua festa.

Virei as costas e comecei a caminhar em direção ao ponto do ônibus que era próximo à entrada do salão. No ponto, magoado, vi Éder entrar no salão. Alguns segundos se passaram e ele saiu acompanhado de André, seu amigo *gay*. Vi ambos vindo em minha direção. André, então, cumprimentou-me e convidou:

– Danilo, faço questão de que você venha para a festa conosco! Vamos.

– Não André, não devo! – respondi.

– Deixe de bobagem, quero que venha. Já conversei com minha prima e ela autorizou sua entrada. Já falei para este tolo do Éder para deixar disso. Conheço a mãe dele, somos amigos, a mãe dele sabe que sou *gay*. E tenho certeza de que sabe dele também e ele insiste em ficar no "armário". Vou ficar chateado consigo se não vier.

Diante da insistência de André, decidi entrar meio desconcertado e magoado com Éder. Ele me pediu que o perdoasse, que tentaria mudar. Na festa, mantive uma postura de distância, não demonstrei nenhum afeto por ele. Passado algum tempo, com as brincadeiras de André, me distraí. Mas a dor ficou cravada em mim. Senti o punhal do preconceito no coração e logo da pessoa que amava.

BASTIDORES

João Batista de Oliveira, como sub-secretário de Direitos Humanos, estava subordinado a João Leite, secretário de Desenvolvimento Social e Esportes do Governo Aécio Neves. Sua articulação nos bastidores para que o governador assinasse a regulamentação da Lei 14.170 estava em fase final. Drª Márcia Martini, diretora de Diretos Humanos da Secretaria era nossa aliada neste desafio e auxiliava João Batista em uma corajosa e desafiadora empreitada. Mantinha-nos sempre informados de cada passo durante todo o período de negociação política para consolidar a regulamentação. João Leite fora eleito deputado estadual, tendo como base sua carreira esportiva no Clube Atlético Mineiro e na comunidade evangélica de Minas, sendo ele próprio adepto da religião. Na Assembléia, envolvera-se com a luta dos direitos humanos, participando da Comissão de Direitos Humanos. Deixou o Parlamento a convite do governador Aécio Neves para assumir a Secretaria. Seu destino estava alinhavado indiretamente com nossa luta, desde a campanha eleitoral, que perdeu para o prefeito Célio de Castro. Sua pergunta ao Célio sobre políticas para homossexuais é que desencadeou o fato histórico do "desveto" da lei municipal. Como membro dos Direitos Humanos na Assembléia, sempre se deparava conosco em nossas lutas legislativas. Quis o destino que, mais uma vez, ele se tornasse protagonista de nossa conquista.

O governador Aécio Neves agendou uma cerimônia pública no Palácio da Liberdade, sede do governo em Minas, visando assinar vários decretos em defesa dos direitos humanos no Estado para o dia 10 de dezembro de 2003, Dia Internacional dos Direitos Humanos. João Batista e sua equipe de Direitos Humanos ligados à Drª Márcia Martini trabalharam arduamente para a inclusão da assinatura do decreto que regulamentava a Lei Antidiscriminação para a mesma cerimônia. As conspirações contra se agitavam nos bastidores do governo. João Leite, pressionado pelos grupos evangélicos, fazia corpo mole para aprovar o decreto. Quanto mais se aproximava a data, mais e mais obstáculos apareciam. Na noite do dia 9 para o dia 10 de dezembro, a situação atingiu seu ápice: chegou aos ouvidos do governador a recomendação de que suspendesse a assinatura, pois os *gays* escandalosos e agitados iriam macular a seriedade da cerimônia que seria observada por jornalistas e divulgada para a imprensa mundial, prejudicando a beleza da cerimônia e a imagem do governador. Temendo o escândalo *gay* no palácio, Aécio hesitou em manter entre os decretos a serem assinados a nossa regulamentação. Naquela noite João Batista foi dormir às 3h30 pela longa e desgastante articulação que teve que exercitar nos bastidores. Às 3 horas da madrugada do dia 10, em uma última cartada, João Batista ligou para o governador e ameaçou colocar seu cargo de sub-secretário de Direitos Humanos à disposição, declarando publicamente que o faria por não ter sido assinado o projeto da regulamentação. Diante disso, o governador telefonou a João Leite confirmando sua decisão de assinar o decreto. João Leite, então, para não se comprometer com seu grupo religioso, "viaja" na madrugada do dia 10 para Brasília, evitando comparecer à cerimônia. Essa indecisão reduziu o tempo entre a confirmação e o ato da assinatura, o que impediu o comparecimento dos grupos do interior à cerimônia, comparecendo representantes dos grupos da capital: Rainbow, Libertos, CELLOS, ASSTRAV, GURI e ALEM. Sentamos no meio do auditório montado nos jardins do Palácio da Liberdade exclusivamente para a cerimônia. Notamos que o governador estava tenso e preocupado, julgamos que fosse por motivo outro, pois até então não sabíamos do que ocorrera na noite anterior. O Cerimonial do Palácio anunciou os projetos a serem assinados um a um, passados ao Governador. Tudo transcorria em silêncio e sem manifestação por parte da platéia de convidados, secretários de Estado, diretores de secretarias e imprensa.

Nosso decreto foi o último. Entregue ao Sr. Aécio Neves, apôs ali sua assinatura histórica. Nossa reação foi de muita ovação e palmas. Neste momento, o semblante do governador mudou. A mim, transmitiu uma sensação de alívio. Verdade, nossa reação fora bem diferente do que ele receava, avisado por inescrupulosos homofóbicos dos bastidores do Governo. Após a cerimônia, quebramos o protocolo e fomos um a um apertar a mão do governador e agradecer. Emocionado, ainda abracei João Batista e Drª Márcia Martini, agradecendo-lhes pelo esforço e empenho. Corri para a Internet para dar a notícia aos companheiros de luta de todo o Brasil. Outra batalha se iniciaria dali por diante, a plena execução da lei, inclusive com a criação do Centro de Referência do Homossexual, previsto em seu texto.

QUANDO A INVEJA DESTRÓI

O Sópranós, nosso espaço de convivência, caíra como um aconchego nos corações da comunidade. Trabalhávamos muito, mas éramos recompensados pela alegria das pessoas, que se sentiam acolhidas e amadas por toda a equipe. Minha função no espaço, além do trabalho de atendimento, era conversar com as pessoas, ouvi-las, e sempre que possível aconselhá-la sobre as dificuldades com sua homossexualidade. O carinho e o tratamento personalizado que procurávamos dar nos traziam mais clientes. O resultado financeiro do espaço começava a suprir os custos de nossos projetos sociais. Junto com o sucesso, veio a inveja e a ambição alheia. Fomos assaltados três vezes à mão armada, sendo que no último Alice e eu percebemos que era um assalto sob encomenda, pelos detalhes e falas dos assaltantes. Eles sabiam detalhes de nossa rotina que só os envolvidos com a direção tinham conhecimento; alguém passara a informação a eles e, com certeza não fora Marco, Alice ou eu.

O presidente da fundação proprietária do imóvel se ausentara sem que até hoje soubéssemos o real motivo do seu afastamento. Entregara a presidência temporária a uma diretora, uma mulher falsa e homofóbica. Essa pessoa se tornou o pivô cruel e infame de nosso fim. A cobiça se apoderou de seu coração. Ela e o presidente licenciado imaginaram que, se nos tirassem dali, poderiam depois ter o espaço para obter recursos para a diretoria da fundação. O presidente tinha como companheiro um amigo nosso. Este moço era um alcoólatra incontrolável. Quando sem beber, era uma pessoa doce e gentil, engraçado e amigo, porém, sob o efeito do álcool, tornava-se prepotente e infame. Por ser o caso do presidente, ele se sentia importante dentro do contexto da parceria do espaço. Abriu uma conta no bar e não pagava. Sua dívida era enorme e sempre, de forma educada, procurávamos cobrá-los. O presidente, então, fez um acordo conosco para deduzir a conta dele como parte do empréstimo do imóvel concedido pela fundação ao espaço. Concordamos. O moço passou a se sentir como dono do espaço. Na realidade o espaço não tinha dono, era da comunidade. O recurso gerado de nosso árduo trabalho estava destinado a melhorar e especializar os projetos sociais do Rainbow. Éramos apenas os agentes desta ação, não nos sentíamos donos. Porém o rapaz se julgava como tal. Bêbado, ele abusava dos funcionários como se fossem empregados dele, coisa que não permitíamos, pois tratávamos a equipe como colegas e colaboradores. Num final de noite, quando fechávamos o bar, ele começou a dar ordens absurdas a Alice. Ela não concordou, pois estavam contra as regras que havíamos combinado quanto ao funcionamento do bar, e ele passou a agredi-la verbalmente, chegando a ofendê-la. Isto acontecia no balcão do bar. Quando vi Alice nervosa a se exaltar com o rapaz, eu me aproximei e pude ouvir o moço mandando Alice "tomar no cu". Rapidamente ela me explicou o que acontecera. Decidi retirar o moço dali. Peguei-o pelo braço conduzindo-o à porta com a ajuda de um segurança. Pedi-lhe que não retornasse mais ao nosso espaço. Já toleráramos todas as suas extravagâncias, mas ele não tinha o direito de ofender ninguém ali. Pedi que respeitasse o lindo espaço que construíramos com nosso esforço para ele e toda a comunidade. Não permitiríamos exageros, nem dele nem de qualquer outro freqüentador. Dentre os milhares de freqüentadores do espaço, ele era o único que nos causava problemas. À porta do espaço, ele nos ameaçou:

– Sou o namorado do presidente desta coisa aí. Sou a primeira-dama de tudo isto, vou tirar vocês daí, vocês vão ver!

Procurados pelo presidente da fundação, explicamos a ele o que ocorrera e ele concordou que a nossa atitude fora a correta. Não sabíamos a história que o moço lhe contara, é bem provável que tenha acreditado em uma versão distorcida do fato.

Quando ocupamos o imóvel, assinamos um contrato entre as duas instituições de uso do espaço. Por boa fé nossa e falta de experiência, lemos o contrato e o assinamos; nele, porém, havia uma cláusula de que, caso a fundação necessitasse do espaço, teríamos que liberá-lo em dez dias. Desconhecemos o que se passou nos bastidores da fundação depois do acontecido com o rapaz, mas sentimos seu efeito alguns dias depois. Recebemos um ofício assinado pela diretora da fundação solicitando a devolução do imóvel com base nesta esperta cláusula. Tentamos argumentar que seria impossível fazer isto em dez dias. Tínhamos projetos sociais em andamento que seriam prejudicados, e muita gente sofreria com sua interrupção. Foram insensíveis. Pedimos, então, um prazo maior para nos mudarmos. Decidimos fazê-lo. A diretora tinha um filho estudante de Direito tão homofóbico quanto ela. Este rapaz passou a representar a fundação, apresentando-se como advogado da instituição. Pedimos a Drª Maria Emília para nos ajudar. Este moço, alguns dias depois, foi ao espaço e começou a nos agredir. Chamamos a Drª Maria Emília para nos defender, porém o imbecil e arrogante passou então a agredir a Maria Emília de forma vil e humilhante. Nós nos sentíamos mal com toda essa situação e apressamos nossa saída daquele covil de víboras. Nossas economias juntadas em meses de trabalho árduo foram usadas para devolver ao quintal do espaço a mesma forma de antes e efetuar a rescisão dos funcionários. Marco perdera seu investimento todo, sobrando apenas os utensílios do espaço, que achei justo que ficasse com ele para ressarci-lo do dinheiro que nos emprestara para o início do projeto. Em meio ao final do conflito, fui obrigado a me ausentar por alguns dias para participar de um Encontro Nacional da ABGLT em Manaus, já agendado meses atrás com custos de viagens do Ministério da Saúde. Não podia deixar de ir. Preocupado, parti para o evento; confiava em que Marco e Alice, como membros da direção, pudessem conduzir o final do fechamento. Eles passaram por situações inimagináveis em minha ausência, pressionados pela diretoria da fundação. Inconscientemente magoei o Marco, que se sentiu só sem mim para tomar as providências necessárias, e ficou alguns meses sem falar comigo por causa disso. Afastou-se da direção do Rainbow, deixando-me só..Entregamos a casa e procurei um outro espaço para instalar o Rainbow, alugando um local no Prado para onde nos mudamos. Nosso sonho sofrera um abalo cruel por puro egoísmo, ambição e homofobia de alguns. Mais tarde o presidente, seu namorado e a direção da fundação reconstruíram um espaço semelhante ao Sóprano̒s no local, mas que durou poucas semanas. Eles não sabiam que o sucesso estava atrelado a uma causa e quis o destino que dessem com os burros n'água.

BUSCANDO SAÍDAS

MINHAS atividades sociais e compromissos públicos se avolumavam. Como líder de uma comunidade, sempre era convidado para um evento político de interesse da comunidade e pouco tempo me sobrava para administrar o Rainbow. Sem as conversas e conselhos do Marco e, com seu afastamento, as coisas se acumulavam fora de meu controle. Passei a me sentir pressionado. Convoquei uma assembléia e elegemos nova diretoria, Marco recusou-se a continuar. Os novos diretores, voluntários como eu, eram cheios de boa vontade, mas sem experiência alguma. Tentamos, no novo local, reconstruir o espaço de convivência, mas com a pessoa errada, que tinha apenas interesse comercial e atendia mal os clientes e ficou por poucos meses. Contratamos um funcionário, membro da comunidade para ser o executor administrativo do Rainbow. Este moço, malicioso e egoísta, só pensava em si e não exercia sua função dentro do previsto. Entramos em dificuldades financeiras e quando atrasamos um mês de seu salário, ele ficou contra nós. Sem o nosso conhecimento, extraiu cópias de documentos jurídicos do Rainbow. Tivemos que devolver o espaço com aluguel atrasado. E o funcionário entrou na Justiça contra nós, cobrando-nos uma dívida trabalhista que nos atormenta até hoje. O teto caía sobre minha cabeça, mas meu sonho persistia. Ainda acreditava que poderia continuar a lutar para salvar os sonhos e as vidas de meu amado povo *gay*.

Ainda havia uma importante tarefa que iniciara há anos e que sentia que poderia concluir. Se concluída, seria a garantia de que o trabalho por meu ideal poderia tornar-se eterno. O Centro de Referência do Homossexual do Estado era minha meta para realizar o sonho de minimizar as mortes por homofobia em nosso Estado. Teria que lutar por ele, por sua concretização. Diante de tantos ferimentos e insucessos nos últimos meses, ferido, magoado, incompreendido e decepcionado, esse sonho me dava forças para continuar, sem saber que, apesar da força do meu espírito, meu corpo começava a sentir os efeitos dos ferimentos invisíveis.

AIDS AINDA MATA

Marco, com os utensílios do Sópranós, em parceria com seus sócios Marquinhos e Carlúcio, do Estação 2000, decidiram montar uma nova casa: o Bar Nova Estação. Fiquei contente, pois com este espaço puderam contratar quase todos os nossos funcionários do Sópranós, dando emprego à nossa querida equipe que tanto construíra conosco. Edmilson, o mais querido e amado atendente do Sópranós, também foi contratado. Conheci Edmilson há muitos anos, quando o sol brilhava sobre nossos trabalhos. Ele era funcionário da Sauna Netuno, o principal colaborador dos proprietários, Wilson e Dorival. Saíra da Netuno pouco antes de montarmos o Sópranós, e o convidamos a trabalhar conosco. Muito alegre e solícito quando era funcionário da Netuno, notei que estava um pouco triste. Quando perguntei o que era, contou-me que havia terminado com o namorado de muitos anos a quem amava muito. Não quis entrar em detalhes e convenceu-me de que sua tristeza era pela perda de seu grande amor. Seu atendimento aos clientes contribuiu em muito para o nosso sucesso. Pouco antes de fecharmos, ele ainda não completara um ano de trabalho e não tinha ainda direito a férias. Pediu-me que lhe desse alguns dias para rever a mãe que morava em Campos, interior do Estado do Rio. Saíra muito jovem do seio de sua família por ser homossexual e, desde então, não vira mais sua mãe. Sentia que era o momento de voltar a procurá-la e contar-lhe sua verdade. Sensibilizado por sua história, conversei com Marco e decidimos liberá-lo. Quando voltou, estava imensamente feliz por ter revisto a mãe e ter tido a oportunidade de revelar a ela sua verdadeira identidade homossexual. Não sabia que fora para se despedir. Este moço era um amigo inestimável, sempre tinha uma palavra de consolo para todos, sua alegria era contagiante e sair para algum lugar com o Ed, como o chamávamos, era diversão certa. Embora com postura masculinizada, Ed abusava, nas nossas saídas, dos trejeitos *gays*, fechando sempre e brincando com todos. Vestia roupas extravagantes e de uma criatividade ímpar. Nas Paradas *gays*, sempre surpreendia com fantasias alegres e criativas. Seu jeito extrovertido de ser nunca nos permitiu imaginar que trazia consigo uma sentença trágica lhe imposta pelo destino. Ele era defensor árduo do trabalho de prevenção no espaço de convivência, colaborando muito conosco nas nossas atividades de prevenção. Por seu espírito de liderança, convencia muitos *gays* a usarem sempre a camisinha. Ele sabia por quê.

Numa noite, no Nova Estação, notei que Ed estava mancando. Puxava muito de uma perna, perguntei-lhe o que sentia, ele me disse que estava com um furúnculo no pé, mas que estava cuidando. Mais uma vez, eu me contentei com sua explicação sem tentar investigar mais o que realmente ocorria. Os dias se passaram e repentinamente, numa segunda-feira, recebi uma ligação telefônica. Era o Marcelino, gerente do Bar Nova Estação:

– Danilo, estou com Ed internado aqui no Posto de Saúde do Bairro Esplanada desde sexta-feira. Ele está muito mal, passei o final de semana aqui com ele. Estamos tentando conseguir um leito em um hospital, mas dizem que não tem vaga. Será que poderia vir aqui tentar ajudar?

Minha voz sumiu por alguns instantes, depois respondi:

– Claro, Marcelino, estou indo agora!

Cheguei ao posto e encontrei o Marcelino ao telefone; esperei que terminasse a ligação e perguntei:

– Marcelino, o que houve? Algum acidente?

– Não, Danilo. Pior.

– Mas, pior como, Marcelino?

– Ed está com AIDS! Está muito grave. Os exames deram uma alta taxa de vírus em seu organismo.

Encostei-me na parede para não cair. Ed com AIDS, mas como era possível? Sabia tanto sobre prevenção, trabalhava conosco ajudando outras pessoas a se prevenirem. Sabia que não se morre mais de AIDS como antes. Conhecia os resultados dos medicamentos, o coquetel se tornara uma esperança de sobrevida para as pessoas, e meu amigo querido estava definhando por causa deste maldito vírus? Era surreal. As lágrimas afogaram meus olhos em nuvem úmida. Não estava acreditando nas palavras de Marcelino, porém fazia um estranho sentido. Foi, então, que soube de toda a história de seu penoso calvário.

Há cerca de três ou quatro anos atrás, Ed conhecera Riso, um belo moço por quem se apaixonara perdidamente. Faziam planos para o futuro e passaram a ter um tórrido caso de amor. Ed, quando estava com Riso, era a alegria em forma humana. Os dois formavam um lindo e feliz casal. Várias noites de amor povoaram esse envolvimento, sempre se preocupando em usar camisinha. Depois de algum tempo juntos, Ed facilitou e transaram sem a prevenção. Riso, então, confessou a Ed que era soropositivo. Ed fica chocado, mas seu amor por Riso era maior em seu coração e sua mente que o maldito vírus. Passado o susto inicial, retomou seu amor com intensidade imensa. Riso resolveu, então, partir para os Estados Unidos para tentar um emprego e depois levar o Ed para morar consigo. Ed ficou triste, mas acreditava no amor de seu querido Riso. Um ano se passou e Riso retornou. Dois meses depois de sua volta, Riso terminou com Ed, deixando-o abatido e triste. Todos procuramos consolá-lo pela perda de seu grande amor. Porém este amor deixara uma marca cruel no corpo de Ed. Talvez tenha sido esse o motivo de Ed não lutar contra o vírus. Ele desistira de viver, estava morrendo de amor. Fechara-se para o mundo sobre seu contágio. Nenhum de seus amigos tinha conhecimento que se tornara soropositivo. Senti-me culpado por não ter percebido; sabia como ajudar o Ed, mas, diante da postura dele nunca imaginei que ele, logo ele que conhecia tanto sobre prevenção e tratamento, pudesse deixar o vírus destruí-lo. Criei coragem, limpei os olhos e entrei na sala de enfermaria onde Ed se encontrava. Meu sangue gelou ao vê-lo. Estava magro e extremamente pálido. Esboçei um sorriso e o abracei:

– Olá, meu amigo querido, como está se sentindo?

– Tenho muita febre, Danilo, sinto muito frio.

– Ed, como você pôde deixar chegar a este ponto, meu amigo?

– Medo do preconceito dos amigos se soubessem que estava com AIDS. Preferi guardar para mim. Se buscasse ajuda poderiam saber, e como não tenho família aqui, meus amigos são a minha família e não poderia ficar sem eles em minha vida.

– Ed, você poderia ter revelado a mim, sabe que guardaria segredo e você não estaria nesta situação. Vou fazer tudo que puder para ajudá-lo, está bem?

Ele consentiu com a cabeça, e pude ver seu sorriso pela última vez. Conversei com o médico, que me informou que ele precisava ser transferido para um hospital para iniciar o tratamento que poderia salvá-lo. Não havia leitos disponíveis em Belo Horizonte, já haviam tentado todo o fim de semana sem sucesso. Indaguei por que não iniciar o tratamento ali mesmo no posto. Ele me explicou que não era permitido aos postos de saúde manter medicamentos de combate ao vírus. O máximo que ele podia fazer era aplicar antitérmicos para que Ed se sentisse melhor. Achei aquilo um absurdo. Saí do posto começando uma longa peregrinação telefônica tentando conseguir um leito para Ed. As respostas eram as mesmas. Não havia leitos disponíveis. Liguei para todas as autoridades municipais e estaduais que tinha contato, em vão. Isto foi durante toda a semana, até a quinta-feira, quando liguei para uma amiga no Ministério da Saúde, que interveio junto do Estado, e finalmente conseguiu que o Ed fosse transferido na sexta-feira para um leito no Hospital Júlia Kubistchek, no Bairro Barreiro. Porém era muito tarde, Ed estava em coma e faleceu logo em seguida. Ed se foi, partiu para um plano superior, onde o preconceito não existe, onde o amor é respeitado e, com certeza, sua alegria deve ter tornado o lugar melhor. Mais uma vez, senti a generosidade de Marco e seus sócios do Nova Estação. Compraram um terreno no Bosque Nova Esperança, e tristes, em uma tarde de sol pálido, descemos o corpo de nosso amado Ed ao solo. Era nosso último adeus ao moço que tantas alegrias nos presenteara em sua existência. Seu corpo repousa sob a sombra de uma árvore em um campo muito verde, onde todos são iguais, sem dor e sem preconceito.

DECEPÇÃO

As FLECHAS muitas vezes são atiradas pelo destino, não para nos eliminar, mas para testar nossa resistência. Muitas flechas foram direto à minha alma e Éder contribuiu com algumas delas. A Internet se tornou um instrumento do cotidiano das pessoas. Em casa, estávamos conectados com o mundo através desta ferramenta monumental desenvolvida pela tecnologia moderna. Grupos de interesses comuns se aglutinam na Internet para trocar experiências, manter contatos com pessoas desconhecidas e fazer novos amores. Éder passava horas teclando e visitando *sites* durante a noite; em muitas dessas noites eu dormia e ele ficava madrugada adentro conectado com o planeta. Estava em Curitiba participando de um encontro de ONGs. Fiz amizade com um *gay* de meia-idade, carioca. Este moço, ao saber que eu era de Belo Horizonte, contou que estava se correspondendo com um rapaz que dizia ser de Belo Horizonte. Em nossas conversas, revelou o nome de seu parceiro na Internet de Belo Horizonte: chamava-se Éder e participava do grupo de ursos. Achei muita coincidência e procurei pesquisar mais. Seu interlocutor mineiro tinha a mesma idade do meu Éder. Quando lhe revelei que meu namorado chamava-se Éder, ficou surpreso e ambos ficamos curiosos para saber se era a mesma pessoa. Era fácil descobrir, Éder não usara um *e-mail* oculto, escrevera para o carioca no seu *e-mail* comum. Era a mesma pessoa. Surpresos ficamos ao descobrir que o Éder que correspondia com ele era o meu Éder. Ele não gostou da atitude do Éder e me enviou todos os *e-mails* trocados que arquivara cuidadosamente, tentando conquistá-lo. Disse que não se corresponderia mais com ele, pois não concordava com aquela atitude. Já que o Éder era comprometido comigo, sumiria com suas mensagens. Nos *e-mails* dele enviados ao Éder, havia declarações a princípio de simpatia e, posteriormente, como Éder não recusava os elogios, declarações de amor. Nas respostas do Éder, não havia acordância com as cantadas do carioca, mas respondia-lhe dando a entender que gostava de ler aquelas declarações. Voltando a Belo Horizonte, perguntei ao Éder sobre seus contatos na Internet e se ele havia sido cantado por alguém. Ele negou. Mentiu. Apresentei a ele as cópias dos *e-mails*. Sua defesa foi que não correspondia aos sentimentos do carioca, que amava a mim. Considerei uma traição; em nenhum momento, agia assim com ele, nunca mentira para ele e jamais o faria. Ficamos brigados por alguns dias, até que me pediu que o perdoasse e que jamais faria aquilo novamente. Decidi dar um voto de confiança a ele. Eu o amava e não queria perdê-lo.

PEQUENOS AVANÇOS

O Brasil começou a mudar, a homossexualidade já é tratada publicamente com respeito; novelas da televisão criam personagens *gays*, tratando a homossexualidade com respeito e dignidade. Leis Antidiscriminação eclodem em dezenas e dezenas de municípios pelo interior dos Estados; a Frente Parlamentar atua no Congresso avançando na tentativa de aprovação de leis, entre elas a criminalização da homofobia, de autoria da deputado Iara Bernardi, de São Paulo; jurisprudências sobre demandas *gays* são decididas favoravelmente nos tribunais; crianças são adotadas e uniões concretizadas juridicamente; o Ministro Nilmário Miranda, da Secretaria Especial da Presidência da República para Defesa dos Direitos Humanos, apresenta um programa "O Brasil Sem Homofobia"; pessoas começam a ser presas por praticarem o preconceito contra *gays* e multas são aplicadas em empresas que discriminam. Contudo o índice de assassinatos ainda permanece no mesmo patamar.

Este era o maior desafio: tentar reduzir este índice em meu Estado. Precisava fazer algo real e que desse resultados. Passei a acreditar que, se me integrasse a uma casa legislativa, poderia realizar projetos mais eficazes a partir do município para esclarecer o preconceito. Dando informação à população sobre toda a realidade da verdadeira razão do ser homossexual, poderia preparar e educar melhor as pessoas; esta educação arrefeceria, a meu ver, a discriminação familiar e social sobre o *gay*. Não tendo culpas e necessidade de se esconder, aceitando-se e aceitando o próximo como *gay*, muitas vidas poderiam ser poupadas. Acredito ser este o caminho para combater o preconceito de forma mais duradoura e eficaz. Comecei a sonhar com a possibilidade de ser candidato a vereador: um pedido freqüente, feito por muitos companheiros da comunidade e sempre incentivado pelo político Leonardo Mattos.

CAUSA E EFEITO

Éder fora convidado por sua prima a passar alguns dias no Rio de Janeiro para ajudar a tomar conta dos primos menores. Concordei que ele fosse sozinho. Estava iniciando meu trabalho no Gabinete Regional do deputado Leonardo Mattos e não poderia ir com ele.

Acreditei que perdera o contato com o carioca com quem se correspondia pela Internet, o próprio carioca me garantira isto. Confiei, e ele partiu. Telefonava-me quase que diariamente. Toda a comunidade que freqüentava o gueto sabia de nosso namoro. Éder se tornara conhecido de todos como meu parceiro. Éder dizia que sua estadia no Rio estava um porre, só cuidando das crianças da prima, e que não saía para lugar algum sozinho. Disse a ele que conversasse com a prima, para que tivesse uma noite pelo menos para se distrair sozinho, incentivei-o a ir a algum bar *gay* para se divertir. Demonstrando certa resistência à minha sugestão, disse que talvez fosse. Certa noite, liguei para ele por volta de uma hora da manhã. Percebi que estava em um ambiente de muito barulho. Perguntei a ele onde estava, ele disse que estava em um restaurante jantando com os primos. Passada mais uma hora, ele me telefonou e disse que era mentira, que estava em um Bar Gay em Ipanema na Rua Farme de Amoedo. Fiquei indignado com sua mentira. No momento que ligara para ele, já estava no bar. Não perdia o hábito de mentir. Falei a ele que não havia necessidade de mentir, pois eu mesmo o incentivara a ir. Logo descobri o real motivo. Ele não queria que eu soubesse que estava indo a lugares *gays*, porém não contava com a presença de um conhecido de Belo Horizonte. E sua ligação para mim em seguida, na mesma noite, foi devido ao fato de se ter encontrado com alguns conhecidos nossos de Belo Horizonte no bar.

Vim a saber disso antes que ele retornasse a Belo Horizonte. Estava no Restaurante Carbonara, na Praça Raul Soares, com alguns amigos e chegou Juliano, um conhecido, e contou ter visto o Éder no Bar do Rio e estava com uma pessoa. Fiquei furioso. Estava sendo fiel ao Éder e ele, no Rio com alguém. Saí do Carbonara e fui à Boate Eros naquela mesma noite. O primeiro rapaz que se aproximou de mim ganhou um longo beijo meu. Ficamos apenas nas carícias durante toda minha estadia na boate. Disse a ele que tinha um namorado e não poderia ir para a cama com ele por não querer magoar muito meu namorado, que estava viajando. As notícias no gueto correm de boca em boca em uma velocidade semelhante à da luz. Éder retornou do Rio e, logo que nos encontramos, relatei a ele o que sabia sobre sua estadia no Rio e no bar e que, ao saber, fizera a mesma coisa. Havia beijado um rapaz na Boate Eros por estar muito magoado com suas mentiras e não gostaria que soubesse pela boca de outra pessoa. Eu me havia comprometido com ele que não lhe mentiria e estava contando a verdade. Senti-me mal durante muitos dias com o que fizera, mas estava feito. E estava contando a ele. Éder me disse que já soubera de minha atitude, um vizinho seu de Contagem me vira na boate com o outro moço. Mais uma vez, ficamos brigados por alguns dias, até que nos perdoamos e retornamos ao nosso convívio habitual. Porém minha confiança no Éder estava muito abalada. Tenho o hábito de, ao conhecer uma pessoa, confiar 100% nela. As atitudes que esta pessoa toma comigo é que quedam o percentual desta confiança e Éder chegara a 50%, devido a suas mentiras constantes.

O PIONEIRO

Edson Nunes assistira as minhas entrevistas na Leila e no programa *Brasil das Gerais*, sob o comando da maravilhosa Roberta Zampetti. Decidiu, então, a me procurar e relatar sua luta e sua coragem. Sua vida foi rica em experimentos e amor homossexual. Edson Batista Nunes nasceu em Belo Horizonte no ano de 1944, foi um corajoso e valente guerreiro de luta contra o preconceito em um momento conturbado do país, mergulhado na escuridão da Revolução de 64. Edson se descobriu homossexual ainda muito criança. Trazendo consigo traços afeminados, lutou em frente do espelho para superá-los. Em sua adolescência, marcada por rótulos e perseguições de garotos vizinhos, procurou reagir a estes rótulos e acabou vencendo em uma luta de rua o maior dos valentões da vizinhança, não mais sendo incomodado. Entretanto, seu tormento continuou, vivenciando todas as dores de ser especial sem compreender por quê. Conflitos emocionais e religiosos marcaram um período de sua adolescência e juventude, deixando-o quase em uma abstinência sexual até quase aos 27 anos, quando conheceu o amor. Com coragem, contou para a mãe sua descoberta, recebendo dela, após algum sofrimento, o apoio para ter um relacionamento com o namorado. O pioneiro Edson, já jornalista, relatou aos colegas o seu relacionamento com João, vindo a unir-se ao parceiro em 1972 em um culto evangélico na presença de familiares e amigos. Ainda no mesmo ano, em julho, com o propósito de orientar outros homossexuais e dar visibilidade à dignidade *gay*, promoveu o primeiro Seminário Brasileiro de Estudos sobre a Homossexualidade, no auditório do Colégio Estadual Central em Belo Horizonte, com a participação do médico Dr. Marcos Fernandino, um pastor evangélico, um padre católico e ele próprio, como representante espírita. Morando em São Paulo em 1979, reúniu-se com um grupo no Teatro Ruth Escobar, criando a primeira passeata *gay* do Brasil com cobertura da imprensa. Por motivos de perseguição profissional devido à sua orientação sexual, retornou a Belo Horizonte, sendo um dos fundadores do PT de Minas e criando o Movimento Mineiro de Defesa dos Direitos Homossexuais, o primeiro movimento organizado de Minas. Nas eleições de 1982, candidatou-se a deputado pelo PT, assumindo publicamente a defesa dos homossexuais. Não ganhou as eleições, mas continuou atuando publicamente em defesa dos direitos dos homossexuais. Em sua trajetória, Edson Nunes adotou filhos aumentando sua família e sua responsabilidade financeira. Foi perseguido e, no final dos anos 80, defendeu, na contramão da ciência, que a AIDS não era um privilégio da comunidade homossexual como era declarado. Receptores, usuários de drogas injetáveis e outros indivíduos também estariam vulneráveis ao contágio. Sua defesa foi rejeitada pela comunidade científica e também pelo movimento *gay* da época que desvirtuara seus objetivos de luta pelos direitos *gays* para o trabalho de prevenção da AIDS. Tal posição o deixou em péssima condição emocional e financeira, decidindo-se afastar-se da luta, só retornando, anos depois, após conhecer o nosso trabalho no Rainbow.

CANDIDATAR. UMA VOZ, UM SONHO!

Meu amor pela causa homossexual e a busca de meu ideal extraíam de mim todos os recursos financeiros que recebia, tudo era investido nas atividades do Rainbow e nos gastos com a militância. Sentia que conseguira muitas coisas mas, mesmo com os avanços legais obtidos em Minas e no Brasil, meu povo amado ainda não compreendia a si mesmo, trancava-se dentro do "armário" como proteção de sua identidade, em garantia à sua sobrevivência diante de uma sociedade homofóbica e hipócrita persistente. Muitos corações amigos acreditavam na importância de termos uma voz no Poder Legislativo, voz que legitimaria nossa luta, defendendo o olhar homossexual como minoria dentro das leis a serem discutidas e aprovadas no Parlamento. Decidi arriscar uma última loucura que, se desse certo, fortaleceria o movimento e daria voz aos gritos presos nas gargantas *gays* do município. Em conversas com Leonardo Mattos e Neila Batista, decidi filiar-me ao Partido Verde (PV), e possivelmente sair candidato *gay* a vereador por Belo Horizonte. Em plenária municipal pré-candidatura, fiz um discurso que abriu os olhos dos membros do PV quanto à sobrevida dos homossexuais em Minas, discurso este que conquistou o respeito dos mais conservadores membros do PV, passando a causa homossexual a ser respeitada por todos, de forma unânime. Minha candidatura estava assegurada no partido. Contudo, tinha um receio enorme do pleito. Era preciso recurso financeiro para ser candidato e me encontrava em *déficit* financeiro total. Encorajado por alguns amigos mais próximos, como Marco Lana, Maria Emília, Edson Nunes, Angélica, Ricardo Mendes, Osmar Resende e outros, decidi firmar minha candidatura há três meses da eleição. Sem candidato próprio, o PV decide se coligar com o candidato à prefeitura João Leite, representante dos evangélicos, que, com o crescimento do poder religioso evangélico no Brasil, postaram-se publicamente como inimigos dos *gays* por crença religiosa sobre o "pecado". Isto se tornou uma arma das ONGs opositoras ao Rainbow à minha candidatura. Ligadas ao "partido" opositor, estas ONGs usaram nos bastidores do gueto a aliança do PV ao João Leite como arma contrária à minha candidatura, passando a mensagem aos menos politizados que o candidato Danilo estaria aliado a João Leite, o candidato de grupos religiosos que condenavam e incentivavam o preconceito contra a comunidade. Era uma inverdade, a aliança se dera independentemente de minha vontade, era uma decisão do partido e, como membro eu deveria respeitar. Porém, obtive do PV total liberdade de levar minha candidatura adiante sem necessariamente estar ao lado de João Leite. Eles sabiam disso, mas insistiam em levar à comunidade uma mensagem negativa prejudicando a possibilidade de alguns votos a mais. Esta ação foi uma das primeiras decepções pessoais que tive ao longo da campanha, seguidas de outras que me levaram a uma fragilidade emocional muito forte. Não entendia como poderiam colocar seus interesses políticos e pessoais acima do coletivo homossexual. Nenhum deles se candidatara, mas se tivesse sucesso no meu pleito, aos olhos distorcidos deles poderia ser uma ameaça a seus interesses. Ótica egoísta e errada, pois, se eleito, todos ganharíamos, seria mais uma demonstração de força do movimento mineiro. E lógico, estava em meus planos apoiar todas as ONGs GLBTs, como vereador. Os fatos que aconteceram a seguir, de junho a outubro de 2004, mudaram o rumo de minhas atividades, não por minha iniciativa ou vontade, porém pela fragilidade de um corpo que já não contava mais com o vigor físico de um rapaz de 20 anos; um corpo de um homem maduro de 52 anos, que ainda trazia dentro de si a mente de um sonhador de 20, forçando o corpo a agir como tal.

O deputado Leonardo Mattos, diante da minha falência financeira pessoal, resolveu me ajudar, contratando-me em janeiro para um trabalho auxiliar a Vânia Cury, que estava encarregada de acompanhar no Gabinete Regional em Belo Horizonte os atendimentos às demandas da comunidade GLBT. Recebia um salário mínimo, 300 reais líquidos, para trabalhar quatro horas diárias no gabinete, cuidando das demandas GLBTs, dinheiro que destinava à minha alimentação e locomoção, e muitas vezes ainda usava desse parco recurso para pagar algumas despesas do Rainbow. Em junho, tive que abrir mão desse salário, pois, pela legislação eleitoral, como candidato, não poderia ter qualquer vínculo com um emprego público. Fiquei sem o mínimo para a minha sobrevivência pessoal. Muitas vezes almoçava apenas em casa de amigos, como Maria Emília e Marco. Minha querida mãe, pressentindo minha má alimentação, alguns dias da semana passou a me fornecer algumas refeições que me nutriram para o esforço físico que iria imprimir ao meu corpo maduro nos próximos meses. No Rainbow elaboramos e apresentamos três projetos de prevenção e sustentabilidade para o Programa Estadual de AIDS, mas eles não foram aprovados, o que nos deixou ainda mais sem perspectivas. Tivemos que interromper a publicação do *Jornal Rainbow*, o que me feriu muito, pois era o ponto fundamental de ligação entre nossas atividades e a comunidade. Estes foram apenas o início de um turbilhão de acontecimentos nos meses de candidatura que me abalariam emocionalmente até o desfecho das eleições em princípio de outubro.

Abri uma conta bancária para doações para minha candidatura, como previsto na legislação eleitoral. Divulgamos esta conta, e não caía doação nenhuma. O único recurso financeiro em espécie que consegui foram feitos por meu irmão Fábio e minha amiga Angélica, que, somados, não passavam de 700 reais. Teria que fazer toda a campanha com este recurso. Marco, em alguns serviços gráficos de sua empresa, dispunha de pequenas sobras de papel e gentilmente conseguiu com seus sócios Cristina e Marcelo a doação para impressão de santinhos meus. Ele também doou carinhosamente e com muita criatividade a sua arte profissional de programador visual gráfico. Com estes santinhos é que trabalhamos na campanha e Maria Emília passou a ser meu braço direito. Assim como eu, ela acreditava na possibilidade de vitória. Passamos os três, eu, ela e Edson Nunes a fazer a campanha na sola do sapato, literalmente. Às vezes, Maria Emília tinha disponibilidade de seu carro, que usávamos para ir aos locais mais distantes. Como a maioria de nossos eleitores se concentrava nos guetos, minha campanha era diferente da de outros concorrentes, que, para chegarem aos eleitores, tinham que possuir uma equipe motorizada. As principais casas GLS de Belo Horizonte abriram suas portas, muitas delas permitindo que usasse o microfone para divulgar minha campanha. Todas as saunas permitiram que eu deixasse meu santinho em suas portarias. Algumas *drags*, como Kayete, Nayla Brizard, Carlinhos

Brasil, Jéssica Teles, Marilú Barraginha e outros, falavam em seus *shows* da importância de termos um vereador *gay*. Muitos dos santinhos distribuídos não podiam ser levados pela comunidade para suas casas, pois haveria suspeita nas famílias da orientação sexual dos filhos por carregarem na carteira um santinho de candidato *gay*. Perdi muitos votos por este motivo. Meus familiares passaram a ser meus cabos eleitorais, mas como eu, sem muita experiência, pediam votos apenas para os vizinhos e amigos mais próximos e, além do mais, todos tinham suas atividades pessoais e não poderiam dedicar-se em tempo integral como eu, Maria Emília e Edson Nunes. Estes dois e mais alguns colaboradores do Rainbow fizeram a campanha com recursos de locomoção de seus próprios bolsos. Nossos militantes opositores, sempre que podiam, atuavam contra, lembrando a ligação do PV com João Leite. Osmar Resende se comprometera a fazer a campanha na Internet, pedindo votos aos participantes dos grupos de discussão que liam os milhares de *e-mails* em trânsito nos grupos. Houve muitos que, cheios de boa vontade, fizeram um trabalho de boca a boca e, pela memória falha, deixo de mencionar aqui seus nomes, mas que foram igualmente importantes no gigantesco desafio desta aventura alucinante de meu louco ideal de igualdade. Leonardo Mattos se havia comprometido a estender a mão à grande maioria de candidatos a vereadores do PV, fazendo alguns poucos santinhos para as dezenas de candidatos. Não pôde me ajudar muito. João Leite mandou fazer 5 mil santinhos com todos estes candidatos, inclusive junto comigo. Santinhos estes inúteis para mim, pois não somara com ele sua candidatura. Usei alguns poucos destes santinhos em conjunto com João Leite para meus familiares distribuírem aos vizinhos que não tinham conhecimento do conflito de interesses dos dois candidatos. Alguns desses santinhos caíram em mãos de meus opositores de luta, que maliciosamente reforçaram seus argumentos com eleitores mal informados ou com dúvidas. Noites e noites em claro pelas madrugadas do gueto, garimpávamos cada voto. Dormia muito pouco, exaurindo ainda mais a pouca energia que tinha em meu corpo maduro.

LIDANDO COM PERDAS

Em meio a este turbilhão de atividades e caminhadas noturnas, Éder decidiu se distanciar de mim. Quando resolvi candidatar-me, ele se comprometera a ajudar-me, mas quando o trabalho começou, ele começou a se afastar. Fugia de nossos encontros e dormia pouco em casa comigo. Parte de sua família era ligada à política, e o marido de sua prima Vanessa se candidatara à reeleição à Prefeitura de Contagem, Ademir Lucas, que havia dado ao Éder um emprego na Prefeitura e cobrava dele o apoio. Éder passou a ajudar um candidato a vereador de Contagem, que o aliciou politicamente e mais tarde, ainda na campanha, descobri que sexualmente também. As fugas e ausências do Éder eram para se encontrar com este moço. Não suspeitava de suas atitudes e sempre cobrava a presença dele, que sempre se justificava dizendo que estava ajudando o primo. Sentia-me magoado pelo seu abandono, mas considerei que ele estava ajudando a quem lhe dera trabalho por muitos anos e isto amenizava minha mágoa. Cada dia que se passava na campanha, Éder mais se distanciava. Sua atitude me doía muito, eu o amava e sentia sua distância mexendo ainda mais com meu emocional. Muitas vezes fazia um discurso em algum lugar sem me concentrar, preocupado com o que estava acontecendo conosco e sem poder agir muito em prol de nosso relacionamento pelo envolvimento com a campanha. Uma noite, um amigo comum me relatou que Éder passara a usar com certa freqüência a maconha, juntava-se com alguns amigos de Contagem para fumar escondido de mim. Minha preocupação aumentou. Ele sabia que eu não usava drogas e era contrário ao uso, embora respeitasse muitos usuários entendendo como uma fuga de cada um a seus problemas de visibilidade. Isto passou a povoar minha mente com preocupações, ele se tornara a minha família, e sempre lhe dizia isto. Decidi ir até o seu trabalho argumentar com ele. Havia dias que não nos víamos. Lá chegando, nós nos sentamos em um banco da praça em frente à Prefeitura. Deixei meu orgulho de lado e tentei conversar com ele como parte integrante de sua vida:

– Éder, o que está acontecendo com você?

– É que estou envolvido na campanha do Ademir e do seu candidato a vereador. Estou sem tempo para nos encontrarmos.

– Amo você, Éder, estou sentindo sua falta. Você prometeu não mentir para mim e está me escondendo coisas.

Ele permaneceu em silêncio; continuei com lágrimas nos olhos.

– Éder, você está envolvido com este candidato? Vocês estão juntos?

– Quem lhe disse isto? – respondeu, sem me olhar nos olhos. – É mentira!

– Tem certeza? – perguntei. Conhecia o Éder e sabia quando mentia, pois seus olhos fugiam dos meus quando isto acontecia.

Tive certeza, naquele momento, de que ele estava transando com o outro candidato. Minha dor aumentou. Ele nunca dizia para mim o nome do candidato que estava apoiando. Descobri por mim mesmo e muitos no gueto falaram que ele era um *gay* casado e enrustido. Estava usando a boa-fé do Éder para se beneficiar de alguns votos do gueto. Entendi tudo naquele momento. As lágrimas rolaram de meus olhos:

– Éder, passamos por muitas coisas juntos e pelo sentimento que temos um pelo outro, podemos superar isto. Sei que fui um pouco ausente com relação a você, porém, após a campanha, podemos estar mais próximos. Eu amo você!

Ele permaneceu calado. Eu prossegui:

– Muitos casais passam por crises. Mas, juntos, podemos superar isso. Preciso de você e não quero ver você se destruindo. Até drogas você passou a usar, Éder.

Ele assustou-se como minha afirmativa e com raiva voltou-se para mim:

– Então, foi você quem contou para minha mãe?

– Como?

– Alguém ligou para minha mãe sem se identificar e disse que tomasse conta de mim, pois André estava me fornecendo maconha. Ela brigou muito comigo.

– Éder, você me conhece, eu nunca faria isto. Se você se deixou levar por isto, eu jamais usaria isto contra você. Primeiro, conversaria e tentaria demovê-lo deste hábito terrível. Como pode pensar que eu agiria assim, fazendo ligações telefônicas anônimas sobre você?

Ele silenciou novamente.

– Desculpe-me se te deixei um pouco de lado, mas você sabe que neste momento milhões de coisas estão acontecendo comigo. Preciso de você, como meu apoio emocional; sua ajuda neste momento é muito importante para mim.

Notei uma certa frieza em sua reação. Percebi que estava se envolvendo com o meu rival, e decidi jogar tudo; não queria perder meu companheiro a quem aprendera a amar, pelo seu grande amor por mim:

– Éder, esta aliança de prata que uso em meu dedo você me deu como prova de seu amor. Estou devolvendo-a, pois percebo que já não somos mais uma família, assim ela não deve ficar em meu dedo. Devemos acabar com tudo para levarmos nossas vidas adiante.

Ele se surpreendeu com minha atitude.

– Não, fique com ela, eu não tirei a minha – pediu.

– Não, Éder, como posso carregar comigo o símbolo de nossa união com você deste jeito, com mentiras e mistérios que não confessa?

Disse isto e me levantei do banco, perguntando a ele onde era o ponto do ônibus para voltar para Belo Horizonte. Comecei a caminhar na direção indicada por Éder, que me acompanhou. Insistia em que recebesse a aliança de volta.

– Não, Éder, não vou aceitar! – estendi-lhe a mão. – Aqui está meu dedo, se você deseja manter nossa pequena família, coloque você a aliança de volta!

Ele hesitou em tomar esta atitude.

– Insisto, coloque a aliança! – repeti várias vezes.

Neste ato caminhamos até o ponto do ônibus juntos, parei apenas em um bar para tomar água, pois minha boca secara pela emoção e dor que sentia. O ônibus se aproximara e dei o sinal para que parasse. Quando estava entrando no ônibus, Éder puxou minha mão e enfiou a aliança em meu dedo. Meu coração se alegrou, havia ainda uma esperança. Sentei-me perto de uma janela e pude vê-lo retornando à prefeitura. De repente, meu aparelho celular toca, era ele:

– Eu o amo! – exclamou.

– Eu também, Éder. Vamos resolver tudo. Tenho um compromisso de campanha hoje à noite no Estação 2000 e espero você para conversarmos, está bem?

– Sim, vou me encontrar com você lá!

Fiquei angustiado o resto do dia. À noite, Maria Emília me apanhou. Notou que estava abalado. Relatei a ela tudo o que acontecera, e que tinha esperança de resgatar meu relacionamento, o Éder iria encontrar conosco. Tentei dissimular minhas preocupações para fazer o trabalho da campanha no Estação. Conversávamos com os eleitores pedindo-lhes seu voto, e as horas passaram. Eram 23h30 e nada do Éder aparecer. Comecei a ficar preocupado. Deixei Maria Emília um momento e saí para telefonar para ele.

– Éder, o que aconteceu, já são onze e trinta e você não apareceu?!

– Não vou poder ir, estou em casa, fiquei muito cansado e já estou deitado – foi a resposta que ouvi.

– Éder, você está brincando com meus sentimentos. Vou até sua casa para resolvermos isto. Assim não dá para continuar.

– Não, não venha, amanhã conversaremos.

– De forma alguma, não vou ficar esperando de novo, tenho que resolver isto hoje – disse, desligando o telefone.

Voltei para dentro e relatei a Maria Emília o que acontecera. Pedi a ela a gentileza de levar-me até a casa de Éder. Ela percebeu como estava abalado e decidiu levar-me. No caminho, o telefone tocou novamente, era o Éder.

– Danilo, não venha, que não estou em casa!

– Éder, já estou na entrada de Contagem. Se você não estiver me esperando, vou até sua mãe e relato tudo a ela sobre nosso relacionamento, suas atitudes e seu novo vício – não sei se faria isto, mas minha dor era tamanha que falei isso.

As lágrimas desciam sobre meu rosto, e Maria Emília tentava me acalmar. Ela ficara surpresa com tudo o que Éder fizera. Também não concordava com sua atitude de me ter abandonado no momento em que mais precisava dele. Chegando à porta de seu prédio, Éder estava sentado no meio fio em frente, junto com um amigo. Perguntei a ele por que fizera aquilo. Que mal havia feito para que agisse comigo daquela forma. Lembro-me de ter-lhe dito ainda que, se não desejasse estar mais ao meu lado, que poderia ter sido sincero, terminasse antes de se envolver com outras pessoas. Muito abalado pela dor e, em lágrimas, passei a perguntar-lhe insistentemente se ainda desejaria ser meu companheiro. Ele divagava nas respostas. Até que, diante de meu desespero, Maria Emília falou duramente com ele:

– Éder, não é justo que você aja assim com o Danilo. Desculpe-me interferir, mas só vou perguntar uma única vez. Sei que vocês se amam, mas desta forma não podem continuar. Você quer terminar com o Danilo?

Segundos de silêncio seculares se passaram. Meu coração se encheu de esperança para ouvir o que ele desejava.

– Sim, doutora, quero terminar tudo!

– Éder, então por que você devolveu a ele sua aliança? – quis entender Maria Emília.

Ele ficou em silêncio. Então, falei:

– Vamos embora, doutora, deixe este patife aí – exclamei abrindo a porta do carro de Maria Emília e entrando.

Ela ainda insistiu:

– Tem certeza, Éder? Sabe que não pode ter mais volta. Tem certeza?

– Não insista, doutora, ele não merece mais outra chance – disse eu, retirando do dedo a aliança, atirando-a na calçada.

Pude ouvir o tilintar do metal ao tocar o cimento.

– Fique com suas mentiras! – disse – Elas estão no chão!

Entramos no carro e retomamos o caminho de volta para Belo Horizonte. As lágrimas rolavam de meus olhos convulsivamente, com Maria Emília tentando me acalmar no trajeto. Só consegui ouvir meu coração baixinho:

"Canalha!", era o que repetia para mim mesmo em silêncio.

No dia seguinte, contei ao Edson tudo o que acontecera, e ele e Maria Emília me aconselharam a ficar em casa naquele dia, pois eles fariam o trabalho deles e o meu. Maria Emília me ligava a todo instante para saber como estava. De certa forma, tudo perdera o sentido para mim. A dor de ser abandonado em um momento crucial mexe muito com o ser humano. Fiquei o dia sem me alimentar e passei a sentir palpitações e tonturas. Decidi não contar a meus amigos, e também não procurei o médico. A depressão invadiu minha alma. Mas tinha que seguir adiante, estava no meio da campanha e muitas pessoas dependiam de minha presença. Continuei, mas o brilho de meu sorriso se apagou. Minha resistência se arrefecera pelo estresse e as noites de Belo Horizonte eram frias. Resfriei-me, carregando uma gripe que durou mais de dois meses. Tentei não demonstrar a minha mãe e aos meus irmãos a minha tristeza, não queria que se envolvessem. Mas minha mãe me conhecia bem e convenceu Karla a arrancar de mim o que estava acontecendo. Contei a ela. Procurou consolar-me, dando forças para continuar a campanha.

FRAGILIDADE

NESTE período, fui procurado por Carlos Eugênio, que fundara a Liga das Agremiações Carnavalescas (LIAC) de Minas. Apresentou-me uma proposta de criar uma escola de samba *gay*. Adorei a idéia, mas expliquei a ele que estava sobrecarregado. Em nossas conversas, sugeri o nome para a escola, seria Grêmio Recreativo Unidos do Arco-íris. Como não podia estar à frente, pedi ao Osmar Resende que assumisse a presidência da escola. Osmar concordou e entrei apenas como membro da diretoria. Fundamos, então, a Unidos do Arco-íris, que seria no carnaval um sucesso de mídia, até internacional. Osmar conduziu brilhantemente a organização da escola, que em sua maior parte se deu no período da minha campanha eleitoral. Participava de forma tímida, porém minha presença abriu muitas portas para a escola, devido ao prestígio que ainda tinha no meio público, político e junto à imprensa. A campanha continuava e tínhamos esperança de vencer. Somos 10% da população e, se parte dos 250 mil homossexuais de Belo Horizonte acreditassem na possibilidade de termos um representante *gay* na Câmara, nossas chances de uma boa votação seria realidade. Mas, sem recursos, não tínhamos como atingir a todos. Os santinhos feitos por Marco e sua gráfica não foram suficientes para atingir pelo menos a metade desta população. E não contávamos com um sentimento comum no gueto: a inveja. Muitos pensavam egoísticamente.

Eram comuns e, muitas vezes, chegavam aos nossos ouvidos comentários como: "Eu, votar naquela bicha? Dar prestígio a ela? Nem morta!" Não havia cultura de união no gueto, sentimento formado no seio familiar que não tínhamos, pois nos fora tirado pelo preconceito. Os políticos que nos apoiavam estavam envolvidos com compromissos de seus candidatos seculares. Neila se candidatara à reeleição e, lógico, tinha que pensar em manter seu posto. Os demais, por seus compromissos partidários, não poderiam estar conosco em público. Tínhamos que contar conosco mesmo. Porém, sem recursos financeiros, o sucesso da campanha era uma utopia distante. O PV também não tinha recursos financeiros para candidatos pequenos. Se tivéssemos pelo menos recurso para produção de mais um pouco de material de campanha, como santinhos e pôsteres, teríamos atingido um público maior. Muitos amigos da comunidade sequer tomaram conhecimento de minha candidatura. Minha aparição na televisão foi mínima, e nem todos gostam de ver propaganda política. Ainda durante a campanha, atrasamos o aluguel da sede do Rainbow, e tivemos de devolver o imóvel ao proprietário. Muitos golpes foram dirigidos a meu coração, que enfraquecera e cobrava de mim o que estava fazendo com ele. Também neste período o funcionário que contratáramos para administrar as contas do Rainbow se afastara, levando os documentos e entrando na Justiça contra nós. Era muita angústia e decepção.

Em meio a este turbilhão de emoções, chegamos ao final da campanha e à decepção maior: perdi! Tive cerca de mil votos apenas. As tonturas e palpitações aumentaram e decidi ir a um médico. Após exames, o diagnóstico de depressão profunda. A recomendação do médico era de que me afastasse de tudo. Meus exames estavam todos alterados. Tentei argumentar com ele que não poderia me afastar de minha luta e meu ideal. Ele disse que, se insistisse, pediria à minha família que me interditasse e me internasse, pois não estava brincando, meu estado era crítico. Fui obrigado a deixar tudo de lado e desaparecer por algum tempo para recompor minha saúde. Isto me afetou muito, pois em meu coração persistia o desejo e o sonho de continuar lutando pelo meu amado povo *gay*.

Sem recurso financeiro e em profunda depressão, afastei-me de tudo e de todos. Por alguns poucos meses, eu me enclausurei em minha solidão. Maria Emília era meu único contato com o universo, além de minha família, claro. Passei a tomar os medicamentos que me foram receitados até que comecei a me sentir fortalecido. Dias alternados passava em casa de minha mãe para almoçar com ela, e esse era o único alimento que ingeria naqueles dias, pois não tinha dinheiro para comprar o básico. Atrasei o condomínio do apartamento por três meses. Negociei com a empresa que administrava, na pessoa de uma jovem maravilhosa, Janete, que entendeu minha dor e minha dificuldade, comprometendo-se a não cobrar o condomínio de minha mãe. Não queria que minha mãe soubesse de minhas dificuldades, temendo reverter os avanços que conquistara com ela em relação à minha homossexualidade. Com certeza ela iria pressionar para que deixasse minha vida, aquela à qual me esforçara tanto para levar. Após alguns meses em tratamento sem que ninguém soubesse, senti-me forte o suficiente para voltar a trabalhar. Decidi mudar minhas ações de luta, passaria a ter mais cuidado comigo. Havia colocado meu ideal e minha luta acima de minha capacidade física, não me importando com as agressões emocionais e quase sucumbi. Antes de tudo isto tinha uma profissão bem-sucedida como vendedor, decidi voltar a esta atividade para ter o essencial à minha sobrevivência sem depender de outros. Mais uma vez, Marco demonstrou sua solidariedade e sua fiel amizade. Fui até sua gráfica e conversei com Cristina, sua irmã e sócia. Os dois decidiram me dar uma oportunidade. Teria um salário mínimo, mais comissões sobre as vendas. As comissões eram pequenas, porém tinha um mínimo necessário para meu sustento. Maria Emília, sabendo de minhas dificuldades pessoais, encontrou-se certa tarde com Leonardo Mattos e relatou-lhe as agruras pelas quais estava passando. Ele pediu a ela que o procurasse no gabinete para conversar. Lá chegando, encontrei com Vânia Cury, que me colocou a par da intenção do Leonardo em me oferecer a antiga posição no gabinete. Expliquei a Vânia que já estava trabalhando durante o dia na gráfica e que, se pudesse ser à noite, seria muito bom, pois o salário na gráfica era mínimo e não estava dando para minhas despesas. Ela, então, negociou com Leonardo e retornei ao meu trabalho no gabinete no horário noturno. Passei a ter dois mínimos, o que foi um alívio, podendo quitar os condomínios e outras pequenas dívidas pendentes. Não abandonaria a luta pela causa homossexual, mas a partir daí minha prioridade seria minha vida pessoal. Ainda havia um trabalho a concluir, a plena execução da Lei 14.170 com a concretização do CRH. No gabinete, pela Internet, iniciei a articulação neste sentido.

SEVERINO E FERNANDO

Antes de ingressar novamente ao gabinete do deputado federal Leonardo Mattos, revi meus amigos, que estavam chocados com uma história acompanhada pela Vânia Cury, com desfecho no final de 2004. Uma tragédia que retrata de forma aterradora como a incompreensão familiar e a rejeição preconceituosa podem destruir duas jovens vidas. Senti-me incomodado por não estar na ativa e também pelo Clube Rainbow ter interrompido suas atividades. Talvez pudesse ter ajudado a evitar...

Severino Dias, 16 anos, saiu de sua cidade, Recife, vindo parar em Belo Horizonte. Sua fuga de Recife, provocada pela homossexualidade rejeitada de forma ostensiva por sua família, levou-o a seu destino. Os detalhes de como chegou até BH desconheço, por não ter tido contato direto com os personagens envolvidos. Aqui se instalando, sem emprego, passou a freqüentar os pontos de programa da cidade, caminho encontrado para seu sustento, uma vez que não tinha habilidades profissionais e se negava a seguir um caminho marginal de sobrevivência. Ainda muito jovem, com um corpo atraente, conseguia muitos clientes na noite e, com isso, obtinha recurso suficiente para sobreviver. Dormia durante o dia em uma pensão barata na Avenida Amazonas e, à noite, saía para a pegação, rotina diária de sua vida adolescente. Alguns meses depois, no ponto, conheceu Fernando Vaz. Fernando, 18 anos, morava com a família de classe média em um bairro da Zona Sul de Belo Horizonte. Vivia dentro do "armário", pois sua família também rejeitava a homossexualidade. Não tinha coragem de tocar no assunto em casa ou com amigos. Para viver sua orientação, Fernando passara a usar drogas, obtendo neste hábito a coragem necessária de ser quem era, com força e ousadia para desatar o nó de seus desejos. Usava maconha com freqüência e para manter seu vício, ocasionalmente, fazia programas. Uma noite fria de julho, poucos clientes a rodar os quarteirões da Bahia, Espírito Santo e Timbiras, aproximou os dois. Começaram a conversar e, já tarde da noite, Severino, decidido a ir para casa, convidou Fernando a acompanhá-lo. Fernando havia dado uma desculpa em casa, alegando que dormiria em casa de um colega, desculpa esta sempre usada quando saía para realizar seus programas, muitas vezes preenchidos até o amanhecer por vários clientes. Assim, com o frio e a noite fraca, resolveu aceitar o convite de Severino. O quarto simples, com apenas uma cama, mas limpa e convidativa a um sono repousante, fez com que Fernando sentisse acolhimento a seu corpo cansado pelas andanças da noite. Severino despiu-se, ficando só de cuecas, e recomendou a Fernando que ficasse à vontade. Fernando, habituado a despir-se diante de clientes, seguiu Severino e deitaram-se os dois lado a lado. Conversaram sobre suas vidas e seus sonhos. Eram sonhos parecidos, ambos desejavam ter alguém a quem amar, construir um lar e um futuro, vivendo sua homossexualidade com dignidade e respeito. A proximidade ocasionalmente fazia seus corpos se tocarem; instintivamente, como proteção ao frio, Severino passou sua mão sobre o peito forte de Fernando, recostando-a sobre aquele ombro jovem e macio. Movido pelo desejo, Fernando colou seus lábios ao de Severino. A noite fria de julho ficou fora da cama dos dois garotos, aquecida pelo encontro doce e desinteressado do corpo deles. Habituados a usar friamente o corpo com estranhos, o que aconteceu ali, sem nenhum interesse financeiro, atingiu-os de forma fulminante. Primeiro a paixão, depois o amor. Passaram a se ver com freqüência. Saíam juntos para o programa com clientes, e sempre que Fernando conseguia uma forma de dormir fora de casa, adormecia nos braços fortes de Severino. Assim, deixavam o amor invadir suas vidas, e se tornaram cúmplices deste amor e de seu destino. Fernando sempre oferecia um baseado a Severino, que recusava, sem condenar o amante pelo vício. A resistência de Severino às ofertas de Fernando durou meses, até que, após uma noite de trabalho nas ruas, Severino deitou-se no peito de Fernando, que fumava um baseado enquanto descansava. Sutilmente, Fernando levou à boca de Severino o cigarro, que inocentemente o tragou, sentindo uma leveza enorme e um torpor em todo seu corpo.

A esta altura, Severino estava por terminar um curso de cabeleireiro que iniciara poucos meses antes no SENAC. Sempre ao lado de Fernando, absorvia a droga compartilhada pelos dois, até que o efeito se tornou fraco para Severino. Passou a sentir necessidade de usar algo mais forte. Ambos sucumbiram ao domínio do vício. Fernando possuía a estrutura de sua casa, mas Severino dependia de si para o seu sustento; o consumo fez-se em dívidas financeiras e, gastando mais que podia, Severino passou a dever dois meses na pensão. Em desespero, decidiu procurar ajuda. Falaram-lhe do Clube Rainbow, e sua busca ao Clube levou-o às mãos compreensivas de Vânia Cury, que lhe explicou que o Rainbow interrompera suas atividades. Carinhosamente, Vânia se dispôs a ouvi-lo. Severino buscava uma forma de sair de tudo aquilo. Permitiu que Vânia entrasse em contato com sua família. Sendo menor de idade, Severino ainda não completara 18 anos; Vânia convenceu a mãe dele a vir buscá-lo, obtendo a ajuda do deputado Leonardo Mattos para sua passagem e hospedagem em Belo Horizonte. Aqui chegando, a mãe de Severino ouviu atentamente a história do filho, e Vânia conseguiu fazê-la compreender em parte a homossexualidade do filho, convencendo-a a acolhê-lo, aceitando-o como era. Com o fato de poder reencontrar o filho de quem não tinha notícias há quase dois anos, esta mãe tentou superar seus preconceitos e recolher seu filho de volta em casa. Voltando a Recife, a mãe de Severino ajudou-o a estruturar um salão de beleza, afastando-o das drogas. Severino retornou, mas levou dentro de seu coração o amor por Fernando, e este correspondia a este sentimento de forma intensa. Trocavam dezenas de cartas e *e-mails* por semana, com promessas e planos de se juntarem. Fernando sucumbia às drogas pela ausência de seu amor e pelo silêncio de seu "armário". Sem poder comentar sua dor, pelo medo da descoberta de seus pais sobre sua homossexualidade, pois para seu pai, filho veado é filho morto, Fernando perdeu o controle. Sua dor crescia e o consumo de drogas também. Sentindo-se abandonado e só, Fernando escreveu uma carta a Severino despedindo-se, declarando seu enorme amor por ele e fazendo a promessa de que um dia se encontrariam em algum lugar onde não houvesse preconceito, que seu amor por ele seria eterno. Colocou no correio e, na mesma noite da postagem, Fernando foi levado ao Pronto-Socorro por dois policiais que o encontraram em coma sob uma marquise na Rua Espírito Santo. Dois dias depois, Severino recebeu a carta de Fernando; angustiado, ligou para a casa do namorado e ficou sabendo que Fernando não mais estava neste plano. Severino se quebrou por dentro e, em desespero, compra dois tubos de veneno para ratos. Seu corpo foi encontrado por dois salva-vidas em um canto ermo da Praia de Boa Viagem, em Recife.

VIVER É SONHAR!

O TRABALHO noturno no gabinete passou a ser meu elo de contato com a comunidade. Por trabalhar à noite de segunda à sexta, saía para o gueto, às vezes, no sábado. Numa sexta, saí mais cedo e fui encontrar com alguns amigos no Bar Nova Estação. Lá chegando, um rapaz moreno-claro, estatura mediana, corpo magro e muito bonito, sorria para mim com freqüência. Aproximei-me e me apresentei. Ele sorriu e convidou-me a sentar com ele e as amigas. Seu nome, Cláudio. Muito comunicativo e alegre, logo nos aproximamos e aconteceu um beijo muito gostoso. Trocamos os números de telefone e ficamos de nos falar. Cláudio é cabeleireiro e trabalhava em um salão muito movimentado no Edifício Novo Progresso, na Avenida Afonso Pena. Éder se tornara um passado em minha vida e Cláudio passou a ocupar meus pensamentos. Marcamos de sair numa noite para um bar próximo do salão. E lá, disse-lhe que estava interessado em tê-lo mais próximo a mim. Namoramos naquela noite, mas ele disse que estava passando por um período difícil, estava se separando de um caso complicado com um homem casado, que o estava fazendo sofrer muito, pois o companheiro não tinha muito tempo para ele. Naquele dia estava brigado com o parceiro, por isto estava sendo carinhoso comigo. Ficamos no bar o tempo todo de mãos dadas. Era um bar hetero, mas Cláudio não se importava com os olhares curiosos e surpresos dos outros freqüentadores, e eu apenas me preocupava com a possibilidade de uma reação por parte de algum freqüentador homofóbico. Deixamos o bar com destino às nossas casas, ele morava no Bairro Taquaril e decidiu pegar um táxi ali na Praça e eu o acompanhei. De pé, antes de entrar no carro, colocou a mão sobre meu ombro e beijou-me longamente ali mesmo, em meio ao burburinho de transeuntes. Entrou no táxi e partiu, dizendo que logo me ligaria.

Alguns dias se passaram e pensava muito em Cláudio; seu jeito espontâneo, solto e assumido de ser *gay* me cativara. Percebi que havia em mim ainda alguns sinais do personagem que assumi durante toda a minha vida. Gostaria de viver com ele uma relação, mas ele amava seu caso secreto e mal resolvido. Eu temia ainda a minha exposição afetiva em público em função do meu outro eu antigo, duplo e marcante em minha alma homo e que, por décadas, reprimira para atender à hipocrisia social. Claudinho era livre, seus amigos e parentes sabiam de sua homossexualidade. Sabia que, se vivesse um caso com ele, teria que me livrar das amarras que meu personagem deixara em mim. Mas algo me impulsionava para ele. Decidi voltar a procurá-lo. Ele ficou feliz em me ver e disse que já se separara definitivamente do seu caso "armário". Era uma sexta-feira e ele me convidou para ir conhecer sua mãe e passar o final de semana em sua casa. Fui com ele, meio temeroso do que poderia acontecer, pois não sabia a reação de sua mãe. Pegamos o ônibus para o Taquaril, que passa pelo Bairro Vera Cruz onde morei por muitos anos com meus pais e depois com Márcia e meus filhos. Ele se recostou em mim dentro do ônibus e segurou minha mão, independentemente dos olhares surpresos e curiosos dos demais passageiros. Sentia-me pleno, estava com meu namorado, afetivamente tocado pela leveza de seu carinho, dentro do mesmo ônibus que pegava para ir para meus antigos lares. Fiquei ali a imaginar se seria visto por algum conhecido de meu antigo bairro, porém não encontrei ninguém. Senti um frio na espinha ao passar pelo Vera Cruz imaginando que, quando ali vivi, jamais sonharia em vislumbrar a possibilidade de transitar por lá com um homem carinhosamente abraçado a mim. Olhei pela janela do ônibus e vi ruas familiares que povoaram por muito tempo parte de minha vida e meu tormento duplo. Humanamente, senti um gosto de vingança realizada contra o bairro que me fizera esconder por muitos anos minha realidade, dando vida a meu personagem. Era como se dissesse aos ventos que sopravam pelo local: "Olhe, estou aqui entre suas esquinas e seus becos, com meu namorado, um homem gentil e carinhoso, que segura forte minha mão e se recosta em meu ombro, e vocês, preconceituosos, tocados pelo mesmo vento, nada podem fazer!". Estes pensamentos povoaram minha mente enquanto o veículo transitava pelas ruas do Vera Cruz.

Chegamos ao Taquaril. Cláudio me conduziu à sua casa, passando pelo bar de um amigo, onde apanhou duas garrafas de cerveja. No bar, apresentou-me como seu namorado, segurando minha mão, sem se importar com as pessoas que ali se encontravam. Chegamos em sua casa, uma moradia simples e inacabada, de dois andares, onde moravam duas famílias. Cláudio morava no segundo piso. Subimos a escada e uma senhora de 60 anos, aproximadamente, apareceu na porta. Segurando minha mão, Claudinho virou-se para ela e disse:

– Mãe! Este é o Danilo, meu namorado!

Ruborizei! Os resquícios do personagem ainda estavam presentes em minha alma. Ela, com um sorriso nos lábios, estendeu sua mão para mim.

– Muito prazer! Maria!

– Como vai a senhora? É um prazer conhecê-la! – completei.

– Muito bem, obrigada – e virando para o Cláudio: – Filho, o jantar está pronto, se quiserem, podem comer!

– Sim, mãe, mas antes vamos tomar uma cervejinha com a senhora!

A casa era simples, com móveis gastos pelo tempo, mas limpa e povoada por alguns gatos, animais que dona Maria criava com muito carinho. De novo, apenas um aparelho de som que Claudinho comprara com o fruto de seu trabalho no salão. Colocou um CD para tocar e apanhou os copos na pequena cozinha. Estava meio desconcertado pela situação, que era nova para mim. Claudinho serviu a cerveja e depois do primeiro copo, senti-me mais à vontade. Sua mãe sentou-se em um sofá na sala onde eu já me acomodara, e me observava com os olhos doces e amadurecidos pelo tempo. Claudinho sentou-se ao meu lado e beijou-me na boca carinhosamente em frente de sua mãe, que demonstrou não se surpreender. Fiquei vermelho novamente pela ousadia dele. Ficamos ali os três a conversar sobre o tempo, os gatos e outras banalidades. Quando sua mãe foi à cozinha apanhar a outra cerveja, comentei com Cláudio sobre sua atitude comigo na presença de sua mãe. Ele riu e tranqüilizou-me dizendo que ela sabia de sua orientação e o apoiava inteiramente; apenas um seu irmão policial, casado, não aceitava e sentia vergonha dele, porém o resto de sua família também o apoiava, assim como os vizinhos e amigos. Ficamos ali por horas namorando e conversando com sua mãe. Após o jantar, ela foi se deitar. Claudinho carinhosamente puxou-me pela mão, convidando-me para ir para seu quarto. Sua cama era estreita para dois. Ele apanhou dois colchonetes enrolados ao lado do guarda-roupa, explicando-me que eram usados por seus irmãos e sobrinhos quando visitavam sua mãe, estendeu-os sobre o chão e forrou com um lençol estampado cheirando a lavanda. Colocou dois travesseiros sobre eles e pediu que ficasse à vontade. Ele foi até a porta e a fechou dando uma volta na chave. Abriu a janela para ventilar. E começou a se despir. Apesar de seus 23 anos, Claudinho tinha o corpo de um adolescente de 17, sua pele moreno-clara tinha uma aparência muito jovem e seu corpo, sem pêlos, reforçava a idéia de um jovenzinho no fim da puberdade. Os únicos pêlos do corpo eram acomodados na região pubiana, negros e lisos. Convidou-me a despir e me deitar ao seu lado. Obedeci, com a sensação de estar vivendo um sonho. Vivi a beleza de ser inteiro eu, protagonizando a mim mesmo como a natureza me havia destinado a ser, sem culpas ou tormentos, acolhido em um lar por uma família que respeitava inteiramente nossa forma diferente de ser. Nada escondido ou pecaminoso, amor apenas, e grande sentimento de compreensão e respeito. Ali, ao lado do corpo lindo e perfumado de Claudinho, pude sentir seu calor e seu toque. Ele me abraçava e sorria sempre, gargalhando, às vezes, sem medo dos ruídos que soltávamos, mesmo sabendo que sua mãe dormia no quarto ao lado. O brilho da lua nova que saía por trás das montanhas populosas do Taquaril invadiu o quarto e nossos corpos entrelaçados foram envolvidos por ela, que banhava nosso ato com sua luminosidade prateada. Carinhos e beijos trocados em meio ao tesão que sentíamos um pelo outro eram aplaudidos pelo piscar silencioso de dezenas de estrelas que nos observavam pela janela. Golfadas de vento lambiam nossos corpos nus acariciando-nos com sua brisa suave e refrescante, como se nos acalentassem com seu toque. O orgasmo logo nos atingiu como uma melodia de Mozart acaricia uma alma apaixonada. Senti uma paz nunca antes experimentada, e adormeci nos braços jovens e belos daquele homem encantador.

Acordei com sons vindos da cozinha da casa, Claudinho ainda dormia. Fiquei ali, lembrando-me de nossa linda noite e da sensação gostosa de ser eu mesmo, fazendo-me crer que era possível ser feliz, mesmo sendo diferente. Logo, um cheiro de café fresco invadiu o quarto. Levantei minha cabeça, apoiando-a sobre minha mão estendida com meu cotovelo sobre o travesseiro, olhando aquele corpo incrível que me abençoara com seu tato. O rosto de Claudinho adormecido serenamente transmitia uma paz imensa. Seus lábios selados convidavam a um beijo. Carinhosamente fui me aproximando deles e os toquei com os meus. Claudinho abriu os olhos, sorriu e abraçou-me carinhosamente. Mais uma vez, nós nos amamos, agora com o sol a acariciar nossos corpos. Alguns minutos depois, perguntou-me se gostaria de tomar um banho. Confirmei, ele se levantou e apanhou uma tolha estendendo-a para mim. Vesti-me e fui para o banheiro. Ao sair, Claudinho estava na cozinha a conversar com sua mãe:

– Venha, meu querido! Vamos tomar um café com minha mãe!

– Está bem! – confirmei.

– Você dormiu bem, Danilo? – perguntou dona Maria.

– Sim! E a senhora dormiu bem?

– Às vezes, não durmo bem, mas esta noite eu dormi muito bem. Tome o café! – disse estendendo-me uma xícara de porcelana branca.

Tomamos o café e Claudinho foi tomar banho. Fiquei ali na cozinha conversando com aquela senhora doce e gentil. Relatei a ela que fora criado ali perto e que, quando garoto, o local onde ela morava era apenas uma montanha verde onde fazíamos nossos passeios e que ficara surpreso ao ver o quanto estava povoada hoje. Ela falou de si e de seus filhos, e o quanto amava o Cláudio, por ser o seu companheiro no cotidiano de sua velhice. Disse que a felicidade do filho era tudo para ela e que estava contente de ele me ter conhecido e estar comigo. Surpreso pela naturalidade de dona Maria, fiquei a imaginar se todos no planeta fossem como aquela família. Muitos homossexuais poderiam ser felizes com seus amores, sendo respeitados por suas famílias como estávamos sendo respeitados pela sábia mãe que aceitava seu filho com simplicidade, assim como milhões de pais aceitam os amores de seus filhos heteros. Claudinho saiu do banho ainda enrolado na toalha, seu rosto brilhava com seu sorriso lindo ainda salpicado com algumas gotículas do banho fresco que tomara. Passou pela cozinha, beijou-me levemente os lábios e foi ao quarto vestir-se. Dona Maria comentou:

– É, pareceu que meu Claudinho gosta de você!

– Fico feliz, dona Maria, também estou gostando muito de seu filho! – rimos um para o outro.

Claudinho saiu do quarto trajando uma camiseta branca e uma bermuda vermelha, calçando uma sandália leve, de couro cru. Convidou-me a ir com ele até a rua principal, próxima de sua casa, para fazer algumas compras para sua mãe preparar o almoço. A todos os conhecidos que o cumprimentavam, e eram muitos, apresentava-me como seu namorado. Percebi que era muito querido no bairro e parecia que estava em outro planeta, nem um resquício de preconceito identifiquei nas pessoas que me foram apresentadas; estendiam a mão para mim com naturalidade e sempre com um sorriso nos lábios. Fiquei surpreso. Retornamos à casa dele com sacolas e garrafas de cerveja. Cláudio ligou novamente o aparelho de som, e nos sentamos na sala conversando e tomando cerveja, enquanto sua mãe nos preparava um frango com quiabo saboreado por nós três com um tempero delicioso, harmoniosamente combinado pelas mãos experientes de dona Maria. Após o almoço, nós nos deitamos para um descanso na tarde que já cobria o céu do Taquaril. Dormimos até o princípio da noite.

Claudinho convidou-me para ir ao bar de seu amigo para nos encontrar com outros amigos seus e bebermos uma cerveja para amenizar o calor que estava fazendo naquela noite de sábado. Lá chegando, continuei sendo apresentado a todos como seu namorado. Ficamos ali de mãos dadas diante dos olhares curiosos das pessoas que entravam e saíam do bar. Uma amiga de Cláudio nos convidou para irmos até a casa dela. Deixamos o bar e nos dirigimos a uma casa próxima, na mesma rua movimentada do bar. Uma casa simples como a maioria das casas do bairro; optamos por ficar de fora por estar muito quente. Nos sentamos em frente da casa, junto à entrada. Claudinho, colocando os assuntos em dia com a amiga e de mãos dadas comigo, vez ou outra me beijava nos lábios. Ele não tinha o menor receio de ser visto demonstrando afeto por mim diante da amiga, familiares e pedestres que pela rua transitavam. A lua nova já estava alta no céu quando regressamos à sua casa. Dormimos abraçados depois de muito amor e carinho.

No domingo, foi convidado para ir a um churrasco em casa de outro amigo. Saímos logo após o café. Era uma casa maior e o churrasco estava sendo feito no terraço. Ficamos ali a conversar sobre banalidades. Repentinamente toca o celular dele. Ele atende e se retira de perto de mim para conversar. Voltou já diferente, mais sério e preocupado. Tentei descobrir o que acontecera e ele disfarçou dizendo que era um amigo com problemas e que teria que vê-lo mais à noite. Continuamos a conversar com as pessoas, porém ele mudara um pouco. Sua atitude já não estava mais tão carinhosa como no dia anterior. Logo percebi que era mais que um amigo com problemas, que ligara. Quando entrei novamente no assunto do telefone, indaguei-lhe se era seu antigo caso quem fizera a ligação. Disse que sim. O sol já descia para a chegada da noite quando decidi ir embora. Incentivei-o a ir ver o ex, com o coração nas mãos. Cláudio afirmou que não voltaria para ele, que podia ir tranqüilo. Parti, mas meu coração dizia que não iria adiante aquele lindo encontro de amor. Tentei ligar para Cláudio na terça-feira seguinte e não consegui falar com ele. Consegui contatar-me com ele somente na quinta-feira; minhas suspeitas se confirmaram, ele me pediu desculpas e disse que voltara para o seu antigo amor. Tornamos-nos muito bons amigos. Mas ainda não era ele o companheiro que meu coração esperava.

CULPADOS PELO AFETO!

Passadas algumas semanas, Cláudio me ligou pedindo para falar comigo, marcamos um encontro no Bar Hi-fi; lá ele me disse que havia terminado definitivamente com seu companheiro e que gostaria de tentar reaproximar-se de mim. As lembranças de seus gestos livres e carinhosos me fizeram desejar tê-lo comigo. "Ele é extremante atraente e mexe muito comigo. Estou sozinho, por que não tentar?" Ali mesmo iniciamos um novo namoro. Unimos nossas mãos e nos beijamos. Cláudio ficou abraçado comigo e entre uma conversa e outra nós nos beijávamos. Repentinamente um dos funcionários do bar bateu em meu ombro e, de forma ríspida, disse:

– Vocês não podem agir assim aqui!

Surpreso pela atitude do funcionário, reagi:

– Por que não?

– Por que tem muitas crianças no bar! – Cláudio e eu soltamos uma gargalhada.

– Você só pode estar brincando conosco! São 2 horas da madrugada, e não estou vendo criança alguma por aqui.

– O gerente também não quer! – disse o funcionário.

– Quem, o Oldair? Ele me conhece e sabe que luto contra o preconceito aos *gays*. Além do mais, este bar é um bar de freqüência em sua maioria de homossexuais. Sou cliente daqui há muitos anos e, além do mais, não sei se você tem conhecimento, mas temos uma lei estadual que nos garante o direito de demonstramos afeto em público.

– É, mas aqui não pode, e vocês devem parar! – ordenou o funcionário, alterando o tom de voz conosco.

Considerei um absurdo. Estava sendo discriminado por um funcionário de um bar *gay*! Cláudio também ficou indignado. Nós nos levantamos irritados com a atitude do moço. Ele se assustou quando levantamos e se afastou. Comecei a explicar a ele, em voz alta, sobre a lei e que continuaríamos agindo dentro dale.

– Não estamos transando no bar, estavamos apenas sendo afetuosos um com o outro. Somos namorados e temos este direito.

Chamamos a atenção dos clientes, garçons e dos demais funcionários do bar. Renilton, um garçom amigo e antigo na casa aproximou-se pedindo calma. Expliquei-lhe o que acontecera, e ele tentou justificar a atitude do rapaz, que era genro do Oldair. Disse ao Renilton, que sendo genro ou não, ele não tinha o direito de nos discriminar. Repentinamente o Oldair apareceu, repetindo a afirmativa de seu funcionário. Cláudio imediatamente ligou para a Polícia Militar pedindo uma viatura. Os policiais confirmaram nossa afirmativa ao Oldair. E se colocaram à disposição para que fizéssemos o Boletim de Ocorrência. Saímos de lá por volta das 3h30 com duas decisões na mente: nunca mais voltar ao bar, assim perderiam dois bons clientes e mover um processo para combater o preconceito contra quem, de certa forma, contribuía para que eles ali tivessem um sustento. Foi um aprendizado, viver em minha própria pele o preconceito, e dói, dói muito.

Saímos de lá e fomos para minha casa dormir um pouco. Cláudio foi embora para se encontrar com sua mãe, ficando de ligar-me depois. A notícia de nossa discriminação correu veloz no processo mais eficaz de comunicação entre as pessoas do gueto, o boca a boca. Cheguei a levar o Boletim de Ocorrência para Drª Maria Emília. Porém, no dia seguinte, comecei a receber telefonemas de alguns amigos que freqüentavam o Bar Hi-Fi. Em sua maioria, os clientes do Hi-Fi são senhores maduros, muitos enrustidos e ali encontram uma forma de se divertirem e de encontrarem alguém para amar, melhorando sua auto-estima. Estes amigos que me ligaram pediram para que não movesse o processo contra o bar, pois poderia ser fechado, e era o único lugar onde eles podiam ir e serem eles mesmos, em razão da freqüência heterogênea. Sabendo de meu prestígio junto das autoridades estaduais, pesei bem a minha decisão; realmente o bar poderia ser fechado por falta de fregueses, que fugiriam diante do risco de uma publicidade que poderia tornar visível sua orientação sexual. Suspendi minha ação contra o bar para acolher o pedido dos amigos mais velhos.

Cláudio e eu nos encontramos mais duas ou três vezes, e concluímos que nossa relação era mais de amizade que de amor. Decidimos seguir nossos caminhos permanecendo amigos até os dias atuais e, sempre que temos oportunidades nos encontramos para uma gostosa conversa e uma cerveja gelada.

CONSELHOS

Muitas pessoas me procuravam pedindo conselhos sobre como enfrentar o preconceito e como reagir ante uma orientação sexual diferente e altamente visada pela discriminação. Estas eram as questões mais freqüentes que se apresentavam em meu novo trabalho no gabinete do deputado Leonardo Mattos. Colecionei alguns pontos básicos que cheguei a publicar em uma das últimas edições de nosso saudoso *Jornal Rainbow*:

Para Pais de Homossexuais:

♣ Filhos são um presente de Deus, nós os temos para ensinar-lhes o maior dom do universo: o Amor! Para isto Ele nos confia os filhos. Cada filho é único e cada um tem um destino próprio; o principal papel dos pais é orientá-los e ampará-los para enfrentar o seu destino.

♣ Quando o primeiro rebento está para vir a uma família, gerado pelo casal ou gerado pelo amor da adoção, em geral o pai sonha com um menino e a mãe com uma menina. Contudo, o sexo da criança é irrelevante; quando ela nos dá o primeiro sorriso, passamos a amá-la incondicionalmente, independentemente do sexo, da cor dos olhos ou do cabelo. Esta criança tão esperada e amada não pode escolher seus dotes físicos ou seu sexo, e da mesma forma também não pode escolher sua orientação sexual. Quando esta orientação se revela, temos o direito de deixar de amá-la? Se seu papel é orientar para que seja feliz, por que tem que ser você o primeiro a lhe tirar o direito a uma orientação sem preconceitos? O que mais importa é apoiá-la para ser um adulto pleno, produtivo; não é este o sonho maior que tem para ela?

♣ Que tal aprendermos com o Pai maior, que ama a todos incondicionalmente e a todos ampara, independentemente de raça, cor, etnia e orientação sexual? Não é um grande exemplo?

♣ Segundo Kalil Gibran, "nós somos o arco e nossos filhos a flecha que lançamos em direção ao futuro!". Um bom arco direciona a flecha ao centro do alvo. Pense nisto.

♣ O primeiro ponto da concretização do preconceito ao homossexual é a família. A família que não aceita e não compreende seu filho homossexual, o exclui e o direciona para longe do alvo, empurrando-o para uma vida dupla, dolorosa e infeliz, que muitas vezes o conduz à prostituição e às drogas e muitos sucumbem, chegando até a uma morte involuntária.

♣ Cuidado com os credos que condenam antes de conhecer e amar. Estes credos podem cegar nosso amor. Se seu credo discrimina e condena, talvez seja melhor conhecer outro. Deus é único, é puro amor e não tem religião. A religião foi criada por humanos e humanos são falhos. O credo que prega Deus como um ser cruel e punitivo não pode e não deve conduzir sua vida.

♣ Ser homossexual não é uma escolha pessoal, não é uma doença ou uma falha da criação que você deu a seu filho amado. É uma identidade. A ciência honesta e livre de preconceitos ou dogmas religiosos assim já o concluiu. Também não é crime e muito menos pecado. O pecado está na exclusão. Então, de que vocês pais têm medo? Da opinião alheia? Ela sustenta o seu amor e seu lar?

♣ Em qualquer circunstância, ouça seus filhos. Pais também aprendem com filhos. E se for difícil para você, procure ajuda. Há dezenas de instituições honestas e conhecedoras do assunto que poderão orientá-lo.

♣ É necessário ter muita dignidade e coragem para um ser contar a seus pais sobre sua homossexualidade. Quando alguém chega a esta fase, é porque teve que vencer muitas batalhas íntimas e pessoais. Sendo o caso de seu filho, ele está demonstrando ser um humano acima da média em coragem e busca de sua felicidade pessoal. Considere isto antes de discriminá-lo.

♣ Seu filho heterossexual tem o direito de levar o parceiro para o convívio familiar; por que tirar de seu filho homossexual este direito humano básico para que ele possa ter uma família feliz? Muitas vezes o parceiro *gay* de seu filho pode ser um outro filho querido, pense nesta possibilidade. Há muitos pais de *gays* que vivem esta experiência, e o resultado é encantador e fascinante.

♣ Existe uma pesquisa que diz que filhos *gays* são muito mais tolerantes e amigos de pais idosos. É para pensar, não?

♣ Muitas das maiores e grandiosas obras repletas de beleza e ensinamentos foram talhadas por mãos de *gays*. Pinturas, livros, músicas, filosofia e ensinamentos de rara beleza e amor ao próximo vieram de almas *gays*. Muito do que existe hoje e que você desfruta em seu cotidiano lhe foi dado por *gays* imortais. Quem sabe o filho que você exclui hoje seja um novo condutor de uma obra que irá mudar o destino da humanidade para melhor? Reflita e, sobretudo, use o ensinamento maior que o Pai eterno lhe deu sem cobrança: "Ame ao próximo como a si mesmo!".

Para Filhos Homossexuais:

♣ Seus pais foram criados em famílias heteros, é assim que eles pensam que seus filhos devem ser. Considere isto e prepare de forma correta o seu caminho.

♣ Tendo certeza de sua orientação sexual, não pegue seus pais de surpresa. Prepare-os para o diálogo. Deixe pistas para eles; livros, filmes e reportagens positivas são boas pistas. Nunca deixe fotografias, filmes e revistas de nus ou pornográficos como pistas. Isto só reforça a idéia pré-concebida de que *gays* são promíscuos, e nós sabemos que não é assim, não é?

♣ Quando as pistas levarem à pergunta: "Meu filho você é *gay*?" Não minta, não negue, é a sua grande chance. Chame-os para uma conversa e explique, com calma e clareza o que é ser um homossexual, cite exemplos da história passada e presente. Convide-os para participar de um grupo de pais de *gays*. Se você tentar se impor à força, de forma agressiva ou mesmo fugindo do assunto, somente irá reforçar o preconceito.

♣ Sendo menor de idade, seus pais não podem agredi-lo ou expulsá-lo de casa só por que você é *gay*. O *Estatuto da Criança e do Adolescente* o protege. Explique isso a eles.

♣ Nunca procure amizades ou caminhos alternativos. Isso só irá reforçar o conceito que nossa família tem dos homossexuais. Buscando protegê-lo, irão lutar contra sua orientação sexual. E não é isto o que você deseja, é?

♣ Continue, depois da revelação, sendo o mesmo filho de sempre, não mude seu comportamento, respeite as restrições iniciais que lhe serão impostas, lute contra elas com palavras, argumentos e ações positivas. Se você revidar de alguma forma agressiva, só adiará sua aceitação.

♣ A família, por mais difícil que seja, é e sempre será nosso maior apoio. Nunca você encontrará na rua ou nos guetos *gays* alguém que a substitua, lute para mantê-la.

♣ Você é especial aos olhos de Deus, lembre-se disso. Sua missão junto é fazer com que ela evolua espiritualmente vencendo preconceitos tidos como um câncer social. Arregace as mangas e mostre isto com coragem a eles. Tenha orgulho de sua orientação e, nunca, vergonha.

♣ Almir Satter diz em uma de suas canções: "Cada ser em si carrega o dom de ser capaz..., de ser feliz...!" É uma grande verdade. Então, lute para ser feliz. Convencer seus familiares é o primeiro grande desafio. Há em cada um de nós um calendário próprio para isso. Marque o seu.

♣ Lembre-se de que seus familiares são mal informados sobre homossexualidade, eles não aprenderam sobre o assunto, na família, na escola ou na vida. Você é que, sendo homossexual, tem a missão de ensinar-lhes. Minha experiência pessoal diz que o ensinamento e o conhecimento rompem barreiras e preconceitos. Então, esclareça sem exageros.

♣ Se sua mãe lhe disser que sua orientação nunca dará netos a ela, explique que isso não é uma verdade absoluta. Se você vir a construir uma família com seu parceiro, poderão adotar um. Conte-lhe sobre a história de Chicão, Eugênia e Cássia Eller.

♣ Se seu pai desejar saber quem é a "mulher" do casal, explique-lhe que são dois seres do mesmo sexo que se amam, assim como ele e sua mãe. Não existe um sexo exclusivamente masculino ou feminino. Existe amor.

♣ O amor é a maior arma contra qualquer preconceito. Ame sua família e demonstre este amor por ela. Og Mandino, um grande escritor americano de livros de auto-ajuda, diz em um de seus livros: "O amor pode aquecer o mais frio barro, quando você olha nos olhos das pessoas e em silêncio diz para si mesmo: Eu amo você! Ela não resistirá a este amor. É impossível!" Faça essa experiência.

SENTINDO O PRECONCEITO!

PASSEI a envolver-me com minhas atividades profissionais, deixando o movimento em segundo plano por ordens médicas, porém o sonho de luta por nossos direitos se tornou perpétuo em minha alma e meu coração. À medida que podia, participava de uma reunião ou de alguma ação em favor de nossa luta. Durante alguns meses, não pensei em conseguir outro namorado. Às vezes eu me sentia só, porém acreditava que o destino cuidaria de, no momento adequado, colocar o homem certo em minha vida. Na virada do ano de 2004, entrei na Igreja de Nossa Senhora da Boa Viagem e fiz um pedido para que me trouxesse um amor que fosse assumido e bem resolvido e que se tornasse um companheiro de verdade. Na mesma virada, um baiano de Salvador, de 25 anos, fazia no mar da Bahia uma oferenda a Iemanjá e pedia fervorosamente que lhe desse no ano de 2005 um namorado que seria seu primeiro, pois nunca havia tido um namorado fixo. Estava escrito, nós nos encontraríamos em final de fevereiro de 2005.

A boemia é parte integrante da vida dos mineiros. Tudo começa no final do expediente do trabalho ou na saída das escolas noturnas, quando os belo-horizontinos se aglutinam em grupos de amigos ou colegas de escola para tomar uma bebida na mesa de algum bar, entre os milhares que existem na Capital Mineira. Como diz Milton Nascimento, em uma de suas músicas: "Nada de novo existe, neste planeta, que não se fale aqui na mesa de um bar..." Assim, homens e mulheres de nossa cidade cultivam este gostoso hábito de tomar uma cerveja gelada e discutir os problemas de suas vidas, quer sejam de amores, trabalho, futebol ou política. Talvez por este costume cultural da capital, Belo Horizonte seja a cidade de maior número de bares *per capita* do país. Fui amadurecido na cultura de que o relaxamento do estresse diário, ou os problemas que nos afligem, tornam-se leves quando discutidos com a lubrificante conversa com amigos na mesa de um bar. Ali tomamos decisões, sonhamos e construímos a saída dos problemas que nos atormentam, recebemos e damos opiniões sobre as intimidades de cada um dos componentes da mesa, tudo democraticamente compartilhado. Muitos, entorpecidos pela leveza do álcool ingerido esticam suas noites migrando de bar ou indo dançar em alguma boate, onde os corações solitários encontram uma companhia para afagar seu ego em, pelo menos, uma noite de amor. Afinal, é o que todos buscamos, não é? Todos buscamos desesperadamente ser amados. Não sou diferente deste contexto. E em uma noite assim, saí do trabalho e fui para casa. Era uma quarta-feira, e o programa da televisão era jogo de futebol. Rodei todos os canais e nada de interessante encontrei. Perto de onde moro, na Rua Rio Grande do Sul, no prédio do Mercado Novo, há um bar simples e divertido pela freqüência heterogênea da população noturna de Belo Horizonte. O Vaga-Lume I tem sempre uma cerveja gelada, refeições baratas e tira-gostos a qualquer hora do dia ou da noite. Já fora lá muitas vezes só, e muitas vezes o meu único interlocutor temporário foi o Osmar, um garçom de estatura mediana, um pouco carrancudo, pela própria freqüência do bar. Muitas vezes, alguns excedem no comportamento, e a expressão séria e firme dele faz cair os excessos dos mais animadinhos freqüentadores. Pedi ao Osmar uma gelada e fiquei a observar a fauna que ali circula: homens solitários a comer prato-feito, mulheres da vida que deixam seu horário de trabalho, assim também como travestis, torcedores que saem do jogo noturno e fazem baldeação no Centro para pegar outro ônibus para ir para casa, e funcionários do mercado que madrugam para receber as cargas de alimentos que irão abastecer o dia das mesas da Capital. Havia ainda homens e mulheres que deixam seu trabalho de horário noturno que pousam para comer algo e resolver suas dificuldades cotidianas. Em meio a isto tudo, estou a olhar dois rapazes que vieram da direção da Bias Fortes, conversando animadamente, logo eu os identifiquei como meus iguais. Passaram pela minha mesa e nossos olhares se cruzaram. Eles seguiram até a Rua Tupis, e pararam na esquina. Virei o rosto para vê-los. Um deles fez sinal para mim, sorri e acenei. Eles retornaram e entraram no bar. Convidei-os a sentarem-se em minha mesa e prontamente o convite foi aceito. Moacir, 22 anos, olhos claros e cabelos aloirados, um pouco obeso pela estatura mediana, sentou-se à minha frente. E Jorge, 21 anos, cabelos crespos, olhos negros, pele amorenada, também com estatura mediana, sentou-se ao meu lado. Fora Jorge quem acenara para mim. Passamos a conversar os três, e soube que ambos trabalhavam em uma empresa de *telemarketing* no Bairro Prado, e decidiram vir caminhando pelo Barro Preto para pegar o ônibus para suas respectivas casas. A conversa, acompanhada da tradicional cerveja gelada do Bar Vaga-Lume, foi ficando animada, falamos sobre nossos trabalhos e nossas vidas. O inevitável aconteceu. Sob a mesa, segurei a mão de Jorge, que correspondeu, continuamos a conversa de mãos dadas. Em um ponto do assunto, como estávamos lado a lado, nós nos viramos para confirmar um tema, quando nossos olhos se encontraram. A conversa foi interrompida pelo cruzar de nossos olhos, nossos rostos se aproximaram e o beijo aconteceu. Sentimos um aquecer de nosso desejo e continuamos a nos beijar por alguns segundos, retomando a conversa. O bar estava com um público médio, e nossa conversa animada continuou intercalada por um beijo ou outro. Instintivamente, nós nos beijamos por mais alguns segundos, quando senti um dedo a tocar minhas costas; deixei os lábios de Jorge, e me virei, era o Osmar:

– Olha, vocês não podem fazer isto aqui!

– Por qual motivo, Osmar?

– É que o patrão não gosta.

– Mas onde está o patrão? Você tem conhecimento que existe uma lei que nós dá o direito de namorar em público?

– É, mas o patrão não deixa beijos aqui no bar.

Na mesa ao lado da nossa, havia um casal hetero que namorava desde quando eu estava sozinho e, depois da chegada dos rapazes, continuaram. Virei-me para o casal e perguntei:

– Por favor, o garçom pediu a vocês que parassem de namorar?

– Não! – foi a resposta de ambos.

Voltei para o Osmar:

– Você está me discriminando, Osmar?

– Não, não é isso...

– Então, por que você não pediu àquele simpático casal ali ao lado que não se beijassem aqui?

– É que não vi! – foi a resposta.

– Mentira, Osmar, você serviu uma cerveja a eles enquanto se beijavam. Isto que está fazendo tem um nome, meu caro, chama-se homofobia.

Osmar ficou silencioso. Continuei:

– Sabe que temos uma lei estadual que nos garante este direito e que o seu local de trabalho pode até ser fechado, e você perder o seu emprego?

Novo silêncio.

Vi que o Osmar estava sendo homofóbico por si próprio; não havia nenhuma ordem do patrão explícita para coibir nosso afeto, era iniciativa dele.

– Você gostaria de que chamasse a polícia aqui para efetuar um B.O. e denunciar o bar por discriminação?

– Não, não precisa.

– Pois então, meu amigo, engula seu preconceito, pois daqui para frente você irá ver muitos casais de homens ou de mulheres fazerem o mesmo que fazemos aqui. E terá que conviver com isto.

Osmar engoliu em seco e se afastou. Os rapazes, assustados a princípio, encheram-se de orgulho e o rostos deles se iluminou em um largo sorriso. Confessaram que, se houvesse acontecido aquilo com ambos sozinhos, não teriam coragem de argumentar, provavelmente sairiam dali e procurariam um bar *gay*. Agora sabiam como agir. Senti-me realizado e cidadão, além de mostrar para dois jovens *gays* como se posicionar diante de uma homofobia pública. Não foi necessário brigar nem chamar a polícia, apenas uma informação clara e precisa resolveu nosso pequeno incômodo daquela noite. Continuamos nossa conversa e nosso carinho, até que argumentaram que precisavam ir. Trocamos nossos números de telefones, Jorge se levantou e percebi que era 20 centímetros mais baixo que eu. De pé, demos um beijo de despedida.

No dia seguinte, nós nos encontramos novamente no Bar Nova Estação, conforme combináramos por telefone. Jorge estava só. E na conversa, descobri que os dois, ele e Moacir, haviam tido um caso e o término do namoro ocorrera uma semana antes. Não querendo problemas me envolvendo em um triângulo amoroso, propus ao Jorge que continuássemos amigos e que tentasse reatar com Moacir, que demonstrava uma postura muito digna em nosso encontro no dia anterior, mas que deveria ter sofrido muito ao nos ver beijando. Não era justo. Mais à frente, se a separação fosse definitiva, quem sabe poderíamos ter algo. Creio que se entenderam. Não tive mais contato com eles, pois na semana seguinte fui assaltado e fiquei sem o celular com a agenda onde tinha os números deles registrados. Não os vi mais. Espero que estejam bem e felizes. Osmar se tornou mais amigo e compreensivo, tanto que vi outros casais *gays* repetirem a cena outras vezes no bar, inclusive comigo e com meu futuro companheiro, e nada de incomum aconteceu.

REENCONTRANDO DANIEL

Daniel, meu querido filho, fora muito compreensivo quando saí do "armário". A maioria das vezes em que falávamos, também agia do mesmo jeito. Desde que deixei meus filhos, uma de minhas maiores preocupações era de que eles fossem incomodados com minha visibilidade *gay*, por curiosos e jornalistas sensacionalistas. A dor que lhes causei, embora nunca tenham cobrado isto de mim, sei que foi enorme. De certa forma, havia em mim uma culpa por tê-los magoado com minha verdade. Tenho certeza de que eu e Márcia forjamos dois seres humanos dignos e fortes o suficiente para enfrentar as piores tempestades do mundo, porém, por mais orgulho que tivesse de minha saída do "armário" e de mim mesmo, por ter deixado meu outro eu sucumbir diante do novo ser que me tornara, levava no coração ainda os resquícios da forma preconceituosa com que fui forjado dentro da sociedade segregadora em que vivi. Isto também contribuiu para me distanciar deles. Ainda havia um resquício de vergonha em mim por ser *gay*, confesso. Apesar de não nos falarmos com freqüência, sempre tinha notícias deles, quer seja por escassas informações de minha mãe, pois ela e Márcia se falavam periodicamente, ou pela minha adorável cunhada Sônia, que mantinha um relacionamento estreito com minha ex-mulher. Tatiana se tornara mais próxima, e chegamos a ser confidentes, embora soubesse mais tarde que escondera da mãe e do irmão esta proximidade; o motivo só vim a descobrir mais recentemente. Contudo, Daniel estava distante. Num domingo, indo ao *Shopping Cidade* para sacar um dinheiro no caixa eletrônico, encontrei o Daniel na fila do caixa:

– Filho, que surpresa boa! – disse, puxando-o para mim e dando-lhe um abraço!

Daniel correspondeu ao carinho e...

– Oi, pai, que bom ver você!

A seu lado estava uma linda jovem que imaginei ser sua namorada. Ele segurou a mão da moça e me apresentou:

– Pai, esta é Tâmara, minha noiva! – falou, mostrando a aliança em sua mão e na mão da jovem que o acompanhava.

Levei um choque. Controlei minha surpresa e sorri para a garota que me estendera a mão:

– Como vai? O Daniel fala muito do senhor. Queria muito conhecê-lo.

Respondi ao cumprimento de Tâmara e puxei-lhe para um abraço.

– Meus parabéns, aos dois, mas quando foi isto, meu filho?

– Ontem, pai!

– Puxa, meu filho, você nem me convidou...

Ele interrompeu minha frase, pois me conhecia e sabia que ficaria emocionado pelo descaso que sentira em não ter sido convidado para o noivado.

– É que foi algo muito íntimo, até minha mãe ficou sabendo na hora. Estávamos apenas a família de Tâmara e minha mãe, mais ninguém.

– Mas, meu filho, você poderia ter me ligado, eu teria ido.

– Sim, pai, mas foi algo muito rápido e depois nós dois saímos para comemorar.

Senti e percebi que ele não desejava entrar em detalhes.

Ficamos ali a conversar por mais alguns minutos, era aniversário do afilhado do Daniel, sobrinho da Tâmara, e os dois haviam ido ao *Shopping* na busca de um presentinho para o garoto. Perguntei se todos estavam bem de saúde, sua mãe, seu avô e seus tios, tentando esconder minha dor pela rejeição que senti. Meu filho, ficando noivo e eu nem estava presente! Tornara-se um homem belo e decidido, amando uma linda e generosa moça como vim a confirmar mais tarde, com planos de se casarem em breve. Senti muito orgulho dele, e não o culpei por não me ter convidado; sei da homofobia reinante na família de minha ex-esposa, e se tivesse aparecido, poderia estragar a felicidade dos dois em um encontro de pessoas com pensamentos tão antagônicos. Estavam ambos muito felizes e tentei esconder minha decepção. Senti a dor da discriminação, não imposta pelo meu filho, e hoje sei que nem por parte da Tâmara, porém por uma situação provocada por feridas de um casal que ainda não haviam sido cicatrizadas. Sorridente, na despedida dos dois, desejei que fossem muito felizes e que se ele havia escolhido aquela linda jovem por amor, também já a estava amando. Tâmara deu-me um forte abraço e beijou-me o rosto. Abracei meu filho longamente tentando matar toda a saudade que sentia dele. Num lampejo ainda me ocorreu que, se algum dos meus amigos *gays* me visse abraçando aquele homem belo e forte, poderiam até imaginar que estava conquistando alguém. Ri de mim mesmo por me ter passado este pensamento. Deixei-os no piso da Rua Tupis e me dirigi à escada rolante que levava a saída da Rua São Paulo do *Shopping*. Meu coração ficou apertado e, na escada rolante, enxuguei duas lágrimas que rolaram de meus olhos. Naquele dia não consegui fazer mais nada. Fui para casa e fiquei a pensar no que ouvira de meu filho. Tinha que fazer algo a respeito, não sabia o que, nem como, mas tinha.

SEXO E SEXUALIDADE

O SEGREDO íntimo da sexualidade humana leva a vários caminhos. Acredito que a hipocrisia social, distorcendo a verdade, provoca alterações psíquicas nas pessoas atingindo cada uma de uma forma.

Somos todos forjados do mesmo barro que criou as estrelas; elas, com seu brilho secular sabem viver harmoniosamente no infinito do universo, nós recebemos a grande dádiva Divina do arbítrio. Todos os seres do universo são ligados por um cordel invisível que os conduz na maestria sábia da natureza universal. Nós somos livres desses cordéis, presentes maiores de Deus e não aprendemos em milhares de anos de evolução a nos conduzirmos dentro desta liberdade única e preciosa. Um sábio, disse certa, vez que o ser humano é mente e corpo. Complementaria que um ser humano é mente, corpo e desejo. Os dogmas distorcidos pela ignorância primitiva do homem impingiram-lhe a consciência de mente e corpo e negaram-lhe a consciência plena do desejo. O desejo, componente de uma mesma importância da mente e do corpo, foi guilhotinado pela incapacidade do humano em lidar com ele. Os dogmas hipócritas impostos pela religião transformaram o desejo natural em todos os seres humanos em uma aberração distorcida, a que deram o nome de pecado. Acaso é pecado o rebento, para alimentar-se, sugar o seio de sua mãe? Este é o primeiro contato dos sentidos humanos, que compõem o desejo, olfato, audição, paladar, tato, visão e prazer, são os sentidos que nos forjam. E compondo o prazer, está o sexo. Desde a mais tenra idade ensinam-nos a lidar com nossos sentidos – aromas, sons, sabores, imagens – e contato com todos os componentes da natureza nos são mostrados em experimentos constantes. Sobrevivemos se perdermos um de nossos cinco sentidos por uma infelicidade de um acidente genético ou casual. Mas, se tirassem de nós o maior de todos, o prazer, definharíamos e sucumbiríamos à dor da incompreensão dos demais sentidos. A sexualidade é parte integrante do sentido do prazer. Ela leva à geração de novos seres, completa o amor, funde dois seres em um, gera uma família. No entanto, teimamos em não falar livre e abertamente sobre ela, negando às nossas pequeninas crias, a quem amamentamos e ensinamos a caminhar pelo mundo, o direito de conhecer o prazer, provocando, às vezes, destorcidas cicatrizes que desfecharão farpas em outros semelhantes, causando dores e marcas eternas em suas almas. Acredito que, quando falarmos abertamente aos nossos filhos, de um coração para outro, sobre os erros da zoofilia, pedofilia, necrofilia, e dos acertos da heterossexualidade e da homossexualidade, criaremos seres melhores e mais felizes, plenos para cumprir sua missão espiritual nesta passagem por este lindo e maravilhoso planeta Terra. Dizemos sempre a nossos rebentos que isto ou aquilo é certo e errado e omitimos deles o certo e o errado sinceros e verdadeiros sobre sua sexualidade; digo SEXUALIDADE, e não sexo. Em torno de 10% dos seres humanos trazem consigo uma identidade homo, e 95% é condenado por isto, levando consigo uma marca que irá atormentá-los por toda a vida. As saídas encontradas por estes seres são as mais diversas e espelham os resultados do maior erro humano, em minha opinião, a negação do sentido do prazer. As conquistas obtidas pela luta homossexual durante décadas ainda estão muito aquém do que precisamos.

Recentemente fui ministrar uma palestra para uma turma de Jornalismo da Faculdade Uni-BH. Após o término da palestra, uma aluna afirmou seu pleno esclarecimento sobre a homossexualidade e disse, com coragem, na frente dos colegas, que não possuía preconceito contra os *gays*; que, apesar de hetero, não trazia consigo este sentimento pobre. Concluía que já havíamos vencido muitas barreiras com nossa luta. A mudança da mídia no trato ao homossexual mostrando o respeito que se deve ter sobre esta orientação já deixara nela a clareza sobre o tema. Esperei que terminasse e resolvi testá-la:

– Você foi muito clara sobre o que sente e a admiro, mas gostaria de que me respondesse, se sua pequena filha, quando a tiver, apresentar um problema ginecológico, você a levaria a uma ginecologista lésbica? Se seu filhinho apresentasse um problema urológico, você o levaria a um urologista *gay*? E se apresentasse uma dificuldade de convivência social ou escolar, você o levaria a um psicólogo homossexual?

Silêncio. Concluí:

– É assim que o preconceito age em nossos corações, ele é traiçoeiro e infame. É muito maior do que o tratado pela mídia. Está em nossos corações como uma tatuagem de um dragão a assombrar nossos dias. O indivíduo é homossexual independentemente de sua profissão, cor, sexo, etnia, crença. Milhares de profissionais médicos, psicólogos, assistentes sociais e professores, ficariam passando fome se assumissem para seu cliente ou aluno sua orientação sexual. Então, minha querida, pense bem se está realmente livre do preconceito!

AMOR E PROTEÇÃO

Conheci uma psicóloga maravilhosa que se tornou uma grande amiga, a quem chamarei de Regina. Mãe de dois filhos, Regina era extremamente esclarecida sobre direitos humanos e homossexualidade. Certo dia, ela me disse que precisava falar comigo. Seu filho mais novo, de 8 anos, trazia, desde pequeno, traços de orientação homossexual. Ela, profissional brilhante e respeitada, começou a identificar em seu caçula algumas diferenças em relação ao irmão. Ansiosa, já sofria com o que ele teria que enfrentar, tendo um pai machista. Pude sentir sua angústia. A atitude que poderia ter tomado era a do esclarecimento honesto e transparente desde os primeiros anos de seus filhos, explicando-lhes sobre as diferenças e esclarecendo que estas diferenças são parte da diversidade humana, assim como é diversa a natureza, em cores, frutos e animais; e, que todos somos partes integrantes da diversidade do planeta. Mas isto não fora feito. Seu filho de 8 anos, astuto e inteligente, possivelmente trazia consigo uma orientação homossexual sim, pelos detalhes que ela me passara. Em sua ansiedade, Regina estava disposta a enfrentar a todos para defender a orientação de seu filho, queria contar para toda a família e encarar o marido de frente para impedir a discriminação dentro do próprio seio familiar. Sugeri que não fizesse isso. Se assim agisse, estaria desrespeitando seu filho, o calendário biológico dele, e possivelmente precipitando algo que não poderia ser o concreto. Esclareci-lhe que muitos meninos e meninas tinham comportamentos diversos de seu sexo de nascença, mas chegada a puberdade era que sua orientação sexual se confirmava plenamente. Ele poderia ter traços homos nesta idade, mas poderia ser hetero, assim como poderia acontecer o inverso com seu outro filho. Eu a orientei da seguinte forma:

– Ame seu filho e seja honesta com ele, logo que seu calendário se mostrar ele poderá ter seu apoio integral, mas não invada sua privacidade, não creio que seja o recomendável já que está sendo criado em um ambiente machista e heterossexual. Se você tivesse dito a seus filhos, desde pequeninos, sobre a diversidade, agora poderia tocar no assunto com ele. Ele tem sensibilidade e confia em você, acredito que, quando tiver certeza, irá ser a primeira a saber; aí sim, você deve agir. Seja paciente, minha amiga, está em suas mãos construir o futuro de seu filho.

Regina agradeceu e se comprometeu a seguir meu conselho.

A VISITA

Meu trabalho tornara-se uma rotina no atendimento às demandas da comunidade homossexual enviadas ao gabinete. O deputado Leonardo Mattos contrapôs o projeto do Governo Federal à transposição do Rio São Francisco, justificando que o investimento seria melhor se destinado à recuperação da bacia do rio há décadas que sofrendo em todo o seu curso a ação predatória do homem. Tal posição aproximou ainda mais a boa relação do deputado com o governador, que o apoiava em seus argumentos contra a transposição. Senti que era o momento de agir pelo CRH. Conversei com o deputado sobre minha idéia de cobrar publicamente do governador a execução do projeto. O sub-secretário João Batista de Oliveira concordou que era o momento adequado. Conversei com o Oswaldo e o Marco do MGM e juntos atualizamos o projeto anterior, que havia sido prejudicado anos antes pelo egoísmo partidário de meus colegas militantes, apenas acrescentando a responsabilidade do Estado em seu custeio e a criação de três cargos de confiança a serem indicados por membros do movimento. Contei com o esforço pessoal de Fátima Grissi, a secretária do deputado, que teria que estar em constante contato com o gabinete do governador Aécio para acertar as duas agendas. Isto durou cerca de dois meses, até que finalmente o encontro foi agendado para 7 de janeiro de 2005. Convidamos Osmar Resende, da Libertos, Renan, do novo Grupo Conceito, e Itamar, do Grupo Guri, para estar conosco na reunião e evitamos convidar os outros, por receio de provocarem alguma ação que viesse a prejudicar nossa grande oportunidade de conseguir concretizar o projeto do CRH. Eles já haviam feito isto antes e não hesitariam em fazê-lo novamente.

No dia marcado, tivemos uma reunião no Gabinete Regional do Leonardo com estas pessoas. Leonardo aproveitou a oportunidade e insistia para que uníssemos força em torno de um nome para lançarmos um candidato a deputado próprio da comunidade, nas eleições do ano seguinte. Discutíamos há muito o nome do Oswaldo como candidato único do movimento a deputado estadual. Sua forma especial de articular, seu conhecimento junto ao poder em Brasília e no próprio Estado, além de ter ajudado a construir as muitas ONGs do interior, credenciavam-no como o melhor nome. Sander Simaglio, presidente do MGA, entretanto, antecipara-se e já se colocara como pré-candidato. Excelente jovem militante, Sander acreditava que teria apoio em sua região no Sul de Minas, que o elegeria. Pensávamos diferente e discutíamos uma forma de tentar negociar com Sander para que houvesse um candidato único pois era indiscutível a diferença de experiência entre o Oswaldo e o Sander. Acreditávamos que o nome do Oswaldo seria mais forte e teríamos votos de todo o Estado, enquanto no caso de Sander os votos seriam apenas regionais. Enquanto conversávamos, a hora do encontro com o governador se aproximava. Leonardo nos convidou a continuarmos a conversa no trajeto em seu carro. Entramos todos no carro e nos dirigimos ao Palácio da Liberdade. Dentro do carro, reforçamos a idéia de convencer o Sander em torno do nome único do Oswaldo. Comentamos sobre o trabalho do Sander e, neste comentário, mencionamos sua pouca maturidade para o pleito. Falamos sobre uma estratégia de elegermos o Oswaldo e de lançarmos nas eleições seguintes, para vereadores, candidatos *gays* em todas as cidades onde o movimento estivesse organizado. Era o nosso sonho estratégico. Não contávamos que nossa conversa chegaria aos ouvidos do Sander de forma brusca e distorcida. Osmar foi o condutor da informação, infelizmente. Um companheiro que considerava amigo, por uma articulação pequena de nossos opositores que contarei mais tarde, ficou contra mim e o Oswaldo, nos colocando como opositores diretos do Sander.

Os portões laterais do Palácio se abriram diante de nossos olhos, ansiosos para a entrada do nosso veículo. Sentíamos um certo receio pela incerteza do resultado do objetivo da visita ao ilustre mandatário do Estado. Nós nos identificamos à segurança e fomos conduzidos ao elevador privativo do governador. Chegamos a uma sala com sofás confortáveis, ante-sala de espera ao Gabinete do Governador. Sua secretária nos convidou a sentar e aguardar alguns minutos, pedindo à copa café e água para nós. Fiquei ali olhando para a porta do gabinete com o coração acelerado. Revi em segundos toda minha vida e o sofrimento que tivera para chegar àquele momento, enquanto meus companheiros de visita conversavam alegremente. Em minhas mãos, o projeto para ser entregue ao governador. Fomos convidados a entrar e meu coração disparou mais uma vez. Aécio nos recebeu com um cumprimento e um sorriso nos lábios. Leonardo explicou o motivo de nossa visita e, então, passamos a ele o projeto. Ele deu uma olhada, confirmou que seria avaliado pelos secretários e que o CRH seria concretizado. Tiramos uma fotografia com ele, agradecemos-lhes e nos despedimos. Leonardo pediu mais alguns minutos com ele e solicitou que o aguardássemos; saímos da sala, deixando o deputado com o governador. Na ante-sala avaliamos que fora produtivo o encontro. Leonardo, ao sair, também estava otimista. Quase nos afirmou que poderíamos contar com a criação do órgão que poderia mudar nossos destinos em Minas. Na semana seguinte, procurei o João Batista para sentir a repercussão de nosso encontro. Ele já estava com a cópia do projeto em sua mesa com uma grande novidade; o despacho para confirmar a criação do CRH fora dado de próprio punho pelo governador, de maneira diferente de outros projetos em que o despacho era feito por assessores e ele apenas assinava. Mais uma etapa estava vencida, porém outras precisariam acontecer para que tudo se tornasse uma realidade concreta. Saímos da reunião com o governador com um nome na cabeça para assumir a coordenação. Todos concordaram que este nome deveria ser o meu.

Poderíamos construir o processo de escolha da coordenação com os líderes de ONGs da Capital e do interior que nos apoiavam mesmo à distância, já que mais de uma vez me foi sugerido esta decisão. Excluindo as ONGs ligadas ao partido, que eram apenas três, com certeza o nome escolhido para a coordenação seria o meu. Preferi não agir assim; imaginei que, sendo o principal articulador de todo o processo desde a aprovação da lei até a recomendação da execução do Projeto CRH, teria uma maioria e talvez uma unanimidade em torno de minha indicação. Ainda mais: legitimar um nome pela maioria fortaleceria o movimento no Estado, e teria apoio integral para articular com o poder público nos avanços tão sonhados e desejados por nós. Subestimei em muito o desejo de poder paralelo do partido. Eles, integrantes do partido, não assumem um cargo público num governo de oposição, porém usam a estratégia de infiltrar simpatizantes formados por eles para assumir este papel. Eu estava cheio de boa-fé, acreditava ainda que a nossa luta coletiva estava acima destes interesses subliminares de poder infiltrado. O sub-secretário de Direitos Humanos, João Batista de Oliveira, também era favorável à legitimação coletiva do coordenador com o envolvimento de todas as ONGs. Fizemos as contas e democraticamente seríamos detentores da vitória. Escolhemos o caminho democrático. Divulgamos o projeto para todas as ONGs via Internet e pedimos comentários complementares para fecharmos o formato do CRH. Todos aprovaram o projeto na íntegra, ficando em discussão, por *e-mails*, a data e a forma de escolha do coordenador e assessores dos cargos de confiança. A discussão eletrônica sobre este processo foi longa e muitos *e-mails* foram trocados. Há um recurso no computador que você marca a relação dos *e-mails* de uma mensagem e os cola em outra ou em uma resposta. Desta forma todos os participantes da discussão se interagem. É um processo fácil e usual, que economiza tempo em digitar todos os *e-mails* novamente. Uso este método habitualmente. E como eram mais de doze *e-mails* de todos os líderes de ONGs do Estado, não contava a cada *e-mail* enviado se todos os nomes permaneciam na colagem.

Osmar Resende sempre se dera bem conosco. Imediatista, Osmar tem um gênio autoritário, acreditando que todos devem acatar suas idéias e concordar com elas, muitas vezes tornando-se inconveniente e até mal-educado com as pessoas que se contrapõem a elas. Traz consigo os traços de uma criança que os pais satisfizeram todos os desejos, tornando-se um adulto impaciente e de pavio curto. Até aquele momento, eu conseguira me articular bem com ele, tinha-o como um amigo leal e sincero. Em uma troca de *e-mails* entre o Rainbow e o CELLOS, alguém do CELLOS ardilosamente deletou o *e-mail* do Osmar.

Provavelmente a mesma pessoa que respondeu à minha mensagem foi quem o alertou sobre o fato de que seu nome havia sido excluído de minha resposta. Encontrava-me com o Osmar quase que semanalmente. Notei que estava distante, tentei saber dele o que se passava, ele se esquivava e não falava. Passou a articular com outros líderes em particular, em especial com o Sander. Antecipou-se à conversa que teríamos com Sander sobre a candidatura dele e do Oswaldo na tentativa de termos um único candidato assumidamente *gay* em Minas, e fez isto de forma maliciosa, insinuando ao Sander que Leonardo Mattos, eu e o Oswaldo Braga estávamos fazendo um complô contra sua candidatura. Sander, inocentemente, deixou-se levar pelo ardil malicioso do Osmar e criou uma posição defensiva contra nós. Mesmo assim, na escolha pelo voto para o CRH, teríamos a maioria e o nome escolhido seria o nosso. Enquanto aguardávamos a data para a escolha do nome, comecei a procurar uma casa que seria alugada pelo Estado para abrigar o CRH. João Batista de Oliveira e eu desejávamos um local acolhedor e visível, dando motivos de orgulho para a comunidade, em ser vista como uma minoria reconhecida pelo Estado. É também um processo lento e burocrático.

Marcamos a data do encontro. A maioria dos líderes das ONGs do interior são jovens, sem nenhum envolvimento com política partidária e com pouco conhecimento sobre as artimanhas de um partido de extrema-esquerda, tendendo a crer mais nas informações do boca a boca habitual do gueto, usada comumente pelos de sua jovem faixa etária. A reunião foi construída para a escolha do coordenador e este, por sua vez, escolheria seus dois assessores. Todos os líderes, inclusive do interior, compareceram, aproveitando a realização de um encontro do Programa Estadual de AIDS, na Capital, no dia anterior. Estranhamente, percebemos que nossos aliados do interior não nos olhavam nos olhos, durante a reunião que ocorria no sindicato onde Soraia era integrante da diretoria. Todos estavam cordiais, mas havia algo estranho no ar. Percebia que os amigos me evitavam, fugiam de mim, quando me aproximava das rodinhas de conversas pré-reunião. Compusemos a mesa para o início dos trabalhos. Mais uma vez, definiu-se o formato de um voto por ONG. Passamos, então, à indicação dos candidatos; o MGM indicou o meu nome, e a ALEM e o CELLOS indicaram o nome de Walkiria La Roche. Foram nomeados dois porta-vozes para a defesa de cada candidatura. A minha foi defendida brilhantemente por Marco Trajano, do MGM, e o de Walkiria, pelo Fábio, do Grupo CELLOS. Passou-se à votação nominal. O pano caiu diante de nossos olhos. Os grupos MGM, Rainbow, Shama e Guri votaram a favor de meu nome, os demais votaram a favor de Walkiria. Minha crença no sentido transparente e justo da política democrática foi para o chão. Agira com transparência e lisura com todos e fui preterido em detrimento de interesses menos nobres aos olhos de quem luta com o coração. Só nos restou legitimar o nome de Walkiria e acolher os nomes de sua indicação para assessores, que foram o Fábio, do CELLOS e o Osmar, da LIBERTOS. A míope visão do movimento mineiro diante da importância de uma conquista como a do CRH se confirmou. Só nos restou torcer para que Walkiria realizasse todas as etapas do projeto que beneficiavam amplamente o nosso povo. Os nomes foram apresentados ao SEDESE para nomeação. Senti como se tivessem roubado o meu sonho. Contudo minha tarefa não terminara. Ainda mais uma vez, o CRH dependeria de minha ajuda para sua concretização. E ajudaria, pois um filho é sempre um filho, se você não pode criá-lo e precisa entregá-lo a alguém, seu coração não o ama menos e sempre pede aos céus que o proteja. O CRH era para mim o fruto de minha alma, a esperança para milhares de pessoas, muitas das quais não têm ainda consciência plena de sua necessidade de existir. Aprendi muito com as derrotas, porém o principal aprendizado foi o de superar mágoas e ferimentos, e apesar deles, continuar a amar, mesmo os que consideramos inimigos.

MÁRIO

Marina ligou-me na manhã de uma sexta-feira, 25 de fevereiro de 2005. Estava preocupada com nossa amiga Angélica e com os sentimentos que ainda nutria por ela. Queria desabafar, convidou-me para um encontro no Bar Nova Estação à noite. Quando lá cheguei, Marina já se encontrava em uma mesa na varanda, próxima da fonte decorativa do bar. Beijei-a e pedimos uma cerveja para refrescar nossa alma e fluir a conversa. Falou-me sobre suas dificuldades em superar o fim do relacionamento com Angélica, mas que estava decidida, desta vez, a não mais voltar. A dificuldade de Angélica em manter o equilíbrio emocional depois de alcoolizada era a principal barreira, nesta volta, além da dificuldade de Angélica em abrir um espaço em seu coração para os filhos de Marina; não que não os amasse, mas não pensava em assumi-los como uma família completa. Quis saber sobre mim, como estava e o que se passava em meu coração. Expliquei-lhe que estava só e procurava um companheiro que fosse mais sincero, assumido e que desejasse ter um relacionamento duradouro, mas que este príncipe ainda não aparecera.

Notei uma mesa à nossa esquerda onde duas garotas namoravam e conversavam. Distraía-me com nossa conversa e não notei a entrada de um rapaz que foi sentar-se junto às duas garotas. Marina precisou retirar-se por um momento para ir ao toalete. Neste momento resolvi correr o olhar pelo bar para ver os rapazes que ali se encontravam. O bar não estava muito cheio, as mesas ocupadas por pessoas em animadas conversas e risos ao som de uma música dos anos 70. Com um giro de olhar pelo local, da minha direita em direção à esquerda, voltei a ver as duas garotas, agora em companhia de um rapaz desacompanhado. Os três conversavam animadamente. Meus olhos se fixaram nele. Sua imagem, levada pelos meus olhos ao meu coração, fez com que ele acelerasse. Era um moço de uma beleza exoticamente linda. Sobre a cabeça, usava uma boina negra com aba invertida; acima dos olhos negros, lindas sobrancelhas muito bem afiladas e simetricamente colocadas. Um par de óculos, pouco maiores que os usados para se ler de perto, porém com o mesmo formato, compunham ainda mais a beleza daquele rosto. O nariz largo sem excesso, uma boca de lábios grossos e profundamente sensuais que se expandiam também harmoniosamente quando sorria. Dentes muito brancos e não menos harmônicos. Braços e pernas grossas e bem torneadas, um tórax forte onde acentuavam pontiagudos dois peitos que em primeira instância pareciam hormonizados para parecerem femininos; sua pele morena brilhava à luz de seu sorriso. Meus olhos se prenderam em seu encanto másculo e ao mesmo tempo suave e terno. Conversava animadamente com as duas garotas e quase não olhava para meu lado. Em minhas conversas com Marina, sempre meus olhos se voltavam para aquele homem maravilhoso. Marina percebera meu interesse e passou a prestar a atenção à cena. Dizia que ele me olhava porém, quando virava a cabeça para vê-lo, seus olhos estavam na direção das garotas. Elas também perceberam meu interesse e depois de vários olhares para a mesa delas, passaram a sorrir para nós. Isto era um bom sinal. Indaguei a Marina se ela se importaria em mudarmos de mesa. Ela concordou rapidamente. Sinalizei para as garotas demonstrando meu interesse em migrar para a mesa delas. Logo após o segundo sinal, elas responderam positivamente, nos levantamos e caminhamos para a mesa vizinha.

As apresentações foram feitas, as garotas deram seus nomes: Renata e Duda. Marina se apresentou, elas, então, apresentaram-nos ao ser encantador que motivara minha aventura; seu nome: Mário Sérgio. Marina sentou-se ao lado de Duda e eu ao lado de Mário. Uma conspiração do universo nos colocou ali aquela noite. Mário chegara em sua casa, voltando da escola (estudava à noite no Colégio Marista

Dom Silvério) e, não encontrando as amigas que eram suas hóspedes, recebeu uma ligação delas, dizendo estar no Bar Nova Estação, e que fosse se encontrar com elas lá. A princípio resistiu, porém o destino o empurrara, e ali estava ele ao meu lado. Meu coração batia acelerado, e sentia seu cheiro moreno doce misturado com uma agradável fragrância de um bom perfume. Mais tarde, como não podia negar suas origens, confessou-me que esta fragrância tão envolvente era de perfume, porém misturado a uma erva conhecida pelos místicos como cipó-mil-homens. Algo me dizia que era ele. Passados poucos segundos de uma conversa diplomática e gentil entre nós, ouvi uma voz silenciosa no vento, que me repetia: "Segure a mão dele, segure". Arrisquei. Por sob a mesa, quando levou sua mão para ajeitar o tecido da calça, desci com a minha levando-a de encontro à dele; sua mão encontrou a minha e pude sentir pela primeira vez o toque de sua mão grande e forte a apertar a minha. Nós nos olhamos e sorrimos. Nossos olhares se fixaram e roubei-lhe um beijo. O gosto de sua boca, naquele primeiro beijo, até hoje me entorpece. Estremeci de excitação. Nossas mãos não mais se separaram até nossa partida. Mário demonstrou uma inteligência e uma fluência sobre os mais diversos assuntos que trocávamos na mesa. Entre nossos beijos e carinhos, um fundo musical foi colocado, uma música dos Tribalistas que estava fazendo muito sucesso até então: "Você é assim, um sonho pra mim...". Foi assim, um sonho para mim. Ele nascera na Bahia e se mudara para Belo Horizonte há oito anos. Tinha 25 anos e morava em uma pequena casa no Bairro Salgado Filho, onde tinha por vizinha sua amiga Renata, que se tornara uma irmã adotada, por estar longe de sua família.

Angélica me havia convidado para passar o domingo no sítio de seu pai nos arredores de Belo Horizonte, em comemoração a seu aniversário; reuniria alguns amigos e havia confirmado com ela minha presença. Ao estar ali com Mário, liguei para ela e pedi autorização para levá-lo comigo. Ela concordou. Ainda no bar, convidei Mário para o passeio no domingo e, para minha surpresa, ele aceitou. Saímos do bar tarde, trocamos números de celulares e combinamos o passeio do domingo. Estava tão excitado com meu possível novo amor, que mal dormi naquela noite, esperando o momento de reencontrá-lo. Regina Lana, irmã do Marco, ficara de ir e nos deu uma carona. Mário me deixara enfeitiçado pelo seu conjunto de beleza harmoniosamente distribuída e pela simpatia que exalava; apesar de uma timidez inicial, era extrovertido e uma pessoa maravilhosa. Tinha que conquistá-lo, algo me dizia que era o homem definitivo em minha vida. Naquele domingo fiquei sabendo que nunca havia tido um namorado fixo, e que havia ido visitar os pais na Bahia, onde rogara aos orixás o envio de um amor. Ao ouvir seu relato, arrepiei-me pois o período de seu pedido coincidia com o mesmo que fizera à Nossa Senhora da Boa Viagem, rezando para que me enviasse um parceiro que me fizesse feliz. Contei a ele, que também se surpreendeu. O sítio do pai de Angélica era um local extremamente agradável e bem cuidado, já o visitara várias vezes. Havia uma casa grande e arejada em um ponto alto do terreno, de onde se vislumbrava a estrada movimentada da região que levava ao sítio e mais abaixo do nível da casa, uma piscina de águas limpas e bem tratadas; ao lado da casa um galpão com várias mesas de jogos. O senhor Pedro André, pai de Angélica, tornara-se um grande amigo e sempre foi um anfitrião de primeira. Tinha conhecimento da orientação da filha e a amava muito. Sempre Angélica levava amigos *gays* ao sítio, e eu já havia sentido o calor do amor e respeito de seu pai por seres diferentes. Assim, Mário e eu fomos muito bem recebidos. Ao lado do galpão havia uma enorme mesa circular sob algumas árvores, onde ficamos todos a maior parte do tempo a conversar e trocar experiências alegres com os convidados, todos sabendo de nossa orientação sexual. Virou uma mesa composta por *gays*, basicamente: Mário, eu, Regina, Luana (companheira de Regina), Fabiano, um amigo comum, Angélica e uma amiga. Demonstrações de afeto não eram estranhas ali, e pudemos namorar toda a tarde de domingo; foi meu primeiro dia inteiro com Mário.

No início da noite, Fabiano nos trouxe, deixando-nos em frente do prédio em que moro, na Avenida Bias Fortes. Convidei Mário a entrar, aceitou. Senti que podia confiar nele, embora para mim ainda fosse um completo estranho. Convidei-o a passar a noite comigo. O convite foi aceito e nos sentamos para conversar um pouco mais. Fiquei sabendo que assumira ainda muito cedo para a mãe sua homossexualidade. Seu espírito, porém, nunca pertenceria a Salvador. Desde cedo tivera a intenção de partir. Sua família era católica não praticante e o adolescente Mário buscava respostas para seus anseios e desejos e acreditava que estas respostas estavam em outras paragens. Foi quando, aos 17 anos, uma amiga de sua mãe recebeu uma visita de uma parenta de Minas Gerais. Esta mulher demonstrou afeiçoar-se muito ao Mário e o convidou para vir morar com sua família em Belo Horizonte. Mário, então, passou a atormentar seus pais para deixá-lo vir. Fiquei surpreso quando me confessou que acabou convencendo-os a darem uma autorização para que a senhora, conhecida há pouco, trouxesse seu filho menor de idade para uma família e uma terra estranha. Esta senhora se chamava Mãe Iara, era adepta do candomblé e passou a iniciar o Mário como filho-de-santo em seu terreiro. Alguns meses depois, o marido desta senhora conseguiu um emprego para ele em uma prestadora de serviços que atendia à Secretaria de Educação do Estado e Mário passou a aprender a profissão de técnico em telefonia, profissão que exercia até os dias atuais. Também fiquei sabendo nesse dia que o tamanho de seu peito não era hormônio, mas excesso de gordura centralizada, uma herança genética e que isto o incomodava muito, tanto que buscava fazer uma cirurgia. Durante anos fora apelidado pelos colegas de escola e vizinhos, na Bahia, de "peitiúdo", e que isto o atormentava. Sabia o que sentia, pois também tive esta herança genética e cheguei a fazer a tal cirurgia. Contei a ele sobre isto, alegando que me arrependera depois. É um atributo muito atraente para muitos homossexuais e, com certeza, se os tivesse mantido, teria feito muito sucesso entre meus pares.

Ainda nessa mesma noite ele me contou que tal protuberância em seu peito o incomodava muito, sua timidez natural era violada a todo momento pelo seu porte físico, imponente e de certa forma atlético, porém seu peito chamava a atenção das pessoas sobre si. Ele havia decidido antes de conhecer-me fazer uma cirurgia para eliminar o motivo da atenção alheia. Começou a garimpar no SUS a possibilidade de realizar seu intento. Conseguira consultar e foi informado de que era possível a realização de cirurgia plástica para superar a dificuldade de conviver com tal problema. Era uma questão de estética, mas que mexia muito com o emocional de Mário, o que possibilitou a chance cirúrgica. Foi recomendado pela profissional a fazer uma série de exames, começando a peregrinação conhecida por muitos brasileiros quando se trata de saúde sustentada pelo governo. Após meses de idas e vindas a laboratórios, postos de saúdes e consulta com sua médica, finalmente a cirurgia foi marcada. Mário se sentiu realizado, estava prestes a concretizar seu grande sonho. Data de internação agendada e exames na mão, seguiu para a cirurgia. Lá chegando, apresentou-se e, para sua surpresa, teve a notícia de que sua médica, gestante, sofrera uma indisposição de gravidez e que sua cirurgia seria adiada indefinidamente até que ela voltasse a trabalhar. Tal informação atingiu-o dolorosamente, que saiu de lá e pegou o ônibus para retornar para casa. Ainda no ônibus, ele se lembra bem, as lágrimas começaram a rolar em suas faces, um sentimento de dor e perda se apossou dele. Decidido a não demonstrar em público sua natural fraqueza humana ante uma grande decepção, começou a puxar fortemente as lágrimas que lhe caíam nas faces com os dedos das mãos unidos, com tal pressão que seu rosto ficou avermelhado.

Disse a ele que tudo que nos acontece, embora não compreendamos no momento, tem um motivo secreto que mais na frente descobrimos o que é. Em minha opinião, era um ser belo e seus mamilos eram algo muito lindo de observar e tocar. Para mim, ele estava completo como homem e como ser humano da forma como o conhecera, e que o tal problema não fazia a menor diferença, provaria isto a ele. De fato, algum tempo depois, ele próprio disse que ninguém tocara em seu peito como eu tocava, e era para ele um ponto a mais de prazer em nosso amor. Durante alguns meses falou em retornar à cirurgia, hoje nem toca mais no assunto. Fico feliz que tenha mudado de idéia.

Após alguns minutos de conversa em que nos conhecemos um pouco mais, o sono veio para nós dois. Convidei-o a se deitar. Mostrei a ele todos os espaços do pequeno apartamento e procurei deixá-lo à vontade. Fui tomar um banho, e ele ficou vendo televisão. Quando terminei, perguntei a ele se desejaria tomar um banho; concordou e foi para o banheiro. Preparei a cama para que pudéssemos nos deitar. Meu pulso estava acelerado e ansioso, sentia-me como um recém-casado na expectativa de agradar na primeira noite. Sabia que muito desta primeira noite representaria a continuidade ou não de nosso futuro. E acredito que para ele também. Mário saiu do banheiro, que dava direto para o meu quarto, eu já havia apagado a luz. Já me encontrava apenas de cuecas sob os lençóis. Ele apareceu à porta do banheiro também de cuecas. Sua altura era a mesma da minha, ambos com 1,80 metro. Mário, porém, tinha um corpo bem delineado e bem distribuído. Sua silhueta, em contraste à luz que vinha do banheiro, deixou-me excitadamente encantado. Ele contornou a cama e deitou-se à minha esquerda, levantando o lençol que me cobria, suavemente. Voltou-se para mim e beijou-me longamente na boca. Nós nos abraçamos e tudo aconteceu de forma sublime. Tiramos um do outro a pouca roupa que nos cobria jogando-as ao chão. A pele de Mário, lisa e aveludada, tocava meu corpo de uma maneira que nunca sentira antes. Seu contato superou todos os seres com quem já estivera, uma comunhão se estabeleceu, instantâneamente. Minha mente viajou pelos verdes mares de Salvador, conduzida pelo corpo maravilhoso de meu novo parceiro. Naveguei sobre o mar de Itapoã e a beleza da Lagoa do Abaeté; sob o céu, sobre a terra e no mar da Bahia, flutuava entrelaçado com o corpo quente de meu amado. Bailando ao vento do prazer do contato de nossa pele, seus braços fortes me abraçavam firme e suas pernas grossas e masculamente torneadas prendiam as minhas para não me deixar cair das alturas pelas quais flutuávamos. Revi todos os recantos que conhecia da cidade de Salvador abraçado ao Mário, sentindo o sabor de sua boca; ao flutuar pelo Pelourinho, em sua saliva senti o gosto doce do "cravinho", uma bebida típica da capital baiana. Voamos sobre as ondas do Atlântico na orla baiana e nosso suor parecia as gotículas do mar quebrando na praia. Meus olhos umedeceram de prazer, quando o orgasmo nos plainou, fazendo-me pousar suavemente na cama onde iniciamos nossa viagem pelos nossos corpos entorpecidos de desejo. Naquela noite, tenho certeza, adormecemos nos braços afetuosos de Iemanjá, que nos acalentou até o nosso sono profundo, abraçados nus até o amanhecer.

Mário foi para o trabalho após um rápido café. Com medo de não vê-lo mais, ofereci-me para esperá-lo ao sair da escola. O dia foi profundamente longo, o tempo teimava em não seguir em frente para que pudesse buscar meu amigo querido. Quando, enfim, venci meu inimigo, o tempo, pude correr pelas ruas da Savassi e chegar à Rua Lavras onde fica o colégio do Mário Sérgio. Cheguei meia hora antes do término das aulas, fiquei em um bar lateral do *Shopping* Pátio Savassi cuja varanda dava para a Rua Lavras; tomei um chope de um único gole, tentando acalmar meu nervosismo. Quando, enfim, vi a silhueta de Mário descendo a rua alegremente em meio a um grupo de colegas, chamei-o.

– Mário!

– Você veio mesmo!

– Sim, eu me havia comprometido e estou aqui. Vamos tomar um chope?

– Vamos!

Mário sentou-se ao meu lado e alegremente começou a contar seu dia escolar. Conversamos sobre coisas importantes e banalidades. Estava louco para beijá-lo, mas não aceitou que o fizesse ali. Eram quase 23 horas de uma noite fresca com uma leve brisa noturna a tocar nosso rosto, quando fomos para casa. Estava encantado com meu novo companheiro e, aparentemente, havia reciprocidade.

O UNIVERSO DE MEU AMOR

Renata e Duda começaram seu namoro um mês antes do dia em que conheci os três na noite do Bar Nova Estação. Apesar de Renata morar com seus pais bem perto da casa do Mário, elas se sentiam mais à vontade tomando a casa do Mário emprestada. Os pais de Renata tinham conhecimento de sua orientação e aceitavam isso tranqüilamente. Duda, ainda meio tímida, sentia-se melhor com o espaço que Mário cedera para as duas. Assim, quando entrei na vida de Mário, ele mudou sua rotina diária. Saía da Secretaria de Educação, no Bairro Gameleira, e como era próximo do Salgado Filho, passava em sua casa, apanhava os objetos de que necessitava para seu dia e dormia em minha casa comigo. No primeiro mês de nosso namoro, esta foi sua rotina. Tudo corria deliciosamente bem, passamos a nos conhecer a cada dia. Toda a nossa vida antes de nos conhecermos relatamos um ao outro. Minha surpresa e curiosidade eram como um homem tão lindo, sensual e agradável nunca tivera um namorado fixo. Quando indaguei isto, ele disse que, de certa forma, sua timidez o impedia. Tivera alguns casos, porém muito curtos, sem comprometimento. Sentia que era este o momento, a resposta ao pedido que fizera a Iemanjá na virada do ano, um amor, e estava feliz por ela tê-lo atendido. Passei a sair com Mário e nossas amigas com certa freqüência e, quando retornávamos, elas iam para casa do Mário e nós dois para minha casa. Foi um mês de descobertas e sensações nunca antes sentidas por mim. Mário era compreensivo, amigo e pouco ciumento. Sempre, em nossas visitas ao gueto, os amigos abraçavam-me e beijavam-me na face, ele não estranhava ou mudava a expressão do rosto, ao contrário dos meus outros namorados. Claro que o prevenira de minha popularidade no gueto. Minha saúde melhorara consideravelmente, o estresse já não fazia parte de mim. Estava experimentando uma nova forma de amor. Nosso relacionamento estava sendo construído de forma madura, sem a possessividade da paixão. Primeiro surgiu uma grande amizade que se estava transformando em companheirismo e cumplicidade; o amor veio mais tarde de forma forte e intensa, porém sem as loucuras da paixão. Hoje, dois anos depois, ambos temos a certeza de que nos amamos muito, porém a construção de nossos primeiros dias, cumprindo rituais de conhecimento mútuo, foi que gerou este amor verdadeiro, sem possessividade e ciúmes, sentimentos comuns na paixão. Sentia que podia confiar em Mário inteiramente, e essa confiança gerava um respeito à individualidade de cada um de nós. Foi lindo construir essa vida com este homem encantador que, tenho certeza, será para sempre.

Um mês se passou, quando Mário me convidou para ir à sua casa pela primeira vez. Às vezes, ficava curioso sobre o motivo pelo qual não me convidava, este era o grande mistério de nosso primeiro mês. Acreditava que ele tinha receio de os amigos e vizinhos saberem que ele estava namorando alguém que tinha o dobro de sua idade. Quando dizia isto a ele, Mário ria e dizia que não tinha problema algum com nossa diferença de idade, que essa diferença não era empecilho para que me apresentasse a seus amigos. De fato, já conhecia muitos de seus colegas do Colégio Marista; havia saído com Mário e alguns deles para uma cerveja depois da escola, e ele sempre me apresentava a todos como seu namorado. Isto me enchia de orgulho.

Na Rua Lagoa da Prata havia um posto de gasolina onde um dos amigos do Mário trabalhava, e também uma lanchonete conhecida pelos habitantes do bairro como "postinho", com mesas e cadeiras ao ar livre. Passado um mês, Duda e Renata nos convidaram para irmos lá, era aniversário do Bob, o amigo do grupo e ele nos convidou para comemorarmos lá. Era um sábado à tarde, e passamos momentos muito agradáveis; ali tive oportunidade de conhecer muitos dos vizinhos do Mário, boa parte dos *gays* do bairro se encontravam no postinho e conviviam bem com a vizinhança. Os proprietários do local, Carlos e sua esposa Cris, que estava grávida, trataram-nos muito bem, aceitando tranqüilamente a demonstração de afeto dos casais *gays* que estavam no aniversário do Bob. Bob, que também era *gay*, era uma pessoa encantadora, tinha os trejeitos e até uma certa semelhança física com Madame Satã. Sua agilidade corporal era impressionante; rodando nos postes estreitos de sustentação da meia cobertura do postinho, lembrava-me muito a minha protetora naquela noite da Lapa do Rio de Janeiro. Contei ao Bob a história de Madame Satã e brinquei com ele chamando-o pelo nome do lendário *gay* do Rio. Ele adorou o título, e muitos dos amigos passaram a brincar com ele com o novo apelido. Saímos tarde e Mário, pela primeira vez, convidou-me para ir à sua casa. Era um pequeno barracão em um lote com mais três barracões, porém o do Mário era o frontal, próximo da entrada comum dos habitantes dos barracões. O banheiro ficava fora da casa, perto da entrada; era um ambiente de dois cômodos, porém muito arrumado e aconchegante. Na sala ficava um pequeno sofá, a geladeira, o fogão e uma máquina de lavar roupas conhecida como tanquinho, que, quando não exercia a função de lavar roupas, era usado como mesa de apoio à pia de cozinha que ficava ao lado. No quarto, um guarda-roupa pequeno de duas portas com um vão central levando ao fundo um espelho e na base do vão, uma descoberta sobre meu companheiro: ele colecionava pedras semi-preciosas e raras, que estavam dispostas de forma muito decorativa. Uma cama de solteiro, um pouco mais larga que a habitual, e uma televisão pequena em um móvel junto da parede ao pé da cama. Tudo muito limpo, cheiroso e encantador. Adorei conhecer o canto de meu querido companheiro. Como as meninas estavam alojadas, Mário tirou um colchonete e o estendeu no chão, preparando-o para dormirmos lá. Naquela noite preparou uma gostosa macarronada. Ficamos ali, os quatro, nos conhecendo e conversando até altas horas da madrugada. Estava tão à vontade, que acreditava conhecer aquele canto gostoso de meu amado já há muitos anos. Descobri, naquele final de semana, que Mário era muito resistente à bebida; tomamos muitos drinques juntos e senti-me sonolento. Ele levou-me até o colchonete, ajeitou-me para dormir, cobrindo-me carinhosamente, beijando-me a boca e desejando-me boa-noite, retornando em seguida à sala para conversar com nossas amigas. Peguei no sono rapidamente, e acordei mais tarde, sentindo o corpo de meu amado recostar ao meu quando veio se deitar. Abraçou-me e dormimos assim, juntinhos e aquecidos.

No domingo, quando souberam que Mário estava em casa, aconteceu uma peregrinação de vizinhos e amigos. Conheci praticamente todos os seus amigos. Mário se mudara para lá há quatro anos e se tornara muito querido pelos vizinhos. Sua mudança para o Salgado Filho foi depois de ter de sair da casa da Mãe Iara, que passou a tratá-lo mal, deixando-o em segundo plano no contexto familiar da casa onde hospedara o Mário, inicialmente, quase como membro da família. Com o passar do tempo, a gentil senhora que o trouxera de Salvador se foi revelando uma madrasta para meu amado. Mário já trabalhava, decidiu não voltar para Salvador, desejava vencer e mostrar à sua família que não errara em ter vindo para Belo Horizonte. Mudou-se da casa em que já não era tão bem-vindo o quanto antes. Dividiu inicialmente uma moradia com uma amiga, que depois partiu, e ele passou a morar só. Sua força de vontade era admirável, sustentava-se com um pequeno salário e retornou à escola, reiniciando seus estudos interrompidos ainda em Salvador. A peregrinação no domingo na casa de Mário era provocada pela curiosidade de todos em conhecer o namorado do vizinho e amigo. A todos Mário orgulhosamente apresentava-me como seu namorado. Mais uma vez, sentia aquela sensação gostosa de estar inserido em um contexto social como *gay* e sendo respeitado por todos que não estranhavam o fato de dois homens serem namorados. Acredito que esta construção no Salgado Filho se deu pela coragem da Renata, que praticamente nascera lá e, sendo lésbica assumida e também muito querida dos vizinhos, conquistou o respeito de todos para nossos pares. A conduta e o forte senso de solidariedade do Mário no bairro, também, muito contribuíra para a ausência explícita de preconceito nos vizinhos. Foram tantas as visitas que guardei o nome de muito poucos, precisando em encontros seguintes de que o Mário soprasse em meu ouvido o nome de alguém que me cumprimentava pelo nome. Passamos ali um lindo final de semana e, na segunda-feira, retornamos à nossa rotina no Barro Preto.

Completados trinta dias de nosso relacionamento, trocamos alianças de prata em sinal de um compromisso duradouro, hábito hoje muito comum entre os jovens apaixonados. Propus ao meu amado que se mudasse para minha casa, não havia sentido manter duas casas, já que estávamos praticamente morando juntos no meu apartamento. Mário gostou da idéia e, no final de semana seguinte ao nosso primeiro mês de namoro, fomos ao Salgado Filho para providenciar a mudança de meu companheiro. Como minha casa já estava mobiliada, a mudança foi simples, feita em um carro Fiorino que Marco me emprestara para este fim. Trouxemos as roupas, os objetos pessoais, a televisão, o tanquinho, a coleção de pedras e um número imenso de frascos de perfume, um dos gostosos hábitos de meu amado. O restante foi guardado em um cômodo vazio que ficava nos fundos da casa de nossa amiga Renata. Alguns objetos o Mário doaria a amigas do bairro que precisavam. Sua partida do Salgado Filho foi emocionante para ele e para mim. Muitos dos vizinhos vieram despedir-se, alguns chegando a brincar comigo dizendo que estava roubando o Mário deles; na brincadeira, sentia uma pontinha de ciúmes por temerem ficar sem o amigo querido. Explicava que não estava tirando o amigo deles, muito pelo contrário, eles ganhariam mais um amigo, eu. Era uma forma de consolo pela perda daquele que partia em busca de seu sonho. Prometi que sempre os visitaria junto com o Mário, pois jamais desejaria que meu amado se separasse de seus amigos por minha causa. Explicava que também tinha meus amigos e sabia como se sentiam. Casa limpa e vazia, era hora de devolver as chaves à proprietária. Dona Maria, proprietária dos imóveis não estava e uma jovem senhora, sua filha, conhecida pelo apelido de Fia, veio receber as chaves do Mário no horário que combinaram. Mário apresentou-me a ela:

– Como vai a senhora? – perguntei.

– Vou bem, porém estou triste pela partida do nosso querido inquilino – disse com os olhos molhados. E continuou: – Olha, você está tirando de nós um amigo leal e sincero. Em todos estes anos que Mário aqui morou, nunca tivemos nada a reclamar dele. Sempre foi um bom rapaz, amigo e respeitoso. Cumpriu sempre com suas obrigações e compromissos conosco. Você está levando uma pérola e, por favor, não o faça infeliz, pois nós o amamos e desejamos muito a felicidade dele. Estamos pesarosos por sua partida, mas nos alegramos em saber que ele está buscando sua felicidade. Você parece ser boa pessoa, isto nos tranqüiliza.

– Obrigado, a senhora pode ter certeza de que tudo farei para que ele seja feliz!

Ela voltou-se para Mário:

– Olhe, meu filho, se precisar, você sabe que sempre o receberemos de braços abertos, venha nos ver sempre e seja muito feliz – disse abraçando meu amado fortemente e, ainda completou: – Mário, cuide bem deste moço, ele também parece ser boa pessoa!

Meus olhos umedeceram pela emoção da declaração sincera de Fia. Mário entregou a ela as chaves e fomos para o carro. Paramos no postinho para que Mário se despedisse dos amigos que lá se encontravam. Encontramos Débora, Valéria, Tininha e Claudete, conhecida como Du, que repetiu em outras palavras o mesmo que ouvira de Fia. Se havia em mim alguma dúvida quanto à integridade de meu novo companheiro, esta se desfez totalmente nesta despedida. Veio a certeza de que me estava unindo a uma pessoa realmente especial. Silenciosamente, agradeci a Deus por isto. Chegamos em casa e acomodamos os objetos do Mário; disse a ele que agora não era mais minha casa e sim nossa casa e me sentia muito feliz de estarmos nos unindo e formando uma nova família. No dia seguinte, providenciei uma cópia da chave do apartamento e dei de presente a Mário, em sinal de minha inteira confiança nele.

VIVER EM FAMÍLIA!

Mário passou a ser um companheiro inestimável. Nossas conversas sempre eram muito sinceras, nada escondíamos um do outro e passamos a tomar atitudes conjuntas quando o assunto envolvia nossa pequena e feliz família. Alguns acordos fizemos para evitar discussões. Dizer sempre a verdade e respeitar a individualidade de cada um. Assim, quando tivéssemos de fazer algo com amigos e o outro não pudesse estar junto, o telefone seria o instrumento de comunicação a indicar onde cada um estava. Quase nunca precisamos estar só, os amigos meus e os de Mário se tornaram todos amigos do casal, assim, sempre quando um programa era planejado, automaticamente nós dois estávamos incluídos. Tudo corria bem e já estava amando Mário. Logo tratei de apresentá-lo a meus parentes, e meu amado conseguiu conquistá-los a todos só restava minha mãe. Mais uma vez apelei para minha irmã Karla, que, já gostando do Mário, passou a falar de meu companheiro para ela. O Dia das Mães se aproximava e comecei a preocupar-me com nosso encontro com minha mãe. Teria que estar com ela, porém decidi não deixar o Mário sozinho. Sua mãe estava na Bahia e imaginei que não se sentiria bem em passar o dia sozinho. Como o apartamento de minha mãe é pequeno e a família já se tornara numerosa, com filhos, genro, noras, netos, netas e respectivos namorados, foi decidido que o dia seria comemorado em casa de um dos irmãos, José Eustáquio, o Zeca, onde todas as mães da família seriam homenageadas com um almoço. Liguei para o Zeca:

– Zeca, sou eu! Estou preocupado com o almoço do Dia das Mães.

– Por que, Danilo?

– A mãe do Mário está na Bahia e não gostaria de deixá-lo só neste dia. Além do mais, ele é minha família também. Gostaria de levá-lo, posso?

– Deve! – foi a resposta de meu irmão.

– Porém tem a presença da mamãe, e você sabe como ela reagiu diante de meus companheiros anteriores. Nunca quis ter contato com nenhum deles.

– Deixe a mamãe por minha conta, Danilo. Traga o Mário. Esperamos vocês.

– Tem certeza, Zeca?

– Fique tranqüilo. Até domingo!

– Até, Zeca e obrigado.

Chegando em casa, contei ao Mário a conversa que tivera com Zeca. Veio, então, a idéia de Mário: sabendo que minha mãe adorava flores e plantas, decidiu levar flores para presenteá-la no domingo.

O Mercado Central de Belo Horizonte é um espaço amado pelos mineiros; lá se encontram frutas de todos os tipos, verduras, hortaliças, carnes, uma variedade imensa de laticínios vindos de todas as regiões de Minas. Nosso Estado é rico em produção de queijos e derivados de leite e no mercado se encontram todos eles. Lá é também um lugar onde muitos mineiros vão rever os amigos e se encontram nos bares situados em todas as entradas, com os mais diversos tipos de bebidas, petiscos e cerveja gelada. Tem ainda doces, flores e venda de animais domésticos. Um lugar incrível, visitado pelos nativos e por turistas do mundo todo, parte da história cultural e social da cidade. Por estar próximo de minha casa, costumo chamar o mercado de "meu quintal". Brinco com os amigos dizendo que moro em um apartamento com um quintal incrível, onde tenho frutas, legumes, pássaros, cachorros, vários tipos de tira-gosto e cerveja gelada. Eles olham espantados e sempre me perguntam que apartamento é este, no Centro, que tem um quintal assim. Respondo: "Moro junto ao Mercado Central!". Sempre riem muito da brincadeira.

No domingo, saímos cedo e fomos ao agora "nosso quintal", onde Mário compraria as flores para a sogra. Zeca morava na região do Barreiro, no Bairro Milionários, e lá fomos nós para o ponto do ônibus que levava à casa de Zeca, carregando um grande vaso com flores para minha mãe. Quando nos aproximamos, meu coração começou a ficar apertado. Sabia que minha mãe não trataria mal o Mário, mas desejava muito que o respeitasse como meu amado parceiro temia que ela o tratasse com frieza e distância como fizera com os outros. Não gostaria de que Mário se sentisse excluído com a rejeição de minha mãe e que isso pudesse gerar uma mágoa no coração dele. Chegamos. Meu coração disparava. Zeca abriu a porta e nos convidou a entrar. Minha mãe já se encontrava, havia ido de carro com Karla. Abracei-a, desejando-lhe um feliz Dia das Mães e entreguei-lhe uma lembrancinha. Em seguida, apresentei-lhe o Mário:

– Mãe, este é o Mário!

– Como vai a senhora? – perguntou Mário.

– Vou bem e você? – respondeu dona Maria, muito séria.

– Bem! Trouxe para a senhora! – entregou à minha mãe as flores.

O rosto de minha mãe, de repente, iluminou-se em um sorriso. E os dois se abraçaram. Meus olhos imediatamente umedeceram e não pude conter duas lágrimas que rolaram no meu rosto. Meu Deus! Estava acontecendo, minha mãe aceitara meu amado Mário. Meus irmãos queridos haviam conseguido um milagre. Minha mãe e meu parceiro se abraçando afetuosamente e sem nenhuma restrição da parte dela. Era uma felicidade enorme para mim. Deus, enfim, estava me dando um sinal de que era ele o homem que procurei por toda minha vida.

O almoço foi maravilhoso. Minha mãe conversou muito com Mário e foi lindo assistir a seus rostos felizes e sorridentes, meus irmãos perceberam minha alegria. Sentiam que, enfim, estava acontecendo o inimaginável há alguns anos, o irmão homossexual e seu parceiro, enfim, aceitos por todos da família. Senti-me completo. E mais uma vez agradeci a Deus por este presente.

CASAMENTO

O ANIVERSÁRIO de meu amado se aproximava e decidimos oficializar nossa união, trocando a aliança de prata de nossa mão direita para a esquerda naquela data. Como nosso apartamento é pequeno, decidimos convidar poucos amigos, os mais próximos e íntimos. Preparei-lhe uma surpresa, fui a uma loja de jóias e comprei um par de alianças, sem que soubesse, felizmente a espessura de nossos dedos é a mesma, assim não precisei pedir um anel para medir, mantendo a surpresa. Pedi que gravassem no interior das alianças: "Mário ama Danilo" em uma e, na outra: "Danilo ama Mário". No dia, ajudei-o a preparar os petiscos e, à noite, na presença de nossos queridos amigos, tirei do bolso a surpresa:

– Gente, todos sabem que amo este moço. E aqui, diante de vocês, quero eternizar nossa união. Mário, você aceita ser meu companheiro para sempre?

– Sim, Danilo, aceito – respondeu!

– Então, aceite esta aliança como prova de meu amor por você!

Peguei sua mão esquerda e coloquei a aliança em seu dedo anular, mostrando-lhe antes a inscrição feita, "Danilo ama Mário". Os olhos de Mário brilharam de felicidade e, emocionado, disse:

– Obrigado, vou amá-lo sempre! – exclamou, segurando minha mão esquerda e colocando a aliança de ouro em meu dedo.

Em seguida, tirou a aliança de prata de sua mão direita e colocou também em meu anular esquerdo, junto à de ouro, dizendo que deveríamos usar sempre as duas como lembrança de nossos momentos anteriores. Repeti o gesto com a minha de prata. Em seguida, nós nos beijamos sob o aplauso de todos, seguidos de abraços de felicitações e desejos de sorte na união.

Mário passou a preencher meus dias de alegria e emoção; sempre, no tempo livre que tinhamos, estávamos juntos, sós ou com nossos amigos. Sua alegria contagiante e suas brincadeiras sempre alegravam nossas reuniões. Ele adotara uma forma peculiar de cumprimentar as pessoas, hábito adquirido logo quando entrou na Secretaria e voltou a estudar. Duas palavras em inglês passaram a fazer parte de seu vocabulário cotidiano. *Light*, para responder a um agradecimento ou desculpar alguém quando era necessário, e *Well*, para cumprimentar uma ou mais pessoas que o encontravam em algum lugar. Muitos colegas de escola e amigos, de tão usual o "*well*", chamam Mário assim até hoje. Ele estica o *well*, de forma irreverente e marcante, que diverte as pessoas com o seu cumprimento. Quando passa por alguém pela rua e este alguém é seu conhecido, Mário, então, diz:

– *Weeeeeeellllll*!

Este cumprimento virou sua marca pessoal e usava como recurso se lhe faltava à memória o nome de algum conhecido; ele, então, cumprimenta com a pergunta:

– Como vai, *well*?

Diz isso sempre de uma forma tão carinhosa e respeitosa que as pessoas adoram. Em casa ou em qualquer lugar, passou a me tratar por *well*. Aquilo me incomodava, até que pedi a ele que não me chamasse assim, pois era um tratamento que dava a todos, e eu não era "todos", pelo menos imagino que não, e ficaria feliz se ele me chamasse de outra forma, ou mesmo pelo meu próprio nome. Mário, criativo, passou a me chamar na intimidade de "marido". Amei o novo apelido, era original, íntimo e gostoso de ouvir dito por ele. Fui me habituando tanto que passei a usar também o "marido" quando me dirigia a ele na intimidade. Isto se construiu de forma tão natural em nosso relacionamento que muitos de nossos amigos, quando querem saber notícias de um ou do outro, perguntam: "E o marido, como vai?"

REJEIÇÃO E ACOLHIMENTO

A Parada *Gay* de 2005 aconteceu sem minha efetiva participação. Fui como um cidadão comum, com meu "marido", em sua primeira Parada *Gay*. Ele adorou o movimento e ficou surpreso de ver tantos homossexuais reunidos. Assessorei Leonardo Mattos no evento, inclusive levando-o ao palanque para que falasse ao público. Quando eu fui convidado a falar, agradeci. Preferi me manter distante, não concordava com a posse da parada pelo partido, eu e muitos *gays* que viram o nosso movimento povoado de bandeiras vermelhas. Não fui convidado pelas ONGs organizadoras a subir no caminhão da militância e, provavelmente, se fosse, também não aceitaria, embora os tenha ajudado em minha função no gabinete a articular com alguns órgãos públicos que emperravam a autorização da saída da Parada. Seguimos pelo chão, e surpreendentemente não fui convidado para subir em qualquer dos trios que compunham a parada, não por mim, mas pelo Mário, gostaria de que ele a visse de cima, do alto, para que se encantasse com a visão que me encantara na primeira vez. Passei a sentir a dor da ingratidão alheia, que só se desfez quando no mesmo ano fomos ao *Rainbowfest* organizado pelo MGM, em agosto, e fomos tratados como celebridades na Parada de Juiz de Fora, convidado de honra para o caminhão enorme do MGM que abria a parada, alvo de desejo de muitos *gays*. Lá sim, era respeitado, amado e reconhecido por tudo que fizera por nosso povo em Minas Gerais. Foi emocionante! Mário ficava embevecido pela beleza e gigantismo do evento visto do alto de uma enorme carreta onde só estavam os convidados. Fiquei grato pelo carinho que nos foi dado pelo Oswaldo, Marco e toda a equipe do MGM.

TRAGÉDIA

Em agosto de 2005, mais precisamente no dia 20, uma tragédia se abateu no gueto *gay* de Belo Horizonte. O que vou contar aqui são fragmentos de uma fatalidade, coletados de informações que tive acesso por meio de jornais, amigos comuns e nas poucas conversas ao telefone que tive com a mãe do jovem em questão, a quem respeitava e admirava. A conclusão que apresento aqui é pessoal, acredito com convicção que meu jovem amigo foi, com certeza, mais uma vítima, direta ou indireta do preconceito arquitetado pela cultura de nossa sociedade machista e homofóbica. Afirmo ainda que todos nós, de alguma forma, fomos cúmplices dessa tragédia. O Movimento *Gay*, por não ter amadurecido e fortalecido o aprendizado de tentar salvar os homossexuais de seu ciclo de dúvida e insegurança quanto à sua orientação, preocupados apenas com o geral, o coletivo, com posições políticas, abstendo-se do particular, do indivíduo e cidadão. Os empregadores, por dissimularem dentro das empresas que empregam, o preconceito velado. As escolas e faculdades, por se negarem a abrir sua academia a debates laicos e imparciais. A Igreja, por perpetuar entre as inúmeras falhas seculares o erro de considerar o amor diferente como um pecado incompreensível e horrendo. A milícia, por não esclarecer os misteriosos crimes com empenho e transparência, compactuando veladamente com criminosos que têm sua homofobia protegida pelo descaso à orientação sexual da vítima. E às famílias, por não serem fortes o suficiente para amar seus integrantes, independentemente de sua identidade sexual, que, por sua vez independe da vontade do indivíduo.

Conheci Saulo em seus 20 ou 21 anos, quando passou a freqüentar o Sópranós. Um negro alto, muito educado e muito bonito. Usava roupas boas e já tinha automóvel. Levamos algum tempo para trocar algumas palavras. Era muito reservado, mesmo no ambiente *gay*, coisa rara entre os membros da comunidade. Com o tempo, acabamos nos comunicando e muitas vezes chegamos a rir juntos de situações pitorescas do gueto. Algo me chamava a atenção em Saulo; raramente eu o vi demonstrando afeto por outro rapaz, mesmo no gueto, onde este é o comportamento usual. Esse comportamento o tornava diferente, mas nunca conseguia conversar com ele sobre isso. Tentara, em uma certa ocasião, ele se esquivara e decidi respeitar sua discrição e individualidade, mas estava dada a oportunidade de ele se abrir quando julgasse necessário. No dia 12 de agosto, uma semana antes do trágico sábado que estava por vir, encontrei Saulo no Bar

Andaluz, no Santo Antônio. Veio sorridente me cumprimentar, mas conversamos pouco porque eu estava com pressa e tinha ido ao bar apenas para deixar alguns exemplares do *Jornal Rainbow*. Desculpei-me pela pressa e despedi-me. Não imaginava que jamais o veria novamente.

Saulo saíra na sexta-feira dia 19 e passara pela Boate Joséfine, onde foi visto por muitos amigos. O que o conduziu à região da Pampulha, do outro lado da cidade, era um mistério. Sei apenas que retornava da Pampulha em seu carro e em um dos sinais na volta para casa parara ao lado de um carro conduzido por um rapaz. Imagino que se tenha interessado pelo condutor do carro vizinho, provavelmente tenha arriscado uma olhada, e interpretou o olhar do outro como um sinal positivo ao seu desejo, fato corriqueiro e comum no flerte *gay*. Talvez, ainda com resquícios do álcool que ingerira na longa noite, tenha interpretado um sinal positivo. O fato foi que passou a seguir o outro veículo que se dirigiu à Zona Sul da cidade, tomando a Avenida Nossa Senhora do Carmo, onde a certa altura há um posto policial. No posto, o condutor do veículo denunciou a perseguição de Saulo que, assustado, não atendeu à solicitação dos policiais de encostar seu carro. Ao contrário. Talvez com dificuldade para justificar a "paquera" por sua forma enrustida de ser, ou talvez por ter resquícios de álcool em seu organismo, o que fatalmente lhe traria inevitáveis problemas de violação às leis de trânsito, Saulo tomou a pior decisão. Não parou, acelerou seu veículo, desrespeitando a ordem dos policiais. A reação foi imediata. Iniciou-se uma perseguição ao carro de Saulo, provavelmente acrescida à suspeita de sua atitude pelo fato da cor de sua pele. Ele continuou sua fuga, seguindo um trajeto pelo Bairro Belvedere que o conduziria à Avenida Bandeirantes, onde foi interceptado. Os policiais solicitaram seus documentos, apreenderam seu carro e percebendo em Saulo resíduos de embriaguês, conduziram-no ao DETRAN, delegacia de trânsito situada na Avenida João Pinheiro próxima a Praça da Liberdade. Eram 7 horas da manhã quando Saulo deu entrada na delegacia. Mesmo sabendo que Saulo era um cidadão de bem, funcionário do Banco do Brasil, estudante universitário e com residência fixa, estranhamente, mantiveram-no detido por muito tempo na delegacia. Posteriormente, dona Vânia, mãe de Saulo, foi informada de que o mantiveram ali por motivos burocráticos. Também foi informada de que Saulo se descontrolara emocionalmente na delegacia, chorando convulsivamente por três horas seguidas, fato suficiente para que buscassem seus familiares para que o levassem para casa, o que não ocorreu. Às 13 horas do sábado, dona Vânia atendeu a campainha de sua casa e dois policiais militares comunicaram-lhe que Saulo estivera na delegacia e lá havia esquecido os documentos e uma coletânea de CDs, que eles estavam entregando. Outro fato misterioso. Se Saulo se havia identificado na delegacia, comprovando seu endereço, poderiam ter telefonado para que fossem buscar seus pertences; não é usual a polícia ter este tipo de gentileza. Começa aí um calvário para dona Vânia que duraria quase um ano. Preocupada com o filho, que não chegava em casa, ela decidiu ir ao seu encalço na delegacia. Uma semana depois, entrou em contato comigo chorando muito e sem notícias nenhuma do filho. Tentei animá-la, fazendo crer que iríamos encontrá-lo, embora pelo seu relato senti que alguma tragédia havia ocorrido. Lembrei-me dos maus-tratos da polícia a nossos pares, e das arbitrariedades cometidas pelas autoridades policiais com nosso povo, ainda mais sendo Saulo *gay* e negro. Tinha meus motivos para duvidar das explicações dadas pelas autoridades à dona Vânia, porém não mencionei minhas suspeitas a ela. O deputado Leonardo Mattos foi informado por mim do acontecido e me autorizou a usar o seu nome no contato com a Corregedoria de Polícia para pedir providências. Em contato com o corregedor Dr. José Francisco, meu conhecido, fui informado de que já estavam investigando o caso e que minhas suspeitas sobre maus-tratos e abusos policiais eram infundados, uma vez que uma amiga de Saulo afirmara tê-lo visto atravessar a Praça da Liberdade. Na realidade, poderia ser ou não o Saulo, uma vez que não houve contato pessoal e, sim, uma visão distante. Muito conveniente esta testemunha. Conveniente demais.

O desaparecimento de meu amigo incomodou-me tremendamente e passei a acompanhar a trajetória de dona Vânia. Em uma de nossas conversas ao telefone, avisei-lhe que comunicara o desaparecimento por *e-mail* a todas as ONGs *gays* do Brasil, enviando uma foto do Saulo anexada, pedindo notícias de seu paradeiro, e também que havia usado o nome do Leonardo Mattos para cobrar uma atitude da Corregedoria de Polícia. Ela me informou, então de que sabia da escolha do filho, que dissera a ela ser bissexual e que a princípio isso a chocara muito por causa de sua formação evangélica, mas tentava compreender o filho e o amava como ele era. Percebi, então, que Saulo contara meia verdade. Senti que ele não se havia resolvido completamente e entendi seu tormento interior e seu comportamento discreto no gueto. Funcionário jovem do Banco do Brasil, com uma promissora carreira que poderia ser interceptada pela revelação de sua orientação sexual, e membro de uma família de adeptos da igreja evangélica, a realidade de Saulo provavelmente causava-lhe um conflito atordoante, fazendo-o sofrer terrivelmente. Por mais amor e carinho que sua família lhe dedicasse, por mais compreensão que tivessem, a culpa que provavelmente sentia poderia transtorná-lo. De repente, uma simples e corriqueira paquera pôs em risco toda uma vida construída; Saulo se viu involuntariamente exposto pelo rapaz que lhe interessara. Certamente, os policiais, com a experiência profissional que tinham, perceberam, pela conduta pessoal e pela vida profissional de Saulo, que a atitude do rapaz fora motivada pelo desejo sexual secreto que, com a interferência policial, corria risco de se tornar pública.

O calvário de dona Vânia foi como se ela tivesse que expiar todos os pecados do mundo. Mãe amorosa, imagino o quanto deve ter lutado para que Saulo chegasse onde estava, bom emprego e cursando uma faculdade. Além de tudo, Saulo era um rapaz adorável, inteligente e educado, via-se sua boa estirpe. A mente humana, porém, é um infinito de solidão e mistérios, repleta de conflitos entre o bem e o mal em uma luta constante na busca do seu próprio equilíbrio. Posso afirmar isto, passei por esta experiência. Ser diferente nesta nação é ser marcado, e esconder esta marca é parte da busca do equilíbrio de nosso conflito interno, e Saulo tinha duas diferenças que devem tê-lo afligido e muito. A exposição destas diferenças podem ter deixado em seu coração cicatrizes imensas que, reabertas, poderiam deixá-lo atordoado, magoado, dolorido. A busca de uma resposta por esta mãe passou a ser uma obsessão, o sentido de sua vida. Usou de todos os recursos para ter resposta do paradeiro de Saulo. Viagens, visitas a locais onde seu filho pisara por uma ou várias vezes. Ela sabia de um lugar na Serra do Curral onde Saulo buscava a paz para sua alma. Diversas buscas minuciosas foram feitas na serra, porém nenhum vestígio foi encontrado. Os jornais deixaram de publicar notícias sobre o assunto. Já não via mais o rosto de Saulo no *Jornal do Ônibus*, que é afixado em todos os coletivos de Belo Horizonte, e que já ajudara a encontrar muitos desaparecidos. A memória da tragédia começou a se apagar no cotidiano turbulento das pessoas. Um dia, liguei para ter notícias, ela me relatou uma grande esperança. Uma pessoa conhecida da família, em passeio pelo porto do Rio de Janeiro, viu descer de um navio estrangeiro um grupo de rapazes, entre eles um que seria a imagem de seu filho. Contou-me cheia de esperança. Eu já tinha quase certeza de que não veria mais o Saulo, porém não quis desanimá-la. Deus, às vezes, traça caminhos que só conhecemos mais tarde. Saulo poderia ter partido em busca de viver sua verdade, ou até de recursos a mais para resolver problemas financeiros, embora essa versão parecesse pouco provável, pois ele trabalhava em uma instituição que poderia ajudá-lo a resolver suas dívidas. Havia outro mistério a ser desvendado: durante os meses de desaparecimento, nenhuma das contas de Saulo foi movimentada. Cartões de crédito, conta bancária e até cartão de alimentação... nada foi usado, o que descartava totalmente a hipótese de latrocínio, ou de que Saulo estivesse ido para algum lugar anonimamente. Se tivesse partido em silêncio, com certeza teria movimentado uma de suas contas. Como seria possível sair da delegacia, emocionalmente abalado, tomar um ônibus ou pegar uma carona e sair da cidade? Só mesmo o coração sangrando de uma mãe para acreditar na ilusão de alguém ter visto o filho saindo de um navio estrangeiro em um porto distante. Depois disso, não falei mais com dona Vânia, só soube mais tarde que se agarrara a esta esperança e começou a se preparar para descobrir o paradeiro do filho no exterior.

No dia 27 de julho de 2006, dois jovens apreciadores da natureza, entre eles o filho de Marina, minha amiga, ao voltarem à Serra do Curral para procurar uma mochila caída em uma encosta no dia anterior, na descida da encosta íngreme depararam com uma ossada humana e alguns objetos ao redor, entre eles uma garrafa de vinho. A polícia foi chamada e a primeira conclusão que chegou foi a de que seria a ossada de Saulo Fróis. Momentos depois, o telefone tocou em casa de dona Vânia, possivelmente ela imaginou que seria alguém a lhe desejar sorte, era seu aniversário, e o único presente que pedira a Deus era que Ele desse um fim a seu martírio e lhe trouxesse notícias de Saulo. Aparentemente Ele a atendeu pelas mãos dos jovens trilheiros. Ela foi chamada a comparecer ao local para o reconhecimento dos objetos encontrados. Os jornais do dia 28 publicaram:

> *"Para a Delegada Margareth Suzana Travessoni Gomes, da Divisão de Referência da Pessoa Desaparecida, serão feitos exames da arcada dentária para constatar que a ossada é realmente de Saulo Fróis. 'Certeza mesmo ainda não temos, pois precisamos dos resultados dos exames. Mas tudo indica que seja ele mesmo. Foram encontrados um título de eleitor, uma carteira, uma calça jeans, uma camisa preta, uma mochila e um tênis (não o par de tênis, mas um único calçado). A hipótese com que a gente trabalha é de suicídio ou homicídio', diz a Delegada.*

Mais adiante, na reportagem do mesmo Jornal *Diário da Tarde*, escrita pelo jornalista Ronildo de Jesus:

"Outra constatação da Delegada é que o rapaz pulou ou foi jogado no fundo da montanha. 'Dá para ter certeza disso', enfatizou. [...] Para a polícia, a hipótese de suicídio é apontada como a mais provável para explicar a morte do bancário. De acordo com o Delegado da Divisão de Crimes Contra a Vida, Osvaldo Wiermann Júnior, não há indícios de assassinato. 'O crânio está intacto, e há uma fratura no fêmur, possivelmente proveniente de uma queda. Não há nenhum indício de homicídio', enfatizou."

Maiores e infindáveis mistérios cercavam o episódio. A mãe, sem malícia e no desespero para localizar o filho, revelara à polícia todos os hábitos de Saulo, inclusive o recanto nas montanhas usado para reflexões do rapaz. O público não tomou conhecimento dessas informações. Foram feitas cinco varreduras no local pela polícia, a primeira delas no dia seguinte ao desaparecimento. É quase impossível escapar algum detalhe de uma varredura, no entanto, nada foi encontrado. Como, então, os jovens trilheiros encontraram uma ossada com tanta facilidade?

Por que um único tênis no local, já que todos os outros objetos permaneceram intactos? Onde estaria o outro pé de tênis? Por que uma delegada trabalhou com duas hipóteses, e outro descartou a hipótese de assassinato? Por que ele não quebrou nenhum outro osso, como dedos ou braços? Não havia sinais de ferimento à bala, mas não poderia ter sido vítima de uma arma branca? Por que os policiais se preocupariam em levar gentilmente para a mãe os objetos esquecidos por Saulo na delegacia? Por que esperaram três horas para liberá-lo? Se ele estava emocionalmente abalado como afirmaram, não seria o caso de procurar a família para que o buscassem na delegacia, ou mesmo usassem a mesma viatura que se deu ao trabalho de levar os documentos para levá-lo para casa? Não poderia sua amiga, que diz tê-lo visto na praça, ter-se enganado, como se enganou a pessoa que o viu sair do navio?

Muitas questões precisam e devem ser esclarecidas. Trabalho com três hipóteses. A primeira, de assassinato, pois existem inúmeros registros de suspeitos desaparecidos nas delegacias. Nessa hipótese, quando a mãe de Saulo forneceu pistas para a busca, o algoz de Saulo pode ter forjado uma queda ou um "suicídio", desfazendo-se do corpo atirando-o precipício abaixo. Até a garrafa de vinho encontrada junto com a ossada seria um álibi para proteger o assassino. A segunda hipótese, de queda acidental, mas se assim fosse, provavelmente, teria outros ossos quebrados. E a terceira é de que Saulo tenha realmente seguido os passos sugeridos, que comprou um vinho para tentar sair da depressão profunda em que se encontrava diante da possibilidade de vir a público toda sua verdade íntima, seguiu para o refúgio e, por causa da depressão, jogou-se precipício abaixo. Recuso-me, entretanto, a crer nesta terceira. Saulo nunca tentara suicídio, além do mais seu segredo não era desconhecido de todos, como acontece com os que recorrem à morte em razão da homossexualidade. Resta para mim uma única certeza, Saulo foi assolado pela sombra do preconceito duplo e sobreviveu até seus 25 anos com coragem intensa, chegando a um bom trabalho e a uma universidade. Para mim, foi e sempre será um vencedor. Gostaria de ter tido a oportunidade de ter dito isto a ele antes desta tragédia. Mas o faço agora e sei que, de onde estiver, ele me ouve. Em minhas lembranças só ficaram o sorriso e o brilho de seus olhos que vira inúmeras vezes e pude rever uma semana antes de seu desaparecimento, no Andaluz. Um beijo no seu coração, meu amigo, um dia seu mistério será esclarecido, tenho certeza. Assim sua mãe, dona Vânia, terá a paz merecida e nós, o sentimento que a verdadeira justiça se fez.

APRENDENDO A PERDOAR

Meu aniversário estava se aproximando, muitos amigos lembrando e, então, decidi comemorar no Nova Estação. Combinamos com Marquinho, um dos proprietários, que levaríamos os petiscos e a bebida seria do bar, por conta dos convidados. Mário se desdobrou em sua melhor arte: a culinária. Os orixás o abençoaram com uma mão mágica para o tempero, os pratos que prepara têm um sabor inigualável. Poucos que conheci cozinham tão bem quanto ele. Trabalhou dois dias seguidos nas misturas de ervas, molhos, cremes e petiscos; o resultado foi uma mesa diversificada e extremamente saborosa, além de uma aparência maravilhosa. Dezenas de patês, caldos e petiscos foram postos em três mesas decoradas e tudo foi lindo e delicioso. Apesar de farto, nada sobrou, tal a delícia do sabor de todos os pratos preparados por meu amado. Foi um dia perfeito graças ao dom de Mário, à presença dos amigos e em especial da minha querida mãe, de Karla e toda sua família, que pela primeira vez foram a um bar *gay*. Uma conclusão tiramos: o comparecimento de minha mãe em um bar *gay* era a maior prova de que ela começara a superar suas dificuldades em relação à minha homossexualidade e ao meu relacionamento. Quase explodi de alegria. A partir dali, o efeito veio em cascata fortalecendo os nossos laços com minha querida mãe. Anteriormente, ela havia dado uma ordem aos porteiros do edifício onde mora que apenas eu tinha permissão de entrar em seu apartamento. Caso chegasse acompanhado de outro homem, meu acompanhante deveria esperar no saguão. Para o Mário, esta ordem foi suspensa e nós dois passamos a visitá-la regularmente.

Mário não era realmente ciumento, a única vez que demonstrou algum ciúme foi quando lhe cobrei algo de que não me lembro, provocado por meu ciúme e a sua resposta foi: "Então, qual o motivo de você guardar escondido no guarda-roupa um álbum de fotos do Reginaldo?". Calei-me. Realmente não havia sentido guardar aquelas fotos, eram lembranças de bons momentos, mas também de momentos que me machucaram muito. E as doces lembranças que tenho do Reginaldo estão em meu coração e as levarei comigo para sempre, assim como todas as lembranças de bons momentos com as pessoas com as quais convivi. Reginaldo era passado, assim como Éder também o era. Mário é o presente e o futuro e só isto conta.

Apanhei o álbum e joguei-o no lixo. Não senti nada ao fazer isto. Meu amor por Mário me fortaleceu. Estávamos nos transformando em um casal, uma família. Lógico, as famílias que se amam também discutem e têm opiniões divergentes e conosco é assim, divergimos, discutimos, mas em dois anos de relacionamento nunca deixamos de dormir juntos e mesmo aborrecidos, em algum momento durante a noite, um braço é colocado sobre o corpo do outro. Aprendi a conhecê-lo. Se estiver alcoolizado, não discuto assuntos polêmicos com ele. Espero até o dia seguinte, quando estivermos os dois sóbrios, aí sim, conversamos, é uma fórmula simples, mas que tem funcionado conosco. Raramente brigamos em público ou em frente de amigos comuns, assim evitamos apaixonadas opiniões a favor de um ou de outro, o que inflamaria terrivelmente a divergência. Mas isso já aconteceu.

Uma tarde, Duda e Renata nos ligaram para convidar para um churrasco em casa de Duda. Estaríamos apenas os quatro, a família estava viajando para o interior em visita a uma irmã de Duda que morava em Ipatinga. Naquele primeiro ano de relacionamento, as duas viviam em conflito, já se haviam separado várias vezes. Renata amava mais que Duda, e esta estava sempre insegura, vivia em constante conflito com a família evangélica que não aceitava sua homossexualidade assumida. E nas poucas vezes em que a família concordava com seus argumentos, sempre a pressionavam para encontrar alguém de posses ou de nível cultural e social mais elevado que Renata, como se isto tivesse relevância em um relacionamento. Insegura, Duda, muitas vezes, magoara Renata e, para Mário, ferir Renata era ferir a si próprio.

Assim, foi inevitável, após a ingestão de álcool por todos nós, uma discussão sobre o assunto. Mário acabou sendo extremamente franco com Duda, que não gostou do que ouviu e reagiu. Algum tempo de discussão entre os dois, os ânimos foram acalmados por mim e Renata, porém o ambiente perdeu um pouco do *glamour* inicial do encontro.

A bebida acabara e decidimos ir para um bar próximo à casa de Duda. Começara uma chuva fina, e como o bar estivesse fechado, decidimos ir até a Avenida Francisco Sá onde havia mais opções de bares. No trajeto, Mário e Renata se adiantaram alguns passos para conversar. Duda e eu ficamos mais atrás. Eu tentava justificar a atitude do Mário e, como durante a discussão Duda insinuara algo colocando em dúvida o comportamento de Mário, comecei a insistir para que ela esclarecesse sua declaração. A princípio, Duda se esquivou de dar uma resposta clara, alegando que se tratava dos excessos que Mário cometia após ter bebido a mais. Eu sentia, porém, que se tratava de algo que atingia meu relacionamento com ele. Insisti, e Duda acabou dizendo que Mário não era muito honesto comigo. Duda resistia a dizer detalhes sobre a informação, mas apelei para nossa amizade, argumentei que amigos deveriam ser sinceros, por mais que doesse, uma verdade deveria ser dita por inteiro. Ela acabou dizendo que Mário me traíra, mais de uma vez; que havia ficado durante nosso relacionamento com outros homens, e que ela não achava justo, que já havia dito isto a ele e ele rira de sua cobrança. Fez-me prometer que, caso tocasse no assunto com Mário, não revelaria quem me contara sobre suas ações covardes comigo. Garanti a ela que não revelaria. Soube por ela que Renata também sabia da traição.

A chuva continuava a cair e paramos no primeiro bar que estava aberto. Sentamos os quatro e pedimos uma cerveja. Mário decidiu ir ao banheiro. Voltei, então, ao assunto na presença da Renata, quis saber os detalhes da traição, onde foi, com quem e quando. Duda afirmava que não sabia de todos os detalhes e que possivelmente Renata soubesse. Renata se fechou, não confirmou nada, porém também não negou o fato. Sentia uma dor imensa pelo que estava sabendo, o homem que amava não me era fiel. Mário retornou do banheiro e sentou-se a meu lado. Fiquei em silêncio digerindo as informações que recebera. Meu impulso foi de agredir-lhe, mas controlei-me. Outros assuntos ocuparam a conversa dos três. Ferido, não conseguia participar. O ciúme e a dor se misturaram em minha alma, sentia-me usado e machucado em meu orgulho. Um nó se instalou em minha garganta, enquanto a chuva aumentava de volume em meio a fortes clarões de raios e barulhos de trovão. Repentinamente, cortei a conversa dos três:

– Mário, por que você me traiu? Quem é a pessoa com quem você está ficando?

Um silêncio sepulcral se instaurou na mesa. Todos mudaram de cor. Mário, pela surpresa da pergunta repentina, quebrou o silêncio:

– Do que está falando, quem lhe disse isto?

– Gostaria que fosse sincero comigo, por que você está me traindo?

– Isto não está acontecendo. Quem lhe disse? – perguntou novamente.

– Não importa quem me disse. Quem disse foi alguém muito seu amigo e sabe de suas ações. Disse para eu tomar cuidado com você. Que você não é a pessoa que acredito que seja.

Diante da reação de Mário, sentia que era verdade, não sabia o quanto e em que grau acontecia, mas acontecia. As meninas se entreolhavam pálidas e mudas. Elas não sabiam o que aconteceria a seguir. Sempre fui teimoso em buscar a verdade e passei a provocar o Mário com perguntas em série que o deixou desnorteado ainda sob o efeito do álcool; ele respondia, em contradições. Senti um punhal traspassar minha alma, constatei que era verdade e continuei insistindo para que ele me revelasse tudo, minha obstinação o irritou, até que enfim ele confessou sua traição:

– Aconteceu quando estávamos no início do namoro, foi nos primeiros dias e não tinha certeza de que ficaríamos juntos! – desabafou.

– Como você pôde fazer isto comigo? – balbuciei, levantandome da mesa. – Meninas, boa-noite para vocês! – disse, virando-me para elas.

A chuva caía torrencialmente, caminhei em direção à pista a procura de um táxi. Imediatamente senti meu corpo todo molhado. Não me virei para ver os três que havia deixado para trás, não queria que vissem as lágrimas que o nó em minha garganta contera até a afirmativa do Mário. Senti um ódio imenso dele. Magoado e com a auto-estima brutalmente ferida pela dor, dei sinal para o primeiro táxi, que não parou. Continuei caminhando pela Avenida Francisco Sá, transtornado, mudando de lado da avenida, para que os clientes dos outros bares não testemunhassem o sofrimento que vazava de meus olhos. Alcançando o outro passeio, senti um braço a me puxar, era o Mário. Voltei para ele e repeti:

– Como teve coragem? Como?

– Escute, isso aconteceu quando estávamos na primeira semana de namoro, não sabia que ficaríamos juntos como estamos!

– Mas eu lhe dei uma chance e você não me deu nenhuma. Poderia ter feito o mesmo que fez, porém decidi acreditar no nosso futuro. Você não foi justo!

– Quem lhe contou, Danilo? Diga, quem foi?

– Não importa, foi alguém em quem você confia muito. Além do mais, disse também que não foi uma única vez. Houve outras!

– É mentira! – foi apenas uma vez – repetiu.

– Como quer que creia em você? Não confio mais. Se houve uma vez, pode ter havido outras – repeti.

– Diga quem é esta pessoa, que vou fazê-la provar para você que não é verdade!

– Não vou dizer, é alguém que está bem próximo de você! Isto basta.

– Mas é mentira, é mentira! – exclamou espremendo os lábios contra os dentes como faz quando está profundamente irritado.

A chuva densa continuava caindo sobre nós e só víamos nosso rosto por inteiro quando um clarão de um raio nos iluminava. A dor da verdade reveladora me corroía. A proximidade de Mário dava-me vontade de socá-lo. Cheguei a fechar o punho e segurar a camisa dele, porém uma força misteriosa me impediu de agredi-lo, não cheguei a levantar o braço. Segurei-o pela camisa que lhe havia dado, pela qual ele tinha um carinho especial, feita de um tecido fino de algodão, de cor preta e com pinturas de pequenas flores e folhas em torno da gola em formato de vê. Ao fechar meu punho sobre o fino algodão, a camisa se rasgou na base da gola. Ele se virou para mim:

– Você rasgou a camisa que me deu!

– Isto é pouco, quem merecia ser rasgado é você!

Ele, então, segurou a gola da camiseta que eu usava e puxou com força. A camiseta, não resistindo à pressão da mão forte do Mário, rasgou-se na frente, ficando presa apenas por um lado próximo da manga. Olhei para ele e:

– Canalha! Você quer mesmo saber quem me contou? Foram suas amigas. Elas estão bem ali. Vá e pergunte a elas!

Mário ficou mudo. Virei-me e segui o meu caminho sem olhar para trás.

As lágrimas continuavam a rolar incontrolavelmente de meus olhos, misturando-se à chuva grossa que continuava a cair sobre mim. Caminhado, cheguei à Avenida do Contorno com Augusto de Lima, onde a luz da rua se intensificara, tornando-me mais visível aos transeuntes que me olhavam curiosos, achando estranho uma figura de um senhor de bermudas e com uma camisa rasgada sobre o peito andando pela rua no meio da enxurrada. Tomando a Avenida Augusto de Lima em direção à minha casa, um carro patrulha me parou. O policial desceu e me abordou:

– Senhor, aconteceu alguma coisa? O senhor está bem?

– Sim respondi ao policial. – Prendi minha blusa em um prego fugindo da chuva e ela se rasgou, foi apenas isto.

– Quer que o levemos em algum lugar? – perguntou, gentilmente, o policial.

– Não é necessário, estou próximo de minha casa. Podem ficar tranqüilos. Está tudo bem. Obrigado!

Vi o policial se dirigir à patrulha e continuei meu caminho, tirando de meu corpo a camiseta rasgada, continuando meu trajeto sem camisa. Atirei os molambos na primeira lixeira que encontrei pelo caminho. Fui me aproximando de minha casa e o ódio que trazia em meu coração se foi aplacando, deixando o sangue fluir melhor para o meu cérebro, onde está a razão. Entrei no prédio sob o olhar curioso do José, nosso porteiro da noite, diante de minha aparência molhada e sem camisa, foi discreto e não perguntou nada. Enfiei a chave na porta do apartamento e entrei. Tirei toda a roupa e fui tomar um banho quente. Senti o calor da água sobre meu corpo, e minha razão começou a agir. Estivera quase um ano com Mário, tantas coisas boas me havia proporcionado esta convivência! Sempre soubera de seus passos, nosso acordo sobre nos mantermos informados um pelo outro, por telefone, sobre onde estávamos sempre funcionava. Inúmeras vezes quando demorava um pouco a mais do horário de sua chegada da escola, ele me avisava onde estava reunido com amigos. Muitas vezes, fiz uma surpresa a ele comparecendo ao local onde dissera estar. E nunca cheguei ao local indicado por ele que lá não se encontrasse. Muitas vezes o esperei sem que houvéssemos combinado, à porta da sua escola e sempre o encontrava saindo alegremente com os colegas de sala. Sempre que precisava falar com ele durante o dia, ligava para seu trabalho em horários os mais diversos e nunca estava ausente. O restante do tempo, estávamos sempre juntos. Para manter relação com outra pessoa, ele precisaria ser quase dois Mários. Nunca recebia telefonemas de homens desconhecidos, a não ser de amigos comuns, e a conversa era sempre aberta, sem que eu viesse a suspeitar de algo. Concluí que, de fato, o que aconteceu foi no período em que não estávamos juntos, apenas no nosso primeiro mês de relacionamento. Lembrei-me de uma noite em que fora para sua casa e liguei para ele várias vezes sem sucesso. As meninas ainda estavam como suas hóspedes, e até às 3 da manhã, ele não havia chegado; foi realmente bem no início de nosso relacionamento.

Saí do banho, vesti roupas secas e limpas e sentei-me no sofá. Meus pensamentos sobre aquela noite terrível me atormentavam. O ódio que sentia, às vezes, retornava a meu coração, obscurecendo minha razão. Refiz em pensamento todos os nossos dias juntos e as lembranças eram sempre felizes. Risos, brincadeiras e muito amor eram trocados em todos os nossos dias. Uma pessoa precisaria ser muito, mas muito falsa mesmo, para demonstrar tanto carinho e afeto e não ser verdadeiro. Se fosse o Reginaldo, era bem possível, porém Mário, mais maduro e tímido, pouco freqüente no gueto onde traição é comum, era difícil crer que tivesse essa prática. Além de tudo, foi a pessoa que escolhi para compor minha família. Fora colocado em minha vida por uma série de coincidências, e a preenchera por muitos dias felizes, com muitas provas de afeto e carinho por mim. Compartilhou nos últimos meses de toda minha vida e eu da dele, praticamente não havia segredos entre nós. Contava-me quase tudo e quando se esquecia de algo, sempre, em uma conversa no Vaga-Lume, acabava se lembrando e colocando as situações que vivera com clareza para mim. Até cantadas na rua ele não deixava de contar-me. Aprendera a crer em sua sinceridade. Tomei uma decisão; levantei-me do sofá e saí para a rua, onde a chuva forte já se abrandara. Peguei um táxi e dei o endereço da casa de Duda. Lá chegando, apertei o interfone. Duda atendeu:

– Quem é? – reconheci a voz de Duda do outro lado.

– Sou eu, Danilo! Gostaria de entrar, por favor!

Duda ficou um pouco indecisa.

– Dani, não sei se seria conveniente. Como você está?

– Pode ficar tranqüila, Duda, não vim brigar! Quero apenas conversar com Mário.

Em seguida, escutei o clique do portão se abrindo. Subi as escadas chegando ao apartamento. A porta estava entreaberta. Renata veio me receber.

– Renata, onde está o Mário?

– Ele está aqui, Dani, mas vocês não vão brigar mais, não é?

– Não de minha parte, Renata, quero apenas falar com ele!

– Olhe, já conversamos, nós e ele, e ele confirmou que aconteceu apenas uma vez. Talvez Duda, por estar ferida com o que ouviu dele, tenha aumentado um pouco a história. Você sabe, porém, que sou a melhor amiga dele. Ele não me esconde nada. E pelo que sei, foi apenas a vez que ele confirmou a você.

– Por favor, Renata, vá chamá-lo! – pedi, com a voz embargada.

Mário saiu da copa, como se viesse da cozinha, onde Duda lhe fazia companhia, enquanto Renata conversava comigo. Estava abatido e sério. Os acontecimentos da noite curaram qualquer vestígio de álcool de nosso corpo. Renata pediu-nos calma, que procurássemos conversar e não brigar. Saiu da sala, deixando-nos a sós. Ainda doíam muito as revelações daquela noite de chuva torrencial. Engoli meu orgulho e comecei:

– Mário, vim buscar você. Vamos embora para nossa casa!

Ele não esperava minha frase. Surpreendeu-se. Seu rosto mudou de feição, esboçando um pequeno sorriso e um leve brilho nos olhos abatidos.

– Você acredita em mim? Fui sincero com você!

Puxei-o pela mão e nos sentamos no amplo sofá da sala de Duda.

– Você sabe como sou! Toda a confiança que tenho em você foi abalada. Vai demorar um tempo para que volte por inteiro Mário, porém somos uma família. E vamos continuar sendo. Vou lhe dar um voto de confiança e mais uma chance. Só peço a você que não me surpreenda mantendo segredos de mim. Tudo vem à tona de uma forma ou de outra. É preferível que a verdade venha de você que por meio de alguém que pode deturpá-la. Estou muito magoado com sua atitude, não havia necessidade de ter feito o que fez, e muito menos esconder isto de mim por tantos meses. Só espero que seja diferente daqui para frente.

– Mário ouviu calado e virou-se para mim:

– Perdoe-me, não vai acontecer de novo! Não vou esconder mais nada de você!

Levantou-se do sofá, vindo sentar-se sobre minhas pernas, abraçando-me de frente e beijando-me. Foi carinhoso como nunca fora antes, mantendo-se abraçado a mim, sobre meu colo e acariciando meus cabelos e meu rosto. Enquanto sentia seus carinhos, fiquei pensando sobre nossas vidas e se tudo seria verdade. Ainda havia dúvidas em meu coração. Perguntava a mim mesmo se estava fazendo o certo. Mas algo me dizia que sim. Ele já fazia parte de minha vida e de muitos de minha convivência, assim acreditei que ambos merecíamos uma nova chance; além de tudo, não acertaríamos se não errássemos. Somos ambos humanos e nos amamos, podemos ter falhas, mas o amor é superar e perdoar falhas mútuas, também não sou perfeito. Muitas vezes o desejo por alguém que se vê na rua ou no gueto acontece. Quando o fato aconteceu, estávamos nos conhecendo, não sabíamos o que o futuro nos reservava. Durante todos os meses juntos, Mário demonstrara com palavras e atos seu verdadeiro sentimento por mim. Decidi não fazer do acontecimento um inferno a nos separar. Estava crescendo em meu aprendizado, mais maduro, percebi, que se no futuro não acontecesse novamente, seria capaz de viver com esse fato. O veneno que os herdeiros do signo de escorpião carregam dentro de si, entretanto, demoraria a destilar. Sou de escorpião, a desconfiança, veneno duradouro em minhas veias, só se combaliria com o tempo e muito, muito amor. Não escondi esta verdade do

Mário. Suas atitudes, desde que se mudara para minha casa, não deixavam nenhuma forma de suspeita de sua lealdade a mim. E agora, com minhas suspeitas, meus olhos estariam mais abertos que nunca. Assim, resolvi arriscar e manter meu amado junto de mim. Creio ter acertado. Até hoje não me arrependi de ter ido buscá-lo naquela noite terrível. Insisti para que fôssemos para nossa casa. Ele, então, pediu-me:

– Danilo, as meninas estão se sentindo culpadas por tudo que aconteceu. Apesar de tudo são nossas amigas. Elas desejam que durmamos aqui. Seria uma demonstração de que não estamos magoados com elas. Vamos dormir aqui esta noite?

– Está bem, Mário. Mas não quero ficar aqui amanhã por muito tempo, está bem?

– Sim, vamos embora logo cedo.

Diante da calma que transcorreu a conversa, as duas, que estavam dentro da casa, logo vieram à sala. Ela nos abraçaram e pediram desculpas, por todo o tumulto. Duda trouxe roupas de cama e travesseiros e dormimos ali na sala abraçados como sempre. No entanto, sentia um vazio dentro de mim, deixado pela dor que sentira e atormentado pela dúvida se estaria agindo de forma acertada. No dia seguinte, tomamos café com as meninas e seguimos para nossa casa e nossa rotina. Demorei ainda algumas semanas para estabilizar minhas emoções. Estava aprendendo. Meus parceiros anteriores me ensinaram a me tornar melhor para receber o Mário. Com eles aprendi a romper preconceitos e dogmas do machismo herdados por um sistema cultural discriminatório. Aprendi que o parceiro não é propriedade do outro, aprendi que o ciúme sufoca o outro, provocando a ira; que o orgulho leva à perda; e que parceiros do mesmo sexo de todas as gerações até às nossas, minha e do Mário, trazem consigo, impregnados em sua genética, comportamentos masculinos criados por uma sociedade medieval, na qual o homem macho é o centro de tudo e tudo pode, menos demonstrar ternura, docilidade, perdão, fragilidades humanas atribuídas à fêmea. Entendi que, para dois homens serem uma família de fato, têm que ter o delicioso tempero dos sentimentos masculino e feminino. Perdoar o Mário me fez ver tudo isto. Ser perdoado fez o Mário ter mais compromisso, descobrir seu inteiro amor por mim. Aprendemos no primeiro ano de nossas vidas em comum a ser uma família de dois seres do mesmo sexo, e isto foi e é maravilhoso. Hoje qualquer decisão que tomamos, é compartilhada. Somos cúmplices em nossa vida comum ou particular. Meu sonho de ser escritor, semente plantada em minha alma por meu irmão José Guilherme, foi cultivado e floresceu pelo amor de Mário por mim. Ele me anima, quando paro de escrever, quando as palavras não brotam em minha mente, ele me inspira. A construção deste trabalho é fruto da união espiritual de três homens: José Guilherme, que sempre acreditou em meu dom; Mário, que o incentivou a desenvolver-se; e eu, que o coloquei em prática.

Assim tem sido nossa vida. Há mais momentos de felicidade, compreensão e amor que de conflito, intolerância ou desamor. Não existe o cabeça do casal, o casal aqui é a cabeça. Um formato novo de família deve buscar seus próprios caminhos. Dois homens ou duas mulheres que desejam ser uma família devem construir um novo formato, jamais seguir o formato perpetuado pelo casal hetero, cheio de erros e injustiças da construção cultural secular, cheia de interferências religiosas, sociais e sexuais padronizadas. Cabe a nossa evolução como novo formato de casal, buscarmos nossa própria fórmula. E ela começa a se construir a partir da eclosão do movimento *gay* organizado. Ainda é recheada de dogmas heteros, que devem ser vencidos, pois estes dogmas foram forjados para um homem e uma mulher, e sabemos que não foram perfeitos, assim estamos tentando encontrar a nossa nova e própria fórmula de união. Estamos aprendendo. Talvez, em alguns anos, possamos mostrar que uma família se forja nos moldes do amor e não da competição sexual entre seres. Aí sim, nós nos tornaremos uma sociedade melhor e mais evoluída.

VIAGEM A DOIS

HAVÍAMOS sonhado desde o aniversário do Mário em fazermos uma viagem. Nosso sonho era ir ao sul do Brasil. Passamos a economizar todas as moedas que chegavam em nossas mãos em cofrinhos de barro, no formato de porquinhos, economia esta que nos possibilitou comprar um pacote econômico para um passeio por algumas cidades do sul, como Florianópolis, Brusque, Blumenau, Curitiba, e o Parque Temático do Beto Carreiro, com base no Balneário de Camboriú. Partimos depois do Natal e retornamos após o Ano-Novo. Em nenhum momento, nós nos preocupamos em disfarçar nossa condição de casal *gay*. Já a partir da aquisição do pacote, a agência tomou conhecimento de nosso casamento. Orgulhosamente, pedimos uma cama de casal no hotel em que seríamos hospedados, exigência inserida no contrato de escolha de acomodação, seguindo uma das vias para o hotel e outra ficando em nossa posse. Na viagem em um confortável ônibus de turismo, com casais de todas as idades, adultos, adolescentes e crianças, não nos preocupamos também em disfarçar nossa condição de um casal *gay*. A viagem longa permitia aos passageiros uma integração e um entrosamento provocado pelo guia turístico. Na primeira parada para um café, o próprio guia sentou-se à nossa mesa e perguntou:

– Vocês são um casal, não são?

Sem pensar, respondemos em uma só voz:

– Somos sim! E a conversa continuou sem mais perguntas. Fomos aceitos com tanta naturalidade, que uma família de Governador Valadares, um juiz, com esposa e dois filhos adolescentes, convidaram-nos para almoçar com eles em um dos passeios opcionais da viagem em que ficamos fora o dia todo. O único senão foi quando, embora tivéssemos reservado cama de casal na compra do pacote, nós nos deparamos com duas camas de solteiro no quarto. Já sabia o que isso significaria, ter o trabalho de unir as camas toda noite para dormirmos como sempre dormimos, abraçados, e no dia seguinte repetir a operação. Seria uma canseira. Descemos à portaria antes de desfazer nossa mala e nos dirigimos a uma simpática atendente:

– Jovem, acredito que haja um engano! – disse.

– Qual, senhor?

– Vocês não leram o nosso documento de reserva?

– Sim, lemos!

– Acredito que não, pois veja: no local de acomodações está assinalado a opção cama de casal. E você nos deu acomodações com camas de solteiros.

Ela ficou paralisada pela surpresa, como que em choque. Ficamos a olhar para o rosto da moça, que por rápidos segundos ficou inerte, quando a acordei do choque:

– Senhorita, somos um casal e insistimos em ter o que pedimos!

– Sim, senhor, vou averiguar!

Como uma bala, a jovem desapareceu por trás de uma parede da portaria. Fico a imaginar o desespero dela atrás daquela parede, tentando resgatar seu equilíbrio profissional diante da surpresa de nossa natural solicitação. Seu espanto deve ter deslocado a atenção de todos os seus superiores que se encontravam atrás da parede para resolver a questão. Dois minutos depois, ela retornou com o mesmo sorriso no rosto:

– Desculpem-nos, senhores! Estamos providenciando a troca de seu apartamento.

– Obrigado, senhorita! – disse, pegando as novas chaves. – Tenha um bom dia – completei.

Quando o mensageiro que levara nossas malas deixou o quarto, Mário e eu explodimos em uma longa gargalhada pelo embaraço que a jovem atendente teve com nossa atitude. Nos primeiros dois ou três dias seguintes, percebemos os olhares de todos os funcionários do hotel quando aparecíamos. Depois se acostumaram. Foi muito divertido. Tivemos uma linda lua de mel, com muita diversão, muitos passeios e muito amor.

HOMOFOBIA NOS BASTIDORES

Uma reunião fora marcada para o dia 7 de janeiro de 2006, para discutirmos e aprovarmos os tópicos do projeto de atuação do CRH, elaborados por mim e Oswaldo Braga, no qual prevíamos todas as situações de metas funcionais do órgão. O sub-secretário João Batista de Oliveira, por meio da Diretoria de Direitos Humanos, Drª Márcia Martini e sua equipe, organizou a reunião com o comparecimento da maioria das ONGs de Minas, contando ainda com a presença do deputado federal Leonardo Mattos. A reunião ocorreu no auditório da SEDESE, no Santo Agostinho, e discutidos os tópicos. O projeto foi aprovado por todos e nos dirigimos ao secretário Marcos Montes para a entrega do projeto aprovado para sua execução pela SEDESE. O Dr. Marcos Montes se comprometeu a agilizar a burocracia para tornar o projeto uma realidade física e funcional. Tudo corria bem, enfim estava próximo de cumprir uma longa jornada de um sonho que nascera há cinco anos; porém não seria tão simples assim, ainda algumas etapas teriam que serem vencidas.

O Governo de Minas passava por uma mudança estrutural e Dr. Marcos Montes deixou o cargo, que veio a ser ocupado por uma profissional técnica de carreira, Drª Maria Coeli. Com a mudança, a inauguração prevista para março de 2006 não se concretizou. Repentinamente barreiras burocráticas começaram a emperrar o andamento da concretização do órgão CRH. A escolha do imóvel tornou-se lenta e cheia de obstáculos, não por parte dos Direitos Humanos, mas por entraves de regras internas do Governo. A nomeação de Walkiria La Roche encontrou um entrave por parte da nova secretária, que não via como efetivá-la sem documentar seu nome masculino de batismo e registro, o que seria uma incoerência, pois, como transexual, ela não usava aquele nome há dezenas de anos, e usá-lo agora seria um retrocesso para ela. Percebemos também uma homofobia subliminar por parte de funcionários burocráticos do Governo, que ainda consideravam a criação do CRH como uma afronta ao preconceito deles. Em contato com os bastidores do Governo, confirmei serem verdadeiras essas percepções. Decidi, então, escrever uma carta-denúncia ao governador, cobrando uma solução aos entraves homofóbicos anônimos que sentia. Conversei com Leonardo Mattos, que concordou com a idéia. Comuniquei a Walkiria minha intenção e em seguida compartilhamos uma cópia da carta com todas as ONGs, avisando-as de nossa ação e solicitando o apoio de sua assinatura no documento. Todos concordaram e, no dia 25 de abril, protocolamos no Palácio dos Despachos a nossa missiva:

"Belo Horizonte, 25 de abril de 2006

Ao
Exmo. Sr. Governador do Estado de Minas Gerais
Dr. Aécio Neves
Palácio da Liberdade – Belo Horizonte, MG

Sr. Governador,

O Movimento GLBT (*Gays*, Lésbicas, Bissexuais e Transgêneros) de Minas Gerais, representando cerca de 1.8 milhões de cidadãos(ãs) mineiros(as), através das Organizações Não-Governamentais abaixo assinadas, vem respeitosamente denunciar a V.Exa. um desrespeito à determinação direta do Sr. Governador de Minas.

No dia 29 de Agosto de 2005, o Movimento GLBT de Minas e o Deputado Federal Leonardo Mattos foram recebidos em seu Gabinete pelo senhor, quando entregamos o projeto do CRH – Centro de Referência Homossexual de Minas Gerais, referendado pela Lei 14.170, cuja regulamentação foi assinada também pelo Sr. Governador Aécio Neves. (Ver cópia da imprensa anexa).

Seu apoio à nossa comunidade tem sido exemplar no País, sendo um dos principais governadores do Brasil a não ignorar o sofrimento desta comunidade com o preconceito secular que se instaurou no Brasil. E de imediato providenciou o "cumpra-se" de seu próprio punho, designando a SEDESE – Secretaria de Desenvolvimento Social e Esportes e sua Sub-Secretaria de Direitos Humanos para imediata execução do mesmo. O empenho do Sr. Sub-Secretário de Direitos Humanos, Dr. João Batista, e sua equipe permitiu concretizarmos parte da execução do projeto do CRH, como podem atestar as reportagens na imprensa.

O Movimento GLBT de Minas se reuniu em Belo Horizonte e legitimamente escolheu seus representantes, os quais deveriam ser empossados de imediato para auxiliar na construção do espaço e sua inauguração prevista inicialmente para fevereiro e adiada por questões de burocracia de locação da estrutura física para março.

Estamos já em finais de abril e o que temos percebido nos deixa preocupados. Forças alheias à nossa vontade e também da Sub-Secretaria de Direitos Humanos têm sistematicamente criado empecilhos à conclusão do projeto. Isto se percebe nas ações de contratação dos eleitos, na locação do espaço e na plena execução do projeto tão dignamente abraçado por V.Exa.

Estamos habituados a enfrentar os homofóbicos em todos os níveis sociais, econômicos e políticos, o que nos possibilita identificar quando há homofobia presente em algumas ações, tentando nos impedir de prosseguirmos com nossos avanços na luta contra o preconceito e violência contra nosso povo.

No julgamento no Movimento GLBT de Minas há claramente presença da homofobia na conclusão do Projeto do CRH, alguns funcionários públicos têm de forma tendenciosa e claro, subliminarmente, atrasado o processo de conclusão da primeira fase do Projeto do CRH.

Nos preocupa a proximidade das Paradas *Gays* que começam a acontecer em junho próximo nas principais cidades de Minas: Belo Horizonte, Contagem, Betim, Juiz de Fora, Alfenas, Montes Claros, Diamantina e outras, e que, só em Belo Horizonte e Juiz de Fora, aguardamos a presença de mais de 100 mil em cada. Ótimas ocasiões para estarmos louvando a criação do Centro de Referência, o que se torna cada vez mais distante. Não queremos ser obrigados a fazer das dificuldades aqui apresentadas palavras de ordem em nossas manifestações massivas.

A População GLBT do Estado de Minas Gerais espera há dezenas de anos por este passo importante que é a conclusão do Projeto do CRH. Minas seria um dos estados pioneiros nesta ação se as datas tivessem sido cumpridas. Como este ato histórico não aconteceu, perdemos o pioneirismo, e hoje até o Estado do Espírito Santo já possui o seu CRH e nós estamos correndo um sério risco de não o vermos realizado este ano.

Desta forma, voltamos à sua presença solicitar que intervenha diretamente junto à máquina funcional do Estado, para que sua ordem histórica em defesa dos Direitos Humanos dos Homossexuais de Minas seja cumprida em um curto espaço de tempo.

Respeitosamente,"

Assinada pelas treze ONGs e GLBTs de todo o Estado de Minas Gerais, a carta caiu como uma bomba sobre os entraves homofóbicos do governo. Na semana seguinte, o secretário de Gabinete do Governador, Dr. Danilo de Castro, sabendo de minha iniciativa na denúncia, ligou pessoalmente para mim e pediu paciência à comunidade, que o compromisso do governador seria cumprido independentemente da má vontade de alguns, até da própria mandante da SEDESE, a nova secretária. Decidimos dar-lhe um voto de confiança. Mas, como a burocracia do governo é maior que a vontade de seus mandatários, as datas sonhadas foram adiadas mais de uma vez.

SOGRA

MÁRIO se tornara parte de mim e conseqüentemente de toda a minha família. Minha mãe já deixara de se referir a mim e minhas coisas no singular, passando a usar o plural. "Fiz este doce e guardei um pouco para vocês!", dizia quando a visitava só, sem a companhia de meu amado companheiro. Em todas as vezes que esta visita contava com a presença do Mário, ela o recebia com um abraço e o tratava com gentileza, sempre integrando-o à conversa e às histórias que vivera na semana. Vê-los assim conversando, como amigos, acalmava meu espírito na crença de que um dos maiores obstáculos à minha homossexualidade estava sendo transposto. Minha mãe e meu companheiro, rindo e conversando sobre trivialidades, era como se estivesse vivendo um sonho, meu coração se enchia de paz. Talvez minha própria aceitação ainda dependesse da aprovação de uma pessoa que fora tão forte e importante em minha vida. E, enquanto não a tivesse, estaria incompleto. Estes momentos juntos com minha mãe e minha família, dentro de minha verdade que lutei tanto para expor, enchiam minha alma de plenitude e inteiridade. Fazia-me sentir pleno, completo, cidadão e ser humano, tal a importância do amor de todos eles por mim.

Sentia que deveria compartilhar com Mário esta emoção. Seu aniversário se aproximava e incentivei-o a convidar sua mãe para passar alguns dias conosco. Ligamos para ela e, após alguma insistência, ela decidiu vir. Ficamos felizes com sua decisão. Eu estava meio apreensivo sobre a sua opinião sobre mim. Embora já tivesse falado com ela ao telefone e ela soubesse de nossa união, sempre um encontro pessoal gera um friozinho na barriga. Com certeza Mário já devia ter mencionado a ela que era um "pouco" mais velho que ele, mas será que ela sabia o quanto? Será que ela sabia que também sou um pouco mais velho que ela? Quanto mais se aproximava a data de sua chegada, maior era minha ansiedade, meu marido percebia e procurava me tranqüilizar. "Calma, Marido! Mainha é *light*!", dizia ele, sempre que me via apreensivo com minhas dúvidas. Não tinha muita noção sobre como seria a mãe dele, Mário não tinha uma foto dela para que pudesse formar uma imagem. Minha mente viajou, então, em diversas formas de mulher, com pensamento em uma senhora de 50 anos.

O dia de sua chegada despontou levando minha ansiedade ao pico máximo. A chegada de minha "sogra" estava prevista para às 16 horas, ela viajara de Salvador até Belo Horizonte de ônibus e nos forneceu o nome da empresa. Saí do trabalho mais cedo para, junto com Mário, esperá-la na rodoviária. Como chegamos mais cedo do provável desembarque, meu marido me levou para um bar próximo da entrada de ônibus no desembarque para tomar uma cerveja e relaxar; dali do bar podíamos ver os ônibus que chegavam ficando atentos aos nomes das empresas. Mário procurava me distrair brincando e contando histórias para me relaxar, até que seu telefone tocou. Era sua mãe, que já desembarcara e não o encontrara no salão de desembarque. Fiquei mais nervoso ainda, o que ela haveria de pensar? Vinha conhecer o genro, e nem o filho nem o genro estavam na rodoviária a esperá-la? Seria uma desconsideração? Meu Deus, estava me sentindo um adolescente indo conhecer os pais de seu novo amor. Nossa cerveja estava pela metade, Mário, então, disse:

– Fique aqui que vou buscá-la! Está bem? Mas fique *light*!

– Está bem!

Ele demorou apenas cinco minutos, que pareceram uma eternidade, mas a cerveja me relaxou um pouco. Vi Mário atravessar a rua com uma mala em punho e a seu lado uma senhora negra de 1,60 metros aproximadamente, trajando uma roupa jovem e sorrindo para meu marido. Aproximaram-se e Mário nos apresentou:

– Danilo, esta é mainha! Mainha, este é Danilo, meu marido!

Senti um arrepio quando Mário mencionou "meu marido".

– Boa-tarde! Como vai a senhora? Fez boa viagem?

– Boa! – respondeu mainha.

Mário completou:

– Ela mudou de empresa, por isto não vimos seu ônibus chegar.

E virando-se para a jovem senhora que estava em nossa frente: – A gente resolveu esperar aqui para observar a chegada de seu ônibus, e tomar uma cerveja. A senhora aceita?

– Ô chente! Mas é claro! – respondeu mainha com um sorriso!

Aquele sotaque baiano e aquele sorriso aberto me desarmaram completamente. Iracema, esse era seu nome de batismo, conquistou-me naquele momento. Aquela jovem senhora de meia estatura, rosto de traços belos trazendo a lembrança de ter sido uma linda moça da maravilhosa raça negra, com jeito jovem e dinâmico, conversou animadamente enquanto tomava uma cerveja conosco. Não esboçara nenhuma reação quando seu filho me apresentou como "marido" dele, agiu naturalmente como se fosse sempre assim. Passei a amá-la imediatamente. Apesar de um pouco mais nova que eu, deixou-me à vontade como se eu fosse da idade de seu filho. Disse que seus familiares a chamavam pelo apelido de "Minha", e que poderia chamá-la assim. Terminamos a cerveja e pegamos um táxi para casa.

Nosso apartamento é pequeno, de apenas um quarto onde temos nossa cama de casal. Há alguns meses, entretanto, havíamos comprado um sofá-cama com os planos de instalarmos algum possível hóspede. Oferecemos a ela nossa cama, mas preferiu ficar no sofá-cama, onde ficava nossa televisão. Disse que se sentiria mais à vontade. Os dias que se seguiram foram maravilhosos, ficamos amigos, eu e Minha, a ponto de ficarmos sempre brincando um com o outro. Falamos de nossas vidas, de nossas intimidades e cheguei a perguntar como ela reagira ao saber da orientação sexual de seu filho. Ouvi de "Minha" uma resposta surpreendente, que confirmou minha teoria de que todas as mães sabem. Disse ela:

– Serginho? *Gay*? – meu marido era chamado de Serginho pela família em Salvador. – Eu já sabia que ele era *gay* desde que estava em minha barriga. Ainda bebê, logo que começou a andar, ele andava na pontinha dos pés, como se desfilasse. Nunca tive dúvidas que ele era *gay*. Mas é meu filho e eu o amo como ele é!

Sua confissão me emocionou e, já gostando dela, passei a admirá-la mais ainda. É uma mulher incrível. Casou grávida, teve dois filhos além de Serginho, Itana e René, meus cunhados. Alguns anos depois, descobrira que o marido possuía uma amante, separou-se, criando os filhos praticamente só. Passado o desgaste da descoberta da traição, tornou-se amiga de seu ex-marido, aproximando os filhos do pai. Uma mulher realmente corajosa e maravilhosa.

Os dias de "Minha" em nossa casa consolidaram ainda mais nosso sentimento de unidade familiar. Meu Deus, é possível! É possível amar uma pessoa do mesmo sexo e levar uma vida sem rancores, mágoas, angústias e sobressaltos provocados pelo preconceito. Ela foi conosco aos bares *gays*, onde eu a apresentava como minha sogra, para espanto de muitos e inveja de alguns que sonhavam em ter suas famílias participando de suas vidas e ainda não haviam conseguido. Levamos "Minha" para conhecer minha mãe, e vivemos um momento inédito e maravilhoso de ver nossas duas mães sentadas uma ao lado da outra em nossa presença, conversando sobre crochê, tricô e comidas caseiras, falando de filhos, netos e coisas gostosas que só as mães sabem conversar. Pude sentir que estava conseguindo chegar ao que tanto buscara e lutara para encontrar; minha harmonia com meu povo, minha família, meu marido, minha cidade e, principalmente, minha vida. A paz interior estava por vir, faltava apenas um detalhe: meus filhos!

"Minha" ficou conosco por vinte dias aproximadamente, ajudou Mário a preparar um almoço baiano maravilhoso em seu aniversário, no qual reunimos no Nova Estação nossos amigos, que ficaram maravilhados com minha jovem sogra. Ela adorou conhecer a Renata, que já considerava como filha, pelo carinho com que tratava o Mário, como uma irmã. Até brinquei com ela que estava com ciúmes de seu carinho por Renata. Ela respondia: "Ela é filha! Você é genro, amo os dois, mas ela é filha!" Compreendia o que queria dizer, mas sempre a atormentava com meu ciúme só para vê-la repetir a frase. Apenas uma coisa a incomodou aqui em Belo Horizonte, estava muito frio na cidade e ela não estava habituada a baixas temperaturas. Andava agasalhada e sempre perguntando: "Como vocês agüentam viver neste frio todo? Vixe!"

"Minha" partiu para a Bahia, deixando em todos nós uma saudade imensa de seu jeito baiano de ser, sua comida maravilhosa e seu amor infinito por seu filho a quem tanto amo!

UM VIDA DE MENTIRAS

Às vezes, a dualidade se perpetua, tornando um indivíduo infeliz por toda a vida. Quando conheci João Gama, Márcia estava grávida de Tatiana, ele havia feito carreira em um importante órgão público do

Estado, com o qual passei a ter contato por motivos de trabalho. Havia algumas coisas em comum entre nós; o fato de ambos termos pouco tempo de casados e a coincidência de estarmos ambos com esposas grávidas, além dos mesmos gostos por filmes e livros. Havia outro ponto maior e mais forte, que só viria a saber vinte e cinco anos depois, ambos tínhamos uma dualidade escondida que nos foi revelada de formas diferentes. De mim ele ficou sabendo inicialmente por intermédio da amizade que se formou entre Márcia e a esposa dele, Camélia. Nossas vidas se misturaram do profissional ao íntimo, principalmente pela proximidade do nascimento de nossos filhos, ambos tivemos um casal, e Tatiana e sua filha Lúcia nasceram com apenas um dia de diferença. Nossos dois meninos, Daniel e Diego, nasceram no mesmo ano. As crianças se tornaram amigas, o que nos aproximou ainda mais. Em todos os anos que convivemos, sempre notei algo em João Gama. Sisudo e de poucos amigos, quando se soltava na intimidade, tinha um trejeito afeminado que esforçava para disfarçar fortemente. Sempre respeitei o seu jeito de ser por dois motivos simples: primeiro, a minha condição de habitante do "armário", me impedia de tocar em qualquer assunto com ele, e segundo, se tocasse, poderia perder a amizade do casal que muito estimava.

Os anos se passaram e soube de sua realidade bem depois que eu já assumira minha personalidade única. Camélia conhecera João Gama em uma loja tradicional de tecidos em Belo Horizonte, onde ele era vendedor e ela cliente. Camélia, então, encantou-se pela personalidade e gentileza de João Gama; ele, também de minha geração, esquivava-se, mas a pressão social o empurrou para um relacionamento e os dois acabaram no altar. Antes, porém, João Gama decidiu contar a Camélia sobre sua orientação sexual. Por amor a ele, ela decidiu encarar o relacionamento e esse segredo ficou guardado por vinte e cinco anos entre os dois. Creio que minha atitude tenha provocado algo na vida dos dois, pois para nossa surpresa, ficamos sabendo de sua história. Já com os filhos também adultos, os dois passaram a ter conflitos conjugais terríveis, nos quais repentinamente a represa de emoções contida por João durante todo este tempo, começou a se romper em cobranças e agressões verbais. Para agravar a situação dos dois, Camélia sofreu um AVC, deixando-a imobilizada parcialmente e dependente de João para atividades físicas. Ainda jovens para recomeçar uma nova vida, este incidente com a saúde de Camélia impediu a separação, pois conhecendo João, ele não teria coragem de deixar a esposa em situação de dependência. Passou, então, a cobrar de Camélia os anos vividos. E ambos, presos pelo sentimento de solidariedade, não tinham outra chance de serem felizes.

O destino está cobrando de ambos uma alta conta por terem sucumbido ao preconceito de união de alto risco por terem orientação sexual diferente. Este erro ainda é cometido por muitos jovens de hoje, homens e mulheres, que buscam "esconder" sua orientação em um casamento, acreditando que irão mudar. Isto é uma infelicidade eterna e injusta para ambos. O melhor é enfrentar o presente dado pela natureza de serem quem realmente são, não estragar as próprias vidas, de seus parceiros ou de possíveis filhos, forjando um teatro de final sempre trágico.

SEMPRE HÁ DORES A ENFRENTAR!

As eleições de 2006 passaram a ser nossa principal atividade no gabinete do deputado Leonardo Mattos, todos ficamos acumulados de afazeres e compromissos em busca do maior número de votos para nosso líder político. Oswaldo confirmou sua decisão de não sair candidato, atitude equilibrada, uma vez que não tinha recurso financeiro. Sander, porém, decidira levar a sua em frente. Como sempre acreditei que deveríamos ter um candidato *gay*, superei minhas mágoas com a atitude do Sander de ter acreditado nas intrigas do Osmar, apesar da nossa antiga amizade, e obtive autorização de Leonardo para ajudar aquela candidatura, a única assumidamente *gay* do Estado. Sander trazia consigo uma tradição política familiar, um tio havia sido vereador em Alfenas por vários mandatos e iria apoiá-lo ao pleito a deputado estadual. Assim, além do trabalho para o Leonardo, passei também a ajudar na candidatura de meu amigo. Pedi também ao Oswaldo que superasse as divergências e abraçasse a campanha. A grandeza de Oswaldo fez com que ele também apoiasse Sander. Os recursos de campanha do Leonardo não permitiam auxílio financeiro a outro candidato em grande escala. Entre minhas atividades de campanha, estava o trabalho via Internet com a comunidade em todo o Estado. Passei a usar o correio eletrônico para atuar nas duas campanhas, do Leonardo e do Sander. Precisávamos da eleição dos dois, um para continuar sendo nossa voz no Congresso Nacional, e outro para ser uma possível voz assumida na Assembléia de Minas. Não podia usar todo o potencial eleitoral do Leonardo para promover a candidatura do Sander, pois Leonardo tinha compromisso também com os portadores de deficiência e os defensores do meio ambiente. Sander, por sua vez, não possuía recursos para material de campanha em todo o Estado, preferindo concentrar em sua região os poucos recursos obtidos de apoiadores locais. Mas tínhamos esperança, e mais uma vez trabalhei para um candidato na base da sola do sapato. Os votos que consegui para o Sander foram de um trabalho de boca a boca, praticamente sem nenhum material. Poucos votos na verdade, mas sinceros na qualidade. Em meio ao estresse de trabalho da campanha, sofri uma discriminação inesperada, que quase me fez desistir da campanha do Leonardo Mattos.

Todos os funcionários do gabinete detinham o conhecimento dos segmentos de atuação do Leonardo, e havia pessoas especializadas para atender a cada segmento, sendo minha área a comunidade homossexual. Assim, estes segmentos defendidos pelo candidato à reeleição a deputado federal possuíam um profissional que os conheciam e sabiam como atuar com eles. Sob a coordenação de Laura Beleza, iniciamos nosso trabalho de campanha usando todas as possibilidades disponíveis para atingir cada um dos eleitores destes segmentos. O *Orkut*, página de perfis na Internet, tornara-se uma moda entre os jovens e também boa parte da população de meia-idade, que trocavam notícias pessoais e impressões em rede. Decidi, então, criar um perfil do Leonardo, a exemplo de outros candidatos que fizeram o mesmo para haver uma proximidade maior de nosso defensor político com os eleitores *gays* de todo o Estado. Para isso, tive ajuda de Camila Franco, minha amiga e colaboradora do Rainbow, que fora contratada para auxiliar-me nas ações com a comunidade *gay*. Atitude lógica e coerente com a causa que sempre defendera desde os tempos da Câmara Municipal, e que todos participaram, inclusive Vanessa, uma jovem que trabalhara com Leonardo na Câmara e o acompanhara por muitos anos, sendo também responsável no gabinete por algumas atividades na Internet. Sempre muito solícita comigo, tornara-se uma amiga, assim como todos os colegas do gabinete. Quando convidei Vanessa para participar do grupo de amigos do Leonardo no *Orkut*, convite eletrônico, logo em seguida recebi uma ligação telefônica dela:

– Danilo, você é louco? O Leonardo sabe deste perfil direcionado aos *gays*? Pode tirar isto daí, pois já imaginou se meus amigos heteros vêem a imagem do Leonardo ligada aos *gays*? Todos deixarão de votar no Leonardo. Ele vai perder milhares de votos – dizia isto ao telefone, em voz alta e irritadiça.

– Mas, Vanessa, isto que está dizendo é preconceito...

– Danilo, você me conhece, não sou preconceituosa, mas os eleitores podem associar a imagem do Leonardo à causa *gay* e isto o fará perder muitos votos. Tire isto do ar, vou ligar para o Leonardo agora e contar o que você fez!

Sem me deixar argumentar, desligou o telefone.

Parei o que estava fazendo no momento em que recebi a ligação, inerte diante da atitude preconceituosa de minha colega; senti o fio fino da navalha da discriminação cortar minha carne, e de todo o meu povo. Empalideci e mudei meu semblante de forma tão radical que os colegas me perguntaram o que acontecera. Engasgado pela dor, não consegui falar. A adrenalina derramada em meu organismo pelo ferimento em minha alma atingiu meu cérebro, levando o nó em minha garganta a tirar-me o ar. Como poderia ser possível? Seria este o real pensamento do Leonardo Mattos que, longe de meus olhos, levara a Vanessa a sentir tamanha rejeição por uma causa que defendera e defende publicamente? Não, o Leonardo não poderia ser tão dissimulado. Teria que haver uma outra explicação. Fátima Grissi, percebendo meu estado emocional, indagou o que estava havendo. Contei a ela todo meu diálogo com Vanessa. Ficou também surpresa. Comuniquei, então, a ela que não seria mais possível trabalhar aquele dia e sinceramente iria repensar se voltaria. Apanhei minhas coisas e fui embora.

Chegando em casa contei ao Mário o que acontecera. Ele também ficou surpreso, e ficamos em dúvida se estávamos apoiando a pessoa certa. Dormi mal aquela noite. Sofrer discriminação é algo doloroso, e quando vem de alguém em quem você acredita estar ao seu lado e exclui veementemente, é muito doloroso. Comuniquei ao Mário minha decisão. Não sentia mais clima para continuar, era uma falha imperdoável da Vanessa. Às 9 horas, meu celular tocou, era o Leonardo Mattos:

– Danilo, fiquei sabendo o que houve ontem aqui no gabinete com você. Estou ligando pois fiquei preocupado, você sabe que este não é meu pensamento.

– Leonardo, estou pensando em abandonar o trabalho. Não é possível continuar, se algum de meus solegas não acreditam em meu ideal.

– Reconsidere, preciso de você, meu amigo. Vanessa não agiu em meu nome e está errada, já chamei a atenção dela. Volte, estou contando com você!

– Muito bem, Leonardo, porém vou demorar um pouco para retomar o meu entusiasmo. Peço que me compreenda.

– Sei que vai superar. Conto com você!

Retornei, mas demorou de fato dois ou três dias para retomar o pique de trabalho anterior. Mostrei ao deputado o perfil que fizera no *Orkut* e ele deu sua total aprovação para eu continuar.

Perdemos a eleição, nós e o Sander. Leonardo Mattos, com 52 mil votos, não foi reeleito, mas, segundo ele, o trabalho feito por

Camila e por mim lhe rendeu pelo menos 5 mil votos dentro da comunidade *gay*. Um ambiente de tristeza se instaurou dentro do gabinete, mesmo o Leonardo ficando como primeiro suplente do partido. Nosso povo perdeu um grande e corajoso soldado de nossa causa na maior Casa de Legislatura do País: o Congresso Nacional.

MEU FILHO E MINHA NORA!

Como no ano anterior, Mário e eu juntamos nossas poucas economias e, em agosto, adquirimos duas passagens aéreas promocionais para Salvador no final do ano. Havia dois anos desde que fora a Salvador rever sua família. De minha parte, iria rever minha amada sogra e conhecer meus cunhados e meu sogro. Novamente aquele friozinho se apossou de mim. Seria aceito por eles? Sei que "Minha" já deveria ter falado de mim para todos, mas cada ser humano reage de uma forma. Iniciamos a contagem regressiva para a viagem que aconteceria no dia 15 de dezembro. Estávamos em finais de outubro. Meu aniversário se aproximava e algo mágico estava para acontecer.

As ligações encantadoras propiciadas pelo perfil no *Orkut* permitiram que me aproximasse eletronicamente de Daniel e minha nora Tâmara. Eles estavam também com perfil no *Orkut*, e começamos a trocar mensagens eletrônicas entre nós. E decidimos fazer uma pequena reunião em casa somente para a família. Viriam meus irmãos, cunhadas, sobrinhos e minha mãe. Convidamos também a Renata, que é minha cunhada postiça aqui em Belo Horizonte. Meu marido, mais uma vez, usaria seu dom mágico para os saborosos petiscos, e decidimos convidar Daniel e Tâmara. Seria em um dia de semana e sabia que seria um pouco complicado para eles, pois ambos estavam na faculdade inclusive estudando na mesma turma. Assim mesmo, liguei.

– Filho! Vamos fazer uma reunião no dia 31 aqui em casa, e gostaria muito de que você e Tâmara viessem, é meu aniversário e seria um presente tê-los conosco!

– Pai, vou ver com a Tâmara, depois confirmo com você!

A reunião aconteceu de forma maravilhosa, porém Daniel e a noiva não vieram. Fiquei um pouco triste pela ausência deles; Tatiana, em Brasília, também não pôde vir. Mas todo o resto de minha família apareceu e nos divertimos muito. No dia seguinte, recebi uma ligação do Daniel.

– Pai, estou ligando para me desculpar por não termos ido ontem, é que tivemos prova na faculdade e não pudemos faltar. Parabéns pelo seu aniversário.

– Obrigado, filho, fico feliz que tenha se lembrado.

– Pai, como sabe, é meu aniversário daqui a duas semanas, eu e Tâmara gostaríamos de convidar vocês para comemorar conosco em uma *pizzaria*, assim comemoramos juntos as duas datas, a minha e a sua. O que acha?

– Ótima idéia, filho. Quando seria?

– Após o término de nossas provas na faculdade.

– Está bem, você me liga para informar a data.

Daniel ainda não conhecia o Mário. Este encontro seria uma ótima oportunidade para se conhecerem, passei a aguardar a ligação de meu filho.

Minha mãe programara uma viagem com minha irmã para comemorar seus 80 anos. Disse que não queria festa e que, no dia de seu aniversário, estaria em Gramado, mas eram 80 anos! Minha cunhada, Sônia, combinou então conosco uma festa surpresa para quando ela retornasse, que reuniria toda a família. O aniversário de minha mãe é dia 9 de novembro, entre o meu e o de meu filho. Pedi auxílio à Sônia e a meus sobrinhos para convencerem o Daniel a comparecer. Eles foram persuasivos e o quando liguei para o Daniel, ele confirmou sua presença e de Tâmara. Não tive muitas esperanças que fossem, pois nos anos anteriores sempre o convidara e ele nunca aparecia, sempre tinha uma desculpa. Mas Sônia argumentara que a desculpa para a vinda da avó até a casa de meu irmão Geraldo era que estaríamos comemorando o aniversário do Daniel. Já estávamos todos lá na casa de Geraldo, e minha mãe ainda não chegara. Sônia conseguiu, em segredo, convidar minhas duas tias, as únicas irmãs vivas de minha mãe, alguns sobrinhos, toda a família além de amigas e ex-vizinhas de minha mãe. Todos conheceram meu marido e a reação foi surpreendentemente a mais natural possível. Poderiam até comentar, mas nos respeitaram muito. Chegaram Daniel e Tâmara, eles me abraçaram e corri para apresentá-los ao Mário. Meu filho cumprimentou meu marido com respeito, porém com certa distância. Tâmara o abraçou de forma muito carinhosa. Não forcei nada. Deixei que as coisas acontecessem naturalmente. Sabia que Mário iria conquistar a simpatia dos dois, só precisava não me meter.

Daniel convidou-me a ir até seu carro com a Tâmara, tinha um presente para mim pelo meu aniversário. Emocionado, fui até o carro de onde tiraram dois presentes. As lágrimas vieram a meus olhos e abracei-os, dizendo o quanto os amava e como estava feliz por, enfim, tê-los conosco, depois de tanto tempo. Daniel, então, me confessou que estava ali sem que sua mãe soubesse, caso contrário teria muitos aborrecimentos. Percebi, então, que nos anos anteriores não comparecera por não querer magoar sua mãe. Fiquei triste com o egoísmo da Márcia, mas compreendi que a magoara muito e sua atitude de tentar impedir o filho de ter contato comigo e minha família era uma forma de expressar sua dor. Apenas achei mesquinho usar nossos filhos para me atingir, não disse isto ao Daniel. Comentei apenas que compreendia e perdoava sua mãe por ter agido assim. E, de fato, era de coração. Mas o que importava era que agora ele estava ali conosco e todos da família de seu pai se sentiam muito felizes com sua presença, já que todos o amavam muito. Ali, podia sentir-se em casa, como de fato se sentiu. Voltamos para dentro para aguardar a chegada de minha mãe e nos juntamos ao Mário, que estava conversando com minha cunhada. Logo que nos aproximamos, alguém chamou Sônia e ficamos apenas os quatro. Em seguida, chamaram-me e Mário ficou a conversar com os dois. De relance, vi pouco depois que os três estavam rindo. Mário já jogara sua magia sobre eles. A surpresa foi maravilhosa, minha mãe achava que era mesmo uma festa para o Daniel. Quando viu toda aquela gente reunida, ficou surpresa e emocionada. Passamos uma tarde inesquecível. Daniel e Tâmara, ao se despedirem, marcaram a nossa comemoração para o sábado seguinte. Ficamos assim acertados. Com alegria, vi meu filho abraçar meu amado companheiro ao se despedir. Meu coração se encheu de uma mágica emoção. A magia do amor se formava cada vez mais em minha vida.

No sábado seguinte, José Eustáquio nos convidou para almoçarmos na casa dele. Fomos todos. Como sempre acontecia nas reuniões na casa do Zeca, a cerveja era farta. Mário abusou um pouco e, como anoiteceu e tínhamos o compromisso com o Daniel, chamei-o para irmos embora. Ele ficou irritado querendo continuar na casa de Zeca. Insisti para que fôssemos e ele saiu resmungando. No trajeto para tomar o ônibus de volta ao Centro, Mário continuou resmungando e mudou de lado do passeio. Deixei-o com sua irritação e continuei o trajeto para o ponto de ônibus. Quando cheguei ao ponto, vi que ele desaparecera. Preocupado com o Daniel, que ficara de nos apanhar em casa, tomei o ônibus. Mário sabia como voltar à casa de Zeca, por isso não me preocupei. Ficaria apenas desconcertado diante de meu filho e minha nora por ele não estar conosco. Cheguei em casa, arrumei-me e logo em seguida tocou o interfone do apartamento, a voz do porteiro anunciou a chegada de meu filho. Disse que não subiria e que nos esperava na porta do prédio. Desci.

– Pai, onde está o Mário? Ele não vai conosco?

– Bom, filho, ele não está aqui.

– Mas o que houve?

Como havia proposto para mim mesmo não mais mentir, decidi contar aos dois o que acontecera. Daniel riu e sugeriu:

– Vamos lá buscá-lo, pai!

– Filho, mas é um trecho longo, e não sei se ele retornou à casa de seu tio.

– Ele está com telefone?

– Sim!

– Então, vamos ligando no caminho para encontrá-lo.

Tentamos várias vezes ligar para o Mário e o telefone dele não atendia. Quando estávamos próximo da casa do Zeca, ele me ligou dizendo que já estava chegando em casa. Voltamos e ele nos aguardava na entrada do prédio. O efeito do álcool diminuíra, e ele estava menos ranzinza. Fomos para o Restaurante do Porto, próximo à minha casa, na Avenida Augusto de Lima com Rua Rio Grande do Sul. Foi uma noite de muitas revelações e conversas. De repente, uma lacuna de cinco anos longe de meu filho começou a se preencher. Entre as maiores surpresas e notícias, a de que Tatiana, que estava mais próxima a mim, nunca contara ao Daniel esta proximidade, e também um acidente que meu filho sofrera jogando futebol, tendo que passar por uma cirurgia colocando um pino de metal na perna, sem que ninguém da família de sua mãe me comunicasse. Ficara internado por vários dias e nem fui visitá-lo por não ter sabido. Essas atitudes demonstravam claramente o quanto desejavam me manter distante de meus filhos. Emocionado, pedi-lhe perdão por não estar com ele naquele momento de dor e, com os olhos molhados, disse:

– Filho, perdoe-me por estar ausente neste seu sofrimento. Juro que nada fiquei sabendo de seu acidente. Se soubesse, passaria por cima de todo o preconceito e iria estar com você. Perdoe-me, filho!

– Pai, não tem importância, agora sei de tudo, e sei que posso contar com você! De agora em diante, estaremos mais perto, pode acreditar.

Abracei meu filho e fiquei a imaginar como são egoístas as pessoas, gente que amara tanto e que me excluíra de suas vidas apenas por ter o orgulho ferido. Mas era passado, agora teria que olhar para frente. Tinha meus filhos de volta. Isto era o que importa. Nosso encontro naquela noite foi memorável, do Porto seguimos para o Vaga-Lume I, onde apresentei meu filho e minha nora a meu garçom do coração que nos acompanhara, eu e Mário, em infinitos fins de noite: o

Osmar. Saímos do Vaga-Lume às 4h30, com a imensa sensação de uma reconciliação plena, sincera e eterna.

ENFIM, UMA REALIZAÇÃO!

Recebi um *e-mail* de Walkiria La Roche convidando-me para a inauguração do CRH, agora com novo nome: Centro de Referência de *Gays*, Lésbicas, Bissexuais, Travestis, Transexuais e Transgêneros (CRGLBTTT) de Minas Gerais, para o Dia Internacional de Direitos Humanos, 10 de dezembro. Meu coração se acelerou. Enfim, um dos meus grandes sonhos para nossa comunidade se concretizaria. Depois de anos de lutas, desafios, incompreensão, inveja, articulação e diplomacia, o CRH se tornaria realidade absoluta. Sentia que um filho nascia de mim, das entranhas de minha alma e de minha persistência para todo um povo que anseia por igualdade e justiça social. Cheguei ao local, uma bela casa na Avenida Álvares Cabral, número 1.342, no Bairro de Lourdes, ponto nobre da Capital Mineira, quando ainda colocavam a placa. Achei apenas a mudança da sigla longa e desnecessária, mas preferi guardar para mim esta opinião. Uma chuva fininha caía na região. Todos, muito elegantes, aguardavam a chegada das autoridades para a abertura do evento. Para minha surpresa, os militantes presentes pediram para que eu fosse a voz da comunidade *gay* e da militância no evento. Concordei. Iniciada a cerimônia, Walkiria abriu-a falando da importância de tal conquista. João Batista de Oliveira falou de sua alegria de ter tido a oportunidade única e provavelmente inédita de um político em experimentar todo o processo de criação e execução de uma lei, desde a apresentação do projeto na Assembléia até a consolidação prática do órgão previsto no projeto, e estando ele à frente de sua real concretização. Minha fala foi improvisada, pois fui pego de surpresa. Procurei ressaltar todo o processo de luta para a construção daquele sonho, que era um sonho pessoal, mas representava todo o desejo de direito humano que um povo buscava para si. Os discursos foram rápidos e passamos para uma sala onde foi servido um coquetel. Conversamos sobre o que viria a seguir e desejamos que o projeto se concretizasse por inteiro. Despedi-me e saí caminhando pela Avenida Álvares Cabral em direção ao Centro. Minha alma estava leve, senti que cumpri a primeira etapa de minha missão. A chuva fina cessara e um fino arco-íris iluminou o céu à minha frente. Estava escrito.

E DEUS ME MANDOU UM ANJO!

No dia seguinte, senti um vazio, uma leve depressão. A sensação de ter concluído minha missão deixou-me a impressão de ter acabado o meu trabalho. Poderia viver minha vida agora, sem ter que defrontar-me com a rejeição dos meus opositores das outras ONGs de Belo Horizonte que desejavam ver-me longe do movimento em Minas e que sempre desconsideraram meu trabalho e minha luta. Ver alguém ocupando o lugar que deveria e poderia ser o que eu ocuparia na conquista de novos espaços para o nosso povo, me deixou uma sensação de ingratidão e exclusão. Dor sentida por ter sido transparente e democrático. Acredito que Walkiria levaria a termo o projeto, não duvidava de sua capacidade, porém, por articulação do partido infiltrado no processo de escolha de nomes, eu ficara completamente de fora do CRH, com o qual tanto sonhara. A minha reação foi de um vazio enorme. Senti que deveria recolher-me à minha obscuridade pessoal. Meu marido e eu havíamos combinado de irmos ao "nosso quintal" comprar algumas coisas de que precisávamos em nossa casa. Saímos logo cedo para isso. Lá, nos corredores do mercado, compartilhei com Mário meus sentimentos e ele me ouviu atentamente, respeitando minha decisão:

– Mário, acredito que agora devo sair de cena. O que tinha por fazer está pronto. Estou decepcionado com tudo e com as pessoas. Vou viver minha vida com você e fim.

Disse isso quando paramos em frente da loja de empadas para apreciarmos, mais uma vez, a iguaria de que tanto gostávamos. Pedimos nossas empadas e um refresco. Comecei a comer o salgado, meio triste com tudo. De repente, uma senhora de 35 anos, bem vestida e de um belo sorriso, abordou-me. Não a havia visto até então. Ela bateu em meu ombro:

– Posso lhe dar um abraço? – perguntou-me, já estendendo os braços em minha direção.

– Sim! – respondi, meio surpreso.

Abraçou-me e para minha surpresa:

– Este abraço que lhe dou é para agradecer tudo que você tem feito de bom para meu filho e minha jovem irmã, que são *gays*. Deus lhe abençoe por tudo. Muito obrigada.

Surpreendido, perdi a voz embargada pelas lágrimas que rolaram de meus olhos. Olhei para o Mário, que me acolheu com ternura, e quando me virei novamente, ela, assim como apareceu, inesperadamente sumiu de nossas vistas. Perguntei ao meu marido se ouvira o que ouvi. Sua resposta foi sim. Procurei por aquela senhora nos arredores para saber mais sobre si e seus amados parentes de quem falara. Não mais a vimos. Esteja ela onde estiver, quero que saiba que seu abraço foi o abraço de um anjo de Deus a me acalentar pelo que sentia. Seu abraço me deu a certeza de que deveria continuar. Minha crença era de que meu sonho estava sendo maior que o egoísmo de alguns.

SALVADOR

Nossa viagem para Salvador se aproximava, a cidade de Belo Horizonte brilhava pelas luzes coloridas dos enfeites natalinos que enchiam minha terra de uma beleza ainda maior que a sua natural. As chuvas do verão já se intensificavam, e toda a cidade se agitava em torno da perspectiva dos festejos de final de ano. Os aeroportos no Brasil estavam um caos total devido a um problema nacional com controladores de vôos, o que estava provocando atrasos enormes e também cancelamentos de vôos, levando muitos passageiros de final de ano a mudarem seus planos. Recebemos uma ligação da empresa aérea; logo imaginamos que teríamos problemas com nosso vôo, porém era apenas um aviso de mudança de horário no nosso retorno, devido a diferenças de horários entre Belo Horizonte e Salvador (Minas Gerais adota o tradicional horário de verão, os relógios são adiantados uma hora, e a Bahia não aderiu a este horário, portanto teríamos que sair para o aeroporto de Salvador uma hora mais cedo que o marcado na reserva). Respiramos aliviados, nossa viagem estava garantida. A mãe do Mário nos aguardaria para nos hospedar em sua casa. E novamente a ansiedade, sentimento peculiar em mim, apossara-se de meu corpo. Mas minha curiosidade sobre minha família baiana era maior que meu nervosismo habitual ante o mistério do novo, do inédito. Assim, nós nos dirigimos ao Aeroporto de Confins de onde partiria nosso avião com destino ao desconhecido mundo da família de meu marido. O que sabia deles eram fragmentos contados por Mário, e costurados com a visita de "Minha" em nossa casa. Mas conhecê-los e ter contato pessoal com eles era outra história.

Nosso vôo atrasou por mais de três horas, saímos de Belo Horizonte na madrugada do dia seguinte ao marcado pelo embarque. Nossa sorte é que o atraso para quem nos esperava não foi de três, mas de duas horas, devido à ausência do horário de verão na Bahia. Chegamos ao Aeroporto de Salvador e pegamos um táxi; Mário indicou o nosso destino, o Conjunto Pampulha no Bairro da Mata Escura, subúrbio de Salvador. Chegamos ao prédio onde morava a família de Mário e ele chamou pela mãe. Desceu um homem moreno de 20 e poucos anos, com alguns traços que me eram familiares, chegou com a chave da portaria e cumprimentou Mário. Seu semblante mostrava alguém que dormira mal, porém via-se a beleza de sua escultura masculina. Estava sem camisa, e tinha traços de semelhança com meu marido. Um pouco mais jovem e mais magro, mas muito bonito e gentil. Abriu o portão e disse:

– Porra, vocês se atrasaram! Como vai, Serginho?

O termo "porra" em Salvador me pareceu vulgar, mas nos dias seguintes descobri que era algo usual e comum na linguagem do soteropolitano, este termo era como o nosso "uai", usado para espanto, surpresa, indignação e até elogio.

– Olá, René, tudo *light*, e com você?

Nisto René já abrira o portão de entrada. Mário, então, me apresentou:

– Este é meu irmão René! – e virou-se para René: – Este é meu marido!

René estendeu sua mão para mim:

– Muito prazer! – esboçou um leve sorriso no semblante sonolento, sem estranhar a menção de marido feito pelo Mário.

– Desculpe-nos se o acordamos! – mencionei, correspondendo à sua mão estendida.

– Não, é que estava vendo um filme para esperar vocês e peguei no sono!

René era bem diferente de uma foto 3x4 que "Minha" nos mostrara quando esteve em Belo Horizonte, muito bonito e atraente. E em minha convivência com ele, nos dias seguintes, notei que era também muito sensível. Um jovem encantador. Chegamos ao apartamento, que ficava no terceiro andar do prédio do conjunto instalado em frente de uma pequena praça com árvores e alguns bancos. Era um apartamento um pouco maior que o nosso, com sala, cozinha e uma pequena área de serviço que "Minha" havia agregado à cozinha tirando a parede que a separava para ter mais espaço. Um banheiro e dois quartos. Entramos e pousamos as malas na sala. "Minha" escutou vozes do quarto onde dormia e se levantou, meio sonolenta. Dei-lhe um abraço apertado, o que a fez abrir-se em um sorriso, Mário também a abraçou.

– Nossa, esperei vocês até agora mesmo! Todo avião que passava por cima da Mata Escura, dizia: "Agora é o de Serginho"! E nada de vocês chegarem, até que me deitei um pouco e o sono veio.

Descobri que o bairro ficava no trajeto de pouso do Aeroporto de Salvador.

– É que o vôo atrasou, mainha, e só conseguimos chegar agora! – Serginho, então, contou nossa aventura de espera no Aeroporto em Belo Horizonte e a chegada a Salvador.

Ficamos ali a conversar por alguns minutos, quando apareceu na sala Itana, uma jovem negra com traços finos e longos cabelos negros. Via-se a intensidade de cor de sua pele banhada de muito sol, o que acentuava ainda mais a sua beleza. Cumprimentou-nos, abrindo um sorriso não menos encantador que o de René. Vendo Itana, entendi todo o feitiço das personagens dos livros de Jorge Amado que lera, lembrei-me imediatamente de *Gabriela* e *Dona Flor*. Pensei comigo: "Meu Deus que família linda!". Mário tratou logo de abrir nossas malas e distribuir as lembranças e comidas do "nosso quintal" que havíamos levado para eles. "Minha" nos destinara o quarto de René, que passava a maior parte do tempo acompanhando o pai deles, que morava em outro bairro com o nome de Liberdade. Todos chamam o pai de Ruizão, e não de pai ou de Rui, seu nome de batismo. Ruizão era diabético e perdera parte de um pé e de uma perna por causa da doença. René passou a ser sua companhia habitual, principalmente depois que Mário partira para Belo Horizonte. Só vinha para a casa da mãe nos finais de semana e feriados. Assim, o quarto ficou só para mim e Mário. Duas camas bem arrumadas e limpas nos esperavam. Nós nos deitamos por volta das 4 horas da manhã, depois de colocarmos todos os assuntos em dia. Via-se no rosto de minha sogra a enorme alegria de nos ver ali. Meus cunhados foram ótimos, o sorriso cativante de Itana logo me deixou à vontade. René, sensualíssimo, sem camisa e uma bermuda caída abaixo da cintura, mostrava parte do início de suas nádegas e o brotar de seus negros pêlos pubianos, não usava cuecas, e estava altamente provocante. Tive que me policiar para não ficar olhando a escultura sensual e bela daquele homem lindo e encantador.

Nos dias seguintes, descobri que o baiano, de um modo geral traja-se como René, sempre sem cuecas e com uma leve mostra de suas partes íntimas. É uma loucura para o desejo homossexual conviver em uma cidade de homens tão despudorados com suas partes íntimas. Não havia como não olhar. Mário já estava acostumado e ria muito de meu desconcerto quando me surpreendia olhando aqueles encantos, irresistíveis para os olhos de um *gay* maduro e pouco acostumado a tanta sensualidade masculina. Adormecemos um em cada cama, pelo cansaço da viagem e da noite longa de conversa. Senti falta de meu marido ao meu lado, era a primeira vez em quase dois anos que dormíamos separados. Dormimos separados por mais uma noite, mas, na terceira, Mário pulou para minha cama e, dali em diante, dormimos mais juntos que em nossa casa, pois a cama, comparada à nossa, era estreita. Ficamos mais à vontade para fazer isto, da quarta noite em diante, quando "Minha" entrou no quarto e nos viu dormindo abraçados. Ela nem tocou no assunto. Era nossa naturalidade e intimidade, ela sabia disso, pois vira em Belo Horizonte que era assim que dormíamos.

Na manhã da primeira noite, acordei com uma voz feminina no corredor do apartamento de minha sogra:

– Miiiinha! Tem fresquinho aí?

Ouvi minha sogra responder com seu sotaque baiano:

– Tem! Pode entrar!

Notei que ficaram a conversar sobre nossa chegada na sala. Levantei-me, tomei um banho e fui para a sala. No sofá acomodava-se uma senhora um pouco obesa, mas de um rosto belo e alegre. Fui apresentado à Selma como genro de "Minha"; era uma amiga próxima, que passava quase diariamente na casa de minha sogra para tomar um "fresquinho", um cafezinho recém-coado por "Minha". Ela foi muito simpática comigo e iniciamos uma conversa sobre nossa viagem e nossa chegada. Serginho levantou-se e chegou à sala. Selma era sua velha conhecida.

– Olá, Serginho, como você está bem, hein? Engordou, está mais bonito!

– Vi que já ficou conhecendo meu marido! – foi a resposta de Mário!

– Vixe! Você está de parabéns, que coroa esperto!

Mário me havia prevenido para este comentário. Significa alguém maduro, muito atraente e bonito.

– Obrigado pelo elogio, Selma! – comentei, meio ruborizado.

– Mas é mesmo! Você é um coroa esperto! Você agora acertou, Serginho, nem se compara com aquele menino que você trouxe da outra vez!

Selma se referia ao Norton, um amigo que Mário levara a Salvador há dois anos e que ela pensou que fosse namorado. Mário havia convidado Norton, um *gay* meio afeminado, mas muito divertido, que cheguei a conhecer em Belo Horizonte e que, com seu jeito e sua atitude abriria o caminho para que Serginho se revelasse a quem quer que tivesse dúvidas sobre sua homossexualidade. Inclusive para seu pai, Ruizão, que chegou a perguntar ao filho:

– Rapaiz, mas venha cá, do que você gosta, é de homem, de mulher ou o quê?

Ao que Mário respondeu, corajosamente ancorado pela presença assumidamente *gay* do Norton:

– Eu gosto é de homem. Sou *gay*, e você tem que me aceitar do jeito que eu sou!

A coragem de Mário calou o pai, que devia saber da orientação sexual do filho por intermédio da companheira Aída, a quem Mário já se havia revelado. Acredito que a pergunta de Ruizão ao Mário era apenas para ter certeza do filho. Nem por isto o discriminou ou desrespeitou, continuou a tratar o Mário do mesmo jeito. Surpreendente a atitude de Rui, uma vez que trabalhara como estivador no cais de Salvador até se aposentar, ambiente altamente machista e preconceituoso. Descobri com esta história de Mário que Rui amava de verdade seu primogênito.

Passamos dois dias inteiros na Mata Escura, e conheci todos os locais que povoaram a infância e a juventude de meu marido. Antigos conhecidos, amigos e vizinhos de minha família baiana aos quais a todos era apresentado como: "Meu cunhado" ou "Meu genro". E tudo com muito respeito e dignidade. Às vizinhas mais mexeriqueiras então, "Minha" fazia questão de encher o peito e dizer: "Este é meu genro, de Belo Horizonte!". Isso apenas com intuito de provocar mesmo e se divertir diante da boca aberta delas. Eu me divertia muito com tudo aquilo e amava ser tratado como alguém da família. Sentia-me presenteado por minha família baiana. Durante todo o tempo que lá permanecemos, em nenhum momento houve um resquício sequer de discriminação ou olhares atravessados pela situação de nossa união afetiva. Afinal, tratava-se de dois homens em afeto. No segundo dia, "Minha" nos levou à noite a um bar com uma pequena varanda e mesinhas na calçada, dentro do próprio Conjunto Pampulha, onde boa parte dos aposentados passava parte do tempo em conversas sobre os acontecimentos do local. À noite, a freqüência do bar era de trabalhadores e suas companheiras com crianças, que usufruíam o espaço como um lazer local. Sentamos e tomamos uma cerveja gelada. A Bahia é sempre quente, mas um calor gostoso, com o vento quase sempre tocando a pele e refrescando a temperatura do corpo, ambiente propício para sempre estar em uma mesa com uma bebida gelada. Logo em seguida chegou René, e depois Itana também se juntou a nós. Outros amigos de "Minha" foram chegando e a mesa foi se ampliando. Mário estava muito feliz de estar ali, sentado ao meu lado. Segurou a minha mão e trocamos carinhos e beijos na frente de todos, que viam com extrema naturalidade nosso afeto público; nenhuma reação de surpresa ou espanto foi demonstrada pelos presentes, era como se fôssemos um casal hetero ali em conversa com amigos. A ausência de qualquer reação dos freqüentadores do local causou surpresa em mim, pois, em Belo Horizonte, nossa intimidade exposta teria causado desconforto nas pessoas, provocando olhares curiosos e conversinhas baixas nas mesas vizinhas. Ficamos ali até altas horas da noite namorando, conversando e nos divertindo com os familiares do Mário e vizinhos amigos que se aproximavam. Todos sabiam que éramos casados. Fiquei a pensar se era uma baixa presença de preconceito ou se fora influência de uma advertência de Itana feita aos amigos e vizinhos, na última visita de Mário à sua família há dois anos.

Itana era do signo de escorpião e tem grande popularidade no bairro; bela e atraente, devia ser muito cobiçada pelos homens e querida pelas mulheres com quem trava um relacionamento muito atencioso e cordial. Tinha uma conversa agradável que conquistava a todos. Assim, quando Mário estava para chegar em sua visita dois anos antes, Itana foi logo avisando aos vizinhos e amigos: "Olha, meu irmão está vindo aí, para passar alguns dias conosco. Ele é *gay*, e não vou admitir nenhum tipo de piadinha ou brincadeira com ele. Assim, vou logo avisando, quem se meter com ele estará se metendo comigo!". Não sei se a reação das pessoas diante de nosso afeto era conseqüência daquela advertência ou do resultado do pouco preconceito das pessoas do local, acostumadas a conviver com toda forma de amor.

GENTE

Quando ouvia de meu querido pai o conselho de que deveria procurar conviver com pessoas iguais ou melhores que eu, não entendia bem a extensão deste ensinamento. Sempre levava em consideração a posição social e financeira. A grande sabedoria deste ensinamento, porém, está em conviver com pessoas iguais ou melhores que eu como seres humanos e estes estão em todas as camadas sociais, em todos os credos, em todas as etnias, em todas as culturas e em todas as orientações sexuais. Pude compreender isto na Mata Escura, naquele bar com grande diversidade de pessoas, muitas das quais mal conhecia. Compreendi que, nas classes sociais mais simples, as pessoas encaram o casal homossexual com muito mais naturalidade do que nas classes média e alta, nos quais o preconceito é mais intenso. Acredito que a classe pobre, por ser forçada a conviver intimamente com o maior número de diferenças de raça, credo, cor e orientação sexual, veja mais naturalmente o relacionamento entre duas pessoas do mesmo sexo. Embora a violência contra homossexuais esteja presente em todos os níveis sociais, culturais ou econômicos, na classe mais simples ela se arrefece, diante da própria diversidade presente em seu cotidiano. Ali, na Mata Escura, lembrei-me do São Lucas, do Reginaldo, onde fui aceito sem restrições, assim também como do Taquaril, do Cláudio, e no quanto estive bem nestes locais. Minha convivência com homossexuais de todas as faixas etárias, níveis culturais, sociais e profissionais me fez concluir que, nos lares de classes médias e alta onde habita um homossexual "fora do armário", a sua aceitação por familiares, vizinhos e amigos é menor que nos de baixa renda. A pobreza sempre foi um motivo de preconceito e, somada à convivência de um número maior de mestiços, também vítimas do preconceito velado que assola nossa nação hipócrita, pode criar um ambiente propício para uma maior compreensão das pessoas em relação ao diferente. Quanto mais se eleva o nível econômico, maior é o nível de enrustimento. Na classe melhor favorecida, por se ter uma necessidade vital de manter aparências, a discriminação se acentua. Esta é uma observação pessoal. Não tenho conhecimento profissional antropológico ou social suficiente para defender teses neste sentido, relato apenas o que observo em meu trabalho de luta. Nos ambientes mais simples, sempre me senti mais solto, mais autêntico e sem aquela preocupação constante de me policiar nos gestos e afetos. Maravilhoso seria este sentimento se não fosse provocado pelo peso da discriminação humana, porém me sinto mais confortável conviver em locais como a Mata Escura, um bairro de classe média baixa e pobre, superpovoado, com casas e barracos muito próximos uns dos outros.

MINHA FAMÍLIA BAIANA

A COMIDA baiana é muito quente e afrodisíaca; logo na primeira semana, experimentamos quase todos os pratos: xinxins, vatapás, fatadas, feijoada baiana, caldo de sururu, acarajés, etc. Tudo com muito coentro e dendê. Estas misturas provocam um tesão enorme nas pessoas e, somadas à sensualidade natural do povo baiano, faz do sexo uma diversão constante e saborosa. Na Mata Escura, observei o número imenso de jovens com filhos pequenos, é fácil compreender por que Salvador se tornou a terceira cidade mais populosa do Brasil, atrás apenas de São Paulo e do Rio. O efeito dessa mistura mágica, cor de pele, sensualidade e comidas quentes e temperadas, foi sentido por mim. Amo meu marido e sinto uma atração muito grande por ele, nossa vida sexual é muito ativa, porém em Salvador meu tesão por ele e dele por mim duplicou. Foi tão notório isto, que chegamos a comentar o fato.

No terceiro dia, novamente o friozinho na barriga me atacou, iria conhecer meu sogro na casa dele, no Bairro da Liberdade. Almoçamos e seguimos para a casa de Ruizão. O bairro de Rui está mais próximo da orla marítima perto de uma praia do subúrbio de nome Cantagalo. Entramos na rua onde o Mário vivera sua adolescência e descobrira sua homossexualidade. No caminho, fiquei a imaginar como teria sido a vida de meu amado ali. Suas aventuras amorosas e suas descobertas. Viajando nestes pensamentos, consegui distrair meu nervosismo. Paramos diante de uma casa antiga, estrutura e arquitetura usadas na primeira metade do século passado, construída em um terreno acidentado, com alguns lances de escada na entrada. Olhando assim da rua, a impressão era de um sobrado alto, como se fosse de dois andares de uma construção sólida e firme. Uma pintura verde-clara, envelhecida pelo tempo, cobria as paredes destacando o imóvel em relação às casas vizinhas. O pé direito muito alto aumentava a sensação de estar diante de um pequeno castelo medieval. Mário colocou a mão no portão, que se afastou diante dele como se o convidasse a rever seu passado. Segui-o, subindo as escadas da entrada. Chegamos a uma pequena varanda e a uma porta de entrada muito alta como se fora construída para permitir a passagem de moradores de 3 metros de altura. A porta estava aberta, Mário foi entrando pela casa adentro chamando por seu pai. Fiquei alguns instantes ali na sala, em formato de um retângulo, estreito e comprido. Dois sofás cobertos de tecido, como se escondesse o desgaste do tempo, estavam separados por um pequeno espaço mais ao fundo, à esquerda, uma cristaleira, também do século passado, com cristais e porcelanas simetricamente arrumadas sobre suas prateleiras de vidros. Nas paredes, fotos antigas que mais tarde confirmei serem de seus avós e de seu pai quando criança. A casa era pequena, mas aconchegante, tinha dois quartos, um ao lado da sala e outro ao fundo, uma pequena cozinha também ao fundo à esquerda e, ao lado, uma segunda varanda interna. Confirmei o período de construção, devido a um hábito muito antigo de construírem o banheiro fora do ambiente da casa. Para se chegar ao banheiro, era necessário atravessar a varanda interna e seguir pelo pequeno quintal, onde se via um piso novo recém-colocado pelo pai do Mário, único toque deste século na construção. Segui o Mário, que atravessara todo o ambiente e chegara até o banheiro, retornando e me dizendo que seu pai estava no banho. Voltamos e nos sentamos na sala. Alguns minutos depois, um homem forte e de semblante muito sério, sentado sobre uma cadeira de rodas, veio ao nosso encontro. Mário foi até ele para cumprimentá-lo. E em seguida apresentou-me:

– Ruizão, este é o Danilo! – pronto, sem mais detalhes.

Estendi a mão para ele:

– Muito prazer, Rui!

– Prazer!

Rui, a princípio, foi de poucas palavras, não esboçou nenhuma reação ao ver o filho que não encontrava há dois anos, foi como se Mário houvesse ido na esquina e voltado. Via diante de mim um homem rude que vivera sua vida de estivador com muita intensidade e se curvara em seu orgulho masculino diante da doença que o fizera acomodar-se em uma cadeira de rodas, porém seu olhar mostrava uma dignidade e o resíduo do orgulho de baiano quente e namorador que fora. Observando-o mais de perto, vi nele muitos traços de meu marido, braços e pernas muito semelhantes, além do formato do tórax, com peitos crescidos como os de Mário. Imaginei meu marido com sua idade, provavelmente ficariam mais parecidos. O detalhe que os diferenciava era o rosto e o tom da pele; Mário, mais moreno e de rosto mais doce e traços mais delineados. Rui, de pele clara e um rosto de traços fortes. Ficamos ali os três trocando conversas monossilábicas, como se quiséssemos adivinhar o pensamento um do outro. Antes de ir visitá-lo, havia perguntado a "Minha" se dissera a Rui algo sobre mim e meu relacionamento com Mário. Ela disse que nada comentara, preferia silenciar sobre a vida íntima do filho, talvez por receio de uma crítica sobre a orientação sexual do Mário, para ela aceita de forma muito natural, porém para Rui, de origens e convivências machistas, nem tanto. Via-se que havia algo mal resolvido entre os dois, não sabia o que era, mas iria descobrir.

Um tempo se passou e senti que deveria fazer alguma coisa. Propus ir buscar uma cerveja para nós, a idéia foi aprovada pelos dois. Em frente da casa de Rui havia um pequeno bar, atravessei a rua estreita e trouxe cinco garrafas de cerveja gelada. Mário levou-as para a geladeira e veio com uma aberta e três copos. Estava certo. Compreendi de onde Mário puxara o seu jeito tímido de ser, animado pelo álcool da cerveja, Rui foi se soltando e a conversa fluiu como se fôssemos três amigos conhecidos de longa data. Rui desatou a falar sobre si, sua vida de estivador, seus dois grandes amores "Minha" e Aída e sobre seus filhos. Nesta parte, um comentário especial:

– Sabe, com "Minha" tive três filhos: René, que é homem; Itana, que é uma linda mulher; e Serginho que tem "as paradas dele aí!". Você sabe, né?

Tive um forte desejo de gargalhar. Foi um custo me conter e esboçar apenas um leve sorriso. Rui tinha consciência da homossexualidade de Serginho, apenas não sabia se expressar sobre ela com naturalidade. Nas muitas horas de conversa e mais dez garrafas de cerveja depois, conclui que meu sogro adorava seu filho primogênito. Sua masculinidade e sua cultura rude de estivador não lhe permitiam demonstrar isto com contatos físicos, entendi por que meu marido tinha tanta dificuldade de demonstrar afeto explicitamente, principalmente quando sóbrio, diferente de mim, que sempre tive um pai muito carinhoso e afetivo. Passamos uma tarde encantadora com Rui, que ria de sua tragédia, referindo a seus membros amputados pelo efeito do diabetes como um homem não mais inteiro, agora um homem *cotó*. Ajudei meu marido a dar uma geral na casa, lavando e limpando. Ao nos despedirmos para voltar à Mata Escura, Rui nos convidou a passar o Ano-Novo com ele; já havia encomendado dois engradados de cerveja e como iria passar só com René, gostaria muito de que viéssemos. Aceitamos o convite.

No dia seguinte, iniciamos nosso *tour* por Salvador, que se estenderia por vários dias. Mário levou-me a todos os recantos encantadores da Bahia, lugares que conheci em minhas viagens a trabalho na linda capital baiana, porém agora com um encanto do meu amor ao meu lado. Caminhamos pela cidade baixa, subimos de plano inclinado, descemos pelo Elevador Lacerda; mergulhamos nos porões do Mercado Modelo; nos beijamos entre o farol da Barra e o Oceano Atlântico; caminhamos quilômetros pelas praias molhando nossa alma no mar; bronzeamos o corpo lado a lado somente com pequenas sungas a cobrir nossas partes íntimas, tão conhecidas e acariciadas em nossa cumplicidade de desejo e amor; tocamos nossos lábios molhados de gotas do oceano; nos demos as mãos a olhar o pôr-do-sol no alto do Forte; rimos juntos da diversidade de formas humanas nas areias de Itapoã; nos beijamos apaixonadamente sob a sombra da barraca *gay* na Praia do Corsário; subimos a cidade alta nos tocando ocasionalmente para limpar o suor do rosto um do outro com as costas de nossas mãos; nos encharcamos de água de côco bebida em um único copo, sentindo o calor de nossos lábios nas bordas; nos embriagamos de cravinho nas ladeiras do Pelourinho; nos fartamos de acarajé nas ruas da cidade; nos apoiamos no parapeito da Praça Castro Alves para ver a vista da cidade baixa e do mar ao fundo, sentindo nosso cheiro tocado pela brisa para dentro de nossos corações apaixonados. Em cada canto, um afeto, uma lembrança da visita fantástica e inesquecível ao som de tambores e músicas baianas. Voltávamos de ônibus, no adiantado da noite, e eu pousava minha mão sobre a perna firme e forte de meu amado, sem me incomodar com o olhar de outros passageiros. Voltávamos para nossa cama em casa de "Minha", onde esperávamos todos dormirem para nos entregarmos um ao ao outro, saboreando cada milímetro de pele amorenada pelo sol do dia, contendo todos os ruídos que o amor provoca para não acordamos nossos anfitriões.

Conheci todos os parentes do Mário, avó, tias, tios e primos. Uma visita em especial me marcou pelo gesto de uma tia de meu amado que, ao nos receber em sua sala de visitas despiu-me com seus olhos de desejo baiano, ousando mandar um recado pela mãe do Mário para ele: que se ele deixasse aquele marido dele em Salvador por mais alguns dias, ela o tomaria do Mário. Rimos muito de sua cobiça por mim. Meu ego foi para as nuvens, embora mulher alguma jamais sentiria meu corpo novamente. Visitei os parentes da outra amada de meu sogro, e conheci a mãe dela, uma baiana madura de uma vitalidade e encanto únicos, e a todos fui apresentado por meu companheiro como seu marido, o que me enchia de prazer e orgulho. Somos por inteiro marido e marido, sentido forjado em nossas vidas pelo nosso amor verdadeiro e sincero. Passei a ser chamado pelos amigos de meus parentes de marido, de tão comum era nosso tratamento. Fomos livres, autênticos, sem censuras ou restrições, assim, gostosamente naturais e verdadeiros com o nosso sentimento.

O Natal passamos na Mata Escura junto com minha sogra e meus cunhados, mas não em casa. Fomos para a praça defronte do prédio onde os amigos de René se juntaram para beber cravinho e cerveja gelada. As amigas de Itana e "Minha" também se reuniram ali, uma confraternização gostosa entre amigos e vizinhos. René nos apresentou a seus amigos, que nos trataram respeitosamente, cobrindo-nos de gentileza. Em alguns, vi os olhos de desejo sobre mim e meu marido, identificando a sensualidade e o enrustimento dos que não tinham coragem de agir abertamente como nós. Um dos amigos de René sentou-se a meu lado, curioso sobre nossa relação. Repentinamente senti sua mão a acariciar minha perna. Mário, a meu lado, não percebeu. Pedi a ele que não fizesse aquilo, pois era fiel a meu marido e ele poderia não gostar se percebesse sua atitude. Levantei-me e mudei de lugar, ficando mais perto de Mário. Contei a Mário o que acontecera, porém ele não ficou enciumado ou tomou qualquer atitude contra o rapaz. Continuamos a nos divertir até quase o dia raiar.

Em meio ao turbilhão de emoções, de visões mágicas de lindas paisagens e muito romantismo, chegamos à véspera do Ano-Novo. Nós nos levantamos cedo e partimos para a casa de Rui. Novamente demos uma geral na casa e Mário foi para a cozinha preparar nossa ceia de Ano-Novo. O Natal é pouco comemorado em Salvador, porém o Ano-Novo é um acontecimento. Mário preparara uma bebida para nós, uma mistura de vinho tinto e refrigerante de cola, refrescante, deliciosa e embriagadora. Rui, René e eu nos entregamos a esta delícia de mistura. Rui reagira da mesma forma quando de nossa visita anterior, e alguns goles depois, passou a contar-me detalhes de sua vida e de seus amores. Uma ou duas horas depois, conversávamos como se fôssemos amigos de muitos anos. Quis saber de Serginho, e também como era nossa vida. Sem violar seus sentimentos, suavemente, fui dando a entender que eu e seu amado filho estávamos juntos. Nenhuma palavra direta foi necessária. Deixei para ele próprio tirar suas conclusões. Falei de nossa casa, nosso cotidiano, do trabalho de Mário e do orgulho que tinha de meu marido por ter voltado a estudar, tendo se formado no Fundamental no final do ano, pouco antes de viajarmos para Salvador. Mário terminou a ceia e arranjou a mesa, lindamente ornamentada pelos cristais retirados da cristaleira especialmente para a ocasião. Forrada por uma toalha branca de renda, a mesa ficou linda e convidativa. Continuamos os quatro juntos a conversar sobre tudo, a Bahia, Minas e suas diferenças. O ano de 2007 surgia no relógio de Rui, que estourou um champanhe para brindarmos o amanhecer de um novo ano, nós nos abraçamos em desejos de um ano novo repleto de paz e felicidades. Algum tempo depois, Aída, que virara o ano com seus familiares, chegou e as conversas se animaram mais ainda. Lá pelas 4 da manhã, o sono me atingiu, René nos cedeu sua cama, e fui me deitar. Mário ficou a conversar com Aída até o amanhecer, quando senti seu corpo recostar ao meu na cama de René. Quando nos levantamos por volta das 11 horas, Aída já havia partido. Passamos o feriado e mais uma noite e um dia com Rui, retornando à Mata Escura no terceiro dia.

O dia da volta a Belo Horizonte se aproximara, nosso sonho estava chegando ao fim. Iniciamos a via-sacra da despedida. Voltamos ao Pelourinho mais uma vez, onde fomos visitar a sede do Grupo *Gay* da Bahia (GGB). Era uma casa colonial como tantas do local, em seu interior diferente, recheada de fotos, objetos e memórias da luta *gay* da Bahia, na pessoa de seu principal e antigo articulador, Luiz Mott. O rapaz que nos recebeu estava atarefado na redação de um contrato de união afetiva que seria lavrado no livro do GGB, ainda naquela tarde por duas lésbicas. Ligou para o Mott avisando-o de nossa visita. Meu querido amigo e companheiro de lutas me fez prometer que iria visitá-lo em sua casa que ficava próxima ao Pelourinho, no Bairro dos Barris. Decidimos ir a pé saboreando as ruas do Pelourinho até chegarmos ao Barris, na rua indicada por Mott. Diante do número indicado, chegamos ao portão de uma casa também antiga, com um alto jardim de plantas as mais diversas a cobrir o muro de entrada. No portão uma curiosidade, em lugar da habitual campainha, um cincerro, objeto usado no pescoço do gado para localizar sua posição. Tocamos o cincerro, e meu amigo surgiu da porta da casa, reclamando de nosso atraso antes mesmo de nos cumprimentar. Entramos e nos encantamos pela casa de Luiz, um lugar incrível com objetos, bibelôs e quadros de todas as partes do mundo. Muitos móveis antigos e rústicos compunham o ambiente, dando a impressão de que estávamos em uma casa colonial. Ele nos levou ao fundo para vermos suas plantas e ali tomamos uma cerveja desfrutando da conversa e da companhia culta e maravilhosa de meu amigo. Em seguida, levou-nos a um restaurante para jantarmos juntos, sempre com uma história sobre cada detalhe das ruas onde passávamos ou do interior do restaurante de comida caseira baiana. Irreverente, Mott era transparente em sua homossexualidade, sem se constranger em elogiar a beleza masculina e morena do garçom que nos servia. Do restaurante, levou-nos a uma rua estreita de um quarteirão, ladeada por inúmeros bares *gays*, com uma multidão imensa de homossexuais a circularem pelo local, fazendo o nosso conhecido ritual de caça, ou mesmo casais namorando. Ali ele se despediu de nós dizendo que estava em sua hora de recolher. Eu e Mário ficamos mais um pouco para apreciar as delícias de nossos pares baianos.

Na despedida dos parentes e amigos, uma revelação nos foi feita pela mãe de Aída, dona Tidinha, que, após nossa estada em casa de meu sogro, contou-nos animada o que ouvira de seu amigo. Naturalmente conversaram sobre nós e nos relatou detalhes desta conversa. Indagando a Rui o que achara de nossa visita, ouviu de meu sogro: "Agora estou tranqüilo, vi que meu filho se tornou um homem de verdade, está com uma pessoa ótima, íntegra e que gosta dele de verdade. Agora sim, Serginho acertou, estou feliz por meu filho e muito orgulhoso dele!"

Ao ouvir esta declaração, meus olhos nublaram de lágrimas, tive que engolir em seco para não soluçar ali na sala de nossa anfitriã. Meu coração se alegrou. Consegui junto com meu marido o respeito e a admiração de meu sogro, isto foi o ponto alto de nossa visita à Bahia. Agora, todos a quem amamos sabem sobre nós e nosso amor, temos o respeito de todos. Senti um gostoso sabor de vitória em minha alma. Somos de fato uma família. Rui foi nosso último destino antes de retornar à Mata Escura para embarcar no dia seguinte de volta a Belo Horizonte. Ao contrário da chegada, ele estava mais solto, sorridente e grato pela nossa visita. Insisti que esperávamos sua visita em nossa casa em Belo Horizonte, obtendo dele a promessa de ir. Nós nos abraçamos e ele ficou nos olhando sair pela porta sempre aberta de sua casa. Chegamos à Mata Escura e fomos nos deitar. Uma pontinha de saudade tocou meu coração antes mesmo de irmos. Nós nos levantamos na madrugada, nos despedimos de "Minha" e Itana, René havia ido para casa de Rui. Tomamos o táxi que "Minha" conseguira agendar por nós na noite anterior. O vôo saiu no horário e, três horas depois, entrávamos em nossa casa com centenas de fotos em nossa máquina fotográfica, e milhares de imagens em nossas memórias.

SOU UM, APENAS HUMANO

Meus pais nos educaram da melhor forma que estava ao alcance deles. A autoridade de meu pai e de minha mãe sempre foi muito respeitada pelos filhos. Dos dois bastava um ligeiro olhar, para sabermos o que desejavam. Minha mãe, porém, possuía uma peculiaridade, além do olhar, o tom de sua voz e a mudança de sua expressão facial nos fazia perceber o que aprova e desaprova sem um único comentário. Já sentira isto várias vezes, principalmente nos últimos anos. Logo que cheguei da Bahia fui visitá-la, saber de sua saúde e das novidades da família. Contei-lhe de nossa viagem e de como fui bem tratado pela família do Mário, em Salvador. Senti que, de certa forma eu a tranqüilizei. Deu a entender que possivelmente seria discriminado por alguém, sendo esta sua preocupação. Em nossa conversa, contei-lhe que vira um primo na rua, filho de uma sua irmã que não via há muito tempo. Minha mãe virou-se para mim e comentou:

– Ele tem um filho que é da turma de vocês!

– De nossa turma? Como assim, mãe? Um filho *gay*!

– É, tem um filho *gay*!

Disse isto com uma ternura que nunca vira antes. Fiquei boquiaberto, pela primeira vez, minha mãe usara a palavra *"gay"* para, de certa forma, referir-se a mim, seu filho. Sua voz não apresentava nenhum sinal de desaprovação, muito pelo contrário. Senti que seu coração octogenário compreendia o filho diferente que tinha. Enfim, para minha mãe, sou *gay*. E sou com muito orgulho.

Saí da casa de minha mãe com uma leveza na alma. Passei pelo gabinete para findar um dos poucos trabalhos que restava do mandato do ex-deputado. Ao sair, passei pela feirinha que ainda existia no início da Avenida Álvares Cabral com Rua Goiás. Lá, observei dois lindos jovenzinhos judeus, sei que eram judeus, pois os dois usavam aquela boinazinha judia que colocam no alto da cabeça para freqüentar a sinagoga. Ambos de, no máximo 16 anos cada, a aproveitarem o espaço de mãos dadas, eventualmente trocando um selinho diante dos olhares de todos, felizes, sem qualquer constrangimento. Peguei o ônibus para ir para casa. Quando descíamos a Avenida Amazonas próximo da Rua Curitiba, no ponto que fica bem na esquina, ele parou. Apanhou mais um ou dois passageiros e se reteve no sinal da Curitiba, que estava fechado. Repentinamente o trocador, de pele morena, chamou a atenção do motorista em voz alta, mostrando duas garotas paradas no ponto, também jovens, a beijarem e trocarem afeto. Uma senhora negra, de 40 anos aproximadamente, iniciou uma crítica:

– Que pouca-vergonha, estamos perdidos. Agora somos obrigados a agüentar isto! Duas moças se beijando em plena rua!

Ela e o trocador foram os únicos a manifestarem sua indignação. Não resisti, intervi:

– Senhora, veja sua cor, quantos sofreram para que os negros obtivessem sua liberdade? Quantos brancos e negros não puderam, durante dezenas de anos demonstrar afeto em público apenas por se amarem e serem de cor diferente?

Continuei:

– A senhora sabe que existe uma lei neste Estado que as protege? A sua atitude e também a do trocador ferem esta lei. Isto é preconceito. Acredito que, antes de apontarmos o dedo para o nosso próximo, devemos nos olhar no espelho. Tanto a senhora quanto o trocador, e mesmo eu, somos partes de uma minoria, e todos sofremos com o preconceito. Assim acredito, se a senhora não sabe amar, permita aos que sabem que o façam!

Ela se calou. Um silêncio pairou em todo o ônibus. Pude perceber o olhar de acordância entre os passageiros, alguns com um discreto sorriso nos lábios. Desci no ponto próximo de casa e, caminhando pela rua, minha alma flutuou ainda mais. A geração futura de meu povo amado não passaria pela minha dor.

Não há crença alguma no mundo, política, religiosa, social ou humana, que dê a seu seguidor a prerrogativa infame de ceifar vidas humanas. Ceifar vidas não se dá necessariamente com o uso de uma arma: e o olhar frio, o tratamento segregador; a indiferença são, muitas vezes, mais letais que uma bala no cérebro. Quando o indivíduo permite seu próprio coração ser maculado pelo preconceito, ele se torna cúmplice do genocídio ao qual sucumbem muitos semelhantes, contribuindo para destruir seres humanos que são livres de pensamento e dotados do dom maior de Deus, o livre arbítrio. Hoje, diante da realidade do fim definitivo de minha dualidade, carrego a certeza de não me importar em trazer comigo as cicatrizes das flechas atiradas contra mim.

Todos aqueles que estiveram em minha vida, por um breve momento, ou por longos anos, desenharam em mim uma tatuagem da rica experiência de conviver com a enorme grandeza da diversidade humana, tatuagem esta traçada pelas linhas de minha face madura. As rugas na testa pelas angústias que me causaram, as rugas aos lados de meus lábios pelos sorrisos que me fizeram dar. Trago uma linha no rosto para cada um com quem vivi e, na alma, a certeza de sua eterna presença neste longo aprendizado de conviver.

Estou terminando este capítulo, é fevereiro e chove em minha Belo Horizonte; olho pela janela de meu apartamento, são 18 horas, horário de verão, as nuvens cinzas do céu acima, vistas de minha janela, parecem tristes, mas a oeste, onde o sol se põe em meio ao horizonte de edificações que minha janela permite ver, uma fresta se abre. E, por traz de uma fina cortina por onde acompanho uma leve e refrescante chuva de verão, brilha um enorme arco-íris. Paro de teclar o computador, fixo meu olhar no mistério da harmonia daquela mescla de cores, é o meu signo confirmando meu sentimento. Sou *gay* por inteiro, assumi a personalidade com a qual nasci e que tentaram roubar de mim. O personagem que vivi está enterrado para sempre no passado. Minha memória traz as palavras de Mário de Sá Carneiro: "O meu passado, ao revê-lo, surge-me como o passado de um outro. Permaneci, mas já não me sou". Os dois que éramos, se fundiram em um ser humano completo, melhor, mais generoso, mais tolerante, mais compreensivo, mais íntegro, mais verdadeiro. Agora é começar outro capítulo de minha vida. Neste, sou feliz!

♣

Este livro foi composto em tipologia Gatineau, em corpo 11/13 e impresso sobre papel Chamois Fine Dunas 80 g/m² (miolo) e Cartão Art Premium 250 g/m² (capa), para Mazza Edições, em Belo Horizonte, Minas Gerais, no outono de dois mil e sete.